元華文創

卓越文庫 EB001

王官與正統

《昭明文選》與蕭梁帝國圖像

許聖和 著

從美文集成走到帝國圖像
——談許聖和博士的《文選》研究新作

　　許聖和博士曾經在東華大學中文系就讀學士與碩士，後轉入政治大學中文系攻讀博士，並順利於 2016 年取得博士學位，他是臺灣六朝名家及三國學權威王文進教授的高徒，從碩士論文《博物思維與六朝文學》開始，即展現以文學博通經史的格局，在政大就讀博士期間，對於六朝文獻史料，尤勤篤專研，功夫下得深，此當得力於王師嚴謹治學之方的影響，王文進教授曾以文學集團的進路踏入六朝文學，不惟留心於南北文化的對峙與消長，亦始終關注當代兩岸的政局及發展，後轉進三國學的領域，透過注家的歷史意識，從歷史與文學的對話中揭開三國學重重的關卡及密碼，每能吸引後進學子隨他步入這引人入勝的詮釋祕境，許博士即在王師的循循善誘下，出入於六朝的文學與歷史，最後選取政治視域作為他重探《昭明文選》的新視角，與王教授多年來創闢的理路可謂前後呼應，領航在先的王教授能有如此的高徒踵繼於後，應該頗感欣慰。

　　從東華大學結緣至今，我尤樂見這一位敦厚樸實的年輕學子，在漢華傳統文化的洗滌淬練下，茁壯為六朝領域的專家。他在東華碩士班時曾選修我「《世說新語》與魏晉文化專題」的課程，依稀記得當時他進行報告總是帶著青澀不安的表情，但很快就漸入佳境，並常讓我感受到他探索問題的誠意，一路關注許博士學術成長的軌跡，宛如東華大學融入天地的土黃色建築般，

看似平凡卻擁有一種孕育自土地的寬大厚實，故能不斷地積學沉澱，進而在基礎文獻與過往研究的輾轉精進中，走出一條縮合政治與文學的新途。許博士從正視編纂者蕭統具有太子與監撫的雙重身份出發，並由此透顯其選文的政治態度與政治考量，從而勾勒蕭統建構蕭梁帝國圖像的政教工程，經此轉向，使我們對於《昭明文選》的認識，便可以從「事出於沉思，義歸乎翰藻」的美文集成，走到蕭梁帝國圖像的新風貌，相信這一道紮根於詳實史料文獻，並引領我們關注〈文選序〉的整體脈絡、考察當時政治情勢線索的進路，必能更加豐盈《文選》編纂學的學術成果，使長期以來視歷史社會為文學研究之背景的認知模式，或認為六朝屬於文學自覺的時代，若以政治為視域不免染污文學的偏見，都能得所廓清，進而為《文選》學的研究，開拓出更為全方位的理解面向。

當今論學貴別，文學與政治更是分道揚鑣、漸行漸遠，許博士卻帶我們走進文史不分家的傳統，融入以政教為重心的歷史現場，並意圖尋回蕭統編纂此書的「本意」，以重新定調《文選》的角色，他從歷解的閱讀中心存疑慮與不安，進而參酌更多史料，商榷以往習見，一路抽絲剝繭，最後嘗試以別開生面的論述向度來釋懷解惑，這一趟學術真理的追尋與探訪，想必是寂寞又艱辛的路程。猶記我研讀博士期間，曾撰寫過〈陽明對《孟子》「盡心」章之詮釋試探〉一文，當時審查者對於我的副題〈兼論孟子原義與朱、王所解之比較〉有所質疑，關鍵點在何謂「原義」？為何我可以判讀出「原義」，而認定朱熹與王陽明所解是他們個人的意見呢？當然是因為我當時信誓旦旦地看到朱、王所解與孟子義的差別，並自許為孟子之知音，不過在當代詮釋學的洗禮下，實已逐漸鬆綁我們對於絕對客觀準確之「本意」或「原義」的期待，畢竟本書對於話語權的考察及編纂者立場的透視，何嘗不也是當代新思維下的隱隱投射？是以此一階段許博士窮索史料、費盡心思所力圖恢復的蕭統本意固然值得尊重與珍惜，但如同威廉·詹姆斯（Wil-Liam James）所言「經驗是一種歷程，沒有任何一種觀點，可以宣稱是真理的最後篇章」、「真理總是在開放系統中建構著」，因此我也深信在許博士未來學術精進的路上，我們

可以看到他再一次挑戰自我，進而在如今信仰的本意之外，發現或釋放出更多詮釋的可能。

　　大陸的《文選》學如雨後春筍般擴散滋長，每年在各地舉辦的《文選》學會議，來往交流的專家絡繹不絕，盛況可想，不論是《文選》的注釋學、校勘學、評論學、索引學、版本學、文獻學、編纂學、文藝學，皆有長足的進步與突破，成果斐然可觀；臺灣在《文選》學的研究上亦曾有過不容忽視的成績，如今卻頻頻出現青黃不接的斷層現象，令人憂心，因此我尤樂見像許博士這樣矢志以學術為志業的人才可以投入此一行列，亦殷切期待他對於《文選》學另闢蹊徑的努力，能夠讓更多人看見，使臺灣傳承傳統漢文化的莊嚴任務得以後繼有人、延緜不絕。

東華大學中文系教授　吳冠宏

自序

　　沒想到，全書最困難的部分，是這篇自序！其實千言萬語，都無法表達我內心的感激。

　　獨力撫養我長大，賣命工作一輩子，只為幫助任性兒子拿到文學博士的夢想！當 2016 年 5 月完成博士學位畢業手續後，終於可以向您說出我最大的心願：「媽媽，可以退休了，未來交給我吧。」就學過程中，無論心情多麼沮喪、寫作遇到任何瓶頸，您都對我充滿信心，並一肩扛下生活的重擔，讓我無後顧之憂。這本專著，如不是您給我物質與精神上充足的支援，絕對是無法完成的。

　　當然，回顧就學之路的過程中尚有許多師長對我無微不至的照顧：東華大學的吳冠宏教授長久以來的鼓勵，看著我從天真無知的大一新生，一路到博士班的成長過程，並提供一個可以永遠依靠的母校港灣。政治大學的丁敏教授則用慈悲的寬容，慢慢轉化我因對未來徬徨無助而焦躁盲動的心靈，並堅定地鼓勵我對學術之路的選擇。博論口試委員政治大學廖棟樑教授、曾守正教授、臺北教育大學李嘉瑜教授、彰化師範大學丘慧瑩教授，皆指導過我畢業論文尚未掌握的疏漏，並提供豐富的意見來補強架構，諸位師長更時刻地叮嚀我要用開放心靈海納百川，以精進自己的研究。

　　當然，影響我最大的，則是亦父亦師的指導教授：東華大學王文進先生。

　　王老師不僅啟蒙了我學術研究的意識，也讓自幼失怙的我重新感受到慈父的溫暖。還記得王老師曾帶著我和蔡衍廷同學一起到花蓮鹽寮和南寺雅遊，老師突興之所至在寺中替我跟衍廷點了光明燈祈福，卻忘了幫自己及家人也點燈。我和衍廷當下感受到老師待我們如親生兒子般的無私關懷，自

2002 年起直到現在。

　　然慈父般的王老師，當時對於論文的要求卻比陸戰隊教官還嚴格，常常在清晨 6 點，甚至深夜 11 點都還會接到老師電話，與我字斟句酌地分析論文中的問題，如此一絲不苟又孜孜不倦的治學態度，在在向我展示著一位兼具專業素養與正直人格的學者典範。

　　待 2016 年 5 月 6 日，我把論文親自交給政治大學後，看著在身邊守護 15 年的徐其寧小姐，挽著手走在指南路上，我突然想到聶魯達的一首詩：

> 親愛的，我們就要回家了，
> 回到葡萄藤爬滿棚架的家：
> 裸體的夏季踩著忍冬的步伐，
> 將在妳到達前到達妳的臥房。

> 終於，辛丑月甲午日季冬，歲在丙申，
> 然後，你們都知道的……

許聖和

誌於佛光大學雲慧樓 325 室
2017/3/13

目次

第一章 導論

一、 問題的形成與解決的企圖

「選本」在文學史上是一種常見的批評方式，中國文學史此一行為最早的記錄見於孔子(551B.C.-479B.C.)，司馬遷(145B.C.-90B.C.)即記載：

> 古者詩三千餘篇，及至孔子，去其重，取可施與禮樂，上采契、后稷，中述殷、周之盛，至幽、厲之缺，始於衽席，故曰「〈關雎〉之亂以為《風》始，〈鹿鳴〉為《小雅》始，〈文王〉為《大雅》始，〈清廟〉為《頌》始」。三百五篇孔子皆弦歌之，以求合〈韶〉、〈武〉、〈雅〉、〈頌〉之音。禮樂自此可得而述，以備王道，成六藝。[1]

司馬遷認為孔子是首位對上古以來所流傳的三千餘篇詩歌作品進行整理選編者，其中包括「去其重，取可施與禮樂」的選取原則、「斷代」以定時間

---

[1] 《史記》卷 47〈孔子世家〉。見〔西漢〕司馬遷撰，〔南朝宋〕裴駰集解，〔唐〕司馬貞索隱，〔唐〕張守節正義：《史記》(點校本，北京：中華書局，1997 年 9 月)，頁 1936-1937。但後世將《詩》視為經部著作，故使得《楚辭》成為「集部」範疇下的首部文學總集。《隋書》卷 35〈經籍志‧楚辭類〉：「後漢校書郎王逸，集屈原已下，迄於劉向，逸又自為一篇，並敘而注之，今行於世。」見〔唐〕魏徵(580-643)等撰：《隋書》(點校本，北京：中華書局，1997 年 9 月)，頁 1056。

範圍、「入樂」與否的文體性質、「四始」則是編輯作品的分類、與「備王道、成六藝」的選輯目的。司馬遷的記載在「《詩經》學」史上雖引發「孔子有無刪《詩》」的爭議，然無論正反雙方，都沒有否認孔子曾對《詩》進行過整理或編輯的工作。[2]雖然清代以來多以孔子未刪詩為定論，而認為司馬遷所稱孔子去其重之說大謬，[3]但太史公此段言論的價值，即在於揭示出編選者的意志在「文學選本」內呈現的意義，因此《論語》中所載錄的如〈為政〉篇：「子曰：『《詩》三百，一言以蔽之，曰「思無邪」。』」[4]或〈子路〉篇：「子曰：『誦《詩》三百，授之以政，不達；使於四方，不能專對；雖多，亦奚以為？』」[5]以及〈陽貨〉篇：「子曰：『小子！何莫學夫《詩》？《詩》，可以興，可以觀，可以群，可以怨。邇之事父，遠之事君。多識於鳥獸草木之名。』」[6]對司馬遷而言，都是孔子所自道的編選本意，[7]故司馬遷才在《史記》中歸納出

---

[2] 屈萬里(1907-1979)：〈《詩經詮釋》敘論〉，見氏著：《詩經詮釋》(臺北：聯經出版事業股份有限公司，2004年10月)，冊上，頁7-11。

[3] 相關的爭論可參見洪湛侯：〈關於孔子刪詩的論爭〉的整理。見氏著：《詩經學史》(北京：中華書局，2004年9月)，冊上，頁7-14。

[4] 《論語集注》卷1〈為政〉。見〔南宋〕朱熹(1130-1200)著：《四書章句集注》(曹美秀校對本，臺北：大安出版社，1996年11月)，頁70。

[5] 《論語集注》卷7〈子路〉。見《四書章句集注》，頁198。

[6] 《論語集注》卷9〈陽貨〉。見《四書章句集注》，頁249-250。

[7] 〔清〕皮錫瑞(1850-1908)便站在孔子刪《詩》的立場，來解釋司馬遷這段文義，指出「四始之義」即是孔子藉編選《詩》所定：「案史公說本魯詩，為西漢最初之義。云『始於衽席』，正與讀《春秋曆譜牒》曰：『周道缺，詩本之衽席，〈關雎〉作』相合。可知〈關雎〉實是刺詩，而無妨於列正《風》，冠篇首矣。云〈關雎〉之亂以為《風》始，可知『四始』實孔子所定，而非周公所定，且並非周初所有矣。云『三百五篇』，可知孔子所定之詩，止有此數，不得如毛、鄭增入笙詩六篇，而陸、孔遂以為三百十一篇矣。云『皆弦歌之，以求合〈韶〉、〈武〉、〈雅〉、〈頌〉』，可知三百五篇，無淫邪之詩在內，不得如朱子以為淫人自作，而王柏妄刪《鄭》、《衛》矣。孔子刪《詩》之說，孔穎達已疑之，謂案《書》傳所引之《詩》，見在者多，亡逸者少，則夫子所錄者，不容十分去九，馬遷之言未可信，惟歐陽修以遷說為然。……王崧亦為之說曰：『《史記》之收繆誤固多，皆有因而然，從無鑿空妄說者。』考《漢書·食貨志》，孟春之月，行人振木鐸徇於路，以采詩獻之太師，比其音律以聞於天子云云，《史記》所謂古詩三千餘篇者，蓋太師所

孔子以「備王道，成六藝」為編《詩》宗旨。而這也就意味著若要掌握文學選本的本旨，編選者本身之意志實最為有力的憑證。[8]

　　同樣地，要理解另一本在中國文學史上具有舉足輕重地位的文學總集《昭明文選》之編選本旨與其文學立場，直接探究昭明太子蕭統(501-531)的編選動機及其文學觀，乃是最直接的途徑。然而自唐(618-907)以來，卻往往將視焦聚於〈文選序〉中的「事出於沉思，義歸乎翰藻」一語，奉為蕭統選文之唯一準則，形塑出《昭明文選》乃集歷代美文之大成，為後世英髦之士行文準據之範例，但也限縮了後世探究蕭統選文本意的視角。李善所言出自其〈上《文選注》表〉，表面雖為評價蕭統選輯《文選》的價值，但內容卻略傾向於描述宮廷文士的文技辭藝典範：

　　采之數，迫比其音律閒於天子，不過三百餘篇。何以知之？采詩非徒存其辭，乃用以為樂章也，音律之不協者棄之，即協者尚多，而此三百餘篇，於用已足，其餘但存之太史，以備所用之或闕。《詩》三百，誦《詩》三百，皆孔子之言，前此未有綜計其數者。蓋古詩不止三百五篇，東遷以後，禮壞樂崩，詩或有句而不成章，有章而不成篇者，無與於弦歌之用，孔子自衛反魯而正樂，釐訂汰黜，定為此數，以教門人，於是授受不絕。設無孔子，則此三百五篇，亦胥歸泯滅矣。故世所傳之逸詩，有太師比音律時所棄者，有孔子正樂時所削者，所采既多，其原作流傳誦習，後人得以引之。是則『古詩三千餘篇，去其重』，取其可施於禮義，乃太師所為。司馬遷復聞孔子正樂時，於詩嘗有所刪除，而遂以歸之孔子，此其屬辭之未密，或文字有脫誤耳。然謂孔子皆弦歌之，以求合〈韶〉、〈武〉、〈雅〉、〈頌〉之音，可知非獨取其辭意已。」見氏著：《詩經通論》〈論孔子刪詩是去其重，三百五篇已難盡通，不必更求三百五篇之外〉條。收錄於氏著：《經學通論》(北京：中華書局，2003 年 11 月)，頁 66-67。

[8] 如南宋的真德秀(1178-1235)選輯《文章正宗》主旨，乃為了完成朱熹「世教民彝」之願；劉克莊(1187-1269)的多本詩選，則透露其「切情詣理」即合乎人情自然的文學觀。將二者置於「程朱理學」的時代氛圍下，則可比較出兩人的文學意志所透露之選文標準的差異性與特殊意義。有關此二人的比較，可參考王宇：〈標榜風氣、詩歌選本、理學語境與劉克莊詩學觀的重新解讀——以真德秀《文章正宗》為對照〉，《淡江中文學報》第 17 期，2007 年 12 月，頁 90-119。又如錢鍾書(1910-1998)於《宋詩選注》中也自道其「不選」之條例，以表明自己的文學原則。參曾金承：〈錢鍾書《宋詩選注》的「排除性」選詩原則初探〉，《文學新鑰》第 14 期，2011 年 12 月，頁 119-146。

　　　昭明太子，業膺守器，譽珍問寢。居肅成而講藝，開博望以招賢。
　　搴中葉之詞林，酌前修之筆海。周巡縣嶠，品盈尺之珍；楚望長瀾，
　　搜徑寸之寶。故撰斯一集，名曰《文選》。後進英髦，咸資準的。[9]

　　其一是李善注《文選》實為私撰，本與科考教本無關，[10]這段話把李善
注《文選》的心迹表露無遺，從中對昭明太子所招之詞林筆海之賢的欣羨溢
於言表，足顯其注《文選》之干祿動機，而這也透露出初唐乃至李善時代，
對《昭明文選》的認知立場一開始與科考並無太大的關連，反而是文士藉以
為文炫博的求職工具。其次在〈序〉中，李善明言其注《文選》只是想藉此
謀取唐高宗青睞得以出仕：

　　　臣蓬衡蕞品，樗散陋姿。汾河委筴，夙非成誦。崇山墜簡，未議
　　澄心。握玩斯文，載移涼燠。有欣永日，實昧通津。故勉十舍之勞，
　　寄三餘之暇，弋釣書部，願言註輯。合成六十卷。殺青甫就，輕用上
　　聞。享帚自珍，緘石知謬。敢有塵於廣內，庶無遺於小說。謹詣闕奉
　　進，伏願鴻慈，曲垂照覽。謹言。[11]

9　〔南朝梁〕蕭統編，〔唐〕李善(630-689)注：《文選》(李培南等人點校本，上海：上海古籍出版
　　社，2007 年 10 月)，序頁 4。

10　《舊唐書》卷 189 上〈儒學上・李善傳〉：「明(按：應作顯)慶中，累補太子內率府錄事參軍、崇
　　賢館直學士，兼沛王侍讀。嘗注解《文選》，分為六十卷，表上之，賜絹一百二十四，詔藏于祕
　　閣。」見〔後晉〕劉昫(887-946)等撰：《舊唐書》(點校本，北京：中華書局，1997 年 9 月)，頁
　　4946。而《舊唐書》卷 190 中〈文苑中・李邕傳〉也記載李邕父李善之仕歷：「父善，嘗受《文
　　選》於同郡人曹憲。後為左侍極賀蘭敏之所薦引，為崇賢館學士，轉蘭臺郎。敏之敗，善坐配流
　　嶺外。會赦還，因寓居汴、鄭之間，以講《文選》為業。年老疾卒。所注《文選》六十卷，大行
　　於時。」見《舊唐書》，頁 5039。可知李善並沒有因《文選注》而達到干祿目的，僅獲得唐高宗
　　(649-683 在位)絹帛之賜，但也可推敲出李善當初注《文選》根本與科考無關，反而是欲藉以炫博
　　以投唐帝愛文之所好。

11　《文選》，序頁 4。

　　因此，根本無涉於政府取士之態度或標準！按此文脈，則李善對昭明太子編《文選》本意的評述，顯然也僅側重於蕭統對文學的濃厚興趣。故〈上《文選注》表〉中的「咸資準的」之「準」，實較傾向於宮廷文士競藝之道，反而較無其他經世之用。[12]事實上就連唐人自己都意識到，《文選》尚有「不根藝實」之弊：

　　　　(唐)武宗即位，宰相李德裕尤惡進士。……德裕嘗論公卿子弟艱於科舉，武宗曰：「向聞楊虞卿兄弟朋比貴勢，妨平進之路。昨黜楊知至、鄭朴等，抑其太甚耳。有司不識朕意，不放子弟，即過矣，但取實藝可也。」德裕曰：「鄭肅、封敖子弟皆有才，不敢應舉。臣無名第，不當非進士。然臣祖天寶末以仕進無他岐，勉彊隨計，一舉登第。自後家不置《文選》，蓋惡其不根藝實。」[13]

　　這個「實」正如同裴行儉(619-682)所稱：「士之致遠，先器識而後文藝。(王)勃等雖有文才，而浮躁淺露，豈享爵祿之器耶！楊子沉靜，應至令長，餘得令終為幸。」[14]顯係為有別於文采的道德品格與實務能力，可見僅以《文

---

[12] 曹道衡(1928-2005)〈南北文風之融合和唐代《文選》學之興盛〉便指出後世僅從「科舉」因素理解唐代《文選》盛行現象的片面缺失：「這種人人爭讀《文選》的風氣是怎麼形成的呢？一般的看法都認為是由於隋唐以來實行了科舉制度，以詩賦取士的結果。這種說法有一定的道理，但並不能回答所有的問題。因為以詩賦取士只能使當時的士人致力於詩賦的寫作，而未必都要去攻讀《文選》。因為據《隋書‧經籍志》記載，隋及唐初存在著許多詩、文和賦的總集，都可以供應舉者取法，而大家卻一致選擇了《文選》，其原因顯然和當時文壇的風尚及唐初君臣愛好有關。」見氏著：《中古文史叢稿》(保定：河北大學出版社，2003年11月)，頁1-15。王立群也抱持類似觀點，見氏著：〈《文選集注》研究——以李善注為中心的一個考察〉，《漢語言文學研究》第2卷第3期，2011年9月，頁21-35。

[13] 《新唐書》卷44〈選舉志上〉。見〔北宋〕宋祁(996-1061)、歐陽修(1007-1072)撰：《新唐書》(點校本，北京：中華書局，1997年9月)，頁1168-1169。

[14] 《舊唐書》卷190上〈文苑上‧王勃傳〉。見《舊唐書》，頁5006。

選》作為唐人取士準則，也未能確實掌握唐人理想的人才論，[15]即使視為取材範本，唐人與《文選》原編者蕭統就「辭采」與「文人」理想典範的關係認知上，仍存有不小的差距！因為觀察蕭統的〈文選序〉可知，昭明太子編集《文選》就是視此書可以「化成天下」、「風教百姓」之用，相對地其所選錄的作家，也就具有「經國治事」之能的理想文士典範。

其三，則是後人常引為說的科考範本，但唐代實自唐高宗(649-683 在位)永隆二年(681)才頒布〈條流明經進士詔〉：「自今已後，考功試人，明經試帖，取十帖得六以上者；進士試雜文兩首，識文律者，然後並令試策。」[16]進士科才確立雜文為必考項目，故早於顯慶三年(658)就上呈《文選注》的李善，很難能夠絕對掌握二十餘年後國家取士政策風氣轉變之迹，更遑論自覺性地藉以編輯或注訂未來考生教科書《文選》的意圖[17]。故李善在〈上《文選注》表〉對蕭統編選《文選》的看法，僅可視為唐人個別對《文選》的理解立場，但尚與蕭統編書之本旨有所落差。

就如同章學誠(1738-1801)在〈與甄秀才論《文選》義例書〉中嘗以一己

---

[15] 黃永年(1925-2007)〈「士先器識而後文藝」正義〉：「這句話前面還有『士之致遠』幾個字，往往為後世引用者所忽略。其實這是『事先器識而後文藝』的前提，萬萬省略不得。所謂『致遠』者，即在政治上飛黃騰達之謂。要在政治上飛黃騰達當然不能靠文藝，必須是有器識能勝冢宰之材者繼行。」見氏著：《文史探微》(北京：中華書局，2000 年 10 月)，頁 243-255。

[16] 《唐大詔令集》卷 106〈政事・貢舉〉。見〔北宋〕宋敏求(1019-1079)編：《唐大詔令集》(北京：中華書局，2008 年 4 月)，頁 549。

[17] 丁旗試圖具體標明《文選》在唐代形成科考範本的時間歷程：「從永隆二年(681)，詔令進士開始試雜文兩首，到大和八年(834)專用詩賦的定型，其間共經歷 154 年。就是在這一時期，因《文選》對詩賦，甚且雜文的有效指導，以及詩賦的命題多出自《文選》，時人對進士科的熱衷，士人讀習《文選》的勁頭一直久盛不衰。」見氏著：《唐宋《文選》學史論》(上海：上海人民出版社，2015 年 7 月)，頁 2。不過陳飛的研究則指出，永隆二年以前，唐人亦有試策雜文之例，但都屬於不正規、不嚴格的「加試」性質：「大抵自貞觀八年(634)至永隆二年這段時間，進士科不僅不是『止試策』，而且試策以外還有『帖讀』、『帖經』、和試『雜文』之類的試項，形式不一，但並不經常和規範。」見氏著：《唐代試策考述》(北京：中華書局，2002 年 4 月)，頁 128-129。

之「文獻補史」[18]立場來評價昭明太子選文之失：

　　　辱示《文選》義例，大有意思，非熟知此道甘苦，何以得此？弟
　　有少意商復。夫踵事增華，後來易為力；括代總選，須以史例觀之。
　　昭明草創，與馬遷略同。由六朝視兩漢，略已；先秦略之略已。周則
　　子夏〈詩序〉，屈子《離騷》而外，無他策焉。亦猶天漢視先秦，略已；
　　周，則略之略已。五帝三王，則本紀略載而外，不更詳焉。昭明兼八
　　代，《史記》採三古，而又當創事，故例疎而文約。《文苑》、《文鑒》，
　　皆包括一代；《漢書》、《唐書》，皆專紀一朝；而又藉前規，故條密而
　　文詳。《文苑》之補載陳、隋，則續昭明之未備；《文鑒》之併收制科，
　　則廣昭明之未登。亦猶班固《地志》之兼採《職方》、《禹貢》，《隋書》
　　諸志之補述梁、陳、周、齊，例以義起，斟酌損益，固無不可耳。夫
　　一代文獻，史不盡詳，全恃大部總選，得載諸部文字於律令之外，參
　　互考校，可補二十一史之不逮。其事綦重，原與揣摩家評選文字不同，
　　工拙繁簡，不可屑屑校量。讀書者但當採掇大意，以為博古之功，斯
　　有益耳。[19]

　　據《章氏遺書》所載上文之題解註記云：「此與下篇雖論《文選》義例，

---

[18] 最早視章學誠「六經皆史」的「史」之意義為「史料文獻」者是胡適(1891-1962)：「先生作《文
史通義》之第一篇──〈易教〉──之第一句『六經皆史也。』此語百餘年來，雖偶有人崇奉，
而實無人深懂其所涵之意義。……其實先生的本意只是說『一切著作，都是史料。』……先生的
主張以為六經皆先王之政典；因為是政典，故皆有史料的價值。」見氏著：《章實齋先生年譜》(臺
北：遠流出版事業股份有限公司，1986年7月)，頁158。但胡適的說法已受到學界的修正，且擴
大了「六經皆史」的史料文獻之範疇。對於「六經皆史」說研究的演進過程，可參考張麗珠：〈章
學誠的史學核心意識──以突出「專門」、「成家」為主軸的論述〉，《臺灣師大歷史學報》第
42期，2009年12月，頁197-234。

[19] 《文史通義》卷8〈外編三〉。見〔清〕章學誠撰，葉長青注，葉瑛校注：《文史通義校注》(北
京：中華書局，2004年9月)，頁837。

實以方志另立文徵,是仿《文選》而作,申明前書之意。」[20]由此可知,此文與被編於其後的〈駁《文選》義例書〉再答〉,均皆出於方志纂修的體例而發,故應合而觀之。然《章氏遺書》稱此文乃章氏為了編纂河北省文安縣方志時,對於該不該立〈文徵〉以蒐羅地方相關文學作品之體例所提出的討論,[21]顯然章學誠認為可借助《昭明文選》之體例作為編選方志〈文徵〉之參照,故此處雖是章氏針對方志保存文獻而發,但其中對《昭明文選》的選文內容略古詳今,且又未廣泛收錄制科之類的公文行書所抱持的疑慮,進而抨擊《昭明文選》選文範圍太窄,未能諸部均錄以補充史籍文獻之缺,則可視為是章學誠對《文選》一書的整體評價。

事實上章學誠評論《文選》的立場顯然未從「文學」與「美學」的角度出發:「世之能文章者,以為言語之工,體撰之妙,能狀難言之景,顯難達之情,擬之化工造物,而文章之能是盡矣。……吾觀文學之士,不求其當而爭誇於美且富者,何紛紛耶!」[22]因其視「文學」乃為切於天下事物、人倫日用之文,[23]可見章學誠對文學觀乃向修辭實用的功能性傾斜:「文人之文,與著述之文,不可同日語也。著述必有立於文辭之先者,假文辭以達之而已。譬如廟堂行禮,必用錦紳玉佩,彼行禮者,不問紳佩之所成,著述之文是也。

---

[20] 《文史通義校注》,頁 839。

[21] 《文史通義》卷 8〈外編三〉收有〈答甄秀才論修志第二書〉即有修纂方志條例以專論選錄詩文之道:「文選宜相輔佐也。詩文雜體入《藝文志》,固非體裁,是以前書欲取備體歸於傳考。然西京文字甚富,而班史所收之外,寥寥無幾者,以學士著撰,必合史例方收;而一切詩文賦頌,無昭明、李昉其人,先出而採輯之也。史體縱看,志體橫看,其為綜核一也。然綜核者事詳,而因以及文。文有關於土風、人事者,其類頗夥,史固不得而盡收之。以故昭明以來,括代為選,唐有《文苑》,宋有《文鑒》,元有《文類》,明有《文選》,廣為銓次,巨細畢收,其可證史事之不逮者,不一而足。故左氏論次《國語》,未嘗不引諺證謠;而十五《國風》,亦未嘗不別為一編,均隸太史。此文選、志乘,交相裨益之明驗也。」見《文史通義校注》,頁 828。

[22] 《章氏遺書》卷 6〈雜說〉。見〔清〕章學誠:《章氏遺書》(影印吳興劉承幹嘉業堂刊本,臺北:漢聲出版社,1973 年 1 月),頁 123。

[23] 鍾永興:〈「經之流變,必入於史」——章實齋「史學文」之研究〉,《輔仁國文學報》第 30 期,2010 年 4 月,頁 97-118。

錦工玉工，未嘗習禮，惟藉制錦攻玉以稱功，而冒他工所成為己制，則人皆以為竊矣，文人之文是也。故以文人之見解，而議著述之文辭，如以錦工玉工，議廟堂之禮典也。」[24]但從甄松年的回信可知：「得兄所論《文選》義例，甚以為不然。文章一道，所該甚廣，史特其中一類耳。選家之例，繁博不倫，四部九流，問所不有？而兄概欲以史擬之。……兄復思配以《文選》，連床架屋，豈為風雲月露之辭，可以補柱下之藏耶？選事仿於六朝，而史體亦壞於是，選之無裨於史明矣。」[25]甄氏顯然嚴正反對將文學作品與史部文獻混為一談。尤其信中透露甄松年視《文選》內諸文皆屬「風雲月露」之辭，則可意會其對《昭明文選》一書性質的認知實由修辭藻飾的角度出發。

上述顯示章、甄兩人對於《昭明文選》雖各自有所偏頗評價，卻也都呈露出皆非由蕭統本身的編書立場出發，徒然以後世預設立場來評價《昭明文選》的方式，正是「《文選》學」研究脈絡中重要關縫之處。

雖然章學誠本身的「文學」觀確實較為侷限：

> 而後世應酬牽率之作，決科俳優之文，亦泛濫橫裂，而爭附別集之名，是誠劉《略》所不能收，班《志》所無可附；而所為之文，亦矜情飾貌，矛盾參差，非復專門名家之語無旁出也。[26]

然他有意應用《昭明文選》總輯歷代作品的方法，來廣泛地蒐羅歷史文獻。只不過他所偏重的多屬政府誥令等行政文書，[27]雖可謂其承認《文選》

---

[24] 《文史通義》卷5〈內編五・答問〉。見《文史通義校注》，頁489。

[25] 《文史通義校注》，頁837-838。

[26] 《文史通義》卷3〈內編三・文集〉。見《文史通義校注》，頁296-297。

[27] 《文史通義》卷6〈外編三・方志立三書議〉：「選事仿於蕭梁，繼之《文苑英華》與《唐文粹》，其所由來久矣。今舉《文鑒》、《文類》，始演風詩之緒，何也？曰：《文選》、《文苑》諸家，意在文藻，不徵實事也。《文鑒》始有意於政治，《文類》乃有意於故事，是後人相習久，而所見長於古人也。」見《文史通義校注》，頁575。章學誠這個傾向後來受到劉咸炘(1896-1932)的抨擊：「章實齋作〈詩教〉、〈文集〉二篇，發明隋前篇翰之源，正後世文集之謬，而不知《文選》

的文獻學價值，[28]實際上卻是無法認同《昭明文選》對作品分類與汰選之例則：

> 《文選》者，辭章之圭臬，集部之準繩，而淆亂蕪穢，不可殫詰；則古人流別，作者意指，流覽諸集，孰是深窺而有得者乎？集人之文，尚未得其意指，而自衷所著為文集者，何紛紛耶？若夫總集別集之類例，編輯撰次之得失，今古詳略之攸宜，錄選評鈔之當否，別有專篇討論，不盡述也。[29]

甚至還抨擊《昭明文選》所收的作品在質量上都過於簡略！尤其是兩漢時期的文獻作品：「兩京文字，入《選》甚少，不敵班、范所收，使當年早有如選《文苑》其人，裁為大部盛典，則兩漢事跡，吾知更赫赫如昨日矣。史體壞於六朝，自是風氣日下，非關《文選》。昭明所收過略，乃可恨耳。所云不循循株守章句，不必列文於史中，顧斤斤盡文於史外，其見尚可謂之卓革否？」[30]則更可凸顯出章學誠認同的是《昭明文選》蒐羅文獻的功能，卻對

之例即主《詩》教，故但表其輔史，摘其分門之誤，而未明本旨。」見黃曙輝編校：《劉咸炘學術論集‧文學講義編》(桂林：廣西師範大學出版社，2007 年 7 月)，頁 21。

[28] 《文史通義》卷 4〈內編四‧釋通〉：「總古今之學術，而紀傳一規乎史遷，鄭樵《通志》作焉。(《通志》精要，在乎義例。蓋一家之言，諸子之學識，而寓於諸史之規矩，原不以考據見長也。後人議其疏陋，非也。)統前史之書志，而撰述取法乎官《禮》，杜佑《通典》作焉。(《通典》本劉秩《政典》。)合紀傳之互文，(紀傳之文，互為詳略。)而編次總括乎荀、袁，(荀悅《漢紀》三十卷，袁宏《後漢紀》三十卷，皆易紀傳為編年。)司馬光《資治通鑑》作焉。匯公私之述作，而銓錄略仿乎孔、蕭，(孔逭《文苑》百卷、昭明太子蕭統《文選》三十卷。)裴潾《太和通選》作焉。此四子者，或存正史之規，(《通志》是也。自《隋志》以後，皆以紀傳一類為正史。)或正編年之的，(《通鑑》。)或以典故為紀綱，(《通典》。)或以詞章存文獻，(《通選》。)史部之通，於斯為極盛也。(大部總達，意存掌故者，當隸史部，與論文家言不一例。)」見《文史通義校注》，頁 373。

[29] 《文史通義》卷 1〈內編一‧詩教下〉。見《文史通義校注》，頁 82。

[30] 《文史通義》卷 8〈外編三‧駁〈《文選》義例書〉再答〉。見《文史通義校注》，頁 839。

其中去取裁汰的美學標準毫不關心,甚至還以此抨擊蕭統遺漏太多兩漢文章。不過,章學誠在《文史通義》中對《昭明文選》選文去取標準的質疑,其實也呈現出傳統「《文選》學」研究往往藉各殊的後見之明欲重探蕭統編書本旨的趨向。[31]

魯迅(周樹人,1881-1936)曾言:

> 凡是對於文術,自有主張的作家,他所賴以發表和流佈自己主張的手段,倒並不在作文心,文則,詩品,詩話,而在選出選本。選本可以藉古人的文章,寓自己的意見。博覽群籍,采其合于自己意見的為一集,一法也,如《文選》是。擇取一書,刪其不合于自己意見的為一書,又一法也,如《唐人萬首絕句選》是。如此,則讀者雖讀古人書,卻得了選者之意,意見也就逐漸和選者接近,終於「就範」了。[32]

則可知閱讀任何一種選本,其實都是正在接受編選者文學觀念的過程,故閱讀所選作品時,自然而然都受到選文者編選動機、目的、與文學立場傾

---

[31] 王金凌(1949-2012)在〈文學史的歷史基礎〉中曾將「文學史」體裁分為:「情志文學史」、「文士傳」、「文類文學史」、「風格文學史」、「文學社會史」等類,顯然章學誠對《文選》體例的討論僅將其視為「文類文學史」。王氏對於文學史家的史觀論述有以下討論:「文學史不只是文學知識的累積,更是根據史料,依循歷史的本性,而建構起來的文學心靈之曲折發展,一如個人生命的曲折發展。不同的是:個人生命有終了之時,文學史主體則不斷透入每一代人的心中生生不息。其中,文學心靈曲折發展之關鍵在文學史家修史時所居的身分。」這也就說明了何以後世以「預設立場」重新探究蕭統編輯《文選》的動機,始終無法貼近蕭統編書本意,因每一位文學史家無論所處之時代環境與其本身的身分背景,實都影響著其對蕭統《文選》的個殊認知,但卻往往將此一價值認知作為解讀《文選》的重要方法,導致蕭統最原初的編書本旨逐漸湮沒不見。見輔仁大學中國文學系、中國古典文學研究會合編:《建構與反思—中國文學史的探索學術研討會論文集》(臺北:臺灣學生書局,2002年7月),頁459-485。

[32] 魯迅:〈選本〉,見氏著:《集外集》,收錄於魯迅著,張健、金鴻文校訂:《魯迅全集》(臺北:谷風出版社,1989年12月),卷7,頁131-132。

向之制約。[33]然而蕭統作為《昭明文選》的總編者，卻至今未有任何著作專門就其編輯《文選》之動機本義、與目的、功用等面向提出清楚的說明，一方面是蕭統直接留下與《文選》有關的文獻僅有〈文選序〉一篇，理所當然由其中探詢其編輯宗旨。然傳統「《文選》學」研究卻過度聚焦於「事出於沉思，義歸乎翰藻」，使得將蕭統選文的本旨侷限在美文集成的範疇：

> 蕭梁之世，《昭明文選》問世，此書選錄自周至梁作品，而不收經史諸子文字。〈文選序〉曾稱經書乃「孝敬之准式，人倫之師友」；史書「所以褒貶是非，紀別異同」；子書「以立意為宗，不以能文為本」：皆不同於文學，故《文選》不收。《文選》所收者為「若其讚論之綜緝辭采，序述之錯比文華，事出於沉思，義歸乎翰藻，故與夫篇什，雜而集之。」此即蕭統選文之標準。蓋蕭統認為有充實的內容而以美麗辭藻表現之作品，始得稱為文學。[34]

　　葉慶炳的調和之言便透露出歷來對於《文選》的研究面向，往往將「充實的內容」依附於美麗的辭藻表現之下，反而忽視了所謂充實的內容到底所指為何？而本文即是為探明此一歷代「《文選》學」研究中的留白之處，即什麼才是蕭統所謂「充實的內容」？這些被選錄的作品具有什麼「充實的內容」是蕭統所在意的？蕭統所標舉的「充實的內容」又有何目的與準則？藉此本

---

[33] 〔美國〕余寶琳：〈詩歌的定位—早期中國文學的選集與經典〉：「選集總是具隱喻性地及歷史性地將詩歌作品放在它們應有的位置，並直接地或間接地道出時代的價值觀。」見 Pauline Yu：〈Poems in Their Place: Collections and Canons in Early Chinese Literature〉，*Harvard Journal of Asiatic Studies* 第 50 卷第 1 期，1990 年 6 月，頁 163-196。後收錄於樂黛雲、陳玨編選：《北美中國古典文學研究名家十年文選》(南京：江蘇人民出版社，1996 年 5 月)，頁 254-284。張伯偉：〈選本論〉，收錄於氏著：《中國古代文學批評方法研究》(北京：中華書局，2002 年 5 月)，頁 277-325。另鄒雲湖有專著：《中國選本批評》(上海：上海三聯書店，2002 年 7 月)，專門研討中國歷代選本的歷史流變。

[34] 葉慶炳(1927-1993)：《中國文學史》(臺北：臺灣學生書局，1997 年 6 月)，頁 2。

文得以重新挖掘蕭統編輯《文選》的風教化下、建構蕭梁帝國正統性的帝國圖像之政治動機。

事實上另一方面，傳統對於所謂「事出於沉思」的內涵，往往會由科舉考試的角度觀之。因李善以降士子科考往往視《文選》為重要範本，[35]便自然而然地形塑出「為文章者，焉得不尚《文選》也」[36]之普世價值。只不過以上諸論嚴格說來均為對《文選》在歷代的文學環境中的功能性而論，卻非針對蕭統編書的本旨而發，故雖多有研討《文選》所錄諸作品本旨之徑，但仍無法得知蕭統將其選錄於《文選》之內的本意。

是以明代劉節在〈廣文選序〉所言就有其特殊的價值所在：

> 蕭統妙解文理，擷歷代之菁華，以成一集。雖以杜甫文章凌跨百代，猶有「熟精《文選》理」之句，其推重詎出漫然。此可知當時去取別裁，俱有深意。[37]

劉節借杜甫(712-770)〈宗武生日〉[38]之典故，引導出杜甫所稱「熟精《文選》理」之「理」，乃是指蕭統去取別裁歷代文章的選文準則所含有的深意，

---

[35] 《困學紀聞》卷 17〈評文〉：「李善精於《文選》，為注解，因以講授，謂之『《文選》學』。少陵有詩云：『續兒誦《文選》』；又訓其子『熟精《文選》理』。蓋『《選》學』自成一家。江南進士試『天雞弄和風』詩，以《爾雅》天雞有二，問之主司，其精如此。故曰：『《文選》爛，秀才半。』」見〔南宋〕王應麟，〔清〕翁元圻輯注：《翁注困學紀聞》(臺北：世界書局，1984 年 4 月)，頁 869-870。

[36] 〔南宋〕胡仔(1095-1170)：《苕溪漁隱叢話》前集卷 9〈杜少陵‧四〉：「今人不為詩則已，苟為詩，則《文選》不可不熟也。《文選》是文章祖宗，自兩漢而下，至魏、晉、宋、齊，精者斯採，萃而成編，則為文章者，焉得不尚《文選》也。」見吳文治主編：《宋詩話全編》(南京：鳳凰出版社，2006 年 10 月)，冊肆，頁 3574。

[37] 〔明〕劉節：《廣文選》(四庫全書存目叢書本，臺南：莊嚴出版社，1997 年 1 月)，集部總集類，第 297 冊，頁 506。

[38] 〔唐〕杜甫撰，〔清〕仇兆鰲(1638-1713)注：《杜詩詳注》(北京：中華書局，2004 年 1 月)，頁 1477-1478。

杜甫並未有其他說明「此深意」為何的文字，但歷來的杜詩研究者則多將之
視為「作詩之法」而已。劉節在此提出了與眾不同的解釋，指出《文選》所
妙解的「文理」，即是蕭統後來編輯《文選》時進行去蕪存菁的法理依據，因
此杜甫勉勵杜宗武必須精熟的「《文選》理」，指的正是對蕭統編輯《文選》
成書「深意」之所在的理解。相較之下，歷來嘗由杜甫詩法立說以解釋《文
選》之理，如南宋(1127-1279)趙次公即曰：「公使字多出《文選》，蓋亦前作
之菁英，為不可遺也。公又曰『遞相祖述復先誰』，則公之詩法，豈不以有據
而後用耶？」[39]則此處所謂需熟精的《文選》之「理」，被解為：「使字」與
「詩法」之義。[40]至清代(1644-1912)無論浦起龍(1679-？)或仇兆鰲均將此「理」
視為杜甫以作詩之法勉勵子嗣，[41]則明代的劉節在此一「杜詩學」傳統中，
反而具有另判新意之效，提出杜甫所言之「《文選》理」，實應回到編輯《文
選》者之蕭統本身的編選原則，才是日後杜甫用以遵循的作詩之法。清代尚
有翁方綱(1733-1818)也提出了從蕭統立場出發的解讀：

> 杜之言理也，蓋根極於六經矣。曰「斯文憂患餘，聖哲垂象繫」，
> 《易》之理也；曰「舜舉十六相，身尊道何高」，《書》之理也；曰「春
> 官驗討論」，《禮》之理也；曰「天王狩太白」，《春秋》之理也。其他
> 推闡事變、究極物則者，蓋不可以指屈。則夫「大輅椎輪之旨，沿波
> 而討原」者，非杜莫能證明也。……《易》曰「君子以言有物」，理之
> 本也；又曰「言有序」，理之經也。天下未有舍理而言文者。且蕭氏之

---

[39] 〔唐〕杜甫撰，〔南宋〕趙次公注，林繼中輯校：《杜詩趙次公先後解輯校》(修訂本，上海：上
海古籍出版社，2012 年 12 月)，頁 520-521。

[40] 韓泉欣：〈為杜詩「熟精《文選》理」進一解〉，《浙江大學學報(人文社會科學版)》第 33 卷第
3 期，2003 年 5 月，頁 115-121。

[41] 仇兆鰲云：「此以家學勗宗武。……公祖審言善詩，世情因而傳述，故當精《文選》以紹家學，
何必為綵衣娛親乎？」見《杜詩詳注》，頁 1478。浦起龍曰：「中四句，字字家常語。質而有味。
由祖而來，詩學紹述。此事直是家業。人言傳說有子，特是世俗情耳。須得學問淵源，本於漢
魏，熟精《選》理，乃稱克家。」見氏著：《讀杜心解》(臺北：古新書局，1976 年 2 月)，頁 759。

為選也，首原「夫孝敬之準式，人倫之師友」，所謂「事出於沉思」者，惟杜詩之真實足以當之；而或僅以藻繢目之，不亦誣乎？自王新城究論唐賢三昧之所以然，學者漸由是得詩之正脈，而未免岐視「理」與「詞」為二途者，則不善學者之過也。而矯之者又或直以理路為詩，遂蹈白沙、定山一派，致啟詩人之訾謷，則又不足以發明六藝之奧，而徒事於紛爭疑惑，皆所謂泥者也。必知此義，然後見少陵之貫徹上下，無所不該。學者稍偏於一隅則皆不得其正，豈可以矜心躁氣求之哉？但憾不能「熟精」而已矣。[42]

　　翁方綱的「肌理說」詩觀主張兼顧「義理」與「文理」，前者以「六經」為依歸，後者則為「言有序」之詩法，[43]徐世昌(1855-1939)以清人之眼論翁氏：「覃溪以學為詩，所謂甋甓木石，一一從平地築起，與華嚴樓閣，彈指即現者，固自不同。同時如惜抱、北江諸人，每有微辭，持之良非無故，然興觀群怨之外，多識亦關詩教，且其深厚之作，魄力既充，韻味亦雋，非盡以斲靡誇多為能事。」[44]故可知所謂翁氏師法的核心價值，正在於結合「文韻」與「政教」，而杜詩所言即是將這兩者投射於《文選》之理中，正好透露出杜甫掌握了蕭統編輯《文選》時「王道教化」與「修辭藝術」兼備的意圖：

　　　　對翁方綱而言，杜詩之所以偉大，之所以有價值，就是因為杜詩「貫徹上下，無所不該」，承繼六經而體現了「理」的存在與美感，……

---

[42] 〔清〕翁方綱：〈杜詩「熟精《文選》理」「理」字說〉。見氏著：《復初齋文集》(臺北：文海出版社，1966 年 10 月)，卷 10，頁 406-409。

[43] 朱則杰：「『義理』側重內容，指的是以『六經』為代表、合乎儒家道德規範的學問和思想；『文理』側重形式，是指詩歌的寫作方法而言，大至謀篇布局，小到遣詞用字，……總起來看，『肌理』說主張詩人『正本探源』，博學通經，以此作為根柢，同時借助多種多樣的手法、縝密細緻的理路，在作品中充實地表現符合儒家傳統的思想及性情，以昌明世教，推尊學問。」見氏著：《清詩史》(南京：江蘇古籍出版社，2000 年 5 月)，頁 237。

[44] 徐世昌：《晚晴簃詩話》(上海：華東師範大學出版社，2009 年 7 月)，頁 583-584。

　　傳統論杜，固有以杜為詩聖以杜為六經者，但多只是一種比喻性的語言，翁方綱卻直接在杜詩中找到相通於六經之「理」，進而承認杜詩等高於六經的意義與價值。因此他在《杜詩附記》明確地說：「是以敢與讀諸經條件同題曰『附記』，又認為《文選》之「事出於沉思」者，乃是「孝敬之準事，人倫之師友」，也「惟杜詩之真實足以當之」。……杜甫〈留花門〉一詩，王士禎認為樓攻媿釋「連雲屯左輔，百里見積雪」中「回鶻之俗衣冠皆白」之說新異可喜，但翁方綱卻說：「上句連雲虛而此句積雪寔也，上句左輔寔而此句百里虛也。……即此雲雪之參差磋對，而句法之理在焉。此所謂精熟《選》理也。漁洋乃目樓語為新異，故其答門人問『精熟《文選》理』，『理』字不必深求。其解者也，而何以訓詩學乎？」翁氏從句法對應的角度，以為既以實際的「左輔」對形容的「百里」；那麼形容的「連雲」也必應對實際的「積雪」，故「積雪」不待考據即可知是指回紇而言。故他由此推論，「磋對」是《文選》中的「理」，精熟文選此「理」，則自可通解杜詩，漁洋悟不到此層，自然非杜詩的解人。因此翁方綱在〈宗武生日〉一詩亦說：「精微期託全在一理字，似非漁洋所知」。[45]

　　可見，杜甫所謂「熟精《文選》理」的「理」義，實兼備著文學形式藝術法則，以及政治教化之實用性目的。

　　故此一論點激發本論文的問題意識，既然前人嘗試借助杜甫「熟精《文選》理」的內涵來尋求蕭統選文本旨，劉節與翁方綱便是少數從蕭統的立場出發解杜詩，試圖重建蕭統編輯《文選》本意的案例。顯然前人皆認為以「致君堯舜上，再使風俗淳」[46]為終生志業的杜甫，可視為暗合蕭統《文選》選文之「理」的代表。此亦暗示蕭統選文應並非僅以美文或辭采為準，故〈文

---

[45] 徐國能：〈翁方綱杜詩學探微〉，《臺北大學中文學報》，創刊號，2006 年，頁 179-204。
[46] 杜甫：〈奉贈韋左丞丈二十二韻〉。見《杜詩詳注》，頁 73-80。

選序〉中所蘊藏的宗經觀念，或對人倫教化之強調，顯然也並非文學套語或無的放矢，應尚寓涵著編書此刻身為皇太子的蕭統，藉輯錄《文選》所透露出的重大政治目的——即藉編輯《文選》建構蕭梁帝國(502-557)盛世圖像。[47]

而要追究此一政治目的，便必須回到梁武帝(502-549 在位)藉重建禮樂制度以建構蕭梁帝國文化正統工程。職此之故，本文擬由「蕭統與蕭梁帝國文化正統建構工程」的脈絡下，重新檢視其編輯《文選》的動機與目的，也藉此挖掘《昭明文選》不僅僅是一本集歷代文囿菁英的經典文學選本，尚還包含太子蕭統藉由選本編輯活動以塑造其父梁武帝與蕭梁帝國，在南北對峙的分裂政局下，南方政治及文化正統象徵的重大意義。

二、「《文選》學」研究回顧

駱鴻凱(1892-1955)曾將「《文選》學」的研究分為五大方式：

---

[47] 本文對「圖像」之認知，乃擷取所謂「圖像學」：「解明形像所具備的寓意與象徵意味，除了處理作品中圖像的問題之外，還意圖捕捉使圖像成立文化全體的圖解。」之定義。參吳振岳：〈試析潘諾夫斯基之圖像學研究法及其在藝術鑑賞之功能〉，《大葉學報》第 10 卷第 2 期，2001 年 12 月，頁 69-78。故本文將趨向於討論昭明太子在編輯《文選》時，投射於其中的蕭梁帝國盛世圖像的建構藍圖。正如貢布里希(E．H．Gombrich，1909-2001)所言：「自從潘諾夫斯基(Erwin Panofsky，1892-1968)的開創性研究以來，我們一般用圖像學表示對一種方案的重建，而不是對某篇具體原典的確定。」見〔英國〕貢布里希著，楊思梁、范景中編譯：《象徵的圖像——貢布里希圖像學文集》(南寧：廣西美術出版社，2015 年 3 月)，頁 33。故本文所使用的「圖像」意涵，並不是針對《文選》中單篇作品本義之探究，而是蕭統藉由集合這 700 篇作品，對其當代情境所欲建構與烘托的蕭梁帝國盛世圖景。而「文學」與「圖像」所存在的異質性，可藉由鄭文惠的研究迎刃而解：「一般而言，文學歸屬時間藝術的範疇；圖像歸屬空間藝術的範疇。……但中國古典文學文本多半層疊、並置視覺化、感官化和具空間感的意象，構築成一組組意象序列與一套套表述系統。……再者，意識形態與權力運作機制存在於文學藝術的文本結構中：文學/圖像的話語形構與主題要素中，多呈示出一種關乎社會運作權力結構與意識形態。……因而或可說文學/圖像的互文性疆界空間，流動著話語主體的意識形態；文學/圖像的修辭性美學空間，展演著話語主體的意識形態。」見氏著：《文學與圖像的文化美學》(臺北：里仁書局，2005 年 9 月)，頁 1-34。

　　《選》學之名，昉於唐初。自曹秘書播斯蘭茝，李崇賢繡其悅鞶，津塗既闢，纘述日盛，門分類別，人各為書。一曰注釋：廣釋事類，搜討冥幽，援毛、鄭蟲魚之勤，達向、郭詮蹄之表，非為蕭氏之功臣，實亦百家之肴饌，此一家也。二曰辭章：采拾菁華，抉摘藻異，雅類兔園之冊，允為獺祭之資，此一家也。三曰廣續：孟、卜之續擬，陳、劉之補廣，探遺珠於滄海，異伐木於鄧林，不免好事之譏，祇廁附庸之末，此一家也。四曰讎校：自南宋鋟版，即以李注合於五臣，輾轉訛混，梳剔維艱，復崇賢之舊觀，成藝林之善本，此一家也。五曰評論：標舉義理，甄別瑕瑜，發哲匠之巧心，起童蒙之妙悟，此又一家也。[48]

　　而駱氏對這「注釋」、「辭章」、「廣續」、「讎校」與「評論」五種治《文選》之法，又區別為兩大途徑：

　　敍曰：研治選學，厥塗有二。李匡乂《資暇錄》，辨「寒鼈」與「芳蓮」，丘光庭《明書》，訂「雲窣」與「藻梲」。腳麟之賦，旁證《說文》；天雞之問，博涉《爾雅》。以及繚、緱同互，骨、母為胥。張釋釋卿之殊，桓譚譚拾之誤，莫不甄明異同，是正違失。此考據家之所有事也。清暉望舒，繽紛入用。王孫驛使，雅故相仍。翠流之詩，則冥符乎茂實；紫脫之表，則影寫乎麗章。岑文本擬《劇秦》之篇，白太傅襲〈詠史〉之句。此則詞章家之所有事也。前者主於徵實，後者謂之課虛，事雖相資，功有偏至。[49]

　　可見傳統治《文選》者，要非藉獺祭檢材以資文藻，就是詁訓考據以正文義。

---

[48] 駱鴻凱：《文選學》(臺北：華正書局有限公司，1989 年 9 月)，頁 42。

[49] 《文選學》，〈敍〉頁 1。

前者可藉于光華(1727-？)所編《評注昭明文選》一窺端倪：

　　華少時，父師令讀汲古閣《文選》，茫無畔岸，望而生畏。因將山
　　曉閣本，依約評點，略知段落。然於詩闕如。既得孫端人《選詩初學
　　讀本》，合為完璧。旋見閩板《孫評》，則知山曉閣及《初學讀本》之
　　所自出矣。後泉莊先生出示義門本，並載俞註，耳目一新，則欣然讀
　　之。數年來，又得邵氏、方氏各本，益知是書奧義無窮，經一番評論，
　　新一番耳目。因憶業師家得興先生應駿，嘗訓諸生曰：「文章得前輩善
　　本，探索玩味，即能自得師矣。時文中，如俞與汪、何，及王已山諸
　　選，各評論彙集研究，書理何患不明？文法何患不精？千里從師，其
　　能愈於是乎？」華於茲編，即體此意。[50]

　　文中所提之「汲古閣本」是清代所通行的《文選》李善(630-689)注本，[51]
斯波六郎(1894-1959)曾考訂四庫所收並非原刻本，[52]但此版乃係南宋尤袤
(1127-1194)刻本系統，為傳世最早的李善注單行本。[53]而所謂「山曉閣本」，

---

[50] 〔清〕于光華編：《評註昭明文選》，〈重訂凡例〉(臺北：學海出版社，1980年9月)，頁36。

[51] 《四庫全書總目提要》：「其書自南宋以來，皆與《五臣注合刊》，名曰《六臣注文選》。而善
　　單行之本，世遂罕傳。……削去《五臣》，獨留《善注》，故刊除不盡，未必真見單行本也。」
　　見〔清〕紀昀(1724-1805)總纂：《四庫全書總目提要》(石家莊：河北人民出版社，2000年3月)，
　　頁5081。

[52] 〔日本〕斯波六郎(しば ろくろう)〈《文選》諸本研究〉「清懷德堂重彫汲古閣本李善注文選六
　　十卷，16冊，家藏」條曰：「《汲古閣校刻書目》、《汲古閣刻版存亡考》俱著錄『李善注文選
　　六十卷』，楊守敬亦記載，有崇禎間毛氏汲古閣刊本《李善注文選》，予未見毛氏原刻本，而據
　　莫友芝、邵懿辰所記，云重彫汲古閣本種類頗多，予所見者亦僅素位堂刊本、錢士謐校本、懷德
　　堂刊本、文盛堂刊本、光霽堂刊本五種。」見斯波氏編著，李慶譯：《《文選》索引》(上海：上
　　海古籍出版社，1997年2月)，頁46。

[53] 程毅中、白化文合著之〈略談李善注《文選》的尤刻本〉中便提及目前通行的胡克家(1757-1816)
　　刻本已是屢經修補的後期印本，據其考證應是南宋寧宗開禧元年乙丑(1205)版：「胡刻所據的本子，
　　從版心所記的重刻年份看，有丁未(1187)、戊申(1188)、壬子(1192)、乙卯(1195)、乙丑(1205)、丙

指的其實是清初孫洙(其字魯淵,非乾隆二十八年(1763)編選《唐詩三百首》
之「蘅塘退士」字臨西的孫洙)的評點本,[54]然由於氏之文可知山曉閣本並未
評點《選》詩,原因是因孫洙此書實為科考範本而發:「《選》詩一集,雖取
材必及,而氣體古質,似與應制稍遠,姑留之以俟續人,從坊請也。」[55]直
待得紀昀業師孫端人《選詩初學讀本》而補全,[56]不過于氏提到此二書之評
論皆源於「閔版孫評」,指的是閔齊華刻於天啟二年(1622)的孫鑛(1543-1613)
評點之《文選瀹注》(此書亦名《孫月峰先生評文選》)。[57]從于光華的說明可
知,孫鑛評點之特色乃:「《瀹注》所載孫月峰先生評論,瑕瑜不掩,片言隻
字,無不指示,誠後學之津梁,修詞之標的也。」[58]顯然已非僅侷限於八股
時文的制藝之法,從中也透露出于光華編輯此書之用意:「嘗熟思之果何如,
而後為卓犖觀書,神交而意浹者乎。是必超乎尋常之識解,直窺作者之心胸,
破前此之紛繁,開本來之堂奧者矣。然微論:拘牽之子,抱殘守缺,無所折
衷,即綈繪自豪,志存超越。而師心自是,伐異黨同,仍執一偏。宜譏大雅,
宜乎卓犖難幾,而神意末由交浹也。」[59]趙俊玲整理于光華《評注昭明文選》
中約彙集三十餘位的評點之語:何焯(1661-1722)、祝堯、孫鑛、孫琮、陸樹
聲(1509-1605)、郭正域(1554-1612),陳與郊(1544-1610)、孫人龍、方廷珪、

寅(1206)、辛巳(1221)等,它的印刷不能早於辛巳(1221)也不會晚於景定壬戌(1262)。」見俞紹初、
許逸民主編:《中外學者《文選》學論集》(北京:中華書局,1998 年 8 月),頁 225-226。

[54] 根據趙俊玲的考察可知,雖然山曉閣主人是孫琮,但真正評點文選者乃其弟孫洙。見氏著:〈清
初《文選》評點著作——《山曉閣重訂文選》述論〉,《長江師範學院學報》第 25 卷第 5 期,2009
年 9 月,頁 22-26。

[55] 〔清〕孫琮、孫洙評閱:《山曉閣重訂文選》,康熙二十五年(1686)刻本,北京清華大學圖書館藏。

[56] 紀昀曾於《槐西雜誌》卷一中稱:「房師孫端人先生,文章淹雅而性嗜酒。醉後所作,與醒時無
異。館閣諸公,以為斗酒百篇之亞也。」見吳波、尹海江、曾紹皇、張偉麗輯校:《閱微草堂筆
記會校會注會評》(南京:鳳凰出版社,2012 年 11 月),頁 517。

[57] 趙俊玲:〈今存孫鑛《文選》評本述論〉,《武漢科技大學學報(社會科學版)》第 11 卷第 4 期,
2009 年 8 月,頁 97-100。

[58] 《評注昭明文選》,〈凡例〉,頁 39。

[59] 《評注昭明文選》,〈吳廷璐跋〉,頁 1164。

張甄陶、陳鳴玉、周平園、陳螺渚、陳尹梅、魏霽亭、何念修、朱悔廣、俞
瑒、張鳳翼、林兆珂、閔齊華、陸雲龍、陸敏樹、李光地(1642-1718)、浦起
龍(1679-1762)、邵長蘅(1637-1704)、沈德潛(1673-1769)、蔡世遠、鍾惺
(1574-1624)、王世貞(1526-1590)、黃叔琳(1672-1756)、劉勰(465-520？)、潘
酉黃等人，[60]而藉吳廷璐之〈跋〉可知，于氏彙集眾家之評最主要的動機即
在「直窺作者之心胸」，即欲探求《文選》諸文之本義，但顯然這「作者」，
並不包含蕭統(501-531)編書之本旨。

至於後者，即以考據治「《文選》學」者，如張雲璈(1747-1829)所稱：

> 選學向無專書，所有者前人評騭而已。如孫月峰、俞犀月、李安
> 溪、何義門諸先輩。字櫛句比，不留餘韻，足為辭章之圭臬，藝苑之
> 津梁矣。然大多於行文之法綦詳，摭實之義多略。……雲璈讀《文選》
> 久矣，凡詩賦之源流，文章之體格，得其解，心領而神會之，不得其
> 解，則有諸家之說在，一展卷可以瞭然，誠無所置喙。顧文義不無舛
> 誤，注家尚多異同，與夫名物典故，字句音釋，間出於諸說所備之外
> 者，不能無疑。[61]

---

[60] 依趙俊玲所言，尚有更多評點家未被于光華標出：「這三十幾位評點者的評語，我們已明確知道
何焯評出自其《文選》評本，孫鑛評出自《孫月峰先生評文選》，孫琮評出自《山曉閣重訂文選》，
孫人龍評出自《昭明選詩初學讀本》，方廷珪評出自《昭明文選集成》，俞瑒評亦出自其《文選》
評本。這幾種評本，除《孫月峰先生評文選》、俞瑒評本未引他人評，其他評本都有所引錄。何
焯評本引有『祝堯』等評，《山曉閣重訂文選》標明引錄了『孫鑛』、『郭正域』、『陸樹聲』、
『陳與郊』及『家仲』等評，方廷珪《昭明文選集成》引『周平園』、『陳螺渚』、『陳尹梅』、
『盧此人』、『張惕庵』、『陳涷泉』、『何念修』、『劉書升』、『魏霽亭』、『吳古愚』、
『朱悔廣』等十餘人評。于光華《文選集評》輯錄這些評本，亦輯入它們所引他人之評，但卻未
予說明，易使只見《集評》，而未見其他評本的讀者，對這些評語的出處產生疑問。」見氏著：
〈《文選》評點集大成著作——于光華《文選集評》考論〉，《古籍整理研究學刊》，2014年第
1期，頁41。

[61] 〔清〕張雲璈：〈選學膠言自序〉。見氏著：《選學膠言》，收錄於《選學叢書》（臺北：廣文書
局，1966年5月），頁1-2。

可知《選學膠言》側重於辯證李善或五臣注釋之誤與闕佚，或校正諸家考據訓義之疑，卻對文學性的章法、修辭、與文學評論較少著墨。故雖然與辭章派取法不同，卻同為追索《昭明文選》中各篇作品之本義本旨。是以朱珔(1769-1850)即曰：「《昭明文選》一書，惟《李崇賢注》號稱精贍，而騷類只用舊文，不復加證。經序數首，更絕無詮語，未免於略。且傳刻轉寫動成舛誤，且名物猶需補正，並可引申推闡，暢宣其旨。」[62]顯示其書欲藉補闕《善注》以得文旨；胡克家則藉由考異尤表本在傳刻過程中的屢誤以復原《善注》；[63]梁章鉅(1775-1849)除仍校定考異諸《文選注》刻本異同外，尚存有少量評文之語，[64]可算是清代「《文選》學」之集大成之作。[65]然而以上諸本所探求之文義，實際上僅為《文選》所錄之個別作品，但均未將焦點聚於蕭統輯書之本旨加以發揮。

當 1903 年北京「京師大學堂」頒布〈奏定大學堂章程〉，改以「文學史」與「文學研究法」取代傳統「考鏡源流」與「文體習作」的中國文學課程內容後，[66]中國文學研究建立起所謂的現代化典範。[67]但如黃侃(1886-1935)《文選平點》治《文選》之法：「凡《蕭選》之文，見於諸史與本集及宋以前書，皆取以互校，所手批《文選》，丹黃爛然。凡汪韓門、余仲林、孫頤谷、胡果泉、朱蘭坡、梁茞林、張仲雅、薛子韻諸家書，於文義有關者，並以參核。」[68]與

---

[62] 〔清〕朱珔：〈文選集釋自序〉。見氏著：《文選集釋》，收錄於《選學叢書》(臺北：廣文書局，1966 年 5 月)，序頁 1。

[63] 〔清〕胡克家：〈文選考異序〉。見氏著：《文選考異》，收錄於《文選》(臺北：華正書局，2000 年 10 月)，頁 841。

[64] 〔清〕梁章鉅：《文選旁證》(穆克宏點校本，福州：福建人民出版社，2000 年 1 月)。

[65] 此語引自穆克宏〈《文選旁證》點校說明〉。見《文選旁證》，頁 1-8。

[66] 梁啟超(1873-1929)著，夏曉虹輯：《飲冰室合集集外文》(北京：北京大學出版社，2005 年 1 月)，冊上，頁 33-42。

[67] 陳平原：〈現代中國的「魏晉風度」與「六朝散文」〉，收錄於氏著：《中國現代學術之建立》(臺北：麥田出版社，2000 年 5 月)，頁 329-401。

[68] 黃念容：〈文選黃氏學敘〉，收錄於黃侃著：《文選黃氏學》(臺北：文史哲出版社，1977 年 1 月)，序頁 2。

高步瀛(1873-1940)著《文選李注義疏》之旨：「然(《善注》)一厄於五臣之代篡，再厄於馮光震之攻摘，三厄於六陳本之羼亂，四厄於尤表本之改竄。……使其精神面目皆已師真，而綴學之士雖力為杷梳，終不能復其元本。」[69]顯然仍舊延續清代樸學考據之法，一方面欲復原《李善注》之原貌，另一方面又欲藉餖飣訓釋以考據《選》文本義。反倒是師承樸學宗師黃侃的駱鴻凱於三零年代出版的《文選學》中，[70]所附之兩篇論文：〈文選分體研究舉例——「論」〉與〈文選專家研究舉例——陸士衡〉，[71]可視為「《文選》學」研究方法現代化的初步成果。

　　二戰後，「《文選》學」研究逐漸復甦，除了國民政府遷臺後使考據派與辭章派的「《文選》學」研究傳統得以延續之外，[72]日本漢學界於 1962 年以

---

[69] 高步瀛：〈文選李注義疏敍〉，見氏著：《文選李注義疏》，收錄於《選學叢書》(臺北：廣文書局，1966 年 5 月)，序頁 1-2。

[70] 駱鴻凱的〈文選學‧自敍〉發表在 1931 年 7 月的北平中國大學《國學叢編》第 1 期第 2 冊中，而今日所見《文選學》專書，實源自駱鴻凱於湖南大學的講義：〈文選講疏〉，曾發表於 1936 年 1~2 月的《制言半月刊》第 8~10 期。現在所見駱氏的專書《文選學》，首次出版則是中華書局於 1936~1937 年間所出。相關考證可參王立群：《現代《文選》學史》(鄭州：大象出版社，2014 年 8 月)，頁 68-70。

[71] 皆收錄於氏著：《《文選》學》，頁 377-478。

[72] 這個傳統的延續，可在臺灣學生書局所編謝康等人的論文合集《昭明太子和他的《文選》》(臺北：臺灣學生書局，1971 年 10 月)，以及于大成(1934-2001)、陳新雄合編的《昭明文選論文集》(臺北：木鐸出版社，1976 年 5 月)兩本論文集中，一窺其貌。除此之外還有如李鍌：《《昭明文選》通假文字考》(臺北：國立臺灣師範大學國文學系碩士論文，李尹教授指導，1962 年)。周謙：《《昭明文選》李善注引《左傳》考》(臺北：中國文化大學中國文學研究所碩士論文，林尹教授指導，1969 年)。蒙傳銘：〈李善《文選注》引《毛詩序》初探〉，《華梵學報》，第 2 卷第 1 期，1994 年 7 月，頁 17-28。李秀娟：《《文選》李善注訓詁釋語「通」與「同」辨析》(新北：天主教輔仁大學中國文學研究所碩士論文，李添富教授指導，1998 年)。林文政：《《文選》六臣注音系研究》(臺北：中國文化大學中國文學研究所碩士論文，柯淑齡教授指導，2000 年)。戴伯如：《《昭明文選》雜詩類李善注引經籍考》(臺北：中國文化大學中國文學研究所碩士論文，劉兆祐教授指導，2011 年)。而魏素足：《《文選》黃氏學研究》(臺北：國立臺灣師範大學國文所博士論文，李鍌教授指導，2005 年)，則是對黃侃以傳統國學方法治《文選》學的體系做詳盡介紹。大陸方面則可見羅國威箋證：《敦煌本《文選注》箋證》(成都：巴蜀書社，2000 年 5 月)。陳延嘉：《《文

清水凱夫為首也開始提倡「新《文選》學」,[73]臺灣學界也於 1980 年代起,
出現對「《文選》學」研究改革的聲音:「當代『《文選》學』宜講究『新論』。
即站在前人已建立的基礎成果上,運用新出資料,新立方法,求切合當代人
學術要求,與當代人文化需要之『《文選》學』研究。故而新出版本,宜考究。
並應用之,以全面校勘《文選》。俟校勘已定,再鑽研《文選》白文與注文之
整理,再次則彙編明清諸家有關《文選》著作,總為集刊。後乃勾稽散見各
書各處之《文選》論述,編集史論彙編,撰寫《文選》學史。最後,始結合
各類之學,就《文選》其書及《文選》其學,做宏觀探討,始成《文選》綜
合學。如是方可謂《文選》為真正獨立專門之學。」[74]至於大陸自文革結束
後,才逐漸恢復對《文選》之研究,[75]於 1998 年也提出自己的「新《文選》
學」範疇。[76]不過檢視這些所謂的「新《文選》學」內容,其實也多已壟罩

選》李善注與五臣注比較研究》(長春:吉林文史出版社,2009 年 7 月)。馮淑靜:《《文選》詮
　釋研究》(北京:中國社會科學出版社,2011 年 8 月),頁 167-217。孫琳、王會波、陳愛香合著:
　《《文選》李善注引《說文》考》(成都:四川大學出版社,2014 年 4 月)。

[73] 日本漢學界最早倡議「新《文選》學」者應是神田喜一郎(かんだ きいちろう,1897-1984),清水
　凱夫(しみず よしお)則是建構出完整研究體系者,共分四大課題:(1)《文選》編輯的實況;(2)
　先行理論對《文選》的影響;(3)各時代的《文選》接受史;(4)徹底完成版本與訓詁的工作。見氏
　著:《新《文選》學——《文選》の新研究》(東京:研文出版,1999 年 10 月),頁 395-405。

[74] 游志誠〈「《文選》學」的回顧與展望〉,收錄於氏著:《昭明文選學術論考》(臺北:臺灣學生
　書局,1996 年 3 月),頁 506。

[75] 石樹芳整理了近百年來文選研究的成果,將之分為 1919-1949 的低谷期;1949-1976 的停滯期,1977
　以來的興盛期。見氏著:〈《文選》研究百年述評〉,《文學評論》2012 年第 2 期,頁 166-175。

[76] 許逸民於 1992 年曾發表〈再論「《選》學」研究的新課題〉一文,提出對《文選》學的研究新原
　則:「擺脫傳統藩籬,擴大視野,拓寬領域,加強歷史學、文藝學研究的色彩,但並不主張在新
　選學與傳統選學之間築一道牆,完全割斷二者的聯繫。」故其所界定的「新《文選》學」範疇為:
　(1)《文選》注釋學;(2)《文選》校勘學;(3)《文選》評論學;(4)《文選》索引學;(5)《文選》
　版本學;(6)《文選》文獻學;(7)《文選》編纂學;(8)《文選》文藝學。見氏著:〈新《選》學界
　說〉,收錄於中國《文選》學研究會、鄭州大學古籍整理研究所合編:《文選學新論》(鄭州:中
　州古籍出版社,1997 年 10 月),頁 26-33。

在汪師韓(1707-？)《文選理學權輿》的基礎史料之下，[77]只不過「新《文選》學」利用更新的史料如新版本之發現，[78]或利用新詮釋進路如與現代西方文學理論的瑁合操作，予以更具體系之研究，這實可以藉兩岸歷年來所出版的魏晉南北朝、或「《文選》學」學術研討會論文集中的研究成果觀察此一現象。[79]

---

[77] 依汪師韓於〈文選理學權輿序〉中所言，其將《文選》學史料分為八門：(1)撰人；(2)書目；(3)舊注；(4)訂誤；(5)補闕；(6)辯論；(7)未詳；(8)評論。其中「未詳」門是指《李善注》未明之處，與《五臣注》臆度之詞，加以匯集。見氏著：《文選理學權輿》，收錄於《選學叢書》(臺北：廣文書局，1966 年 5 月)，序頁 1-3。

[78] 對於《文選》版本的流傳，臺灣的學者早已有豐碩的研究成果。如黃志祥：《北宋本文選殘卷校證》(國立高雄師範大學中國文學研究所碩士論文，于大成教授指導，1982 年)。而游志誠在《《文選》學新探索》中即就明人翻刻陳八郎本六臣注與胡克家《文選考異》所據之汲古閣本對校，修正胡書的錯誤之處。另又被視為目前最早的北宋六家注本：韓國高麗大學的奎章閣本，也早在 1985 年即由金學主發表研究論著：〈朝鮮時代所印《文選》本〉，於臺灣學術期刊《韓國學報》第 5 期，頁 437-439。而 2000 年臺灣師範大學也出版由解夢所著：《《昭明文選》奎章閣本研究——《昭明文選》版本源流與斠讀》(臺北：國立臺灣師範大學國文所博士論文，李鍌教授指導，2000 年)。大陸方面穆克宏：《昭明文選研究》(北京：人民出版社，1998 年 12 月)、傅剛：《《昭明文選》研究》(北京：中國社會科學出版社，2000 年 1 月)，均有對版本考訂的詳細解說。而郭寶軍：《宋代《文選》學研究》(北京：中國社會科學出版社，2010 年 9 月)，則對宋刻本有詳細介紹。

[79] 臺灣成功大學長年以來舉辦魏晉南北朝國際學術研討會，並出版論文集。其中與《文選》學有關篇目如劉漢初：〈向秀《思舊賦》曲說〉，收錄於國立成功大學中文系編：《魏晉南北朝文學與思想學術研討會論文集第一輯》(臺北：文史哲出版社，1991 年 8 月)，頁 179-202。王文進：〈謝靈運詩中「遊覽」與「行旅」之區分〉、游志誠：〈論《文選》的「難」體〉，俱收錄於國立成功大學中文系編：《魏晉南北朝文學與思想學術研討會論文集第二輯》(臺北：文津出版社，1992 年 11 月)，頁 1-22、頁 258-290。穆克宏：〈《文選》與文學理論批評〉、游志誠：〈《昭明文選》及其評點所見之賦學〉，俱收於：《魏晉南北朝文學與思想學術研討會論文集第三輯》(臺北：文津出版社，1997 年 9 月)，頁 255-282、頁 283-308。又如屈守元(1913-2001)：〈〈文選序〉疑義答問〉，收錄於香港中文大學中國語言文學系主編：《魏晉南北朝文學國際研討會論文集》(臺北：文史哲出版社，1994 年 6 月)，頁 119-124。游志誠：〈運用《文心雕龍》理論分析《文選》作品〉、楊承祖：〈〈與嵇茂齊書〉作者辨〉，俱收錄於東海大學中國文學系編：《第三屆魏晉南北朝文學國際學術研討會論文集》(臺北：文史哲出版社，1998 年 8 月)，頁 491-508、頁 509-524。大陸方面如《文選學新論》一書即是彙集 1995 年《文選》學國際研討會之論文。筆者尚參考如中國《文選》學研究會、河南科技學院中文系合編：《第六屆《文選》學國際學術研討會論文集》(北

以臺灣學界為例，隨著 1958 年陳世驤(1912-1971)在臺灣大學發表有關比較文學研究領域的演講，[80]可說開啟了臺灣研究中國古典文學的新視野，[81]葉維廉嘗稱之為跳出「模子」的限制，[82]則在此一時代脈絡下，顏元叔(1933-2012)於 1972 年所譯介的美國學者 Wimsatt, William Kurtz(1907-1975)和 Brooks, Cleanth(1906-1994)合著之《西洋文學批評史》，等於替臺灣學界引進了新的

京：學苑出版社，2007 年 9 月）。趙昌智、顧農主編：《第八屆《文選》學國際學術研討會論文集》(揚州：廣陵書社，2010 年 12 月）。南京大學古典文獻研究所編：《古典文獻研究——《文選》學專題》(南京：鳳凰出版社，2011 年 6 月）。王立群主編，郭寶軍、張亞軍副主編：《第十屆《文選》學國際學術研討會論文集》(鄭州：河南大學出版社，2014 年 8 月）。

80 據楊牧於《陳世驤文存》中所記共有四次，其中三次演講時間與講題分別為 1958 年 5 月 31 日：時間與節律在中國詩中之示意作用；1958 年 6 月 3 日：試論中國詩原始觀念之形成；1958 年 6 月 10 日：宋代文藝思想之一斑。見楊牧編譯：《陳世驤文存》(臺北：志文出版社，1975 年 5 月），頁 149。

81 夏志清(1921-2013)寫於 1971 年 7 月對陳世驤的懷念散文〈悼念陳世驤並試論其治學之成就〉中，就對陳世驤結合中西、博貫古今的中國古典文學比較研究的描述，呈現出陳世驤帶給臺灣中國古典文學研究典範革新的內容與意義：「世驤同朱光潛(1897-1986)在治學上有基本相似的地方：即他們對美學、對帶哲學意味的文藝批評、文藝理論特感興趣。……世驤在國外年數多，對現代西洋文藝批評各派別都瞭如指掌，但他好引證史賓諾莎、康德，注重直覺 intuition，……對字義語源特別有興趣的漢學家。因為他論文中包羅的學問廣，往往兩面不討好：搞文藝批評的覺得他太留意古字的涵義，引證甲骨文、《爾雅》、《說文》，讀來好不耐煩；老派漢學家覺得他在考據訓詁的文章裡加了些西洋理論、西洋術語，也怪討厭。……他覺得研究中國文學，不借鑑西洋文藝批評和西洋文藝多方面的成就，是不可能的。他情願另闢新徑，文章不討人喜歡沒有關係，不情願在大家踏平的路上再走一遍。」見楊牧編譯：《陳世驤文存》，頁 23-24。

82 「模子」說是葉維廉用來實踐中西比較文學視域融合的理論，見其〈東西比較文學中模子的應用〉：「『模子』是結構行為的一種力量，……我們不應以為，一個『模子』一旦建立以後便都是一成不變的。『模子』不斷的變化不斷的生長。『模子』建立後會激發詩人或批評家去譚尋新的形態。在他們創作或研究時，他們增改衍化，有時甚至會用一個『相反的模子』，也就是說，他們以一個『模子』開始而以一個『相反的模子』結束。因而，在為一個『模子』下定義時，我們也必須同時顧及該『模子』形成的歷史，所謂文學的外在的因素及文學史的領域都必須重新引進來構成一個明澈的輪廓，我們始可以找出適當的重點加以比較和研究。」見氏著：《比較詩學》(臺北：東大圖書股份有限公司，1983 年 2 月），頁 1-22。

文學研究實踐典範。[83]陳芳明便指出：

> 顏元叔確實是第一位高舉新批評旗幟的學者。他不僅介紹新批評理論，而且也實際在台灣文壇發表評論。在理論方面，他發表兩篇重要文字，一是〈新批評學派的文學理論與手法〉，一是〈朝向一個文學理論的建立〉。……〈朝向一個文學理論的建立〉這篇文章，無非是在闡釋顏元叔文學研究的兩個結論。一是文學是哲學的戲劇化；一是文學批評生命。以這兩個信念作為他的批評原則，從此展開他對中國古典詩與台灣現代詩的實際批評。……從事分析之際，他特別強調「文藝格式主義」(contextualism)，亦即今日所說的「脈絡閱讀」。換言之，詩的意義完全存在於詩的文本語境之中，與外在的歷史環境或社會條件毫不相關。他積極提倡文學的內在研究，正是在於矯正長期以來傳記研究的弊病，其用心良苦，確實有其正面意義。但是現代批評家跨越千年的時間幅度，進入古典詩人的內在心情時，是否只能依賴短短的詩句就可詮釋詩人的內在意識，頗啟人疑竇。當他批評古典詩的重要學者葉嘉瑩，全然否定舊有學術傳統的紀律，而推翻她的詮釋，似乎無可避免落入矯枉過正的陷阱。顏元叔與葉嘉瑩的論戰，為後人提供一個範式：傳統研究與新批評之間其實並不相互排斥，而可以彼此累積共存。[84]

當然所謂建立「新傳統」，並不限於已存在現代西方文學理論或當代社會思潮而已，凡是能對一種學科的學術史脈絡開發出新視野者，或是閱讀既有的歷史資料所產生新的觀點，都可算是建立一種「新模子」的工作。

---

[83] 〔美國〕Cleanth Brooks，〔美國〕William K. Wimsatt 合著，顏元叔譯：《西洋文學批評史》（臺北：志文出版社，1972 年 1 月）。

[84] 陳芳明：〈新批評在現代主義運動中的實踐〉，收錄於氏著：《台灣新文學史》（臺北：聯經出版事業股份有限公司，2011 年 12 月），頁 378-379。

　　這種擴大傳統視域，結合當代文學理論研究古典文學的風潮，實擴散至中國古典文學研究的各層面，其視角也包含對選錄進《文選》中的諸作品。故除了探究蕭統選文與《文選》之文學本質的美學哲理等議題，諸賢的結論其實均大同小異，皆視蕭統選文的標準其實就是「文質彬彬」、「文質並重」的立場。顯然得出這種普遍性文藝觀點的邏輯，源自「文學結構主義」的「文學內部批評」的方法，從中也可看見當時臺灣學界對中國古典文學研究，正處於傳統研究法(傳記批評)與西方理論影響下(現代主義)的兩種脈絡之激盪。[85]最突出的成就應以洪順隆(1934-2010)為代表，藉由「主題學」與「文體論」的操作實踐，[86]對六朝詩歌進行的分類與詮釋，[87]且在其研究範疇內有

---

[85] 呂興昌：〈《昭明文選》的選文標準〉、吳達芸〈評《昭明文選》的幾種看法與評價〉，收錄於柯慶明、林明德編：《中國古典文學研究叢刊——散文與論評之部》(臺北：巨流出版社，1986年7月)，頁121-127、129-135。周慶華：〈環繞〈文選序〉「事出於沉思，義歸乎翰藻」諸問題〉，《問學集》，第1期，1990年11月，頁39-52。此議題實仍延續朱自清(1898-1948)：〈〈文選序〉「事出於沉思，義歸乎翰藻」說〉一文的觀點，見朱自清：《朱自清古典文學論文集》(臺北：源流出版社，1982年5月)，頁39-53。只不過有別於朱自清以傳統箋釋學的方式釐清對「事義」與「翰藻」的定義，呂、吳二文則由西洋文學批評術語之觀點，進行檢視〈文選序〉中所透露的選文標準。相較之下，周慶華則重回蕭統的時代背景，結合其時代環境下的各種文學理論為輔助，重探蕭統的選文標準。影響臺灣學界以「文學結構主義」研究古典文學之學術典範之作，應屬劉若愚(1926-1986)，參氏著，杜國清譯：《中國文學理論》(臺北：聯經出版事業公司，1981年9月)。而最能呈現傳統研究方法與西方文學批評觀念在中國古典文學研究中的衝突與激盪，則可參考顏元叔：〈現代主義與歷史主義——箋答葉嘉瑩女士〉，《中外文學》第2卷第7期，1973年12月，頁36-45。近年李明陽與喬川合著之：〈「臺灣古典詩歌新解論爭」評議——以葉嘉瑩、夏志清、徐復觀、顏元叔為考察中心〉對此一歷史脈絡有完整之報導，見《漢學研究通訊》第33卷第2期，2014年5月，頁19-27。大陸學界仍較傾向延續朱自清之方法，但更加擴大史料的縱貫性，如楊明作於1995年的：〈「事出於沉思，義歸乎翰藻」解〉一文，收錄於氏著：《漢唐文學辨思錄》(上海：上海古籍出版社，2005年4月)，頁176-188。

[86] 陳鵬翔〈主題學研究與中國文學〉：「主題研究是比較文學的一個部門，它集中在對個別主題、母題，尤其是神話人物主題做追溯探源的工作，……類似西方主題學研究這樣的概念，宋朝的鄭樵即約略擁有。」收錄於陳鵬翔主編：《主題學研究論文集》(臺北：東大圖書股份有限公司，1983年11月)，頁1-29。而「文體論」的中西區別，可參考徐復觀(1904-1982)〈《文心雕龍》的文體

許多牽涉到《昭明文選》所收錄的作品。[88]看似《文選》研究似乎找到新視角，不過卻又再度浮現出「無法與蕭統編書本旨聯繫」之問題：即這些研究

論〉：「文學中的形相，在英國法國，一般稱之為 style，而在中國，則稱之為文體。」見氏著：《中國文學論集》(臺北：臺灣學生書局，2001 年 12 月)，頁 2。

[87] 前者如氏著：《六朝詩論》(臺北：文津出版社，1985 年 3 月)、《由隱逸到宮體》(臺北：文史哲出版社，1984 年 7 月)、及《抒情與敘事》(臺北：黎明文化事業股份有限公司，1998 年 12 月)諸書中所收錄之論文。後者可參考如〈論六朝祖餞詩群對文類學原理的背離〉，收錄於東海大學中國文學系編：《第三屆魏晉南北朝文學國際學術研討會論文集》，頁 453-490。〈論《文選》〈詩歌‧樂府支類〉的文類性質〉，收錄於國立成功大學中文系編：《魏晉南北朝文學與思想學術研討會論文集第四輯》(臺北：文津出版社，2001 年 10 月)，頁 171-234。〈六朝雜詩題材類型論〉，《華岡文科學報》，第 24 期，2001 年 3 月，頁 19-29。〈六朝雜體詩歌文體性質研究〉，《中國文哲研究集刊》，第 17 期，2000 年 9 月，頁 1-68。

[88] 可參考王國瓔：〈《昭明文選》祖餞詩中的離情〉，《漢學研究》，第 7 卷第 1 期，1989 年 6 月，頁 353-367。鄭毓瑜：〈試論公讌詩之於鄴下文氏集團的象徵意義〉，收錄於氏著：《六朝情境美學》(臺北：臺灣學生書局，1994 年 3 月)，頁 171-218。朱曉海：〈〈兩都〉、〈二京〉義疏補〉，〈論張衡〈歸田賦〉〉、〈自東漢中葉以降某些冷門詠物賦作論彼時審美觀的異動〉，均收錄於氏著：《習賦椎輪記》(臺北：臺灣學生書局，1999 年 3 月)，頁 133-218、頁 219-256、頁 257-296。王師文進：〈南朝「山水詩」中「遊覽」與「行旅」的區分——以《文選》為主的觀察〉，《東華人文學報》第 1 期，1999 年 7 月，頁 103-113。朱曉海：〈西晉佐命功臣銘饗表微〉，《臺大中文學報》12 期，2000 年 5 月，頁 147-192。朱曉海：〈讀兩漢詠物賦雜俎〉，《漢學研究》18 卷 2 期，2000 年 12 月，頁 223-251。朱曉海：〈陸機〈演連珠〉臆說〉，《文選與文選學》，(北京：學苑出版社，2003 年 5 月)，頁 424-430。朱曉海：〈論陸機〈擬古詩〉十二首〉，《臺大中文學報》，2003 年 12 月，頁 95-130。廖美玉：〈「歸田」意識的形成與虛擬書寫的至樂取向〉，《成大中文學報》第 11 期，2003 年 11 月，頁 37-77。林登順：〈魏晉南北朝哀策文——「誄辭」之發展探索〉、廖美玉：〈詩人「歸田」所開啟的生態視野與多元族群觀—兼論陶淵明作為田園詩人正典的意涵〉，俱收錄於國立成功大學中文系編：《第五屆魏晉南北朝文學與思想學術研討會論文集》(臺北：里仁書局，2004 年 3 月)，頁 157-184、頁 283-322。朱曉海：〈讀《文選》的〈與朝歌令吳質書〉等三篇書后〉，《廣西師範大學學報（哲學社會科學版）》40 卷，2004 年 1 月，頁 70-75。鄭柏彰：〈「言志」母題之驛動與流變——以《昭明文選》「志」類賦為範疇展衍〉，《華梵人文學報》第 8 期，2007 年 1 月，頁 23-51。朱曉海：〈從蕭統佛教信仰中的二諦觀二諦觀解讀《文選‧遊覽》三賦〉，《清華學報》新 37 卷 2 期，2007 年 12 月，頁 431-466。朱曉海：〈《文選》中勸進文、加九錫文研究〉，《清華學報》，2008 年 9 月，頁 383-419。何維剛：〈關於《文選》哀策問題及其文體特色〉，《漢學研究》，第 32 卷第 3 期，2014 年 9 月，頁 129-159。

架構下所探求出的新解、補釋，乃立基於《文選》收錄的個別作品、或《李善注》、《五臣注》、以及歷代點評家之個別閱讀心得，並非直接從《昭明文選》的第一編者蕭統而發！如此是否能夠作為理解蕭統編輯《昭明文選》之本意實仍待商榷。也可見歷來的「《文選》學」研究，始終仍存在著直探蕭統編輯《文選》本旨的重大探討空間。

三、 蕭統在「《文選》學」研究中的新義掘發

　　日本漢學界率先發起對蕭統編輯《文選》與其周邊時代背景問題的考察，是突破以往研究視角的新創意，而這個問題中日雙方的觀點也頗有差異，日方認為劉孝綽的文學觀念貫穿整本《文選》；[89]中方則認為蕭統率領的東宮文士集團為編輯《文選》之主力，相對地蕭統在此一活動的中心地位之事實便不可被忽略；[90]臺灣學界近來也開始關注此一問題，研討的方式則是藉李善〈上《文選注》表〉中的「後進英髦，咸資準的」一語，來推敲蕭統編書之用意。[91]其實以上均透露出近年來「《文選》學」研究已逐漸關注《昭明文選》

---

[89] 清水凱夫：〈《文選》撰(選)者考——昭明太子和劉孝綽〉、〈《文選》編輯的周圍〉，收錄於韓國基譯：《六朝文學論文集》(重慶：重慶出版社，1989年10月)，頁1-18、31-46。岡村繁(おかむら しげる，1922-2014)：《文選之研究》(陸曉光譯，上海：上海古籍出版社，2009年5月)，頁59-95。

[90] 曹道衡(1928-2005)、沈玉成(1932-1995)：〈有關《文選》編纂中幾個問題的擬測〉，《中外學者《文選》學論集》，頁338-353。屈守元(1913-2001)：〈新《文選》學當議〉、俞紹初：〈《文選》成書過程擬測〉，俱收錄於《文選學新論》，頁51-60、61-77。力之：〈關於《文選》成書研究的方法問題〉，《中南民族大學學報(人文社會科學版)》第34卷第5期，2014年9月，頁151-156。

[91] 朱曉海在以下三文中不斷強化其所創發的此概念：〈讀《文選·序》〉，收錄於徐中玉、郭豫適主編：《古代文學理論研究第21輯》(上海：華東師範大學出版社，2003年12月)，頁110-122。〈《文選》所收三篇經學傳注序探微〉，《淡江中文學報》第22期，2010年6月，頁1-40。〈《文選》所收樂府辭外圍尺度探微〉，收錄於程章燦、徐興無主編：《《文選》與中國文學傳統：第九屆《文選》學國際學術研討會論文集》(北京：中華書局，2014年8月)。朱氏並以此觀點指導羅

一書的編輯主旨，並也都意識到要直尋蕭統的編輯意識，才能較為準確地掌握《文選》一書的選文標準。然而卻因能夠使用且出自蕭統的第一手資訊太少，傳統「《文選》學」研究者只好從其他相關史料文獻著手，但卻又會留下掌握蕭統編書本意準確性的質疑空間。

如清水凱夫便認為，整本《文選》中有多篇選文與蕭統「文質彬彬」的文學觀念不合，像是：

> 卷十九以「情」為題的宋玉的〈高唐賦〉、〈神女賦〉、〈登徒子好色賦〉以及曹植的〈洛神賦〉，其撰錄是有問題的。這幾篇賦，由於都是以靡麗之文表現女性的豔麗風姿，可說在內容上全無諷諫的作品。撰錄這些作品與「其文取之為標準在於『兼文質，而無傷風教』的昭明太子文學觀是極不吻合的。」[92]

> 《文選》卷二十二遊覽題下的〈古意酬到長史溉登瑯邪城〉……其實不過是咏一景物而聯想瑯邪城之事而已。決不是「贊梁都山川之固，歌有事立功勛之大志」之類氣宇軒昂的詩文。……此詩冠以「古意」之名，卻是重視修辭的詩，與在使用典據等形式上煞費苦心的「新體」之作沒什麼兩樣，無論如何也難以說是「文質彬彬」之作。[93]

因此，他主張真正操刀編輯《文選》的是東宮文士集團的劉孝綽(481-539)，而《文選》選文所流露出的文學觀念，也偏向於劉孝綽的個人意志，如此完全抹煞了蕭統在編輯《文選》一事上的歷史地位。大陸學者顯然無法認同此種說法，便將編書者的範疇焦點轉移至整體東宮學士，藉以重塑

志仲博士的學位論文：《《文選》詩收錄尺度探微》(新竹：國立清華大學中國文學研究所博士論文，朱曉海教授指導，2008 年 9 月)。

[92] 清水凱夫：〈《文選》撰(選)者考──昭明太子和劉孝綽〉，《六朝文學論文集》，頁 7。

[93] 清水凱夫：〈《文選》撰(選)者考─昭明太子和劉孝綽〉，《六朝文學論文集》，頁 9-10。

蕭統在《文選》編輯過程中的影響力。王立群即從蕭梁的「學士」身分內涵、工作職責、與蕭統東宮學士的文學活動關係考辨，認為《文選》編輯成於眾東宮學士之手，則其所透露的文學評價也必然趨向於蕭統的興趣。[94]會引發這樣的疑慮主要原因，乃是因為直接研究《文選》、或與蕭統相關的研究成果，都較集中於「文學觀念」之辨析，反而忽略了蕭統在文學家之外的其他身分屬性，以及因此對其編輯《文選》所造成的影響。目前有關蕭統研究的第一手資料以俞紹初整理的《昭明太子集校注》最為完整，[95]書中除蒐羅傳世的蕭統詩文作品外，尚附有歷代序跋、史傳、與年譜。[96]有關昭明太子的年譜早期尚有周貞亮(1876-1933)的〈梁昭明太子年譜〉、[97]胡德懷〈四蕭年譜〉，[98]到近期吳光興的《蕭綱蕭繹年譜》、[99]林大志的《四蕭研究》所附的〈四蕭年譜〉[100]等作，將蕭統一生的行跡全圖逐步呈現。而對於蕭統的傳記研究，則以謝康的〈昭明太子評傳〉最早，[101]但最完整者應該是曹道衡(1928-2005)與傅剛合著的《蕭統評傳》[102]，全書上半部重於勾勒蕭梁一代的政治與社會文化史，與蕭衍(464-549)、蕭統與其弟蕭綱(503-551)、蕭繹(508-555)的生平簡介；下半部則專就蕭統一生的過程進行析論，但其中對蕭統編輯《文選》一事，卻只聚焦於網羅歷代文章精華的目的：

---

[94] 王立群：〈昭明太子十學士與《文選》編纂〉，收錄於氏著：《《文選》成書研究》，(北京：商務印書館，2005 年 2 月)，頁 98-139。

[95] 〔南朝梁〕蕭統撰，俞紹初校注：《昭明太子集校注》(鄭州：中州古籍出版社，2001 年 7 月)。

[96] 《昭明太子集校注》頁 244-324。

[97] 周貞亮：〈梁昭明太子年譜〉，收錄於于大成、陳新雄合編的《昭明文選論文集》，頁 51-84。

[98] 胡德懷〈四蕭年譜〉，收錄於氏著：《齊梁文壇與四蕭研究》(南京：南京大學出版社，1997 年 7 月)，頁 219-304。

[99] 吳光興：《蕭綱蕭繹年譜》(北京：社會科學文獻出版社，2006 年 10 月)。

[100] 林大志：《四蕭研究-以文學為中心》(北京：中華書局，2007 年 2 月)。

[101] 謝康：〈昭明太子評傳〉。見謝康等人的論文合輯：《昭明太子和他的《文選》》，收錄於《近代文史論文類輯‧乙編》2 (臺北：臺灣學生書局，1971 年 10 月)，頁 1-20。

[102] 曹道衡、傅剛合著：《蕭統評傳》(南京：南京大學出版社，2001 年 12 月)。

　　《文選》一書為何而編？其實蕭統〈文選序〉已透露出端倪。蕭統說：「余監撫餘閒，居多暇日，歷觀文囿，泛覽辭林，未嘗不心游目想，移晷忘倦。自姬漢以來，眇焉攸邈，時更七代，逾數千祀。詞人才子，則名溢於縹囊；飛文染翰，則卷盈乎緗帙。自非略其蕪穢，集其清英，蓋愈兼工，太辨難矣。」這段話反映了蕭統編輯《文選》的最基本目的：即一，自周秦以來，數千年歷史，文章詩賦，溢於縹囊，盈乎緗帙，不便於閱讀；二，要略其蕪穢，集其清英，總集文章之精華。這兩個目的都與《隋書‧經籍志》所述摯虞《文章流別集》的編纂原因相同，所謂「苦覽者之勞倦」與「採摘孔翠，刪剪繁蕪」。[103]

　　顯然傅剛仍認為《文選》的編輯之意只是為了精揀文學典範作品，以方便閱讀的賞鑑功能，雖可與《隋書》卷三五〈經籍志四〉所論的「總集」性質相提並論：「總集者，以建安之後，辭賦轉繁，眾家之集，日以滋廣，晉代摯虞苦覽者之勞倦，於是採摘孔翠，芟剪繁蕪，自詩賦下，各為條貫，合而編之，謂為《流別》。是後文集總鈔，作者繼軌，屬辭之士，以為覃奧，而取則焉。」[104]但此實為歷來「總集」成書的普遍原則，置於全中國文學史中的任何一本總集皆可適用，[105]如此也就掩沒了蕭統編輯《文選》的特殊之處。甚至連《四庫提要》也稱：「文籍日興，散無統紀，於是總集作焉。一則網羅放佚，使零章殘什，並有所歸；一則刪汰繁蕪，使莠稗咸除，菁華畢出。是固文章之衡鑒，著作之淵藪矣。」[106]則以此來論證蕭統編纂《文選》的用意，不僅過於籠統，也無法凸顯出蕭統於《文選》選文的特殊涵義與編纂本旨：

---

[103] 《蕭統評傳》，頁 226-227。
[104] 《隋書》，頁 1089-1090。
[105] 楊松年：〈詩選的詩論價值——文學評論研究的另一個方向〉，《中外文學》，第 10 卷第 5 期，1981 年 10 月，頁 36-67。張伯偉：〈選本論〉，見《中國古代文學批評方法研究》，頁 277-325。與鄒雲湖：《中國選本批評》，頁 16-29。
[106] 《四庫全書總目提要》，頁 5080。

　　　　蕭統的編輯宗旨就在於編選一部古今代表作家作品的精華文集，……由單一的詩選變為賦、詩、文等符合文學內容的各體文選。[107]

　　然而傅剛的研究以傳統出於四部分類下對於文集內涵之定義，是否就可以說掌握了蕭統當初編輯《文選》的本心呢？還是又再次以後世預設的立場誤解了蕭統的編書初衷？但這也透露出當代學者對於蕭統編輯《文選》本旨之研究，往往會因文獻不足與「《文選》學」研究範式之影響，最終均又返回到普遍性的文學史現象式結論。尤其傅剛顯然完全沒有討論蕭統編輯《文選》時所任「監撫」的太子職能，無視其與《文選》成書之間的關聯性。

　　因此本研究認為，應該從既有與蕭統或《昭明文選》第一手直接相關之文獻史料中，重新細讀並找出新的線索，畢竟這方面的史料文獻已沒有再新出土的記錄。而從傅剛所引用之文獻也可看出，〈文選序〉中「事出於沉思，義歸乎翰藻」一語，確實是歷來探究蕭統編書本旨與選文條例之關鍵文獻，但對蕭統編書本旨的探究產生疑義，也正因為眾賢僅將焦點鎖定於此，卻對其他可能與蕭統關係密切，並可能影響其編輯《文選》的關鍵字詞視而不見。且對蕭統本身的文學傾向研究，若非由流派說視之為折衷派，[108]便是探討蕭統與蕭綱兩者對文學看法的差異，[109]然最大宗則是由文學集團的角度出發，[110]

107　傅剛：《昭明文選研究》，頁 173-175。

108　周勛初：〈梁代文論三派述要〉，《魏晉南北朝文學論叢》(南京：江蘇古籍出版社，1999 年 11 月)，230-253。不過，近年美國華裔學者田曉菲卻主張這種以三派區分蕭梁時代文壇面貌的論點，實為後世學者的虛構想像！其以蕭子顯《南齊書‧文學傳論》為據提出：「梁代詩人全都基本認同一系原則：音聲的和諧，對晦澀語言和怪異字句的抵抗；一方面承認詩歌抒發情感的功用，一方面又提倡有所節制。」顯然田氏的立場乃認為梁代文學全體都是「折衷派」，又何須強分為三派。參氏著：《烽火與流星：蕭梁王朝的文學與文化》(新竹：清大出版社，2009 年 8 月)，頁 98。

109　曹道衡：《南北朝文學史》(北京：人民文學出版社，1998 年 6 月)，245-256。

110　如較早期的有劉漢初：《蕭氏兄弟文學集團研究》(臺北：國立臺灣大學中國文學研究所碩士論文，馮承基教授指導，1976 年)。稍近則有胡大雷的《中古文學集團》(桂林：廣西師範大學出版社，1999 年 5 月)。

對蕭統所率的東宮文學集團的成員介紹、[111]與蕭統的交友關係、[112]及參與《文選》編輯的程度區別等，[113]一般多以劉孝綽為最重要的編輯助手。[114]此外，尚有以同題共作的南朝文學特殊之流行趨勢，來分析蕭統集團的文學特色。[115]

　　以上的成果之共同點雖都強調出蕭統的「太子」身分，然均未深入分析此一「太子」的「職能」身分與其「監撫」的行政權力，對於蕭統編輯《文選》有何影響？以往僅常聚焦於蕭統東宮太子的身分所肩負的蕭梁文化政策之責而輯文，[116]要不就是從其與文人交遊之間的故事來呈現出蕭統對文學的熱愛，[117]似乎皆未關注蕭統的「太子職能」內涵之複雜性。但如果考量一國

---

[111] 呂光華的研究應該是最為詳盡的，見氏著：《南朝貴遊文學集團研究》(臺北：國立政治大學中國文學研究所博士論文，朱守亮教授、呂凱教授指導，1990 年)。

[112] 胡德懷：〈蕭統評傳〉，收錄於氏著：《齊梁文壇與四蕭研究》，頁 205-218。

[113] 胡大雷：《《文選》編纂研究》(桂林：廣西師範大學出版社，2009 年 4 月)，頁 1-24。

[114] 〔日本〕岡村繁：《文選之研究》，頁 71-87。近期大陸學者力之則提出《文選》編成的年限在普通 7 年至中大通 3 年之間，而這段時間劉孝綽正好深陷「名教案」風波離開東宮，故不可能是《文選》編成的核心成員。見氏著：〈劉孝綽「名教案」與《文選》的編纂〉收錄於氏著：《文選論叢》(揚州：廣陵書社，2007 年 9 月)，頁 34-38。其研究主要在於質疑日本學者對《文選》編輯有過度推崇劉孝綽之說，但所指出的新說恐也流於臆測。但亦為「《文選》學」研究成果之範疇，故備為一說。

[115] 同題共作的風氣之所以流行，王瑤(1914-1989)於〈擬古與作偽〉早已指出：「這種風氣既盛，作者也想在同一類的題材上，嘗試著與前人一較短長，所以擬作的風氣便越盛了。追蹤班、張，左思有〈三都賦〉，張載有〈擬四愁詩〉，王粲、曹植、陶淵明的集中皆有〈詠三良詩〉，都是這種風氣下的產物。因之較量作者們才能的高下，或當作露才揚己的方法，也常有數人同時就一個題目作文的情形。……這種風氣是六代以來相沿不衰的。」見氏著：《中古文學史論》(北京：北京大學出版社，1998 年 1 月)，頁 218-219。而此議題目前較新的研究成果可參考祁立峰：《相似與差異：論南朝文學集團的書寫策略》(臺北：政大出版社，2014 年 4 月)。

[116] 劉躍進：〈昭明太子與梁代中期文學復古思潮〉，收錄於氏著：《古典文學文獻學叢稿》(北京：學苑出版社，1999 年 1 月)，頁 1-20。近期的研究中，陳延嘉還提出《文選》中含有揭露人性醜惡以勸諫梁武帝之意。頗有創意，聊記一筆。見氏著：〈太子的意圖與《文選》之根〉，收錄於《第十屆《文選》學國際學術討論會論文集》，頁 62-72。

[117] 獨孤嬋覺：《蕭統、蕭綱兄弟文學活動差異成因之探討》(上海：華東師範大學中國語言文學系碩士論文，龔斌教授指導，2006 年 4 月)，頁 11-14。沈意：《南朝文學集團與南朝文學》(西安：陝西師範大學中國古代文學博士論文，張新科教授指導，2007 年 5 月)，頁 47-51。

「太子」的職能內涵不僅是政權的繼承人之外，[118]尚有參政佐國的王臣身分、[119]與守護皇業的維城之嫡，[120]則蕭統的「太子」身分就不僅包含文學史上的「貴遊集團」而已，[121]其「太子職能」顯然負有多重的政治象徵。[122]《晉書》卷二五〈輿服志〉便載：

　　　　自晉過江，禮儀疏舛，王公以下，車服卑雜，惟有東宮禮秩崇異，

---

[118] 王位的正統繼承者是「太子」一職最明顯的政治象徵，賈誼(200B.C.-168B.C.)《新書》卷五〈保傳〉即曰：「天下之命，懸於太子。……太子正而天下定矣。」見〔西漢〕賈誼撰，閻振益、鍾夏校注：《新書校注》(北京：中華書局，2000年7月)，頁186。

[119] 朱鴻：〈君儲聖王・以道正格——歷代的君主教育〉中便提及東宮的歷事與監國實具有培養太子治國才具的重大教育意義。收錄於鄭欽仁編：《中國文化新論制度篇——立國的宏規》(臺北：聯經出版事業公司，1982年6月)，頁414-464。

[120] 這部分可參考賴亮郡對東宮兵制的研究。見氏著：《六朝隋唐的東宮研究》(臺北：國立臺灣師範大學歷史研究所博士論文，邱添生教授、高明士教授指導，2001年5月)，頁361-387。

[121] 「貴遊集團」的研究視角是討論南朝文學的研究典範。王夢鷗(1907-2002)可視為重要之奠基者，見氏著〈貴遊文學與六朝文體的演變〉，收錄於氏著：《古典文學論探索》(臺北：正中書局，1984年2月)，頁117-136。近期則有朱曉海：〈「貴遊文學」獻疑〉對此一名詞再做出更詳細之考訂，使得「貴遊」的範疇由原本「文學集團」一義擴大至「文化集團」的象徵。收錄於《第五屆魏晉南北朝文學與思想學術研討會論文集》，頁91-120。

[122] 此處的「職能」概念來自於雅克・勒高夫(Jacques Le Goff，1924-2014)的《聖路易》(Saint Louis)一書，其研究指出法王路易九世(Louis IX，1226-1270在位)是肩負三項職能的基督教徒國王典範——第一職：主持公義和維護和平的神授國王；第二職能：武士國王；第三職能：人民財產與經濟繁榮的守護者。對於這個「三職能」觀念，勒高夫有一段研究緣起的論述：「近三十年以來(案：該書於1996年於巴黎出版)，幾位中世紀專家認為喬治・迪梅齊(Georges Dumézil，1898-1986)關於在印歐社會中存在著一種基於三項基本職能的一般性思想組織原則，這種一般性原則可以應用於西方中世紀社會。……喬治・迪比(Georges Duby，1919-1996)指出，在11世紀和12世紀西方社會的大部分職事結構和社會結構中，可以辨認出這個組織原則，而且這個原則直到17世紀依然存活。……我覺得這個模型對於理解體現聖路易身上的王權的性質和形象提供了一些幫助。在這裡需要提醒一下，中世紀基督教思想將三項職能賦予王權的重大特徵在於，與古印度和初始的羅馬不同，在基督教的思想裡，國王不同於諸神，他們的特徵不是三項職能中的某一項，例如或是立法者，或是武士，或是繁榮的保障者；國王不是這樣，他集三項職能於一身。」見〔法國〕雅克・勒高夫著，許明龍譯：《聖路易》(北京：商務印書館，2011年10月)，冊下，頁761-763。

上次辰極，下納侯王。[123]

東宮的禮制特別繁複尊崇，也意味著「東宮」在東晉以降所具有的特殊政治象徵，很顯然以皇太子為中心的諸項政治舉措，在政權嬗替頻仍的南朝，除了可穩定政權、抬高皇儲地位以杜絕覬覦者之不軌企圖外，更具有藉培養未來皇權接班團隊以穩定政權正統性的重要意義。[124]因此，本文認為要挖掘出蕭統編選《文選》的本旨，除了考量其當時所處環境的文學思潮之外，蕭統身為太子的身分與其所統領的東宮職官制度，確是傳統「《文選》學」史中忽略之處！然而〈文選序〉中，蕭統卻自言其編輯《文選》正處在「監撫」時期，則此一職能身分必與其編輯動機有所聯繫，甚至影響其「選文」標準——更需涵括蕭梁政權的正統性宣示，與宣揚其父梁武帝所建立的帝國圖像，以補充後世學者僅深研文學美學觀念而忽略《文選》成書之時的政治現實需求。

故本研究擬從此一新視角，探究蕭統在「太子職能」的觀照下，所呈現出編輯《文選》與蕭梁帝國政治關係之間的特殊意義。

四、 南北對立與「《文選》學」研究新視角的開拓

既然欲從蕭統「太子」職能的角度出發，則勢必要對梁武帝與蕭梁帝國

---

[123] 《晉書》卷25〈輿服志〉。見〔唐〕房玄齡(578-648)等撰：《晉書》(點校本，北京：中華書局，1997年9月)，頁765。

[124] 賴亮郡：「自秦漢以後，天下歸天命所中的一姓所私有以不只是帝王一人的信念，而是一種深入一般人心的想法。當然從先秦以下，也出現了不少『天下為公』或『禪讓』的議論，但這恐怕只是以天下為公作幌子，實際上則是異姓革命與政權轉移的粉飾，『家天下』已是不可逆的歷史趨勢。皇太子(儲君、儲后、嗣君)是皇位繼承者，對政權延續關係至大，如何建立一套鞏固皇太子地位，保證其能順利接班的皇位繼承制度，就成了古代皇帝制度中重要的一個環節。」見《六朝隋唐東宮制度研究》，頁121。

的政治發展，與蕭統編輯《文選》間的關係進行研討。編書此一文化事業在歷史上往往被視為梁武帝重振南朝禮樂文化的政策，一方面是出於整理齊末書籍的散亡：「齊永元末，後宮火，延燒祕書，圖書散亂殆盡。(王)泰為丞，表校定繕寫，高祖從之。」[125]然此一政策尚有另外之政治目的，即處於南北朝(420-589)政權對立的世局下，蕭梁與北魏彼此爭奪文化正統地位的重要手段。《北齊書》卷二四〈杜弼傳〉曰：

> 弼以文武在位，罕有廉潔，言之於高祖。高祖曰：「弼來，我語爾。天下濁亂，習俗已久。今督將家屬多在關西，黑獺常相招誘，人情去留未定。江東復有一吳兒老翁蕭衍者，專事衣冠禮樂，中原士大夫望之以為正朔所在。我若急作法網，不相饒借，恐督將盡投黑獺，士子悉奔蕭衍，則人物流散，何以為國？爾宜少待，吾不忘之。」[126]

高歡(496-547)此言應在東魏(534-550)孝靜帝(534-550 在位)天平元年(534)至元象元年(538)間，此時高歡政權未穩，即將與西魏(535-557)爆發沙苑之役(537)，上文即顯示出高歡政權的本質困境：一方面東魏政府內部的北鎮勢力對於北魏(386-534)孝文帝(471-499 在位)漢化政策之不滿，造成漢族士人的生存恐慌：

> 北齊的最高統治者皇室高氏為漢人而鮮卑化。……《北齊書‧神武紀上》所說：「神武既累世(高謐、高樹、高歡三世)北邊，故習其俗，遂同鮮卑。」這就是「化」的問題。高歡在血統上雖是漢人，在「化」上因為累世北邊，已經是鮮卑化的人了。……北齊統治者反對漢人的最大事件，是齊後主因韓長鸞之言，對「漢兒文官」崔季舒等人的屠

---

125 《梁書》卷 21〈王泰傳〉。見〔唐〕姚思廉(557-637)：《梁書》(點校本，北京：中華書局，1997年 9月)，頁 324。

126 〔唐〕李百藥：《北齊書》(點校本，北京：中華書局，1997 年 9 月)，頁 347-348。

殺。……可見北齊的民族成見很深，這種民族成見以「化」分，非以血統分。其表現為佔據統治地位的鮮卑化人，反對、排斥與殺害漢人或漢化之人。[127]

　　另一方面則是蕭梁、東魏、西魏，至日後所演變的蕭梁、北齊(550-577)、北周(557-581)三家政權對「政治正統」的競爭。尤其高歡更明白地指出南方的蕭梁政權正是以「禮樂制度」為號召，宣揚自己的正統性。如梁人張纘於〈南征賦〉即強調江左政權延續中原王朝正統之歷史脈絡：「追晉氏之啟戎，覆中州之鼎祚。鞠三川於茂草，霑兩京於朝露。故黃旗紫蓋，運在震方；金陵之兆，允符厥祥。及歸命之銜璧，爰獻璽於武王；啟中興之英主，宣十世而重光。觀其內招人望，外攘干紀；草創江南，締構基址。豈徒能布其德，主晉有祀，〈雲漢〉作詩，〈斯干〉見美而已哉！乃得正朔相承，于茲四代；多歷年所，二百餘載。」[128]而「禮樂制度」的重建正是其中重要的手段之一，很顯然面對北魏分裂的政治亂局，南方汲汲於復禮制樂的蕭梁政權，彷若一盞明燈，召喚著北方漢族士民躲避戰火摧殘的烏托邦理想國，這也正是高歡擔憂其政權最終將導致民心渙散、分崩離析主要原因之一。

　　陳寅恪曾提出著名的「隋唐制度淵源論」，指出隋(581-618)、唐(618-907)帝國統一南北朝分裂狀態後，其典章制度實際上也統合了南北朝政局中所並存的三大結構：

　　　　隋唐之制度雖極廣博紛複，然究析其因素，不出三源：一曰(北)魏(北)齊，二曰梁陳，三曰(西魏)周。所謂(北)魏(北)齊之源者，凡江左承襲漢魏西晉之禮樂典章文物，自東晉至南齊期間所發展變遷，而為北魏孝文帝及其子孫摹仿採用，傳至北齊成一大結集者是也。其在

---

[127] 陳寅恪(1890-1969)：〈北齊的鮮卑化及西胡化〉。收錄於萬繩楠(1923-1997)整理：《陳寅恪魏晉南北朝史演講錄》(臺北：雲龍出版社，1996年9月)，頁327-336。

[128] 《梁書》卷34〈張纘傳〉。見《梁書》，頁495。

舊史往往以「漢魏」制度目之，實則其流變所及，不止限於漢魏，而東晉南朝前半期俱包括在內。舊史又或以「山東」目之者，則以山東之地指北齊言，凡北齊承襲元魏所採用東晉南朝前半期之文物制度皆屬於此範圍也。又西晉永嘉之亂，中原魏晉以降之文化轉移保存於涼州一隅，至北魏取涼州，而河西文化遂輸入於魏。其後北魏孝文、宣武兩代所制定之典章制度遂深受其影響，故此(北)魏(北)齊之源其中亦有河西之一支派。……所謂梁陳之源者，凡梁代繼承創作、陳氏因襲無改之制度，迄楊隋統一中國吸收採用，而傳之於李唐者。易言之，即南朝後半期內其文物制度之變遷發展乃王肅等輸入之所不及，故魏孝文及其子孫未能採用，而北齊之一大集結中遂無此因素者也。舊史所稱之「梁制」實可兼該陳制，蓋陳之繼梁其典章制度多因仍不改，其事舊史言之甚詳矣。……[129]

　　陳寅恪試圖區別南北朝時代所共存的三大典章制度體系，其用意是為了說明日後隋、唐統一帝國複雜的政治制度思想來源，然其在文中卻透露出一項珍貴的訊息：傳統的研究者往往將陳氏所謂的「(北)魏(北)齊」與「梁陳」兩種典章制度的性質過度分開，[130]然而陳氏在文中所指的「梁陳」制度，其實僅是指王肅(464-501)於永明十一年(北魏孝文帝太和十七年，493)叛逃北魏後，所無法持續輸入北朝的南朝禮典制度，但陳氏本意毫無切割梁、陳典章制度就此完全顛覆前朝傳統之意，故其仍稱「梁代繼承創作」與「陳氏因襲無改」。則可知於北魏復興的漢、魏制度中，即使延續至西晉、南朝前期的典章制度傳統，在梁、陳制度中仍舊大有依循繼承者。《隋書》卷六〈禮儀志一〉便云：

[129] 陳寅恪：《隋唐制度淵源論稿》(臺北：里仁書局，2000 年 9 月)，頁 1-2。

[130] 如宋德熹：《陳寅恪中古史學探研──以《隋唐制度略論稿》為例》(臺北：稻香出版社，2004
年 9 月)。牟發松：〈陳寅恪的「六朝隋唐論」〉，收錄於氏著：《漢唐歷史變遷中的社會與國家》
(上海：上海人民出版社，2011 年 10 月)，頁 33-37。

　　洎西京以降，用相裁準，咸稱當世之美，自有周旋之節。黃初之詳定朝儀，太始之削除乘謬，則《宋書》言之備矣。梁武始命羣儒，裁成大典。吉禮則明山賓，凶禮則嚴植之，軍禮則陸璉，賓禮則賀瑒，嘉禮則司馬褧。帝又命沈約、周捨、徐勉、何佟之等，咸在參詳。[131]

或如《隋書》卷十二〈禮儀志七・鹵簿〉曰：

　　梁武受禪于齊，侍衞多循其制。正殿便殿閤及諸門上下，各以直閤將軍等直領。[132]

《隋書》卷十七〈律曆志・中〉曰：

　　宋氏元嘉，何承天造曆，迄于齊末，相仍用之。梁武初興，因循齊舊，天監中年，方改行宋祖冲之《甲子元曆》。陳武受禪，亦無創改。[133]

《隋書》卷二五〈刑法志〉曰：

　　梁武帝承齊昏虐之餘，刑政多僻。既即位，乃制權典，依周、漢舊事，有罪者贖。其科，凡在官身犯，罰金。鞭杖杖督之罪，悉入贖停罰。其臺省令史士卒欲贖者，聽之。時欲議定律令，得齊時舊郎濟陽蔡法度，家傳律學，云齊武時，刪定郎王植之，集注張、杜《舊律》，合為一書，凡一千五百三十條，事未施行，其文殆滅。法度能言之。

---

[131] 〔唐〕魏徵(580-643)等撰：《隋書》(點校本，北京：中華書局，1997 年 9 月)，頁 106-107。

[132] 《隋書》，頁 279。

[133] 《隋書》，頁 416。

於是以為兼尚書刪定郎，使損益植之舊本，以為《梁律》。[134]

《隋書》卷二六〈百官志〉曰：

> 光武中興，聿遵前緒，唯廢丞相與御史大夫，而以三司綜理眾務。
> 洎于叔世，事歸臺閣，論道之官，備員而已。魏、晉繼及，大抵略同，
> 爰及宋、齊，亦無改作。梁武受終，多循齊舊。然而定諸卿之位，各
> 配四時，置戎秩之官，百有餘號。陳氏繼梁，不失舊物。[135]

可知梁武帝無論在禮典編撰、百官與侍衛之制、律曆、刑法等典章上，
確實都有新制創發，但卻也都保留舊制禮義，故陳寅恪所言的梁陳新制，只
是特指未被王肅帶進北魏的蕭梁帝國新措施，並不是說蕭梁帝國重新建立一
套有別傳統的新制度。

而梁武帝於新創典章之外不忘延續前代傳統，其義很明顯就是要維護蕭
梁政權的正統地位。相較於《梁書》所載諸南夷奉梁為正朔：「自梁革運，其
奉正朔，脩貢職，航海歲至，踰於前代矣。」[136]或西北諸戎的稱命歸順：「有
梁受命，其奉正朔而朝闕庭者，則仇池、宕昌、高昌、鄧至、河南、龜茲、
于闐、滑諸國焉。」[137]北魏政權則視繼承中原神州為正統象徵：「昔晉惠不競，
華戎亂起，三帝受制於姦臣，二皇晏駕於非所，五都蕭條，鞠為煨燼。趙燕
既為長蛇，遼海緬成殊域，窮兵銳進，以力相雄，中原無主，八十餘年。遺
晉僻遠，勢略孤微，民殘兵革，靡所歸控。皇魏龍潛幽代，世篤公劉，內修
德政，外抗諸偽，并冀之民，懷寶之士，襁負而至者日月相尋，雖邠岐之赴
太王，謳歌之歸西伯，實可同年而語矣。太祖道武皇帝以神武之姿，接金行

---

[134] 《隋書》，頁 697。

[135] 《隋書》，頁 719-720。

[136] 《梁書》卷 54〈諸夷傳‧南夷〉。見《梁書》，頁 783。

[137] 《梁書》卷 54〈諸夷傳‧西北諸戎〉。見《梁書》，頁 809。

之運，應天順民，龍飛受命。太宗必世重光，業隆玄默。世祖雄才叡略，闡曜威靈，農戰兼修，掃清氛穢。歲垂四紀，而寰宇一同。儋耳、文身之長，卉服、斷髮之酋，莫不請朔率職，重譯來庭。隱愍鴻濟之澤，三樂擊壤之歌，百姓始得陶然蘇息，欣於堯舜之世。」[138]因此在《魏書》卷九八〈島夷蕭衍傳〉中，所載錄的東魏於武定六年(梁武帝太清二年，548)討伐叛將侯景(503-552)侵國〈檄文〉，即對於梁武帝之正統性提出強烈質疑，也呈現出南北對峙下爭奪政治正統象徵之激烈情況，並揭示出雙方爭奪正統之論述方式。

首先是凸顯蕭衍僭逆不道之舉：

> 自偽晉之後，劉蕭作慝，擅僭一隅，號令自己。……蕭衍輕險有素，士操蔑聞，睥睨君親，自少而長，好亂樂禍，惡直醜正，巧用其短，以少為多。詃惑愚淺，大言以驚俗；驅扇邪僻，口兵以作威。曲體脅肩，搖脣鼓舌，候當朝之顧指，邀在位之餘論。遂汙辱冠帶，偷竊藩維。及寶卷昏狂，下不堪命，曾無北面有犯之節，遽滅人倫在三之禮，憑妖假怪，鬼語神言，稱兵指闕，傾朝鴆主，陵虐孤寡，聾愚士民。天不悔禍，姦醜得志，內恣彫靡，外逞殘賊。驅羸國之兵，迫糊口之眾，南出五嶺，北防九江，屯戍不解，役無寧歲。死亡矢刃之下，夭折霧露之中，哭泣者無已，傷痍者不絕。託身人上，忽下如草。遂使頑嚚子弟，肆行淫虐；狡猾羣小，縱極貪惏。剝割蒼生，肌肉略盡；刳剔黔首，骨髓俱罄。猛虎未方其害，餓狼詎侔其禍，慄慄周餘，救死無地。至於矯情飾詐，事非一緒。毒螫滿懷，妄敦戒業；躁競盈胸，謬治清靜。[139]

其次則視北方為漢魏以來文化正統之所歸：

---

[138] 《魏書》卷67〈崔鴻傳〉。見〔北齊〕魏收(507-572)：《魏書》(點校本，北京：中華書局，1997年9月)，頁1503。

[139] 《魏書》，頁2180。

自晉政多僻，金行淪蕩，中原作戰鬥之場，生民為鳥獸之餌；則我皇魏握玄帝之圖，納水靈之祉，駕雲車而自北，策龍御以圖南，致符上帝，援溺下土，怪物殛死，淫水不作，運神器於顧眄，定寶命於跼蹐，恢之以武功，振之以文德，宇內反可封之俗，員首識堯舜之心。沙海荒忽之外，瀚漠羈縻之表，方志所不傳，荒經所不綴，莫不繩谷釣山，依風託水，共仰中國之聖，同欣大道之行。唯夫三吳、百越獨阻聲教，匪民之咎，責有由焉。[140]

此藉「文德」所進行政治正統圖像之塑造，無論南北均致力行之。[141]而梁武帝顯然藉由全面整理文獻及大量之著作等復興學術的方法，於南北對立下來爭取競爭激烈的文化解釋權。《梁書》卷六〈敬帝紀〉史臣侍中、鄭國公魏徵便論：

高祖固天攸縱，聰明稽古，道亞生知，學為博物，允文允武，多藝多才。爰自諸生，有不羈之度，屬昏凶肆虐，天倫及禍，收合義旅，將雪家冤。曰紂可伐，不期而會，龍躍樊、漢，電擊湘、郢，翦離德如振槁，取獨夫如拾遺。其雄才大略，固無得而稱矣。既懸白旗之首，方應皇天之眷，布德施惠，悅近來遠，開蕩蕩之王道，革靡靡之商俗，大脩文教，盛飾禮容，鼓扇玄風，闡揚儒業，介胄仁義，折衝罇俎，聲振寰宇，澤流遐裔，干戈載戢，凡數十年。濟濟焉，洋洋焉，魏、晉已來，未有若斯之盛。[142]

---

[140] 《魏書》，頁 2179。

[141] 《魏書》卷114〈釋老志〉曾載崔浩上〈疏〉北魏太武帝拓跋燾曰：「臣聞聖王受命，則有大應。而河圖、洛書，皆寄言於蟲獸之文。未若今日人神接對，手筆粲然，辭旨深妙，自古無比。昔漢高雖復英聖，四皓猶或恥之，不為屈節。今清德隱仙，不召自至。斯誠 陛下侔蹤軒黃，應天之符也，豈可以世俗常談，而忽上靈之命。臣竊懼之。」見《魏書》，頁 3052。故「文德」的內容除學術復興外，尚含有符籙圖讖之文。

[142] 《梁書》，頁 150。

　　魏徵的分析對梁武帝的政治正當性提出兩大層次：其一是建國前對南齊之討伐；其二則是建國後恢復禮樂文化的政策：「梁武敦悅詩書，下化其上，四境之內，家有文史。」[143]藉此可知，復興禮樂文化的政策對蕭梁政府而言，正好凸顯出梁武帝征討東昏侯(498-501 在位)就如同武王伐紂般代天行道並非篡逆外，尚具有拯救文化危機的使命。

　　這還可由蕭繹在《金樓子》〈箴戒篇〉中羅列南齊(479-502)末主東昏侯蕭寶卷之敗德劣跡為參照，可代表梁人對蕭梁代齊的認知立場：

　　(1)齊東昏侯時，後宮遭火之後，更起仙華神仙玉壽殿，刻畫雕彩，青金鉛帶，錦幔珠簾，窮極巧麗。
　　(2)齊東昏侯以青油為堂，名琉璃殿，穿針樓在其南，最可觀望：上施織成帳，懸千條玉佩，聲晝夜不絕，地以錦石為之，殿北開千門萬戶，又有千和香，香氣芬馥，聞之使人動諸邪態，兼令人睡眠。
　　(3)齊東昏侯初於宮中取空輦行之，繞臺如天子儀服，自捉玉手版，金梁路帶。
　　(4)齊東昏侯于芳樂苑諸樓觀壁上畫男女淫褻之狀，又于苑中立市，太官則每旦進酒肉，雜使宮人屠沽。
　　(5)齊東昏侯寶卷潘氏服御極選珍寶，琥珀釧一隻直七千萬。
　　(6)齊東昏侯嘗為潘妃御車，制雜色錦伎衣，綴以金花玉鏡。
　　(7)齊東昏侯潘妃嘗著褍襠袴。[144]

第一條發生於永元三年(501)：

　　殿內火，合夕便發，其時帝猶未還，宮內諸房閣已閉，內人不得

---

[143] 《隋書》卷 32〈經籍志一‧序〉。見《隋書》，頁 907。
[144] 〔南朝梁〕蕭繹撰，許逸民校箋：《金樓子校箋》(北京：中華書局，2011 年 1 月)，頁 349-358。

出，外人又不敢輒開，比及開，死者相枕。領軍將軍王瑩率眾救火，太極殿得全。內外叫喚，聲動天地。帝三更中方還，先至東宮，慮有亂，不敢便入，參覘審無異，乃歸。其後出游，火又燒璿儀、曜靈等十餘殿及柏寢，北至華林，西至秘閣，三千餘間皆盡。左右趙鬼能讀〈西京賦〉，云「柏梁既災，建章是營」。於是大起諸殿，芳樂、芳德、仙華、大興、含德、清曜、安壽等殿，又別為潘妃起神仙、永壽、玉壽三殿，皆币飾以金璧。……鑿金銀為書字，靈獸、神禽、風雲、華炬，為之玩飾。……莊嚴寺有玉九子鈴，外國寺佛面有光相，禪靈寺塔諸寶珥，皆剝取以施潘妃殿飾。性急暴，所作便欲速成，造殿未施梁桷，便於地畫之，唯須宏麗，不知精密。……又鑿金為蓮華以帖地，令潘妃行其上，曰：「此步步生蓮華也。」塗壁皆以麝香，錦幔珠簾，窮極綺麗。[145]

　　可見歷史記載這場宮中大火的真正用意在於凸顯出東昏侯草菅人命、暴虐奢誇、荒淫無度的一面，並藉此形塑出梁武帝取而代之的正當性。是以以下諸條所提及的「琉璃殿」、「穿針樓」、潘貴妃服御之奇形逾制及浪費，[146]皆再加重其豪奢之態；且東昏侯尚為太子時即已僭越擅乘天子之輦，並逾越使用天子儀注，更顯出其不孝不忠之跡，而聞之使人動諸邪念之「千和香」，與「芳樂苑」內的男女淫畫，則盡露其性格猥褻之狀。可知梁人實主張蕭梁代齊乃除暴導義的革命之舉，而梁武帝當然也就具備天命所歸之正當性。

　　但北方政權勢必以蕭統得位不正，進行醜化蕭梁乃偽政權的政治操作。

---

[145] 《南史》卷5〈齊本紀〉。見〔唐〕李延壽：《南史》(點校本，北京：中華書局，1997年9月)，頁149。

[146] 其中的「褠襠袴」據許逸民考證：「『袴』亦作『絝』。……按《晉書‧五行志一》：『晉興後，衣服上儉下豐，著衣者皆厭祆蓋裙。君衰弱，臣放縱，下掩上之象也。凌遲至元康末，婦人出兩襠，加乎脛之上，此內出外也。』既『加乎脛之上』，顯為『脛衣』也。……據此，則『褠襠袴』或當為膝褲，亦即古之無底襪也。」見《金樓子校箋》，頁358。

如《魏書》卷十九中〈景穆十二王列傳·元嵩傳〉即載嵩〈表〉曰：

> 蕭寶卷骨肉相殘，忠良先戮，臣下嚚然，莫不離背，君臣攜貳，干戈日尋。流聞寶卷雍州刺史蕭衍兄懿於建業阻兵，與寶卷相持，荊、郢二州刺史並是寶卷之弟，必有圖衍之志。臣若遣書相聞，迎其本謀，冀獲同心，并力除衍。平衍之後，彼必旋師赴救丹陽，當不能復經營疆陲，全固襄沔。[147]

或《魏書》卷四一〈源懷傳〉載源懷亦奏曰：

> 南賊遊魂江揚，職為亂逆，肆厥淫昏，月滋日甚，貴臣重將，靡有孑遺，崇信姦回，昵比闇豎，內外離心，骨肉猜叛。蕭寶融僭號於荊郢，其雍州刺史蕭衍勒兵而東襲，上流之眾已逼其郊。廣陵、京口各持兵而懷兩望，鍾離、淮陰並鼎峙而觀得失。秣陵孤危，制不出門。君子小人，並罹災禍，延首北望，朝不及夕。斯實天啟之期，吞并之會。乘厥蕭牆之釁，藉其分崩之際，東據歷陽，兼指瓜步，緣江鎮戍，達於荊郢。然後奮雷電之威，布山河之信，則江西之地，不刃自來，吳會之鄉，指期可舉。[148]

因此，蕭衍面對北魏動輒不斷質疑其政權乃僭逆而來的言論，也必須提出一套昭信天下天命所歸的說法：

> 我欲與卿兄弟(按：指蕭子恪與蕭子範)有言。夫天下之寶，本是公器，非可力得。苟無期運，雖有項籍之力，終亦敗亡。所以班彪〈王

---

[147] 《魏書》，頁486-487。

[148] 《魏書》，頁924。

命論〉云:「所求不過一金,然終轉死溝壑」。卿不應不讀此書。宋孝武為性猜忌,兄弟粗有令名者,無不因事鴆毒,所遺唯有景和(按:指宋前廢帝劉子業)。至於朝臣之中,或疑有天命而致害者,枉濫相繼。然而或疑有天命而不能害者,或不知有天命而不疑者,于時雖疑卿祖,而無如之何。此是疑而不得。又有不疑者,如宋明帝本為庸常被免,豈疑而得全。又復我于時已年二歲,彼豈知我應有今日。當知有天命者,非人所害,害亦不能得。我初平建康城,朝廷內外皆勸我云:「時代革異,物心須一,宜行處分。」我于時依此而行,誰謂不可!我政言江左以來,代謝必相誅戮,此是傷於和氣,所以國祚例不靈長。所謂「殷鑒不遠,在夏后之世」。此是一義。二者,齊梁雖曰革代,義異往時。我與卿兄弟雖復絕服二世,宗屬未遠。卿勿言兄弟是親,人家兄弟自有周旋者,有不周旋者,況五服之屬邪?齊業之初,亦是甘苦共嘗,腹心在我。卿兄弟年少,理當不悉。我與卿兄弟,便是情同一家,豈當都不念此,作行路事。此是二義。我有今日,非是本意所求。且建武屠滅卿門,致卿兄弟塗炭。我起義兵,非惟自雪門恥,亦是為卿兄弟報仇。卿若能在建武、永元之世,撥亂反正,我雖起樊、鄧,豈得不釋戈推奉;其雖欲不已,亦是師出無名。我今為卿報仇,且時代革異,望卿兄弟盡節報我耳。且我自藉喪亂,代明帝家天下耳,不取卿家天下。昔劉子輿自稱成帝子,光武言「假使成帝更生,天下亦不復可得,況子輿乎」。梁初,人勸我相誅滅者,我答之猶如向孝武時事:彼若苟有天命,非我所能殺;若其無期運,何忽行此,政足示無度量。曹志親是魏武帝孫,陳思之子,事晉武能為晉室忠臣,此即卿事例。卿是宗室,情義異佗,方坦然相期,卿無復懷自外之意。小待,自當知我寸心。[149]

---

[149] 《梁書》卷35〈蕭子恪傳〉。見《梁書》,頁 508-509。

上述整段論述，是天監初年梁武帝剛登基時，特詔蕭子恪(477-529)與蕭子範(486-550)兄弟來宮諭示，其所論重點有三：

(1)天下非一家之天下，得天下者乃天命之所歸。

(2)蕭梁代齊之「義」有別於前代，首先不是異姓革命，其次也非同室操戈，且梁武帝認為他也有替齊高帝(479-482 在位)蕭道成(427-482)保存最後血脈之功。

(3)梁武帝認為蕭梁所取者，乃是齊明帝(494-498 在位)以不正的旁支庶位所竊取的政權，而非直接篡奪了齊高帝所建立之功業，也就意味著蕭梁所繼承的正統是直接延續建元、永明而來，故建武以後的齊明帝、東昏侯(498-501 在位)才是僭逆，蕭梁則是撥亂反正。

梁武帝還說，假如當初身為蕭嶷(444-492)之子的蕭子恪、蕭子範等願意主動討伐永元敗政，他本是願意協助的。如今既然是蕭衍建立了蕭梁帝國，他也絕對會接納蕭子恪兄弟，畢竟當初西晉武帝(265-290 在位)都視異姓前朝遺族曹植(192-232)之子曹志(？-288)為忠臣，更何況齊、梁還是同姓宗室血脈。故蕭衍在此提出了他對蕭梁代齊的觀點：一方面是站在蕭氏宗親的立場宣示保存蕭齊正統之血脈；二方面則站在南北對立的政局下，向天下昭告自己所建立的王朝是繼承蕭齊正統而來。從中也可感受出「政治正統象徵」，在南北朝分裂政局中競爭激烈之狀。

然而本文前所提及魏徵對梁武帝的評論，事實上還包含在蕭衍建國之後如何累積蕭梁帝國正統圖像之工程，此即梁武帝的學術文化政策。已有許多研究成果指出梁武帝的學術功業，無論是個人之學術著作，[150]或是詔令編纂的大型圖書，[151]甚至尚涉及整理佛經書目與教義，[152]就更不用說其豐富的文

---

[150] 趙以武：《梁武帝及其時代》(南京：鳳凰出版社，2006 年 4 月)，頁 215-230。

[151] 楊恩玉：〈梁武帝之治正名〉。收錄於氏著：《治世盛衰——「元嘉之治」與「梁武帝之治」初探》(濟南：齊魯書社，2009 年 8 月)，頁 179-186。

學作品。[153]《梁書》卷四八〈儒林傳序〉即曰：

> 漢氏承秦燔書，大弘儒訓，太學生徒，動以萬數，郡國黌舍，悉
> 皆充滿，學於山澤者，至或就為列肆，其盛也如是。漢末喪亂，其道
> 遂衰。魏正始以後，仍尚玄虛之學，為儒者蓋寡。時荀顗、摯虞之徒，
> 雖刪定新禮，改官職，未能易俗移風。自是中原橫潰，衣冠殄盡，江
> 左草創，日不暇給，以迄于宋、齊，國學時或開置，而勸課未博，建
> 之不及十年，蓋取文具，廢之多歷世祀，其棄也忽諸。鄉里莫或開館，
> 公卿罕通經術，朝廷大儒，獨學而弗肯養眾，後生孤陋，擁經而無所
> 講習，三德六藝，其廢久矣。高祖有天下，深愍之，詔求碩學，治五
> 禮，定六律，改斗曆，正權衡。天監四年，〈詔〉曰：「二漢登賢，莫
> 非經術，服膺雅道，名立行成。魏、晉浮蕩，儒教淪歇，風節罔樹，
> 抑此之由。朕日昃罷朝，思聞俊異，收士得人，實惟醻獎。可置五經
> 博士各一人，廣開館宇，招內後進。」於是以平原明山賓、吳興沈峻、
> 建平嚴植之、會稽賀瑒補博士，各主一館。館有數百生，給其餼廩。
> 其射策通明者，即除為吏。十數年間，懷經負笈者雲會京師。又選遣
> 學生如會稽雲門山，受業於盧江何胤。分遣博士祭酒，到州郡立學。
> 七年，又〈詔〉曰：「建國君民，立教為首，砥身礪行，由乎經術。朕
> 肇基明命，光宅區宇，雖耕耘雅業，傍闡藝文，而成器未廣，志本猶
> 闕，非以鎔範貴遊，納諸軌度，思欲式敦讓齒，自家刑國。今聲訓所
> 漸，戎夏同風，宜大啟庠斆，博延胄子，務彼十倫，弘此三德，使陶
> 鈞遠被，微言載表。」於是皇太子、皇子、宗室、王侯始就業焉。高
> 祖親屆輿駕，釋奠於先師先聖，申之以讌語，勞之以束帛，濟濟焉，
> 洋洋焉，大道之行也如是。[154]

---

[152] 顏尚文：《梁武帝》(臺北：東大圖書事業股份有限公司，1999 年 10 月)，頁 131-165。

[153] 錢汝平：《蕭衍研究》(北京：中國社會科學出版社，2011 年 2 月)，頁 46-77。

[154] 《梁書》，頁 661-662。

　　魏、晉以來學風的淪喪，王國維(1877-1927)已指出漢末三國的政治亂局是轉變之關鍵，[155]但至梁武帝時，在宋、齊兩代初步恢復儒學的基礎下，蕭梁成為南朝史上儒學研究最興盛的朝代。[156]但此一學風鼎盛的言外之意，卻是欲以此樹立蕭梁的文化正統標誌，從徐勉(466-535)在普通五年(524)所上之〈修五禮表〉可知，梁武帝「修五禮」不僅是對南齊永明「政統」之延續：「伏尋所定五禮，起齊永明三年。」[157]更是聲言蕭梁乃「周孔」文化之正脈：「竊以撰正履禮，歷代罕就，皇明在運，厥功克成。周代三千，舉其盈數；今之八千，隨事附益。質文相變，故其數兼倍，猶如八卦之爻，因而重之，錯綜成六十四也。昔文武二王，所以綱紀周室，君臨天下，公旦脩之，以致太平龍鳳之瑞。自斯厥後，甫備茲日。孔子曰：『其有繼周，雖百世可知。』豈所謂齊功比美者歟！」[158]則蕭梁帝國的正統意涵便在整理歷代文化脈絡的過程中逐漸累積與呈顯：

　　　　伏惟陛下睿明啟運，先天改物，撥亂惟武，經世以文。作樂在乎功成，制禮弘於業定。光啟二學，皇枝等於貴遊；闢茲五館，草萊升以好爵。爰自受命，迄于告成，盛德形容備矣，天下能事畢矣。明明穆穆，無德而稱焉。至若玄符靈貺之祥，浮渭棧山之賁，固亦日書左史，副在司存，今可得而略也。是以命彼羣才，搜甘泉之法；延茲碩學，闡曲臺之儀。淄上淹中之儒，連蹤繼軌；負笈懷鉛之彥，匪旦伊夕。諒以化穆三雍，人從五典，秩宗之教，勃焉以興。[159]

---

[155] 王國維：〈漢魏博士考〉，收錄於氏著：《觀堂集林》(彭林整理本，石家莊：河北教育出版社，2002 年 1 月)，頁 104-130。

[156] 焦桂美蒐羅相當完整的史料文獻，重新賦予劉宋與蕭齊在南朝經學史上的貢獻，值得參閱。見氏著：《南北朝經學史》(上海：上海古籍出版社，2009 年 7 月)，頁 188-212。

[157] 《梁書》卷 25〈徐勉傳〉。見《梁書》，頁 380。

[158] 《梁書》卷 25〈徐勉傳〉。見《梁書》，頁 382。

[159] 《梁書》卷 25〈徐勉傳〉。見《梁書》，頁 380。

　　是以，《梁書》卷三〈武帝紀〉姚思廉有對梁武帝的學術功績作出清楚地評論：

> 文思欽明，能事畢究，少而篤學，洞達儒玄。雖萬機多務，猶卷不輟手，燃燭側光，常至戊夜。造《制旨孝經義》，《周易講疏》，及《六十四卦》、《二繫》、《文言》、《序卦》等義，《樂》、《社》義，《毛詩答問》，《春秋答問》，《尚書大義》，《中庸講疏》，《孔子正言》，《老子講疏》，凡二百餘卷，並正先儒之迷，開古聖之旨。王侯朝臣皆奉表質疑，高祖皆為解釋。脩飾國學，增廣生員，立五館，置五經博士。天監初，則何佟之、賀瑒、嚴植之、明山賓等覆述制旨，並撰吉凶軍賓嘉《五禮》，凡一千餘卷，高祖稱制斷疑。於是穆穆恂恂，家知禮節。大同中，於臺西立士林館，領軍朱异、太府卿賀琛、舍人孔子袪等遞相講述。皇太子、宣城王亦於東宮宣猷堂及揚州廨開講，於是四方郡國，趨學向風，雲集於京師矣。兼篤信正法，尤長釋典，製《涅盤》、《大品》、《淨名》、《三慧》諸經義記，復數百卷。聽覽餘閑，即於重雲殿及同泰寺講說，名僧碩學、四部聽眾，常萬餘人。又造《通史》，躬製贊序，凡六百卷。天情睿敏，下筆成章，千賦百詩，直疏便就，皆文質彬彬，超邁今古。詔銘贊誄，箴頌牋奏，爰初在田，洎登寶曆，凡諸文集，又百二十卷。六藝備閑，棊登逸品，陰陽緯候，卜筮占決，並悉稱善。又撰《金策》三十卷。草隸尺牘，騎射弓馬，莫不奇妙。勤於政務，孜孜無怠。[160]

　　梁武帝在繁忙的政務下，尚孜孜不倦，甚至以政府公文詔書的政令方式支持或下令編撰事業，也就透露出這些文化業績實際上涵有梁武帝所要達成

---

[160]　《梁書》，頁 661-662。

的政治目的，已不僅僅是提升自身「軍」、「素」家族的文化水準，[161]背後實際上還負載建構蕭梁帝國文化正統與形塑政治正統的工程藍圖。

故在上述的政治需求下，梁人對於「文學」的看法絕非僅侷限如顏之推(531-591)所批評：「文章當以理致為心腎，氣調為筋骨，事義為皮膚，華麗為冠冕。今世相承，趨本棄末，率多浮豔。辭與理競，辭勝而理伏；事與才爭，事繁而才損。放逸者流宕而忘歸，穿鑿者補綴而不足。時俗如此，安能獨違？」[162]因此對於《梁書》卷四九〈文學傳序〉中對文學功用的定義，便可作為梁人最真實的寫照：

> 然經禮樂而緯國家，通古今而述美惡，非文莫可也。是以君臨天下者，莫不敦悅其義，縉紳之學，咸貴尚其道，古往今來，未之能易。高祖聰明文思，光宅區宇，旁求儒雅，詔採異人，文章之盛，煥乎俱集。每所御幸，輒命羣臣賦詩，其文善者，賜以金帛，詣闕庭而獻賦頌者，或引見焉。其在位者，則沈約、江淹、任昉，並以文采，妙絕當時。至若彭城到沆、吳興丘遲、東海王僧孺、吳郡張率等，或入直文德，通讌壽光，皆後來之選也。[163]

將「文學」視為「經禮樂而緯軍國」之事，無意間也揭示出身處在這樣的背景下進行編輯《昭明文選》的蕭統，其本身又負有皇太子監撫之責，其所編輯之目的絕非僅是餘閑樂事，尚應具備經世之用。故孫德謙(1869-1935)曾指出後世對於六朝文學始終抱持浮靡無用的成見：

---

[161] 王永平於〈蕭梁皇族之學術文化業績〉的研究，便偏向於蕭梁皇室士族化的文化累進過程。收錄於氏著：《東晉南朝家族文化史論叢》(揚州：廣陵書社，2010 年 4 月)，頁 429-447。

[162] 《顏氏家訓》卷 4〈文章〉。見〔北齊〕顏之推撰，王利器(1912-1998)集解：《顏氏家訓集解》(北京：中華書局，2007 年 10 月)，頁 267。

[163] 《梁書》，頁 685-686。

　　自《蕭選》而後，選文者眾矣。識者獨尊元蘇天爵《國朝文類》，謂可輔史而行。蓋一代奏義諸文，即史家之薰蕕也。近儒輯經世文編，深得此意。後世修史，可備要刪矣。人多斥六朝浮靡，以為文無實用。要知不然。梁武帝申飭〈選人表〉，論選舉也。孔德璋〈上法律表〉，言刑法也。牛宏請開〈獻書之路表〉，尊經籍也。王融〈上北伐圖疏〉，崇武備也。諸如此類，凡有涉於朝章國典，勒成一書，名曰《六朝經世文錄》，彼非薄六朝者，庶可以關其口矣。唐賢有云：古人因事立文，後人因文造事。竊謂：六朝之文，雖謝賁各啟，無與世道，然亦可知其文不虛構也。況大而經世者乎！烏得以文用駢體，而一概鄙夷之哉！[164]

　　但其便認為在六朝駢體文華麗的外表下，仍保有「論選舉」、「言刑法」、「尊經籍」、「崇武備」等涉及國家典章制度或朝政奏議之經世性質。

　　是以在本文前所引《梁書》卷三五〈蕭子恪傳〉中，梁武帝提到要蕭氏兄弟好好細讀班彪(3-54)〈王命論〉，以了解「天命」之義，而此文也正好被《文選》所錄，梁武帝所舉之片段實為：

　　　　夫餓饉流隸，飢寒道路，思有短褐之襲，儋石之畜，所願不過一金，然終於轉死溝壑。何則？貧窮亦有命也。況虖天子之貴，四海之富，神明之祚，可得而妄處哉？[165]

　　傳統的解讀往往就班彪本義而論，如清人孫執升曰：「論本為隗囂而作，而深原天道，詳敘人事，確見王者受命之由，直可醒千古貪夫之迷。」[166]但

---

[164] 孫德謙撰，〔日本〕古田敬一(ふるた けいいち)、福井佳夫(ふくい よしお)合注：《中國文章論──《六朝麗指》》(東京：汲古書院，1990年2月)，頁169-170。

[165] 《文選》卷52〈論二〉〔東漢〕班彪：〈王命論〉。見《文選》，頁2265。

[166] 《評註昭明文選》，頁988。

若將此文置於梁武帝建立政治正統認同的需求背景上，則蕭統將之選錄於《文選》的意義也已與班彪本義有別。

同樣地梁武帝曾對蕭子恪兄弟提及自己立梁代齊之「革代之義」與前朝有別，此觀點也流露在蕭統的選文意識中。《文選》卷四九所收干寶的〈晉紀論晉武帝革命〉，是全書唯一一篇以「革命」為題者，其中主要在說明帝王之興必有天命所歸，而革命之方式則隨時而變：

> 史臣曰：帝王之興，必俟天命，苟有代謝，非人事也。文質異時，興建不同，故古之有天下者，柏皇粟陸以前，為而不有，應而不求，執大象也。鴻黃世及，以一民也。堯舜內禪，體文德也。漢魏外禪，順大名也。湯武革命，應天人也。高光爭伐，定功業也。各因其運而天下隨時，隨時之義大矣哉！古者敬其事則命以始，今帝王受命而用其終，豈人事乎？其天意乎？[167]

干寶所提出的「內禪」、「外禪」、「革命」、「爭伐」四種不同的政權禪替方式，各自有特殊的政治意涵，而梁武帝之本義，應認為齊、梁之禪近似於魏晉外禪，畢竟雖同屬蕭姓宗親，但祖輩仍屬旁支；且齊、梁禪代並非手足相殘，而是授自齊宣德太后之詔令。是故梁武帝所謂「義異往時」，正好可藉干寶之文得到背書。但同樣地，此文在傳統《文選》的評註系統中，也都只停留在研討干寶之文的本義，如孫執升謂：「禪可緩而篡必急。晉武之急於禪，正其急於篡也。末數語諷刺特深。」[168]然干寶明明為晉臣，若此一討論開國之君禪代正統之文本具「諷刺」之義，則干寶不就喪失對自己本國的正統認同！故方廷珪所言：「本朝臣子立言殊難，卻以外禪做箇名目，可為曲而中，肆而隱矣。」[169]也落入相同的政治道德陷阱，反而有悖干寶本義的危險。但

---

[167] 《文選》，頁 2174-2175。

[168] 《評註昭明文選》，頁 942。

[169] 《評註昭明文選》，頁 942。

同樣地若將此文置於蕭梁帝國政治正統的象徵系統中，則《文選》選錄此文的意義，便可藉由〈蕭子恪傳〉的記載來加以輔證。

　　從以上二例可知，若將《文選》的選文本旨置於梁、魏南北政治對立脈絡中加以觀察，確實可以挖掘出與傳統「《文選》學」不同的解讀視角：即蕭統藉編輯《文選》來參與建構蕭梁帝國圖像，與梁武帝政治正統象徵的重大動機。

　　故以此角度來觀察以下所列《梁書》中所載錄梁武帝詔令或敕撰之書，便可感受其間所具有的政治關聯性，才能合理地解釋梁武帝「竟」特別頒敕執行之深意：

　　　　(1)是時禮樂制度，多所創革，高祖雅愛倕才，乃敕撰〈新漏刻銘〉，其文甚美。[170]

　　　　(2)詔(徐勉)旨云：「禮壞樂缺，故國異家殊，實宜以時修定，以為永准。但頃之修撰，以情取人，不以學進；其掌知者，以貴總一，不以稽古，所以歷年不就，有名無實。此既經國所先，外可議其人，人定，便即撰次。」[171]

　　　　(3)(天監)二年，(到洽)遷司徒主簿，直待詔省，敕使抄甲部書。[172]

　　　　(4)敕(裴子野)仍使撰《方國使圖》，廣述懷來之盛，自要服至于海表，凡二十國。……又敕撰《眾僧傳》二十卷，《百官九品》二卷，附益《諡法》一卷，《方國使圖》一卷，文集二十卷，並行於世。[173]

　　　　(5)(天監初張率)直文德待詔省，敕使抄乙部書，又使撰婦人事二十餘條，勒成百卷，使工書人琅邪王深、吳郡范懷約、褚洵等繕寫，以給後宮。率又為待詔賦奏之，甚見稱賞。……又侍宴賦詩……率奉

---

[170] 《梁書》卷27〈陸倕傳〉。見《梁書》，頁402。
[171] 《梁書》卷25〈徐勉傳〉。見《梁書》，頁381。
[172] 《梁書》卷27〈到洽傳〉。見《梁書》，頁404。
[173] 《梁書》卷30〈裴子野傳〉。見《梁書》，頁443-444。

詔往返數首。……俄有敕直壽光省，治丙丁部書抄。[174]

　　(6)(王筠)奉敕製〈開善寺寶誌大師碑文〉，詞甚麗逸。又敕撰《中書表奏》三十卷，及所上賦頌，都為一集。……中大通二年，遷司徒左長史。三年，昭明太子薨，敕為〈哀策文〉，復見嗟賞。[175]

　　(7)梁初，郊廟未革牲牷，樂辭皆沈約撰，至是承用，子雲始建言宜改。……敕曰：「郊廟歌辭，應須典誥大語，不得雜用子史文章淺言；而沈約所撰，亦多舛謬。」子雲答敕曰：「……伏以聖旨所定樂論鍾律緯緒，文思深微，命世一出，方懸日月，不刊之典，禮樂之教，致治所成。謹一二採綴，各隨事顯義，以明制作之美。覃思累日，今始克就，謹以上呈。」敕並施用。[176]

　　(8)天監初，吏部尚書范雲舉(許)懋參詳五禮，除征西鄱陽王諮議，兼著作郎，待詔文德省。時有請封會稽禪國山者，高祖雅好禮，因集儒學之士，草封禪儀，將欲行焉。懋以為不可。[177]

　　(9)時中書舍人賀琛奉敕撰《梁官》，乃啟(沈)峻及孔子袪補西省學士，助撰錄。書成，入兼中書通事舍人。[178]

　　(10)時文德殿置學士省，召高才碩學者待詔其中，使校定墳史，詔(到)沆通籍焉。[179]

　　(11)時高祖著〈連珠〉，詔羣臣繼作者數十人，(丘)遲文最美。[180]

　　(12)天監十五年，敕學士撰《徧略》，(鍾)嶸亦預焉。[181]

　　(13)是時，高祖以三橋舊宅為光宅寺，敕(周)興嗣與陸倕各製寺

---

[174] 《梁書》卷33〈張率傳〉。見《梁書》，頁475-478。

[175] 《梁書》卷33〈王筠傳〉。見《梁書》，頁485-486。

[176] 《梁書》卷35〈蕭子雲傳〉。見《梁書》，頁514-515。

[177] 《梁書》卷40〈許懋傳〉。見《梁書》，頁575。

[178] 《梁書》卷48〈儒林傳‧沈峻〉。見《梁書》，頁679。

[179] 《梁書》卷49〈文學傳上‧到沆〉。見《梁書》，頁686。

[180] 《梁書》卷49〈文學傳上‧丘遲〉。見《梁書》，頁687。

[181] 《梁書》卷49〈文學傳上‧鍾嶸〉。見《梁書》，頁697。

碑，及成俱奏，高祖用興嗣所製者。自是銅表銘、柵塘碣、北伐檄、次韻王羲之書千字，並使興嗣為文，每奏，高祖輒稱善，加賜金帛。……左衛率周捨奉敕注高祖所製《歷代賦》，啟興嗣助焉。普通二年，卒。所撰《皇帝實錄》、《皇德記》、《起居注》、《職儀》等百餘卷，文集十卷。[182]

(14)敕召見，使撰《通史》，起三皇，訖齊代，(吳)均草本紀、世家功已畢，唯列傳未就。[183]

(15)有敕(劉勰)與慧震沙門於定林寺撰經證。[184]

(16)天監十五年，敕太子詹事徐勉舉學士入華林撰《徧略》，勉舉(何)思澄等五人以應選。遷治書侍御史。[185]

(17)詹事徐勉舉(劉)杳及顧協等五人入華林撰《徧略》。……昭明太子薨，新宮建，舊人例無停者，敕特留杳焉。仍注〈太子徂歸賦〉，稱為博悉。[186]

　　將上列 17 段記載，置於南北對立的政治衝突下來觀察，便都可發現其中含有蕭梁政權欲爭奪文化正統象徵的政治動機。就如張纘〈南征賦〉云：

　　　　我皇帝膺籙受圖，聰明神武，乘釁而運，席卷三楚。師克在和，仁義必取；形猶積決，應若飆舉。於是殪桑林之封豨，繳青丘之大風；戢干戈以耀德，肆時夏而成功。放流聲於鄭、衛，屏豔質於傾宮；配軒皇以邁迹，豈商、周之比隆。化致升平，于茲四紀；六夷膜拜，八蠻同軌。教穆於上庠，寃申於大理；顯三光之照燭，降五靈之休祉。

---

[182] 《梁書》卷 49〈文學傳上・周興嗣〉。見《梁書》，頁 697-698。
[183] 《梁書》卷 49〈文學傳上・吳均〉。見《梁書》，頁 699。
[184] 《梁書》卷 50〈文學傳下・劉勰〉。見《梁書》，頁 712。
[185] 《梁書》卷 50〈文學傳下・何思澄〉。見《梁書》，頁 714。
[186] 《梁書》卷 50〈文學傳下・劉杳〉。見《梁書》，頁 716-717。

諒殊功於百王，固無得而稱矣。[187]

　　梁武帝建國後所作的整理文化事業，並非僅是單純的著錄目錄，除了設立教育機制外，在文獻整理的工作上顯然有「放流聲」、「屏艷質」的去取準則，以達「化昇平」、「六夷膜拜」、「八蠻同軌」的天下一統之理想。故蕭統所編輯之《文選》也必然受此政策方向所制約，其選文原則也必須對此蕭梁帝國的政治理想提出適切之反映。

　　連庾信(513-581)在其〈哀江南賦〉中亦云：

水木交運，山川崩竭。家有直道，人多全節。訓子見於純深，事君彰於義烈。新野有生祠之廟，河南有胡書之碣。況乃少微真人，天山逸民。階庭空谷，門巷蒲輪。移談講樹，就簡書筠。降生世德，載誕貞臣。文詞高於甲觀，模楷盛於漳濱。嗟有道而無鳳，歎非時而有麟。既姦回之鼎匿，終不悅於仁人。王子洛濱之歲，蘭成射策之年，始含香於建禮，仍矯翼於崇賢。游洊雷之講肆，齒明離之胄筵。既傾蠡而酌海，遂側管以窺天。方塘水白，釣渚池圓。侍戎韜於武帳，聽雅曲於文絃。乃解懸而通籍，遂崇文而會武。居笠轂而掌兵，出蘭池而典午。論兵於江漢之君，拭圭於西河之主。於時朝野歡娛，池臺鐘鼓。里為冠蓋，門成鄒魯。連茂苑於海陵，跨橫塘於江浦。東門則鞭石成橋，南極則鑄銅為柱。樹則園植萬株，竹則家封千戶。西賨浮玉，南琛沒羽。吳歈越吟，荊豔楚舞。草木之藉春陽，魚龍之得風雨。五十年中，江表無事。王歙為和親之侯，班超為定遠之使。馬武無預於兵甲，馮唐不論於將帥。豈知山嶽闇然，江湖潛沸。漁陽有閭左戍卒，離石有將兵都尉。天子方刪詩書，定禮樂。設重雲之講，開士林之學。

　　　談劫爐之灰飛，辯常星之夜落。[188]

　　庾信提到家族歷史自宋、齊禪代以來的隱居不仕的家風，直至梁武帝建
國後，其父庾肩吾(487-551)才出仕為晉安王蕭綱的王國常侍，庾信自己也在
昭明太子時代任職東宮「侍戎聽曲」、「通籍論兵」，顯示庾信自認並非僅為區
區雕蟲文士。而在其筆下，梁武帝「方冊詩書，定禮樂。設重雲之講，開士
林之學。」不僅營造出蕭梁帝國之盛世圖像：「朝野歡娛，池臺鐘鼓。里為冠
蓋，門成鄒魯。」更意味其文德化遠，四夷來歸，政治正統地位早已受九州
四方胡族蠻邦所承認：「五十年中，江表無事。王歙為和親之侯，班超為定遠
之使。馬武無預於兵甲，馮唐不論於將帥。」庾信在文中雖有暗諷蕭梁未能
居安思危之意，但藉其對梁武帝所營造的文化帝國藍圖之描繪，確實含有以
蕭梁為正統的故國之思。

　　如此也可知，梁武帝利用文化重建與文獻整理來做為蕭梁帝國政治正統
的形塑工具，即使連已成亡國遺臣的庾信在其黍離之嘆中尚還念念不忘，就
更遑論身處蕭梁帝國盛世、梁、魏多次兵戎相見、身負監撫國政之責的昭明
太子，在此環境下編輯《文選》，於南北對峙之政治結構中，所呈現出建構蕭
梁帝國圖像之選文意識。

---

[188]　〔北周〕庾信撰，〔清〕倪璠注：《庾子山集注》(許逸民校點本，北京：中華書局，1997 年 5
　　月)，頁 106-114。

第二章 〈文選序〉與蕭統選文原則新論

一、「事出於沉思,義歸乎翰藻」的原義與局限

(一)「事出於沉思,義歸乎翰藻」遭過度解讀

　　對於《文選》的選文標準,僅存的第一手資料即是蕭統(501-531)的〈文選序〉,然而在「《文選》學」研究的傳統中,往往過度推重「事出於沉思,義歸乎翰藻」的十字箴言,[1]如傅剛本欲減輕傳統「《文選》學」因過度標舉

---

[1] 對此二語的研究自朱自清(1898-1948)於 1946 年發表〈〈文選序〉「事出於沉思,義歸乎翰藻」說〉以來,即呈現汗牛充棟之姿至今,然而卻尚未出現一錘定音的著作。朱文收錄於俞紹初、許逸民合編:《中外學者「《文選》學」論集》(北京:中華書局,1998 年 8 月),頁 75-84。而最新的學術成果如發表於 2013 年的孔令剛〈《昭明文選》編輯思想探介〉仍沿用朱自清將此二語視為《文選》選文之普遍原則。孔文見《河南科技學院學報》第 5 期,2013 年 5 月,頁 130-132。在此僅舉齊益壽與楊明之文為代表,統整近 70 年來兩岸學界對此二語的研究觀點。齊益壽發表於 1981 年的〈《文心雕龍》與《文選》在選文定篇及評文標準上的比較〉即云:「若以『事出於沉思,義歸乎翰藻』二句作為《文選》的選文標準,雖然這兩句與尚辭采的複筆的標準並無牴觸,但由於在序文中『事』與『義』既是指『紀別異同』之『事』與『褒貶是非』之『義』,有其特定的範圍,若以之作為統括一切文體的選文標準,則除非將這兩句來個斷章取義,使之與序文不相關涉,而把事與義的範圍擴大,不受『紀別異同』與『褒貶是非』的限制。而這正是許多學者解釋這兩句話的做法。」見《中外學者「《文選》學」論集》,頁 760-761。楊明〈「事出於沉思,義歸乎翰藻」新解〉:「若要準確的翻譯,則應將『事』、『義』都理解為『寫作贊論序述之事』較好,因為這樣理解符合當時駢文句式的通例。又自阮元拈出這兩句後,凡言《文選》選錄標準,都以

此二句所造成的研究侷限，而刻意將蕭統編輯《文選》的宗旨，置於整體齊、梁文學趨勢的脈絡中來觀察：

> 編選文章總集的第一個作用就是免除讀者面對千賦萬詩而不知從哪裡讀起的苦惱。不過，既然這個動機已為所有選集通有，那也就不再成為動機了。因此，我們分析《文選》的編選宗旨時，對此就不需要多論了。但是，《文章流別集》另一個動機，即辨別文集，以指導寫作的目的，在南朝時成為編選家更迫切的任務。……《文選》也同樣具有這一目的。……這幾句話符合《文選》的選錄標準是沒有問題的，但絕不就是選錄標準。有些研究者反覆討論「事」、「義」和「沉思」、「翰藻」的語義等，不管贊成者還是反對者，其實都與選錄標準沒有太大的關係。[2]

　　傅剛雖試圖將「事出於沉思，義歸乎翰藻」抽離出文章選錄的標準框架，卻用另一個「指導寫作」的框架來重新定義，但選錄標準與寫作指導在本質上的相通，也就顯現出傳統「《文選》」學」討論此語的詮釋困境。倒是徐華別出心裁，將〈文選序〉定位於蕭統晚年之作，而認為與其說是蕭統編輯《文選》的選文涉及實用性之政治訴求，毋寧說是蕭統在晚期的政治處境造成視文學為暫時擺脫塵務煩擾的心情寫照。[3]徐華的研究雖然別立新說，但無論是

『沉思』、『翰藻』為言。這並不錯，但若聯繫上下文，毋寧說『綜緝辭采』、『錯比文華』比『翰藻』二字表述得更為明白。」收錄於中國文選學研究會、鄭州大學古籍整理研究所合編：《文選學新論》(鄭州：中州古籍出版社，1997年10月)，頁100-101。後在朱曉海的〈讀〈文選序〉〉一文中，即更細密地分析「綜」、「錯」二語在〈文選序〉中所蘊含的謀篇布局之意，以見蕭統何以選錄史贊論序述之體。見徐中玉、郭豫適合編：《古代文學理論研究(第21輯)》(上海：華東師範大學出版社，2003年12月)，頁117-119。

[2] 傅剛：《昭明文選研究》(北京：中國社會科學出版社，2000年1月)，頁175-176。

[3] 徐華：〈〈文選序〉與《文選》差異問題的再審視〉，收錄於周少川編：《歷史文獻研究》第31輯(武漢：華中師範大學出版社，2012年9月)，頁204-217。

〈文選序〉的寫作年代或〈文選序〉內容與蕭統晚期的政治遭遇的因果關係，甚至是蕭梁普通至中大通年間的政局與〈文選序〉之直接關聯性，都未能提出明確而有效的證據，殊為可惜。但卻已提出了研究〈文選序〉可以重新思考的觀察點，即蕭梁政治局勢與《文選》成書的關聯性。

事實上，若回歸到〈文選序〉本文脈絡可知，這兩句話僅是蕭統用來說明選錄「史評體」的理由：

> 若夫姬公之籍，孔父之書，與日月俱懸，鬼神爭奧，孝敬之准式，人倫之師友，豈可重以芟夷，加之剪截？《老》、《莊》之作，《管》、《孟》之流，蓋以立意為宗，不以能文為本，今之所撰，又以略諸。若賢人之美辭，忠臣之抗直，謀夫之話，辯士之端，冰釋泉涌，金相玉振。所謂坐狙丘，議稷下，仲連之卻秦軍，食其之下齊國，留侯之發八難，曲逆之吐六奇，蓋乃事美一時，語流千載。概見墳籍，旁出子史，若斯之流，又亦繁博，雖傳之簡牘，而事異篇章，今之所集，亦所不取。至於記事之史，繫年之書，所以褒貶是非，紀別異同，方之篇翰，亦已不同。若其「讚」、「論」之綜緝辭采，「序」、「述」之錯比文華，事出於沉思，義歸乎翰藻，故與夫篇什，雜而集之。[4]

蕭統在此提出「史論」、「史述贊」等體得以入選的理由，一方面顯然其將之視為跟「繫日月而為次，列時歲以相續，中國外夷，同年共也，莫不備載其事，形於目前。」[5]的「編年體」；以及「凡所包舉，務存恢博，文辭入記，繁富為多。」[6]的「紀傳體」是有所區別的文類，另一方面則顯示出「史

---

[4] 〔南朝梁〕蕭統編，〔唐〕李善(630-689)注：《文選》(李培南等人點校本，上海：上海古籍出版社，2007年10月)，序頁2-3。

[5] 《史通》卷1〈二體〉。見〔唐〕劉知幾(661-721)著，〔清〕浦起龍(1679-1762)通釋，王煦華整理：《史通通釋》(上海：上海古籍出版社，2009年12月)，頁25。

[6] 《史通》卷1〈載言〉。見《史通通釋》，頁30。

評體」在「立義選言，宜依經以樹則；勸戒與奪，必附聖以居宗；然後銓評昭整，苛濫而不作矣。」[7]的特質下，史家必需具備如文學家謀篇鍛句之本領。況史著本是兼含「有直紀其才行者，有唯書其事迹者，有因言語而可知者，有假讚論而自見者。」[8]的複合式著作，而「史論」、「史述贊」顯然是最能看出史家「事出於沉思，義歸乎翰藻」的能力之處：

> 吾雜傳論，皆有精意深旨，既有裁味，故約其詞句。至於《循吏》以下及《六夷》諸序論，筆勢縱放，實天下之奇作。其中合者，往往不減《過秦》篇。嘗共比方班氏所作，非但不愧之而已。欲遍作諸志，前漢所有者悉令備。雖事不必多，且使見文得盡。又欲因事就卷內發論，以正一代得失，意復未果。贊自是吾文之傑思，殆無一字空設，奇變不窮，同合異體，乃自不知所以稱之。[9]

上文是范曄(398-445)自道作《後漢書》諸史論的特點，既指內容有「精義深旨」，又稱文詞約煉有味，顯示出與范曄自己的文學觀念：「文患其事盡於形，情急於藻，義牽其旨，韻移其意。雖時有能者，大較多不免此累，政可類工巧圖繢，竟無得也。常謂情志所托，故當以意為主，以文傳意。」[10]相當吻合，這也顯示出南朝史家處在「世重文藻，詞宗麗淫」的社會潮流下，[11]常將鋪藻陳義的筆法也注入於史學論著中，也意味著此一美文觀念實普遍存於六朝社會。

---

[7] 《文心雕龍》〈史傳〉。見〔南朝梁〕劉勰(465-522)著，詹鍈(1916-1998)義證：《文心雕龍義證》(上海：上海古籍出版社，1999 年 12 月)，頁 604。

[8] 《史通》卷 6〈敘事〉。見《史通通釋》，頁 156。

[9] 《宋書》卷 69〈范曄傳〉。見〔南朝梁〕沈約(441-513)著：《宋書》(點校本，北京：中華書局，1997 年 9 月)，頁 1830-1831。

[10] 《宋書》卷 69〈范曄傳〉。見《宋書》，頁 1830。

[11] 張亞軍：〈南朝四史之史論〉，收錄於氏著：《南朝四史與南朝文學研究》(北京：中國社會科學出版社，2007 年 7 月)，頁 204-284。引文見《史通》卷 9〈覈才〉，見《史通通釋》，頁 233。

故如陸機(261-303)在〈文賦〉中就指出作文須：

> 選義按部，考辭就班。[12]

《文心雕龍》也提及：

> 若夫善弈之文，則術有恆數：按部整伍，以待情會；因時順機，動不失正。數逢其極，機入其巧，則義味騰躍而生，辭氣叢雜而至。視之則錦繪，聽之則絲簧，味之則甘腴，佩之則芬芳。斷章之功，於斯盛矣。[13]

范文瀾(1893-1969)指出：「『視之則錦繪』，辭采也；『聽之則絲簧』，宮商也；『味之則甘腴』，事義也；『配之則芬芳』，情志也。」[14]也就是說完美的文學作品需兼顧辭藻、音韻、內容、與作者情感。

又或如在蕭梁時代，與蕭統關係密切的東宮僚屬太子中舍人王筠(481-549)，其作品便被譽為：

> 覽所示詩，實為麗則，聲和被紙，光影盈字。夔、牙接響，顧有餘慚；孔翠群翔，豈不多愧。[15]

據《梁書》卷三三〈王筠傳〉所載：「尚書令沈約，當世辭宗，每見筠文，咨嗟吟詠，以為不逮也。……筠為文能壓強韻，每公宴並作，辭必妍美。約

---

[12] 《文選》卷 17〔西晉〕陸機：〈文賦序〉。見《文選》，頁 764。

[13] 《文心雕龍》〈總術〉。見《文心雕龍義證》，頁 1645。

[14] 范文瀾：《文心雕龍註》(香港：商務印書館，1995 年 3 月)，頁 660。

[15] 沈約：〈報王筠書〉。見陳慶元校箋：《沈約集校箋》(杭州：浙江古籍出版社，2005 年 12 月)，頁 134。

常從容啓高祖曰：『晚來名家，唯見王筠獨步。』」[16]顯示王筠文風即以華麗的詞采著稱，且善於運用僻韻成詩的能力更為當代所推。

　　另東宮通事舍人劉杳(487-536)也具有同樣的特質：

> 君愛素情多，惠以二〈贊〉。辭采妍富，事義畢舉，句韻之間，光影相照，便覺此地，自然十倍。故知麗辭之益，其事弘多，輒當置之閣上，坐臥嗟覽。[17]

　　此處的「二〈贊〉」，指的是劉杳讀沈約〈郊居賦〉後所贈之〈贊〉文，從沈約的描述可知其內容應為華麗的詞藻與深刻的義理，故「約即命工書人題其贊於壁。」[18]可見無論從陸機或劉勰，或蕭統的東宮僚屬，皆秉持「文義相稱」之立場。故劉知幾嘗言：「爰泊范曄，始革其流，遺棄史才，矜衒文彩。」[19]便正好落入後世箴貶之論未必為當世實況之陷阱！因為就《文選》的選文現象來看，蕭統顯然認為「史評體」正是史部文獻中最能呈現作者能文才華之處，故才提出「事出於沉思，義歸乎翰藻」的準據，做為區隔「史評體」與傳統史部文獻編年紀事性質差異的重要憑證。

　　因此，若欲以此二句為《文選》全書選文標準的美學原則，便可能有過度解讀蕭統〈文選序〉本義之嫌。

(二)　《文選》選文實跳脫「四部」分目的概念

　　清人阮元(1764-1849)的觀點或許是與蕭統選文之法最為接近者：

> 昭明所選，名之曰文，蓋必文而後選也，非文則不選也。經也，

---

[16] 《梁書》卷33〈王筠傳〉。見《梁書》，頁484-485。

[17] 沈約：〈報劉杳書〉。見《沈約集校箋》，頁135。

[18] 《梁書》卷50〈文學傳下‧劉杳〉。見《梁書》，頁715。

[19] 《史通》卷4〈序例〉。見《史通通釋》，頁81。

子也，史也，皆不可專名為文也。故昭明〈文選序〉後三段特明其不
選之故，必沉思翰藻，始名之為文，始以入選也。[20]

　　阮元開宗明義就表明他認為被《文選》選錄的作品都應該視為「文」，只
不過他認為「經」、「史」、「子」三部文獻有其特定的性質，而這與被歸於「集」
部類文獻的區別就在於有無「沉思」、「翰藻」之形式與內容。阮元的本旨雖
出於對「經」部典籍：「『言』何以能成『文』、能稱『文』的本義研討，[21]才
特意選擇《文選》一書以為範例，但卻無意間流露出阮元所關注者乃「修辭」
表達義理的功能，因此文中所提及的「四部分類」概念，顯然不是為了釐清
《文選》所錄作品的繫部錯亂，反而指出就是因為這三部中尚有部分作品的
修辭表達符合「事出於沉思，義歸乎翰藻」的規則，才獲得蕭統的青睞。將
此一立場投射於阮元當代的乾嘉考據碩儒，即意味於撰寫經、史、子等著作
時，也應兼顧文藻修辭以利表達學說。

　　此即凸顯出〈文選序〉最受後世爭論與難以解答之處，因為蕭統在《文
選》中確實收有涉及經、史、子等三部文獻的作品，如卷十七「賦王」卷〈論
文〉類所收陸機〈文賦〉，與卷五二「論二」卷所收曹丕(187-226)〈典論論文〉，
在「博明萬事為子，適辨一理為論」[22]的內容特質下，未嘗不可視為子部文
獻。況且《隋書》卷三四〈經籍三‧子‧儒家〉尚載錄：

　　　　《典論》五卷，魏文帝撰。[23]

　　而《文心雕龍》〈論說〉亦云：

[20] 〔清〕阮元：〈書梁昭明太子〈文選序〉後〉，引自郭紹虞(1893-1984)等人合編：《中國近代文
　　學論著精選》(臺北：華正書局，1982年6月)，頁105。

[21] 李貴生：〈阮元文論的經學義蘊〉，《漢學研究》第24卷第1期，2006年6月，頁297-322。

[22] 《文心雕龍》〈諸子〉。見《文心雕龍義證》，頁656。

[23] 〔唐〕魏徵(580-643)等撰：《隋書》(點校本，北京：中華書局，1997年9月)，頁998。

> 詳觀論體,條流多品:陳政,則與議說合契;釋經,則與傳注參體;辨史,則與贊評齊行;銓文,則與敘引共紀。[24]

「陳政」即如《隋書》所言:「世之治也,列在眾職,下至衰亂,官失其守。或以其業遊說諸侯,各崇所習,分鑣並駕。若使總而不遺,折之中道,亦可以興化致治也。」[25]充分展現諸子議政之傳統,而「釋經」、「辨史」、與「銓文」,縱使劉勰本意在於藉內容之異解析論說文應具之體貌,[26]卻無異於表示此類作品與經、史、子部文獻尚有無法切割之關係。故從劉勰所舉之例包含:

(1)「及班彪〈王命〉,……敷述昭情,善入史體。」(見《文選》卷五二〈論二〉〔東漢〕班彪(3-54)〈王命論〉)。[27]

(2)「李康〈運命〉,同《論衡》而過之。」(見《文選》卷五二〈論三〉〔西晉〕李康〈運命論〉)。[28]

(3)「陸機〈辨亡〉,效〈過秦〉而不及。」(見《文選》卷五二〈論三〉〔西晉〕陸機〈辨亡論〉;又《文選》卷五二〈論一〉〔西漢〕賈誼(200B.C.-168B.C.)〈過秦論〉)。[29]

(4)「范雎之言事,李斯之止逐客,並煩情入機,動言中務,雖批逆麟,而功成計合,此上書之善說也。」(見《文選》卷三九〈上書〉〔秦〕李斯

---

[24] 《文心雕龍》〈論說〉。見《文心雕龍義證》,頁 669。

[25] 《隋書》卷 34〈子部總論〉。見《隋書》,頁 1051。

[26] 「體貌說」採用徐復觀(1904-1982)〈《文心雕龍》的文體論〉之定義:「由語言文字之多少所排列而成的形相,乃人所最易把握到的,這便是一般所說的體裁或體製。……它必須昇華上去,而成為高次元的形相,這在《文心雕龍》,又可分為『體要』之體,與『體貌』之體。……『體貌』,是文體一詞所含三方面意義中徹底代表藝術性的一面。」見氏著:《中國文學論集》(臺北:臺灣學生書局,2001 年 12 月),頁 19。

[27] 《文心雕龍》〈論說〉。見《文心雕龍義證》,頁 678。

[28] 《文心雕龍》〈論說〉。見《文心雕龍義證》,頁 687。

[29] 《文心雕龍》〈論說〉。見《文心雕龍義證》,頁 678。

(280B.C.-208B.C.)〈上書秦始皇〉)。[30]

(5)「至於鄒陽之說吳、梁，喻巧而理至，故雖危而無咎也。」(見《文選》卷三九〈上書〉〔西漢〕鄒陽〈上書吳王〉、〈獄中上書自明〉)。[31]

則可知在《文選》所錄的作品中，確實存在許多橫跨四部之作，顯示出蕭統於選文過程中似對經、史、子部之文獻未完全排斥，而這就直接衝擊〈文選序〉中認為蕭統意在排斥選錄「姬公之籍」、「孔父之書」、「《老》、《莊》之作」、「《管》、《孟》之流」的解釋，這種現象顯然透露出一項重大訊息，即蕭統對於文獻分類的概念應該有別於四部分類原則。正如同王瑤(1914-1989)所言：「文集的興起和成立，是一個時代和文化進步後的自然現象。文集既立，則每一篇都必須要編在一個適當的地位，那麼在編纂時有時強以類分，也是不可避免的事情。當然編集時分類按部，能完全顧到內容性質，流別指歸，這自然是最理想的，最合理的。但編集分類和研究文體的體性不同，不是可以任意區分的。……流別指歸，注重在學理，注重在『質』，這當然是對的。但編集的人卻事實上不能這麼客觀，有時雖明知其非，卻不能不作以形貌區分的事實。……四部之中，經史子的範圍容易確定，而集部的種類卻非常龐雜，內容也極繁富，所以分類編目也最費斟酌，很難找出一個比較合理的標準來。」[32]則蕭統選文在其欲建構「蕭梁帝國正統圖像」的目標下，也應由重於學理的角度來理解。

其實，在《文選》中尚收錄涉及四部分類原則下，「集部」以外的文獻，如應屬於「經部」之文：

(1)卷十九〈詩甲〉束晢(？-300)〈補亡詩〉六首
(2)卷四三〈書下〉劉歆(46B.C.-23)〈移書讓太常博士并序〉

---

[30] 《文心雕龍》〈論說〉。見《文心雕龍義證》，頁 715。

[31] 《文心雕龍》〈論說〉。見《文心雕龍義證》，頁 717。

[32] 王瑤：〈文體辨析與總集的成立〉，收錄於氏著：《中古文學史論》(北京：北京大學出版社，1998年1月)，頁 100-105。

(3)卷四五〈序上〉託名卜子夏之〈毛詩序〉

(4)卷四五〈序上〉託名孔安國〈尚書序〉

(5)卷四五〈序上〉杜預(222-285)〈春秋左氏傳序〉

以及與「史部」相關之文獻：

(1)卷四七「頌」類的揚雄(53B.C.-18)〈趙充國頌〉

(2)卷四七「頌」類的陸機〈漢高祖功臣頌〉

(3)卷四七「贊」類的袁宏(328-376)〈三國名臣序贊〉

(4)卷四九至五十「史論」類的班固(32-92)〈漢書公孫弘傳贊〉、〈漢書述高紀〉、〈漢書述成紀〉、〈漢書述韓英彭盧吳傳〉

(5)干寶(？-336)〈晉紀論晉武帝革命〉、〈晉紀總論〉

(6)范曄〈後漢書皇后紀論〉、〈後漢書二十八將傳論〉、〈後漢書宦者傳論〉、〈後漢書逸民傳論〉、〈後漢書光武紀贊〉

(7)沈約〈宋書謝靈運傳論〉、〈宋書恩倖傳論〉

此外，始於宋玉(298B.C.-222B.C.)的「答問」體實也具有：「蓋縱橫家之流亞也。厥後子雲有〈解嘲〉之篇，孟堅有〈賓戲〉之答，而韓昌黎之〈進學解〉，一此體之正宗也。」[33]的「子部」性質，因此《文選》卷四五「對問」體、「設論」體所收篇章如宋玉〈對楚王問〉、東方朔〈答客難〉、揚雄〈解嘲并序〉、班固〈答賓戲并序〉等文，實存有「春秋戰國諸子各負儁才，過絕於人而弗獲自試，於是紛紛著書，人以其言顯暴於是而九流之術興焉」[34]的諸子學特質。還有如「七」體，則藉枚乘(？-140B.C.)〈七發〉之末云：

---

[33] 劉師培(1884-1919)：《論文雜記》。見陳引馳編校：《劉師培中古文學論集》(北京：中國社會科學出版社，1997 年 6 月)，頁 229。

[34] 《少室山房筆叢》卷 27〈九流緒論上〉。〔明〕胡應麟(1551-1602)：《少室山房筆叢》(點校本，上海：上海書店，2001 年 8 月)，頁 260。

客曰：「將為太子奏方術之士有資略者，若莊周、魏牟、楊朱、墨翟、便蜎、詹何之倫，使之論天下之釋微，理萬物之是非。孔、老覽觀，孟子持籌而筭之，萬不失一。此亦天下要言妙道也，太子豈欲聞之乎？」[35]

　　透露出枚乘寓諸子之道於「七」體之中，[36]則《文選》卷三四至三五所收諸篇「七」體如枚乘〈七發〉、曹植(192-232)〈七啟并序〉、張協〈七命〉等文便皆具此義。至於「穿貫事理，如珠在貫」[37]的「連珠體」乃近於荀子(313B.C.-238B.C.)演〈成相〉，[38]或韓非(280B.C.-233B.C.)比事徵偶以儲說，[39]因此《文選》選錄陸機之〈演連珠〉，顯然用意應不僅止於其「文小易周，思閑可贍。足使義明而詞淨，事圓而音澤。」[40]的美學感受，尚須考慮其中「假喻以達其旨，而覽者微悟，合於古詩諷興之義。」[41]的政治意涵。故可知，蕭統的選文意識看似以「集部」作品為主，但在實際選錄過程中，卻並未將其他部類之文獻排除在外，是以若欲由四部分類之角度探索其選文標準，可能尚未能符切其心。

---

[35] 《文選》卷34〔西漢〕枚乘：〈七發〉。見《文選》，頁1572-1573。

[36] 游志誠於〈《文選》七體考〉中即重新釐清傳統僅視「七」體為漢賦支流，或為騷體旁支。收錄於氏著：《昭明文選學術論考》(臺北：臺灣學生書局，1996年3月)，頁475-495。

[37] 〔明〕吳訥(1372-1457)：《文章辨體序說》，收錄於陳懋玲校對：《文體序說三種》(與《文體明辨序說》、《文章緣起注》合訂本，臺北：大安出版社，1998年6月)，頁68。

[38] 劉師培《論文雜記》曰：「『連珠』始於漢魏，蓋荀子演〈成相〉之流亞也。首用喻言，近於詩人之比興，繼陳往事，類於史傳之贊辭，而儷語韻文，不沿奇語，亦儷體中之別成一派也。」見《劉師培中古文學論集》，頁229。

[39] 《文史通義》內編1〈詩教上〉：「韓非《儲說》，比事徵偶，『連珠』之所肇也。」見〔清〕章學誠(1738-1801)著，葉長青注，葉瑛校注：《文史通義校注》(北京，中華書局，2004年9月)，頁61。

[40] 《文心雕龍》〈雜文〉。見《文心雕龍義證》，頁518。

[41] 〔西晉〕傅玄(217-278)：〈敘連珠〉。見〔唐〕歐陽詢(557-641)撰，汪紹楹校：《藝文類聚》(上海：上海古籍出版社，1982年1月)，頁1035。

　　也因為上述《文選》選文與〈文選序〉內涵所呈現出自相矛盾之處，故令章太炎(1869-1936)認為蕭統實有自亂體例之嫌：

　　　　昭明太子序《文選》也，其于史籍，則云「不同篇翰」；其于諸子，則云「不以能文為貴」，此為衰次總集，自成一家，體例適然，非不易之定論也。《抱朴子》〈百家篇〉曰：「狹見之徒，區區執一，感詩賦瑣碎之文，而忽子論深美之言，真偽顛倒，玉石混殽，同廣樂於〈桑間〉，均龍章于素質。」斯可以箴矣。[42]

　　章太炎認為蕭統在〈文選序〉中提出的選文原則，將史部與子部排除在外，其主要的理由就是認為子、史之文欠缺辭藻之美，故其引用《抱朴子》刻意區分詩賦與子部之文的言論，目的就在於駁斥蕭統的觀點。故又云：

　　　　且沉思孰若莊周、荀卿？翰藻孰若《呂氏》、《淮南》？總集不摭九流之篇，格于科律，固不應為之辭。誠以文筆區分，《文選》所集，無韻者猥眾，寧獨諸子？若云文貴其炎耶，未知賈生〈過秦〉、魏文〈典論〉，同在諸子，何以獨堪入錄？有韻文中，既錄漢祖〈大風〉之曲，即〈古詩十九首〉亦皆入選，而漢、晉樂府，反有懟遺，是其于韻文也，亦不以節奏低卬為主，獨取文采斐然，足耀觀覽，又失韻文之本矣。是故昭明之說，本無以自立者也。[43]

　　可知章氏對於「文學」的定義是：「文學者，以有文字著於竹帛，故謂之文。論其法式，謂之文學。凡文理、文字、文辭，皆稱文，言其彩色發揚謂

---

[42] 章太炎：〈文學總略〉。見傅傑編校：《章太炎學術史論集》(昆明：雲南人民出版社，2008 年 3月)，頁 68-69。

[43] 章太炎：〈文學總略〉。見《章太炎學術史論集》，頁 69。

之彣；以作樂有關，施之筆札謂之章。」[44]是以統整其質疑蕭統之處有二：

其一，是蕭統所選錄的如賈誼、曹丕等作應屬子部之文，已經違背自己於〈文選序〉中的選文原則。

其二，蕭統雖標以「文采」因素來判斷是否具備選錄資格，但卻又對韻文體中的「聲律」並不重視，故選錄〈古詩十九首〉；然既以文采為重，卻又收錄如劉邦〈大風歌〉，顯示其選文原則中的自我矛盾。

事實上，從章太炎的言論可以看出與阮元最大的不同之處，在於阮元較偏重於「修辭論」的角度來評價《昭明文選》，但仍謹守「四部」分類的界線。至於章太炎雖主張：

故之言文章者，不專在竹帛諷誦之間。孔子稱堯、舜「煥乎其有文章」，蓋君臣朝廷尊卑貴賤之序，車輿衣服宮室飲食嫁娶喪祭之分，謂之文；八風從律，百度得數，謂之章。文章者，禮樂之殊稱矣。其後轉移，施於篇什。[45]

看似將天地之間一切有文之物均視為文學之作，但其實背後的邏輯論證基礎，正是源自於傳統將圖書「四部」分類的概念，故章氏反而借力使力，欲藉四部之說來打破傳統四部觀念置「文學」於「集」部的侷限。可見章太炎實際上是欲擴大「文學」的範疇，只不過其與阮元偏向辭采來定義「文學」的論述方式有異，乃是將文學本質導向於是否能「感人深思」，以試圖打破傳統「四部」分類窠臼之侷限：

---

[44] 章太炎：〈文學總略〉。見《章太炎學術史論集》，頁67。
[45] 章太炎：〈文學總略〉。見《章太炎學術史論集》，頁67。

　　或言學說、文辭所由異者，學說以啟人思，文辭以增人感，此亦一往之見也。何以定之？凡云文者，包絡一切著於竹帛者而為言，故有成句讀文，有不成句讀文，兼此二事，通謂之文。局就有句讀者，謂之文辭；諸不成句讀者，表譜之體，旁行邪上，條件相分，會計則有簿錄，算術則有演草，地圖則有名字，不足以啟人思，亦又無以增感，此不得言文辭，非不得言文也。諸成句讀者，有韻無韻則分。諸在無韻，史志之倫，記大傀異事則有感，記經常典憲則無感，既不可齊一矣。持論本乎名家，辨章然否，言稱其志，未足以動人也。〈過秦〉之倫，辭有枝葉，其感人顧深摰，則本諸從橫家。然其為論一也，不得以感人者為文辭，不感者為學說。且文曲變化，其度無窮，陸雲論文，「先辭後情，尚絜而不取悅澤」，此寧可以一概齊哉？就言有韻，其不感人者亦多矣。《風》、《雅》、《頌》者，蓋未有離于性情，獨賦有異。夫宛轉偄隱，賦之職也。儒家之賦，意存諫誡，若荀卿〈成相〉一篇，其足以感人安在？乃若原本山川，極命草木，或寫都會城郭遊射郊祀之狀，若相如有〈子虛〉，揚雄有〈甘泉〉、〈羽獵〉、〈長楊〉、〈河東〉，左思有〈三都〉，郭璞、木華有〈江〉、〈海〉，奧博翔實，極賦家之能事矣，其亦動人哀樂未也？其專賦一物者，若孫卿有〈蠶賦〉、〈箴賦〉，王延壽有〈王孫賦〉，禰衡有〈鸚鵡賦〉，倖色揣稱，曲成形相，嫠婦孳子讀之不為泣，介胄戎士詠之不為奮，當其始造，非自感則無以為也，比文成而感亦替，斯不可以一端論也。又學說者非一往不可感人。凡感於《文言》者，在其得我心。是故飲食移味、居處縕愉者，聞勞人之歌，心猶泊然。大愚不靈、無所憤悱者，睹眇論則以為恆言也。身有疾痛，聞幼眇之音，則感概隨之矣。心有疑滯，睹辨析之論，則悅懌隨之矣。故曰：「發憤忘食，樂以忘憂。」凡好學者皆然，非獨仲尼也。以文辭、學說為分者，得其大齊，審察之則不當。如上諸說，前之昭明，後之阮氏，持論偏頗，誠不足辯。最後一說，以學說、文辭對立，其規摹雖少廣，然其失也，只以炎彰為文，遂忘文字，故學

說不炎者，乃悍然擯諸文辭之外。惟《論衡》所說，略成條貫。《文心雕龍》張之，其容至博，顧猶不知無句讀文。此亦未明文學之本柢也。[46]

　　章太炎認為「文學」最主要的本質，就是內容要能啟人之感，所以他反對用傳統的「四部」分類來辨識「何謂文學」，因為在其他三部的文獻中，也存在許多感人肺腑之作。故他抨擊被選錄於《文選》中的司馬相如〈子虛賦〉、揚雄〈甘泉賦〉、〈羽獵賦〉、〈長楊賦〉、左思〈三都賦〉、木華〈海賦〉、郭璞〈江賦〉等文毫無動人心肺之處，都只算是記載都城山川之方位物產，或郊祀游獵典禮制度的學說文獻；相較之下，具有縱橫家學風的賈誼〈過秦論〉，與精微描寫鳥獸特性的禰衡〈鸚鵡賦〉，看似為論理的學說，但讀之卻使人情動思深，反而更趨近於文學之作。因此章太炎認為《文選》所錄的作品標準不一，而與蕭統在〈文選序〉中所論的選文原則根本相互矛盾。

　　駱鴻凱(1892-1955)曾試圖調和阮元與章太炎對《文選》的觀點而稱：

> 　　阮氏此篇推闡昭明沉思翰藻之旨，與不選經、史、子之故，可謂明暢。章公之意，則以文辭之體，鈔選之業，廣隘異途。總集不選經、史、子者，體例適然，不足以盡文辭之封域，其言良是。然竊謂……阮氏之言，良有不可廢者。即彥和泛論文章，而〈神思篇〉已下，乃專有所屬，非泛為著之竹帛者而言，亦不能徧通於經傳子史。[47]

　　足見阮氏視《文選》為修辭之範，與章氏亟欲破除四部界線所抨擊《文選》選文狹隘，實際也正是歷來「《文選》學」研究中重要的兩大學術典範。雙方其實都是針對蕭統在〈文選序〉中所言「事出於沉思，義歸乎翰藻」的

---

[46] 章太炎：〈文學總略〉。見《章太炎學術史論集》，頁 71-72。
[47] 《文選學》，頁 19。

修辭準則，與排除姬公之籍、孔父之書、《老》、《莊》之作，《管》、《孟》之流、賢人之美辭，忠臣之抗直，謀夫之話，辯士之端等經、史、子部文獻之原則。然若對照回《文選》的內容，卻又無法否認不乏屬性接近經、史、子三部之作品，故阮、章二人雖同藉四部分類的文獻概念，由正、反兩方議論蕭統的選文原則，但很顯然都未能提出一錘之音。從駱鴻凱似調和卻擁阮之論，雖欲明確「何謂文學」之定義，但卻也透露出蕭統的〈文選序〉中能夠產生這麼大的爭執空間，要不蕭統自己就已經對選文標準混淆不清，否則就是後人解讀上的過度衍申。這也就意味著，後世以「四部」圖書分類的概念來解讀蕭統〈文選序〉中的選文原則是一條不夠精準的途徑，才造成對「事出於沉思，義歸乎翰藻」的歧義叢生，也都透露出與蕭統編輯《文選》本旨可能都有所扞格。

二、〈文選序〉對「王官」意識之建構

(一)〈文選序〉「作者之致」與蕭梁取士的趨向

　　要化解此一牴觸的危機，便必須重回蕭統〈文選序〉的文意脈絡中檢視其編書本義。首先蕭統對於「修辭」的認知已藉由「踵事增華」表達肯定之立場：

　　　　式觀元始，眇覲玄風，冬穴夏巢之時，茹毛飲血之世，世質民淳，斯文未作。逮乎伏羲氏之王天下也，始畫八卦，造書契，以代結繩之政，由是文籍生焉。《易》曰：「觀乎天文，以察時變。觀乎人文，以化成天下。」文之時義遠矣哉！若夫椎輪為大輅之始，大輅寧有椎輪之質？增冰為積水所成，積水曾微增冰之凜，何哉蓋踵其事而增華，

變其本而加厲。物既有之，文亦宜然。隨時變改，難可詳悉。[48]

　　顯然蕭統一開始即已定義所謂的「文學」是為「化成天下」而用，[49]相較於傳統對六朝文學所抱持的有韻詩賦緣情綺靡、無韻之文則駢偶駢辭之印象，[50]蕭統此處對於「文學」的功能解釋反而較貼近於同代裴子野(469-530)的觀點：

　　　　古者四始六藝，總而為《詩》，既形四方之氣，且彰君子之志，勸
　　　　美懲惡，王化本焉。後之作者，思存枝葉，繁華蘊藻，用以自通。若
　　　　悱惻芳芬，楚騷為之祖；靡漫容與，相如和其音。由是隨聲逐影之儔，
　　　　棄指歸而無執，賦詩歌頌，百帙五車，蔡邕等之俳優，揚雄悔為童子，

---

[48] 〈文選序〉。見《文選》，序頁1。

[49] 對於〈文選序〉中的政教意涵，學界已多有討論，可參王立群：〈論20世紀的〈文選序〉研究〉，《阜陽師範學院學報(社會科學版)》2000年第4期，頁25-29。耀曉娟：〈試論〈文選序〉中的文學觀〉，《北方文學》2012年第11期，頁65。

[50] 前者如〔元〕袁易(1262-1306)〈題趙明仲鄱陽行藁後〉：「應、劉淪落詞人少，徐、庾雕鐫雅道微。」見氏著：《靜春堂詩集》(知不足齋叢書本，合肥：黃山書社，2008年)，卷4，頁20。〔明〕高棅(1350-1423)：「五言……混濁乎梁、陳，大雅之音幾於不振。」見氏著：《唐詩品彙》，收錄於吳文治主編：《明詩話全編》(上海：鳳凰出版社，1997年12月)，冊1，頁351。〔明〕劉宗周(1578-1645)〈史雁峰詩集序〉：「詩教之亡也，漢魏以降，率務為俳優相說。」見氏著：《劉蕺山集》(景印文淵閣四庫全書本，臺北：臺灣商務印書館，1986年10月)，冊1294，卷9，頁141。後者則可見〔明〕張溥(1602-1641)〈漢魏六朝百三家集題辭·原敘〉：「兩京風雅，光並日月，一字獲留，壽且億萬；魏雖改元，承流未遠；晉矜清微；宋矜新巧；南齊雅麗擅長；蕭梁英華邁俗。總言其繫：椎輪大路，不廢雕幾，月露風雲，無傷骨氣，江左名流，得與漢朝大手同立天地者，未有不先質後文、吐華含實者也。人但厭陳季之浮薄而毀顏、謝；惡周、隋之駢衍而罪徐、庾，此數者，斯文俱在，豈肯為後人受過哉？」見殷孟倫(1908-1988)注：《漢魏六朝百三家集題辭注》(北京：中華書局，2007年5月)，頁2。或劉師培《論文雜記》：「若魏代之體，則又以聲色相矜，以藻繪相飾，靡漫纖冶，致失本真。(魏、晉之文，雖多華靡，然尚有清氣。致六朝以降，則又偏重詞華矣。)」見《劉師培中古文學論集》，頁234。

聖人不作，《雅》、《鄭》誰分。[51]

　　裴子野被視為蕭梁時代文學批評中的「復古派」，[52]其主要透露出「《詩》教」著文的立場，反對過度張揚個人抒發情思與辭采鋪陳的形式。[53]查《梁書》卷三十〈裴子野傳〉可知，裴氏不僅家學淵源著作《宋略》，[54]更擔任中書侍郎以掌梁武帝軍國詔策之職：

　　　　子野與沛國劉顯、南陽劉之遴、陳郡殷芸、陳留阮孝緒、吳郡顧協、京兆韋棱，皆博極羣書，深相賞好，顯尤推重之。時吳平侯蕭勱、范陽張纘，每討論墳籍，咸折中於子野焉。普通七年，王師北伐，敕子野為喻魏文，受詔立成，高祖以其事體大，召尚書僕射徐勉、太子詹事周捨、鴻臚卿劉之遴、中書侍郎朱异，集壽光殿以觀之，時並歎服。高祖目子野而言曰：「其形雖弱，其文甚壯。」俄又敕為書喻魏相元义，其夜受旨，子野謂可待旦方奏，未之為也，及五鼓，敕催令開齋速上，子野徐起操筆，昧爽便就。既奏，高祖深嘉焉。自是凡諸符檄，皆令草創。子野為文典而速，不尚麗靡之詞，其制作多法古，與今文體異，當時或有詆訶者，及其末皆翕然重之。或問其為文速者，

---

[51]〔南朝梁〕裴子野：〈雕蟲論〉。見〔清〕嚴可均輯：《全梁文》（馮瑞生審定本，北京：商務印書館，2006 年 2 月），卷 53，頁 575-576。

[52]周勛初：〈梁代文論三派述要〉。見氏著：《魏晉南北朝文學論叢》（南京：江蘇古籍出版社，1999年 11 月），頁 230-253。此點雖已遭田曉菲〈重構文化世界版圖之二：當代文學口味的語境〉一文的質疑，但本文之研究立場仍持周勛初所論為據。田文參其所著：《烽火與流星：蕭梁王朝的文學與文化》（新竹：清大出版社，2009 年 8 月），頁 89-126。

[53]王運熙(1926-2014)、楊明合著：《魏晉南北朝文學批評史》（上海：上海古籍出版社，1989 年 6 月），頁 266-270。

[54]《梁書》卷 30〈裴子野傳〉：「初，子野曾祖松之，宋元嘉中受詔續修何承天《宋史》，未及成而卒，子野常欲繼成先業。及齊永明末，沈約所撰《宋書》既行，子野更刪撰為《宋略》二十卷。」見《梁書》，頁 442。

子野答云：「人皆成於手，我獨成於心，雖有見否之異，其於刊改一也。」[55]

可見裴子野不僅參預梁代文壇甚深，其「與今體異」的文風顯然也深受梁武帝喜愛。此處所謂的「今體」，即〈雕蟲論〉所言「爰及江左，稱彼顏、謝，箴繡鞶帨，無取廟堂。宋初迄於元嘉，多為經史。大明之代，實好斯文，高才逸韻，頗謝前哲，波流相尚，滋有篤焉。自是閭閻年少，貴游總角，罔不擯落六藝，吟詠情性。學者以博依為急務，謂章句為專魯，淫文破典，斐爾為功。無被於管絃，非止乎禮義，深心主卉木，遠致極風雲，其興浮，其志弱，巧而不要，隱而不深。」[56]的五言詩寫作趨勢，逐漸喪失《詩》教中「王化天下」之重要功能。但從裴子野與當代文士交遊熱絡的證據顯示，其對當代緣情綺靡之詩風並不陌生，也對其中勝場的詩人相當熟悉，如此便透露出〈雕蟲論〉最主要的用意應該不是只為了抨擊當代綺靡文風而發，子野應該尚含有特殊意向之苦衷。而此一特殊意向，可以藉由目前最早著錄〈雕蟲論〉的杜佑(735-812)《通典》，將之錄於卷十六〈選舉志〉的舉動得知，[57]裴氏〈雕蟲論〉中的文學觀點，實為蕭梁人才選舉而發。由此便可解決蕭統何以使用《易‧賁》之〈象〉辭來定義「文之時義」，[58]其實蕭統已經開宗明義的宣布他編輯《文選》，除要使文章修辭有所宗範之外，更重要的是他要編輯一本足以「觀乎天文，以察時變；觀乎人文，以化成天下」的文集，而之所以有此需要，很顯然與梁武帝的取士政策有關。

《梁書》卷十四〈江淹任昉傳〉末姚察(533-606)便論曰：

---

[55] 《梁書》卷 30〈裴子野傳〉。見《梁書》，頁 443。

[56] 裴子野：〈雕蟲論〉。見《全梁文》，頁 576。

[57] 見《通典》卷 16〈選舉四‧雜議上‧梁〉。〔唐〕杜佑：《通典》(王文錦等人點校本，北京：中華書局，2003 年 5 月)，冊 1，頁 389。

[58] 見《周易正義》卷 3〈賁〉之〈象〉。見〔曹魏〕王弼(226-249)注，〔唐〕孔穎達(574-648)正義：《周易正義》(李學勤等人整理本，臺北：台灣古籍出版社，2001 年 9 月)，頁 124。

　　　　觀夫二漢求賢，率先經術；近世取人，多由文史。二子之作，辭
　　　藻壯麗，允值其時。淹能沉靜，昉持內行，並以名位終始，宜哉。[59]

　　江淹(444-505)、任昉(460-508)文名擅場當代已無有疑義，《文選》中也分別收錄三十五首江淹作品，與任昉作品二十一首，可見此二人也同樣獲得蕭統認可為當代文士之學文典範。但最重的是姚察點出蕭梁時代「文史」之才乃取士的重要標準，如《南史》卷六二〈文學傳序〉即言：

　　　　《易》云：「觀乎人文以化成天下。」孔子曰：「煥乎其有文章。」
　　　自漢以來，辭人代有，大則憲章典誥，小則申抒性靈。至於經禮樂而
　　　緯國家，通古今而述美惡，非斯則莫可也。是以哲王在上，咸所敦悅。
　　　故云「言之不文，行之不遠」。自中原沸騰，五馬南度，綴文之士，無
　　　乏于時。降及梁朝，其流彌盛。蓋由時主儒雅，篤好文章，故才秀之
　　　士，煥乎俱集。于時武帝每所臨幸，輒命群臣賦詩，其文之善者賜以
　　　金帛。是以縉紳之士，咸知自勵。[60]

　　即揭示出梁武帝的人才觀對於提升蕭梁文士參政機會的影響。《梁書》卷四九〈文學傳上‧袁峻〉即提到：「高祖雅好辭賦，時獻文於南闕者相望焉，其藻麗可觀，或見賞擢。」[61]《梁書》卷五十〈文學傳下‧劉峻〉也說：「高祖招文學之士，有高才者，多被引進，擢以不次。」[62]而在《梁書》中亦有不少因文學高才受到引薦入朝為官之例，如陸雲公(511-547)：

---

[59] 《梁書》，頁258。

[60] 《南史》卷62〈文學傳序〉。見〔唐〕李延壽撰：《南史》(點校本，北京：中華書局，1997年9月)，頁1761-1762。

[61] 《梁書》，頁689。

[62] 《梁書》，頁702。

雲公先制《太伯廟碑》，吳興太守張纘罷郡經途，讀其文歎曰：「今之蔡伯喈也。」纘至都掌選，言之於高祖，召兼尚書儀曹郎，頃之即真，入直壽光省，以本官知著作郎事。俄除著作郎，累遷中書黃門郎，並掌著作。[63]

朱异(483-549)：

舊制，年二十五方得釋褐。時异適二十一，特敕擢爲揚州議曹從事史。尋有詔求異能之士，《五經》博士明山賓表薦异曰：「竊見錢唐朱异，年時尚少，德備老成。在獨無散逸之想，處暗有對賓之色，器宇弘深，神表峰峻。金山萬丈，緣陟未登；玉海千尋，窺映不測。加以珪璋新琢，錦組初構，觸響鏗鏘，值采便發。觀其信行，非惟十室所稀，若使負重遙途，必有千里之用。」高祖召見，使說《孝經》、《周易》義，甚悅之，謂左右曰：「朱异實異。」後見明山賓，謂曰：「卿所舉殊得其人。」仍召异直西省，俄兼太學博士。其年，高祖自講《孝經》，使异執讀。遷尚書儀曹郎，入兼中書通事舍人，累遷鴻臚卿，太子右衛率，尋加員外常侍。[64]

孔休源(469-532)：

高祖嘗問吏部尚書徐勉曰：「今帝業初基，須一人有學藝解朝儀者，爲尚書儀曹郎。爲朕思之，誰堪其選？」勉對曰：「孔休源識具清通，諳練故實，自晉、宋《起居注》誦略上口。」高祖亦素聞之，即日除兼尚書儀曹郎中。[65]

---

[63] 《梁書》卷 50〈文學傳下・陸雲公〉。見《梁書》，頁 724。
[64] 《梁書》卷 38〈朱异傳〉。見《梁書》，頁 537-538。
[65] 《梁書》卷 36〈孔休源傳〉。見《梁書》，頁 520。

　　而孔氏尚曾與沈約(441-513)「商略文義」：「尚書令沈約當朝貴顯，軒蓋盈門，休源或時後來，必虛襟引接，處之坐右，商略文義。」[66]其所作之策文亦深受當代文宗所推：「建武四年，州舉秀才，太尉徐孝嗣省其策，深善之，謂同坐曰：『董仲舒、華令思何以尚此，可謂後生之准也。觀其此對，足稱王佐之才。』琅邪王融雅相友善，乃薦之於司徒竟陵王，為西邸學士。」[67]可知孔休源同為竟陵王(蕭子良，460-494)文學集團成員，故其文學能力可想而知，甚至因此被稱為「王佐之才」，也可見齊、梁時代對於文士的價值實已有深化「國士」義涵的導向。

　　同樣的例子還有江革(？-535)：

> (齊)僕射江祏深相引接，祏為太子詹事，啟革為府丞。祏時權傾朝右，以革才堪經國，令參掌機務，詔誥文檄，皆委以具。……中興元年，高祖入石頭，時吳興太守袁昂據郡距義師，乃使革制書與昂，于坐立成，辭義典雅，高祖深賞歎之，因令與徐勉同掌書記。……時吳興沈約、樂安任昉，並相賞重，昉與革書云：「此段雍府妙選英才，文房之職，總卿昆季(按：指江革與其弟江觀)，可謂馭二龍於長途，騁騏驥於千里。」[68]

　　更證明齊、梁兩代俱以「經國」之能作為文士價值的重要判斷依據，也就意味著文士在齊、梁兩代實際上已不再局限於「憐風月，狎池苑，述恩榮，敘酣宴」[69]的貴游宴樂之侍，反而因受到魏晉名士「望白署空」之政風，[70]與

---

[66] 《梁書》卷 36〈孔休源傳〉。見《梁書》，頁 520。

[67] 《梁書》卷 36〈孔休源傳〉。見《梁書》，頁 519。

[68] 《梁書》卷 36〈江革傳〉。見《梁書》，頁 523。

[69] 《文心雕龍》〈明詩〉。見《文心雕龍義證》，頁 196。

[70] 《文選》卷 49〈史論上〉〔東晉〕干寶(286-336)：〈晉紀總論〉李善《注》引〔南朝宋〕劉謙之《晉紀》所錄〔東晉〕應詹(279-331)〈表〉云：「元康以來，望白署空，顯以台衡之量；尋文謹

南朝帝王多以寒人掌機要的風氣，[71]造成朝堂需有一批文義粲然、藻飾王言之能者，如張緬(489-531)：「起家秘書郎，出爲淮南太守，時年十八。高祖疑其年少未閑吏事，乃遣主書封取郡曹文案，見其斷決允愜，甚稱賞之。還除太子舍人、雲麾外兵參軍。」[72]可見能在析文煉藻與簿錄吏才之間取得平衡，才是梁武帝所最理想的人才典範，[73]故其取士才會多由「文史」之道，而「文士國士化」的人才觀念也就應運而生。

　　由此即可理解，〈文選序〉中所羅列高達 36 種文體的重大意義，[74]即在

案，目以蘭薰之器。」見《文選》，頁 2186。而這個風氣顯然至蕭梁時代仍相當流行，《梁書》卷 37〈謝舉何敬容傳論〉即曰：「魏正始及晉之中朝，時俗尚於玄虛，貴爲放誕，尚書丞郎以上，簿領文案，不復經懷，皆成於令史。逮乎江左，此道彌扇，惟卜壺以臺閣之務，頗欲綜理，阮孚謂之曰：『卿常無閑暇，不乃勞乎？』宋世王敬弘身居端右，未嘗省牒，風流相尚，其流遂遠。望白署空，是稱清貴；恪勤匪懈，終滯鄙俗。是使朝經廢於上，職事隳於下。小人道長，抑此之由。嗚呼！傷風敗俗，曾莫之悟。永嘉不競，戎馬生郊，宜其然矣。何國禮之識治，見譏薄俗，惜哉。」見《梁書》，頁 534。

[71] 〔清〕趙翼(1727-1814)論〈南朝多以寒人掌機要〉曰：「魏正始、晉永熙以來，皆大臣當國。晉元帝忌王氏之盛，欲政自己出，用刁協、劉隗等為私人，即召王敦之禍。自後非幼君即屬主，悉聽命於柄臣，八、九十年，已成故事。至宋、齊、梁、陳諸君，則無論賢否，皆威福自己，不肯假權於大臣。而其時高門大族，門戶已成，令僕三司，可安流平進，不屑竭智盡心，以邀恩寵，且風流相尚，罕以物務關懷，人主遂不能藉以集事，於是不得不用寒人。人寒則希榮切而宣力勤，便於驅策，不覺倚之為心膂。」見氏著，王樹民(1911-2004)校證：《廿二史札記校證》(北京：中華書局，2001 年 11 月)，頁 172-173。

[72] 《梁書》卷 34〈張緬傳〉。見《梁書》，頁 491。

[73] 在以往的研究中，對於六朝文士與政治能力的研究，多偏向於文道合一的文學觀念，建構出美學與道德的結合的文士人格類型。參林童照：《六朝人才觀念與文學》(臺北：文津出版社，1995 年 5 月)，頁 73-96。而孫明君則從「士族」的角度來分析文士參與政治在其作品所欲呈現的往往與「將弘祖業，實崇奕世」的興復家業有關。參氏著：《兩晉士族文學研究》(北京：中華書局，2010 年 7 月)，頁 34-54。只不過兩者對於文士在六朝時代被凸顯的經世緯國能力的人才理論內涵，卻沒有做更進一步的解釋。

[74] 《昭明文選》的分體數量，是歷來爭執不休的議題，最普遍的看法是分為 37、38 與 39 體。37 體是歷代文選版本目錄所共同呈現的數量，38 體則是駱鴻凱在《文選學》中將「移」體單獨標出的結果，39 體則是游志誠再將「難」體分離所致。可參考穆克宏的整理。見氏著：《昭明文選研究》

於呈現文士得被舉薦為官之條件：

　　　　古詩之體，今則全取賦名，荀、宋表之於前，賈、馬繼之於莫。
　　自茲以降，源流寔繁。述邑居則有「憑虛」、「亡是」之作，戒畋遊則
　　有〈長楊〉、〈羽獵〉之制。若其紀一事，詠一物，風雲草木之興，魚
　　蟲禽獸之流，推而廣之，不可勝載矣。又楚人屈原，含忠履潔，君匪
　　從流，臣進逆耳，深思遠慮，遂放湘南。耿介之意既傷，壹鬱之懷靡
　　愬。臨淵有懷沙之志，吟澤有憔悴之容。騷人之文，自茲而作。詩者，
　　蓋志之所之也，情動於中而形於言。〈關雎〉、〈麟趾〉，正始之道著；
　　桑間、濮上，亡國之音表。故風雅之道，粲然可觀。自炎漢中葉，厥
　　塗漸異。退傅有在鄒之作，降將著河梁之偏，四言五言，區以別矣。
　　又少則三字，多則九言，各體戶興，分鑣並驅。頌者，所以游揚德業，
　　襃讚成功。吉甫有「穆若」之談，季子有「至矣」之歎。舒布為詩，
　　既言如彼，總成為頌，又亦若此。次則箴興於補闕，戒出於弼匡。論
　　則析理精微，銘則序事清潤。美終則誄發，圖像則讚興。又詔、誥、
　　教、令之流，表、奏、牋、記之列，書、誓、符、檄之品，弔、祭、
　　悲、哀之作，答客指事之制，三言八字之文，篇、辭、引、序、碑、
　　碣、誌、狀，眾制鋒起，源流間出。譬陶、匏異器，並為入耳之娛；
　　黼黻不同，俱為悅目之玩。作者之致，蓋云備矣！[75]

　　蕭統將能對上述諸體文章皆能得心應手視為「作者之致」，不僅僅點出其
最理想的文士即在兼備眾體之能，這段話事實上也透露出蕭統對於文士的認
知已存在著「王官」意識，因為其中的「眾制鋒起」尚包含著：箴、戒、論、
銘、誄、讚、詔、誥、教、令、表、奏、牋、記、書、誓、符、檄、碑、誌、

（北京：人民文學出版社，1998 年 12 月），頁 103-107。然本文又統計〈文選序〉中所列之文體，
　　發現僅有 36 體。此現象也可確知，蕭統選文當時對於文體的分類概念並不是很清楚。
[75]　〈文選序〉。見《文選》，序頁 2。

祭、序、狀等等與經國治事相關的應用文體。而事實上，這種將「王官」意識與文學本質結合的看法，曾多次出現於六朝文論之中。如稍晚於蕭統的顏之推(531-591)便視文章乃源於「五經」：

> 夫文章者，原出五經：詔命策檄，生於《書》者也；序述論議，生於《易》者也；歌詠賦頌，生於《詩》者也；祭祀哀誄，生於《禮》者也；書奏箴銘，生於《春秋》者也。朝廷憲章，軍旅誓誥，敷顯仁義，發明功德，牧民建國，施用多途。至於陶冶性靈，從容諷諫，入其滋味，亦樂事也。行有餘力，則可習之。[76]

這段話當然不是要一一考據各體文學的源起，而是欲表達出文學足以經世治國的意義。[77]同樣的意見也可出現於與蕭統同時的劉勰：

> 論說辭序，則《易》統其首；詔策章奏，則《書》發其源；賦頌歌贊，則《詩》立其本；銘誄箴祝，則《禮》總其端；記傳盟檄，則《春秋》為根。[78]

劉勰的用意也不在於文體溯源，[79]而是將文章之用與五經結合：「唯文章之用，實經典枝條，五禮資之以成文，六典因之致用，君臣所以炳煥，軍國

---

[76] 《顏氏家訓》卷 4〈文章〉。見王利器(1912-1998)撰：《顏氏家訓集解》(北京：中華書局，2007年 10 月)，頁 237。

[77] 〔日本〕興膳宏(こうぜん ひろし)：〈顏之推的文學論〉，收錄於氏著，蕭燕婉譯注：《中國文學理論》(臺北：聯經出版事業股份有限公司，2014 年 12 月)，頁 407-432。

[78] 《文心雕龍》〈宗經〉。見《文心雕龍義證》，頁 78-83。

[79] 王金凌(1948-2012)：《中古文學理論史》(臺北：華正書局，1988 年 4 月)，頁 193-202。鄧國光：〈本經製式：範式典雅〉。見氏著：《《文心雕龍》文理研究》(上海：上海古籍出版社，2012 年 12 月)，頁 166-173。

所以昭明，詳其本源，莫非經典。」[80]黃侃(1886-1935)認為劉勰藉五經而論文章之用，造成將六朝的「文士」技藝納入「王官之學」範疇的效果，於是文士也就順理自然地承擔起「王教」之責。[81]故在〈文選序〉中標舉「化成天下」之政教功能，除了傳統的《詩》教觀念的套語之外，實也寓含著扭轉文士身分價值的用意。[82]是以就〈文選序〉中所列舉的 36 種文體，與蕭統以「化成天下」的立場編輯《文選》，等於承認其論文立場與《文心雕龍》及《顏氏家訓》相近，故在〈文選序〉中所提出的「作者之致」，除了形塑兼備眾體的理想文士目標外，實際上也意味著蕭梁取士的重要原則。前文所徵引的江革、孔休源、朱异與陸雲公都是以文史之才獲得梁武帝青睞拔擢之例，足見蕭統編輯《文選》的用意必然也受到梁武帝由文史取士之政策影響。若《梁書》中對蕭梁當代以文史取拾青紫之例的記錄是後代史官的客觀整理，則《文選》中所錄對文士經國佐政之相關作品，則是蕭統對於文學史上文士國士化成功案例之主觀選取，目的很顯然就是要建立蕭梁文士的入仕典範。

(二)《文選》中兼備眾體的理想作者釋例

　　而這樣的意識實貫串於《文選》內，如整部《文選》中以曹丕的〈典論論文〉與陸機的〈文賦〉最具有文學批評意識的文章，而蕭統將之選入《文

---

[80]　《文心雕龍》〈序志〉。見《文心雕龍義證》，頁 1909。

[81]　黃侃《文心雕龍札記·宗經》云：「《漢書·儒林傳序》：六藝者，王教之典籍，先王致至治之成法也。蓋古之時，道術未裂，學皆在於王官；王澤既竭，學亦分散，其在於詩書禮樂者，唯宣尼能明之。……夫六藝所載，政教學藝耳，文章之用，隆之至於能載政教學藝而止。」見氏著：《文心雕龍札記》(新竹：花神出版社，2002 年 8 月)，頁 17。

[82]　趙敏俐〈「魏晉文學自覺說」反思〉：「中國文學自魏晉以後，對於文學的藝術審美追求已經達到一個空前的高度，對於藝術技巧的掌握和運用都遠遠超過前代。但是，在魏晉以後的中國文學理論中，也還有一個如何正確處理「文」與「道」的關係。如陸機的〈文賦〉，……作文的最終目的還是為了載道，而不是為藝術而藝術。這一點，在劉勰的《文心雕龍》裡表現得更為鮮明。」收錄於趙敏俐、〔日本〕佐藤利行合編：《中國中古文學研究》(北京：學苑出版社，2005 年 12 月)，頁 218。

選》，實際上也有藉此為自己的文學立場背書之意。《文選》卷五二所選曹丕的〈典論論文〉：

> 夫文，本同而末異。蓋奏議宜雅，書論宜理，銘誄尚實，詩賦欲麗。此四科不同，故能之者偏也；唯通才能備其體。[83]

　　曹丕在〈典論論文〉中雖標舉建安七子之文采過人，但卻也指出七子體氣殊異，各有所長的偏至之能。一方面透露出曹丕對於人才多元的包容，但也稍微流露出追求理想典型文士的缺憾，故云：「夫人善於自見，而文非一體，鮮能備善。是以各以所長，相輕所短。」[84]則可知所謂「惟通才能備其體」正透露出曹丕對於文士的理想典型：兼備眾體，此顯然也與曹丕視文學乃：「蓋文章者，經國之大業，不朽之盛事。」[85]的價值立場有關，則蕭統將之選入《文選》的理由即昭然若揭。
　　又如《文選》卷十七陸機〈文賦序〉中提到：

> 余每觀才士之所作，竊有以得其用心。夫放言遣辭，良多變矣，妍蚩好惡，可得而言。每自屬文，尤見其情，恒患意不稱物，文不逮意，蓋非知之難，能之難也。故作文賦，以述先士之盛藻，因論作文之利害所由，佗日殆可謂曲盡其妙。至於操斧伐柯，雖取則不遠，若夫隨手之變，良難以辭逮，蓋所能言者，具於此云。[86]

　　錢鍾書(1910-1998)稱此〈序〉所見陸機之用心所在即「自道甘苦，故於抽思嘔心，琢詞斷髭，最能狀難見之情，寫無人之態，所謂『得其用心』、『自

---

[83] 《文選》卷 52〔曹魏〕曹丕：〈典論論文〉。見《文選》，頁 2271。
[84] 《文選》卷 52〔曹魏〕曹丕：〈典論論文〉。見《文選》，頁 2270。
[85] 《文選》卷 52〔曹魏〕曹丕：〈典論論文〉。見《文選》，頁 2271。
[86] 《文選》卷 17〔西晉〕陸機：〈文賦序〉。見《文選》，頁 761-762。

見其情』也。」[87]偏向於對作者殫思竭慮之描述,故陸機於〈文賦〉中不僅提及文思脈絡之難徵:

> 若夫應感之會,通塞之紀。來不可遏,去不可止。藏若景滅,行猶響起。方天機之駿利,夫何紛而不理。思風發於胸臆,言泉流於脣齒。紛葳蕤以馺遝,唯毫素之所擬。文徽徽以溢目,音泠泠而盈耳。及其六情底滯,志往神留。兀若枯木,豁若涸流。攬營魂以探賾,頓精爽於自求。理翳翳而愈伏,思乙乙其若抽。是以或竭情而多悔,或率意而寡尤。雖茲物之在我,非余力之所戮。故時撫空懷而自惋,吾未識夫開塞之所由。[88]

也凸顯文章修辭之術的精微艱困:

> 或仰逼於先條,或俯侵於後章。或辭害而理比,或言順而義妨。離之則雙美,合之則兩傷。考殿最於錙銖,定去留於毫芒。苟銓衡之所裁,固應繩其必當。或文繁理富,而意不指適。極無兩致,盡不可益。立片言而居要,乃一篇之警策。雖眾辭之有條,必待茲而效績。亮功多而累寡,故取足而不易。或藻思綺合,清麗千眠。炳若縟繡,悽若繁絃。必所擬之不殊,乃闇合乎曩篇。雖杼軸於予懷,怵佗人之我先。苟傷廉而愆義,亦雖愛而必捐。[89]

方孝儒(1357-1402)曾稱:「士衡於道未有知,所賦者,特當時相尚之文,……世人或不察其立辭之說,而徒取其所謂襲凡蹈故,綴輯成篇者,使

---

[87] 錢鍾書:《管錐編》(北京:中華書局,1986 年 6 月),頁 1176。

[88] 《文選》卷 17〔西晉〕陸機:〈文賦序〉。見《文選》,頁 772-773。

[89] 《文選》卷 17〔西晉〕陸機:〈文賦序〉。見《文選》,頁 767-768。

論誦之盡棄,率不得其句,則不知士衡之論故也。」[90]顯然解讀陸機〈文賦〉除了如楊牧者所偏重於創作論之外,[91]方孝儒認為歷來始終未能完整挖掘出陸機作〈文賦〉的重要動機。而陸機於當代相尚之文風中,所欲形塑的理想文士之條件,可能就是歷代所疏漏之處。據陸機的陳述,理想文士之條件,其一即要能兼顧眾文體之要件:

> 詩緣情而綺靡,賦體物而瀏亮。碑披文以相質,誄纏綿而悽愴。銘博約而溫潤,箴頓挫而清壯。頌優遊以彬蔚,論精微而朗暢。奏平徹以閑雅,說煒曄而譎誑。雖區分之在茲,亦禁邪而制放。要辭達而理舉,故無取乎冗長。[92]

方廷珪評說此段稱:「見作文不論學力之淺深,天分之高下,無不欲於其中各見所長。」[93]然此說法並無法交代陸機在申論十大文體後,為何留下整合各體之綜合建議:「雖區分之在茲,亦禁邪而制放。要辭達而理舉,故無取乎冗長。」傳統上如王禮卿(1908-1997)、徐復觀(1904-1982)均由「文體」的角度出發,認為陸機揭示「辨體以應律」的文體規範,[94]只不過徐復觀更加

---

[90] 〔明〕方孝儒:〈與舒君〉。見劉運好校注:《陸士衡文集校注》(上海:鳳凰出版社,2007 年 12 月),頁 62。

[91] 楊牧(王靖獻)云:「嚴格說來,述先士之盛藻只是概括地表示,作者希望把握古來作品最上乘的成績,加以宣說,以之為一般的基礎、模範、標準,進一步分析作文之所以失敗和成功,以俾利他日能思維創作的同道,俟後人之體會和增益。」見氏著:《陸機文賦校釋》(臺北:洪範書店,1985 年 4 月),頁 4-5。

[92] 《文選》卷 17〔西晉〕陸機:〈文賦序〉。見《文選》,頁 766。

[93] 〔清〕方廷珪:《昭明文選集成》,引自〔清〕于光華編:《評註昭明文選》(臺北:學海出版社,1980 年 9 月),頁 330。

[94] 王禮卿《文賦課徵》:「論文之本身,體裁律度復有多類。必須一一識其體律,辨其得失,始無乖違,故就闡體歷舉其要。此論文體有殊,律度各異,辨體以應律之法也。」引自張少康編著:《文賦集釋》(北京:人民文學出版社,2002 年 9 月),頁 125-126。

強調作者主體情志的因素對創作各種文學類型的影響程度。[95]但方竑
(1908-1984)卻另立新眼,反從作者的角度立論,認為其中實暗含「通才以備
其體」之理想作者塑型目的。[96]雙方的差異在於陸機是否明確要求作家須具
備兼通各種文體之創作能力?不過若回到《昭明文選》的脈絡之中,則方竑
之論反而較能貼近〈文選序〉所稱「作者之致,蓋云備矣!」之義。其次則
是文士藉文學之用對國政之參與:

> 伊茲文之為用,固眾理之所因。恢萬里而無閡,通億載而為津。
> 俯貽則於來葉,仰觀象乎古人。濟文武於將墜,宣風聲於不泯。塗無
> 遠而不彌,理無微而弗綸。配霑潤於雲雨,象變化乎鬼神。被金石而
> 德廣,流管絃而日新。[97]

　　此段可說是陸機「文士」理想的最終定調:「國士化」,但歷來均未能給
予恰當之關注。駱鴻凱僅徵引曹丕〈典論論文〉與《文心雕龍‧原道》篇來
對照,卻未有任何解釋;[98]張少康就僅延續傳統儒家觀點一筆帶過;[99]而劉運
好顯然繼承唐五臣注之一劉良的串讀:「濟文武之道,使不墜於地。宣暢風俗,
申於頌聲,至於不泯滅也。」[100]倒是李全佳《文賦義證》對資料之排比透露

---

[95] 徐復觀〈陸機文賦疏釋〉:「體是作者所創造,是主觀的;物是寫作的材料,是客觀的。體之所
以有萬殊,不僅如下文所說來自體裁、題材的不同,更主要的是來自作者的性情(個性)的不同。」
見氏著:《中國文學論集續編》(臺北:臺灣學生書局,1984 年 9 月),頁 113。

[96] 方竑《文賦繹意》:「是故文之至者,變化無方,而莫不中程。魏文所謂通才足以備體,張融所
謂『文無定體而以有體為常』者也。」見《文賦集釋》,頁 124。

[97] 《文選》卷 17〔西晉〕陸機:〈文賦序〉。見《文選》,頁 773。

[98] 《文選學》,頁 477。

[99] 《文賦集釋》,頁 269。

[100] 〔南朝梁〕蕭統撰,〔唐〕李善、呂延濟、劉良、張銑、李周翰、呂尚註:《增補六臣注文選》(中
央研究院史語所藏茶陵本,臺北:華正書局,1980 年 9 月),頁 314。而劉運好解釋本段之義為:
「此段論文章功用,可以恢之萬里,通於古今,濟文武之道,揚教化之聲。」見《陸士衡文集校
注》,頁 60。明顯沿自《五臣注》。

出與蕭統《文選》的蛛絲馬跡：

> 摯虞《文章流別論》：「文章者，所以宣上下之象，明人倫之序，窮理盡性，以究萬物不宜者也。」〈文選序〉：「《易》曰：『關乎天文以察時變，關乎人文以化成天下。』文之時義遠矣哉！」《文心・序志》：「唯文章之用，實經典枝條。五禮資之以成，六典因之致用，君臣所以炳煥，軍國所以昭明。」[101]

　　李全佳雖未對此處徵引文獻多作解釋，然而由其所選擇排列的文獻來解釋陸機〈文賦〉末段之義，也已經可以掌握其對陸機主張文章經世致用的文義脈絡，且其中亦引〈文選序〉為參證，則透露出在六朝文學觀念的研究脈絡中，陸機與蕭統在經世治國的文章致用立場上，同具引發後世聯想的共識之處。

　　而在《文選》中也確實選錄多篇與陸機出仕為官的相關作品，如卷二四〈詩丙・贈答二〉的〈贈馮文羆遷斥丘令〉便提到：「居陪華幄，出從朱輪。」[102]指的就是陸機與馮熊於元康初年(291)同侍西晉愍懷太子(司馬遹，278-300)，「華幄」與「朱輪」可知兩人均為出典禁闈的東宮近侍，故《文選》卷二六〈詩丁・行旅〉有題為〈赴洛〉二首之詩，其二云：

> 羈旅遠遊宦，託身承華側。撫劍遵銅輦，振纓盡祗肅。歲月一何易，寒暑忽已革。載離多悲心，感物情悽惻。慷慨遺安愈，永歎廢餐食。思樂樂難誘，曰歸歸未克。憂苦欲何為？纏綿胸與臆。仰瞻陵霄鳥，羨爾歸飛翼。[103]

---

101 《文賦集釋》，頁 266。
102 《文選》，頁 1137。
103 《文選》，頁 1230。

　　李善《注》已訂正此詩應名為〈東宮作〉，[104]故詩中所謂「華側」、「銅輦」，皆代指愍懷太子，象徵詩人的侍從身分。時陸機乃任太子洗馬，[105]其職掌：「晉有八人，職如謁者，准祕書郎。進賢一梁冠，黑介幘，絳朝服。掌圖籍，釋奠講經則掌其事，餘與後漢同。」[106]足見陸機確因其卓越的文學才華而得侍陛陪輦之職：「士衡詩束身奉古，亦步亦趨。在法必安，選言亦雅，思無越畔，語無溢幅。……夫破亡之餘，辭家遠宦，若以流離為感，則悲有千條；倘懷甄錄之欣，亦幸逢一旦。」[107]故蕭統總計錄其六十一首作品入《選》(按：「〈演連珠〉五十首」算一首)，為全書之冠，文體也橫跨詩、賦、表、連珠、論、序、頌、弔文等類，揭示出陸機實為最符合蕭統理想文士之典型者。其不僅可校書祕閣、陪祭侍遊：

　　　　絜身躋祕閣，祕閣峻且玄。終朝理文案，薄暮不遑暝。駕言巡明祀，
　　　　致敬在祈年。逍遙春王圃，躑躅千畝田。回渠繞曲陌，通波扶直阡。
　　　　嘉穀垂重穎，芳樹發華顛。余固水鄉士，摠轡臨清淵。戚戚多遠念，
　　　　行行遂成篇。[108]

亦可為藩王宰衡：

　　　　在昔蒙嘉運，矯跡入崇賢。假翼鳴鳳條，濯足升龍淵。玄冕無醜士，

---

[104] 《文選》，頁 1229。

[105] 《晉書》卷 54〈陸機傳〉：「太康末，與弟雲俱入洛，造太常張華。華素重其名，如舊相識，曰：『伐吳之役，利獲二俊。』……張華薦之諸公。後太傅楊駿辟為祭酒。會駿誅，累遷太子洗馬、著作郎。」見〔唐〕房玄齡(578-648)等撰：《晉書》(點校本，北京：中華書局，1997 年 9 月)，頁 1472-1473。

[106] 《通典》卷 30〈職官典・東宮官・洗馬〉。見《通典》，頁 829。

[107] 〔清〕陳祚明評選：《采菽堂古詩選》(李金松點校本，上海：上海古籍出版社，2008 年 12 月)，頁 293。

[108] 《文選》卷 24〈詩丙・贈答二〉〔西晉〕陸機〈答張士然〉。見《文選》，頁 1148。

冶服使我妍。輕劍拂鞶屬，長纓麗且鮮。誰謂伏事淺，契闊踰三年。薄言蕭後命，改服就藩臣。鳳駕尋清軌，遠遊越梁陳。感物多遠念，慷慨懷古人。[109]

或剖符撫鎮：

> 猥辱大命，顯授符虎，使春枯之條，更與秋蘭垂芳；陸沈之羽，復與翔鴻撫翼。雖安國免徒，起紆青組；張敞亡命，坐致朱軒。方臣所荷，未足為泰，豈臣蒙垢含吝，所宜忝竊；非臣毀宗夷族，所能上報。喜懼參并，悲慚哽結。拘守常憲，當便道之官，不得束身奔走，稽顙城闕。瞻係天衢，馳心輦轂，臣不勝屏營延仰。[110]

　　可見陸機在蕭統編輯《文選》的邏輯內，不僅只是像張華(232-300)所言：「人之為文，常恨才少，而子更患其多。」[111]或葛洪(283-343)所稱：「機文猶玄圃之積玉，無非夜光焉，五河之吐流，泉源如一焉。其弘麗妍贍，英銳漂逸，亦一代之絕乎。」[112]與鍾嶸(468-518)所論：「才高辭贍，舉體華美」的「太康之英」等文學高才，[113]更看重的反而應該是如唐太宗(626-649 在位)所贊：「廊廟蘊才，瑚璉標器，宜其承俊乂之慶，奉佐時之業，申能展用，保譽流功。」[114]的國士之器。
　　是以《文選》中還收錄陸機其他之作，如陸雲龍所評：「歷敘用人，正傷後之不能用人而恃險。雖揚詡祖德，似乎阿私。然其歸本人和，深籌守國。

---

[109] 《文選》卷 26〈詩丁‧行旅上〉〔西晉〕陸機〈吳王郎中時從梁陳作〉。見《文選》，頁 1232。
[110] 《文選》卷 37〈表上〉〔西晉〕陸機〈謝平原內使表〉。見《文選》，頁 1699-1700。
[111] 《晉書》卷 54〈陸機傳〉。見《晉書》，頁 1481。
[112] 《晉書》卷 54〈陸機傳〉。見《晉書》，頁 1481。
[113] 前者見《詩品》上〈晉平原相陸機詩〉之評語。後者見〈詩品序〉之定評。〔南朝梁〕鍾嶸撰，曹旭集注：《詩品集注》(增訂本，上海：上海古籍出版社，2011 年 10 月)，頁 162、34。
[114] 《晉書》卷 54〈陸機傳〉。見《晉書》，頁 1487。

其吳、蜀相依之勢，固一經濟才也。豈特以文著哉。」[115]之〈王命論〉；或唐
史官所論「機又以聖王經國，義在封建，因採其遠指，著〈五等論〉。」[116]；
與譏諷齊王司馬冏(？-302)僭逆不臣之心以鑒為臣之道的〈豪士賦序〉[117]等
文。在在顯示出陸機在《文選》中所呈現的不僅是其文宗地位而已，蕭統更
為強調的反而是其善於以文學之技藝進行「吟詠情性，紀述事業，潤色王道，
發揮聖門」[118]的王官特質，而為「國士化文士」之理想典範。

　　可見，蕭統的「作者之致」需有兩大條件，其一即是兼備眾體之文；其
次從其所選之文體牽涉到王言國政之類，可知兼備眾體的重大目的即在於塑
造文士理想典型乃需具備「國士」之能。

　　除了上述所舉用的陸機之例外，在此尚可再引一例，即以模擬見長者：
江淹。江淹被選入於《文選》的原因，歷來均無特殊的解釋，就《梁書》本
傳所記載江淹之仕宦經歷：

> 　　(劉景素)鎮京口，淹又為鎮軍參軍事，領南東海郡丞。景素與腹
> 心日夜謀議，淹知禍機將發，乃贈詩十五首以諷焉。……黜為建安吳
> 興令。淹在縣三年。昇明初，齊帝輔政，聞其才，召為尚書駕部郎、
> 驃騎參軍事。……是時軍書表記，皆使淹具草。相國建，補記室參軍
> 事。建元初，又為驃騎豫章王記室，帶東武令，參掌詔冊，並典國史。
> 尋遷中書侍郎。永明初，遷驍騎將軍，掌國史。出為建武將軍、盧陵
> 內史。視事三年，還為驍騎將軍，兼尚書左丞，尋復以本官領國子博
> 士。少帝初，以本官兼御史中丞。……東昏末，淹以秘書監兼衛尉，

---

[115]《評注昭明文選》，頁 1018。

[116]《晉書》卷 54〈陸機傳〉。見《晉書》，頁 1475。

[117]《陸士衡文集校注》，頁 74-96。

[118]〔唐〕張說(663-730)：〈齊黃門侍郎盧思道碑〉。見《張燕公集》卷 20，頁 2。收錄於清高宗(1735-1796
　　在位)敕輯：《武英殿聚珍版叢書》，見嚴一萍(1912-1987)選輯：《百部叢書集成》(臺北：藝文
　　印書館，1954 年)。

固辭不獲免，遂親職。謂人曰：「此非吾任，路人所知，正取吾空名耳。
且天時人事，尋當翻覆。孔子曰：『有文事者必有武備。』臨事圖之，
何憂之有？」[119]

入梁後，梁武帝優處江淹為「散騎常侍、左衛將軍，封臨沮縣開國伯，
食邑四百戶。」[120]江淹逝於天監四年(505)。故從上述江淹自宋、齊以來的仕
宦經歷，足知其亦以「文章之才」得以參與軍國政務：曾為參軍，亦曾被貶
黜為地方吏令，曾草潤過詔策王言，也典掌過國史，甚至任御史時尚須發文
彈劾朝臣。故江淹顯然也是一兼備眾多文體之能者，因此其仕宦經歷也成為
其具備國士之器的明證。故《文選》收錄江淹的〈雜體詩〉三十首的意義，
因歷來僅專注於對此組詩本身的評價，不外於對江淹模擬之肖的讚美：「江淹
雖長於雜擬，於古人蒼壯之作亦能肖吻，究非其本色耳。」[121]或譏其模擬過
度而失去自我：「江共三十首，舍自己之性情，肖他人之笑貌，連篇累牘，夫
何取哉？」[122]相較之下，何焯從整體文學史的高度觀照江淹的〈雜體詩〉三
十首，反而還算是較接近《文選》的選錄意圖：

> 所擬既眾，才力高下實有不齊；意製體源，罔軼尺寸。爰自椎輪
> 漢京，迄於大明泰始，五言之變，旁備無遺矣。雖孫、許似〈道德論〉，
> 淵明為隱逸宗，亦並別構成是總雜。唯以永明聲病，不在舊例也。[123]

---

[119] 《梁書》卷14〈江淹傳〉。見《梁書》，頁249-251。

[120] 《梁書》卷14〈江淹傳〉。見《梁書》，頁251。

[121] 《藝概》卷2〈詩概〉。見〔清〕劉熙載(1813-1881)：《藝概》(臺北：華正書局，1988年9月)，
頁57。

[122] 〔清〕潘德輿(1785-1839)：《養一齋詩話》卷9。見郭紹虞(1893-1984)編選，富壽蓀(1923-1996)
校點：《清詩話續編》(上海：上海古籍出版社，1999年6月)，頁2143。

[123] 《義門讀書記》卷47〈文選·詩〉。見〔清〕何焯：《義門讀書記》(崔高維點校本，北京：中
華書局，2006年6月)，頁938。

　　但除了文學史價值的經典性意義外，江淹在《文選》中尚還有〈恨賦〉、〈別賦〉、〈從建平王登廬山香爐峰〉、〈望荊山〉、與〈詣建平王上書〉等作入選，而這些作品有一共通之處，即皆為早期任職劉宋建平王劉景素(452-476)幕下時期所作。據曹道衡(1928-2005)考察，上述諸作的寫作時間分別為：

　　宋明帝泰始二至三年(466-467)：〈詣建平王上書〉
　　宋明帝泰始三年(467)：〈望荊山〉
　　宋明帝泰始五至七年(469-471)：〈從建平王登廬山香爐峰〉
　　宋後廢帝元徽二年冬至宋順帝昇明元年(474-477)：〈恨賦〉、〈別賦〉[124]

　　是以蕭統建構的江淹形象就有一條清晰的脈絡可尋：首先，是劉宋建平王劉景素「好文章書籍，招集才義之士，傾身禮接，以收名譽，由是朝野翕然，莫不屬意焉。」[125]之雅好文義，江淹便因此而受其重用；其次，江淹在劉景素幕下也並非單純的文學侍從之流：「景素為荊州，淹從之鎮。少帝即位，多失德。景素專據上流，咸勸因此舉事。淹每從容諫曰：『流言納禍，二叔所以同亡；抵局銜怨，七國於焉俱斃。殿下不求宗廟之安，而信左右之計，則復見麋鹿霜露棲於姑蘇之臺矣。』景素不納。及鎮京口，淹又為鎮軍參軍事，領南東海郡丞。景素與腹心日夜謀議，淹知禍機將發，乃贈詩十五首以諷焉。會南東海太守陸澄丁艱，淹自謂郡丞應行郡事，景素用司馬柳世隆。淹固求之，景素大怒，言於選部，黜為建安吳興令。淹在縣三年。昇明初，齊帝輔政，聞其才，召為尚書駕部郎、驃騎參軍事。」[126]可見江淹在劉景素幕中至少擔任過「參軍事」、「郡丞」、「縣令」等職。至於日後所擔任蕭道成幕僚的因緣，除了《梁書》本傳所記之外，實可追溯至宋後廢帝元徽二年(474)桂陽

---

[124] 曹道衡：〈江淹作品寫作年代考〉。見氏著：《中古文學史論文集續編》(臺北：文津出版社，1994年7月)，頁207-243。

[125] 《宋書》卷72〈文九王傳‧建平宣簡王宏‧子景素〉。見《宋書》，頁1861。

[126] 《梁書》卷14〈江淹傳〉。見《梁書》，頁249。

王劉休範(448-474)之變：「桂陽之役，朝廷周章，詔檄久之未就。齊高帝引淹入中書省，先賜酒食，淹素能飲啖，食鵝炙垂盡，進酒數升訖，文誥亦辦。相府建，補記室參軍。高帝讓九錫及諸章表，皆淹製也。齊受禪，復為驃騎豫章王嶷記室參軍。」[127]是以即使幕主迭替，江淹同樣都以其「文章」之才獲得重任。這樣的看法顯然是齊、梁以來的定論：

> 淹少以文章顯，晚節才思微退，時人皆謂之才盡。凡所著述百餘篇，自撰為前後集，并《齊史》十志，並行於世。[128]

> 淹少以文章顯，晚節才思微退，云為宣城太守時罷歸，始泊禪靈寺渚，夜夢一人自稱張景陽，謂曰：「前以一匹錦相寄，今可見還。」淹探懷中得數尺與之，此人大恚曰：「那得割截都盡。」顧見丘遲謂曰：「餘此數尺既無所用，以遺君。」自爾淹文章躓矣。又嘗宿於冶亭，夢一丈夫自稱郭璞，謂淹曰：「吾有筆在卿處多年，可以見還。」淹乃探懷中得五色筆一以授之。爾後為詩絕無美句，時人謂之才盡。凡所著述，自撰為前後集，并《齊史》十志，並行於世。[129]

> 江淹位登金紫。初淹年六歲，能屬文，為詩最長。有遠識，愛奇尚。年二十以《五經》授宋諸王，待以客禮。初，年十三而孤貧，採薪養母以孝聞。及梁朝，六遷侍中。夢郭璞索五色筆，淹與之，自是為文不工，人謂其才盡，然以不得志故也。有集十卷。[130]

---

[127] 《南史》卷59〈江淹傳〉。見《南史》，頁1449-1450。

[128] 《梁書》卷14〈江淹傳〉。見《梁書》，頁251。

[129] 《南史》卷59〈江淹傳〉。見《南史》，頁1451。

[130] 《廣弘明集》卷3錄〔南朝梁〕江淹〈遂古篇〉引《梁典》。見〔唐〕釋道宣(596-667)輯：《廣弘明集》(臺北：新文豐出版股份有限公司，1986年10月)，頁35。

　　連江淹自己也都不諱言地自敘其以文章見用於世的因緣：

　　　　淹字文通，濟陽考城人。幼傳家業，六歲能屬詩，十三而孤，邈
　　過庭之訓。長遂博覽羣書，不事章句之學，頗留精於文章。所誦詠者，
　　蓋二十萬言。而愛奇尚異，深沈有遠識，常慕司馬長卿、梁伯鸞之徒，
　　然未能悉行也。所與神遊者，唯陳留袁叔明而已。弱冠，以五經授宋
　　始安王劉子真，略傳大義。為南徐州新安王從事，奉朝請。始安之薨
　　也，建平王劉景素，聞風而悅，待以布衣之禮。然少年嘗倜儻不俗，
　　或為世士所嫉，遂誣淹以受金者，將及抵罪，乃上書見意而免焉。尋
　　舉南徐州桂陽王秀才，對策上第，轉巴陵王左常侍，右軍建平王主簿。
　　實待累年，雅以文章見遇；而宋末多阻，宗室有憂生之難。王初欲羽
　　檄徵天下兵，以求一旦之幸。淹嘗從容曉諫，言人事之成敗。每曰：「殿
　　下不求宗廟之安，如信左右之計，則復見麋鹿霜棲露宿於姑蘇之臺矣。」
　　終不以納，而更疑焉。及王移鎮朱方也，又為鎮軍參事，領東海郡丞。
　　於是王與不逞之徒，日夜搆議。淹知禍機之將發，又賦詩十五首，略
　　明性命之理，因以為諷。王遂不悟，乃憑怒而黜之，為建安吳興令。[131]

　　與其說江淹以梁鴻的「逸民之志」作為自己若仕途不順的退路，倒不如
說是因梁鴻本身文章高才，才特藉此為自己生命的摹習典範。[132]更何況如司
馬相如也是以文章顯達之典故。而「袁叔明」即「袁炳」，與江淹乃同為以文
見用之士：

---

[131] 〔南朝梁〕江淹：〈自序〉。見〔明〕胡之驥注：《江文通集彙註》(李長路、趙威點校本，北京：
　　中華書局，1999 年 12 月)，頁 378-379。

[132] 梁鴻被立於《後漢書》卷 83〈逸民傳〉內，並有諸多著作：「詠詩書，彈琴以自娛。仰慕前世高
　　士，而為四皓以來二十四人作頌。因東出關，過京師，作〈五噫之歌〉……又去適吳。將行，作
　　詩……鴻潛閉著書十餘篇。」見〔南朝宋〕范曄(398-445)：《後漢書》(點校本，北京：中華書局，
　　1997 年 9 月)，頁 2766-2768。

友人袁炳，字叔明，陳郡陽夏人。其人天下之士，幼有異才，學無不覽，文章俶儻清澹出一時。任心觀書，不為章句之學。其篤行則信義惠和，意馨如也。常念蔭松柏，詠詩書，志氣跌蕩，不與俗人交。俛眉暫仕，歷國常侍員外郎、府功曹、臨湘令。粟之入者，悉散以瞻親。其為節也如此，數百年未有此人焉。至洒好妙賞文，獨絕於世也。又撰《晉史》，奇功未遂，不幸卒官，春秋二十有八。[133]

文中不斷提及「頗留精於文章」、「對策上第」、「雅以文章見遇」，足知文學高才不僅是江淹自詡之處，也是當代人對江淹一生評價之的論。是以上述諸資料均證明江淹即以文學高才參政而成為王官的事實，也就意味著蕭統將之作品選進《文選》的用意，象徵著江淹符合蕭統所理想中的國士化文士典範。雖然所選的作品多屬江淹入梁以前的作品，但這也符合當世對江淹的文學評價，姑且不論其「才盡」的真實原因，[134]但就蕭統在《文選》中的對江淹作品的選擇，乃忠實呈現出蕭梁時代對於江淹作品經典性取捨的觀點。

由以上資料顯示出一個歷來受到忽略的現象，即蕭統對江淹的認知，絕非僅限於善於模擬的作者而已。這尚可由蕭統並未收錄江淹的〈雜體詩序〉可見端倪，江淹在〈雜體詩序〉中自言其作雜體詩之用意：

夫楚謠漢風，既非一骨；魏製晉造，固亦二體。譬猶藍朱成采，雜錯之變無窮；宮商為音，靡曼之態不極。故蛾眉詎同貌，而俱動於魄；芳草豈共氣，而皆悅於魂。不其然與！至于世之諸賢，各滯所迷。莫不論甘則忌辛，好丹則非素，豈所謂通方廣恕，好遠兼愛者哉。乃及公幹、仲宣之論，家有曲直；安仁、士衡之評，人立矯抗，況復殊於此者乎。又貴遠賤近，人之常情，重耳輕目，俗之恆蔽。是以邯鄲

---

[133] 江淹：〈袁友人傳〉。見《江文通集彙註》，頁377。

[134] 此事歷代所論浩瀚盈度，可參李錫鎮：〈江淹的仕宦及其創作觀考辨——「才盡」說探義〉，《文與哲》第10期，2007年6月，頁173-225。

託曲於李奇，士季假論於嗣宗，此其效也。然五言之興，諒非夐古，但關西、鄴下，既已罕同；河外、江南，頗為異法。故玄黃經緯之辨，金璧浮沈之殊，僕以為亦各具美，兼善而已。今作三十首詩，斆其文體，雖不足品藻淵流，庶亦無乖商搉云爾。[135]

其謂兼擬眾家之詩在於能「通方廣恕，好遠兼愛」，除一方面透露出宋、齊當代詩學風氣貴近賤遠外，這兩句話實也與蕭統在〈文選序〉中對「作者之致」的理想目標異曲同工，但差別在於江淹只把目光鎖定於「五言詩」，而蕭統的兼備眾體則是橫跨有韻之詩與無韻之文共 36 體，故其未錄江淹〈雜體詩序〉，很有可能就是江淹僅立於五言詩體而發，相對於前述曹丕之〈典論論文〉與陸機的〈文賦〉，江淹此篇〈雜體詩序〉較無法呈現出《文選》「兼備眾體」的選文主旨，但蕭統又全數將其所擬之三十首詩入《選》，則顯示出江淹的詩學觀念仍有程度上吻合〈文選序〉中對「作者之致」需「兼備眾體」的立場，即為「詩人之致」的代表。故張溥言：

《南史》江文通、任彥升、王僧孺同傳，三人俱有長者行，詩文新麗頓挫，並一時之傑也。文通〈雜體〉三十首，體貌前哲，欲兼關西、鄴下、河外、江南，總制眾善，興會高遠，而深厚不如，非其才紬，世限之也。……蓋文通之學，華少於宋，壯盛於齊，及梁，則為老成人矣。身歷三朝，辭該眾體，〈恨〉、〈別〉二賦，音制一變。長篇短章，能寫胸臆，及為文字，亦詩騷之意居多。余每私論任、江二子，縱橫駢偶，不受羈勒。若使生逢漢代，奮其才果，上可為枚叔、谷雲，次亦不失馮敬通、孔北海。[136]

---

[135] 《江文通集彙註》，頁 136。

[136] 《漢魏六朝百三家集題辭・江醴陵集》。見《漢魏六朝百三家集題辭注》，頁 279。

　　《南史》在卷五九〈江淹任昉王僧孺傳〉末之論曰：「二漢求士，率先經術，近代取人，多由文史。觀江、任之所以効用，蓋亦會其時焉。而淹實先覺，加之以沈靜；昉乃舊恩，持之以內行。其所以名位自畢，各其宜乎。」[137]可說完全抄自《梁書》卷十四〈江淹任昉傳〉姚察的史論，[138]而這也就顯示出江淹的文學地位，受到後世所稱羨之處不僅在其文義高才，還有其從一介寒士直至拾青紫之階的近侍勳貴的際遇，當然是文士欣羨的典範人物。然置於《文選》之脈絡裡，蕭統更強調的應是江淹「通方廣恕，好遠兼愛」與「辭該眾體」的文才，與其卓越的協政理庶之國器，兩者合一所達成「作者之致」的「王官」理想典範。

　　因此，蕭梁帝國的理想政治人才，除要有行政施為的能力外，首要條件顯然就是要具備文學才能。如《梁書》卷三七〈何敬容傳〉便提到：

> 敬容久處臺閣，詳悉舊事，且聰明識治，勤於簿領，詰朝理事，日旰不休。自晉、宋以來，宰相皆文義自逸，敬容獨勤庶務，為世所嗤鄙。時蕭琛子巡者，頗有輕薄才，因制卦名離合等詩以嘲之，敬容處之如初，亦不屑也。[139]

　　何敬容(？-549)遭到嘲諷的現象，一方面是其「勤於簿領」的吏務有別於南朝歷代宰相治事之政治範例，也就意味著何敬容必然常常侵權部曹、錙銖案牘；其次則是何敬容有別過去以「文義」為高的宰相範例，雖在〈何敬容傳〉中對其吏政庶務之才確實相當稱揚：「出為建安內史，清公有美績，民吏稱之。」或「(普通)四年，出為招遠將軍、吳郡太守，為政勤恤民隱，辨訟

---

[137] 《南史》卷59〈江淹任昉王僧孺傳〉。見《南史》，頁1463。
[138] 姚察曰：「觀夫二漢求賢，率先經術；近世取人，多由文史。二子之作，辭藻壯麗，允值其時。淹能沉靜，昉持內行，並以名位終始，宜哉。江非先覺，任無舊恩，則上秩顯贈，亦未由也已。」見《梁書》，頁258。
[139] 《梁書》，頁532。

如神，視事四年，治為天下第一。」[140]但卻對其「文義」之能隻字未提。顯
而易見，勤於簿領、辯獄明訟的何敬容或許對處理政務極有效率，但卻還不
是蕭梁社會中最理想的仕宦典範。[141]倒是「策文」受到沈約讚賞有加的顧協
(470-542)得到蕭繹(508-555)推薦於梁武帝：「臣府兼記室參軍吳郡顧協，行稱
鄉閭，學兼文武，服膺道素，雅量邈遠，安貧守靜，奉公抗直，傍闕知己，
志不自營，年方六十，室無妻子。臣欲言於官人，申其屈滯，協必苦執貞退，
立志難奪，可謂東南之遺寶矣。」[142]而梁武帝隨即予以「專掌詔告，兼呈奏
之事」[143]的中書、常侍等重任：「即召拜通直散騎侍郎，兼中書通事舍人，累
遷步兵校尉，守鴻臚卿，員外散騎常侍，卿、舍人並如故。」[144]梁武帝更曾
直接對周捨(469-524)說：「為我求一人，文學俱長兼有行者，欲令與晉安遊
處。」[145]由此可見，「辭義可觀」應就是梁武帝取士最重要的原則，一方面可
參侍幃幄協理軍國文書，二方面尚為談學論道，清言應對之所需。

　　是以《文選》卷三八〈表下〉所錄任昉(460-508)〈為蕭揚州薦士表〉便
透露出蕭統對於理想文士的觀點，其實也呼應著梁武帝的取士準則：

---

[140] 俱見《梁書》卷37〈何敬容傳〉。見《梁書》，頁531。

[141] 《梁書》卷28〈張纘傳〉記載張纘(499-549)稱何敬容的執事風格為「俗人」：「初，纘與參掌何敬容意趣不協，敬容居權軸，賓客輻湊，有過詣纘者，輒距不前，曰：『吾不能對　何敬容殘客。』及是遷，為〈表〉曰：『自出守股肱，入尸衡尺，可以仰首伸眉，論列是非者矣。而寸衿所滯，近蔽耳目，深淺清濁，豈有能預。加以矯心飾貌，酷非所閑，不喜俗人，與之共事。』此言以指敬容也。」見《梁書》，頁494。

[142] 《梁書》卷24〈顧協傳〉：「舉秀才，尚書令沈約覽其策而歎曰：『江左以來，未有此作。』……太尉臨川王聞其名，召掌書記，仍侍西豐侯正德讀。……普通六年，正德受詔北討，引為府錄事參軍，掌書記。」見《梁書》，頁445。

[143] 《通典》卷21〈職官三・中書舍人〉。見《通典》，頁564。又《隋書》卷26〈百官志上・梁・散騎常侍〉：「天監六年革選，詔曰：『在昔晉初，仰惟盛化，常侍、侍中，並奏幃幄，員外常侍，特為清顯。陵始名公之胤，位居納言，曲蒙優禮，方有斯授。可分門下二局，委散騎常侍尚書案奏，分曹入集書。通直常侍，本為顯爵，員外之選，宜參舊准人數，依正員格。』」見《隋書》，頁722-723。

[144] 《梁書》卷24〈顧協傳〉。見《梁書》，頁445。

[145] 《梁書》卷24〈徐摛傳〉。見《梁書》，頁446-447。

　　臣王言：臣聞求賢暫勞，垂拱永逸，方之疏壤，取類導川。伏惟陛下，道隱旂繡，信充符璽，六飛同塵，五讓高世。白駒空谷，振鷺在庭，猶懼隱鱗卜祝，藏器屠保。物色關下，委裘河上，非取製於一狐，諒求味於兼采。五聲倦響，九工是詢，寢議廟堂，借聽輿皁。臣位任隆重，義兼家邦，實欲使名實不違，徵倖路絕，勢門上品，猶當格以清談；英俊下僚，不可限以位貌。竊見祕書丞琅邪臣王暕，年二十一，字思晦。七葉重光，海內冠冕，神清氣茂，允迪中和，叔寶理遣之談，彥輔名教之樂，故以暉映先達，領袖後進。居無塵雜，家有賜書，辭賦清新，屬言玄遠，室邇人曠，物疏道親。養素丘園，台階虛位。庠序公朝，萬夫傾望。豈徒荀令可想，李公不亡而已哉！前晉安郡候官令東海王僧孺，年三十五，字僧孺，理尚棲約，思致恬敏。既筆耕為養，亦傭書成學。至乃集螢映雪，編蒲緝柳。先言往行，人物雅俗，甘泉遺儀，南宮故事，畫地成圖，抵掌可述。豈直齕鼠有必對之辯，竹書無落簡之謬。暕坐鎮雅俗，弘益已多；僧孺訪對不休，質疑斯在。並東序之秘寶，瑚璉之茂器。誠言以人廢，而才實世資。臨表悚戰，猶懼未允，不任下情云云。[146]

　　據李善《注》引劉璠《梁典》可知此文是任昉代作於：「齊建武初，有詔舉士，始安王表薦琅邪王暕及王僧孺。」[147]表文所推薦的兩人都有立傳於《梁書》，兩人入梁後亦持續出仕，故這份薦士表的人才觀也可說符合梁武帝的標準。王暕(477-523)其實就是王儉(452-489)之子，任昉〈表〉文中對其「屬言玄遠」的清談之功雖有較多描述，故王暕曾為昭明太子侍講，[148]但任昉仍稱其「辭賦清新」，顯然王暕亦有文學才華。《梁書》卷十五〈謝覽傳〉就載錄梁武帝對於王暕文學才華之讚賞：

---

[146] 《文選》，頁 1742-1746。

[147] 《文選》，頁 1742。

[148] 《梁書》，頁 265。

(覽)受敕與侍中王暕為詩答贈，其文甚工。高祖善之，仍使重作，復合旨。乃賜詩云：「雙文既後進，二少實名家；豈伊止棟隆，信乃俱國華。」[149]

目前王暕的作品僅存詩兩首：〈觀樂應詔詩〉與〈詠舞詩〉，[150]如後者「從風迴綺袖，映日轉花鈿。同情依促柱，共影赴危弦。」[151]陳祚明認為此作「寫舞甚活」，[152]足見其用字之麗與寫物之妙，但據《隋書》卷三五〈經籍四‧別集〉類中記錄：「梁尚書左僕射《王暕集》二十一卷。」[153]顯然王暕之著作甚夥，故梁武帝稱其文「豈止棟隆，乃俱國華」，意味著對王暕「文士」與「國士」雙重身分價值之背書。

而王僧孺的著作更多，《隋書》僅記載：《百家譜》三十卷、《百家譜集鈔》十五卷；[154]又有梁中軍府諮議《王僧孺集》三十卷，[155]但依《梁書》本傳可知，天監初王僧孺於「中書郎」任內尚撰有《中表簿》與《起居注》，並有和梁武帝〈春景明志詩〉：「僧孺好墳籍，聚書至萬餘卷，率多異本，與沈約、任昉家書相埒。少篤志精力，於書無所不覩。其文麗逸，多用新事，人所未見者，世重其富。僧孺集《十八州譜》七百一十卷，《百家譜集》十五卷，《東南譜集抄》十卷，《文集》三十卷，《兩臺彈事》不入集內為五卷，及《東宮新記》，並行於世。」[156]足見王僧孺同樣兼備「文士」辭義之能與「國士」理

---

[149] 《梁書》卷25〈徐勉傳〉：「昭明太子尚幼，敕知宮事。太子禮之甚重，每事詢謀。嘗於殿內講孝經，臨川靖惠王、尚書令沈約備二傅，勉與國子祭酒張充為執經，王瑩、張稷、柳憕、王暕為侍講。」見《梁書》，頁378。

[150] 《全梁詩》卷5。見逯欽立(1910-1973)輯校：《先秦漢魏晉南北朝詩》(北京：中華書局，1998年5月)，頁1593-1594。

[151] 《先秦漢魏晉南北朝詩》，頁1594。

[152] 《采菽堂古詩選》，頁857。

[153] 《隋書》，頁1078。

[154] 《隋書》卷33〈經籍二‧史部‧譜系篇〉。見《隋書》，頁989。

[155] 《隋書》卷35〈經籍四‧別集〉。見《隋書》，頁1077。

[156] 《梁書》卷33〈王僧孺傳〉。見《梁書》，頁469-474。

政之才，故其所自道的免職之怨，實際上也正好透露出蕭梁文士的仕宦典範不再只是汲汲於雕蟲之樂、或營營於章句訓讀：

> 顧惟不肖，文質無所底，蓋因於衣食，迫於飢寒，依隱易農，所志不過鍾庾。久為尺板斗食之吏，以從皁衣黑綬之役，非有奇才絕學，雄略高謨，吐一言可以匡俗振民，動一議可以固邦興國。全璧歸趙，飛矢救燕，偃息藩魏，甘臥安郢，腦日逐，髓月支，擁十萬而橫行，提五千而深入，將能執圭裂壤，功勒景鍾，錦繡為衣，朱丹被轂，斯大丈夫之志，非吾曹之所能及已。直以章句小才，蟲篆末藝，含吐緗縹之上，翱踶樽俎之側，委曲同之鍼縷，繁碎譬之米鹽，孰致顯榮，何能至到。[157]

上文中所提及縱橫之術、行人光國、抵禦戎夷、開疆拓土等「大丈夫之志」均出自以辭義擅長的文士之口，意味著王僧孺對於文士立功建業的理想內容，足以代表蕭梁文士群體本身對於功業的定義，也已涉及「國士」意識的跡象，而文士形成這樣的群體意識必然也與梁武帝取士標準有所關聯。是故〈為蕭揚州薦士表〉才得以被蕭統選入於《文選》，絕非僅像孫鑛或方廷珪所論純粹為章法句構之美。[158]因此可說蕭統編輯《文選》的本意，實也包含著呼應梁武帝對治國人才的需求，其選文也正透露出蕭統藉由「文士國士化」的「王官」意識，來呼應梁武帝建構濟濟多士的帝國藍圖。

---

[157] 《梁書》卷33〈王僧孺傳·與何炯書〉。見《梁書》，頁472。

[158] 〔明〕孫鑛(1543-1613)云：「以造語勝，其用事卻俱不顯，故自妙。」又如〔清〕方廷珪言：「表中先後層次極分明，而引用故實，略加點竄剪裁，如出己手。富麗之文，以流為貴，方無堆砌壅過之病。大抵六朝文，初閱繪眩目，似難驟解。若就其引用，求其歸趣，意盡於言，又不難一日可辨。」俱見〔清〕于光華編輯：《評注昭明文選》(臺北：學海出版社，1981年9月)，頁723。但方廷珪所謂「求其歸趣」之處卻僅是就文章本意發之，也透露出歷代文評家的研究趨向，皆忽略蕭統將這些作品選入《文選》之本旨歸趣，導致「《文選》學」研究始終停留在後設之詮解，而無法直探蕭統選文之本心。

三、三篇〈經序〉入《選》與蕭統選文的王官意識

(一) 蕭統「監撫」職能對「王官意識」的呈顯

　　故由上文的研究可知，蕭統理想中的文士典範，一方面要辭義為高、兼備眾體；另一方面則需具經國治事之能力。是以蕭統在〈文選序〉中提出「化成天下」以定「文」之時義，即很清楚地表達出其對文學致用論的立場。

　　事實上除了〈文選序〉之外，蕭統在其自編的文集中也確實流露出此一概念，劉孝綽(481-539)作於普通三年(522)的〈昭明太子集序〉即透露出蕭統以「文學」化成天下的實際作為：

　　　　臣竊觀大《易》，重明之象著焉；抑又聞之，匕鬯之義存焉。故《書》
　　　　有孟侯之名，《記》表元良之德。歷選前古，以洎夏、周，可得而稱，
　　　　啟、誦而已。雖徽聖挺賢，光乎二代，高文精義，闃爾無聞。漢之顯
　　　　宗，晉之肅祖，昔自春宮，益好儒術，或專經止於區易，或持論窮於
　　　　貞假。子桓雖摛藻銅省，集講肅成，事在藩儲，理非皇貳。未有正位
　　　　少陽，多才多藝者也。粵我大梁之二十一載，盛德備乎東朝。若乃有
　　　　縱自天，惟睿作聖，顯仁立孝，行於四海。如圭如璋，不因琢磨之義；
　　　　為臣為子，寧待觀喻之言。惟性道難聞，而文章可見。故俯同志學，
　　　　用晦生知。以弦誦之餘辰，總鄒魯之儒墨，編綈緗於七閣，彈竹素於
　　　　九流。地居上嗣，實副元首。皇帝垂拱巖廊，委咸庶績，時非從守，事
　　　　或監撫。雖一日二日，攝覽萬機，猶臨書幌而不休，對欹案而忘怠。[159]

---

[159] 〔南朝梁〕劉孝綽：〈昭明太子集序〉，收錄於俞紹初校注：《昭明太子集校注》(鄭州：中州古籍出版社，2001 年 7 月)，頁 244。

　　上文提及五位歷代「太子」的形象：

　　(1)《書》之「孟侯」指的是尚為太子時的周成王姬誦，[160]「元良之德」則出自《禮記・文王世子》，漢儒解此篇之義謂：「成王幼，不能蒞阼，以為世子，則無為也，是故抗世子法於伯禽，使之與成王居，欲令成王之知父子、君臣、長幼之義也。」[161]周成王則藉著周、召之輔而「周公行政七年，成王長，周公反政成王，北面就群臣之位。……召公為保，周公為師，……興正禮樂，度制於是改，而民和睦，頌聲興。」[162]則凸顯出周成王能尊長以興禮正樂之功。

　　(2)而《史記》所記載之夏啟功績乃側重於武功中興：「有扈氏不服，啟伐之，大戰於甘。將戰，作甘誓，乃召六卿申之。啟曰：『嗟！六事之人，予誓告女：有扈氏威侮五行，怠棄三正，天用勦絕其命。今予維共行天之罰。左不攻于左，右不攻于右，女不共命。御非其馬之政，女不共命。用命，賞于祖；不用命，僇于社，予則帑僇女。』遂滅有扈氏。天下咸朝。」[163]

　　(3)漢顯宗指東漢明帝(57-75 在位)，則以專精《尚書》聞名：「(光武)帝即召(桓)榮，令說《尚書》，甚善之。拜為議郎，賜錢十萬，入使授太子。……以榮為少傅，賜以輜車、乘馬。……榮以太子經學成畢，上〈疏〉謝曰：『……今皇太子以聰叡之姿，通明經義，觀覽古今，儲君副主莫能專精博學若此者也。斯誠國家福祐，天下幸甚。臣師道已盡，皆在太子，謹使掾臣氾再拜歸道。』」[164]

---

[160] 《毛詩正義》卷 8 鄭玄〈豳風譜〉：「後成王迎(周公)而反之，攝政，致大平。」孔穎達《正義》引《書傳略說》曰：「天子太子年十八曰孟侯。孟侯者，於四方諸侯來朝，迎於郊。」見〔西漢〕毛亨傳，〔東漢〕鄭玄(127-200)箋，〔唐〕孔穎達正義：《毛詩正義》(李學勤等整理本，臺北：台灣古籍出版社，2001 年 10 月)，頁 568。

[161] 《禮記》卷 20〈文王世子〉。見〔東漢〕鄭玄注，〔唐〕孔穎達正義：《禮記正義》(龔抗雲整理本，臺北：台灣古籍出版社，2001 年 10 月)，頁 742。

[162] 《史記》卷 4〈周本紀〉。見〔西漢〕司馬遷(145B.C.-87B.C.)撰，〔南朝宋〕裴駰集解，〔唐〕司馬貞索隱，〔唐〕張守節正義：《史記》(點校本，北京：中華書局，1997 年 9 月)，頁 133。

[163] 《史記》卷 2〈夏本紀〉。見《史記》，頁 84。

[164] 《後漢書》卷 37〈桓榮傳〉。見《後漢書》，頁 1250-1251。

(4)晉肅祖則是東晉明帝(323-325在位),曾於東宮與諸臣探討「聖人真假」之論:「及(元)帝即尊號,立為皇太子。性至孝,有文武才略,欽賢愛客,雅好文辭。當時名臣,自王導、庾亮、溫嶠、桓彝、阮放等,咸見親待。嘗論『聖人真假』之意,導等不能屈。又習武藝,善撫將士。於時東朝濟濟,遠近屬心焉。」[165]

(5)而曹丕(187-226)造賦於銅雀臺上,[166]又集儒論學於肅城門前,[167]但當時其身分僅是魏王曹操(155-220)之嫡儲,從未成為真正的皇太子。至於「重明之象」與「匕鬯之義」均是用來形容太子的重要性,前者如劉孝威(496-549)有〈奉和簡文帝太子應令詩〉:「太子天下本,元良萬國貞。周朝推上嗣,漢代紀重明。」[168]後者如徐陵(507-583)〈皇太子臨辟雍頌〉:「皇太子耀彼重離,光茲匕鬯,儀天以行三善,儷極以照四方。惟忠惟孝,自家刑國;乃武乃文,化成天下。」[169]

藉由劉孝綽所舉的史例,很明顯是要強調當前蕭梁帝國之太子蕭統的能力:一方面蕭統被賦予監撫之責,故本身就已具有咸理庶務、攝覽萬機的行政中樞之象徵;但另一方面太子監國同時也具備的學習政務之意涵,[170]從與劉孝綽所舉諸例相較而言,蕭統所擅勝之處,即是以文章修辭呈現出「道」的樣貌,而此「道」之內涵正是前所舉諸儲貳各自擅場處之外,尚還包含因

---

[165] 《晉書》卷6〈明帝紀〉。見《晉書》,頁159。

[166] 《全三國文》卷4曹丕〈登臺賦序〉云:「建安十七年春,□遊西園,登銅雀臺,命余兄弟竝作。」見〔清〕嚴可均(1762-1843)輯:《全三國文》(馬志偉審定本,北京:商務印書館,2006年2月),頁239。

[167] 《三國志》卷2〈魏書‧文帝紀注〉引〔西晉〕王沉《魏書》云:「帝初在東宮……論撰所著《典論》、詩賦,蓋百餘篇,集諸儒於肅城門內,講論大義,侃侃無倦。」見〔西晉〕陳壽(233-297)撰,〔南朝宋〕裴松之(372-451)注:《三國志》(點校本,北京:中華書局,1997年9月),頁88。

[168] 《全梁詩》卷18。見《先秦漢魏晉南北朝詩》,頁1875。

[169] 《藝文類聚》卷38〈禮部上‧辟雍〉。見《藝文類聚》,頁691。

[170] 對於太子「監國」中教育或培訓太子日後決政之能力與樹立政權正統之感望之意涵,可參考朱鴻:〈君儲聖王‧以道正格──歷代的君主教育〉,收錄於鄭欽仁主編:《立國的宏規》(《中國文化新論》叢書,臺北:聯經出版事業公司,1982年6月),頁415-464。

「監撫」職責的王政教化內容。蕭統執行此一職能的特殊才華之一，即在於博通眾學：

> 況復延納侍講，討論經紀。去聖滋遠，愈生穿鑿。枝分葉散，殊路倍馳。靈臺、辟雍之疑，禋宗、祭社之繆，明章申、老之議，通顏理王之說，量覈然否，剖析同異，察言抗論，窮理盡微。於時淹中、稷下之生，金華、石渠之士，莫不過衢樽而挹多少，見斗極而曉西東。與夫盡春卿之道，贊仲尼之宅，非賈誼於蘇林，問蕭何於棗據，區區前史，不亦悆歟？加以學貫總持，辯同無礙。五時密教，見猶鏡象；一乘玅旨，觀若掌珠。及在布金之園，處如龍之眾，開示有空，顯揚權實。是以徧動六地，普雨四花，豈直得解攖須提，舍鉢瓶沙，騰曇言德，梵志依風而已哉！若夫天文以爛然為美，人文以煥乎為貴。[171]

由上文可知無論禮制、道、法、儒、玄、陰陽、縱橫、謀略、史評、直至今古文經異同，與見性真空之諦義，蕭統可說樣樣精通。但蕭統與這些歷史上的儲君不同之處，即在於蕭統能將形上之天道玄理轉化為具體人文教化的方式，此即兼備眾體的文學能力：

> 是以隆儒雅之大成，遊雕蟲之小道。握牘持筆，思若有神；曾不斯須，風飛雷起。至於宴遊西園，祖道清洛，三百載賦，該極連篇。七言致擬，見諸文學；博逸興詠，並命從遊。書令視草，銘非潤色，七窮煒燁之說，表極遠大之才。皆喻不備體，詞不掩義，因宜適變，曲盡文情。竊以屬文之體鮮能周備：長卿徒善，既累為遲；少孺雖疾，俳優而已；子淵淫靡，若女工之蠹；子雲侈靡，異詩人之則；孔璋詞賦，曹祖勸其修今；伯喈笑贈，摯虞知其頗古；孟堅之頌，尚有似贊

---

[171] 《昭明太子集校注》，頁 244-245。

之譏；士衡之碑，猶聞類賦之貶。深乎文者，兼而善之！能使典而不埜，遠而不放，麗而不淫，約而不儉，獨擅眾美，斯文在斯。假使王朗報〈箋〉，卞蘭獻〈頌〉，猶不足以揄揚著述，稱贊才章。[172]

所謂「王朗報〈箋〉」乃見於《三國志》卷二〈魏書‧文帝紀注〉引王沉《魏書》云：「帝初在東宮，疫癘大起，時人彫傷，帝深感歎，與素所敬者大理王朗〈書〉曰：『生有七尺之形，死唯一棺之土，唯立德揚名，可以不朽，其次莫如著篇籍。疫癘數起，士人彫落，余獨何人，能全其壽？』」[173]而「卞蘭獻〈頌〉」指的是曹魏時代卞蘭的〈贊述太子賦并頌〉：「明明太子，既叡且聰，博聞強記，聖思無雙。猗之左右，如虎如龍，八俊在側，旁無諛凶。富不忘施，尊而益恭，研精書籍，留思異同。建計立議，廓然發蒙，天下延頸，歌頌德音。聞之於古，見之於今，深不可測，高不可尋。創法萬載，垂此休風。」[174]然前者只是曹丕對於生命無常感而發著述以名留青史，後者則為卞蘭侍輦曹丕之諛頌。[175]劉孝綽認為這兩首作品均無法凸顯「文學」之於教化的功效，顯示出昭明太子蕭統的文學認知，才正是其執行王政教化之功與眾不同的重要方式。最關鍵的原因即是明確地提升「文士」的「國士」價值，而不再僅如曹丕感之於生命無常的慰藉，或卞蘭陪侍太子的艷辭。

事實上這種以文章執行王政教化的觀點，應是蕭梁時代閱讀蕭統作品的共同意識，如蕭綱也稱：

竊以文之為義，大哉遠矣。故孔稱性道，堯曰欽明，武有來商之

---

[172] 《昭明太子集校注》，頁 245。

[173] 《三國志》卷 2〈魏書‧文帝紀注〉引王沉《魏書》。見《三國志》，頁 88。

[174] 《藝文類聚》卷 16〈儲宮部〉錄〔曹魏〕卞蘭：〈贊述太子賦并頌〉。見《藝文類聚》，頁 294-295。

[175] 《三國志》卷 5〈魏書‧后妃傳‧武宣卞皇后注〉引〔曹魏〕魚豢《魏略》曰：「蘭獻賦贊述太子德美，太子報曰：『賦者，言事類之所附也，頌者，美盛德之形容也，故作者不虛其辭，受者必當其實。蘭此賦，豈吾實哉？昔吾丘壽王一陳寶鼎，何武等徒以歌頌，猶受金帛之賜，蘭事雖不諒，義足嘉也。今賜牛一頭。』由是遂見親敬。」見《三國志》，頁 158。

功，虞有格苗之德。故《易》曰：「觀乎天文，以察時變；觀乎人文，以化成天下。」是以含精吐景，六衛九光之度；方珠喻龍，南樞北陵之采；此之謂天文。文籍生，書契作，詠歌起，賦頌興，成孝敬於人倫，移風俗於王政；道綿乎八極，理浹乎九垓，贊動神明，雍熙鍾石；此之謂人文。若夫體天經而總文緯，揭日月而諧律呂者，其在茲乎？[176]

　　而這個「移風俗於王政」的人文化成之功，顯然指的就是這本《昭明太子文集》所收錄的各篇作品：「集中諸篇，笵金合土，雖天趣微損，而章程頗密，亦文嘉之善慮彼已者也。……摛讖閒情，示戒麗淫，用申繩墨，游於方內，不得不然。」[177]是以蕭綱羅列其兄總計十四個領域的傑出表現，其中包含理政、治獄、談玄、作樂、正經、辯諦等諸學，卻又都將之收束於修辭達義的文學才氣之內：

　　　　至於登高體物，展詩言志，金銑玉徽，霞章霧密，致深〈黃竹〉，文冠綠〈槐〉，控引解〈騷〉，包羅比興，銘及盤盂，贊通圖象，七高愈疾之旨，表有殊健之則。碑窮典正，每出則車馬盈衢；議無失體，纔成則列藩擊缶。近逐情深，言隨手變，麗而不淫。[178]

　　這段話既寫於序文之末，內容又強調蕭統對各體文學都能得心應手，顯示兼備眾體的文學才能，正是蕭統用來執行或表現前述諸領域的方式，而這也就意味著蕭梁帝國對於「文學」或「文士」的觀感，其實已將之深化為王政宣敷的教化之具：「帝負龍虎之相，兼文武之才，史贊其恭儉莊敬，藝能博學，人君罕有。昔羯寇滔天，臺城煨燼，制旨二百餘卷，五禮一千餘卷，通史六百卷，後世無繇誦讀。今得其詔令書敕諸篇，置帝王集中，則魏晉風烈，

---

[176]　〔南朝梁〕蕭綱：〈上《昭明太子集》、〈別傳〉等表〉。見《昭明太子集校注》，頁 247-248。
[177]　《漢魏六朝百三家集題辭・梁昭明集》。見《漢魏六朝百三家集題辭注》，頁 267。
[178]　《昭明太子集校注》，頁 250。

間有存者。雕蟲小技，壯夫不為。尚幸見之朝廷，未容以〈河中之水〉、〈東飛伯勞〉數詩，定帝高下也。」[179]所以蕭統或蕭綱的文學立場也可進一步視為梁武帝人才觀意志的延伸。故劉孝綽在〈昭明太子集序〉中自言：

> 況在庸才，曾何仿彿？然承華肇建，濫齒時髦，居陪出從，逝將二紀。譬彼登山，徒仰峻極；同夫觀海，莫際波瀾。但職官書記，預聞盛藻，歌詠不足，敢忘編次。[180]

在前述諸人均視蕭統以文學執行王政教化的共同意識下，劉孝綽在此自言因擔任「東宮書記」而得以執行編輯太子文集的工作，足見其中的內容絕非僅錄風雲露月、閨閣軟語之作。如以徐摛(474-551)為例，當初即因「宮體」文風遭到梁武帝的斥責，但在與其「應對明敏，辭義可觀，高祖意釋。因問《五經》大義，次問歷代史及百家雜說，末論釋教。摛商較縱橫，應答如響，高祖甚加歡異，更被親狎，寵遇日隆。」[181]故徐摛仍舊於大通年間(527-529)晉安王蕭綱(503-551)總戎北伐時，擔任「參贊戎政，教命軍書，多自摛出」[182]的要職。可見在此一政治情境中，梁武帝「文士國士化」的傾向，讓蕭梁文士根本不可能僅耽溺於宴樂貴游的宮體文風，則劉孝綽所稱《昭明太子文集》中的「盛藻」、「歌詠」，便必須將王政教化之意涵考慮進去。

而從蕭統自己的〈文選序〉來觀察：

> 余監撫餘閒，居多暇日，歷觀文囿，泛覽辭林，未嘗不心遊目想，移晷忘倦。自姬漢以來，眇焉悠邈，時更七代，數逾千祀。詞人才子，則名溢於縹囊，飛文染翰，則卷盈乎緗帙。自非略其蕪穢，集其清英，

---

179 《漢魏六朝百三家集題辭・梁武帝集》。見《漢魏六朝百三家集題辭注》，頁263。

180 《昭明太子集校注》，頁245。

181 《梁書》卷24〈徐摛傳〉。見《梁書》，頁447。

182 《梁書》卷24〈徐摛傳〉。見《梁書》，頁447。

蓋欲兼功太半，難矣！[183]

　　在總計所收的 700 篇作品中，有關「政事之務」的各種書記雜文之體，
則自第三十四卷起共有 294 篇，這些往往被視為「藝文之末品，而政事之先
務」[184]，與「有司之實務，而浮藻之所忽」[185]的文體，卻占有《文選》全書
42%的比重，則假如蕭統真的是把《文選》視為餘閒樂事之書，又何必選錄
數量如此龐大的「練達事體，明解朝章」[186]之文呢？故〈文選序〉中所列 36
種文體，一方面以兼備眾體作為作者之致的理想，另一方面又視這眾多與總
領黎庶、申憲述兵、朝市徵信、百官詢事、萬民達志有關的筆箚書記，也具
有「譬陶匏異器，並為入耳之娛；黼黻不同，俱為悅目之玩」[187]之效，更可
證明蕭統視文學辭技為王官敷布政教之重要方式。故在〈文選序〉中最受後
世爭議的選文原則：

　　　　若夫姬公之籍，孔父之書，與日月俱懸，鬼神爭奧，孝敬之準式，
　　人倫之師友，豈可重以芟夷，加之翦截？老、莊之作，管、孟之流，
　　蓋以立意為宗，不以能文為本，今之所撰，又以略諸。若賢人之美辭，
　　忠臣之抗直，謀夫之話，辨士之端，冰釋泉涌，金相玉振。所謂坐狙
　　丘，議稷下，仲連之卻秦軍，食其之下齊國，留侯之發八難，曲逆之
　　吐六奇，蓋乃事美一時，語流千載。概見墳集，旁出子史，若斯之流，
　　又亦繁博，雖傳之簡牘，而事異篇章，今之所集，亦所不取。至於記
　　事之史，繫年之書，所以褒貶是非，紀別同異，方之篇翰，亦已不同。
　　若其讚論之綜緝辭采，序述之錯比文華；事出於沈思，義歸乎翰藻。

---

[183] 《文選》，序頁 2。

[184] 《文心雕龍》〈書記〉。見《文心雕龍義證》，頁 942。

[185] 《文心雕龍》〈書記〉。見《文心雕龍義證》，頁 969。

[186] 《後漢書》卷 44〈胡廣傳〉。見《後漢書》，頁 1510。

[187] 《文選》，序頁 2。

故與夫篇什，雜而集之。[188]

　　傳統均由「經」、「史」、「子」三部文獻不符合「事出於沉思，義歸乎翰藻」的標準故蕭統不收，但這一觀點卻又無法對《文選》中確實收錄與此三部性質相關之作品做出妥善解釋，可見用「四部」分類的角度解釋〈文選序〉此段選文標準的效力會受到侷限。

(二)「四部」與「六部」分目方法之差異對《文選》選文的影響

　　倒是章學誠曾做過一項有趣的統計：

　　　　今即《文選》諸體，以徵戰國之賅備。(摯虞《流別》，孔逭《文苑》，今俱不傳，故據《文選》。)京都諸賦，蘇、張縱橫六國，侈陳形勢之遺也。〈上林〉、〈羽獵〉，安陵之從田，龍陽之同釣也。〈客難〉、〈解嘲〉，屈原之〈漁父〉、〈卜居〉，莊周之惠施問難也。韓非〈儲說〉，比事征偶，〈連珠〉之所肇也。(前人已有言及之者。)而或以為始於傅毅之徒，非其質矣。孟子問齊王之大欲，歷舉輕暖肥甘，聲音彩色，〈七林〉之所啟也。而或以為創之枚乘，忘其祖矣。鄒陽辨謗於梁王，江淹陳辭於建平，蘇秦之自解忠信而獲罪也。〈過秦〉、〈王命〉、〈六代〉、〈辨亡〉諸論，抑揚往復，詩人諷諭之旨，孟、荀所以稱述先王，儆時君也。(屈原上稱帝嚳，中述湯、武，下道齊桓，亦是。)淮南賓客，梁苑辭人，原、嘗、申、陵之盛舉也。東方、司馬，侍從於西京，徐、陳、應、劉，徵逐於鄴下，談天雕龍之奇觀也。遇有升沉，時有得失，畸才匯於末世，利祿萃其性靈，廊廟山林，江湖魏闕，曠世而相感，不知悲喜之何從，文人情深於《詩》、《騷》，古今一也。[189]

---

[188] 《文選》，序頁 2-3。

[189] 《文史通義》卷 1〈詩教上〉。見《文史通義校注》，頁 62-63。

　　這一段話將《文選》中的許多作品都與戰國諸子比附，包含蘇秦、張儀、鄒陽之「從橫家」：「從橫家者流，蓋出於行人之官。孔子曰：『誦詩三百，使於四方，不能專對，雖多亦奚以為？』又曰：『使乎，使乎！』言其當權事制宜，受命而不受辭，此其所長也。及邪人為之，則上詐諼而棄其信。」[190]「安陵君」與「龍陽君」的故事記載在《戰國策》中，劉向繫《戰國策》於「春秋家」：「古之王者世有史官，君舉必書，所以慎言行，昭法式也。左史記言，右史記事，事為《春秋》，言為《尚書》。」[191]莊周屬「道家」：「道家者流，蓋出於史官，歷記成敗存亡禍福古今之道，然後知秉要執本，清虛以自守，卑弱以自持，此君人南面之術也。」[192]惠施屬「名家」：「名家者流，蓋出於禮官。古者名位不同，禮亦異數。孔子曰：『必也正名乎！名不正則言不順，言不順則事不成。』此其所長也。及警者為之，則苟鉤鈲析亂而已。」[193]屈原乃《詩賦略》中的「楚辭類」：「裒屈、宋諸賦，定名《楚辭》，自劉向始也。」[194]韓非為「法家」：「法家者流，蓋出於理官，信賞必罰，以輔禮制。《易》曰『先王以明罰飭法』，此其所長也。及刻者為之，則無教化，去仁愛，專任刑法而欲以致治，至於殘害至親，傷恩薄厚。」[195]孟子、荀子為「儒家」：「儒家者流，蓋出於司徒之官，助人君順陰陽明教化者也。游文於六經之中，留意於仁義之際，祖述堯舜，憲章文武，宗師仲尼，以重其言，於道最為高。」[196]淮南王劉安、東方朔乃「雜家」：「雜家者流，蓋出於議官。兼儒、墨，合名、法，知國體之有此，見王治之無不貫，此其所長也。及盪者為之，則漫

---

[190] 《漢書》卷30〈藝文志・諸子略・從橫家・序〉。見〔東漢〕班固(32-92)撰，〔唐〕顏師古注：《漢書》(點校本，北京：中華書局，1997年9月)，頁1740。

[191] 《漢書》卷30〈藝文志・六藝略・春秋・序〉。見《漢書》，頁1715。

[192] 《漢書》卷30〈藝文志・諸子略・道家・序〉。見《漢書》，頁1732。

[193] 《漢書》卷30〈藝文志・諸子略・名家・序〉。見《漢書》，頁1737。

[194] 《四庫全書總目提要》卷148〈集部一・楚辭類・序〉。見〔清〕紀昀(1724-1805)總纂：《四庫全書總目提要》(石家莊：河北人民出版社，2000年3月)，頁3812。

[195] 《漢書》卷30〈藝文志・諸子略・法家・序〉。見《漢書》，頁1736。

[196] 《漢書》卷30〈藝文志・諸子略・儒家・序〉。見《漢書》，頁1728。

羨而無所歸心。」[197]「談天雕龍」指鄒衍，[198]屬於「陰陽家」：「陰陽家者流，
蓋出於羲和之官，敬順昊天，歷象日月星辰，敬授民時，此其所長也。及拘
者為之，則牽於禁忌，泥於小數，舍人事而任鬼神。」[199]而淮南賓客、梁苑
辭人則歸屬於〈詩賦略〉中的〈陸賈賦〉類。[200]

　　章學誠嘗言：

　　　　文字之用，為治為察，古人未嘗取以為著述也。以文字為著述，
　　起於官師之分職，治教之分途也。[201]

　　故其將《文選》所錄的歷代作品與劉向「諸子出於王官論」[202]的比附之
意，一方面是對《昭明文選》的選文內容偏重辭藻聲色而不滿：「自魏、晉以
還，論文亦自有專家矣。樂府改舊什之鏗鏘，《文選》裁前人之篇什，並主聲
情色采，非同著述科也。」[203]但更重要的是其認為《文選》選文有違學術真
實之貌：

　　　　論文拘形貌之弊，至後世文集而極矣。蓋編次者之無識，亦緣不

---

[197] 《漢書》卷 30〈藝文志・諸子略・雜家・序〉。見《漢書》，頁 1742。

[198] 《史記》卷 74〈孟子荀卿列傳〉：「騶衍之術迂大而閎辯；奭也文具難施；淳于髡久與處，時有
得善言。故齊人頌曰：『談天衍，雕龍奭，炙轂過髡。』」見《史記》，頁 2348。

[199] 《漢書》卷 30〈藝文志・諸子略・陰陽家・序〉。見《漢書》，頁 1734-1735。

[200] 余嘉錫(1884-1955)：《古籍校讀法》卷 2〈明體例〉。見氏著：《余嘉錫古籍論叢》(與《書冊制
度補考》合刊本，北京：國家圖書館出版社，2010 年 10 月)，頁 43-44。

[201] 《文史通義》卷 2〈原道下〉。見《文史通義校注》，頁 139。

[202] 《漢書》卷 30〈藝文志・諸子略・總論〉：「諸子十家，其可觀者九家而已。皆起於王道既微，
諸侯力政，時君世主，好惡殊方，是以九家之術蠭出並作，各引一端，崇其所善，以此馳說，取
合諸侯。其言雖殊，辟猶水火，相滅亦相生也。……《易》曰：『天下同歸而殊塗，一致而百慮。』
今異家者各推所長，窮知究慮，以明其指，雖有蔽短，合其要歸，亦六經之支與流裔。使其人遭
明王聖主，得其所折中，皆股肱之材已。」見《漢書》，頁 1745-1746。

[203] 《文史通義》卷 5〈答問〉。見《文史通義校注》，頁 489。

知古人之流別，作者之意指，不得不拘貌而論文也。集文雖始於建安，（魏文撰徐、陳、應、劉文為一集，此文集之始。摯虞《流別集》，猶其後也。）而實盛於齊、梁之際；古學之不可復，蓋至齊梁而後蕩然矣。（摯虞《流別集》乃是後人集前人。人自為集，自齊之《王文憲集》始，而昭明《文選》又為總集之盛矣。）范、陳、晉、宋諸史所載，文人列傳，總其撰著，必云詩、賦、碑、箴、頌、誄若干篇，而未嘗云文集若干卷。則古人文字，散著篇籍，而不強以類分可知也。[204]

　　章學誠抨擊《昭明文選》之處，即在於其視「文學家」實為「諸子學」之一，這實與章氏本身視古人的言語著述都具有政教目的而發，故其抨擊在後世的「四部」分類概念中，「集」部僅以搜集風雅、才子論文為主，導致將諸子學中「治事」、「佐政」的王官特質消失殆盡：

　　　　古人著述，各自名家，未有採輯諸人，裒合為集者也。自專門之學散，而別集之風日繁，其文既非一律，而其言時有所長，則選輯之事興焉。……自孔逖《文苑》、蕭統《文選》而後，唐有《文粹》，宋有《文鑒》，皆括代選文，廣搜眾體。然其命意發凡，仍未脫才子論文之習，經生帖括之風，其於史事，未甚親切也。至於元人《文類》，則習久而漸覺其非。故其撰輯文辭，每存史意，序例亦既明言之矣。然條別未分，其於文學源流，鮮所論次。又古人云：「誦其詩，讀其書，不知其人可乎？」作者生平大節，及其所著書名，似宜存李善《文選》注例，稍為疏證。至於建言發論，往往有文採斐然，讀者興起，面終篇扼腕，不知本事始末何如。此殆如夢古人而遽醒，聆妙曲而不終，未免使人難為懷矣。凡若此者，並是論文有餘，證史不足，後來考史諸家，不可不熟議者也。……奈何志家編次藝文，不明諸史體裁，乃

---

[204] 《文史通義》卷1〈詩教下〉。見《文史通義校注》，頁80。

　　　　以詩辭歌賦、記傳雜文，全仿選文之例，列於書志之中，可謂不知倫
　　類者也。[205]

　　　章學誠繼承劉歆「諸子出於王官論」的立場來檢視《文選》的文體觀，
雖然同樣是以後世預設的框架來詮釋《文選》，但這樣的論述卻適足以揭露出
蕭統在「太子監撫」的職能立場下，文學的本質與經國治世之政治事務，反
而有了共同的連結。錢穆(1895-1990)認為章學誠的學術思維具有「事功」傾
向：「謂求道不當守經籍，故亦謂學之致極，當見之實事實功，而不當徒以著
述為能事。……則學業、事功、文章、性命皆足以救世，皆可以相通。」[206]以
此觀之，既然《文選》為蕭統參與梁武帝帝國正統象徵的文化政策之一，其
中的「事功」意圖也就不言而喻，則《文選》也絕不僅止於歷代美文集成的
選本而已。
　　　況且，也不能說蕭統對於劉向父子的六部分類系統一無所知！事實上，
與蕭統同時的鍾嶸即曾曰：

　　　　昔九品論人，《七略》裁士，校以賓實，誠多未值。至若詩之為技，
　　較爾可知。以類推之，殆均博弈。[207]

　　　可見劉向父子的目錄學在蕭梁時代，甚至被視為具有討論選材舉薦之
內涵的文獻著作，其觀點想必當時東宮流行《漢書》研究的蕭統不會不知
道。[208]

---

[205] 《文史通義》卷6〈和州文徵序例〉。見《文史通義校注》，頁695-696。

[206] 錢穆：《中國近三百年學術史》(北京：商務印書館，1997年12月)，頁440-443。

[207] 見《詩品集注》，頁79。

[208] 蕭統東宮僚屬中有多位《漢書》專家，透露出當時東宮對《漢書》的興趣相當熱烈。參李廣健：
　　　〈梁代《漢書》研究的興起及其背景〉，收錄於黃清連編：《結網三編》(臺北：稻香出版社，2007
　　　年8月)，頁65-88。

　　此外，針對文獻分部的討論，同樣與蕭統同代之阮孝緒(479-536)，在其〈七錄序〉中就對漢(202B.C.-220)晉(265-420)至蕭梁的目錄學史發展，做出相當清晰的說明：

　　　　孝成之世，頗有亡逸，乃使謁者陳農求遺書干天下，命光祿大夫劉向及子俊、歆等讎校篇籍，每一篇已，輒錄而奏之。會向亡，哀帝使歆嗣其前業。乃徙溫室中書於天祿閣上，歆遂總括羣篇，奏其《七略》。及後漢蘭臺，猶為書部，又於東觀及仁壽閣撰集新記，校書郎班固、傅毅竝典祕笈。固乃因《七略》之辭，為《漢書‧藝文志》，其後有著述者，袁山松亦錄在其書。魏、晉之世，文籍逾廣，皆藏在祕書中外三閣。魏祕書郎鄭默刪定舊文，時之論者，謂為朱紫有別。晉領祕書監荀勖，因魏《中經》，更著《新簿》，雖分為十有餘卷，而總以四部別之。惠、懷之亂，其書略盡。江左草創，十不一存，後雖鳩集，淆亂已甚。及著作佐郎李充始加刪正，因荀勖舊《簿》四部之法，而換其「乙」、「丙」之書，沒略眾篇之名，總以甲乙為次。自時厥後，世相祖述。宋祕書監謝靈運、丞王儉；齊祕書丞王亮、監謝朏等，竝有新進，更撰《目錄》。宋祕書殷淳，撰《大四部目》。儉又依《別錄》之體，撰為《七志》。其中朝遺書收集稍廣，然所亡者猶大半焉。齊末兵火，延及祕閣。有梁之初，缺亡甚眾，爰命祕書監任昉躬加部集。又于文德殿內別藏眾書，使學士劉孝標等重加校進。乃分數術之文更為一部，使奉朝請祖暅撰其名錄。其尚書閣內別藏經史雜書，華林園又集釋氏經論，自江左篇章之盛，未有踰于當今者也。[209]

---

[209] 〔南朝梁〕阮孝緒撰，任莉莉箋注：〈七錄序目箋注〉。見任莉莉著：《《七錄》輯證》(上海：上海古籍出版社 2011 年 12 月)，頁 2。

　　而查考《隋書》卷三三〈經籍二・史部・簿錄類〉所載自漢至蕭梁時代的圖書目錄計有：

1. 《七略別錄》二十卷，劉向撰。
2. 《七錄》七卷，劉歆撰。
3. 晉《中經》十四卷，荀勗撰。
4. 晉《義熙已來新集目錄》三卷。
5. 宋《元徽元年四部書目錄》四卷，王儉撰。
6. 《今書七志》七十卷，王儉撰。
7. 梁《天監六年四部書目錄》四卷，殷鈞撰。
8. 梁《東宮四部目錄》四卷，劉遵撰。
9. 梁《文德殿四部目錄》四卷，劉孝標撰。
10. 《七錄》十二卷，阮孝緒撰。[210]

　　除了以上十部目錄外，據阮孝緒序文中提及，尚有謝靈運(385-433)作於元嘉八年(431)的《四部目錄》，齊永明中王亮(？-502)、謝朓(441-506)所造《四部書目》，[211]劉宋祕書郎殷淳(403-434)作《大四部目》，[212]而《天監六年四部書目錄》任昉實際上也有參與編撰。[213]又阮孝緒嘗於〈七錄序〉末言：「有梁普通四年歲維單閼，仲春十有七日，于建康禁中里宅始述此書。通人平原劉杳從余遊，因說其事，杳有志積久，未獲操筆，聞余已先著鞭，欣然會意。

---

[210] 《隋書》，頁 991。

[211] 《隋書》卷 32〈經籍志・總序〉：「宋元嘉八年，祕書監謝靈運造《四部目錄》，大凡六萬四千五百八十二卷。……齊永明中，祕書丞王亮、監謝朓，又造《四部書目》，大凡一萬八千一十卷。」見《隋書》，頁 906-907。

[212] 《宋書》卷 59〈殷淳傳〉：「淳少好學，有美名。少帝景平初，為祕書郎，衡陽王文學，祕書丞，中書黃門侍郎。淳居黃門為清切，下直應留下省，以父老特聽還家。高簡寡慾，早有清尚，愛好文義，未嘗違捨。在祕書閣撰《四部目》凡四十卷，行於世。」見《宋書》，頁 1597。

[213] 《梁書》卷 14〈任昉傳〉：「自齊永元以來，祕閣四部，篇卷紛雜，昉手自讎校，由是篇目定焉。」見《梁書》，頁 254。

凡所鈔集，盡以相與，廣其聞見，實有力焉。」[214]而《梁書》卷五十〈文學傳下・劉杳〉記載其著述有：「《要雅》五卷，《楚辭草木疏》一卷，《高士傳》二卷，《東宮新舊記》三十卷，《古今四部書目》五卷。」[215]故總計至阮孝緒作《七錄》為止，其所能見者應有十四部官私書目，其中還包含蕭統東宮集團所編撰的四部書目。[216]以上的記載透露出在蕭統編輯《文選》的時期，「六部」與「四部」的圖書分類是同時並存的，因此蕭統必然也對劉向(77B.C.-6B.C.)《七錄》以來的分類傳統並不陌生。[217]

這兩種圖書分類法最大的差異，便在於「六部」分類重視學術源流，而四部分類則側重典籍載錄，《隋書》卷三三〈經籍二〉「簿錄類」小序即稱：

> 漢時劉向《別錄》、劉歆《七略》，剖析條流，各有其部，推尋事迹，疑則古之制也。自是之後，不能辨其流別，但記書名而已。博覽之士，疾其渾漫，故王儉作《七志》，阮孝緒作《七錄》，並皆別行。大體雖準向、歆，而遠不逮矣。[218]

藉此可知六朝以來對於兩種圖書分類的觀感，劉向父子的六部分類法最大的特色即是追溯出每書或每篇文獻的學術脈絡，如章太炎所云：「其書領錄羣籍，鴻細畢備，推迹俞脈，上傳六典，異種以明班次，重見以著官聯，天府之守，生生之具，出入以度，百世而不惑矣。」[219]相較之下，魏、晉以來

---

[214] 《《七錄》輯證》，頁 4-5。

[215] 《梁書》，頁 717。

[216] 劉遵(488-535)雖身仕蕭統、蕭綱兩代東宮職官，然《隋書》將之著錄於作於普通四年(523)的《七錄》之前，顯然此部目錄應作於蕭統時期。故姚振宗(1842-1906)之考證：「案劉遵初為昭明太子舍人，後為簡文帝東宮中庶子，所著目錄，本傳不載，其事不知何時。或當在中大通以後。」則尚待商榷。見〔清〕姚振宗撰：《隋書經籍志考證》，收錄於二十五史刊行委員會編：《二十五史補編》(北京：中華書局，1998 年 2 月)，冊 4，頁 5427。

[217] 李廣健：〈許善心與南朝目錄學〉，《漢學研究》第 23 卷第 2 期，2005 年 12 月，頁 65-97。

[218] 《隋書》，頁 991。

[219] 章太炎：〈徵《七略》〉。見《章太炎學術史論集》，頁 334。

鄭默、荀勖等人所創之「四部」分類法，很顯然僅側重記錄書名的功能，卻忽略進行文獻的考鏡源流：

> 鄭默字思元，為祕書郎，刪省舊文，除其浮穢。時陳留虞松為中書令，謂默曰：「而今而後，朱紫別矣」。[220]

> 魏氏代漢，采掇遺亡，藏在祕書中、外三閣。魏祕書郎鄭默，始制《中經》，祕書監荀勖，又因《中經》，更著《新簿》，分為四部，總括羣書。一曰甲部，紀六藝及小學等書；二曰乙部，有古諸子家、近世子家、兵書、兵家、術數；三曰丙部，有史記、舊事、皇覽簿、雜事；四曰丁部，有詩賦、圖讚、汲冢書，大凡四部合二萬九千九百四十五卷。但錄題及言，盛以縹囊，書用緗素。至於作者之意，無所論辯。[221]

故全祖望(1705-1755)才稱之：「記其撰人之時代，分峡之簿翻，以資口給。及其有得於此者，亦不過以為攟捃獺祭之用。」[222]因此就六朝時人而言，「四部」分類只是記錄書名的概念，真正具有讀者意志的學術評論內容者，則是在對四部書目進行抄寫編撰的行為，而這正是源自於劉向父子製作《七錄》的學術方法：

> 劉氏之業，其部次之法，本乎官《禮》；至若敘錄之文，則於太史列傳，微得其裁。蓋條別源流，治百家之紛紛，欲通之於大道，此本旨也。至於卷次部目，篇第甲乙，雖按部就班，秩然不亂，實通官聯

---

[220] 《初學記》卷12〈秘書郎〉引〔東晉〕王隱：《晉書》。見〔唐〕徐堅(659-729)：《初學記》(司義祖等人點校本，北京：中華書局，2004年2月)，頁298。

[221] 《隋書》卷32〈經籍一‧總序〉。見《隋書》，頁906。

[222] 〔清〕全祖望《鮚埼亭集‧內編》卷32〈叢書樓書目序〉。見詹海雲校注：《全祖望《鮚埼亭集》校注》(臺北：國立編譯館，2003年12月)，頁765。

事，交濟為功。如《管子》列於道家，而敍小學流別，取其〈弟子職〉篇，附諸《爾雅》之後；則知一家之書，其言可採，例得別出也。《伊尹》、《太公》，道家之祖。(次其書在道家。)《蘇子》、《蒯通》，縱橫家言，以其兵法所宗，遂重錄於兵法權謀之部次，冠冕孫吳諸家，則知道德、兵謀，凡宗旨有所統會，例得互見也。夫篇次可以別出，則學術源流，無闕間不全之患也；部目可以互見，則分綱別紀，無兩歧牽掣之患也。……則《周官》六卿聯事之意存，而太史列傳互詳之旨見。……自班固刪《輯略》，而劉氏之《緒論》不傳；……省部目，而劉氏之要法不著。……於是學者不知著錄之法，所以辨章百家，通於大道，……而徒視為甲乙紀數之所需，無惑乎學無專門，書無世守，……究其所以歧誤之由……徒拘甲乙之成法，而不於古人之所以別出、所以互見者，析其精微，其中茫無定識，弊固至乎此也。[223]

　　章學誠所舉用的例子，其一是《管子》中的單篇〈弟子職〉，被載錄於《漢書》卷三十〈藝文志‧六藝略〉中的「《孝經》類」中：「〈弟子職〉一篇。」顏師古《注》引應劭曰：「管仲所作，在《管子》書。」[224]但《管子》原書卻被載錄於〈諸子略〉中的「道家類」：「《筦子》八十六篇。名夷吾，相齊桓公，九合諸侯，不以兵車也，有《列傳》。」[225]按，劉向曾上奏云：「所校讎中《管子》書三百八十九篇，大中大夫卜圭書二十七篇，臣富參書四十一篇，射聲校尉立書十一篇，太史書九十六篇，凡中外書五百六十四篇。以校，除復重四百八十四篇，定著八十六篇。殺青而書可繕寫也。……凡《管子》書，務富國安民，道約言要，可以曉合經義，向謹第錄。」[226]可見劉向對於《管子》

---

[223] 《文史通義》外編1〈和州志藝文書序例〉。見《文史通義校注》，頁653-654。

[224] 《漢書》卷30〈藝文志〉。見《漢書》，頁1718。

[225] 《漢書》卷30〈藝文志‧諸子略〉。見《漢書》，頁1729。

[226] 〔西漢〕劉向：〈《管子》書錄〉。見〔清〕嚴可均輯：《全漢文》(任雪芳審訂，北京：商務印書館，2006年2月)，頁381。

一書的著錄方式，先為抄寫各篇，再去其重複，最後選錄符合「富國安民，道約言要」原則的內容以編訂成書。[227]這也說明劉向將〈弟子職〉從《管子》中抽出獨立歸於「《孝經》類」的原因，就在於其書內容必然與「富國安民，道約言要」的學術宗旨不同，反而較貼近「《孝經》者，孔子為曾子陳孝道也。夫孝，天之經，地之義，民之行也。舉大者言，故曰《孝經》。」的學說內涵，[228]故將之改繫於〈六藝略〉「《孝經》類」下。其次章學誠還舉出道家、縱橫家、與兵權謀家之間的關係，《漢書‧藝文志》將《伊尹》與《太公》都著錄於〈諸子略〉的「道家類」：「《伊尹》五十一篇。湯相。」、「《太公》二百三十七篇。呂望為周師尚父，本有道者。或有近世又以為太公術者所增加也。《謀》八十一篇，《言》七十一篇，《兵》八十五篇。」[229]將《蘇子》與《蒯子》俱著錄於「縱橫家類」：「《蘇子》三十一篇。名秦，有列傳。」、「《蒯子》五篇。名通。」[230]但在「兵權謀家」〈小序〉中班固卻出現以下的說明：「右兵權謀十三家，二百五十九篇。省《伊尹》、《太公》、《管子》、《孫卿子》、《鶡冠子》、《蘇子》、《蒯通》、《陸賈》、《淮南王》二百五十九種，出《司馬法》入禮也。」[231]這就意味著在「兵權謀家類」中本著錄有屬於「儒家類」的《管子》、《孫卿子》、《陸賈》；屬於「道家類」的：《伊尹》、《太公》、《鶡冠子》；屬於「縱橫家類」的：《蘇子》、《蒯通》；與屬於「雜家類」的：《淮南王》。只是因為篇章重複遭到班固刪棄。然這就透露出劉向確實不是僅僅記錄書名而已，而是經過校讎刪訂：

> 《風俗通》曰：案劉向《別錄》，讎校，一人讀書，校其上下得繆

---

[227] 張舜徽(1911-1992)對劉向的著錄方法有系統性陳述：一、廣羅異本，仔細勘對；二、彼此互參，除去重複；三、校出脫簡，訂正偽文；四、整齊篇章，定著目次；五、屏棄異號，確定書名；六、每書校畢，寫成敘錄。見氏著：《中國文獻學》(許昌：中州書畫社，1982 年 12 月)，頁 240-241。

[228] 《漢書》卷 30〈藝文志〉。見《漢書》，頁 1719。

[229] 《漢書》卷 30〈藝文志〉。見《漢書》，頁 1729。

[230] 《漢書》卷 30〈藝文志〉。見《漢書》，頁 1739。

[231] 《漢書》卷 30〈藝文志〉。見《漢書》，頁 1757。

誤，為校；一人持本，一人讀書，若怨家相對。[232]

選篇定文：

　　《魯論語》二十篇，皆孔子弟子記諸善言也。太子太傅夏侯勝、前將軍蕭望之、丞相韋賢及子玄成等傳之。《齊論語》二十二篇，其二十篇中章句頗多於《魯論》，琅邪王卿及膠東庸生、昌邑中尉王吉，皆以教之。故有《魯論》，有《齊論》。魯恭王時，嘗欲以孔子宅為宮，壞壁，得古文《論語》。《齊論》有〈問玉〉、〈知道〉，多於《魯論》二篇。《古論》亦無此二篇，分〈堯曰〉下章「子張問」以為一篇，有兩〈子張〉，凡二十一篇，篇次不與齊、魯《論》同。[233]

考鏡源流：

　　劉向父子，部次條別，將以辨章學術，考鏡源流也。[234]

與鉤沉舉要：

　　劉歆《七略》，班固刪其輯略而存其六。顏師古曰：「輯略謂諸書之總要。」蓋劉氏討論群書之旨也。此最為明道之要，惜乎其文不傳；今可見者，唯總計部目之後，條辨流別數語耳。即此數語窺之，劉歆

---

[232] 《文選》卷6〈賦丙·京都下〉〔西晉〕左思(250-305)〈魏都賦〉李善《注》引〔東漢〕應劭(?-196)《風俗通》。見《文選》，頁287。

[233] 〔西漢〕劉向：《七略別錄·六藝略·論語家》。見〔清〕姚振宗(1842-1906)輯錄：《七略別錄佚文》(鄧駿捷校補本，上海：上海古籍出版社，2008年12月)，頁16-17。

[234] 章學誠：《校讎通義》卷1〈敘曰〉。見氏著：《校讎通義》，與《文史通義校注》合刊本，頁945。

蓋深明乎古人官師合一之道，而有以知乎私門初無著述之故也。[235]

可知「六部」與「四部」兩大體系的分類的方式，有著學術方法上很大的差異，然這樣的學術傳統顯然也在蕭梁帝國內並行不悖。

如任昉：

自齊永元以來，祕閣四部，篇卷紛雜，昉手自讎校，由是篇目定焉。[236]

王泰：

齊永元末，後宮火，延燒祕書，圖書散亂殆盡。泰為丞，表校定繕寫，高祖從之。[237]

殷鈞(484-532)：

天監初，拜駙馬都尉，起家祕書郎，太子舍人，司徒主簿，祕書丞。鈞在職，啟校定祕閣四部書，更為目錄。又受詔料檢西省法書古迹，別為品目。[238]

到沆(476-506)：

---

[235] 章學誠：《校讎通義》卷 1〈原道〉。見氏著：《校讎通義》，與《文史通義校注》合刊本，頁 952。

[236] 《梁書》卷14〈任昉傳〉。見《梁書》，頁 254。

[237] 《梁書》卷21〈王泰傳〉。見《梁書》，頁 324。

[238] 《梁書》卷27〈殷鈞傳〉。見《梁書》，頁 407。

> 高祖初臨天下，收拔賢俊，甚愛其才。東宮建，以為太子洗馬。
> 時文德殿置學士省，召高才碩學者待詔其中，使校定墳史，詔沆通籍
> 焉。[239]

　　上述諸人所為均是書名登記以歸部造冊的四部分類法，這樣的目錄形式
雖有助於通觀徧閱，卻似乎不重視辨析各書學術內涵之脈絡。如張纘(499-549)
就曾：「祕書郎有四員，宋、齊以來，為甲族起家之選，待次入補，其居職，
例數十百日便遷任。纘固求不徙，欲遍觀閣內圖籍。嘗執《四部書目》曰：『若
讀此畢，乃可言優仕矣。』如此數載，方遷太子舍人，轉洗馬、中舍人，並
掌管記。」[240]張纘寧願留任祕書郎的原因，是想盡閱祕閣藏書，主要目的是
為了增加日後仕宦資產，但卻未曾見其本人有任何學術著作流傳。其所謂有
助仕宦優勢之處應該就是如同臧嚴：「累遷湘東王宣惠輕車府參軍兼記室。嚴
於學多所諳記，尤精《漢書》，諷誦略皆上口。王嘗自執《四部書目》試之，
嚴自甲至丁卷中各對一事，并作者姓名，遂無遺失。」[241]的記誦博識之技。
顏之推(531-591)曾謂：

> 梁朝全盛之時，貴遊子弟，多無學術，至於諺云：「上車不落則著
> 作，體中何如則祕書。」……明經求第，則顧人答策；三九公讌，則
> 假手賦詩。當爾之時，亦快士也。[242]

　　顏之推在此所說的「快士」雖不盡符合「磊落豪爽之士」的本義，[243]但

---

[239] 《梁書》卷49〈文學傳上‧到沆〉。見《梁書》，頁686。

[240] 《梁書》卷34〈張纘傳〉。見《梁書》，頁493。

[241] 《南史》卷18〈臧嚴傳〉。見《南史》，頁511。

[242] 《顏氏家訓》卷3〈勉學〉。見《顏氏家訓集解》，頁148。

[243] 「快士」一詞早見於《三國志》卷43〈蜀書‧黃權傳〉載錄司馬懿(179-251)致諸葛亮(181-234)
〈書〉曰：「黃公衡，快士也。每坐起歎述足下，不去口實。」見《三國志》，頁1044。據文義，

卻也反證南朝貴遊子弟樗櫟庸材卻裝模作樣之自命風流面貌，顯然就如同王
夢鷗(1907-2002)所論陪讌豆觴的文學侍從之流：「奉命而寫的文章，作者既非
『心有鬱陶』，不免要『苟馳夸飾』，極力在文字技巧上賣弄功夫；假借古語
古事，以炫示其博學多通；於是『夸飾』成為貴遊文學家之特殊傾向，同時
也是貴遊文學的共同色彩。」[244]可知四部書目的著錄方式因為並不重視學術
史考鏡源流之辨，只側重於對文獻的蒐集與編目，成了士人為求學識博涉該
通的方便法門。如何憲：

> 博涉該通，羣籍畢覽，天閣寶祕，人間散逸，無遺漏焉。任昉、
> 劉渢共執祕閣四部書，試問其所知，自甲至丁，書說一事，并敍述作
> 之體，連日累夜，莫見所遺。[245]

　　何憲甚至被稱為王儉三公之一，[246]原因就在其問無不對的能力高卓。而
這也與宋、齊以來文學隸事風氣有關：「尚書令王儉嘗集才學之士，總校虛實，
類物隸之，謂之隸事，自此始也。儉嘗使賓客隸事多者賞之，事皆窮，唯盧
江何憲為勝，乃賞以五花簟、白團扇。坐簟執扇，容氣甚自得。(王)摛後至，
儉以所隸示之，曰：『卿能奪之乎？』摛操筆便成，文章既奧，辭亦華美，舉
坐擊賞。摛乃命左右抽憲簟，手自掣取扇，登車而去。儉笑曰：『所謂大力者
負之而趨。』竟陵王子良校試諸學士，唯摛問無不對。」[247]故南齊陸澄(425-494)
的故事正好說明，形成此一文風趨勢的背景，實與四部書目廣博蒐羅文獻的
學術方法有關：

「快士」是司馬懿用來形容黃權(？-240)光明磊落的豪爽之風，而顏之推用以形容「金玉其外，
　敗絮其內」的梁朝貴遊子弟，反而有一種嘲諷效果。

[244] 王夢鷗：〈貴遊文學與六朝文體的演變〉。見氏著：《古典文學論探索》(臺北：正中書局，1984
　　年2月)，頁125-126。

[245] 《南史》卷49〈何憲傳〉。見《南史》，頁1213-1214。

[246] 《南史》卷49〈孔逷傳〉：「時人(永明時期)呼孔逷、何憲為王儉三公。」見《南史》，頁1214。

[247] 《南史》卷49〈王摛傳〉。見《南史》，頁1213。

俛自以博聞多識，讀書過澄。澄曰：「僕年少來無事，唯以讀書為業。且年已倍令君，令君少便鞅掌王務，雖復一覽便諳，然見卷軸未必多僕。」俛集學士何憲等盛自商略，澄待俛語畢，然後談所遺漏數百千條，皆俛所未覩，俛乃歎服。[248]

可知四部分類的書目方式，很容易幫助士人在短時間內記住各類文獻的內容或大量典故，看似博涉多通的學力，但多是出於隸事類物的文學競爭，故一方面形成「類書」編纂的風氣，[249]另一方面則形成「殆同書鈔」的文風。[250]

也因此，後世對於蕭統《昭明文選》的確會產生有如「類書」的錯覺，前有歐陽詢借為《藝文類聚》之淵源：

> 《流別》、《文選》，專取其文；《皇覽》、《遍略》，直書其事。文義既殊，尋檢難一。爰詔撰其事，且文棄其浮雜，刪其冗長，金箱玉印，比類相從，號曰《藝文類聚》，凡一百卷。其有事出於文者，便不破之為事。故事居其前，列文於後，俾夫覽者易為功，作者資其用。[251]

後有陳繼儒(1558-1639)比附為《白氏六帖》：

> 白樂天《六帖》為應科舉而設，故醜類不廣；梁《昭明文選》亦咸為詞科楝料。朱子云：「《文選》是文章之極衰」者，而東坡亦詳言

---

[248] 《南齊書》卷 39〈陸澄傳〉。見《南齊書》，頁 685。

[249] 方師鐸(1912-1994)：《傳統文學與類書之關係》(臺中：私立東海大學出版社，1971 年 8 月)，頁 1-27。

[250] 〈詩品序〉：「大明、泰始中，文章殆同書抄。近任昉、王元長等，辭不貴奇，競須新事。爾來作者，寖以成俗。逐句無虛語，語無虛字，拘攣補衲，蠹蠹已甚。」見《詩品集注》，頁 228。

[251] 〔唐〕歐陽詢：〈藝文類聚序〉。見《藝文類聚》，頁 27。

之矣。[252]

然若細讀《隋書》卷三五〈經籍四・總集序〉：

> 總集者，以建安之後，辭賦轉繁，眾家之集，日以滋廣，晉代摯
> 虞，苦覽者之勞倦，於是採摘孔翠，芟剪繁蕪，自詩賦下，各為條貫，
> 合而編之，謂為《流別》。是後文集總鈔，作者繼軌，屬辭之士，以為
> 覃奧，而取則焉。今次其前後，并解釋評論，總於此篇。[253]

　　唐史官明確指出，摯虞為歷代總集之首的原因，就是其創下「採摘孔翠，
芟剪繁蕪」的條例，意味著摯虞編輯《文章流別論》時對入選作品有經過選
擇去蕪存菁，但也必須合乎其所設定的條例才得以入選。在《隋書・經籍志》
中便透露出南朝以來對於「總集」的認知，都必需經過編選者編裁意志以汰
選，再編訂成書的過程。[254]是以「類書」與「總集」才被《隋書・經籍志》
分置於「子部雜家類」與「集部總集類」。
　　而檢視蕭統的〈文選序〉，其正言：「自非略其蕪穢，集其清英，蓋欲兼
工，太半難矣。」又云：「凡次文體，各以彙聚。詩賦體既不一，又以類分，
類分之中，各以時代相次。」[255]揭示出蕭統編輯《文選》並非廣蒐席捲，而
是有其特殊選文原則。但這個原則在「《文選》學」研究傳統往往都被設定為
不選經、史、子部之文，僅專收集部作品的選錄標準，卻未對其背後所蘊藏
的學術特徵與文士致用的王官意識加以討論。然正如本章首節所論，蕭統在

[252] 〔明〕陳繼儒：《太平清話》卷下。見氏著：《陳眉公四種》(臺北：廣文書局，1968 年)，頁 50。
[253] 《隋書》，頁 1089-1090。
[254] 魏晉南北朝此一特有的著書方式，可參考曹之：〈魏晉南北朝類書成因初探〉，《古籍整理研究
　　　學刊》2001 年第 3 期，頁 8-12。劉全波：〈魏晉南北朝時期的抄撮、抄撰之風〉，《山西師大學
　　　報(社會科學版)》，第 38 卷第 1 期，2011 年 1 月，頁 70-73。
[255] 《文選》，序頁 2-3。

《文選》中仍收錄眾多涉及經、史、子部的文獻作品，故若僅以「四部」分類法來判斷蕭統只錄集部文，便無法妥善地解釋《文選》所存在如此的現象。[256]且蕭統東宮本就已編有四部目錄，其根本不必為了隸事類物之需再編一部《文選》，故傳統視《文選》為類書的看法實有違蕭統編書本旨，反而若以蕭統命東宮諸學士就東宮或秘閣之四部書目中，抄輯選錄能符合其編《文選》：「觀其人文，以化成天下」的動機之作，才能較合理解釋《文選》中出現跨越四部典籍的各式作品。

《陳書》卷三四〈文學傳・杜之偉〉記載：

> 之偉幼精敏，有逸才。七歲，受《尚書》，稍習《詩》、《禮》，略通其學。十五，遍觀文史及儀禮故事，時輩稱其早成。僕射徐勉嘗見其文，重其有筆力。中大通元年，梁武帝幸同泰寺捨身，勅勉撰定儀註，勉以臺閣先無此禮，召之偉草具其儀。乃啟補東宮學士，與學士劉陟等鈔撰羣書，各為題目。[257]

既為中大通元年入東宮為學士，則杜之偉也為蕭統僚屬之一，雖無法確認其有無參與編輯《文選》，但至少這則史料透露出蕭統確實在東宮組織抄撰典籍的編書團隊。這種抄撰典籍的活動在南朝時代往往被視為具有學術文獻的整理意義，[258]其中有私人因各種需求而抄撮者，如王儉(452-489)之博識強記：

---

[256] 游志誠在近期的研究似也注意到章學誠對《文選》以四部分類選文原則的質疑，然游氏側重於章學誠自己對文章美學認知所建構之「一綱三目」的觀念詮釋《文選》選文原則的得失，卻未對《文選》選文所透露的王官意識進行討論。見氏著：〈論章學誠文選學的一綱三目〉，收錄於王立群主編：《第十屆文選學國際學術研討會論文集》（鄭州：河南大學出版社，2014年8月），頁457-477。

[257] 〔唐〕姚思廉：《陳書》（點校本，北京：中華書局，1997年9月），頁454。

[258] 王立群：〈魏晉南北朝學士研究的幾個問題〉，《阜陽師範學院學報》2004年第2期，頁1-9。

何承天《禮論》三百卷，儉抄為八帙，又別抄條目為十三卷。朝儀舊典，晉、宋來施行故事，撰次諳憶，無遺漏者。[259]

王筠(481-549)之備忘省覽：

余少好抄書，老而彌篤，雖偶見瞥觀，皆即疏記。後重省覽，歡興彌深。習與性成，不覺筆倦。……幼年讀《五經》，皆七八十遍。愛《左氏春秋》，吟諷常為口實。廣略去取，凡三過五抄，餘經及《周官》、《儀禮》、《國語》、《爾雅》、《山海經》、《本草》並再抄，子史諸集皆一遍。未嘗倩人假手，並躬自抄錄，大小百餘卷。不足傳之好事，蓋以備遺忘而已。[260]

鄭灼(514-581)之貧苦勤學：

灼家貧，抄義疏以日繼夜，筆豪盡，每削用之。常蔬食，講授多苦心熱，若瓜時，輒偃臥以瓜鎮心，起便讀誦，其篤志如此。[261]

袁峻之好學練筆：

早孤，篤志好學。家貧無書，每從人假借，必皆抄寫，自課日五十紙，紙數不登則不止。訥言語，工文辭。[262]

崔愍之賞心樂事：

[259] 《南史》卷22〈王儉傳〉。見《南史》，頁595。

[260] 《南史》卷22〈王筠傳〉。見《南史》，頁610-611。

[261] 《南史》卷71〈儒林傳·鄭灼〉。見《南史》，頁1748。

[262] 《南史》卷72〈文學傳·袁峻〉。見《南史》，頁1777。

　　讀書不廢，凡手抄八千餘紙，天文、律曆、醫方、卜相、風角、鳥言，靡不閑解。晚頗以酒為損。遷司徒諮議，修起居注，加金紫光祿大夫。後兼散騎常侍，使梁。將行，謂人曰：「我厄在吳國，忌在酉年，今恐不免。」及還，未入境，卒。年二十八。[263]

薛憕(約 500-531)之避禍保身：

　　屬尒朱榮廢立，憕遂還河東，止懷儁家。不交人物，終日讀書，手自抄略，將二百卷。唯郡守元襲時相要屈，與之抗禮。懷儁每謂曰：「汝還鄉里，不營產業，不肯取妻，豈復欲南乎？」憕亦不介意。[264]

李彪(444-501)之好學不倦：

　　晚與漁陽高悅、北平陽尼等將隱名山，不果而罷。悅兄閭博學高才，家富典籍，彪遂於悅家手抄口誦，不暇寢食。[265]

韋瓘之留情著述：

　　少愛文史，留情著述，手自抄錄數十萬言。[266]

　　另有受帝王詔敕而抄撰群書者，如山謙之(約 454 卒)：

---

[263] 《北史》卷 24〈崔悊傳〉。見〔唐〕李延壽：《北史》(點校本，北京：中華書局，1997 年 9 月)，頁 879-880。

[264] 《北史》卷 36〈薛憕傳〉。見《北史》，頁 1345。

[265] 《北史》卷 40〈李彪傳〉。見《北史》，頁 1452。

[266] 《北史》卷 64〈韋瓘傳〉。見《北史》，頁 2270。

　　宋太祖在位長久，有意封禪。遣使履行泰山舊道，詔學士山謙之草封禪儀注。其後索虜南寇，六州荒毀，其意乃息。[267]

王儉等人：

　　永明二年，太子步兵校尉伏曼容表定禮樂。於是詔尚書令王儉制定新禮，立治禮樂學士及職局，置舊學四人，新學六人，正書令史各一人，幹一人，祕書省差能書弟子二人。因集前代，撰治五禮，吉、凶、賓、軍、嘉也。文多不載。[268]

到洽(477-527)：

　　(天監)二年，遷司徒主簿，直待詔省，敕使抄甲部書。[269]

張率(475-527)：

　　遷司徒謝朏掾，直文德待詔省，敕使抄乙部書，又使撰婦人事二十餘條，勒成百卷，使工書人琅邪王深、吳郡范懷約、褚洵等繕寫，以給後宮。……(天監)七年，敕召出，除中權建安王中記室參軍，預長名問訊，不限日。俄有敕直壽光省，治丙丁部書抄。[270]

袁峻：

---

[267] 《宋書》卷 16〈禮志三〉。見《宋書》，頁 439。

[268] 《南齊書》卷 9〈禮志上〉。見《南齊書》，頁 117-118。

[269] 《梁書》卷 27〈到洽傳〉。見《梁書》，頁 404。

[270] 《梁書》卷 33〈張率傳〉。見《梁書》，頁 475。

　　高祖雅好辭賦，時獻文於南闕者相望焉，其藻麗可觀，或見賞擢。(天監)六年，峻乃擬揚雄〈官箴〉奏之。高祖嘉焉，賜束帛。除員外散騎侍郎，直文德學士省，抄《史記》、《漢書》各為二十卷。又奉敕與陸倕各製〈新闕銘〉，辭多不載。[271]

孔子袪(495-546)：

　　高祖撰《五經講疏》及《孔子正言》，專使子袪檢閱羣書，以為義證。事竟，敕子袪與右衛朱异、左丞賀琛於士林館遞日執經。[272]

何佟之(449-502)：

　　高祖踐阼，尊重儒術，以佟之為尚書左丞。是時百度草創，佟之依禮定議，多所裨益。[273]

許懋(464-532)：

　　時有請會稽封禪者，武帝因集儒學士草封禪儀，將行焉，懋建議獨以為不可。帝見其議，嘉納之，由是遂停。[274]

　　以上諸抄撰者，除整理文獻之外，也含有展現帝王文化意志之功能。故其抄撰非僅為校讎登錄之用，與四部分類相比，反更趨近於劉向《七略》的學術方法：

---

[271] 《梁書》卷 49〈文學傳上‧袁峻〉。見《梁書》，頁 689。
[272] 《梁書》卷 48〈儒林傳‧孔子袪〉。見《梁書》，頁 680。
[273] 《梁書》卷 48〈儒林傳‧何佟之〉。見《梁書》，頁 664。
[274] 《南史》卷 60〈許懋傳〉。見《南史》，頁 1487。

其敘六藝而後，次及諸子百家，必云某家者流，蓋出古者某官之掌，其流而為某氏之學，失而為某氏之弊。其云某官之掌，即法具於官，官守其書之義也。其云流而為某家之學，即官司失職，而師弟傳業之義也。其云失而為某氏之弊，即孟子所謂「生心發政，作政害事」，辨而別之，蓋欲庶幾於知言之學者也。由劉氏之旨，以博求古今之載籍，則著錄部次，辨章流別，將以折衷六藝，宣明大道，不徒為甲乙紀數之需，亦已明矣。[275]

由此可知，在蕭梁時代藉抄而編書的風氣相當盛行，皇室也以常召集文士進行抄撰工作，其方式往往是在龐雜的四部目錄中檢視符合編輯意志之文獻，故不僅編輯者之動機已蘊化其中，這種抄撮的方式也打破四部分類的體系而各取所需。

(三) 三篇〈經序〉入《選》的王官意識與蕭統編輯本旨

而在《文選》中最可直接證明蕭統選文乃打破四部分類者，就是於卷四五〈序上〉所收錄的三篇經序：託名卜子夏之〈毛詩序〉、託名孔安國之〈尚書序〉、及西晉杜預之〈春秋左氏傳序〉。劉知幾云：「竊以《書》列典謨，《詩》含比興，若不先敘其意，難以曲得其情。」[276]皮錫瑞(1850-1908)亦曾言：

鄭樵謂例非《春秋》之法，為此說者，非獨不明《春秋》之義，並不知著書作文之體例矣。凡修史皆有例，《史記》、《漢書》自〈序〉，即其義例所在。後世修史，先定凡例，詳略增損，分別合並，或著錄，或不著錄，必有一定之法。修州郡誌亦然。即自著一部書，或注古人之書，其引用書傳，編次子目，亦必有凡例，或自列於簡端。即為人

---

[275] 《校讎通義》卷1〈原道〉。見《文史通義校注》，頁952。

[276] 《史通》卷4〈序例〉。見《史通通釋》，頁80。

撰碑誌墓銘，其述祖考子小官爵事實，亦有例，故有墓銘舉例、金石
三例等書。惟日錄筆記，隨手紀載，乃無義例。再下則胥吏之檔案，
市井之簿錄耳。[277]

　　故就三篇經序本身而言，本有著書意旨與著書體例之用，而蕭統將之選
錄於《文選》之中，實正昭顯出有意藉「與日月俱懸，鬼神爭奧，孝敬之準
式，人倫之師友，豈可重以芟夷，加之剪截？」的「經序」所論「恒久之至
道，不刊之鴻教」[278]來為己代言：「《文選》託始於子夏，為是聖門文學之賢，
實千古論詩之祖也。亦序書之始也。」[279]

　　故如錄〈毛詩序〉以藉「四始」、「六義」論文學之用：

　　　〈關雎〉，后妃之德也，風之始也，所以風天下而正夫婦也。故用
　　之鄉人焉，用之邦國焉。風，風也，教也。風以動之，教以化之。《詩》
　　者，志之所之也。在心為志，發言為詩。情動於中而形於言，言之不足，
　　故嗟嘆之；嗟嘆之不足，故永歌之；永歌之不足，不知手之舞之、足
　　之蹈之也。情發於聲，聲成文謂之音。治世之音安以樂，其政和；亂
　　世之音怨以怒，其政乖；亡國之音哀以思，其民困。故正得失，動天地，
　　感鬼神，莫近於《詩》。先王以是經夫婦，成孝敬，厚人倫，美教化，
　　移風俗。《詩》有六義焉：一曰風，二曰賦，三曰比，四曰興，五曰雅，
　　六曰頌。上以風化下，下以風刺上，主文而譎諫，言之者無罪，聞之
　　者足以戒，故曰風。至于王道衰，禮義廢，政教失，國異政，家殊俗，
　　而變風、變雅作矣。國史明乎得失之跡，傷人倫之廢，哀刑政之苛，
　　吟詠情性，以風其上，達於事變，而懷其舊俗者也。故變風發乎情，

---

[277] 〔清〕皮錫瑞：《春秋通論》〈論三傳以後說《春秋》者亦多言例，以為本無例者非是〉。收錄
　　　於氏著：《經學通論》(北京：中華書局，2003 年 11 月)，頁 56。
[278] 《文心雕龍》〈宗經〉。見《文心雕龍義證》，頁 56。
[279] 〔清〕于光華引〔清〕邵長蘅(1637-1704)評語。見《評注昭明文選》，頁 868。

止乎禮義。發乎情,民之性也;止乎禮義,先王之澤也。是以一國之事,繫一人之本,謂之風;言天下之事,形四方之風,謂之雅。雅者,正也,言王政之所由廢興也。政有小大,故有小雅焉,有大雅焉。頌者,美盛德之形容,以其成功告於神明者也。是謂四始,詩之志也。[280]

選〈尚書序〉以明作者兼備眾體與參國政之能:

《春秋左氏傳》曰:楚左史倚相能讀《三墳》、《五典》、《八索》、《九丘》,即謂上世帝王遺書也。先君孔子,生於周末,睹史籍之煩文,懼覽之者不一,遂乃定禮樂,明舊章,刪《詩》為三百篇,約史記而修《春秋》,讚《易》道以黜《八索》,述《職方》以除《九丘》。討論墳典,斷自唐虞以下訖於周,芟夷煩亂,翦截浮辭,舉其宏綱,撮其機要,足以垂世立教。典、謨、訓、誥、誓、命之文,凡百篇,所以恢弘至道,示人主以軌範也。帝王之制,坦然明白,可舉而行。[281]

藉〈春秋左傳序〉以示輯文編書乃通「經國常制」之例:

舊史遺文,略不盡舉,非聖人所修之要故也。身為國史,躬覽載籍,必廣記而備言之。其文緩,其旨遠,將令學者原始要終,尋其枝葉,究其所窮,優而柔之,使自求之;饜而飫之,使自趨之。若江海之浸,膏澤之潤,渙然冰釋,怡然理順,然後為得也。其發凡以言例,皆經國之常制,周公之垂法,史書之舊章,仲尼從而脩之,以成一經之通體。[282]

---

[280] 《文選》,頁 2029-2030。

[281] 《文選》,頁 2032。

[282] 《文選》,頁 2034。

並揭其為例之情以明修辭之道：

> 其微顯闡幽，裁成義類者，皆據舊例而發義，指行事以正褒貶。
> 諸稱書、不書、先書、故書、不言、不稱、書曰之類，皆所以起新舊，
> 發大義，謂之變例。然亦有史所不書，即以為義者，此蓋春秋新意，
> 故傳不言凡，曲而暢之也。其經無義例，因行事而言，則傳直言其歸
> 趣而已，非例也。故發傳之體有三，而為例之情有五。一曰微而顯，
> 文見於此而義起在彼，稱族尊君命，舍族尊夫人，梁亡、城緣陵之類
> 是也。二曰志而晦，約言示制，推以知例，參會不地、與謀曰及之類
> 是也。三曰婉而成章，曲從義訓，以示大順，諸所諱避，璧假許田之
> 類是也。四曰盡而不汙，直書其事，具文見意，丹楹、刻桷、天王求
> 車、齊侯獻捷之類是也。五曰懲惡而勸善，求名而亡，欲蓋而章，書
> 齊豹盜、三叛人名之類是也。推此五體以尋經、傳，觸類而長之，附
> 于二百四十二年行事，王道之正，人倫之紀備矣。[283]

　　上述三文的共同歸趣皆在於「王政教化」的施行，而在《文選》的選文
意識上，三篇序正好可作為蕭統〈文選序〉中選文觀念之註解。如〈詩序〉
「四始」、「六義」的概念被蕭統完全徵引至〈文選序〉之外，〈詩序〉所謂：
「經夫婦，成孝敬，厚人倫，美教化，移風俗」之效果，鄭玄藉〈關雎〉所
繫之「二南」的《周南》，釋為：「其得聖人之化者謂之《周南》，得天下之化
者《召南》，言二公之德教自岐而行於南國也。乃棄其餘，為此為風之正經。」
以為證。[284]

　　而〈書序〉傳遞各式文體對於「恢弘至道，示人主以軌範」的功用，正
好對〈文選序〉對「作者之致」所兼備之 36 種文體的能力，提出經世致用的

---

[283] 《文選》，頁 2034-2035。

[284] 〔東漢〕鄭玄：《詩譜》。見馮浩菲：《鄭氏詩譜訂考》(上海：上海古籍出版社，2008 年 12 月)，
　　頁 25。

「國士」典範依據。就如章學誠所說的「書教」之道：「蓋官禮制密，而後記注有成法；記注有成法，而後撰述可以無定名。以謂纖悉委備，有司具有成書，而吾特舉其重且大者，筆而著之，以示帝王經世之大略；而典、謨、訓、誥、貢、範、官、刑之屬，詳略去取，惟意所命，不必著為一定之例焉，斯《尚書》之所以經世也。」[285]

　　至於〈春秋左傳序〉不僅可作為蕭統〈文選序〉中所提及收錄史部「讚論之綜緝辭采，序述之錯比文華」的背書，也可與《春秋》以備經國之「王道」的性質接軌：「太史公讀《春秋曆譜諜》，至周厲王，未嘗不廢書而歎也。曰：嗚呼！……孔子明王道，干七十餘君，莫能用，故西觀周室，論史記舊聞，興於魯而次《春秋》，上記隱，下至哀之獲麟，約其辭文，去其煩重，以制義法，王道備，人事浹。七十子之徒口受其傳指，為有所刺譏褒諱挹損之文辭不可以書見也。魯君子左丘明懼弟子人人異端，各安其意，失其真，故因孔子史記具論其語，成《左氏春秋》。」[286]而杜預《左傳集解》中的新創之「凡例」，本是用來理解《春秋》「微而顯、志而晦、婉而成章、盡而不汙、懲惡而勸善」五種筆法的鎖鑰，但置於《文選》的脈絡中，這「五例」之情的修辭表現，反而更凸顯出經史子三部文獻也同樣具有「事出於沉思，義歸乎翰藻」的合理性。如錢鍾書(1910-1998)所言：

　　　　古人論《春秋》者，多美其詞約義隱，通識如劉知幾，亦不免隨聲附和。《史通‧敘事》篇云：「《春秋》變體，其言貴於省文。」省文之貴，用心是否欲寡辭遠禍，「避當時之害」，成章是否能「損之又損而玄之又玄」，姑不具論。然有薄物細故，為高睨大談者所勿屑著眼掛吻，可得而言也。《春秋》著作，其事煩劇，下較漢晉，殆力倍而功半焉。文不得不省，辭不得不約，勢使然爾。……然則「五例」所讚「微」、

---

[285]　《文史通義》卷1〈書教上〉。見《文史通義校注》，頁31。
[286]　《史記》卷14〈十二諸侯年表‧序〉。見《史記》，頁509-510。

「晦」，韓愈〈進學解〉所稱「謹嚴」，無乃因屈以為恭，遂亦因難以見巧耶？古人不得不然，後人不識其所以然，乃視為當然，又從而為之詞。於是《春秋》書法遂成史家楷模，而言史筆幾與言詩筆莫辨。……《史通》所謂「晦」，正《文心雕龍·隱秀》篇所謂「隱」，「餘味曲包」，「情在詞外」；施用不同，波瀾莫二。劉氏復終之曰：「夫讀古史者，明其章句，皆可詠歌。」則是史是詩，迷離難別。[287]

足見《春秋》「五例」所論之「《春秋》筆法」的修辭術，實可為文學理論所跨域應用。[288]而藉由收錄三篇〈經序〉，實際上也宣告蕭統在編輯《文選》時的選文原則並未受限於四部分類的界線。[289]

因此《文選》收此三篇〈經序〉，確實如同朱曉海所論：並非基於文學成就，而可能是為了使「作者之意昭然義見」。但朱氏的結論指出蕭統的作者之意是為了「崇經」以提高自身文學的地位，並替崇佛的蕭梁政權補充儒學的正統象徵。[290]不過朱氏將作者之意僅限於崇儒與尊經，本文則認為尚可進一步補充，就《文選》形塑文士理想典型的意圖來看，此三篇經〈序〉一方面可視為其「王政教化」之編輯意志的佐證。在《文選》中尚有他文可證，如卷一的班固〈兩都賦序〉：

> 或曰：賦者，古詩之流也。昔成康沒而頌聲寢，王澤竭而詩不作。大漢初定，日不暇給。至於武宣之世，乃崇禮官，考文章，內設金馬石渠之署，外興樂府協律之事，以興廢繼絕，潤色鴻業。……或以抒

---

287 錢鍾書：《管錐編》(北京：中華書局，1986 年 6 月)，頁 163-164。

288 張高評：〈《春秋》書法與詩化修辭〉，見氏著：《春秋書法與左傳史筆》(臺北：里仁書局，2011 年 3 月)，頁 29-79。

289 劉師培〈論文雜記〉中也曾論述「是今人之所謂文者，皆探源於《六經》、諸子者也」的概念，表示「四部」分類觀念對後世文章分類的不足與缺失。見《劉師培中古文學論集》，頁 230-231。

290 參氏著：〈《文選》所收三篇經學傳注序探微〉，《淡江中文學報》第 22 期，2010 年 6 月，頁 1-40。

下情而通諷諭，或以宣上德而盡忠孝，雍容揄揚，著於後嗣，抑亦雅頌之亞也。[291]

卷四左思〈三都賦序〉：

　　蓋《詩》有六義焉，其二曰賦。揚雄曰：「詩人之賦麗以則。」班固曰：「賦者，古詩之流也。」……余既思摹〈二京〉而賦三都，其山川城邑則稽之地圖，其鳥獸草木則驗之方志。風謠歌舞，各附其俗；魁梧長者，莫非其舊。何則？發言為詩者，詠其所志也；升高能賦者，頌其所見也。[292]

卷十一王延壽〈魯靈光殿賦序〉：

　　曰：嗟乎！詩人之興，感物而作。故奚斯頌僖，歌其路寢，而功績存乎辭，德音昭乎聲。物以賦顯，事以頌宣，匪賦匪頌，將何述焉？[293]

卷四五皇甫謐(215-282)〈三都賦序〉：

　　昔之為文者，非苟尚辭而已，將以紐之王教，本乎勸戒也。自夏殷以前，其文隱沒，靡得而詳焉。周監二代，文質之體，百世可知。故孔子采萬國之風，正雅頌之名，集而謂之《詩》。詩人之作，雜有賦體。子夏〈序詩〉曰：一曰風，二曰賦。故知賦者，古詩之流也。[294]

---

[291] 《文選》，頁 1-3。

[292] 《文選》，頁 173-174。

[293] 《文選》，頁 508-509。

[294] 《文選》，頁 2038。

卷四六顏延之(384-456)〈三月三日曲水詩序〉:

　　既而帝暉臨幄,百司定列,鳳蓋俄軫,虹旗委旆。肴蔌芬藉,觴
醴泛浮。妍歌妙舞之容,銜組樹羽之器。三奏四上之調,六莖九成之
曲。競氣繁聲,合變爭節。龍文飾轡,青翰侍御。華裔殷至,觀聽驚
集。揚袂風山,舉袖陰澤。靚莊藻野,袨服縟川。故以殷賑外區,煥
衍都內者矣。上膺萬壽,下祗百福。幣筵稟和,閏堂依德。情盤景遽,
歡洽日斜。金駕總駟,聖儀載佇。悵鈞臺之未臨,慨酆宮之不縣。方
且排鳳闕以高遊,開爵園而廣宴。並命在位,展詩發志。則夫誦美有
章,陳信無愧者歟?[295]

卷五一王褒〈四子講德論〉:

　　夫樂者感人密深,而風移俗易。吾所以詠歌之者,美其君術明而
臣道得也。君者中心,臣者外體。外體作,然後知心之好惡;臣下動,
然後知君之節趨。……況乎聖德巍巍蕩蕩,民氓所不能命哉!是以刺
史推而詠之,揚君德美,深乎洋洋,罔不覆載,紛紜天地,寂寥宇宙。
明君之惠顯,忠臣之節究。皇唐之世,何以加茲!是以每歌之,不知
老之將至也。[296]

　　另一方面則揭示出蕭統對於理想作者之概念,乃為兼備眾文體且能佐國
理政之國士化文士。因為蕭統在〈文選序〉中早已表明其編輯《文選》時之
「監撫」身分,而這個身分的職能也可能導致蕭統將劉向「王官之學」內化
為其輯錄意識;再加上《文選》中又呈現出選錄 294 篇佔全書 42%與政務相

---

[295] 《文選》,頁 2053-2054。

[296] 《文選》,頁 2249-2250

關的各種文體作品，可見《文選》選文原則實已跳脫傳統「集部」的詩賦體
侷限。

　　正如同蕭繹(508-555)在《金樓子》中所言：

　　　　古人之學者二，今人之學者有四。夫子門徒，轉相師受，通聖人
　　之經者謂之儒。屈原、宋玉、枚乘、長卿之徒，止於辭賦，則謂之文。
　　今之儒，博窮子史，但能識其事，不能通其理者，謂之學。至如不便
　　為詩如閻纂，善為章奏如柏松，若此之流，泛謂之筆。吟詠風謠，流
　　連哀思者，謂之文，而學者率多不便屬辭，守其章句，遲於通變，質
　　於心用。學者不能定禮樂之是非，辯經教之宗旨，徒能揚榷前言，抵
　　掌多識。然而挹源知流，亦足可貴。筆退則非謂成篇，進則不云取義，
　　神其巧惠筆端而已。至如文者，惟須綺縠紛披，宮徵靡曼，唇吻遒會，
　　情靈搖盪，而古之文筆，今之文筆，其源又異。至如《象》、《繫》、風、
　　雅，名、墨、農、刑，虎炳豹鬱，彬彬君子，卜談「四始」，劉言《七
　　略》，源流已詳，今亦置而弗辨。潘安仁清綺若是，而評者止稱情切，
　　故知為文之難也。曹子建、陸士衡，皆文士也，觀其辭致側密，事語
　　堅明，意匠有序，遺言無失，雖不以儒者命家，此亦悉通其義也。遍
　　觀文士，略盡知之。至於謝元暉，始見貧小，然而天才命世，過足以
　　補尤。任彥升甲部闕如，才長筆翰，善輯流略，遂有龍門之名，斯亦
　　一時之盛。[297]

　　顯然蕭繹推崇「曹植」、「陸機」為最理想之文士典範，就在於兩人具備
融貫「儒」、「學」、「文」、「筆」，博涉六藝諸子百家的學養，只不過蕭繹著書
論文是以「藩王」的立場，流露其對人才賢能的理想訴求，且強烈地偏向對

---

[297] 《金樓子》卷9〈立言篇下〉。見《金樓子校箋》，頁966。

個人文學才華的重視。[298]而曹植與陸機雖也同樣在《文選》中都被收錄包含多種文體的作品,但對蕭統而言,理想的文士除要具備厚實的學養外,在其「監撫」的職能的身分下,反而更需要能協理治國的王官人才,而這也與僅由宗室藩王立場論文的蕭繹有所不同。故蕭統在〈文選序〉中也列出被排除在王官考慮之外的部分:

> 老莊之作,管孟之流,蓋以立意為宗,不以能文為本,今之所撰,又以略諸。[299]

所謂的「老莊」之徒、「管孟」之流,可參照顏之推所指的「高談虛論」之士:「士君子之處世,貴能有益於物耳,不徒高談虛論,左琴右書,以費人君祿位也。國之用材,大較不過六事:一則朝廷之臣,取其鑒達治體,經綸博雅;二則文史之臣,取其著述憲章,不忘前古;三則軍旅之臣,取其斷決有謀,強幹習事;四則藩屏之臣,取其明練風俗,清白愛民;五則使命之臣,取其識變從宜,不辱君命;六則興造之臣,取其程功節費,開略有術,此則皆勤學守行者所能辨也。人性有長短,豈責具美於六塗哉?但當皆曉指趣,能守一職,便無愧耳。」[300]顏氏也指出何謂理想的「士君子」,顯然是站在「國之用材」的王官立場所論,故為朝廷之臣、文史之臣、軍旅之臣、藩屏之臣、與使命之臣。然而此五大類之王官,於身為監撫的太子蕭統,在其編輯《文選》的選文脈絡中,則融貫成「作者之致」理想典型,與蕭梁帝國的人才賢能意識─即:文士國士化。

---

[298] 毛漢光:〈中國中古賢能觀念之研究──任官標準之觀察〉,《中央研究院歷史語言研究所集刊》第 48 本第 3 分,1977 年 9 月,頁 333-373。

[299] 《文選》,序頁 2。

[300] 《顏氏家訓》卷 4〈涉務〉。見《顏氏家訓集解》,頁 315。

第三章　《文選》選文與蕭統東宮「監撫制」的關聯

一、六朝太子「監撫制」的內容與流變

(一) 蕭統「監撫制」的職能內容

　　蕭統(501-531)既然在〈文選序〉中提及「余監撫餘閒，居多暇日，歷觀文囿，泛覽辭林，未嘗不心遊目想，移晷忘倦。」[1]即明確指出編輯《文選》時正為其擔任「監撫」國政之時。但傳統的「《文選》學」研究均未曾注意蕭統此一特殊的職能身分，對其編輯《文選》的影響，導致長久忽略了編輯《文選》所隱寓之「文士國士化」與經世致用的選文意識。

　　普通元年(520)蕭統曾作有〈和上遊鍾山大愛敬寺詩〉：

> 唐遊薄汾水，周載集瑤池。豈若欽明后，迴鸞鷖嶺岐。神心鑒無相，仁化育有為。以茲慧日照，復見法雨垂。萬邦躋仁壽，兆庶滌塵羈。望雲雖可識，日用豈能知？鴻名冠子姒，德澤邁軒義。斑斑仁獸集，

---

[1] 〔南朝梁〕蕭統編，〔唐〕李善(630-689)注：《文選》(李培南等人點校本，上海：上海古籍出版社，2007 年 10 月)，序頁 2。

足足翔鳳儀。善遊慈勝地，茲岳信靈奇。嘉木互紛糾，層峰鬱蔽虧。
丹藤繞垂幹，綠竹蔭清池。舒華匝長阪，好鳥鳴喬枝。霏霏慶雲動，
靡靡祥風吹。谷虛流鳳管，野綠暎丹厓。惟宮設塵外，帳殿臨郊垂。
俯同《南風》作，斯文良在斯。伊臣限監國，即事阻陪隨。顧惟實庸菲，
沖薄竟奚施？至理徒興羨，終然類管窺。上聖良善誘，下愚慚不移。[2]

　　既為「和武帝」詩，則梁武帝同時亦有作〈大愛敬寺詩〉，[3]「大愛敬寺」
是梁武帝登基後為祭拜父親而建：「及居帝位，即於鍾山造大愛敬寺，青溪
邊造智度寺，又於臺內立至敬等殿。又立七廟堂，月中再過，設淨饌。每至
展拜，恒涕泗滂沱，哀動左右。」[4]有研究指出此寺應建於普通元年(520)，[5]此
乃誤讀《續高僧傳》卷一〈釋寶唱傳〉的記載：「自武帝膺運，時三十有七，
在位四十九載，深以庭廕早傾，常懷哀感。每歎曰：『雖有四海之尊，無由得
申罔極。』故留心釋典，以八部般若為心良，是諸佛由生；又即除災滌累故，
收採眾經躬述注解；親臨法座講讀敷弘，用此善因崇津靈識；頻代二皇，捨
身為僧給使，洗濯煩穢，仰資冥福，每一捨時地為之震；相繼齋講，不斷法
輪；為太祖文皇，於鍾山北澗，建大愛敬寺。……」[6]這段話本是釋道宣對於
梁武帝一生佛教事業的總評，其中包含建立「大愛敬寺」以彌補「子欲養而
親不待」之憾，[7]故梁武帝藉「結構伽藍，同尊園寢，經營雕麗，奄若天宮」

---

[2] 俞紹初校注：《昭明太子集校注》(鄭州：中州古籍出版社，2001年7月)，頁18-21。

[3] 《全梁詩》卷1梁武帝蕭衍：〈遊鍾山大愛敬寺詩〉。見逯欽立(1910-1973)輯校：《先秦漢魏晉南
北朝詩》(北京：中華書局，1998年5月)，頁1531。

[4] 《梁書》卷3〈武帝紀下〉。見〔隋〕姚察(533-606)，〔唐〕姚思廉(557-637)、魏徵(580-643)合撰：
《梁書》(點校本，北京：中華書局，1997年9月)，頁96。

[5] 封野蒐集歷代文獻所進行的考證成果便指出：「大愛敬寺，在江蘇省南京市玄武區，梁普通元年置。」
見氏著：《漢魏晉南北朝佛寺輯考》(南京：鳳凰出版社，2013年2月)，頁134-135。

[6] 〔唐〕釋道宣(596-667)：《續高僧傳》(臺北：文殊文化有限公司，1988年11月)，頁8-9。

[7] 梁武帝自己在〈孝思賦序〉中便透露出此一遺憾：「念子路見於孔丘曰：『由事二親之時，常食藜
藿之食，為親負米百里之外。親歿之後，南遊於楚，從車百乘，積粟萬鍾，累茵而坐，列鼎而食。

以造寺自贖，[8]但此事在北朝史官眼中所見卻是「窮工極巧，殫竭財力，百姓苦之」之暴政。[9]不過這也凸顯出南北朝時代政治對立下，南北史官在述史立場上呈現醜化敵國、專美本國的共同趨勢：「至於記編同時，時同多詭，雖定哀微辭，而世情利害。勳榮之家，雖庸夫盡飾；迍敗之士，雖令德而嗤埋，吹霜煦露，寒暑筆端，此又同時之枉，可謂嘆息者也。」[10]回到蕭統本詩，首十六句都在描述梁武帝出巡壯盛的帝王氣象，藉由祥瑞圖符襯托出梁武帝所代表的蕭梁(502-557)帝國圖像。次十二句則形容大愛敬寺附近的風景物色。末十二句則點出自己因為負「監國」之責，而無法如百官陪同梁武帝前往大愛敬寺參拜的遺憾。從詩意可知，蕭統在梁武帝離開臺城時必須留守皇城，且應該也有參決政務之權力。《梁書》卷八〈昭明太子傳〉即載：

> 太子自加元服，高祖便使省萬機，內外百司奏事者填塞於前。[11]

蕭統加元服行冠禮是在天監十四年(515)，[12]梁武帝也開始讓昭明太子練

願食藜藿之食，為親負米，不可復得。』每感斯言，雖存若亡。父母之恩，云何可報？慈如河海，孝若涓塵。今日為天下主，而不及供養，譬猶荒年而有七寶，饑不可食，寒不可衣，永慕長號，何解悲思？乃於鍾山下建大愛敬寺，於青溪側造大智度寺，以表罔極之情，達追遠之心。」見〔清〕嚴可均(1762-1843)輯：《全梁文》(馮瑞生審定本，北京：商務印書館，2006年2月)，頁2。

[8]　《續高僧傳》卷1〈譯經・梁揚都莊嚴寺金陵沙門釋寶唱〉。見《續高僧傳》，頁9。

[9]　《魏書》卷98〈島夷・蕭衍傳〉。見〔北齊〕魏收(506-572)：《魏書》(點校本，北京：中華書局，1997年9月)，頁2187。

[10]　《文心雕龍》〈史傳〉。見〔南朝梁〕劉勰(465-522)著，詹鍈(1916-1998)義證：《文心雕龍義證》(上海：上海古籍出版社，1999年12月)，頁612。

[11]　《梁書》，頁167。

[12]　《梁書》卷2〈武帝紀中〉：「十四年春正月乙巳朔，皇太子冠，敕天下，賜為父後者爵一級，王公以下班賚各有差，停遠近上慶禮。」見《梁書》，頁54。「冠禮」，古義即指男子成年禮，《禮記》卷1〈曲禮上第一之一〉：「二十曰弱，冠。三十曰壯，有室。」見〔清〕孫希旦(1736-1784)撰：《禮記集解》(沈嘯寰、王星賢點校本，北京：中華書局，1998年12月)，冊上，頁12。然天子或太子在古籍中常見行冠禮早於二十歲，如《左傳》卷30〈襄公九年〉：「晉侯曰：『十二年

習國政參決，一方面藉以宣示太子繼體的政治正統象徵，另一方面則可做為教育太子熟悉國政的方式。

　　蕭統所執行的監國職務又被稱為「監撫」，蕭綱(503-551)曾有〈九日侍皇太子樂遊苑詩〉：

> 離光麗景，神英春裕，副極儀天，金鏘玉度。監撫昭明，善物宣布，惠潤崑瓊，澤熙垂露。秋晨精曜，駕動宮闈，露點金節，霜沈玉機。玄戈側影，翠羽翻暉，庭廻鶴蓋，水照犀衣。蘭羞薦俎，竹酒澄芬，千音寫鳳，百戲承雲。紫燕躍武，赤兔越空，橫飛鳥箭，半轉蛇弓。[13]

　　若依蕭綱仕歷推測，此詩應作於天監十六年(517)六月以後至普通元年(520)之間，天監十六年六月蕭綱解職江州刺史，回京舉行冠禮，天監十七年(518)便出任「西中郎將、領石頭戍軍事，尋復為宣惠將軍、丹陽尹，加侍中。」[14]這段時間應常有與昭明太子詩文唱和之舉。吳光興即指出「晉安王綱在西中郎將、領石頭戍事任，時昭明太子於玄圃園設講，綱獻〈玄圃園講頌〉，作〈上皇太子〈玄圃園講頌〉啟〉。」[15]故〈九日侍皇太子樂遊苑詩〉必然作於蕭統開始監撫朝政之後，則詩中所謂「監撫昭明，善物宣布，惠潤崑瓊，澤熙垂露。」就不能夠僅如坊間注釋本所解：「監督安撫，善物宣布，善事廣布」[16]般言不及義，完全未將「監撫」一詞的特殊政治意涵加以釐清。蕭綱尚於

矣，是謂一終，一星終也。國君十五而生子，冠而生子，禮也。君可以冠矣。」孔穎達(574-648)《正義》云：「案此傳文，則諸侯十二加冠也。文王十三生伯邑考，則十二加冠，親迎于渭，用天子禮。則天子十二冠也。」見〔周〕左丘明傳，〔西晉〕杜預(222-285)注，〔唐〕孔穎達正義：《春秋左傳正義》(浦衛忠等人校理本：臺北：台灣古籍出版有限公司，2001年10月)，頁1004-1005。

[13] 《梁簡文帝集》卷3〈九日侍皇太子樂遊苑〉。見蕭占鵬、董志廣校注：《梁簡文帝集校注(一)》(天津：南開大學出版社，2012年4月)，頁189-191。

[14] 《梁書》卷4〈簡文帝紀〉。見《梁書》，頁103。

[15] 吳光興：《蕭綱蕭繹年譜》(北京：社會科學文獻出版社，2006年10月)，頁74-75。

[16] 蕭占鵬、董志廣校注：《梁簡文帝集校注(一)》，頁190。

〈昭明太子集序〉中說：「皇上垂拱巖廊，積成庶務，式總萬機，副是監撫。山依搖彩，地立少陽，物無隱情，人服睿聖。此五德也。」[17]這裡很清楚地揭示出蕭統的「監撫」職責來自於其父梁武帝所分派的政治事務。

事實上梁武帝從未垂拱讓國，只是將一些國政庶務交由昭明太子處理，其內容即如蕭綱在〈昭明太子集序〉中所言：

> 罰慎其濫，《書》有作則；勝殘去殺，孔著明文。任刑逞威，俴疵淳化，終食不違，理符道德。故假約法於關中，秦民胥悅；感嚴刑於關下，漢后流名。是以遠鑒前史，垂恩獄犴，仁同泣罪，幽比推溝，玉科歸理遣之恩，金條垂好生之德。黔首齊民，亭育含養，咸欣然不知所以然。此六德也。[18]

> 梧丘之首，魂沉而靡托；射聲之鬼，曝骨而無歸。起掩骼之慈，被錫槥之澤。若使駬馬知歸，感埋金於地下；書生雖殞，尚飛被於天上。恩均西伯，仁同姬祖。此七德也。[19]

> 玄冥戒節，沍陰在歲，雪號千里，冰重三尺。炎鑪吐色，豐貂在御，留上人之重，愍終竇之氓。發於篇藻，形乎造次，輟宴心歡，矜容動色。嘆陋巷之無褐，嗟負薪之屢亡，發私藏之銅虎，散垣下之玉粒。施周澤洽，無幽不普，銜命之人，不告而足。受惠之家，湌恩之士，咸謂櫟陽之金，自空而墮，南陽之粟，自野而生。此八德也。[20]

---

[17] 〔南朝梁〕蕭綱：〈昭明太子集序〉。見〔清〕嚴可均(1762-1843)輯：《全梁文》(馮瑞生審定本，北京：商務印書館，2006年2月)卷12，頁126。

[18] 〔南朝梁〕蕭綱：〈昭明太子集序〉。見《全梁文》，卷12，頁126。

[19] 〔南朝梁〕蕭綱：〈昭明太子集序〉。見《全梁文》，卷12，頁126。

[20] 〔南朝梁〕蕭綱：〈昭明太子集序〉。見《全梁文》，卷12，頁126。

　　蕭綱在〈序〉文中總計羅列出昭明太子總計十四種高尚的德行之誼，其中的第六至第八種，很顯然是針對蕭統處理國政業務的能力與政績所發。分別為司法斷獄：

> 太子明於庶事，纖毫必曉，每所奏有謬誤及巧妄，皆即就辯析，示其可否，徐令改正，未嘗彈糾一人。平斷法獄，多所全宥，天下皆稱仁。[21]

與社會福利之慈善政策如矜孤助葬：

> 每霖雨積雪，遣腹心左右，周行閭巷，視貧困家，有流離道路，密加振賜。又出主衣綿帛，多作襦袴，冬月以施貧凍。若死亡無可以斂者，為備棺槥。每聞遠近百姓賦役勤苦，輒斂容色。常以戶口未實，重於勞擾。[22]

或省役濟民：

> 普通中，大軍北討，京師穀貴，太子因命菲衣減膳，改常饌為小食。……吳興郡屢以水災失收，……太子上〈疏〉曰：「……所聞吳興累年失收，民頗流移。吳郡十城，亦不全熟。唯義興去秋有稔，復非常役之民。即日東境穀稼猶貴，劫盜屢起，在所有司，不皆聞奏。今征戍未歸，強丁疏少，此雖小舉，竊恐難合，吏一呼門，動為民蠹。又出丁之處，遠近不一，比得齊集，已妨蠶農。」[23]

21　《梁書》卷8〈昭明太子傳〉。見《梁書》，頁167。
22　《梁書》卷8〈昭明太子傳〉。見《梁書》，頁168。
23　《梁書》卷8〈昭明太子傳〉。見《梁書》，頁168。

　　上述顯示「太子監撫」雖可以參決國政，但幾乎以民生庶務為主，尤以司法獄訟為劇：「訟獄之重，政化所先，太子立年作貳，宜時洋覽。」[24]朱鴻便認為太子參與斷獄的司法工作「既能訓練太子治國的才幹，又可藉此示惠臣僚百姓，增加儲君資望，使其居東宮期間已受官民愛戴，日後繼統自能駕輕就熟。」[25]

　　除了上引自南齊文惠太子(485-493)與蕭梁昭明太子的實例之外，蕭綱自己擔任太子時也同樣執行「監撫」職能：「及居監撫，多所弘宥，文案簿領，纖毫不可欺。引納文學之士，賞接無倦，恒討論篇籍，繼以文章。高祖所製《五經講疏》，嘗於玄圃奉述，聽者傾朝野。」[26]也同樣曾在刑政治獄方面表達意見：

　　　　(梁武)帝銳意儒雅，疎簡刑法，自公卿大臣，咸不以鞫獄留意。姦吏招權，巧文弄法，貨賄成市，多致枉濫。大率二歲刑已上，歲至五千人。是時徒居作者具五任，其無任者，著斗械。若疾病，權解之。是後囚徒或有優劇。大同中，皇太子在春宮視事，見而愍之，乃上〈疏〉曰：「臣以比時奉勑，權親京師雜事。切見南北郊壇、材官、車府、太官下省、左裝等處上啟，並請四五歲已下輕囚，助充使役。自有刑均罪等，愆目不異，而甲付錢署，乙配郊壇。錢署三所，於事為劇，郊壇六處，在役則優。今聽獄官詳其可否，舞文之路，自此而生。公平難遇其人，流泉易啟其齒，將恐玉科重輕，全關墨綬，金書去取，更由丹筆。愚謂宜詳立條制，以為永准。」帝手敕報曰：「頃年已來，處處之役，唯資徒謫，逐急充配。若科制繁細，義同簡絲，切須之處，

---

[24] 《南齊書》卷21〈文惠太子傳〉。見〔南朝梁〕蕭子顯(489-537)：《南齊書》(點校本，北京：中華書局，1997年9月)，頁401。

[25] 朱鴻：〈君儲聖王‧以道正格──歷代的君主教育〉。見鄭欽仁主編：《中國文化新論──立國的宏觀》(臺北：聯經出版事業股份有限公司，1982年6月)，頁427。

[26] 《梁書》卷4〈簡文帝紀〉。見《梁書》，頁109。

終不可得。引例興訟，紛紜方始，防杜姦巧，自是為難。更當別思，
取其便也。」竟弗之從。[27]

　　蕭綱眼見獄政貨賄成風，對於罪輕者可易科勞役的懲處方式竟被獄政官
員把持，藉賄賂來決定勞役劇輕與否，而朝廷顯然沒有一套公平與正當的國
家刑法標準，故蕭綱以太子的身分建請梁武帝重新制定律令以防杜姦巧。但
此事卻遭梁武帝否決！依唐史官所論，梁武帝建國之初即對南齊末主東昏侯
(498-501 在位)刑政多弊加以改革，且治獄往往都從輕量刑，但士庶天隔的觀
念造成量刑又多有偏袒皇族與權貴；再加上晚年崇信佛教，故對於死刑等重
典均多避而不用。因此否決蕭綱之議雖可仁惠於民，卻招致蕭梁國政日趨敗
亡。[28]然從蕭綱所論可知，其任太子監撫時期與蕭統同樣都有決議刑獄的權
力，但若要修改國憲大令則仍須請示父皇同意，由此可知，所謂的「監撫」
職能內涵仍存在著事權的限制。
　　故蕭綱的〈侍講詩〉：

　　　　物善渥深慈，監撫宣王事，英邁八解心，高超七花意。[29]

　　便透露監撫的主要職能，即在於「宣王事」，此處之「宣」應以杜預注《左
傳‧僖公二十七年》「民未知信，未宣其用」的解釋：「宣，明也，未明於見
用之信。」[30]之義為是。可見「監撫」在六朝時代，所具備的教育太子熟悉
政務的意義大於親政參決的政治意義。如同唐太宗(626-649 在位)在其〈遺詔〉
所稱：「皇太子治，大孝通神，自天生德，累經監撫，熟達機務。凡厥百僚，

---

[27] 《隋書》卷 25〈刑法志〉。見〔唐〕魏徵(580-643)等撰：《隋書》(點校本：北京：中華書局，1997
　　年 9 月)，頁 701。

[28] 《隋書》卷 25〈刑法志〉。見《隋書》，頁 697-702。

[29] 《梁簡文帝集校注(一)》，頁 400-401。

[30] 《春秋左傳正義》，頁 503。

群公卿士，送往事居，無違朕意。屬纊之後，七日便殯，宗社存焉，不可無主，皇太子即於柩前即皇帝位。」[31]唐高宗(649-683 在位)能在唐太宗駕崩後無縫接軌地即位治國，正是因為其於太子任內持續地接受「監撫」的執政訓練，但畢竟仍僅為「太子」，故相對於「皇帝」即使有父子關係，仍存在君臣尊卑之分[32]：「正陽君位，喬枝父道，臣子所崇，忠孝為寶。」[33]所以「監撫」的訓練方式也以「彤闈問豎，禮崇監撫之威；黼席興賢，義極君親之愛。」[34]為主，其中的「彤闈問豎」指的就是「諸司有奏事小者，並啟皇太子，主者施行。」[35]可見蕭梁以至唐代，均採取「事小」之庶務訓練太子的「監撫」能力。

而王筠(481-549)在蕭統過世後(531)所寫的〈哀冊文〉則可說是對蕭統生前政治事業的總評，又因為此文乃奉詔而作，顯示出梁武帝對其太子蕭統形象塑造之帝國立場：

　　　　蠆輅俄軒，龍驂跼步；羽翿前驅，雲旗北御。皇帝哀繼明之寢耀，痛嗣德之殂芳；御武帳而悽慟，臨甲觀而增傷。式稽令典，載揚鴻烈；詔撰德於旌旒，永傳徽於舞綴。其辭曰：
　　　　式載明兩，實惟少陽；既稱上嗣，且曰元良。儀天比峻，儷景騰光；

---

[31] 《唐大詔令集》卷 11〈帝王・遺詔上〉。見〔北宋〕宋敏求(1019-1079)編：《唐大詔令集》(北京：中華書局，2008 年 4 月)，頁 67。

[32] 〔日本〕尾形勇(おがた いさむ)的研究指出：「皇帝對近親者不應該輕易地使用『家人之禮』，應該把『君臣之禮』奉為第一義。但這並不意味著在皇帝周圍『家人之禮』全都不存在。因為如果『家人之禮』是『家人』的禮儀，即是以『親親』主義制約各『私家』內部的秩序，或皇帝自身也有『私』的場域，那麼在與『君臣之禮』界限分明的範圍內，皇帝採用『家人之禮』，也不一定是不可能的。……但採用『家人之禮』提高睦親的效果，通常仍是以『君臣之禮』為前提的。」見氏著，張鶴泉譯：《中國古代的『家』與國家》(北京：中華書局，2010 年 1 月)，頁 159-160。

[33] 《藝文類聚》卷 16〈儲宮部〉引〔北周〕王褒(513-576)：〈皇太子箴〉。見〔唐〕歐陽詢(557-641)撰，汪紹楹校：《藝文類聚》(上海：上海古籍出版社，2007 年 8 月)，頁 295。

[34] 《全唐文》卷 178 王勃(649-676)：〈乾元殿頌并序〉。見〔清〕董誥(1740-1818)奉敕編修：《全唐文》(孫映逵等人點校本，太原：山西教育出版社，2002 年 12 月)，頁 1083。

[35] 《唐大詔令集》卷 30〈監國〉。見《唐大詔令集》，頁 111。

奉祀延福，守器傳芳。睿哲膺期，旦暮斯在；外弘莊肅，內含和愷。
識洞機深，量苞瀛海；立德不器，至功弗宰。寬綽居心，溫恭成性，
循時孝友，率由嚴敬。咸有種德，惠和齊聖；三善遞宣，萬國同慶。
軒緯掩精，陰義弛極；纏哀在疚，殷憂銜恤。孺泣無時，蔬饘不溢；
禫遵踰月，哀號未畢。實惟監撫，亦嗣郊禋；問安肅肅，視膳恂恂。
金華玉璪，玄駟班輪；隆家幹國，主祭安民。光奉成務，萬機是理；
矜慎庶獄，勤恤關市。誠存隱惻，容無慍喜；殷勤博施，綢繆恩紀。
爰初敬業，離經斷句；奠爵崇師，卑躬待傅。寧資導習，匪勞審諭；
博約是司，時敏斯務。辯究空微，思探幾賾；馳神圖緯，研精爻畫。
沈吟典禮，優遊方冊；饜飫膏腴，含咀肴核。括囊流略，包舉藝文；
遍該緗素，殫極丘墳。囊帙充積，儒墨區分；瞻河闡訓，望魯揚芬。
吟詠性靈，豈惟薄伎；屬詞婉約，緣情綺靡。字無點竄，筆不停紙；
壯思泉流，清章雲委。總覽時才，網羅英茂；學窮優洽，辭歸繁富。
或擅談叢，或稱文圃；四友推德，七子慚秀。望苑招賢，華池愛客；
託乘同舟，連輿接席。摛文掞藻，飛觴汎醳；恩隆置醴，賞逾賜璧。
徽風遐被，盛業日新；仁器非重，德輶易遵。澤流兆庶，福降百神；
四方慕義，天下歸仁。[36]

　　首四句即描繪出蕭統送葬儀式之哀戚肅穆，「蜃輅」即柩車，[37]「龍驂」、
「羽翿」、「雲旆」均為形容蕭統出殯時的太子儀仗莊嚴隆重，[38]梁武帝對猝

---

[36] 〔南朝梁〕王筠撰，黃大宏校注：《王筠集校注》（北京：中華書局，2013 年 9 月），頁 79-101。

[37] 《周禮注疏》卷 16〈地官司徒下・遂師〉：「大喪，使帥其屬以幄帟先，道野役；及窆抱磨，共丘籠及蜃車之役。」鄭玄對其中禮器與儀式流程所作的解釋為：「使以幄帟先者，大宰也。其餘司徒也。幄帟先，所以為葬窆之間先張神坐也。道野役，帥以至墓也。丘籠之役，竁復土也。其器曰籠。蜃車，柩路也。柩路載柳，四輪迫地而行，有似於蜃，因取名焉。」〔東漢〕鄭玄注，〔唐〕賈公彥疏：《周禮注疏》（彭林整理本，上海：上海古籍出版社，2010 年 10 月），頁 561。

[38] 「龍驂」指駿馬，如《全梁詩》卷 18 劉孝威〈和王竟陵愛妾換馬詩〉：「驄馬出樓蘭，一步九盤桓，小史瞳金絡，良工送玉鞍。龍驂來甚易，烏孫去實難，驌驦妾猶有，請為急絃彈。」見《先

失繼承人顯然感到悲痛難平，不僅無法「御武帳」處理國政，更是觸景「臨甲觀」而傷情，故梁武帝為抒發喪子之痛與思子之懷，才下令時任昭明太子東宮重要僚屬太子中庶子之王筠寫作〈哀冊文〉，除了為國之大喪所必須進行的禮制儀式外，[39]也蘊含著梁武帝對於蕭統一生的評價與形象之定論：其一，是對蕭統道德品行之追憶，故曰「立德不器」、「寬綽居心」、「循時孝友」、「三善遞宣」，分別指蕭統學養渾厚、[40]性格謙恭溫和、[41]舉動順時合宜、更重要的是謹守君臣、父子、長幼的三善之道；[42]其次則是太子居母喪過哀所透露

秦漢魏晉南北朝詩》，頁 1872。「羽翮」指的是禮車的布幔，《資治通鑑》卷 95〈晉紀十七・成帝咸和九年〉：「長沙桓公陶侃，晚年深以滿盈自懼，不預朝權，屢欲告老歸國，佐　吏等苦留之。六月，侃疾篤，上表遜位。遣左長史殷羨奉送所假節、麾、幢、曲蓋、侍中貂蟬、大尉章、荊、江、雍、梁、交、廣、益、寧八州刺史印傳、棨戟；軍　資、器仗、牛馬、舟船，皆有定簿，封印倉庫，侃自加管鑰。以後事付右司馬王愆期，加督護統領文武。」司馬光(1019-1086)注曰：「幢，幡幢，《方言》曰：幢，翳也，楚曰翿，關東、西皆曰幢。《文選註》：幢，以羽葆為之。《釋名》曰：幢，童也，其狀童童然。」見〔北宋〕司馬光編集，〔元〕胡三省(1230-1302)音註，章鈺(1864-1934)校記：《新校資治通鑑注》(臺北：世界書局，1970 年 12 月)，頁 2994-2995。「雲旂」即指旌旗，《文選》卷 3〈賦乙・京都中〉所錄〔東漢〕張衡(78-139)〈東京賦〉有云：「龍輅充庭，雲旗拂霓。」〔三國吳〕薛綜(?-243)注曰：「馬八尺曰龍。輅，天子之車也，故曰龍輅。充，滿也。庭，朝廷。旗，謂熊虎為旗，為高至雲，故曰雲旗也。《楚辭》曰：載雲旗之逶夷。拂，至也。霓，天邊氣也。」見《文選》，頁 107。

39 《漢書》卷 5〈景帝紀〉：「(中)二年春二月，令諸侯王薨、列侯初封及之國，大鴻臚奏謚、誄、策。」〔唐〕顏師古《注》引〔東漢〕應劭曰：「皇帝延諸侯王，賓王諸侯，皆屬大鴻臚。故其薨，奏其行迹，賜與謚及哀策誄文也。」見〔東漢〕班固(32-92)撰，〔唐〕顏師古注：《漢書》(點校本，北京：中華書局，1997 年 9 月)，頁 145。對於哀冊(策)文的禮制意涵，近期可參考以下著作的研究，王賀：〈唐及唐前哀冊文〉，《安慶師範學院學報(社會科學版)》，第 27 卷第 1 期，2008 年 1 月，頁 99-102。何維剛：〈關於《文選》哀策問題及其文體特色〉，《漢學研究》，第 32 卷第 3 期，2014 年 9 月，頁 129-159。

40 《論語・為政》：「子曰：『君子不器。』」〔東漢〕包咸(7B.C.-65)注云：「器者各周其用，至於君子，無所不施。」見黃懷信主編，周海生、孔德立參撰：《論語彙校集釋》(上海：上海古籍出版社，2008 年 8 月)，頁 147。

41 《禮記・文王世子》：「凡三王教世子，必以禮樂。樂，所以脩內也；禮，所以脩外也。禮樂交錯於中，發形於外，是故其成也懌，恭敬而溫文。」見《禮記集解》，頁 563。

42 《禮記・文王世子》：「行一物而三善皆得者，唯世子而已，其齒於學之謂也。故世子齒於學，國人觀之，曰：『將君我而與我齒讓，何也？』曰：『有父在，則禮然。』然而眾知父子之道矣。

出的孝心，以及仍堅強執行其身為太子的「監撫」職責。前者可在《南史》卷五三〈梁武帝諸子・昭明太子傳〉中找到記載：

> (普通)七年十一月，貴嬪有疾，太子還永福省，朝夕侍疾，衣不解帶。及薨，步從喪還宮，至殯，水漿不入口，每哭輒慟絕。武帝敕中書舍人顧協宣旨曰：「毀不滅性，聖人之制，不勝喪比於不孝。有我在，那得自毀如此。可即強進飲粥。」太子奉敕，乃進數合，自是至葬，日進麥粥一升。武帝又敕曰：「聞汝所進過少，轉就羸瘦。我比更無餘病，政為汝如此，胸中亦填塞成疾。故應強加饘粥，不俟我恒爾懸心。」雖屢奉敕勸逼，終喪日止一溢，不嘗菜果之味。體素壯，腰帶十圍，至是減削過半。每入朝，士庶見者莫不下泣。[43]

而後者所執行「監撫」的職權內容，除了上文所提及有關司法獄政的業務外，依王筠〈哀冊文〉所顯示，梁武帝尚曾派任昭明太子主祭郊祀，以及關稅互市之政務。故至此已可之蕭統「監撫」國政時期所親歷之務共有：

(1)司法獄政
(2)社會福利
(3)祭祀大典
(4)與貿易關稅等。

而〈哀冊文〉第三部分則提及蕭統個人的學養與教育，與第四部分則是

其二曰：『將君我而與我齒讓，何也？』曰：『有君在，則禮然。』然而眾著於君臣之義也。其三曰：『將君我而與我齒讓，何也？』曰：『長長也。』然而眾知長幼之節矣。故父在斯為子，君在斯謂之臣，居子與臣之節，所以尊君親親也。故學之為父子焉，學之為君臣焉，學之為長幼焉，父子、君臣、長幼之道得而國治。語曰：『樂正司業，父師司成，一有元良，萬國以貞。』世子之謂也。」見《禮記集解》，頁 566。

43　〔唐〕李延壽：《南史》(點校本，北京：中華書局，1997 年 9 月)，頁 1309-1310。

對蕭統個人的文學才華與其東宮文學集團的文學成果加以宣揚。故可知王筠奉詔所作之〈哀冊文〉雖難免有溢美之詞，但卻正象徵著蕭統之太子形象在蕭梁帝國體系中的特殊性與正統性。

(二) 蕭統「監撫制」對文士身分內涵的影響

由此便可理解蕭統在〈文選序〉中曾提及其編輯《文選》時的身心狀態：

> 余監撫餘閒，居多暇日，歷觀文囿，泛覽辭林，未嘗不心遊目想，移晷忘倦。[44]

據「《文選》學」研究傳統所論，往往將蕭統編輯《文選》的時間定於普通三年(522)至中大通三年(531)之間，[45]但這段時間中未有梁武帝離開京城的記錄，可見蕭統「監撫」時期顯然都是在梁武帝身邊所進行的皇儲訓練。然至今對於蕭梁帝國「監撫制」研究最為徹底的學者楊恩玉便指出：「按照監撫的本意，太子作為國之儲貳，在國君暫時離開國都時，要代行君權；或者跟隨國君統率軍隊從事征伐。……蕭梁對於先秦太子的監撫制度，僅繼承了其太子監國的內容，而揚棄了太子撫軍。因此，蕭梁的太子監撫制度名過其實，稱之為太子監國更合乎實際情況。」[46]顯然楊氏認為蕭統未有兵權並不符「監撫」格局，不過這應該是楊氏過度執著於「監撫」的先秦本義所造成的誤解：

> 太子奉冢祀、社稷之粢盛，以朝夕視君膳者也，故曰冢子。君行

---

[44] 《文選》，序頁 2。

[45] 傅剛：《《昭明文選》研究》(北京：中國社會科學出版社，2000 年 1 月)，頁 163-164。

[46] 楊恩玉：〈蕭梁太子監撫制〉。見氏著：《蕭梁政治制度考論稿》(北京：中華書局，2014 年 9 月)，頁 29-44。

則守；有守則從。從曰撫軍，守曰監國，古之制也。[47]

　　晉大夫里克所指的狀態是當國君離開京城時，太子有留守之責，即謂之「監國」，若太子也必須隨國君出征而非留守京城，則此時稱之為「撫軍」而非「監國」。「撫軍」之義實為協理國君治軍：「夫帥師，專行謀，誓軍旅，君與國政之所圖也。非大子之事也。師在制命而已，秉命則不威，專命則不孝，故君之嗣適不可以帥師。」[48]鄭玄(127-200)認為若讓太子獨立帥軍，將會產生政治與人倫的雙重危機：「專命則不孝，是為帥必不威也。」[49]然而此一「監撫」義至六朝顯然產生質變，因為《晉書》卷二一〈摯虞傳〉即載其與杜預(222-285)商討皇太子是否須為母后服三年之喪，指出「監撫」未必一定要在國君離京之際：

　　　　元皇后(即晉武帝皇后楊艷)崩，杜預奏：「諒闇之制，乃自上古，是以高宗無服喪之文，而唯文稱不言。漢文限三十六日。魏氏以降，既虞為節。皇太子與國為體，理宜釋服，卒哭便除。」虞答預書曰：「唐稱過密，殷云諒闇，各舉事以為名，非既葬有殊降。周室以來，謂之喪服。喪服者，以服表喪。今帝者一日萬機，太子監撫之重，以宜奪禮，葬訖除服，變制通理，垂典將來，何必附之於古，使老儒致爭哉！」[50]

　　楊皇后崩於泰始十年(274)，故此帝實為晉武帝(265-290 在位)，則皇太

---

[47]　《左傳》卷 11〈閔公二年〉記晉大夫里克(？-650B.C.)論「監國」之制。見《春秋左傳正義》，頁 358。

[48]　《春秋左傳正義》，頁 358。

[49]　《春秋左傳正義》，頁 358。

[50]　《晉書》卷 21〈摯虞傳〉。見〔唐〕房玄齡(578-648)等撰：《晉書》(點校本，北京：中華書局，1997 年 9 月)，頁 1426。

子即為日後的晉惠帝司馬衷(259-307)。摯虞認為杜預利用西漢文帝(180B.C.-157B.C.在位)之典故來作為皇太子免服母喪三年的理據顯得矯情又不合理，若用漢文帝之例做為西晉皇太子的喪禮儀典，則又將置晉武帝於何處？故摯虞認為皇帝與皇太子均是國體正統之象徵，兩者之差異在於皇帝有處理國政之權力，而太子則需藉「監撫」以塑其重，故此處之「監撫」僅能是指涵養皇儲威望之教育訓練，而非參決國政之意，否則將與前句「今帝者一日萬機」產生牴觸，若皇太子的「監撫」都可與日理萬機的皇帝並駕齊驅，則必然形成政變之虞的重大危機，可見摯虞絕對不會作此悖逆之論。更何況晉惠帝(290-307在位)於太子期間即已「帝之為太子也，朝廷咸知不堪政事，武帝亦疑焉。嘗悉召東宮官屬，使以尚書事令太子決之，帝不能對。」[51]然晉武帝仍命其「監撫」，則其中所蘊含的正統象徵不言而喻。干寶(286-336)《晉紀》便曾引和嶠(？-292)言：「皇太子有醇古之風，美於信受。侍中和嶠數言於上曰：『季世多偽，而太子信，非四海之主。憂太子不了陛下家事，願追思文、武之祚。』上既重長適，又懷齊王，朋黨之論弗入也。後上謂嶠曰：『太子近入朝，吾謂差進，卿可與荀侍中共往言。』及顗奉詔還，對上曰：『太子明識弘新，有如明詔。』問嶠，嶠對曰：『聖質如初。』上默然。」[52]既然皇帝與皇太子並提而論，也透露出西晉時太子「監撫」並非必然於皇帝離京之時，故無論實施狀態或職能意涵的真實情況如何，西晉的「太子監撫」都已與先秦時的「從曰撫軍，守曰監國」之本義相去甚遠。

而蕭統的「監撫」內容據前文所考，已知也都未離梁武帝在宮掌政時期，則可見自西晉以來，所謂的「太子監撫」制與其說是皇權分享的雙核心政治架構，毋寧說是皇帝對太子政治能力養成教育的重要模式。而《文選》顯然就是利用「監撫」案牘勞形的「餘閒」之際，與東宮學士參商文義編輯成冊。

---

[51]　《晉書》卷4〈惠帝紀〉。見《晉書》，頁107。

[52]　《世說新語》卷中之上〈方正〉劉孝標(462-521)《注》引〔東晉〕干寶《晉紀》。見〔南朝宋〕劉義慶(403-444)著，〔南朝梁〕劉孝標注，余嘉錫(1884-1955)箋疏，周祖謨(1914-1995)、余淑宜整理：《世說新語箋疏》(臺北：華正書局，1991年10月)，頁285。

　　前文所引王筠奉詔所作的〈哀冊文〉，便已透露出在蕭統東宮中有許多從各方網羅的文囿之才，這一方面是出於蕭梁皇室的興趣，[53]如《梁書》卷四九〈文學上‧劉苞傳〉：「自高祖即位，引後進文學之士，苞及從兄孝綽、從弟孺、同郡到漑、漑弟洽、從弟沆、吳郡陸倕、張率並以文藻見知，多預讌坐，雖仕進有前後，其賞賜不殊。」[54]《梁書》卷四九〈文學上‧袁峻傳〉：「高祖雅好辭賦，時獻文於南闕者相望焉，其藻麗可觀，或見賞擢。」[55]《梁書》卷四九〈文學上‧周興嗣傳〉：「其年(天監元年)，河南獻儛馬，詔興嗣與待詔到沆、張率為賦，高祖以興嗣為工。擢員外散騎侍郎，進直文德、壽光省。」[56]《梁書》卷四〈簡文帝紀〉：「引納文學之士，賞接無倦，恒討論篇籍，繼以文章。……雅好題詩，其〈序〉云：『余七歲有詩癖，長而不倦。』然傷於輕豔，當時號曰『宮體』。」[57]《梁書》卷五〈元帝紀〉：「世祖性不好聲色，頗有高名，與裴子野、劉顯、蕭子雲、張纘及當時才秀為布衣之交，著述辭章，多行於世。」[58]《周書》卷四一〈王褒傳〉：「褒曾作〈燕歌行〉，妙盡關塞寒苦之狀，元帝及諸文士竝和之，而競為淒切之詞。」[59]另一方面則是梁武帝選擇國政人才的特性，如《梁書》卷五十〈文學下‧劉峻傳〉：「高祖招文學之士，有高才者，多被引進，擢以不次。」[60]《南史》卷十八〈臧盾傳〉：「盾字宣卿，幼從徵士琅邪諸葛璩受五經。璩學徒

---

[53] 呂光華對於南朝皇室對文學的興趣起因，分析為：(1)來自魏代曹氏父子的影響；(2)受士族社會的影響。見氏著：《南朝貴遊文學集團研究》(國立政治大學中國文學研究所博士論文，朱守亮教授、呂凱教授指導，1990 年 5 月)，頁 79-85。而胡大雷對於蕭梁時代的各皇室文學團體均有概略之介紹，見氏著：《中古文學集團》(桂林：廣西師範大學出版社，1996 年 4 月)，頁 136-176。

[54] 《梁書》，頁 688。

[55] 《梁書》，頁 689。

[56] 《梁書》，頁 698。

[57] 《梁書》，頁 109。

[58] 《梁書》，頁 135-136。

[59] 〔唐〕令狐德棻(583-666)等著：《周書》(點校本，北京：中華書局，1997 年 9 月)，頁 731。

[60] 《梁書》，頁 702。

常有數十百人，盾處其間，無所狎比。瓛曰：『此生王佐才也。』為尚書中兵郎。美風姿，善容止，每趨奏，梁武帝甚悅焉。入兼中書通事舍人。」[61]《南史》卷五六〈張緬傳〉：「殿中郎缺，帝謂徐勉曰：『此曹舊用文學，且雁行之首，宜詳擇其人。』勉舉緬充選。頃之，為武陵太守，還拜太子洗馬、中舍人。」[62]《南史》卷六二〈文學傳序〉：「自中原沸騰，五馬南度，綴文之士，無乏于時。降及梁朝，其流彌盛。蓋由時主儒雅，篤好文章，故才秀之士，煥乎俱集。于時武帝每所臨幸，輒命群臣賦詩，其文之善者賜以金帛。是以縉紳之士，咸知自勵。」[63]則梁武帝必然對於昭明太子東宮僚屬，更精擇時賢以為教育與輔佐皇儲之人選。

如沈崇傃：

> 高祖聞，即遣中書舍人慰勉之。乃下詔曰：「前軍沈崇傃，少有志行，居喪踰禮。齋制不終，未得大葬，自以行乞淹年，哀典多闕，方欲以永慕之晨，更為再期之始。雖即情可矜，禮有明斷。可便令除釋，擢補太子洗馬。旌彼門閭，敦茲風教。」[64]

褚向：

> 向，字景政，年數歲，父母相繼亡沒，向哀毀若成人者，親表咸異之。既長，淹雅有器量，高祖踐阼，選補國子生。起家祕書郎，遷太子舍人，尚書殿中郎。出為安成內史。還除太子洗馬，中舍人，……向風儀端麗，眉目如點，每公庭就列，為眾所瞻望焉。大通四年，出為寧遠將軍北中郎盧陵王長史，三年，卒官。外兄謝舉為製墓銘，其略曰：「弘治推華，子嵩慚量；酒歸月下，風清琴上。」論者以為擬得

---

[61] 《南史》，頁 512。

[62] 《南史》，頁 1384。

[63] 《南史》，頁 1762。

[64] 《梁書》卷 47〈孝行・沈崇傃傳〉。見《梁書》，頁 649。

其人。[65]

庾黔婁：

　　東宮建，以本官侍皇太子讀，甚見知重，詔與太子中庶子殷鈞、
中舍人到洽、國子博士明山賓等，遞日為太子講《五經》義。遷散騎
侍郎、荊州大中正。[66]

庾於陵：

　　舊事，東宮官屬，通為清選，洗馬掌文翰，尤其清者。近世用人，
皆取甲族有才望，時於陵與周捨並擢充職，高祖曰：「官以人而清，豈
限以甲族。」時論以為美。[67]

到沆(477-506)：

　　東宮建，以為太子洗馬。時文德殿置學士省，召高才碩學者待詔
其中，使校定墳史，詔沆通籍焉。時高祖讌華光殿，命羣臣賦詩，獨
詔沆為二百字，三刻使成。沆於坐立奏，其文甚美。俄以洗馬管東宮
書記、散騎省優策文。三年，詔尚書郎在職清能或人才高妙者為侍郎，
以沆為殿中曹侍郎。沆從父兄溉、洽，並有才名，時皆相代為殿中，
當世榮之。四年，遷太子中舍人。[68]

何思澄：

65　《梁書》卷41〈褚翔傳附褚向傳〉。見《梁書》，頁585-586。
66　《梁書》卷47〈孝行‧庾黔婁傳〉。見《梁書》，頁651。
67　《梁書》卷49〈文學上‧庾於陵傳〉。見《梁書》，頁689。
68　《梁書》卷49〈文學上‧到沆傳〉。見《梁書》，頁686。

傳昭常請思澄製釋奠詩，辭文典麗。除廷尉正。天監十五年，敕
太子詹事徐勉舉學士入華林撰《徧略》，勉舉思澄等五人以應選。遷治
書侍御史。宋、齊以來，此職稍輕，天監初始重其選，車前依尚書二
丞給三騶，執盛印青囊，舊事糾彈官印綬在前故也。久之，遷秣陵令，
入兼東宮通事舍人。[69]

劉之遴(478-549)：

時鄱陽嗣王範得班固所上《漢書》真本，獻之東宮，皇太子令之
遴與張纘、到溉、陸襄等參校異同。之遴具異狀十事，⋯⋯之遴好屬
文，多學古體，與河東裴子野、沛國劉顯常共討論書籍，因為交好。
是時《周易》、《尚書》、《禮記》、《毛詩》並有高祖義疏，惟《左氏傳》
尚闕，之遴乃著《春秋大意十科》，《左氏十科》，《三傳同異十科》，合
三十事以上之。高祖大悅，詔答之曰：「省所撰《春秋》義，此事論書，
辭微旨遠。編年之教，言闡義繁，丘明傳洙泗之風，《公羊》稟西河之
學，鐸椒之解不追，瑕丘之說無取。繼踵胡母，仲舒云盛，因循《穀
梁》，千秋最篤。張蒼之傳《左氏》，賈誼之襲荀卿，源本分鑣，指歸
殊致，詳略紛然，其來舊矣。昔在弱年，乃經研味，一從遺置，迄將
五紀。兼晚冬晷促，機事罕暇，夜分求衣，未遑搜括。須待夏景，試
取推尋，若溫故可求，別酬所問也。」[70]

上述諸人有文學之士、有經學名家、有識古博物者、有至孝清德者。顯
然梁武帝對於蕭統僚屬的選擇並未限於吟詠風月的文學之士，而被入選之文
義高才或經學名家，也往往具備簿記案牘的國政庶務之能。這樣的現象呈現
出以下的兩大原則：

[69] 《梁書》卷50〈文學下・何思澄傳〉。見《梁書》，頁714。
[70] 《梁書》卷40〈劉之遴傳〉。見《梁書》，頁573-574。

　　其一，梁武帝任命各式人才為東宮職，除了呈現出東宮官制的原貌外，也意味著梁武帝對於「太子監撫」職能之多元性期待，需有各種不同專長者從旁協助，也協助梁武帝進行皇儲的政治訓練。

　　其二，蕭統的東宮文士集團很顯然並非僅為：「辭入煒燁，春藻不能程其艷；言在萎絕，寒谷未足成其凋；談歡則字與笑並，論戚則聲共泣偕；信可以發蘊而飛滯，披瞽而駭聾矣。」[71]的誇誕藻飾之才。

如普通三年(522)蕭統寫給其弟蕭繹(508-555)〈答湘東王求《文集》及《詩苑英華》書〉：

　　得〈疏〉，知須《詩苑英華》及諸文製。發函伸紙，閱覽無輟。雖事涉烏有，義異擬倫，而清新卓爾，殊為佳作。夫文典則累野，麗亦傷浮，能麗而不浮，典而不野，文質彬彬，有君子之致。吾嘗欲為之，但恨未逮耳。觀汝諸文，殊與意會。至於此書，彌見其美。遠兼邃古，傍暨典墳，學以聚益，居焉可賞。吾少好斯文，迄茲無倦，譚經之暇，斷務之餘，陟龍樓而靜拱，掩鶴關而高臥，與其飽食終日，盍遊思於文林。或日因春陽其物韶麗，樹花發，鶯鳴和，春泉生，暄風至，陶嘉月而嬉遊，藉芳草而眺矚。或朱炎受謝，白藏紀時，玉露夕流，金風多扇，悟秋山之心，登高而遠託。或夏條可結，倦於邑而屬詞；冬雲千里，覿紛霏而興詠。密親離則手為心使，昆弟晏則墨以親露。又愛賢之情，與時而篤，冀同市駿，庶匪畏龍。不如子晉，而事似洛濱之遊；多愧子桓，而興同漳川之賞。漾舟玄圃，必集應、阮之儔；徐輪博望，亦招龍淵之侶。校覈仁義，源本山川；旨酒盈罍，嘉肴溢俎。曜靈既隱，繼之以朗月；高春既夕，申之以清夜。並命連篇，在茲彌博。又往年因暇，搜採英華，上下數十年間，未易詳悉，猶有遺恨，

---

[71] 《文心雕龍》〈夸飾〉。見《文心雕龍義證》，頁1395。

而其書已傳，雖未為精覈，亦粗足諷覽。集乃不工，而並作多麗。汝既須之，皆遣送也。某啟。[72]

　　這封信或許影響了傳統「《文選》學」研究，因受蕭統自言「監撫餘閒」，而所推論出其編輯《文選》的目的：「在公務之餘，出於賞讀典範詩文的趣味，從數量龐大的古今詩文中嚴格精選而來。換句話說它最初祇是蕭統個人用的歷代詩文名作選集。」[73]但這樣的推測實有待商榷，既言「公務之餘」的「賞」讀，與蕭統「個人專用」的歷代名作選集，又何須「嚴格精選」之壓力呢？顯然這樣的解釋不僅有違史實：「地居上嗣，實副元首。皇帝垂拱巖廊，委咸庶績，時非從守，事或監撫。雖一日二日，攝覽萬機，猶臨書幌而不休，對欹案而忘怠。」[74]也對蕭統編輯《文選》的本意理解不足。原因就在於：其一方面未能掌握蕭統所自道，視文學本可為「事涉烏有，義異擬倫」的態度，顯示出蕭統其實很清楚文學在虛構本質下可富含深刻多元之意涵的文學立場；另一方面則是傳統的「《文選》學」家，未能釐清蕭梁時代「太子監撫」的職能內涵，與蕭統在此職責期間之特殊身分與其編輯《文選》的關聯。

　　如果僅依「君行，大子居，以監國也；君行，大子從，以撫軍也。」[75]的定義，視太子執行監國之任必為：「以皇太子代替國君監理國政，其出發點著

---

[72] 《昭明太子集校注》，頁 155-160。

[73] 〔日本〕岡村繁(おかむら　しげる，1922-2014)著，陸曉光譯：《文選之研究》，收錄於華東師範大學東方文化研究中心編：《岡村繁全集》（上海：上海古籍出版社，2002 年 7 月），第貳卷，頁 4。同樣立場的研究，可參見林柏謙：〈由〈文選序〉辨析選學若干疑案〉，《東吳中文學報》，第 13 期，2007 年 5 月，頁 75-107。力之：〈〈選序〉所反映的乃蕭統完成《文選》後之愉悅說〉，收錄於趙昌智、顧農主編：《第八屆文選學國際學術研討會論文集》（揚州：廣陵書社，2010 年 12 月），頁 1-6。

[74] 〔南朝梁〕劉孝綽(481-539)：〈昭明太子集序〉。見《昭明太子集校注》，頁 244。

[75] 〔三國吳〕韋昭(204-273)注，徐元誥(1876-1955)集解，王樹民(1911-2004)、沈長雲點校：《國語集解》（修訂本，北京：中華書局，2006 年 4 月），頁 267-268。

重行政考量，以維持國家體制的正常運作。」[76]則不但與蕭梁的「太子監撫」制扞格不通，且整個六朝時代符合此原則之太子監國也屈指可數。[77]如曹植(192-232)曾在〈離思賦序〉中提到曹丕(187-226)監國之事：

> 建安十六年，大軍西討馬超，太子留監國，植時從焉。意有懷戀，遂作離思之賦。[78]

然依《三國志》卷一〈武帝紀〉所載：

> (建安)十六年春正月，天子命公世子丕為五官中郎將，置官屬，為丞相副。……是時關中諸將疑(鍾)繇欲自襲，馬超遂與韓遂、楊秋、李堪、成宜等叛。遣曹仁討之。超等屯潼關，公敕諸將：「關西兵精悍，堅壁勿與戰。」秋七月，公西征，與超等夾關而軍。[79]

在此年初，漢獻帝(189-220在位)正式任命曹操(155-220)世子曹丕為副丞相，故當曹操七月西征馬超(176-222)時，理所當然由副丞相留守監國。但問題是曹丕此時尚未被立為太子，故嚴格說來並不算是太子監國，曹丕自己就只提及：「建安十六年，上西征，余居守，老母諸弟皆從，不勝思慕。」[80]曹丕尚不敢自稱太子監國，則曹植之文若非其有意為之，便是後世偽作。因在

---

[76] 賴亮郡：《六朝隋唐的東宮研究》(國立臺灣師範大學歷史研究所博士論文，邱添生教授、高明士教授指導，2001年，5月)，頁206。

[77] 〔日本〕竹添光鴻(たけぞえ　しんいちろう，1842-1917)：「有守云云，代。太子守則從君。從曰撫軍，助君撫循軍士之謂也。」見氏著：《左傳會箋》(臺北：明達出版社，1986年10月)，頁341。

[78] 趙幼文(1904-1993)校注：《曹植集校注》(臺北：明文書局，1985年4月)，頁40-41。

[79] 〔晉〕陳壽(233-297)撰，〔南朝宋〕裴松之(372-451)注：《三國志》(點校本，北京：中華書局，1997年9月)，頁34。

[80] 〔三國魏〕曹丕〈感離賦序〉。見魏宏燦校注：《曹丕集校注》(合肥：安徽大學出版社，2009年10月)，頁106。

此曹操嫡嗣未定之時，曹丕以副丞相留守鄴城才是對自己爭嫡比較有利的作法。[81]故有研究將此視為六朝太子監國之例，實有違歷史現實。[82]真正較符合曹丕執行太子監國的記載則見於《三國志》卷十二〈鮑勛傳〉：「(建安)二十二年，立太子，以勛為中庶子。徙黃門侍郎，出為魏郡西部都尉。太子郭夫人弟為曲周縣吏，斷盜官布，法應棄市。太祖時在譙，太子留鄴，數手書為之請罪。勛不敢擅縱，具列上。勛前在東宮，守正不撓，太子固不能悅，及重此事，恚望滋甚。會郡界休兵有失期者，密敕中尉奏免勛官。」[83]太祖在譙，太子留鄴，曹丕看似執行監國之務，但其顯然還是無法干預地方警察首長鮑勛(？-226)的執法權，即使鮑勛曾是東宮舊僚，然顯然唯曹操之命是從。

---

[81] 在曹操未定太子之前，曹丕與曹植兄弟競爭嫡位確實互不相讓，《三國志》卷19〈陳思王植傳〉：「植既以才見異，而丁儀、丁廙、楊脩等為之羽翼。太祖狐疑，幾為太子者數矣。而植任性而行，不自彫勵，飲酒不節。文帝御之以術，矯情自飾，宮人左右，並為之說，故遂定為嗣。」見《三國志》，頁557。彼此各有支持者，曹丕黨如《三國志》卷12〈崔琰傳〉：「魏國初建，拜尚書。時未立太子，臨菑侯植有才而愛。太祖狐疑，以函令密訪於外。唯琰露板答曰：『蓋聞春秋之義，立子以長，加五官將仁孝聰明，宜承正統。琰以死守之。』」見《三國志》，頁368-369。《三國志》卷12〈邢顒傳〉：「初，太子未定，而臨菑侯植有寵，丁儀等並贊翼其美。太祖問顒，顒對曰：「以庶代宗，先世之戒也。願殿下深重察之！」太祖識其意，後遂以為太子少傅，遷太傅。」見《三國志》，頁383。曹植黨除丁儀、丁廙、楊脩外，據《三國志》卷3〈明帝紀注〉引〔西晉〕魚豢《魏略》：「太祖既愛(孔)桂，五官將及諸侯亦皆親之。其後桂見太祖久不立太子，而有意於臨菑侯，因更親附臨菑侯而簡於五官將，將甚銜之。及太祖薨，文帝即王位，未及致其罪。黃初元年，隨例轉拜駙馬都尉。而桂私受西域貨賂，許為人事。事發，有詔收問，遂殺之。」見《三國志》，頁100。

[82] 如賴亮郡稱：「曹操自是年七月親征馬超，十月始還，世子曹丕為監國有四個月的時間。」見氏著：《六朝隋唐的東宮研究》，頁207。若真要說曹丕監國，實也僅以曹操世子的身分留守鄴城管理魏國，並未有參決與曹操東漢丞相身分有所關聯的職務內容之記錄。且曹操親征時讓家人留守鄴城也非特例，如《三國志》卷5〈后妃‧文昭甄皇后傳注〉引〔西晉〕王沈(？-266)《魏書》：「十六年七月，太祖征關中，武宣皇后從，留孟津，帝居鄴。……二十一年，太祖東征，武宣皇后、文帝及明帝、東鄉公主皆從，時后以病留鄴。二十二年九月，大軍還，武宣皇后左右侍御見后顏色豐盈，怪問之曰：『后與二子別久，下流之情，不可為念，而后顏色更盛，何也？』后笑答之曰：『叡等自隨夫人，我當何憂！』」見《三國志》，頁160。

[83] 《三國志》，頁384-385。

[84]故曹丕即使已身為魏國太子，對於國政參決的空間其實並不大。

又如孫登(209-241)，《三國志》卷五九〈孫登傳〉記載：「權遷都建業，徵上大將軍陸遜輔登鎮武昌，領宮府留事。」[85]孫登被命留守武昌是在黃武八年(229)夏四月孫權稱帝後，自此改年號為「黃龍」(229-231)，並立孫登為皇太子：「秋九月，權遷都建業，因故府不改館，徵上大將軍陸遜輔太子登，掌武昌留事。」[86]孫權尚派是儀於武昌輔佐孫登：「大駕東遷，太子登留鎮武昌，使儀輔太子。太子敬之，事先諮詢，然後施行。」[87]至於孫登在武昌時期的政務記錄僅見於《三國志》卷五二〈步騭傳〉：

> 時權太子登駐武昌，愛人好善，與騭〈書〉曰：「夫賢人君子，所以興隆大化，佐理時務者也。受性闇蔽，不達道數，雖實區區欲盡心於明德，歸分於君子，至於遠近士人，先後之宜，猶或緬焉，未之能詳。《傳》曰：『愛之能勿勞乎？忠焉能勿誨乎？』斯其義也，豈非所望於君子哉！」騭於是條于時事業在荊州界者，諸葛瑾、陸遜、朱然、程普、潘濬、裴玄、夏侯承、衛旌、李肅、周條、石幹十一人，甄別行狀，因上〈疏〉獎勸。[88]

步騭的上〈疏〉源於太子的關切，但孫登顯然並無法在武昌行使人事任命權。事實上，在《三國志》中，僅見孫權為孫登選擇僚屬：

> 是歲(黃初二年)，立登為太子，選置師傅，銓簡秀士，以為賓友，

---

84 這是曹操「霸府政治」運作的特性。據陶賢都的研究，曹操的霸府是一種軍政合一的機構，其特色就是政令一元化。見氏著：《魏晉南北朝霸府與霸政治研究》(長沙：湖南人民出版社，2007年3月)，頁53-68。

85 《三國志》，頁1364。

86 《三國志》卷47〈吳主傳〉。見《三國志》，頁1135。

87 《三國志》卷62〈是儀傳〉。見《三國志》，頁1412。

88 《三國志》，頁1237-1238。

於是諸葛恪、張休、顧譚、陳表等以選入，侍講詩書，出從騎射。權欲登讀《漢書》，習知近代之事，以張昭有師法，重煩勞之，乃令休從昭受讀，還以授登。登待接寮屬，略用布衣之禮，與恪、休、譚等或同輿而載，或共帳而寢。……黃龍元年，權稱尊號，立為皇太子，以恪為左輔，休右弼，譚為輔正，表為翼正都尉，是為四友，而謝景、范慎、刁玄、羊衜等皆為賓客，衜音道。於是東宮號為多士。[89]

或孫登推薦國士與於孫權：「諸葛瑾、步騭、朱然、全琮、朱據、呂岱、吾粲、闞澤、嚴畯、張承、孫怡忠於為國，通達治體。可令陳上便宜，蠲除苛煩，愛養士馬，撫循百姓。五年之外，十年之內，遠者歸復，近者盡力，兵不血刃，而大事可定也。」[90]從未有太子孫登自己任命僚屬之記錄。反而是嘉禾三年(234)孫權親征時，孫登才有僅存的參決政務之記錄：

嘉禾三年，權征新城，使登居守，總知留事。時年穀不豐，頗有盜賊，乃表定科令，所以防禦，甚得止姦之要。[91]

此時孫權率軍親征，孫登得以太子身分留守監國，並新訂法令以維護京城治安。孫登的監國應是六朝時代最符合春秋古制者，因《江表傳》就記載全琮(198-249)的意見：

權使子登出征，已出軍，次于安樂，羣臣莫敢諫。琮密〈表〉曰：「古來太子未嘗偏征也，故從曰撫軍，守曰監國。今太子東出，非古制也，臣竊憂疑。」權即從之，命登旋軍，議者咸以為琮有大臣之節

---

[89]　《三國志》卷 59〈吳主五子‧孫登傳〉。見《三國志》，頁 1363。

[90]　《三國志》卷 59〈吳主五子‧孫登傳〉。見《三國志》，頁 1366。

[91]　《三國志》卷 59〈吳主五子‧孫登傳〉。見《三國志》，頁 1364。

也。[92]

可知孫吳不僅有意仿古制對待太子監國一事，孫權更是精揀東宮僚屬以輔佐太子並培訓其政務能力。惜孫登英年早逝，也使孫權晚年形成繼嗣傾軋的紊亂局面，對孫吳國祚造成相當大的影響。[93]

至於兩晉時期並無明確的太子監國或監撫記錄，南朝則在昭明太子以前曾有四次記載，分別是：

(1)宋文帝(424-453 在位)太子劉劭(424-453)：

> (元嘉)二十六年二月己亥，上東巡。……其時皇太子監國，有司奏儀注。[94]

---

[92] 《三國志》卷 60〈全琮傳注〉引〔西晉〕虞溥《江表傳》。見《三國志》，頁 1382。按：《江表傳》雖於西晉成書，但其內容均為虞溥任鄱陽內史時在吳國故地實地記錄江東父老所口述的歷史記錄，故仍保有專美吳國的性質，對於吳國歷史仍具有相當的可信度。有關《江表傳》的研究，可參考王文進：〈論「赤壁意象」的形成與流轉——「國事」、「史事」、「心事」、「故事」的四重奏〉，《成大中文學報》，第 28 期，2010 年 4 月，頁 83-124。王文進：〈論《江表傳》中的南方立場與東吳意象〉，《成大中文學報》第 46 期，2014 年 9 月，頁 99-136。

[93] 這是陳壽的意見，《三國志》卷 47〈吳主傳〉陳壽評曰：「至于讒說殄行，胤嗣廢斃，豈所謂貽厥孫謀以燕翼子者哉？其後葉陵遲，遂致覆國，未必不由此也。」見《三國志》，頁 1149。不過裴松之反對陳壽所論，其指出：「臣松之以為孫權橫廢無罪之子，雖為兆亂，然國之傾覆，自由暴晧。若權不廢和，晧為世適，終至滅亡，有何異哉？此則喪國由於昏虐，不在於廢黜也。設使亮保國祚，休不早死，則晧不得立。晧不得立，則吳不亡矣。」也就是說自孫登太子崩卒後，若孫和(224-253)順利繼位，最後也還是會輪由孫和長子孫晧(242-284)繼嗣，故將東吳末期國政敗壞歸咎於孫權晚年選擇繼承人的失誤，實不甚合理。裴松之主張東吳的敗亡只能歸咎於孫晧傷天害理、倒行逆施的施政表現。見《三國志》，頁 1149。不過大陸學者王永平在〈孫權立嗣問題考論——從一個側面看孫權與世家大族的鬥爭〉的研究中，則認為是孫權屢次打擊江東世族造成的政治惡鬥產生的結果，仍歸咎於孫權本身。見氏著：《孫吳政治與文化史論》(上海：上海古籍出版社，2005 年 12 月)，頁 120-142。

[94] 《宋書》卷 15〈禮志二〉。見〔南朝梁〕沈約(441-513)著：《宋書》(點校本，北京：中華書局，1997 年 9 月)，頁 381。

(2)宋孝武帝(453-464 在位)太子劉子業(449-466)：

　　大明三年六月乙丑，有司奏：「……乘輿辭廟親戎，太子合親祠與
不？……」太學博士司馬興之議：「竊惟『國之大事，在祀與戎』。皇
太子有撫軍之道，而無專御之義，戎既如之，祀亦宜然。案祭統，『夫
祭之道，孫為王父尸』。又云，『祭有昭穆，所以別父子』。太子監國，
雖不攝，至於宗廟，則昭穆實存，謂事不可亂。又云，『有故則使人』。
准此二三，太子無奉祀之道。又皇女夭札，則實同宮一體之哀，理不
得異。設令得祀，令猶無親奉之義。」博士(傅)郁議：「案春秋，太子
奉社稷之粢盛，長子主器，出可守宗廟，以為祭主，易象明文。監國
之重，居然親祭。皇女夭札，時既同宮，三月廢祭，於禮宜停。」二
議不同。尚書參議，宜以郁議為允。詔可。[95]

(3)宋明帝(466-472 在位)太子劉昱(463-477)：

　　泰豫元年春正月甲寅朔，上有疾不朝會。以疾患未痊，故改元。
賜孤老貧疾粟帛各有差。戊午，皇太子會萬國於東宮，并受貢計。[96]

(4)齊武帝(482-493 在位)太子蕭長懋(458-493)，其監撫記載可見於謝朓
(464-499)〈侍宴華光殿曲水奉勅為皇太子作詩〉九章之九：

　　登賢博望，獻賦清漳。漢貳稱敏，魏兩垂芳。
　　監撫有則，匕鬯無方。瞻言守器，永愧元良。[97]

---

[95] 《宋書》卷 17〈禮志四〉。見《宋書》，頁 465。
[96] 《宋書》卷 8〈明帝紀〉。見《宋書》，頁 169。
[97] 曹融南校注集說：《謝宣城集校注》(上海：上海古籍出版社，2001 年 4 月)，頁 124-125。

　　上述四位太子中，劉劭在宋文帝東巡時執行監國任務，且宋文帝早就讓劉劭在東宮親覽宮事，更加強其東宮武備，導致日後發生逆倫悲劇。不過劉劭監國留下了南朝太子監國儀注，使後世得以一窺南朝太子監國時政務執行之樣貌。[98]相較於劉劭，劉子業的監國內容不明，但由其連主祭之任務都無緣親洽，也可想見其監國權力所遭到限縮。而劉昱是因為宋明帝已病危，無法視事，才主持元會大典，三個月後宋明帝即駕崩，劉昱便以太子即位為宋後廢帝。文惠太子可說是南朝東宮權力的另一次高峰：

　　　　(永明六年)上將訊丹陽所領囚，及南北二百里內獄，詔曰：「獄訟之重，政化所先。太子立年作貳，宜時詳覽，此訊事委以親決。」太子乃於玄圃園宣猷堂錄三署囚，原宥各有差。上晚年好遊宴，尚書曹事亦分送太子省視。……永明中，二宮兵力全實，太子使宮中將吏更番役築，宮城苑巷，制度之盛，觀者傾京師。[99]

　　但曹融南認為上引謝朓之詩乃作於齊明帝(494-498 在位)建武元年(494)立蕭寶卷(483-501)為皇太子之賀詩，證據就在於本詩第二章云：

　　　　大橫將屬，會昌已命，國步中徂，宸居膺慶。
　　　　璽劍先傳，龜玉增映，宗堯有緒，復禹無競。[100]

　　曹氏雖認為「國步斯頻」就是指鬱林王蕭昭業(473-494)與海陵王蕭昭文(480-494)的亂政，而「宸居」指的就是齊明帝，故此詩所稱的「太子」即為日後的東昏侯蕭寶卷。但是歷史上找不到有關蕭寶卷「太子監撫」的記錄，

---

[98]　《宋書》卷 15〈禮志二〉。見《宋書》，頁 381-384。

[99]　《南齊書》卷 21〈文惠太子傳〉。見〔蕭梁〕蕭子顯(489-537)撰：《南齊書》(點校本，北京：中華書局，1997 年 9 月)，頁 401。

[100]　《謝宣城集校注》，頁 118。

且此詩所使用的典故，本是堯、舜、禹三代禪讓之政例，與璽劍、龜玉之國符象徵，來作為「國步中徂」的形容詞，則可證此詩所言絕非同室操戈、手足相殘的齊明帝篡統之事。相對地，查考謝朓仕歷，反而於早年曾擔任過文惠太子的東宮職「太子舍人」，[101]況齊明帝又以「儉約」著稱，[102]大量拆除永明時期的苑囿建築：「罷世祖所起新林苑，以地還百姓。廢文帝(按：指文惠太子，被追尊為文帝。)所起太子東田，斥賣之。永明中興輦舟乘，悉剔取金銀還主衣庫。」[103]更無甚文學讌集之記錄，故此詩被曹氏定為建武初所作尚待商榷。倒是葛曉音考證謝朓任太子舍人的時間應在永明二年至三年，[104]又據《南史》卷四一〈齊宗室·臨汝侯蕭坦之傳〉載：「少帝(按：指鬱林王。)微聞外有異謀，憚明帝在臺內，敕移西州。後在華林園華光殿露著黃縠褌，踑牀垂腳，謂坦之曰：『人言鎮軍與王晏、蕭諶欲共廢我，似非虛傳，蘭陵所聞云何？』」[105]則亂政者所謂何人不言自明。而齊明帝日後雖曾「幸華林園，宴(蕭)諶及尚書令王晏等數人盡歡。坐罷，留諶晚出，至華林閣，仗身執還入省，上遣左右莫智明數諶曰：『隆昌之際，非卿無有今日。……』」[106]但與齊武帝相比：「永明元年，敕朝臣華林八關齋。」[107]或「世祖嘗幸鍾山，晃從駕，……每遠州獻駿馬，上輒令晃於華林中調試之。」[108]或「晃善射，……後於華林賭射，上(齊武帝)敕晃疊破，凡放六箭，五破一皮，賜錢五萬。又

---

[101]　《南齊書》卷 47〈謝朓傳〉：「朓少好學，有美名，文章清麗。解褐豫章王太尉行參軍，度隨王東中郎府，轉王儉衛軍東閤祭酒，太子舍人、隨王鎮西功曹，轉文學。」見《南齊書》，頁 825。

[102]　《南齊書》卷 6〈明帝紀〉贊曰：「慕名儉德，垂文法令。」見《南齊書》，頁 93。

[103]　《南齊書》卷 6〈明帝紀〉。見《南齊書》，頁 92。

[104]　葛曉音：〈謝朓生平考略〉，收錄於氏著：《漢唐文學的嬗變》(北京：北京大學出版社，1990 年 11 月)，頁 336-342。

[105]　《南史》，頁 1053。

[106]　《南齊書》卷 42〈蕭諶傳〉。見《南齊書》，頁 746。

[107]　《南齊書》卷 25〈張敬兒傳〉。見《南齊書》，頁 474。

[108]　《南齊書》卷 35〈高祖十二王·長沙威王蕭晃傳〉。見《南齊書》，頁 624。

於御席上舉酒勸量，量曰：『陛下嘗不以此處許臣。』上回面不答。」[109]可知
華光殿就位在宋、齊以來皇帝聽政會僚之所在：「華林園」內，[110]永明期間又
多有在此舉辦宴會之紀錄，故謝朓之詩既出於侍宴，又名為奉敕為皇太子作，
則其以東宮僚屬太子舍人的文學新秀之姿，[111]受齊武帝之詔而作詩的機率會
大一些，曹氏的讀法反有可能產生過多的「索隱」推測。[112]曹融南雖將謝朓
詩中的「監撫」解為「太子之職」，但仍舊未能釐清南齊時代的「監撫」義與
先秦本義之差別，然由《南齊書》的記載可知，文惠太子執行監撫制時，至
少已有對司法判獄、及部分尚書諸曹業務的決策權力，而且文惠太子東宮的
武備相當完整，故其應該也掌握有東宮部隊之司令權。不過也因此引起齊武
帝的猜忌，幸文惠太子早殂，否則南齊宮廷或有可能再掀起一場人倫慘劇。

　　由以上的文獻線索可知，六朝時期的「太子監撫」義，實已與先秦本義
不同，在蕭梁以前名符其實的「太子監撫」次數並不多，僅有文惠太子蕭長
懋、昭明太子蕭統、與梁簡文帝蕭綱，然其對政務參決的權力始終無法與北
魏(386-534)太子直接執政的監國制相比，[113]但蕭統仍舊在其有限的權力範圍

---

[109] 《南齊書》卷 35〈高祖十二王・武陵昭王蕭曄傳〉。見《南齊書》，頁 625。

[110] 盧海鳴：《六朝都城》(南京：南京出版社，2004 年 4 月)，頁 212。

[111] 從魏耕原的研究可知：「謝朓於永明五年(487)24 歲時步入詩壇，明帝永泰元年(498)36 歲下獄賜
死，前後只有 12 年的創作歷程，短暫的時間，而且像他這樣柔弱搖擺的性格，詩的內容必然受
到思想的約束與限制。」見氏著：《謝朓詩論》(北京：中國社會科學出版社，2004 年 9 月)，頁
32。雖然魏氏將謝朓的文學生命起點較後推遲了一些，但謝朓於齊武帝時代確是年輕文學新秀。

[112] 「索隱」借用自蔡元培(1868-1940)的《石頭記索隱》體系，余英時認為「索隱派」是廣義的歷史
考證，但其考證的結果又無法在《紅樓夢》書中有貫串首尾的完密邏輯結構，故常流於「猜謎」。
最主要的原因在於索隱派學者心中都已先有「反清復明」之民族意識來解釋《紅樓夢》故事，則
藉歷史考證法來坐實書中人物與此民族大義之影射關聯。但問題是凡出現有關清史或《紅樓夢》
之新文獻材料，索隱派之說均不攻自破。見氏著：〈近代紅學的發展與紅學革命──一個學術史
的分析〉，收錄於氏著：《歷史與思想》(臺北：聯經出版事業股份有限公司，2003 年 5 月)，頁
381-417。

[113] 北朝的太子監國制從北魏明元帝(409-423 在位)拓跋嗣泰常七年(422)詔皇太子拓跋燾(按：及日後
的北魏太武帝，423-452 在位)為泰平王，當年五月便命皇太子臨朝聽政並行攝政之權。見《魏書》

內執行其監撫職能，而職務的內容除了沒有兵權之外，實已與文惠太子蕭長懋：「久在儲宮，得參政事，內外百司，咸謂旦暮繼體。」[114]相去不遠。

二、 蕭統監撫對東宮僚屬的「國士化」需求

(一) 蕭統東宮文士集團「國士化」傾向

大通元年(527)昭明太子作〈與晉安王綱令〉：

> 明北兖、到長史遂相係凋落，傷怛悲惋，不能已已。去歲陸太常
> 殂歿，今茲二賢長謝。陸生資忠履貞，冰清玉潔，文該四始，學遍九
> 流，高情勝氣，貞然直上。明公儒學稽古，淳厚篤誠，立身行道，始
> 終如一，儻值夫子，必升孔堂。到子風神開爽，文義可觀，當官蒞事，
> 介然無私。皆海內之俊乂，東序之祕寶。此之嗟惜，更復何論。但遊
> 處周旋，並淹歲序，造膝忠規，豈可勝說，幸免祇悔，實二三子之力
> 也。談對如昨，音言在耳，零落相仍，皆成異物，每一念至，何時可
> 言。天下之寶，理當惻愴。近張新安又致故，其人文筆弘雅，亦足嗟
> 惜，隨弟府朝，東西日久，尤當傷懷也。比人物零落，特可傷惋，屬
> 有今信，乃復及之。[115]

卷 3〈太宗紀〉，頁 61-62。有關北朝的「太子監國」研究，可參考李憑：《北魏平城時代》(修
訂本，上海：上海古籍出版社，2011 年 8 月)，頁 77-135。逯耀東(1932-2006)：〈崔浩世族政治
的理想〉，收錄於氏著：《從平城到洛陽——拓跋文化轉變的歷程》(臺北：東大圖書股份有限公
司，2002 年 9 月)，頁 65-100。

[114] 《南齊書》卷 21〈文惠太子傳〉。見《南齊書》，頁 402。

[115] 《梁書》卷 27〈到洽傳〉。見《梁書》，頁 404-405。

　　昭明太子在〈令〉中所提及的「明北克」、「到長史」、「陸太常」、「張新安」，分別為明山賓(443-527)、到洽(477-527)、陸倕(470-526)、與張率(475-527)，此四人均為梁武帝所任命之東宮官僚，也是東宮教育執行者與太子監撫事務的協助者。《梁書》卷二七〈陸倕傳〉即載：

> 是時禮樂制度，多所創革，高祖雅愛倕才，乃敕撰〈新漏刻銘〉，其文甚美。遷太子中舍人，管東宮書記。又詔為〈石闕銘記〉，奏之。⋯⋯遷太子庶子、國子博士，母憂去職。服闋，⋯⋯出為雲麾晉安王長史⋯⋯左遷⋯⋯太子中庶子，廷尉卿。又為中庶子，加給事中，揚州大中正。復除國子博士，中庶子、中正並如故。守太常卿，中正如故。普通七年，卒，年五十七。[116]

　　陸倕早於永明時代即與梁武帝並列竟陵八友，[117]其曾任「竟陵王議曹從事參軍」顯示亦有過處理政務案牘之經驗。[118]傳中提及其作〈新漏刻銘〉(《文選》記為〈新刻漏銘〉)與〈石闕銘〉，兩文均被蕭統選錄於《文選》，除陸倕本身的文學才華之外，更與此二文所形塑之「蕭梁帝國正統象徵」有密切關聯。如〈新刻漏銘序〉即說明其著作動機：

> 且今之官漏，出自會稽，積水違方，導流乖則，六日無辨，五夜不分，歲躔閹茂，月次姑洗。皇帝有天下之五載也，樂遷夏諺，禮變商俗，業類補天，功均柱地。河海夷晏，風雲律呂。坐朝晏罷，每旦晨興，屬傳漏之音，聽雞人之響。以為星火謬中，金水違用，時乖啟

---

[116] 《梁書》，頁 402-403。

[117] 柏俊才：《竟陵八友考辨》(北京：中國社會科學出版社，2011 年 2 月)，頁 353-368。

[118] 《梁書》，頁 401。

閉，箭異錙銖。爰命日官，草創新器。[119]

　　這裡指出梁武帝對重新鑄造國家標準計時器的迫切需求！天監初期所使用的漏刻儀器乃為東晉咸和七年(332)所遺留下的舊器，李善《文選注》引蕭子雲(486-549)《東宮雜記》便載：「天監六年，上造新漏，以臺舊漏給宮，〈漏銘〉云咸和七年會稽山陰令魏丕造。即會稽內史王舒所獻漏也。」[120]不僅年久失效，無法裝進適當的水量以計時，[121]其滴漏的軌跡也已經紊亂不堪用，造成「時乖啟閉，箭異錙銖」。如儀器顯示，每年冬至日總會延後六天，或每天夜間計時總是時段錯亂，影響所及如報曉之官無所適從，皇帝朝會不知所據，庶隸民時奪序失節。[122]是以梁武帝在天監五年(506)下詔重製漏刻之器，至天監六年(507)完成：

　　　　於是俯察旁羅，登臺升庫。則于地四，參以天一。建武遺蠹，咸和餘朼，金筒方員之制，飛流吐納之規，變律改經，一皆懲革。天監六年，太歲丁亥，十月丁亥朔，十六日壬寅，漏成進御。以考辰正晷，測表候陰，不謬圭撮，無乖黍累。又可以校運算之睽合，辨分天之邪正，察四氣之盈虛，課六歷之疏密。永世貽則，傳之無窮。赫矣煥乎，無得而稱也。[123]

---

[119] 《文選》卷 56〈銘〉〔南朝梁〕陸倕：〈新刻漏銘并序〉。見《文選》，頁 2426-2427。

[120] 《文選》卷 56〈銘〉〔南朝梁〕陸倕：〈新刻漏銘并序〉。見《文選》，頁 2426-2427。

[121] 《初學記》卷 25〈器物部‧漏刻一〉引李蘭《漏刻法》曰：「以器貯水，以銅為渴烏，狀如鉤曲，以引器中水。于銀龍口中吐入權器，漏水一升，秤重一斤，時經一刻。」見〔唐〕徐堅(659-729)等著：《初學記》(北京：中華書局，2004 年 2 月)，頁 596。

[122] 《初學記》卷 25〈器物部‧漏刻一〉引〔東漢〕李尤《漏刻銘》曰：「昔在先聖，配天垂則；仰厘七曜，俯順坤德。乃建日官，俾立漏刻；昏明既序，景曜不忒。唐命羲和，敬授人時；懸象著明，帝以崇熙。季末不虔，德衰於茲；挈壺失節，刺流在詩。」見《初學記》，頁 597。

[123] 《文選》卷 56〈銘〉〔南朝梁〕陸倕：〈新刻漏銘并序〉。見《文選》，頁 2428。

但歷來對此文的評價，若非用來考證古代計時器的樣式，[124]就是謂之文筆技巧「屬對甚工，是細巧文字。」[125]但這樣的解讀模式，實無法看出蕭統將之選錄於《文選》的用意何在？從陸倕的〈銘〉文可知，此文既出於祝賀梁武帝製器功成之用，必然以宣揚蕭梁帝國乃天地宇宙四時之中心的帝國象徵為主要結構：

> 一暑一寒，有明有晦。神道無迹，天工罕代。乃置挈壺，是惟熙載。氣均衡石，晷正權概。世道交喪，禮術銷亡。遽邅水火，爭倒衣裳。擊刀觕次，聚木乖方。爰究爰度，時惟我皇。方壺外次，圓流內襲。洪殺殊等，高卑異級。靈虯承注，陰蟲吐噏。倏往忽來，鬼出神入。微若抽繭，逝如激電。耳不輟音，眼無留眄。銅史司刻，金徒抱箭。履薄非兢，臨深罔戰。授受靡諐，登降弗爽。惟精惟一，可法可象。月不遁來，日無藏往。分以符契，至猶影響。合昏暮卷，蓂莢晨生。尚辨天意，猶測地情。況我神造，通幽洞靈。配皇等極，為世作程。[126]

陸倕很明確地指出，梁武帝的漏刻儀完成後，讓宇宙四方的時序各安其位，且新制漏刻儀器更為複雜精密，目的就為重新建立一套「正統時間觀」

---

[124] 《廣陽雜記》卷2：「楊升菴云：『《史記》「旁羅日月星辰」，《文選》陸佐公〈新刻漏銘〉：「俯察旁羅，升臺登庫。」《尚書考靈曜》云：「冬至十月，在牽牛一度，求昏中者取六項，加三旁蠡，順除之。」鄭玄《注》曰：「盡行十二項，中正而分之，左右各六項也。蠡，猶羅也。昏中在日前，故言順數也。明中在日後，故言卻也。」據此則「旁羅」乃測天之器，如今之日晷地羅也。十二項者，十二時分為十二方也。此可補《史記注》之遺。此說有據，而晦伯(按：陳耀文，字晦伯，號筆山，河南確山人。嘉靖29年進士。)非之。傍羅為測器，即不可以證《史記》，而今人名向盤曰羅經，則確本之此也。』余謂十二項，即十二向也。」見〔清〕劉獻廷(1648-1695)：《廣陽雜記》(汪北平、夏志和點校本，北京：中華書局，1997年1月)，頁88。

[125] 《評註昭明文選》卷14引〔清〕孫洙評點語。見〔清〕于光華編：《評註昭明文選》(臺北：學海出版社，1980年9月)，頁1063。

[126] 《文選》卷56〈銘〉〔南朝梁〕陸倕：〈新刻漏銘并序〉。見《文選》，頁2429-2430。

的準據。[127]顯然陸倕有意將此一「正統時間觀」延伸並涵括至敵國北魏的國境範圍，故謂之：「況我神造，通幽洞靈。配皇等極，為世作程。」根本已全然自視為天下一統的中心地位。然此文在「《文選》學」傳統中並未受到相對的重視，往往流於如孫鑛(1543-1613)所言：「以其題小，微未宏富。」[128]只是如此解法是否符合蕭統選文本意實待商權。

　　但如果將此文置於梁、魏對峙的政治格局中，其時正逢北魏宣武帝(499-515 在位)正始四年，《魏書》曾記載本年北魏朝廷也恰在重訂曆法晷象之制：

　　　　正始四年冬，(公孫)崇〈表〉曰：「臣頃自太樂，詳理金石，及在祕省，考步三光，稽覽古今，研其得失。然四序邊流，五行變易，帝王相踵，必奉初元，改正朔，殊徽號、服色，觀于時變，以應天道。故《易》，湯武革命，治曆明時。是以三五迭隆，曆數各異。伏惟皇魏紹天明命，家有率土，戎軒仍動，未遑曆事，因前魏《景初曆》，術數差違，不協晷度。世祖應期，輯寧諸夏，乃命故司徒、東郡公崔浩錯綜其數。浩博涉淵通，更修曆術，兼著《五行論》。是時故司空、咸陽公高允該覽羣籍，贊明《五緯》，并述《洪範》。然浩等考察未及周密，高宗踐祚，乃用敦煌趙歐《甲寅》之曆，然其星度，稍為差遠。臣輒鳩集異同，研其損益，更造新曆。以甲寅為元，考其盈縮，晷象周密，又從約省。起自景明，因名《景明曆》。然天道盈虛，豈曰必協，要須參候是非，乃可施用。太史令辛寶貴職司玄象，頗閑祕數；祕書監鄭

---

[127] 程章燦曾於 2013 年 10 月 31 日於國立中央大學中文系所舉辦「世變下的中國知識分子與文化——102 年度國際學術交流座談會」中發表題為〈重建時間標準與歷史秩序——讀〈新刻漏銘〉〉的論文，已論及〈新刻漏銘〉的正統意象。然程氏的研究仍然僅止於考論陸倕之作，並未涉及蕭統將之選錄於《文選》內所蘊含的特殊意義：即本文所論「於南北分裂之政局下，參與建構蕭梁帝國圖像之編輯意圖。」

[128] 《評註昭明文選》卷 14 引〔明〕孫鑛：《文選瀹注》。見《評註昭明文選》，頁 1063。

　　道昭才學優贍，識覽該密；長兼國子博士高僧裕乃故司空允之孫，世
　　綜文業；尚書祠部郎中宗景博涉經史；前兼尚書郎中崔彬微曉法術：
　　請此數人在祕省參候。而伺察晷度，要在冬夏二至前後各五日，然後
　　乃可取驗。臣區區之誠，冀效萬分之一。」詔曰：「測度晷象，考步宜
　　審，可令太常卿芳率太學、四門博士等依所啟者，悉集詳察。」[129]

　　可知，此年北魏曾頒定《景明曆》以為授時節令之制，甚至將此曆回溯
自景明元年(500)宣武帝剛登基時開始，如此便比梁武帝制定新的漏刻儀還要
早七年，則其用意很顯然就是要將「正統時間觀」自宣武帝登基起算，有意
與南朝政府爭奪對天地宇宙四時正統觀的詮釋權。不過《景明曆》可能因雜
揉過去歷史諸家不同系統之曆法，導致表圭失測、儀準失序，因此太樂令公
孫崇、趙樊生才又建請宣武帝召集太史令辛寶貴、祕書監鄭道昭、國子博士
高僧裕、尚書祠部郎中宗景、兼尚書郎中崔彬等人繼續觀測表圭晷度，要更
精確地校正夏、冬二至日的確定日期。這樣的需求顯示出當時南北政權均同
樣面臨如陸倕在〈新刻漏銘序〉中所提及：「六日無辨，五夜不分，歲躔閹茂，
月次姑洗」的時序錯亂困境。但天監六年梁武帝的新漏刻儀製成後，蕭梁帝
國的節候時令顯然步入正常的軌道：「至天監六年，武帝以晝夜百刻，分配十
二辰，辰得八刻，仍有餘分。乃以晝夜為九十六刻，一辰有全刻八焉。」[130]日
後蕭繹(508-555)也作有〈漏刻銘〉稱：「七分六日，五祀三微，事齊幽贊，乃
會通幾。」與「用天之貞，分地之平，如絃斯直，如渭斯清。」[131]足知漏刻
之器往往可用來形塑「帝國正統」之禮器，故唐人將之視為「儀飾」，[132]王褒

[129] 《魏書》卷107上〈律曆志三上第八〉。見《魏書》，頁2659-2660。

[130] 《隋書》卷19〈天文志上‧漏刻〉。見《隋書》，頁527。

[131] 《藝文類聚》卷68〈儀飾部‧漏刻〉。見《藝文類聚》，頁1199。

[132] 《藝文類聚》將之歸於〈儀飾部〉。見《藝文類聚》，頁1197-1199。而「漏刻」象徵「國家正
　　　統」意涵，在西漢即已出現過記載，《漢書》卷26〈天文志〉：「(哀帝建平)二年二月，彗星
　　　出牽牛七十餘日。《傳》曰：『彗所以除舊布新也。牽牛，日、月、五星所從起，曆數之元，三

(？-570)也指出刻漏儀的禮制意義為：「至乎出卯入酉，黃道青綠，季孟相推，啟閉從序。挈壺掌分數之令，太史陳立成之法，軍將以之懸井，壺郎以之趨奏。百王垂訓，千祀餘烈者焉。」[133]則「漏刻儀」確實可為「帝國圖像」的象徵之一。

由是發生於《文選》編輯期間的「蕭綜(502-531)叛梁」事件，[134]導致北魏安豐王元延明(484-530)逼迫祖晅寫〈漏刻銘〉一事，便有南北政權爭奪「正統時間觀」的衝突內涵。《梁書》卷三六〈江革傳〉記載：

> 魏徐州刺史元延明聞革才名，厚加接待，革稱患腳不拜，延明將加害焉，見革辭色嚴正，更相敬重。時祖晅同被拘執，延明使晅作〈欹器〉、〈漏刻銘〉，革罵晅曰：「卿荷國厚恩，已無報答，今乃為虜立銘，孤負朝廷。」延明聞之，乃令革作〈丈八寺碑〉並〈祭彭祖文〉，革辭以囚執既久，無復心思。延明逼之逾苦，將加箠撲。革屬色而言曰：「江革行年六十，不能殺身報主，今日得死為幸，誓不為人執筆。」延明

正之始。彗而出之，改更之象也。其出久者，為其事大也。』其六月甲子，夏賀良等建言當改元易號，增漏刻。詔書改建平二年為太初元年，號曰陳聖劉太平皇帝，刻漏以百二十為度。」見《漢書》，頁1312。

[133] 《藝文類聚》卷68〈儀飾部・漏刻〉。見《藝文類聚》，頁1199。

[134] 蕭綜常自疑為其東昏侯遺腹子，故時時想謀反梁武帝以報父仇。《梁書》卷55〈豫章王綜傳〉：「初，其母吳淑媛自齊東昏宮得幸於高祖，七月而生綜，宮中多疑之者，及淑媛寵衰怨望，遂陳疑似之說，故綜懷之。……綜乃私發齊東昏墓，出骨，瀝臂血試之；并殺一男，取其骨試之，皆有驗，自此常懷異志。……聞齊建安王寶寅在魏，遂使人入北與之相知，謂為叔父，許舉鎮歸之。……(普通)六年，魏將元法僧以彭城降，高祖乃令綜都督眾軍，鎮于彭城，與魏將安豐王元延明相持。高祖以連兵既久，慮有釁生，敕綜退軍。綜懼南歸則無因復與寶寅相見，乃與數騎夜奔于延明，……綜乃改名纘，字德文，追為齊東昏服斬衰。」見《梁書》，頁823-824。又《南史》卷70〈梁武帝諸子・豫章王綜〉記載此事件：「(普通)六年，魏將元法僧以彭城降，帝使綜都督眾軍，權鎮彭城，并攝徐州府事。……(綜)夜潛，與梁話、苗文寵三騎開北門，涉汴河，遂奔蕭城。自稱隊主，見延明而拜。……綜長史江革、太府卿祖晅並為魏軍所禽，武帝聞之驚駭。」見《南史》，頁1317。

知不可屈，乃止。[135]

　　此事發生於普通六年(525)，由上文可知江革(？-535)與祖暅都在徐州彭城被俘，元延明要求祖暅依「欹器」與「漏刻儀」作銘，這些應該是其擄自彭城之戰利品，如此便可以推想元延明逼迫祖暅所寫的銘文內容，必然是大力渲染北魏擄獲蕭梁禮器之戰功。[136]同樣地其也逼迫江革寫碑文與祭文，其內容也應不脫於此，故這也就是江革寧死不屈的原因，而祖暅顯然禁不住元延明一再威脅而就範。然隔年即普通七年(526)，梁、魏雙方進行人質交換，梁武帝護送於普通四年(523)投奔蕭梁的北魏中山王元略(486-528)回國，北魏則釋放去年俘獲的江革、祖暅，故祖暅被逼寫〈漏刻銘〉一事蕭梁政府也必在此時得知。巧合的是，陸倕卒於普通七年，是《文選》全書逝世最晚者，姑且不論蕭統是否編《文選》時即已明確有「不錄存者」的意識，[137]但隨著江革、祖暅在普通七年歸國，時負有監撫職責的太子蕭統對於北魏逼迫祖暅寫〈漏刻銘〉以宣揚敵國正統象徵與戰功之事，親自耳聞下勢必尋思如何替蕭梁帝國扳回一城之道。則正好身為東宮僚屬之陸倕寫於天監六年的〈新刻漏銘〉，恰就是最佳的文化正統宣傳利器。不僅時代早於元延明逼祖暅就範

---

[135] 《梁書》，頁 524。

[136] 《晉書》卷 34〈杜預傳〉：「周廟欹器，至漢東京猶在御坐。漢末喪亂，不復存，形制遂絕。預創意造成，奏上之，帝甚嘉歎焉。」見《晉書》，頁 1028。可見「欹器」是置於宗廟內的禮器。《文選》卷 31〈詩庚‧雜擬〉〔南朝宋〕鮑照(414-466)〈代君子有所思〉：「器惡含滿欹，物忌厚生沒。」李善《注》引〔三國魏〕王肅《孔子家語》曰：「孔子觀於魯桓公之廟，有欹器焉。孔子問於守廟者曰：『此為何器？』對曰：『此蓋為宥坐之器。』孔子曰：『吾聞宥坐之器，虛則欹，中則正，滿則覆，明君以為至誡，故常置於坐側。』顧謂弟子曰：『試注水實之。』中而正，滿則覆。夫子喟然而歎曰：『鳴呼！夫物惡有滿而不覆者哉？』」見《文選》，頁 1450。則這種禮器具有戒驕盈之義。

[137] 蕭統《文選》不錄存者的原則是後人推測出來的，並不是蕭統自己所言。首見於〔南宋〕晁公武《郡齋讀書志》卷 20〈總集類〉：「竇常謂統著《文選》，以何遜在世，不錄其文，蓋其人既往，而後其文克定，然所錄皆前人作也。」見孫猛撰：《郡齋讀書志校正》(上海：上海古籍出版社，2005 年 10 月)，頁 1054。

18年，對於「正統時間觀」掌握具有解釋權先機的優勢；且陸倕在〈新刻漏銘序〉即道：

> 夫自天觀象，昏旦之刻未分；治歷明時，盈縮之度無準。挈壺命氏，遠哉義用，揆景測辰，徵宮戒井，守以水火，分茲日夜。而司歷亡官，疇人廢業，孟陬殄滅，攝提無紀。衛宏載傳呼之節，較而未詳；霍融敘分至之差，詳而不密。陸機之賦，虛握靈珠；孫綽之銘，空擅崑玉。弘度遺篇，承天垂旨。布在方冊，無彰器用。譬彼春華，同夫海棗。寧可以軌物字民，作範垂訓者乎？[138]

也有意將梁武帝新制漏刻儀之精密性能，作為對傳統曆法學之闕校正之準據，此鋪陳之法也正意味著蕭梁帝國重新建造一套新的「正統時間觀」。

只不過當天監六年蕭梁帝國曆法已大致底定時，北魏宣武帝於正始四年所擬定的《景明曆》顯然仍有重重誤差。《魏書》卷一百零七上〈律曆志上〉便記載至延昌四年(即蕭梁天監十四年，515)北魏朝廷仍舊對國家時令之授定充滿懷疑的態度：「臣(侍中、國子祭酒領著作郎崔光)以仰測晷度，實難審正，……但世代推移，軌憲時改，上元今古，考準或異，故三代課步，始卒各別。臣職預其事，而朽惰已甚，既謝運籌之能，彌愧意算之藝，由是多歷年世，茲業弗成，公私負責，俯仰慚覰。」[139]與對國家計時儀器的簡陋亟思改善：「天道至遠，非人情可量；曆數幽微，豈以意輒度。而議者紛紜，競起端緒，爭指虛遠，難可求衷，自非建標準影，無以驗其真偽。頃永平中雖有考察之利，而不累歲窮究，遂不知影之至否，差失少多。臣等(按：此〈奏表〉聯名者計有：太傅、清河王懌，司空、尚書令、任城王澄，散騎常侍、尚書僕射元暉，侍中、領軍、江陽王繼)參詳，謂宜今年至日，更立表木，明伺晷

[138] 《文選》卷56〈銘〉〔南朝梁〕陸倕：〈新刻漏銘并序〉。見《文選》，頁2428。
[139] 《魏書》卷107上〈律曆志三上第八〉。見《魏書》，頁2661。

度，三載之中，足知當否。令是非有歸，爭者息競，然後採其長者，更議所從。」[140]可知，北魏不僅曆法紊亂，計時儀器也相當簡陋！

故當普通六年元延明擄獲蕭梁禮器中包含「漏刻儀」時，執意逼迫祖暅寫〈漏刻銘〉，實透露出其內心雀躍激動之狀！此〈銘〉不僅在於宣揚北魏國威，更可助其個人獨佔替魏宣武帝重訂曆制之功。雖然《魏書》僅記載元延明有蒐集古器之個人興趣，但顯然元延明更有意讓門下賓客，北魏天文曆算學者信芳都：「延明家有羣書，欲抄集五經算事為五經宗，及古今樂事為樂書；又聚渾天、敧器、地動、銅烏漏刻、候風諸巧事，并圖畫為器準。並令芳算之。」[141]但卻也無意間揭露出北魏漏刻儀器嚴重匱乏的實況，故元延明擄獲的戰利品，正好補強了北魏曆制之闕。[142]

《梁書》記載陸倕作〈新刻漏銘并序〉之後，梁武帝相當欣賞，即派任陸倕為太子中舍人，管東宮書記。此時蕭統年尚幼，很顯然梁武帝一方面希望「既文過而意深，又理勝而辭縟」[143]的陸倕來掌管東宮文書工作，另一方面又希冀江東儒學世家的陸倕擔任教育太子之責。[144]隨後在天監七年(508)，陸倕再度奉詔寫作〈石闕銘并序〉，並又獲得梁武帝高度肯定，〈敕〉曰：「太子中舍人陸倕所製〈石闕銘〉，辭義典雅，足為佳作。昔虞丘辨物，邯鄲獻賦，賞以金帛，前史美談。可賜絹三十匹。」[145]所謂的「虞丘辨物」出於《說苑》卷十一〈善說〉：「孝武皇帝時，汾陰得寶鼎而獻之於甘泉宮。群臣賀上壽曰：

---

[140] 《魏書》卷 107 上〈律曆志三上第八〉。見《魏書》，頁 2661-2662。

[141] 《魏書》卷 91〈藝術‧信芳都傳〉。見《魏書》，頁 1955。

[142] 北狄對於「漏刻儀」之渴望，尚可參見《南齊書》卷 59〈芮芮傳〉的記載：「芮芮王求醫工等物，世祖詔報曰：『知須醫及織成錦工、指南車、漏刻，竝非所愛。南方治疾，與北土不同。織成錦工，竝女人，不堪涉遠。指南車、漏刻，此雖有其器，工匠久不復存，不副為惆。』」見《南齊書》，頁 1025。可知連永明時代南齊也沒有製作新式漏刻儀的能力，顯見此器在當時南北雙方的匱乏之狀，故梁武帝天監時期完成新制漏刻儀於南北政權對立下意義確實重大。

[143] 《梁書》卷 27〈陸倕傳〉引〔南朝梁〕任昉(460-508)〈答陸倕感知己賦〉。見《梁書》，頁 402。

[144] 吳正嵐：《六朝江東士族的家學門風》(南京：南京大學出版社，2003 年 11 月)，頁 137-185。

[145] 《梁書》卷 27〈陸倕傳〉。見《梁書》，頁 402-403。

『陛下得周鼎。』侍中虞丘壽王獨曰：『非周鼎。』上聞之，召而問曰：『朕得周鼎，群臣皆以為周鼎，而壽王獨以為非，何也？壽王有說則生，無說則死。』對曰：『臣壽王安敢無說。臣聞夫周德始產于后稷，長於公劉，大於太王，成於文、武，顯於周公。德澤上洞天，下漏泉，無所不通。上天報應，鼎為周出，故名周鼎。今漢自高祖繼周，亦昭德顯行，布恩施惠，六合和同，至陛下之身逾盛，天瑞竝至，徵祥畢見。昔始皇帝親出鼎於彭城而不能得；天昭有德，寶鼎自至，此天之所以予漢，乃漢鼎非周鼎也！』上曰：『善！』群臣皆稱萬歲。是日，賜虞邱壽王黃金十斤。」[146]「邯鄲獻賦」應是指邯鄲淳獻〈投壺賦〉一事：「及黃初初，以淳為博士給事中。淳作投壺賦千餘言奏之，文帝以為工，賜帛千匹。」[147]「投壺」實為「燕禮」中的活動，[148]《後漢紀》即載：「(建武九年)春正月，征虜將軍祭遵薨。遵忠蓋廉潔，毀己財為國，賞賜皆以賑吏士，身寢布被，妻子惡衣食，上以是重焉。雖在軍旅，其所進禮，皆儒術之士，譙會遊處，必雅歌投壺。」[149]可知這兩個典故都是用來形容文侍之臣頌揚國家禮制的案例，梁武帝在詔書中使用也就意味著陸倕的〈石闕銘并序〉成功形塑出其理想中的帝國意象。陸倕即在〈石闕銘序〉中指出梁武帝建造宏偉的石闕所象徵禮樂復興的帝國圖像：

> 於是治定功成，邇安遠肅，忘茲鹿駭，息此狼顧。乃正六樂，治五禮，改章程，創法律。置博士之職，而著錄之生若雲；開集雅之館，而款關之學如市。興建庠序，啟設郊丘。一介之才必記，無文之典咸秩。於是天下學士，靡然向風，人識廉隅，家知禮讓。教臻侍子，化

---

[146] 〔西漢〕劉向(77B.C.-6B.C.)撰，向宗魯(1895-1941)校證：《說苑校證》(北京：中華書局，2000年3月)，頁270-271。

[147] 《三國志》卷21〈王粲傳注〉引〔西晉〕魚豢《魏略》。見《三國志》，頁602。

[148] 《大戴禮記》有專卷論「投壺之禮」。見黃懷信、孔德立、周海生合撰：《大戴禮記彙校集注》(西安：三秦出版社，2004年8月)，頁1315-1341。

[149] 《後漢紀》卷6〈光武紀〉。見〔東晉〕袁宏：《後漢紀》(張烈點校本，北京：中華書局，2005年3月)，頁105。

洽期門。區宇乂安，方面靜息。役休務簡，歲阜民和。歷代規橥，前王典故，莫不芟夷翦截，允執厥中。以為象闕之制，其來已遠。《春秋》設舊章之教，《經禮》垂布憲之文，《戴記》顯游觀之言，《周史》書樹闕之夢。北荒明月，西極流精；海岳黃金，河庭紫貝；蒼龍玄武之製，銅雀鐵鳳之工；或以聽窮省冤，或以布化懸法，或以表正王居，或以光崇帝里。晉氏浸弱，宋歷威夷，《禮經》舊典，寂寥無記，鴻規盛烈，湮沒罕稱。乃假天闕於牛頭，託遠圖於博望，有欺耳目，無補憲章。乃命審曲之官，選明中之士，陳圭置臬，瞻星揆地，興復表門，草創華闕。於是歲次天紀，月旅太簇，皇帝御天下之七載也。搆茲盛則，興此崇麗。方且趨以表敬，觀而知法，物睹雙碣之容，人識百重之典，作範垂訓，赫矣壯乎！爰命下臣，式銘盤石。[150]

李善《注》引劉璠《梁典》曰：「天監七年正月戊戌，〈詔〉曰：『昔晉氏青蓋南移，日不暇給，而兩觀莫築，懸法無所。今禮盛化光，役務簡便，可營建象闕，以表舊章。於是選匠量功，鐫石為闕，窮極壯麗，冠絕古今，奇禽異羽，莫不畢備。』」[151]而從陸倕之文可知，此時梁武帝似已完成初步的禮樂制度重建計畫包含：立孔廟、置《五經》博士、刪訂律令、修建宮殿、親祠南郊等等，[152]從何胤(446-531)所建請梁武帝開國必須先推行之三大政就可知，[153]蕭梁帝國亟欲就由禮樂制度的重建型塑自我正統的地位，也因此有學

---

[150] 《文選》卷56〈銘〉〔南朝梁〕陸倕：〈石闕銘并序〉。見《文選》，頁2418-2421。

[151] 《文選》卷56〈銘〉〔南朝梁〕陸倕：〈石闕銘并序〉。見《文選》，頁2421。

[152] 有關梁武帝開國之初的禮樂制度重建計畫，可參考諸本魏晉南北朝史相關研究，呂思勉(1884-1957)：《兩晉南北朝史》(上海：上海古籍出版社，2005年11月)，頁435-446。王仲犖(1913-1986)：《魏晉南北朝史》(臺北：漢京文化事業有限公司，1992年9月)，頁442-447。周一良(1913-2001)：〈論梁武帝及其時代〉，收錄於氏著：《魏晉南北朝史論集》(北京：北京大學出版社，2000年10月)，頁338-368。顏尚文：《梁武帝》(臺北：東大圖書股份有限公司，1999年10月)，頁91-94。嚴耀中：《兩晉南北朝史》(北京：人民出版社，2009年4月)，頁189-192。

[153] 《梁書》卷51〈處士‧何胤傳〉：「吾昔於齊朝欲陳兩三條事，一者欲正郊丘，二者欲更鑄九鼎，三者欲樹雙闕。……今梁德告始，不宜遂因前謬。卿宜詣闕陳之。」見《梁書》，頁736-737。

者指出陸倕的〈石闕銘〉正好解消了南朝處在北魏孝文帝漢化以來所面對的文化正統焦慮感。[154]是以陸倕在〈石闕銘〉中形塑出的蕭梁帝國圖像正是天命所歸、化行俗美、與威及遠方的盛世內涵：

> 其辭曰：惟帝建國，正位辨方。周營洛涘，漢啟岐梁。居因業盛，文以化光。爰有象闕，是惟舊章。青蓋南洎，黃旗東指。懸法無聞，藏書弗紀。大人造物，龍德休否。建此百常，興茲雙起。偉哉偃蹇，壯矣巍巍！旁映重疊，上連翠微。布教方顯，浹日初輝。懸書有附，委篋知歸。鬱嶂重軒，穹隆反宇。形聳飛棟，勢超浮柱。色法上圓，製模下矩。周望原隰，俛臨煙雨。前賓四會，卻背九房。北通二軌，南湊五方。暑來寒往，地久天長。神哉華觀！永配無疆。[155]

但無論是消解梁武帝建國初期的正統焦慮，或如何焯(1661-1722)所言：「前頌武功，故爾辭費，銘亦極工，能構形似。」[156]實際上都未能掌握蕭統將之編錄於《文選》的本意。

事實上，自普通年間起(520-527)，蕭梁已沒有所謂「正統的焦慮」。一方面是北魏朝政日益敗壞：「魏自宣武已後，政綱不張。肅宗沖齡統業，靈后婦人專制，委用非人，賞罰乖舛。於是釁起四方，禍延畿甸，卒於享國不長。抑亦淪胥之始也，嗚呼！」[157]二方面則是蕭梁發動三次北伐，並曾扶持南奔的北魏宗室元顥建立傀儡政府。[158]可見在《文選》編纂期間，梁、魏的國勢已與蕭梁建國之初呈現逆轉之局。所以蕭統收錄此文，除了陸倕本身的文學

---

[154] 程章燦：〈象闕與蕭梁政權史建期的正統焦慮〉，收錄於王次澄、齊茂吉主編：《融通與新變——是變下的中國知識分子與文化》(新北：華藝學術出版社，2013年10月)，頁99-132。

[155] 《文選》卷56〈銘〉〔南朝梁〕陸倕：〈石闕銘并序〉。見《文選》，頁2421-2422。

[156] 《義門讀書記》卷49〈文選‧雜文〉。見〔清〕何焯：《義門讀書記》(崔高維點校本，北京：中華書局，2006年6月)，頁972。

[157] 《魏書》卷9〈肅宗紀〉。見《魏書》，頁249。

[158] 趙以武：《梁武帝及其時代》(南京：鳳凰出版社，2006年4月)，頁121-129。

才華之外，更應考慮的是陸倕身為東宮僚屬之身分，及其對於梁武帝重建帝國禮樂制度的參與，而這實際上也代表著身為太子又肩負監撫職責的蕭統，對於蕭梁帝國文化正統的認知立場，則其編纂《文選》實際上也就含有參與梁武帝建構蕭梁帝國圖像之目的。

同樣的，到洽也因「兼資文武」[159]而受到梁武帝青睞選入東宮：

> 天監初，沼、溉俱蒙擢用，洽尤見知賞，從弟沆亦相與齊名。高祖問待詔丘遲曰：「到洽何如沆、溉？」遲對曰：「正清過於沆，文章不減溉；加以清言，殆將難及。」即召為太子舍人。……七年，遷太子中舍人，與庶子陸倕對掌東宮管記。……十四年，入為太子家令，遷給事黃門侍郎，兼國子博士。十六年，遷太子中庶子。……母憂去職。五年，復為太子中庶子，領步兵校尉，未拜，……大通元年，卒於郡，時年五十一。[160]

或明山賓則因禮學名家而被梁武帝招為東宮學士兼國子祭酒：

> 梁臺建，為尚書駕部郎，遷治書侍御史，右軍記室參軍，掌治吉禮。時初置《五經》博士，山賓首膺其選。遷北中郎諮議參軍，侍皇太子讀。累遷中書侍郎，國子博士，太子率更令，中庶子，博士如故。天監十五年，出為持節、督緣淮諸軍事、征遠將軍、北兗州刺史。普通二年，徵為太子右衛率，加給事中，遷御史中丞。以公事左遷黃門侍郎、司農卿。四年，遷散騎常侍，領青冀二州大中正。東宮新置學士，又以山賓居之，俄以本官兼國子祭酒。[161]

---

[159] 《梁書》卷 27〈到洽傳〉。見《梁書》，頁 403。

[160] 《梁書》卷 27〈到洽傳〉。見《梁書》，頁 404。

[161] 《梁書》卷 27〈明山賓傳〉。見《梁書》，頁 405-406。

蕭統曾贈詩與之：「平仲古稱奇，夷吾昔擅美。今則挺伊賢，東秦固多士。築室非道傍，置宅歸仁里。庚桑方有係，原生今易擬。必來三逕人，將招《五經》士。」[162]足知明山賓以其高尚道德與經學專業進入東宮作為蕭統之師。而張率雖有詩作量產盛名，但嘗因「務公不力」遭到梁武帝責備，[163]然仍舊任之為太子僕、太子家令，與中庶子陸倕、僕劉孝綽對掌東宮管記。[164]由此可知梁武帝對於選擇東宮僚屬不僅不限於文學之士，還包含經學大家，但有一個原則是必備的，即這些文士經生都具有執行政務簿領的經國治世之能。尤其，從梁武帝責備張率一事，就清楚地透露出其對此類人才的偏好，顯然蕭統也是遵循其父對於文侍臣工的看法。故在〈與晉安王綱令〉中視上述四人均為「海內之俊乂，東序之秘寶」，並非都侷限於如論張率「文筆弘雅」的文學才華而已。如高度評價陸倕的道德品性：「資忠履貞，冰清玉潔」；頌揚明山賓：「儒學稽古」之學養，與其「攝官連率」[165]的行政能力；讚許到洽為官之道：「當官莅事，介然無私」，[166]也就形成梁武帝替蕭統所挑選的東宮僚屬往往都兼具文學與政事的能力。

如《梁書》卷二五〈徐勉傳〉即載：

> 除散騎常侍，領游擊將軍，未拜，改領太子右衛率。遷左衛將軍，領太子中庶子，侍東宮。昭明太子尚幼，敕知宮事。太子禮之甚重，每事詢謀。嘗於殿內講《孝經》，臨川靖惠王、尚書令沈約備二傅，勉與國子祭酒張充為執經，王瑩、張稷、柳惲、王暕為侍講。時選極親賢，妙盡時譽，勉陳讓數四。又與沈約〈書〉，求換侍講，詔不許，然

---

[162] 《梁書》卷27〈明山賓傳〉。見《梁書》，頁406。

[163] 《梁書》卷33〈張率傳〉：「率年十二，能屬文，常日限為詩一篇，稍進作賦頌，至年十六，向二千許首。……率雖歷居職務，未嘗留心簿領，及為別駕奏事，高祖覽牒問之，並無對，但奉答云『事在牒中』。高祖不悅。」見《梁書》，頁475-478。

[164] 《梁書》卷33〈張率傳〉。見《梁書》，頁478。

[165] 《梁書》卷27〈明山賓傳〉引蕭統〈與殷芸令〉。見《梁書》，頁407。

[166] 《梁書》卷27〈到洽傳〉。見《梁書》，頁404-405。

後就焉。轉太子詹事，領雲騎將軍，尋加散騎常侍，遷尚書右僕射，
詹事如故。又改授侍中，頻表解宮職，優詔不許。[167]

陸襄(479-549)：

　　昭明太子聞襄業行，啟高祖引與遊處，除太子洗馬，遷中舍人，
並掌管記。……累遷國子博士，太子家令，復掌管記，母憂去職。襄
年已五十，毀頓過禮，太子憂之，日遣使誡喻。服闋，除太子中庶子，
復掌管記。[168]

王承：

　　年十五，射策高第，除祕書郎。歷太子舍人，南康王文學，邵陵
王友，太子中舍人，以父憂去職。服闋，復為中舍人，累遷中書黃門
侍郎，兼國子博士。時膏腴貴遊，咸以文學相尚，罕以經術為業，惟
承獨好之，發言吐論，造次儒者。在學訓諸生，述《禮》、《易》義。[169]

蕭介(476-548)：

　　天監六年，除太子舍人。……會侍中闕，選司舉王筠等四人，並
不稱旨，高祖曰：「我門中久無此職，宜用蕭介為之。」介博物強識，
應對左右，多所匡正，高祖甚重之。遷都官尚書，每軍國大事，必先
詢訪於介焉，高祖謂朱异曰：「端右之材也。」[170]

---

[167] 《梁書》，頁 378。

[168] 《梁書》卷 27〈陸襄傳〉。見《梁書》，頁 409。

[169] 《梁書》卷 41〈王承傳〉。見《梁書》，頁 585。

[170] 《梁書》卷 41〈蕭介傳〉。見《梁書》，頁 587。

另在《南史》中尚有「東宮十學士」的紀錄：

> 時昭明太子尚幼，武帝敕錫與祕書郎張纘使入宮，不限日數。與
> 太子游狎，情兼師友。又敕陸倕、張率、謝舉、王規、王筠、劉孝綽、
> 到洽、張緬為學士，十人盡一時之選。[171]

而有這樣的需求，實際上就是與蕭梁太子監撫制有密切的關係。

雖然朱熹(1130-1200)嘗言：「《唐六典》載東宮官制甚詳，如一小朝廷。
置詹事以統眾職，則猶朝廷之尚書省也。置左右二春坊以領眾局，則猶中書、
門下省也。左右春坊又皆設官，有各率其屬之意。崇文館猶朝廷之館閣，贊
善大夫猶朝廷之諫議大夫。其官職一視朝廷而為之降殺。」[172]其雖點出東宮
完整的行政體系，但並未進一步研析此一官僚系統所肩負的教育太子的政治
訓練功能。

(二) 東宮監國儀注與《文選》「國士化」需求的關聯性

前文曾提及，在《宋書》卷十五〈禮志二〉中載錄一整套皇太子監國時
行政文書的程式規章，如：

> 某曹關某事云云。被令，儀宜如是。請為牒如左。謹關。右署眾
> 官如常儀。[173]

此應為一般庶務文書之格式，即尚書某曹報請太子裁決某事，「請為牒如

---

[171] 《南史》卷 23〈王錫傳〉。見〔唐〕李延壽撰：《南史》(點校本，北京：中華書局，1997 年 9
月)，頁 640-641。

[172] 《朱子語類》卷 112〈論官〉。見〔南宋〕黎靖德編：《朱子語類》(王星賢點校本，北京：中華
書局，1999 年 6 月)，頁 2728。

[173] 《宋書》，頁 381。

左」即是上書太子所專用之格式:「太子、諸王、大臣皆得稱牋,後世專以上皇后、太子,於是天子稱表,皇后、太子稱牋,而其他不得用矣。」[174]但這只是就「牋」的公文格式而論,「謹關」即是公文專呈皇太子之格式用語,近似於上呈皇帝時所用之「奏」。至於其上書之內容,還需考量修辭與文義,《文心雕龍》〈奏啟〉篇即論其理想典型:

> 夫奏之為筆,固以明允篤誠為本,辨析疏通為首。強志足以成務,博見足以窮理,酌古御今,治繁總要,此其體也。[175]

　　顯然劉勰所追求的表奏風格以簡馭繁,事理清晰為主,近似於蕭統〈文選序〉中「事出於沉思,義歸乎翰藻」的要點:「明允篤誠者,奏章之精神;辨析疏通者,文詞之要領;強志博見者,作者平日之工夫;酌古御今、治繁總要者,治事之法則。」[176]如此在《文選》中所錄章表奏啟之文,不僅是歷觀文囿所汰取之精華,實際上也是蕭統藉以立下東宮僚屬處理軍國政務的典範。這份《皇太子監國儀注》鉅細靡遺地載錄各級政府單位在太子監國時應如何進行公文往來,其中尚還有:

> 尚書僕射、尚書左右丞某甲,死罪死罪。某事云云。參議以為宜如是事諾。奉行。某年月日。某曹上。右牋儀準於啟事年月右方,關門下位及尚書官署。其言選事者,依舊不經它官。
> 太常主者寺押。某署令某甲辭。言某事云云。求告報如所稱。詳檢相應。今聽如所上處事諾。明詳旨申勒,依承不得有虧。符到奉行。年月日。起尚書某曹。右符儀。

---

[174]〔明〕徐師曾(1517-1580):《文體明辨序說》,收錄於陳懋玲校對:《文體序說三種》(與《文章辨體序說》、《文章緣起注》合訂本,臺北:大安出版社,1998 年 6 月),頁 76-77。

[175] 見《文心雕龍義證》,頁 862。

[176]《文心雕龍義證》引李曰剛(1906-1985)《文心雕龍斠詮》。見《文心雕龍義證》,頁 863。

某曹關太常甲乙啟辭。押。某署令某甲上言。某事云云。請臺告報如所稱。主者詳檢相應。請聽如所上事諾。別符申攝奉行。謹關。年月日。右關事儀準於黃案年月日右方，關門下位年月下左方，下附列尚書眾官署。其尚書名下應云奏者，今言關。餘皆如黃案式。[177]

　　以上均屬中央級單位上奏程式，以尚書省與九卿之一「太常卿」為範例。其中「黃案」亦為尚書省上奏之公文，只是尚書左右僕射簽署位置不同而已：「東晉時已用黃紙寫詔。……宋世以黃紙為案矣。至齊世，立左、右丞書案之制：曰白案，則右丞書名在上，左丞次書；黃案，則左丞上書，右丞下書。雖世遠莫知何者之為黃案，何者之為白案，所可知者，其紙已分黃、白二色決矣。至東昏時，閹人以紙包裹魚肉還家，並是五省黃案。然則文書之用黃紙，其來已久。」[178]以及州郡單位上奏太子之程式如下：

　　某曹關司徒長史王甲啟辭。押。某州刺史丙丁解騰某郡縣令長李乙書言某事云云。請臺告報如所稱。尚書某甲參議，以為所論正如法令，告報聽如所上。請為令書如左。謹關。右關門下位及尚書署，如上儀。
　　司徒長史王甲啟辭。押。某州刺史丙丁解騰某郡縣令長李乙書言某事云云。州府緣案允值。請臺告報。年月日。尚書令某甲上。建康宮無令，稱僕射。右令日下司徒，令報聽如某所上。某宣攝奉行如故事。文書如千里驛行。年月朔日子。尚書令某甲下。無令稱僕射。司徒承書從事到上起某曹。右外上事，內處報，下令書儀。
　　某曹關某事云云。令如是，請為令書如右。謹關。右關署如前式。
　　令司徒。某事云云。令如是，其下所屬，奉行如故事。文書如千

---

[177] 《宋書》，頁 381-382。
[178] 《資治通鑑》卷 119〈宋紀一・營陽王・景平元年〉胡三省《注》。見《新校資治通鑑注》，頁 3752。

里驛行。年月日子，下起某曹。右令書自內出下外儀。[179]

與憲臺之彈劾：

　　令書前某官某甲。令以甲為某官，如故事。年月日。侍御史某甲
受。右令書板文準於詔事板文。[180]

以上均為臣下上奏皇太子之式，而太子批示下勑之儀注則為：

　　尚書下云云。奏行如故事。右以準尚書勑儀。起某曹。右並白紙
書。凡內外應關牒之事，一準此為儀。其經宮臣者，依臣禮。[181]

　　其中提及「宮臣」者，應該指的即是東宮僚臣，故此處正可證明東宮僚
屬與中央廷臣在太子監國期間互相交涉之證據，也透露出東宮僚屬在太子監
國時也得以參決國家朝政。最後則是對開府之都督或刺史之敕令，南朝都督
或刺史往往有統理軍民之權，[182]此處意味著理想的太子監國制度下，若遭遇
戰事時，太子軍事指揮權的執行細則：

　　拜刺史二千石誡敕文曰制詔云云。某動靜屢聞。右若拜詔書除者
如舊文。其拜令書除者，「令」代「制詔」，餘如常儀。辭關板文云：「某
官冀土臣某甲臨官。稽首再拜辭。」制曰右除冀土臣及稽首云云。某

---

[179] 《宋書》，頁 382-383。

[180] 《宋書》，頁 383。

[181] 《宋書》，頁 383。

[182] 嚴耕望(1916-1996)：《中國地方行政制度史——魏晉南北朝地方行政制度》(臺北：中央研究院歷
史語言研究所，1997 年 6 月)，頁 103-110。

官某甲再拜辭。以「令曰」代「制曰」。某官宮臣者，稱臣。[183]

　　所謂以「令」代「制詔」，或以「令曰」代「制曰」，即透露皇太子專用的敕「令」仍可佈達至各地軍府。[184] 然而，皇太子之批示或敕令，並非皇太子親自書寫，必然由其身旁的文學侍從之臣進行草擬，再經由皇太子首肯，才能發布。

　　不過以上的儀注記載只是呈顯出太子監國時公文書的格式與流程，[185]至於南朝太子實際在監國時是否真的擁有這麼龐大的權力就因時而異了。至少蕭梁時代的昭明太子就沒有處理上述儀則的全部政務之權。但值得注意的是，這份太子監國儀則，其實透露出六朝「文士國士化」的傾向。因為但凡起草、審閱、詔令、冊書之文，都必然由專掌經綸王言的官僚操刀：「藻飾王言，渙揚大號，出之著於重申，垂之編於令甲。發言為憲，吐詞成經。下於流水之源，震於春霆之響。」[186]儀則所呈現的只是南朝時代公文關驗與簽署的格式，但每一份公文內容是否文燦義爛，則視臣工各別的文學才華。[187]是

---

[183] 《宋書》，頁383。

[184] 《文體明辨序說》：「按劉良云：『令，即命也。七國之時並稱曰令；秦時，皇后、太子稱令。』」見《文體序說三種》，頁73。

[185] 古代行政文書的政令格式，可參考邢義田對2001年所發掘的張家山漢簡《二年律令》之復原與解讀。參氏著：〈張家山漢簡《二年律令》讀記〉，收錄於氏著：《地不愛寶：漢代的簡牘》(北京：中華書局，2011年1月)，頁144-199。至於六朝中央發布政令的公文製造過程，可利用〔日本〕中村裕一(なかむらゆういち)〈關於唐代的制書式——以探討仁井田陞氏的復原制書式為中心〉的研究，作為復原的想像：「制書是由中書舍人、知制誥、翰林學士等負責起草的官員接受皇帝旨意起草的。載有皇帝意圖的制書案寫好之後，標明日期，送交中書省，中書省則送門下省審議制書案可行與否，如無異議，則覆請予施行。皇帝對此批『可』，皇帝的個人意志在形式上就轉化成為國家意志，作為法令或命令正式生效。」收錄於劉俊文主編：《日本中青年學者論中國史——六朝隋唐卷》(上海：上海古籍出版社，1995年12月)，頁313。

[186] 《四六叢話》卷6〈制勅詔冊一‧序論〉。見〔清〕孫梅：《四六叢話》(臺北：世界書局，1984年9月)，頁115。

[187] 《文史通義》卷5〈古文公式〉：「第文辭可以點竄，而制度則必從時。此碑(按：指蘇軾《表忠觀碑》)篇首『臣抃言』三字，篇末『制曰可』三字，恐非宋時奏議上陳、詔旨下達之體。……余謂奏文辭句，並無一定體式，故可點竄古雅，不礙事理。前後自是當時公式，豈可以秦、漢衣冠，

以蕭統在《文選》中載錄眾多詔冊令符、表策牋制等文書，除可作為東宮僚屬於太子監撫時期處理政務之文書典範外，也透露出蕭統對於東宮文士兼具文學與政事能力的理想形象。[188]

三、《文選》選文與東宮僚屬典範摹習對象之提煉

由以上對蕭統「監撫制」的分析，便可以在此一職能脈絡下，重新思考蕭統選文之目的，並不僅於「心遊目想，移晷忘倦」之樂，反而在此選文脈絡下透露出蕭統的人才價值觀：其一，對東宮教育與道德教化之意識；以及其二，東宮僚屬「文士國士化」的趨勢。以下諸文即可視為蕭統編輯《文選》時，所流露出的文士典範外，也無意間透露出蕭統東宮僚屬的趨勢特色：文質彬彬，亦即兼具道德風教與經國治世的特質。[189]

繪明人之圖像耶？」見〔清〕章學誠(1738-1801)撰，葉長青注，葉瑛校注：《文史通義校注》(北京：中華書局，2004 年 9 月)，頁 497-498。公文格式辭令與文章之差異的研究，尚可參徐興無：〈從辭令到文章〉，《第八屆文選學國際學術研討會論文集》，頁 188-199。

[188] 此一理想典範可藉《冊府元龜》卷 550〈詞臣部一・總序〉之描述為參考標的：「夫代王言頒憲度，或以褒功德，或以出爵祿，或以撫郡國，或以制刑辟，皆萬方之瞻仰，百世之流布。必在其言雅正，其理流暢，可以發揮於治體，可以感動於人心，與典誥而同風，將流俗而殊貫，然後謂之稱職，協乎得人矣！」見〔北宋〕王欽若(962-1025)等編纂：《冊府元龜》(周勛初等校定本，南京：鳳凰出版社，2006 年 12 月)，冊 7，頁 6600。

[189] 本節標題所謂的「典範摹習」，化用自顏崑陽〈論「典範模習」在文學史建構上的「連漪效用」與「鏈接效用」〉：「是以某一典範為對象進行整體性的模習，不管體製或體式，其模習都是重在整體的掌握，而不作局部修辭的仿造。因此即使有所謂「法」，也是原理、原則性的『活法』，……而非瑣碎規格的『死法』。」見輔仁大學中文系、中國古典文學研究會合編：《建構與反思——中國文學史的探索學術研討會論文集》(臺北：臺灣學生書局，2002 年 7 月)，頁 806。本文化用顏文中的「典範」與「活法」，跳脫顏氏針對文體、文類模擬之框限，轉為對理想文士典範的學習。

1. 《文選》卷三七〈表上〉諸葛亮(181-234)〈出師表〉[190]

傳統的解讀如明代郭明龍所言：「忠義自肺腑流出。古樸真率，字字滴淚。與日月爭光，不在文章蹊徑論之，然情至而文自生。即以文論，亦陳玉陽(按：即陳與郊(1544-1610)。)所謂與〈伊訓〉、〈說命〉相表裏者。」[191]然諸葛亮「英霸之能」[192]、「匡佐之才」[193]的形象本就深植人心，而〈出師表〉的文筆用字亦無特殊之處，[194]但卻被蕭統選錄《文選》之中，實可由諸葛亮與劉禪(207-271)為太子時代的關係入手思考。《三國志》卷三三〈後主傳〉記載劉備(161-223)冊劉禪為太子之誥文：

> 惟章武元年五月辛巳，皇帝若曰：今以禪為皇太子，以承宗廟，祇肅社稷。使使持節丞相亮授印綬，敬聽師傅，行一物而三善皆得焉，可不勉與！[195]

而孔明的〈出師表〉雖作於劉禪已登基為後主時的建興五年(227)，且全文隱然保有師傅指導學生「親賢臣，遠小人」之道：

> 侍中侍郎郭攸之費禕董允等，此皆良實，志慮忠純，是以先帝簡拔以遺陛下。愚以為宮中之事，事無大小，悉以咨之，然後施行，必能裨補闕漏，有所廣益也。將軍向寵，試用於昔日，先帝稱之曰能，是以眾議舉寵為督。愚以為營中之事，悉以諮之，必能使行陣和穆，

---

[190] 《文選》，頁 1671-1675。

[191] 《評注昭明文選》，頁 690。

[192] 《華陽國志》卷 7〈劉後主志〉「譔曰」。見〔東晉〕常璩(291-361)著，任乃強(1894-1989)校注：《華陽國志校補圖注》(上海：上海古籍出版社，2007 年 4 月)，頁 429。

[193] 《三國志》卷 35〈諸葛亮傳注〉引〔西晉〕張儼(？-266)：《默記》。見《三國志》，頁 935。

[194] 〔明〕孫鑛曰：「真實事情，全無藻飾。」見《評注昭明文選》，頁 690。

[195] 《三國志》，頁 893。

優劣得所也。親賢臣，遠小人，此先漢所以興隆也；親小人，遠賢士，此後漢所以傾頹也。先帝在時，每與臣論此事，未嘗不嘆息痛恨於桓靈也。侍中尚書長史參軍，此悉貞亮死節之臣也，願陛下親之信之，則漢室之隆，可計日而待也。[196]

縱使裴松之嘗質疑孔明是否擔任過太子太傅，[197]但無論是西晉的魚豢：「初備以諸葛亮為太子太傅，及禪立，以亮為丞相，委以諸事，謂亮曰：『政由葛氏，祭則寡人。』亮亦以禪未閑於政，遂總內外。」[198]或是東晉的袁宏：「孔明盤桓，俟時而動，遐想管樂，遠明風流。治國以體，民無怨聲，刑罰不濫，沒有餘泣。雖古之遺愛，何以加茲！及其臨終顧託，受遺作相，劉后授之無疑心，武侯處之無懼色，繼體納之無貳情，百姓信之無異辭，君臣之際，良可詠矣！」[199]均認同諸葛亮對太子劉禪的皇儲教育有無可抹滅之功，則與其陷於《文選》錄此未符「義歸乎翰藻」之作的猜測，不如跳脫後世所側重孔明之「受任於敗軍之際，奉命於危難之間」忠貞形象之侷限，而將孔明視為東宮僚屬理想典範之一環，才能解釋蕭統選錄的用意。

2. 《文選》卷三七〈表上〉李密(224-287)〈陳情事表〉[200]

方廷珪指出此文之關鍵在「以孝治天下」一語。[201]李密雖為蜀漢遺民，但卻因「孝順」而受晉武帝(265-290 在位)賞識，數徵為「太子洗馬」。故〈陳情表〉雖屢辭宮職：

---

[196]　《文選》，頁 1672。

[197]　《三國志》卷 33〈後主傳注〉裴松之案曰：「諸書記及《諸葛亮集》，亮亦不為太子太傅。」見《三國志》，頁 893。

[198]　《三國志》卷 33〈後主傳注〉引《魏略》。見《三國志》，頁 893。

[199]　《文選》卷 47〈贊〉袁宏：〈三國名臣序贊〉。見《文選》，頁 2125。

[200]　《文選》，頁 1693-1696。

[201]　《評注昭明文選》，頁 700。

逮奉聖朝，沐浴清化。前太守臣逵察臣孝廉，後刺史臣榮舉臣秀才。臣以供養無主，辭不赴命。詔書特下，拜臣郎中，尋蒙國恩，除臣洗馬。猥以微賤，當侍東宮，非臣隕首所能上報。臣具以表聞，辭不就職。詔書切峻，責臣逋慢。郡縣逼迫，催臣上道；州司臨門，急於星火。臣欲奉詔奔馳，則劉病日篤；欲苟順私情，則告訴不許。臣之進退，實為狼狽。伏惟聖朝以孝治天下，凡在故老，猶蒙矜育，況臣孤苦，特為尤甚。且臣少仕偽朝，歷職郎署；本圖宦達，不矜名節。今臣亡國賤俘，至微至陋，過蒙拔擢，寵命優渥，豈敢盤桓，有所希冀！[202]

　　但事實上在李密祖母逝世後，晉武帝仍舊徵召其來京任職太子洗馬：「蜀平，泰始初，詔徵為太子洗馬。密以祖 母年高，無人奉養，遂不應命。……後劉終，服闋，復以洗馬徵至洛。」[203]可見李密不僅曾任職東宮，又具「至孝」的歷史形象，則選錄其〈陳情事表〉實兼具有以孝教化之功效，與東宮官僚典範之例。

3. 《文選》卷五二〈論二〉韋昭(204-273)〈博弈論〉[204]

　　此文之寫作緣由可見於《三國志》卷六五〈韋曜傳〉：「(韋曜)從丞相掾，除西安令，還為尚書郎，遷太子中庶子。時蔡穎亦在東宮，性好博弈，太子和以為無益，命曜論之。」[205]太子孫和(224-253)為孫權(182-252)第三子，因長子孫登(209-241)於赤烏四年(241)殂後而於次年(赤烏五年，242)繼立，韋昭《吳書》稱其：

---

[202] 《文選》，頁 1694-1695。

[203] 《晉書》卷 88〈李密傳〉。見《晉書》，頁 2274-2275。

[204] 《文選》，頁 2283-2286。據裴松之云：「曜本名昭，史為晉諱，改之。」引自《三國志》卷 65〈韋昭傳注〉。見《三國志》，頁 1460。

[205] 《三國志》卷 65〈韋昭傳〉。見《三國志》，頁 1460。

　　　　和少岐嶷有智意，故權尤愛幸，常在左右，衣服禮秩雕玩珍異之
　　賜，諸子莫得比焉。好文學，善騎射，承師涉學，精識聰敏，尊敬師
　　傅，愛好人物。穎等每朝見進賀，和常降意，歡以待之。講校經義，
　　綜察是非，及訪諮朝臣，考績行能，以知優劣，各有條貫。[206]

　　可知孫和不僅好學尊道，且孫權似也已讓新太子接觸朝政，故孫和可對
朝臣進行考核，顯然其秉事公正、是非分明而頗有好評。故其曾論及：「常
言當世士人宜講脩術學，校習射御，以周世務，而但交游博弈以妨事業，非
進取之謂。後臺寮侍宴，言及博弈，以為妨事費日而無益於用，勞精損思而
終無所成，非所以進德脩業，積累功緒者也。」[207]其中沉溺賭風的蔡穎就是
孫和的東宮侍從：「赤烏五年，立為太子，時年十九。闞澤為太傅，薛綜為
少傅，而蔡穎、張純、封俌、嚴維等皆從容侍從。」[208]吳國此一風氣尚可藉
《抱朴子》一窺端倪：「漢之末世，吳之晚年，……唯在於新聲艷色，輕體
妙手，評歌謳之清濁，理管弦之長短，相狗馬之剿駑，議遨游之處所，比錯
途之好惡，方雕琢之精粗，校彈棋樗蒲之巧拙，計漁獵相捔之勝負，品藻妓
妾之妍蚩，指摘衣服之鄙野，爭騎乘之善否，論弓劍之疏密。招奇合異，至
於無限，盈溢之過，日增月甚。」[209]導致孫和下令端正東宮風氣：

　　　　乃命侍坐者八人，各著論以矯之。於是中庶子韋曜退而論奏，和
　　以示賓客。時蔡穎好弈，直事在署者頗斅焉，故以此諷之。[210]

---

[206] 《三國志》卷 59〈吳主五子・孫和傳注〉引韋昭《吳書》。見《三國志》，頁 1368。

[207] 《三國志》卷 59〈吳主五子・孫和傳〉。見《三國志》，頁 1368。

[208] 《三國志》卷 59〈吳主五子・孫和傳〉。見《三國志》，頁 1368。

[209] 〔東晉〕葛洪(283-343)：《抱朴子》外篇〈崇教〉。見楊明照(1909-2003)著：《抱朴子外篇校箋》
　　（北京：中華書局，2004 年 5 月），冊上，頁 162-165。

[210] 《三國志》卷 59〈吳主五子・孫和傳〉。見《三國志》，頁 1369。

　　韋昭時任太子中庶子，此職於吳國本有太子師傅之作用，孫權曾選置多名東宮師傅為任：「太傅張溫言於權曰：『夫中庶子官最親密，切問近對，宜用雋德。』於是乃用(陳)表等為中庶子。後又以庶子禮拘，復令整巾侍坐。」[211]故韋昭〈博弈論〉實兼有教育太子與東宮僚屬之意：

　　　　今世之人，多不務經術，好翫博弈，廢事棄業，忘寢與食，窮日盡明，繼以脂燭。當其臨局交爭，雌雄未決，專精銳意，神迷體倦，人事曠而不脩，賓旅闕而不接，雖有太牢之饌，韶夏之樂，不暇存也。至或賭及衣物，徙棋易行，廉恥之意弛，而忿戾之色發。然其所志不出一枰之上，所務不過方罫之間；勝敵無封爵之賞，獲地無兼土之實。技非六藝，用非經國。立身者不階其術，徵選者不由其道。求之於戰陣，則非孫吳之倫也；考之於道藝，則非孔氏之門也；以變詐為務，則非忠信之事也；以劫殺為名，則非仁者之意也。而空妨日廢業，終無補益。是何異設木而擊之，置石而投之哉！且君子之居室也，勤身以致養；其在朝也，竭命以納忠；臨事且猶旰食，而何暇博弈之足躭？夫然，故孝友之行立，貞純之名章也。方今大吳受命，海內未平，聖朝乾乾，務在得人；勇略之士，則受熊虎之任；儒雅之徒，則處龍鳳之署。百行兼苞，文武並騖。博選良才，旌簡髦俊。設程試之科，垂金爵之賞。誠千載之嘉會，百世之良遇也。當世之士，宜勉思至道，愛功惜力，以佐明時。使名書史籍，勳在盟府。乃君子之務，當今之先急也。[212]

　　與東宮宣教以化成天下之雙重功用：

---

[211] 《三國志》卷59〈吳主五子‧孫登傳〉。見《三國志》，頁1363。

[212] 《文選》，頁2284-2285。

假令世士，移博弈之力用之於詩書，是有顏閔之志也；用之於智
計，是有良平之思也；用之於資貨，是有猗頓之富也；用之於射御，
是有將帥之備也。如此，則功名立而鄙賤遠矣。[213]

4. 《文選》卷五六〈箴〉張華(232-300)〈女史箴〉[214]

按《晉書》卷三六〈張華傳〉曰：「惠帝即位，以華為太子少傅。」[215] 張
華所任職之東宮為愍懷太子司馬遹(278-300)，其東宮建置堪稱六朝歷代之
最[216]：

以劉寔為師，孟珩為友，楊準、馮蓀為文學。惠帝即位，立為皇
太子。盛選德望以為師傅，以何劭為太師，王戎為太傅，楊濟為太保，
裴楷為少師，張華為少傅，和嶠為少保。元康元年，出就東宮，又詔
曰：「遹尚幼蒙，今出東宮，惟當賴師傅羣賢之訓。其游處左右，宜得
正人使共周旋，能相長益者。」於是使太保衛瓘息庭、司空泰息略、
太子太傅楊濟息恋、太子少師裴楷息憲、太子少傅張華息禕、尚書令
華廙息恒與太子游處，以相輔導焉。[217]

但此時朝政受賈后(賈南風，257-300)把持，[218]亟欲廢掉非其親生之愍懷

---

[213] 《文選》，頁 2286。

[214] 《文選》，頁 2403-2406。

[215] 《晉書》，頁 1072。

[216] 《晉書》卷 33〈何劭傳〉：「惠帝即位，初建東宮，太子年幼，欲令親萬機，故盛選六傅，以劭
為太子太師，通省尚書事。後轉特進，累遷尚書左僕射。」見《晉書》，頁 999。

[217] 《晉書》卷 53〈愍懷太子傳〉。見《晉書》，頁 1457-1458。

[218] 《晉書》卷 31〈惠賈皇后傳〉：「初，后詐有身，內藏物為產具，遂取妹夫韓壽子慰祖養之，託
諒闇所生，故弗顯。遂謀廢太子，以所養代立。……后母廣城君以后無子，甚敬重愍懷，每勸屬
后，使加慈愛。……后不能遵之，遂專制天下，威服內外。更與粲、午專為姦謀，誣害太子，眾
惡彰著。」見《晉書》，頁 965。

太子，[219]然張華竭力護儲，並曾勸阻東宮衛率起兵政變以免落政敵口實：「惠帝即位，以華為太子少傅，……及賈后謀廢太子，左衛率劉卞……曰：『東宮俊乂如林，四率精兵萬人。公居阿衡之任，若得公命，皇太子因朝入錄尚書事，廢賈後於金墉城，兩黃門力耳。』華曰：『今天子當陽，太子，人子也，吾又不受阿衡之命，忽相與行此，是無其君父，而以不孝示天下也。雖能有成，猶不免罪，況權戚滿朝，威柄不一，而可以安乎！』及帝會群臣於式乾殿，出太子手書，遍示群臣，莫敢有言者。惟華諫曰：『此國之大禍。自漢武以來，每廢黜正嫡，恆至喪亂。且國家有天下日淺，願陛下詳之。』尚書左僕射裴頠以為宜先檢校傳書者，又請比校太子手書，不然，恐有詐妄。」[220]然賈后因張華在政壇上的聲望，以及其庶族背景，正好可以拉攏來對抗司馬氏皇族，故在賈后僭政的元康元年(291)至永康元年(300)期間，因張華優游於兩黨之間的緩衝，反而是西晉政治史上較為平和的時期[221]：

> 賈謐與后共謀，以華庶族，儒雅有籌略，進無逼上之嫌，退為眾望所依，欲倚以朝綱，訪以政事。疑而未決，以問裴頠，頠素重華，深贊其事。華遂盡忠匡輔，彌縫補闕，雖當闇主虐后之朝，而海內晏然，華之功也。華懼后族之盛，作〈女史箴〉以為諷。賈后雖凶妬，而知敬重華。[222]

然對南朝史官而論，西晉滅亡之關鍵就在於賈后弄權導致八王之亂，[223]故

---

[219] 《晉書》卷53〈愍懷太子傳〉：「舍人杜錫以太子非賈后所生，而后性兇暴，深以為憂，每盡忠規勸太子修德進善，遠於讒謗。」見《晉書》，頁1458。

[220] 《晉書》卷36〈張華傳〉。見《晉書》，頁1072-1073。

[221] 廖蔚卿：〈張華與西晉政治之關係〉，收錄於氏著：《中古詩人研究》(臺北：里仁書局，2005年3月)，頁317-345。

[222] 《晉書》卷36〈張華傳〉。見《晉書》，頁1072。

[223] 《宋書》卷24〈天文志二〉：「元康三年四月，熒惑守太微六十日。占曰：『諸侯三公謀其上，必有斬臣。』一曰：『天子亡國。』是春，太白守畢，至是百餘日。占曰：『有急令之憂。』一

張華的〈女史箴〉有其當代的政治意義。但蕭統編《文選》的蕭梁時代，已沒有如西晉「后虐君昏，讒言高張，寇賊伏莽」[224]的困境，則〈女史箴〉更具有東宮僚屬以「箴之為道，一以自勵，一以盡規。箴言胥顧，配藥石於韋弦；小人攸箴，勗虞衡於原草。」[225]之文體來勸諫太子的教育意義。

5. 《文選》卷五七〈誄下〉潘岳(247-300)〈夏侯常侍誄〉[226]

　　潘岳並沒有擔任過東宮官僚，不過夏侯湛(243-291)曾為晉惠帝太子舍人：「泰始中，舉賢良，對策中第，拜郎中，累年不調，……後選補太子舍人，轉尚書郎，出為野王令，以卹隱為急，而緩於公調。政清務閑，優游多暇，……居邑累年，朝野多歎其屈。除中書侍郎，出補南陽相。遷太子僕，未就命，而武帝崩。惠帝即位，以為散騎常侍。元康初，卒，年四十九。」[227]因此潘岳幫其所寫之誄，除了兩人交情匪淺外，[228]實際上也描繪了潘岳所認知的夏侯湛形象。而此文既被收錄於《文選》，除了潘岳寫作誄文「巧於序悲，易入新切，所以隔代相望，能徽厥聲者也。」[229]的經典地位外，夏侯湛又曾為「太子舍人」之東宮僚屬的歷史記錄，則透露了蕭統何以會選錄此文的心曲：

　　　　弱冠厲翼，羽儀初升。公弓既招，皇輿乃徵。內贊兩宮，外宰黎蒸。

日：『相亡。又為邊境不安。』是年，鎮、歲、太白三星聚于畢昴。占曰：『為兵喪。畢昴，趙地也。』後賈后陷殺太子，趙王廢后，又殺之，斬張華、裴頠，遂篡位，廢帝為太上皇。天下從此遷亂連禍。」見《宋書》，頁699。

[224] 《讀通鑑論》卷 12〈晉惠帝〉。見〔清〕王夫之(1619-1692)：《讀通鑑論》(臺北：漢京文化事業有限公司，1982 年 8 月)，頁 367。

[225] 《四六叢話》卷 23〈銘箴贊〉。見《四六叢話》，頁 385。

[226] 《文選》，頁 2449-2454。

[227] 《晉書》卷 55〈夏侯湛傳〉。見《晉書》，頁 1491-1499。

[228] 《晉書》卷 55〈夏侯湛傳〉：「與潘岳友善，每行止同輿接茵，京都謂之『連璧』。」見《晉書》，頁 1491。

[229] 《文心雕龍》〈誄碑〉。見《文心雕龍義證》，頁 436。

忠節允著，清風載興。洪彼樂都，寵子惟王。設官建輔，妙簡邦良。
用取喉舌，相爾南陽。惠訓不倦，視民如傷。乃眷北顧，辭祿延喜。……
獻替盡規，媚茲一人。讜言忠謀，世祖是嘉。將僕儲皇，奉巒承華。
先朝末命，聖列顯加。入侍帝闈，出光厥家。我聞積善，神降之吉。
宜享遐紀，長保天秩。[230]

蕭統即可藉此文顯示其理想的東宮文士形象：

英英夫子，灼灼其俊。飛辯擒藻，華繁玉振。如彼隨和，發彩流潤。
如彼錦繢，列素點絢。人見其表，莫測其裏。徒謂吾生，文勝則史。
心照神交，唯我與子。且歷少長，逮觀終始。子之承親，孝齊閔參。
子之友悌，和如瑟琴。事君直道，與朋信心。雖實唱高，猶賞爾音。[231]

6. 《文選》卷四六〈序下〉顏延之(384-456)〈三月三日曲水詩序〉[232]

7. 《文選》卷二十〈詩甲〉顏延之〈應詔讌曲水作詩〉[233]

李善《注》引裴子野(469-530)《宋略》曰：「文帝元嘉十一年三月丙申，
禊飲於樂遊苑，且祖道江夏王義恭、衡陽王義季，有詔會者咸作詩，詔太子
中庶子顏延年作序。」[234]許嵩《建康實錄》卷十二〈太祖文皇帝〉記此次讌
會：「十一年三月丙申，禊飲于樂遊園，且為江夏、衡陽二王來朝，帝有詔
會者賦詩，命太子中庶子顏延之為之序。」[235]江夏王劉義恭(413-465)與衡陽

---

[230] 《文選》卷 57〈誄下〉潘岳：〈夏侯常侍誄〉。見《文選》，頁 2451-2452。

[231] 《文選》卷 57〈誄下〉潘岳：〈夏侯常侍誄〉。見《文選》，頁 2450-2451。

[232] 《文選》，頁 2049-2055。

[233] 《文選》，頁 962-966。

[234] 《文選》卷 46〈序下〉顏延之：〈三月三日曲水詩序〉。《文選》，頁 2049。

[235] 〔唐〕許嵩撰，張忱石點校：《建康實錄》(北京：中華書局，2009 年 2 月)，頁 429。

王劉義季(415-447)皆在元嘉九年(432)分別被任命為南兗州刺史與南徐州刺史，曹道衡(1928-2005)認為此讌應是兩王於「春季返京述職，旋又返任，時值佳節，禊飲且兼餞別，故命群臣賦詩記盛。廣陵、南徐州距建康不遠，舟行一、二日可達，二王同時入都出都，亦殊方便也。」[236]「三月三日」又稱「上巳日」，六朝有在此日祭於水濱讌飲以消災疾厄之儀式：「史臣案：《周禮》女巫掌歲時袚除釁浴，如今三月上巳如水上之類也。釁浴謂以香薰草藥沐浴也。《韓詩》曰：『鄭國之俗，三月上巳，之溱、洧兩水之上，招魂續魄。秉蘭草，拂不祥。』此則其來甚久，非起郭虞之遺風、今世之度水也。《月令》『暮春，天子始乘舟。』蔡邕《章句》曰：『陽氣和暖，鮪魚時至，將取以薦寢廟，故因是乘舟禊於名川也。《論語》，暮春浴乎沂。自上及下，古有此禮。今三月上巳，袚於水濱，蓋出此也。』邕之言然。」[237]故〈三月三日曲水詩序〉首段即宣揚劉宋王朝元嘉之治的盛世國威：

> 夫方策既載，皇王之跡已殊；鐘石畢陳，舞詠之情不一。雖淵流遂往，詳略異聞，然其宅天衷，立民極，莫不崇尚其道，神明其位，拓世貽統，固萬葉而為量者也。有宋函夏，帝圖弘遠。高祖以聖武定鼎，規同造物；皇上以叡文承歷，景屬宸居。隆周之卜既永，宗漢之兆在焉。正體毓德於少陽，王宰宣哲於元輔。晷緯昭應，山瀆效靈。五方雜遝，四隩來暨。選賢建戚，則宅之於茂典；施命發號，必酌之於故實。大予協樂，上庠肆教。章程明密，品式周備。國容視令而動，軍政象物而具。箴闕記言，校文講藝之官，采遺於內；輶車朱軒，懷荒振遠之使，論德于外。頳莖素毳，并柯共穗之瑞，史不絕書；棧山航海，踰沙軼漠之貢，府無虛月。烈燧千城，通驛萬里。穹居之君，內首稟朔；卉服之酋，回面受吏。是以異人慕嚮，俊民間出；警蹕清

236　曹道衡、沈玉成(1932-1995)合撰：《中古文學史料叢考》(北京：中華書局，2003 年 7 月)，頁 275-276。
237　《宋書》卷 15〈禮志二〉。見《宋書》，頁 386。

夷，表裏悅穆。將徙縣中宇，張樂岱郊。增類帝之宮，飭禮神之館，塗歌邑誦，以望屬車之塵者久矣。[238]

　　其中「正體毓德於少陽」指的就是時為太子的劉劭(424-453)，顏延之將太子正統的象徵特意於文中強調出來，應該與其此時任職「太子中庶子」的身分有關，其奉詔作一詩一序的篇幅中，皆有意凸顯皇太子劉劭的正統地位，並提醒身為太子叔父輩的宰輔與藩王，應全力鞏固太子之正統性，以維護國體穩定。故〈應詔讌曲水作詩〉：

> 道隱未形，治彰既亂。帝跡懸衡，皇流共貫。惟王創物，永錫洪算。
> 仁固開周，義高登漢。
> 祚融世哲，業光列聖。太上正位，天臨海鏡。制以化裁，樹之形性。
> 惠浸萌生，信及翔泳。
> 崇虛非徵，積實莫尚。豈伊人和，寔靈所貺。日完其朔，月不掩望。
> 航琛越水，輦賮踰障。
> 帝體麗明，儀辰作貳。君彼東朝，金昭玉粹。德有潤身，禮不愆器。
> 柔中淵映，芳獻蘭祕。
> 昔在文昭，今惟武穆。於赫王宰，方旦居叔。有睟睿蕃，爰履奠牧。
> 寧極和鈞，屏京維服。
> 朏魄雙交，月氣參變。開榮灑澤，舒虹燦電。化際無間，皇情爰眷。
> 伊思鎬飲，每惟洛宴。
> 郊餞有壇，君舉有禮。幙惟蘭甸，畫流高陛。分庭薦樂，析波浮醴。
> 豫同夏諺，事兼出濟。
> 仰閱豐施，降惟微物。三妨儲隸，五塵朝黻。途泰命屯，恩充報屈。
> 有悔可悛，滯瑕難拂。[239]

---

[238] 《文選》卷46〈序下〉顏延之：〈三月三日曲水詩序〉。見《文選》，頁2049-2052。
[239] 《文選》，頁962-966。

　　首章述宋德天命之象；二、三章皆述宋文帝天命與國威遠化；四章述太子正嫡與繼體之德；五章勵宰相彭城王劉義康能如周公協助周成王般協助宋文帝處理國政，並勉江夏王劉義恭、衡陽王劉義季等藩國之王能捍衛京城，鞏固朝廷；六、七兩章則描述此次讌會之樂，但更詳細的宴會過程則見於〈三月三日曲水詩序〉：

> 日躔胃維，月軌青陸。皇祇發生之始，后王布和之辰，思對上靈之心，以惠庶萌之願。加以二王于邁，出餞戒告，有詔掌故，爰命司歷，獻洛飲之禮，具上巳之儀。南除輦道，北清禁林，左關巖隥右梁潮源。略亭臯，跨芝廛，苑太液，懷曾山。松石峻垝，蔥翠陰煙，游泳之所攢萃，翔驟之所往還。於是離宮設衛，別殿周徼，旌門洞立，延帷接枑，閱水環階，引池分席。春官聯事，蒼靈奉塗。然後昇祕駕，胤緹徒騎，搖玉鑾，發流吹，天動神移，淵旋雲被，以降于行所，禮也。既而帝暉臨幄，百司定列，鳳蓋俄軑，虹旗委旆。肴蔌芬籍，觴醳泛浮。妍歌妙舞之容，銜組樹羽之器。三奏四上之調，六莖九成之曲。競氣繁聲，合變爭節。龍文飾轡，青翰侍御。華裔殷至，觀聽騖集。揚袂風山，舉袖陰澤。靚莊藻野，袨服縟川。故以殷賑外區，煥衍都內者矣。上膺萬壽，下祗百福，币筵稟和，闓堂依德。情盤景遽，歡洽日斜。金駕總駒，聖儀載佇。悵鈞臺之未臨，慨酆宮之不縣。方且排鳳闕以高遊，開爵園而廣宴。並命在位，展詩發志。則夫誦美有章，陳信無愧者歟？[240]

　　則顏延之再次呈顯出其太子中庶子身分的另一重大職能：即參與國家禮典建置。或有質疑此實出於顏延之本身文學才華甚高所獲得的賞識優遇，然就如本文前所析，蕭統執行「監撫」職權期間，「祭禮」等禮典也是其職能範

---

[240] 《文選》卷46〈序下〉顏延之：〈三月三日曲水詩序〉。見《文選》，頁2052-2054。

圍之事，則顏延之此文便可作為蕭統東宮僚屬描述國家盛典的最佳範文。是以《文選》中收錄的顏延之與禮典相關諸作如〈赭白馬賦并序〉、[241]〈皇太子釋奠會詩〉、[242]〈應詔觀北湖田收〉、[243]〈拜陵廟作〉、[244]〈宋郊祀歌〉二首、[245]〈宋文元皇后哀策文〉[246]等，均應視為蕭統對其東宮僚屬參與國家禮典時的寫作範本，則顏延之的東宮仕歷對昭明太子而言，不僅可為東宮僚屬典範摹習的對象，也成為東宮僚屬參與建構帝國圖像的最佳代言人。

　　至於〈應詔讌曲水作詩〉的最末章則是顏延之回顧自己三次仕職於東宮，五次任職於朝廷的經歷，看似寵渥的際遇卻仍顯露出命運多舛之嘆！考顏延之之仕歷：「後將軍、吳國內史劉柳以為行參軍，因轉主簿，豫章公世子中軍行參軍。義熙十二年，高祖北伐，……仍遷世子舍人。高祖受命，補太子舍人。……徙尚書儀曹郎，太子中舍人。……少帝即位，以為正員郎，兼中書，尋徙員外常侍，出為始安太守。……元嘉三年，羨之等誅，徵為中書侍郎，尋轉太子中庶子，頃之，領步兵校尉，賞遇甚厚。」[247]但卻因「好酒疎誕，不能斟酌當世，……每犯權要。」[248]而屢屢遭到貶斥。故《文選》卷二六〈詩丁‧贈答四〉所錄〈和謝監靈運〉，顏延之就自道其官場浮沈的主要原因，就是個性不苟：「弱植慕端操，窘步懼先迷。寡立非擇方，刻意藉窮棲。伊昔遘多幸，秉筆待兩閨。雖慚丹腶施，未謂玄素暌。徒遭良時詖，王道奄昏霾。人神幽明絕，朋好雲雨乖。弔屈汀洲浦，謁帝蒼山蹊。倚巖聽緒風，攀林結留荑。跂予間衡嶠，曷月瞻秦稽。皇聖昭天德，豐澤振沈泥。惜無爵雉化，何用充海淮。去國還故里，幽門樹蓬藜。采茨葺昔宇，翦棘開舊畦。物謝時

---

[241] 《文選》卷 14〈賦庚‧鳥獸下〉顏延之：〈赭白馬賦并序〉。見《文選》，頁 621-630。

[242] 《文選》卷 20〈詩甲‧公讌〉顏延之：〈皇太子釋奠會詩〉。見《文選》，頁 966-969。

[243] 《文選》卷 22〈詩乙‧遊覽〉顏延之：〈應詔觀北湖田收〉。見《文選》，頁 1049-1050。

[244] 《文選》卷 23〈詩丙‧哀傷〉顏延之：〈拜陵廟作〉。見《文選》，頁 1096-1098。

[245] 《文選》卷 27〈詩戊‧郊廟〉顏延之：〈宋郊祀歌〉二首。見《文選》，頁 1274-1276。

[246] 《文選》卷 58〈哀下〉顏延之：〈宋文元皇后哀策文〉。見《文選》，頁 2487-2493。

[247] 《宋書》卷 73〈顏延之傳〉。見《宋書》，頁 1891-1893。

[248] 《宋書》卷 73〈顏延之傳〉。見《宋書》，頁 1893。

既晏，年往志不偕。親仁敷情昵，興賦究辭棲。芬馥歇蘭若，清越奪琳珪。盡言非報章，聊用布所懷。」[249]吳淇(1615-1675)認為此詩可見顏延之「不能逢迎權貴，故決意於必還。」之情志，[250]而《文選》所收錄的其他顏延之的作品如〈秋胡詩〉、[251]〈五君詠〉五首、[252]〈陶徵士誄〉、[253]以及〈祭屈原文〉，[254]都是「豈不以年薄桑榆，憂患將及，雖有職王朝，許以辭事，況顛沛之道，慮在未測者乎。」[255]的情志有感而發。則顏延之的「性既褊激，兼有酒過，肆意直言，曾無遏隱，……居身清約，不營財利，布衣蔬食，獨酌郊野，當其為適，傍若無人。」[256]道德形象已為南朝史官所定論：「夫德以道樹，禮以仁清。惟君之懿，早歲飛聲。義窮機象，文蔽班楊。性婞剛潔，志度淵英。登朝光國，實宋之華。才通漢魏，譽浹龜沙。服爵帝典，棲志雲阿。清交素友，比景共波。氣高叔夜，嚴方仲舉。逸翮獨翔，孤風絕侶。流連酒德，嘯歌琴緒。」[257]再加上其以文士身分多次入仕東宮的經歷：「皇居體寰極，設險祇天工。兩闈阻通軌，對禁限清風。跂予旅東館，徒歌屬南墉。寢興鬱無已，起觀辰漢中。流雲藹青闕，皓月鑒丹宮。踟躕清防密，徙倚恆漏窮。君子吐芳訊，感物惻余衷。惜無丘園秀，景行彼高松。知言有誠貫，美價難克充。何以銘嘉貺，言樹絲與桐。」[258]則對蕭統而言，顏延之的作品不僅可作為東宮正統象徵的代言，也是東宮僚屬「文質彬彬」的典範標的。

---

[249] 《文選》，頁 1205-1207。

[250] 〔清〕吳淇：《六朝選詩定論》(汪俊、黃俊德點校本，揚州：廣陵書社，2009 年 8 月)，頁 317。

[251] 《文選》卷 21〈詩乙‧詠史〉顏延之：〈秋胡詩〉。見《文選》，頁 1002-1006。

[252] 《文選》卷 21〈詩乙‧詠史〉顏延之：〈五君詠〉五首。見《文選》，頁 1007-1011。

[253] 《文選》卷 57〈誄下〉顏延之：〈陶徵士誄〉。見《文選》，頁 2464-2468。

[254] 《文選》卷 60〈祭文〉顏延之：〈祭屈原文〉。見《文選》，頁 2606-2607。

[255] 《宋書》卷 73〈顏延之傳〉。見《宋書》，頁 1902-1903。

[256] 《宋書》卷 73〈顏延之傳〉史臣曰。見《宋書》，頁 1904。

[257] 《文選》卷 60〈祭文〉〔南朝宋〕王僧達(423-458)：〈祭顏光祿文〉。見《文選》，頁 2608-2610。

[258] 《文選》卷 26〈詩丁‧贈答〉顏延之：〈直東宮答鄭尚書〉。見《文選》，頁 1204-1205。

8. 《文選》卷五八〈碑文上〉王儉(452-489)〈褚淵碑文并序〉[259]

今日對於褚淵「晉、宋以降，為大臣者，怙其世族之榮，以瓦全為善術，而視天位之去來，如浮雲之過目。故晉之王謐，宋之褚淵，齊之王晏、徐孝嗣，皆世臣而託國者也，乃取人之天下以與人，恬不知恥，而希佐命之功。」[260]的歷史評價，其實與齊、梁當代的看法並不準確。後世未能掌握南朝門閥之本質，[261]逕以忠臣不事二君的道德原則來譏諷門第屢屢奉璽授禪、助紂為虐，[262]也就造成今日對於褚淵評價的偏差。〈褚淵碑文并序〉是陶季直於南齊時代懇請王儉所作，陶季直顯然在宋、齊、梁三代均有美名，不但為官清廉正直，其人格亦相當崇高：「梁有天下，小人道消，賢士大夫相招在位，其量力守志，則當世罔聞，時或有致事告老，或有寡志少欲。」[263]故被立傳於《梁書》卷五二〈止足傳〉。永明元年褚淵過世：「齊初，為尚書比部郎，時褚淵為尚書令，與季直素善，頻以為司空司徒主簿，委以府事。淵卒，尚書令王儉以淵有至行，欲諡為文孝公，季直請曰：『文孝是司馬道子諡，恐其人非具美，不如文簡。』儉從之。季直又請儉為淵立碑，終始營護，甚有吏節，時人美之。」[264]則所謂的「吏節」，是因陶季直曾任職尚書省。按六朝長官與僚

---

[259] 《文選》，頁 2508-2526。

[260] 《讀通鑑論》卷 17〈梁武帝〉。見《讀通鑑論》，頁 552。

[261] 何啟民〈南朝的門第〉：「權力往往落在典籤小人之手，⋯⋯這時的門第，已喪失他們所保有的兵權，⋯⋯他們要維護他們尚有的特權，他們要保持家族門戶生命財產的完全，將之擴充，延續下去。⋯⋯他們不得罪當道，在這朝廷更迭，篡弒頻仍，公卿大臣皆無殉國之情，只有保家之念。」見氏著：《中古門第論集》(臺北：臺灣學生書局，1978 年 1 月)，頁 131-132。吳慧蓮則由「清要官」變「清閒官」的官制演變分析南朝門第氏族的避禍保家之趨勢，收錄於鄭欽仁等編著：《魏晉南北朝史》(增訂本，臺北：里仁書局，2007 年 9 月)，頁 159-163。

[262] 最著名的論斷可見〔清〕趙翼：《廿二史劄記》卷 12〈江左世族無功臣〉。見王樹民校證：《廿二史劄記校證》(訂補本：北京：中華書局，2001 年 11 月)，頁 253-254。

[263] 《梁書》，頁 757。

[264] 《梁書》卷 52〈止足・陶季直傳〉。見《梁書》，頁 761。

佐之間的特殊「君臣」關係，[265]陶季直替過去直屬長官維護人格，[266]並替其尋求立碑一事得到時人讚賞。而「碑」體文具有頌美的特性：「夫屬碑之體，資乎史才，其序則傳，其文則銘。標序盛德，必見清風之華；昭紀鴻懿，必見峻偉之烈：此碑之制也。夫碑實銘器，銘實碑文，因器立名，事先於誄。是以勒石贊勳者，入銘之域；樹碑述亡者，同誄之區焉。」[267]故作碑不僅需要史傳之才，更要能讀之有「清風之華」、「峻偉之烈」的感受，可知劉勰認為好的碑文也必須具備高度的藝術鎔煉。是以蕭統選錄王儉所作的〈褚淵碑文并序〉，除了肯定王儉文學辭義之能之外，[268]還透露出蕭梁時代對褚淵「克寧禍亂」、「匡贊時業」的歷史評價：

明皇不豫，儲后幼沖，貽厥之寄，允屬時望。徵為吏部尚書，領衛尉，固讓不拜。改授尚書右僕射。端流平衡，外寬內直。弘二八之

---

[265] 自東漢末期起，府主有辟召僚屬之權，進而形成了六朝士人在正統的「君臣(皇帝/大臣)關係」中，又衍生出另一層新的「君臣(府主/僚屬)關係」。目前以甘懷真〈中國中古時期的君臣關係〉對此「君臣關係二重性」分析最為詳細，收錄於氏著：《皇權、禮儀與經典詮釋——中國古代政治史研究》(臺北：臺灣大學出版中心，2004年6月)，頁259-312。

[266] 南齊時代即已有批判褚淵助齊禪宋之論，如《梁書》卷51〈處士‧何點傳〉：「初，褚淵、王儉為宰相，點謂人曰：『我作《齊書贊》，云「淵既世族，儉亦國華；不賴舅氏，遑恤國家」。』王儉聞之，欲候點，知不可見，乃止。豫章王嶷命駕造點，點從後門遁去。」見《梁書》，頁732-733。

[267] 《文心雕龍》〈誄碑〉。見《文心雕龍義證》，頁457。

[268] 王儉雖被鍾嶸(468-518)置於下品：「至如王師文憲，既經國圖遠，或忽視雕蟲。」見〔南朝梁〕鍾嶸撰，曹旭集注：《詩品集注》(增訂本，上海：上海古籍出版社，2011年10月)，頁569。此乃就詩而論，若以無韻之筆體而言，則如陳松雄所云：「其發端警挺，遣詞遒勁，引徵故實，切事合機，理至甘美，義尤深意，足以使人玩之，而覺亹亹不倦也。」見氏著：《齊梁麗辭衡論》(臺北：文史哲出版社，1986年1月)，頁196。近期在童嶺的研究中則將之歸於蕭子顯《南齊書‧文學傳論》的第二類：「次則緝事比類，非對不發，博物可嘉，職成拘制。或全借古語，用申今情，崎嶇牽引，直為偶說。唯覩事例，頓失清采。此則傅咸五經，應璩指事，雖不全似，可以類從。」見《南齊書》，頁908。童嶺認為王儉的文風雖有隸事用典之習，但多了沿自傅咸(239-294)、應璩(190-252)而來的「詩人之致」的抒情性。見氏著：《南齊時代的文學與思想》(北京：中華書局，2013年9月)，頁84-86。

高蓍，宣由庚而垂詠。太宗即世，遺命以公為散騎常侍、中書令、護軍將軍。送往事居，忠貞允亮。秉國之均，四方是維。百官象物而動，軍政不戒而備。公之登太階而尹天下，君子以為美談，亦猶孟軻致欣於樂正，羊職悅賞於士伯者也。丁所生母憂，謝職。毀疾之重，因心則至。朝議以有為為之，魯侯垂式；存公忘私，方進明準。爰降詔書，敦還攝任。固請移歲，表奏相望。事不我與，屈己弘化。屬值三季在辰，戚蕃內侮；桂陽失圖，窺窬神器。鼓棹則滄波振蕩，建旗則日月蔽虧。出江派而風翔，入京師而雷動。鳴控弦於宗稷，流鋒鏑於象魏。雖英宰臨戎，元渠時殄；而餘黨寔繁，宮廟憂逼。公乃摠熊羆之士，不貳心之臣，戮力盡規，克寧禍亂。康國祚於綴旒，拯王維於已墜。誠由太祖之威風，抑亦仁公之翼佐。可謂德刑詳，禮義信，戰之器也。……天厭宋德，水運告謝。嗣王荒怠於天位，彊臣憑陵於荊楚。廢昏繼統之功，龕亂寧民之德，公實仰贊宏規，參聞神筭。雖無受脤出車之庸，亦有甘寢秉羽之績。……既而齊德龍興，順皇高禪。深達先天之運，匡贊奉時之業。弼諧允正，徽猷弘遠，樹之風聲，著之話言，亦猶稷契之臣虞夏，荀裴之奉魏晉。自非坦懷至公，永鑒崇替，孰能光輔五君，寅亮二代者哉！[269]

　　值得注意的是，褚淵最被後世詬病的叛宋擁齊一事，[270]卻被王儉以「坦懷至公」來形容，顯示出南朝士人認為順從天命比起盲忠效愚更具道德正當性。是以王儉特標褚淵「光輔五君，寅亮二代」之讚的形象，仍舊被蕭統選錄於《文選》之內，就意味著蕭梁王朝亦認同王儉對於褚淵的評價。但就蕭統《文選》的選文意識而論，收錄此篇還意味著蕭統視王儉與褚淵俱為東宮

---

[269] 《文選》卷58〈碑文上〉王儉〈褚淵碑文并序〉。見《文選》，頁2513-2517。

[270] 《南史》卷28〈褚炤傳〉：「炤字彥宣，彥回從父弟也。……常非彥回身事二代。……彥回性好戲，以軺車給之，炤大怒曰：『著此辱門戶，那可令人見。』索火燒之，馭人奔車　乃免。」見《南史》，頁756-757。

僚屬理想的典型。王儉於宋、齊兩朝的東宮仕歷其實相當完整，總計侍從過
三位太子：

> (宋明帝時)解褐祕書郎，太子舍人，超遷祕書丞。……(齊高帝時)
> 尋以本官領太子詹事，加兵二百人。……(永明三年) 又領太子少傅，
> 本州中正，解丹陽尹。舊太子敬二傅同，至是朝議接少傅以賓友之
> 禮。[271]

而其在〈褚淵碑文〉中也鉅細靡遺地記載褚淵的東宮經歷：

> 釋褐著作佐郎，轉太子舍人。濯纓登朝，冠冕當世；升降兩宮，
> 實惟時寶。具瞻之範既著，台衡之望斯集。出參太宰軍事，入為太子
> 洗馬，俄遷祕書丞。贊道槐庭，司文天閣；光昭諸侯，風流籍甚。……
> 服闋，除中書侍郎。王言如絲，其出如綸。……于時新安王寵冠列蕃，
> 越敷邦教，毗佐之選，妙盡國華。出為司徒右長史，轉尚書吏部郎。
> 執銓以平，御煩以簡，裴楷清通，王戎簡要，復存於茲。泰始之初，
> 入為侍中。……遷吏部尚書。……內贊謀謨，外康流品。制勝既遠，
> 涇渭斯明。賞不失勞，舉無失德。績簡帝心，聲敷物聽。[272]

　　褚淵的東宮經歷與王儉相比雖稍簡，然其日後在官場的歷練與受宋明帝
顧命之託，實都可視為起家於東宮的官僚的仕宦典範。尤其，王儉稱其「逍
遙乎文雅之囿，翱翔乎禮樂之場。風儀與秋月齊明，音徽與春雲等潤。」[273]可
見褚淵無論文學、清談、音樂、以及對應其仕歷的經世治國等諸才，可說正
好符應於蕭統對東宮官僚的理想典範。

---

[271] 《南齊書》卷 23〈王儉傳〉。見《南齊書》，頁 433-435。

[272] 《文選》卷 58〈碑文上〉王儉〈褚淵碑文并序〉。見《文選》，頁 2511-2512。

[273] 《文選》卷 58〈碑文上〉王儉〈褚淵碑文并序〉。見《文選》，頁 2510。

9.《文選》卷四六〈序下〉任昉(460-508)〈為褚諮議蓁讓代兄襲封表〉[274]

至於任昉〈為褚諮議蓁讓代兄襲封表〉被收於《文選》內，則一方面正好可用來辯證蕭梁政府從未抨擊過褚淵擁齊禪宋之行為，甚至還可藉此澄清《南齊書》所載的市井耳語：「(永明)六年，上表稱疾，讓封與弟蓁，世以為賁恨淵失節於宋室，故不復仕。」[275]此事在《南史》有更細節的描述：「父背袁粲等附高帝，賁深執不同，終身愧恨之，有棲退之志。位侍中。彥回薨，服闋，見武帝，賁流涕不自勝。上甚嘉之，以為侍中、領步兵校尉、左戶尚書。常謝病在外，上以此望之，遂諷令辭爵，讓與弟蓁，仍居墓下。」[276]《南齊書》尚且以不知何人所云的「世以為」，透露出褚賁怨父之心應為街談巷語之流。然唐代完成的《南史》則完全視為褚賁自發的行為。但試問在六朝崇孝的禮俗風氣下，[277]褚賁若真將恨父之心流於言表，則任昉還敢接受褚賁之弟褚蓁之託寫這封建請齊武帝之上表？而齊武帝能不以名教罪人治褚氏家族竟還詔允褚蓁歸封褚賁子之請？李延壽著《南北史》多錄雜史瑣語以資談柄已為學界定論，[278]故在《南史》中所云：「彥回子賁往問訊炤，炤問曰：『司空今日何在？』賁曰：『奉璽綬，在齊大司馬門。』炤正色曰：「不知汝家司空將一家物與一家，亦復何謂。」彥回拜司徒，賓客滿坐，炤歎曰：『彥回少立名行，何意披猖至此！門戶不幸，乃復有今日之拜。使彥回作中書郎而死，不當是一名士邪？名德不昌，遂有期頤之壽。』」」[279]便被高敏(1926-2014)

---

[274] 《文選》，頁 2071-2088。

[275] 《南齊書》卷 23〈褚賁傳〉。見《南齊書》，頁 432。

[276] 《南史》卷 28〈褚賁傳〉。見《南史》，頁 754。

[277] 六朝「重孝」是學界普遍的嘗試。可參錢穆(1895-1990)：〈略論魏晉南北朝學術文化與當時門第知關係〉，收錄於氏著：《中國學術思想史論叢》(臺北：蘭臺出版社，2000 年 11 月)，頁 206-276。余英時：〈名教危機與魏晉士風的演變〉，收錄於氏著：《中國知識階層史論(古代篇)》(臺北：聯經出版事業股份有限公司，2006 年 11 月)，頁 330-372。

[278] 《陔餘叢考》卷 8〈《南史》繁簡失當處〉。見〔清〕趙翼撰，欒保群、呂宗力點校：《陔餘叢考》(石家莊：河北人民出版社，2003 年 12 月)，頁 143-144。

[279] 《南史》卷 28〈褚炤傳〉。見《南史》，頁 756-757。

考證出乃李延壽後補之，除無法確定此事是否真的曾發生於南齊外，《南史》的記載反而透露出褚賁當初實代父受責，根本不見其有絲毫怨父之心。[280]足知《南齊書》載褚賁因怨父而拒繼封之事可能只是風聞，且尚有褚賁代父受過的故事流傳於世，因此《文選》所錄之任昉〈為褚諮議蓁讓代兄襲封表〉反而釐清了部分歷史的真相。但此文被選入於《文選》內，除了可替褚氏家族洗刷人倫醜聞外，更核心的用意應該還是要從蕭統太子監撫的立場對東宮僚屬的期待入手。《南齊書》繼載褚賁、褚蓁兄弟實都曾仕宦於東宮：

> 長子賁，……昇明中，……齊世子中庶子，領翊軍校尉。建元初，仍為宮官，歷侍中。
>
> ……
>
> 蓁字茂緒……明年(永明九年)，表讓封還賁子霽，詔許之。建武末，為太子詹事，度支尚書，領軍將軍。永元元年，卒。[281]

而「讓封」一事的道德象徵又有益於「風教」：「《周禮・大司徒》以陽禮教讓，則民不爭。故先王之訓也，觴酒豆肉，讓而受惡；袵席之上，讓而坐下；朝廷之位，讓而就賤。若太伯、伯夷之倫，仲尼曰：『可謂至德。』又曰：『古之賢人，此其大者，昭昭然揭日月而行也。』其餘官秩之命，封爵之拜，或推之於賢者，或移之於所親，或堅辭不當，或固與乃受，皆可以崇廉恥之道，激趨競之俗，垂於方策，為之大訓。孟子所謂『聞伯夷之風，頑夫廉，懦夫有立志者。』斯之謂也。」[282]是以任昉文中便強調褚賁、褚蓁兄弟禮讓之德：

> 臣賁世載承家，允膺長德。而深鑒止足，脫屣千乘。遂乃遠謬推

---

[280]　高敏：《南北史摭瑣》(鄭州：中州古籍出版社，2003 年 8 月)，頁 155。

[281]　《南齊書》卷 23〈褚賁傳〉、〈褚蓁傳〉。見《南齊書》，頁 431-432。

[282]　《冊府元龜》卷 814〈總錄部 64・讓・序〉。見《冊府元龜》，頁 9475。

恩，近萃庸薄。能以國讓，弘義有歸。匹夫難奪，守以勿貳。……若使貴高延陵之風，臣忘子臧之節，是廢德舉，豈曰能賢？[283]

文中引世人皆知的季札與子臧的典故，[284]很明顯地就是要宣揚此禮讓之德，以風教天下。蕭統對於文學的「風教」作用可在其〈陶淵明集序〉中一窺端倪：

> 有疑陶淵明詩，篇篇有酒，吾觀其意不在酒，亦寄酒為迹者也。其文章不羣，辭彩精拔，跌宕昭彰，獨超眾類，抑揚爽朗，莫之與京。橫素波而傍流，干青雲而直上。語時事則指而可想，論懷抱則曠而且真。加以貞志不休，安道苦節，不以躬耕為恥，不以無財為病，自非大賢篤志，與道汙隆，孰能如此乎？……嘗謂有能觀淵明之文者，馳競之情遣，鄙吝之意祛，貪夫可以廉，懦夫可以立。豈止仁義可蹈，抑乃爵祿可辭。不必傍游泰華，遠求柱史，此亦有助於風教也。[285]

則皆曾任職東宮的褚淵、褚賁、褚蓁父子三人，兼具有文學風采、道德教化、與經國治事等能力，實可視為蕭統理想中的東宮僚屬典範。

以上爬梳的主要目的，是要證明蕭統在《文選》中所流露出塑造理想東宮僚屬的選文意識，可以發現《文選》中的確有部分作品的內容與作者涉及東宮職事與宦歷，顯然蕭統也將其對理想東宮僚屬的典範摹習之意識蘊藏其中。故如：

---

[283] 《文選》卷 38〈表下〉任昉〈為褚諮議蓁讓代兄襲封表〉。見《文選》，頁 1747-1748。

[284] 《史記》卷 31〈吳太伯世家〉：「王諸樊元年，諸樊已除喪，讓位季札。季札謝曰：『曹宣公之卒也，諸侯與曹人不義曹君，將立子臧，子臧去之，以成曹君，君子曰：能守節矣。君義嗣，誰敢干君！有國，非吾節也。札雖不材，願附於子臧之義。』」見〔西漢〕司馬遷(145B.C.-90B.C.)撰，〔南朝宋〕裴駰集解，〔唐〕司馬貞索隱，〔唐〕張守節正義：《史記》(點校本，北京：中華書局，1997 年 9 月)，頁 1450。

[285] 《昭明太子集校注》，頁 200-201。

10.《文選》卷四六〈序下〉任昉〈王文憲集序〉

提及王儉仕於東宮之職：

> 初拜秘書郎，遷太子舍人，以選尚公主，拜駙馬都尉。⋯⋯宋末
> 艱虞，百王澆季。禮粢舊宗，樂傾恒軌，自朝章國紀，典彝備物，奏
> 議符策，文辭表記，素意所不蓄，前古所未行，皆取定俄頃，神無滯
> 用。太祖受命，⋯⋯尋表解選，詔加侍中，又授太子詹事，侍中僕射
> 如故。⋯⋯永明⋯⋯國學初興，華夷慕義，經師人表，允資望實。復
> 以本官領國子祭酒，三年，解丹陽尹，領太子少傅，餘悉如故。挂服
> 捐駒，前良取則，臥轍棄子，後予胥怨。皇太子不矜天姿，俯同人範，
> 師友之義，穆若金蘭。[286]

11.《文選》卷五九〈碑文下〉沈約〈齊故安陸昭王碑文〉

或如沈約〈齊故安陸昭王碑文〉述及蕭緬(455-491)在永明時期的東宮經
歷：

> 水德方衰，天命未改。太祖龍躍俟時，作鎮淮泗。⋯⋯公陪奉朝
> 夕，從容左右，蓋同王子洛濱之歲，實惟辟彊內侍之年。起予聖懷，
> 發言中旨。始以文學遊梁，俄而入掌綸誥。蘭桂有芬，清暉自遠。帝
> 出于震，日衣青光。方軌茅社，俾侯安陸；受瑞析珪，遂荒雲野。式
> 掌儲命，帝難其人，公以宗室羽儀，允膺嘉選。協隆三善，仰敷四德。
> 博望之苑載暉，龍樓之門以峻。獻替帷扆，實掌喉脣。奉待漏之書，
> 銜如絲之旨。前暉後光，非止恆受。公以密戚上賢，俄而奉職，出納
> 惟允，劍璽增華。伊昔帝唐，九官咸事，熊豹臨戣，納言是司。自此

---

[286]《文選》，頁 2075-2079。

迄今，其任無爽。爰自近侍，式贊權衡。而皇情眷眷，慮深求瘼。……
候府寄隆，儲端任顯，東西兩晉，茲選特難。羊琇願言而匪獲，謝琰
功高而後至。升降二宮，令績斯俟；禁旅尊嚴，主器彌固。[287]

　　上列諸例除了流露出蕭統對東宮僚屬理想形象之期待外，這也就證明蕭
統因為肩負太子「監撫」之責，故其對僚屬之需求並非唯文學侍從、貴遊讌
樂之輩。上述諸文之所以被選入《文選》，就是因為其文章內容或作者，不僅
都有東宮仕宦經歷，與崇高的道德品行，更重要的是皆兼具文學與政事之能，
故得以為蕭統所選，作為其當代東宮僚屬「文章」與「人格」典範摹習之對象。

四、 南北分裂對《文選》文化正統性的隱蔽

(一) 唐史家對蕭統與《文選》的刻意忽略之因

　　因此，《文選》的選文意圖實都具備「皇家具名之右文事工，類目銓序
畢露上下尊卑之繩尺。」[288]的用意，故對於蕭綱在〈與湘東王書〉中所言：

　　　　比見京師文體，懦鈍殊常，競學浮疎，爭為闡緩。玄冬脩夜，思
所不得，既殊比興，正背風、騷。若夫六典三禮，所施則有地，吉凶
嘉賓，用之則有所。未聞吟詠情性，反擬《內則》之篇；操筆寫志，
更摹《酒誥》之作；遲遲春日，翻學《歸藏》；湛湛江水，遂同《大傳》。
吾既拙於為文，不敢輕有搞摭。但以當世之作，歷方古之才人，遠則
揚、馬、曹、王，近則潘、陸、顏、謝，而觀其遣辭用心，了不相似。

---

[287] 《文選》，頁 2547-2552。

[288] 朱曉海：〈〈兩都〉、〈二京〉義疏補〉，收錄於氏著：《習賦椎輪記》(臺北：臺灣學生書局，
　　　1999 年 6 月)，頁 204。

若以今文為是，則古文為非；若昔賢可稱，則今體宜棄。俱為盍各，則未之敢許。又時有效謝康樂、裴鴻臚文者，亦頗有惑焉。何者？謝客吐言天拔，出於自然，時有不拘，是其糟粕；裴氏乃是良史之才，了無篇什之美。是為學謝則不屆其精華，但得其冗長；師裴則蔑絕其所長，惟得其所短。[289]

　　其所指的「京師文體」即謂昭明太子在《文選》中所蘊含之「文士國士化」的文學範式。但因為蕭綱集團標榜「宮體」之名，[290]且隨著蕭統過世，蕭綱繼任太子入主東宮，隨即命徐陵(507-583)編輯與《文選》風格完全南轅北轍的詩集《玉臺新詠》，[291]造成隋唐史官在編輯南朝歷代史時，往往緊抓蕭綱宮體詩來抨擊南朝靡弱文風：「文章之體，自宋、齊以來，其濫極矣。人知可惡也，而不知相率為偽之尤可惡也。南人倡之，北人和之，故魏收、邢子才之徒，與徐、庾而相彷彿。懸一文章之影跡，役其心以求合，則弗論其為駢麗、為輕虛、而皆偽。」[292]且蕭綱又另有〈戒當陽公書〉稱：

　　立身之道，與文章異。立身先須謹重，文章且須放蕩。[293]

---

[289]　《梁書》卷49〈文學上·庾肩吾傳〉。見《梁書》，頁690-691。

[290]　《梁書》卷30〈徐摛傳〉：「摛文體既別，春坊盡學之，『宮體』之號，自斯而起。高祖聞之怒，召摛加讓，及見，應對明敏，辭義可觀，高祖意釋。因問《五經》大義，次問歷代史及百家雜說，末論釋教。摛商較縱橫，應答如響，高祖甚加歎異，更被親狎，寵遇日隆。」見《梁書》，頁447。

[291]　蕭綱立太子後，對東宮僚屬之替換，本為歷代東宮制度。而這也被研究者視為蕭梁東宮文學風格轉向的重大關鍵，可參胡大雷：〈中大通三年的太子之爭與「宮體」登場〉，收錄於氏著：《《玉臺新詠》編纂研究》(北京：人民文學出版社，2013年4月)，頁14-24。而唐人視宮體詩為南朝亡國之音，主要是出於詮釋政治與文化正統的目的，但事實上，《玉臺新詠》其實是唐詩重要的題材與體式淵源。參張蕾〈從《唐詩玉臺新詠》看唐詩與《玉臺新詠》的因緣〉，收錄於氏著：《《玉臺新詠》論稿》(北京：人民出版社，2007年12月)，頁176-197。

[292]　《讀通鑑論》，頁582-583。

[293]　《全梁文》，頁113。

與蕭統所致之信：

> 夫文典則累野。麗亦傷浮。能麗而不浮。典而不野。文質彬彬。
> 有君子之致。吾嘗欲為之。但恨未逮耳。[294]

即可顯示出蕭統與蕭綱前後東宮集團的文學立場相去甚遠。

隨著蕭梁帝國在梁簡文帝、梁元帝期間滅於北朝之手，則對視北方政權為正統立場的唐史官，形塑蕭梁文學乃靡靡亡國之音正是凸顯北朝文學正統的利器。[295]尤其在梁、魏時代，這種南北文化爭勝的記載即屢見不鮮。如《北齊書》卷三七〈魏收傳〉：「自魏、梁和好，書下紙每云：『想彼境內寧靜，此率土安和。』梁後使，其書乃去『彼』字，自稱猶著『此』，欲示無外之意。收定報書云：『想境內清晏，今萬國安和。』梁人復書，依以為體。」[296]而《洛陽伽藍記》卷二「景寧寺條」更假借南人陳慶之之口：「自晉宋以來，號洛陽為荒土，此中謂長江以北，盡是夷狄。昨至洛陽，始知衣冠士族，並在中原。禮儀富盛，人物殷阜，目所不識，口不能傳。所謂帝京翼翼，四方之則。始登泰山者卑培塿，涉江海者小湘、沅。北人安可不重？」[297]則檢視以北方為正統立場的唐初史官，對於南朝文學的評價，實揭露出其專美北朝的立論觀點。如《隋書》卷七六〈文學傳‧序〉即云：

> 暨永明、天監之際，太和、天保之間，洛陽、江左，文雅尤盛。

---

[294] 《昭明太子集校注》，頁 155。

[295] 王文進：《南朝邊塞詩新論》（臺北：里仁書局，2000 年 2 月），頁 20-31。

[296] 《北齊書》，頁 486。按：《北齊書‧魏收傳》的記載當是參照魏收於〈魏書‧自序〉所云：「自南北和好，書下紙每云『想彼境內寧靜，此率土安和』。蕭衍後使，其書乃去『彼』字，自稱猶著『此』，欲示無外之意。收定報書云：『想境內清晏，今萬國安和。』南人復書，依以為體。」見《魏書》，頁 2325。

[297] 〔東魏〕楊衒之撰，楊勇校箋：《洛陽伽藍記校箋》（臺北：正文書局，1982 年 9 月），頁 114。

于時作者，濟陽江淹、吳郡沈約、樂安任昉、濟陰溫子昇、河間邢子才、鉅鹿魏伯起等，並學窮書圃，思極人文，縟綵鬱於雲霞，逸響振於金石。英華秀發，波瀾浩蕩，筆有餘力，詞無竭源。方諸張、蔡、曹、王，亦各一時之選也。聞其風者，聲馳景慕，然彼此好尚，互有異同。江左宮商發越，貴於清綺，河朔詞義貞剛，重乎氣質。氣質則理勝其詞，清綺則文過其意，理深者便於時用，文華者宜於詠歌，此其南北詞人得失之大較也。若能掇彼清音，簡茲累句，各去所短，合其兩長，則文質斌斌，盡善盡美矣。梁自大同之後，雅道淪缺，漸乖典則，爭馳新巧。簡文、湘東，啟其淫放，徐陵、庾信，分路揚鑣。其意淺而繁，其文匪而彩，詞尚輕險，情多哀思。格以延陵之聽，蓋亦亡國之音乎！[298]

或《北齊書》卷四五〈文苑傳·序〉：

江左梁末，彌尚輕險，始自儲宮，刑乎流俗，雜沓霶以成音，故雖悲而不雅。爰逮武平，政乖時蠹，唯藻思之美，雅道猶存，履柔順以成文，蒙大難而能正。原夫兩朝叔世，俱肆淫聲，而齊氏變風，屬諸絃管，梁時變雅，在夫篇什。莫非易俗所致，並為亡國之音；而應變不殊，感物或異，何哉？蓋隨君上之情欲也。[299]

與《周書》卷三三〈王褒庾信傳·史臣曰〉：

既而革車電邁，渚宮雲撤。爾其荊、衡杞梓，東南竹箭，備器用於廟堂者眾矣。唯王褒、庾信奇才秀出，牢籠於一代。是時，世宗雅

---

[298] 《隋書》，頁 1729-1730。
[299] 《北齊書》，頁 602。

詞雲委，滕、趙二王雕章間發。咸築宮虛館，有如布衣之交。由是朝
廷之人，閭閻之士，莫不忘味於遺韻，眩精於末光。猶丘陵之仰嵩、
岱，川流之宗溟、渤也。然則子山之文，發源於宋末，盛行於梁季。
其體以淫放為本，其詞以輕險為宗。故能誇目侈於紅紫，蕩心逾於鄭、
衛。昔楊子雲有言：「詩人之賦，麗以則；詞人之賦，麗以淫。」若以
庾氏方之，斯又詞賦之罪人也。原夫文章之作，本乎情性。覃思則變
化無方，形言則條流遂廣。雖詩賦與奏議異軫，銘誄與書論殊塗，而
撮其指要，舉其大抵，莫若以氣為主，以文傳意。考其殿最，定其區
域，攄六經百氏之英華，探屈、宋、卿、雲之祕奧。其調也尚遠，其
旨也在深，其理也貴當，其辭也欲巧。然後瑩金璧，播芝蘭，文質因
其宜，繁約適其變，權衡輕重，斟酌古今，和而能壯，麗而能典，煥
乎若五色之成章，紛乎猶八音之繁會。夫然，則魏文所謂通才足以備
體矣，士衡所謂難能足以逮意矣。[300]

　　以上均視梁末宮體文學靡麗淫艷之風為亡國之音，並就此做為梁代整體
文風之代稱，王文進先生在〈文學史中南北文學交流論的假性結構〉中曾指
出：「初唐史家對南北朝文學的論述立場是偏離事實的，南朝文學不僅是北朝
典範模習之對象，使得即便處在胡漢之爭之緊繃下，北方胡主對文風提倡與
喜好的導向，亦說明著南北文學相捋的狀態是一種文學史的假性結構，造成
此既成印象的主要原因，即是唐初史家重北輕南的文化態度。」[301]尤其就《隋
書‧經籍志》所載錄的成果，北朝文學無論在質或量方面均不能與南朝相比，
但初唐史家的歷史描述卻往往視南朝文學為「其體以淫放為本，其詞以輕險
為宗」的亡國鄭、衛之聲。曾守正即就上述所引初唐史家對於南朝文學史圖
像的描述做出以下分析：「第一、多數史書側重北朝文學現象的描繪；第二、

---

[300] 《周書》，頁 744-745。

[301] 王文進：《南朝山水與長城想像》(臺北：里仁書局，2008 年 6 月)，頁 294。

多數史書對南方文學提出嚴厲批判；第三、關於北朝的文學論述，多見迴護之情。……在這樣的論述中，不難發現在唐初修纂的正史中，除了《梁書》與《陳書》二史外，大都對於南朝文風提出了負面批評，其不滿的對象，《南史》隱隱指向陳朝，《北齊書》指向梁末，《隋書》則向前推至梁武帝大同年間，《周書》更上溯於宋末。」[302]

　　不過這其中尚有一個遭到忽視的有趣現象，即在初唐史家的論述中，根本未曾提及此段期間蕭統與其《文選》的任何資訊。而《周書》卷二三〈蘇綽傳〉甚至將梁末浮靡文風追溯至西晉末：「自有晉之季，文章競為浮華，遂成風俗。太祖欲革其弊，因魏帝祭廟，羣臣畢至，乃命綽為大誥，奏行之。」[303]《周書》卷二二〈柳慶遠傳〉又錄蘇綽之言：「近代以來，文章華靡，逮于江左，彌復輕薄。洛陽後進，祖述不已。相公柄民軌物，君職典文房，宜製此表，以革前弊。」[304]蘇綽所提倡的以「大誥體」寫作，雖然應是限於政府公文書，但其論述邏輯透露著藉由不斷強調南朝文風之澆薄，以凸顯其推行復古之風的大誥體之所必須，故不僅彰顯出北朝政權才是中國文化正統之所在，也將南方華美文風定位為亡國靡靡、違經悖教之音。[305]

　　《隋書》指出梁簡文帝與梁元帝便是此宮體豔情詩風的主要提倡者；《北齊書》也將矛頭指向梁末的儲宮─梁簡文帝；《周書》則將庾信淫放輕險的文風視為梁末流行的文體。均顯示出唐史官評論南北朝文學時，對於南方文學往往聚焦於蕭梁末期，卻絲毫未見其對「梁天監至中大通年間」─即蕭統編輯《文選》的時代─文學樣貌提出任何評價！但若對照令狐德棻提出的理想文風範式為「和而能壯」、「麗而能典」，不正與蕭統在〈與湘東王書〉中的「文

---

[302] 曾守正：〈唐修正史文學彙傳的文學史圖像與意識〉，《淡江人文社會學刊》第 7 期，2001 年 5月，頁 1-22。

[303] 《周書》，頁 391。

[304] 《周書》，頁 370。

[305] 林晉士：〈論西魏蘇綽奏行大誥之性質與影響〉，收錄於國立成功大學中文系編：《魏晉南北朝文學與思想學術研討會論文集(第六輯)》(臺北：里仁書局，2010 年 7 月)，頁 375-413。

質彬彬」之文學觀相互應和？而其對諸文體提出的美學：「雖詩賦與奏議異軫，銘誄與書論殊塗，而撮其指要，舉其大抵，莫若以氣為主，以文傳意。」不也投射出〈文選序〉中所言：「詩者，蓋志之所之也。情動於中，而形於言。……頌者，所以游揚德業，褒贊成功。……箴興於補闕，戒出於弼匡，論則析理精微，銘則序事清潤，美終則誄發，圖像則讚興。」之意！可見唐史官與蕭統對文章經國之大業的性質認知並無差別，不過唐史官所代表的北方政權正統論，顯然認為蕭綱、蕭繹「文章且須放蕩」的宮體文風乃亡國喪曲，並在掌握修史權後，樹立了此一南方文風淫逸靡弱的既定成見與學術共識。[306]反倒是遭蕭綱譏為「懦鈍」的蕭統東宮「六典三禮」之文風，在唐史官的集體刻意忽略下，卻更凸顯出其符合北人「並存雅體，歸於典制」的文化正統意識。[307]則北方史家對《文選》的忽略，實呈現出南北文化正統意識話語權的爭奪狀況。

從唐史官論述梁、陳文學時，刻意略過梁武帝普通至中大通時期蕭統編輯《文選》的時段，透露出梁武帝與昭明太子所提倡卻受到蕭綱等人所譏為《內則》、《大傳》之文風，或許才是最符合一統帝國圖像的文學標準。從中也可推敲，唐史官刻意略過《昭明文選》在蕭梁文學史中的意圖，不正是欲令南北分裂時的文學正典譜系，無形地轉移至辭意貞剛的河朔文學！但此一歷史論述模式，卻也正好透露出《昭明文選》所收錄的作品與整體風格，反而更具備象徵文化正統與帝國盛世圖像的特質。

魏收(507-572)在《魏書》卷八五〈文苑‧溫子昇傳〉中曾提及一段故事：

　　蕭衍使張臯寫子昇文筆，傳於江外。衍稱之曰：「曹植、陸機復生

---

[306] 王文進〈文學史中南北文學交流論的假性結構〉：「由於代表北方立場的魏徵以御詔「總加撰定」的身分，不斷在《梁書》與《陳書》裡，加重了對南方批評的語調，所以使後代學者無法跳出這種思維窠臼。」見《南朝山水與長城想像》，頁298。

[307] 《北史》卷83〈文苑傳‧序〉。見〔唐〕李延壽：《北史》(點校本，北京：中華書局，1997年9月)，頁2782。

於北土。恨我辭人，數窮百六。」[308]

「百六」一詞見《漢書》卷二一〈律曆志上〉可知是「九厄」之一[309]，而考張皋於大同三年(537)出使東魏[310]，此時梁盛魏衰的局勢，[311]蕭衍竟稱數窮百六，實為北方史官的誣衊之筆。而蕭衍見到溫子昇之作竟大發南國文學人才凋零之嘆，則更可見北人專美之辭。然弔詭的是，北魏末期的軍國文誥多出溫子昇之手，而《魏書》又稱其作品「文章清婉」，顯然還包含詩賦之作。今日雖可見溫子昇的作品不多，然在存世必較為完整的北魏、東魏時代，溫子昇的文學評價顯然是較符應《周書》中所稱「和而能壯，麗而能典，煥乎若五色之成章，紛乎猶八音之繁會」文質彬彬之風。則北人雖藉蕭衍之口以確立溫子昇文冠南北的典律地位，不也正好替同樣追求文質彬彬之典律風格的蕭統《文選》進行背書嗎？此一邏輯不就顯示出在南北對峙的局面下，南北朝敵對之政權對文學典律風格的追求竟然出現完全相同的意見，而此一文學典律目的，顯然是要襯托出所屬政權的文化正統性，以及塑造出禮樂文明下的帝國圖像。

因此，唐史官若將蕭統《文選》明載入南北朝文學史發展的進程中，顯然足以威脅北人論述文化正統的代表性，使得欲打造剛完成一統大業的大唐帝國圖像有裂解之危，也促南人對北方政權的政治認同感崩離。故才刻意在論述南朝文學發展時忽略不提蕭統與《文選》，轉將江左文風聚焦在蕭綱入主東宮後所興起的宮體文學上，以形塑梁、陳文學靡靡之音的亡國樣貌，藉以強化河朔貞剛文風的文化正統性。由此也可推知，《文選》一書既然受到初唐

---

[308] 〔北齊〕魏收：《魏書》(點校本，北京：中華書局，1997 年 9 月)，頁 1876。

[309] 〔東漢〕班固(32-92)：《漢書》(點校本，北京：中華書局，1997 年 9 月)，頁 984。

[310] 《南史》卷 7〈梁本紀・武帝下〉：「(大同三年)九月，使兼散騎常侍張皋聘于東魏。」見《南史》，頁 213。

[311] 周一良(1913-2001)〈論梁武帝及其時代〉云：「魏分東西以後，大同二年，東魏主動向梁議和，主要是因為想與南方和好以牽掣西魏。」可知大同年間的南北政治實況是梁盛魏衰、南強北弱。見氏著：《魏晉南北朝史論集》(北京：北京大學出版社，1997 年 6 月)，頁 356。

史家的刻意忽略，顯係其內容絕非僅止於修辭翰藻的美文功能，再加上自唐高宗永隆以後《文選》竟成為科考試策之範本，在在揭示出《文選》確實尚存在著「經世」之用與「風教」之音。而這樣的編輯內容，絕對與蕭統身為「太子」又肩負「監撫」職能的因素有關。

(二)「監撫制」對蕭統編輯《文選》的影響

是以《梁書》中尚記載著蕭統「監撫」時期所曾督辦的政務內容，若再聯繫至《文選》選文，即可勾勒出蕭統提煉文士國士化的經國治事之編輯目的。如蕭統嘗於東宮「論禮」：

> (普通)三年十一月，始興王憺薨。舊事，以東宮禮絕傍親，書翰並依常儀。太子意以為疑，命僕劉孝綽議其事。[312]

蕭憺是梁武帝的么弟，即昭明太子的叔叔。蕭憺為人孝順友悌，[313]為官則視民如傷。[314]蕭統在此要求東宮僚屬對於太子服旁親之喪的禮儀進行討論，重點在於是否滿月後即可除服？東宮日常禮樂儀式也都可恢復常態？當時的太子僕劉孝綽、尚書僕射徐勉、太子左衛率周捨、太子家令陸襄均認為應於踰月後即服除，依常舉樂。然蕭統自己的看法顯然與宮僚有別，從其所自發之〈令〉可知，與其討論傳統儀則施行細節，蕭統更看重的是自己內心對喪親之痛的情感抒發，故曰：

---

[312] 《梁書》卷8〈昭明太子傳〉。見《梁書》，頁166。

[313] 《梁書》卷22〈太祖五王·始興忠武王憺傳〉：「(天監)七年，慈母陳太妃薨，水漿不入口六日，居喪過禮，高祖優詔勉之，……同母兄安成王秀將之雍州，薨於道。憺聞喪，自投于地，席薰哭泣，不飲不食者數日，傾財產賻送，部伍小大皆取足焉。天下稱其悌。」見《梁書》，頁354-355。

[314] 《梁書》卷22〈太祖五王·始興忠武王憺傳〉：「憺自以少年始居重任，思欲開導物情。乃謂佐吏曰：『政之不臧，士君子所宜共惜。言可用，用之可也；如不用，於我何傷？吾開懷矣，爾其無吝。』於是小人知恩，而君子盡意。民辭訟者，皆立前待符教，決於俄頃。曹無留事，下無滯獄，民益悅焉。」見《梁書》，頁354。

　　　尋情悲之說，非止卒哭之後，緣情為論，此自難一也。用張鏡(案：
指張鏡《東宮儀記》。)之舉樂，棄張鏡之稱悲，一鏡之言，取捨有異，
此自難二也。……張豈不知舉樂為大，稱悲事小；所以用小而忽大，
良亦有以。至如元正六佾，事為國章；雖情或未安，而禮不可廢。鏡
吹軍樂，比之亦然，書疏方之，事則成小，差可緣心。聲樂自外，書
疏自內，樂自他，書自己。劉僕之議，即情未安。可令諸賢更共詳衷。[315]

　　蕭統認為有關國家重要禮樂典制當然應該正常施行，但就太子個人而
言，在親屬過世的初期沉浸於悲痛之中何嘗有心於絲竹之樂？故其對於劉宋
時代張鏡所造之《東宮儀記》並不完全認同，最主要的原因就是蕭統更重視
表達自己內心對喪親之痛的哀戚之感。故普通七年十一月蕭統生母丁貴嬪崩
天，蕭統的哀戚之狀更加慘澹憔悴：

　　　貴嬪有疾，太子還永福省，朝夕侍疾，衣不解帶。及薨，步從喪
還宮，至殯，水漿不入口，每哭輒慟絕。高祖遣中書舍人顧協宣旨曰：
「毀不滅性，聖人之制。禮，不勝喪比於不孝。有我在，那得自毀如
此！可即強進飲食。」太子奉勑，乃進數合。自是至葬，日進麥粥一
升。高祖又〈勑〉曰：「聞汝所進過少，轉就羸瘵。我比更無餘病，正
為汝如此，胸中亦圯塞成疾。故應強加饘粥，不使我恒爾懸心。」雖
屢奉勑勸逼，日止一溢，不嘗菜果之味。體素壯，腰帶十圍，至是減
削過半。每入朝，士庶見者莫不下泣。[316]

　　可知治喪如儀已無法完全替身為太子的蕭統表達喪親之慟，而尋求更能
表達內心哀痛的方式。這種對喪親之痛的感受表達於《文選》之中，就是多

---

[315]　《梁書》卷 8〈昭明太子傳〉。見《梁書》，頁 166。
[316]　《梁書》卷 8〈昭明太子傳〉。見《梁書》，頁 167。

加選錄相關主題的作品，如：

(1)卷十六〈賦辛‧哀傷〉潘岳〈懷舊賦并序〉。[317]

(2)卷十六〈賦辛‧哀傷〉潘岳〈寡婦賦并序〉。[318]

(3)卷二三〈詩丙‧哀傷〉潘岳〈弔亡詩〉三首。[319]

(4)卷二四〈詩丙‧贈答二〉曹植〈贈白馬王彪〉。[320]

(5)卷三九〈啟〉任昉〈啟蕭太傅固辭奪禮〉。[321]

(6)卷五六〈誄上〉潘岳〈楊荊州誄并序〉。[322]

(7)卷五六〈誄上〉潘岳〈楊仲武誄并序〉。[323]

(8)卷五七〈誄下〉謝莊(421-466)〈宋孝武宣貴妃誄并序〉。[324]

(9)卷五七〈哀上〉潘岳〈哀永逝文〉。[325]

(10)卷五八〈哀下〉顏延之〈宋文皇帝元皇后哀策文并序〉。[326]

(11)卷五八〈哀下〉謝朓〈齊敬皇后哀策文并序〉。[327]

以上十一篇作品，主題都在表達喪親之痛的情緒。如曹植的〈贈白馬王彪〉，從蕭統未收的〈詩序〉可知：「黃初四年五月，白馬王、任城王與余俱朝京師，會節氣。到洛陽，任城王薨。至七月，與白馬王還國。後有司以二王歸藩，道路宜異宿止，意毒恨之！蓋以大別在數日，是用自剖，與王辭焉，

---

[317] 《文選》，頁 730-734。

[318] 《文選》，頁 734-743。

[319] 《文選》，頁 1090-1093。

[320] 《文選》，頁 1122-1125。

[321] 《文選》，頁 1797-1800。

[322] 《文選》，頁 2439-2444。

[323] 《文選》，頁 2445-2448。

[324] 《文選》，頁 2477-2483。

[325] 《文選》，頁 2484-2487。

[326] 《文選》，頁 2487-2494。

[327] 《文選》，頁 2494-2500。

慎而成篇。」[328]而這樣的編輯方式也就意味著，蕭統所看重的絕非選錄作品的原義，而是在其《文選》選文體系中所展示的新意。因為不選原作之序文，也就意味著將作者本意抽離作品，使得讀者能夠就自己所需重新創造新解，此刻的詮釋權儼然從作者轉移至讀者身上，而作品隨著作者消失反而將其文本意象轉化為人情的普遍共識。這種新解的方式，尚可見於謝靈運的〈述祖德詩〉。蕭統同樣未錄謝詩原〈序〉，使得〈述祖德詩〉的意象不再受限於謝玄的淝水之戰功，反可轉移至南北對立下，任何一場戰勝胡族的戰爭上。如此便透露出後世以《文選》所錄之作品的本義，來推測蕭統選文之動機，所造成詮釋學上誤讀的言意位差現象。[329]

　　因此要探測蕭統選文本旨最準確的方式，應是回到蕭統編輯《文選》時的「太子監撫」的職能身分。對照《梁書》卷八〈昭明太子傳〉中蕭統有關喪儀之討論，則在上列的《文選》文中，實透露出「實踐國典」與「表哀敘懷」兩大需求：第(5)、(8)、(9)、(11)四篇應屬於國家禮典制度之實踐，如任昉所欲推辭的「奪禮」又稱「奪情」，即在服喪期間受詔令而帶孝出仕。[330]南朝時代「奪情起復」已漸成制度化，[331]任昉上奏婉拒蕭鸞的徵召實與《梁書》所載其孝行之思相映：

---

[328] 《曹植集校注》，頁 294。

[329] 顏崑陽：〈從「言意位差」論先秦至六朝「興」義的演變〉，《清華學報》第 28 卷第 2 期，1998 年 6 月，頁 143-172。

[330] 黃修明〈中國古代仕宦官員「丁憂」制度考〉：「朝廷對遭受父母之喪的大臣要員，不許解官，命其繼續留職，素服理政辦公；或官員喪期未滿，朝廷特許終止其服喪守制，在『丁憂』期內起複任職。有關丁憂『奪情』的議決，以及各級官吏丁憂是否奪情的統一政策規定，一般先由禮部具體商議，然後報經皇帝審批，最後以頒佈詔令的方式貫徹執行。中央朝廷的仕宦官員，尤其是那些顯貴政要，其丁憂奪情與否，通常由皇帝直接裁決定奪，禮部官員不得妄議。」見《四川師範大學學報(社會科學版)》第 34 卷第 3 期，2007 年 5 月，頁 118-124。

[331] 《隋書》卷 8〈禮儀志三〉：「齊衰心喪已上，雖有奪情，並終喪不弔不賀不預宴。暮喪未練，大功未葬，不弔不賀，並終喪不預宴。……若以戎事，不用此制。」見《隋書》，頁 157。

　　俊雅欽重昉，以為當時無輩。遷司徒刑獄參軍事，入為尚書殿中郎，轉司徒竟陵王記室參軍，以父憂去職。性至孝，居喪盡禮。服闋，續遭母憂，常廬于墓側，哭泣之地，草為不生。服除，拜太子步兵校尉、管東宮書記。[332]

《南史》有更詳盡的描述：

　　以父喪去官，泣血三年，杖而後起。齊武帝謂昉伯遐曰：「聞昉哀瘠過禮，使人憂之，非直亡卿之寶，亦時才可惜。宜深相全譬。」遐使進飲食，當時勉勵，回即歐出。昉父遙本性重檳榔，以為常餌，臨終嘗求之，剖百許口，不得好者，昉亦所嗜好，深以為恨，遂終身不嘗檳榔。繼遭母憂，昉先以毀瘠，每一慟絕，良久乃蘇，因廬於墓側，以終喪禮。哭泣之地，草為不生。昉素強壯，腰帶甚充，服闋後不復可識。[333]

　　則可知任昉守喪雖哀逾禮制，但卻能將其失怙之悲慟淋漓地表達出來，是以南朝雖亦有奪情起復之慣例，但任昉無法在這種情緒下出仕，故蕭統對於喪親之痛及逾制哀損的情緒表達，與任昉頗為近似，且任昉曾於永明時代任職東宮的仕宦經歷，都足以說明蕭統將此文選錄於《文選》內，除作為教化之榜樣外，更可讓蕭統東宮僚屬以此為表喪敍哀之範本。而任昉兼備文章、經國之能，也順理成章地成為《文選》中「文士國士化」與「東宮僚屬」理想典型的摹習對象。
　　其他三篇與國家喪禮儀制有關的文章，[334]皆為臣代王言的大手筆，[335]因

---

[332] 《梁書》卷 14〈任昉傳〉。見《梁書》，頁 252。

[333] 《南史》卷 59〈任昉傳〉。見《南史》，頁 1453。

[334] 趙翼有專論〈哀策文〉在南朝國家禮制中的變化。見《廿二史劄記》，頁 258。

此在文學價值上無可懷疑其典範價值，[336]但對於蕭統的選錄目的，雖有研究從文體演化的角度，指出《文選》錄此三篇，實乃突破傳統哀誄文以四言為主的古體限制，而更加強調以「騷」體長短句型的抒哀性質。[337]但這些意見實均未能從蕭統本身出發，探討其因「監撫」職能所需而蘊藏其中的選文意識。

　　如前所論，蕭統確實在監撫期間於東宮討論服喪儀則外，在編輯《文選》期間又遭罹母喪，故選錄這些文章本就應該有現實的需求。但特意挑選此三人的作品，則尚應考慮三人在東宮任職的仕宦背景。謝朓與顏延之已見本章前文所論，至於謝莊：

> 初為始興王濬後軍法曹行參軍，轉太子舍人，廬陵王文學，太子洗馬，中舍人，廬陵王紹南中郎諮議參軍。又轉隨王誕後軍諮議，並領記室。分左氏經傳，隨國立篇，製木方丈，圖山川土地，各有分理，離之則州別郡殊，合之則宇內為一。元嘉二十七年，索虜寇彭城，虜遣尚書李孝伯來使，與鎮軍長史張暢共語，孝伯訪問莊及王微，其名聲遠布如此。二十九年，除太子中庶子。時南平王鑠獻赤鸚鵡，普詔羣臣為賦。太子左衛率袁淑文冠當時，作賦畢，齎以示莊，莊賦亦竟，淑見而歎曰：「江東無我，卿當獨秀。我若無卿，亦一時之傑也。」遂隱其賦。[338]

可知任於宋文帝(424-453 在位)太子劉劭(424-453)東宮職的謝莊，不僅文

---

[335] 如《晉書》卷 65〈王珣傳〉：「珣夢人以大筆如椽與之，既覺，語人云：『此當有大手筆事。』俄而帝崩，哀冊諡議，皆珣所草。」見《晉書》，頁 1756-1757。

[336] 林登順：〈《文選》哀祭文類──誄、哀辭探索〉，收錄於《第六屆文選學國際學術研討會論文集》(北京：學苑出版社，2007 年 9 月)，頁 213-235。

[337] 何維剛：〈關於《文選》哀策問題及其文體特色〉，《漢學研究》第 32 卷第 3 期，2014 年 9 月，頁 129-159。

[338] 《宋書》卷 85〈謝莊傳〉。見《宋書》，頁 2167。

學能力為當世所宗，更遠播北魏。而宋孝武帝大明六年(462)殷貴妃卒：

> (孝武)帝常思見之，遂為通替棺，欲見輒引替觀屍，如此積日，
> 形色不異。……時有巫者能見鬼，說帝言貴妃可致。帝大喜，令召之。
> 有少頃，果於帷中見形如平生。帝欲與之言，默然不對。將執手，奄
> 然便歇，帝尤哽恨，於是擬李夫人賦以寄意焉。謝莊作哀策文奏之，
> 帝臥覽讀，起坐流涕曰：「不謂當今復有此才。」都下傳寫，紙墨為之
> 貴。[339]

　　顯示出謝莊此文確實能讓宋孝武帝思念貴嬪之悲慟情緒獲得抒發，而這
應該就是蕭統將之選錄《文選》內的主要原因。因為據《宋書》所載，宋孝
武帝朝臣曾對殷貴妃是否可入廟發生爭議，[340]而日後宋前廢帝(464-466 在位)
更藉此文囚禁謝莊，[341]或南朝以來即流傳孝武帝與殷貴妃間的亂倫醜聞，[342]但
這些歷史事件其實都未能有效解釋蕭統選文之動機。

　　回到前文，蕭統以「太子監撫」的身分於東宮所召開喪禮儀典會議，並
指示喪儀仍須符合歷代典制，這個證據可見於《陳書》卷十六〈劉師知傳〉

---

[339] 《南史》卷 11〈后妃‧宋孝武宣貴妃傳〉。見《南史》，頁 323-324。

[340] 《宋書》卷 17〈禮志四〉：「大明七年正月庚子，有司奏：『故宣貴妃加殊禮，未詳應立廟與不？』
太學博士虞龢議：『《曲禮》云：「天子有后，有夫人。」《檀弓》云：「舜葬蒼梧，三妃未之
從。」《昏義》云：「后之立六宮，有三夫人。」然則三妃即三夫人也。后之有三妃，猶天子之
有三公也。按《周禮》，三公八命，諸侯七命。三公既尊於列國諸侯，三妃亦貴於庶邦夫人。據
《春秋傳》，仲子非魯惠元嫡，尚得彼別宮。今貴妃是秩，天之崇班，理應立此新廟。』左丞
徐爰議：『宣貴妃既加殊命，禮絕五宮，考之古典，顯有成據。廟堂克構，宜選將作大匠。』參
詳以龢、爰議為允。詔可。」見《宋書》，頁 477。

[341] 《南史》卷 20〈謝莊傳〉：「初，孝武寵姬殷貴妃薨，莊為誄，言『贊軌堯門』，引漢昭帝母趙
婕好堯母門事，廢帝在東宮銜之。至是遣人詰莊曰：『卿昔作〈殷貴妃誄〉，知有東宮不？』將
誅之。」見《南史》，頁 557。

[342] 《南史》卷 11〈后妃‧宋孝武宣貴妃傳〉：「殷淑儀，南郡王義宣女也。麗色巧笑。義宣敗後，
帝密取之，寵冠後宮。假姓殷氏，左右宣泄者多死，故當時莫知所出。」見《南史》，頁 323。

的記載。永定 3 年(559)陳武帝(557-559 在位)崩世，陳文帝(559-566 在位)召集御前會議，討論在朝廷大臣於頭七後恢復日常服制，而戍守先帝靈柩之貼身隨扈的服制又應該為何？其中中書舍人劉師知提及：

> 夫喪禮之制，自天子達。按王文憲《喪服明記》云：「官品第三，侍靈人二十。官品第四，下達士禮，侍靈之數，竝有十人。皆白布袴褶，著白絹帽。內喪女侍數如外，而著齊縗。或問內外侍靈是同，何忽縗服有異？答云，若依君臣之禮，則外侍斬，內侍齊。頃世多故，禮隨事省。諸侯以下，臣吏蓋微，至於侍奉，多出義附，君臣之節不全，縗冠之費實闕，所以因其常服，止變帽而已。婦人侍者，皆是卑隸，君妾之道既純，服章所以備矣。」皇朝之典，猶自不然，以此而推，是知服斬。彼有侍靈，則猶俠御，既著白帽，理無彤服。且梁昭明《儀注》，今則見存，二文顯證，差為成準。[343]

其中的「昭明《儀注》」指的就是「梁昭明太子《喪成服儀注》」[344]，可知蕭統東宮議禮確有其事。只是蕭統更注重找到抒發哀慟之情的方式，則《文選》藉選錄曾仕宦東宮的謝莊，及其令宋孝武帝讀之仿若人在目前效果之〈宋孝武宣貴妃誄并序〉，又蕭梁時代的蕭子顯曾評騭謝〈誄〉「起安仁之塵」[345]，則其典範地位更意在言中了。

而在上列諸篇哀文體類的作品中，選錄多篇潘岳之作的用意，就在於其哀體文之寫作所具有的文學典範性。如：

---

[343] 《陳書》卷 16〈劉師知傳〉。見〔唐〕姚思廉：《陳書》(點校本，北京：中華書局，1997 年 9 月)，頁 230。

[344] 《陳書》卷 16〈劉師知傳〉。見《陳書》，頁 231。

[345] 《南齊書》卷 52〈文學傳論〉：「謝莊之誄，起安仁之塵。」見《南齊書》，頁 908。

潘岳之〈祭庾婦〉，祭奠之恭哀也。[346]

潘岳構意，專師孝山，巧於序悲，易入新切，所以隔代相望，能
徵厥聲者也。[347]

潘岳繼作，實鍾其美。觀其慮贍辭變，情洞悲苦，敘事如傳，結
言摹詩，促節四言，鮮有緩句；故能義直而文婉，體舊而趣新，〈金鹿〉、
〈澤蘭〉，莫之或繼也。[348]

潘岳哀辭，稱「掌珠」、「伉儷」，並引俗說而為文辭者也。[349]

潘岳為才，善于哀文，然悲內兄，則云「感口澤」，傷弱子，則云
「心如疑」，《禮》文在尊極，而施之下流，辭雖足哀，義斯替矣。[350]

　　是以蕭統重視的是潘岳「深情」、「重情」的文風，即使潘岳未曾仕宦於
東宮，[351]但其「哀誄之妙，一時所推」已是南朝文論之錘定，故選錄潘岳亦
具備典範摹習之效應。
　　除喪禮之外，蕭統尚曾親臨國學釋奠，[352]而《文選》收有顏延之〈皇太

---

[346] 《文心雕龍》〈祝盟〉。見《文心雕龍義證》，頁 376。

[347] 《文心雕龍》〈誄碑〉。見《文心雕龍義證》，頁 436。

[348] 《文心雕龍》〈哀弔〉。見《文心雕龍義證》，頁 471。

[349] 《文心雕龍》〈書記〉。見《文心雕龍義證》，頁 966。

[350] 《文心雕龍》〈指瑕〉。見《文心雕龍義證》，頁 1533。

[351] 《晉書》卷 55〈潘岳傳〉：「早辟司空太尉府，舉秀才。……栖遲十年。出為河陽令……轉懷令。……
楊駿輔政，高選吏佐，引岳為太傅主簿。……駿誅，除名。……未幾，選為長安令，……尋為
著作郎，轉散騎侍郎，遷給事黃門侍郎。」見《晉書》，頁 1500-1504。

[352] 《梁書》卷 8〈昭明太子傳〉：「（天監）八年九月，於壽安殿講《孝經》，盡通大義。講畢，親臨
釋奠于國學。」見《梁書》，頁 165。

子釋奠會作詩〉，[353]《梁書》又載：「太子明於庶事，纖毫必曉，每所奏有謬誤及巧妄，皆即就辯析，示其可否，徐令改正，未嘗彈糾一人。平斷法獄，多所全宥，天下皆稱仁。」[354]而《文選》中也錄有「彈事」體三篇：任昉〈奏彈曹景宗〉、〈奏彈劉整〉、沈約〈奏彈王源〉。[355]《梁書》卷三三〈劉孝綽傳〉又載：「時昭明太子好士愛文，孝綽與陳郡殷芸、吳郡陸倕、琅邪王筠、彭城到洽等，同見賓禮。」[356]〈王筠傳〉亦云：「昭明太子愛文學士，常與筠及劉孝綽、陸倕、到洽、殷芸等遊宴玄圃，太子獨執筠袖撫孝綽肩而言曰：『所謂左把浮丘袖，右拍洪崖肩。』其見重如此。」[357]又有蕭子顯(489-537)詩：「儲皇餞離送，廣命傳羽觴，侍遊追西水，閑宴等清漳。新泉已激浪，初卉始含芳，雨罷葉增綠，日斜樹影長。」[358]蕭統自己也常在東宮舉辦各式文會：「性愛山水，於玄圃穿築，更立亭館，與朝士名素者遊其中。嘗泛舟後池，……詠左思〈招隱詩〉曰：『何必絲與竹，山水有清音。』」[359]故《文選》中嘗錄公讌、祖餞詩共計 21 首。[360]其中如謝瞻(385-421)與謝靈運(385-433)的〈九日從宋公戲馬臺集宋孔令詩〉，[361]李善《注》引蕭子顯《南齊書》曰：「宋武帝為宋公，在彭城，九日出項羽 戲馬臺 ，至今相承以為舊準。」[362]而《宋書》也記載：「是歲(義熙十二年)，高祖北伐，季恭求從，以為太尉軍諮祭酒、後將軍。從平關、洛。高祖為相國，又隨府遷。宋臺初建，令書以為尚書令，加散騎常侍，又讓不受，乃拜侍中、特進、左光祿大夫。辭事

[353] 《文選》卷 20〈詩甲・公讌〉。見《文選》，頁 966-970。

[354] 《梁書》卷 8〈昭明太子傳〉。見《梁書》，頁 167。

[355] 《文選》卷 40〈彈事〉。俱見《文選》，頁 1801-1817。

[356] 《梁書》，頁 480。

[357] 《梁書》卷 33〈王筠傳〉。見《梁書》，頁 485。

[358] 蕭子顯：〈侍宴餞陸倕應令詩〉。見《全梁詩》，頁 1819。

[359] 《梁書》卷 8〈昭明太子傳〉。見《梁書》，頁 168。

[360] 《文選》卷 20〈詩甲・公讌〉、〈詩甲・祖餞〉。俱見《文選》，頁 942-983。

[361] 《文選》卷 20〈詩甲・公讌〉。見《文選》，頁 956-958、960-961。

[362] 《文選》卷 20〈詩甲・公讌〉。見《文選》，頁 956。

東歸，高祖餞之戲馬臺，百僚咸賦詩以述其美。」[363]孔季恭是在義熙十四年九月向劉裕辭職東歸，謝瞻詩的首二句：「風至授寒服，霜降休百工。」[364]其中的「霜降」節氣之名，即指夏曆九月，[365]而六朝逢「九月九日」必有登高飲宴之會，[366]如《荊楚歲時記》即載：

> 九月九日，四民並籍野飲宴。九月九日宴會，未知起於何代？然自漢世以來未改。今北人亦重此節，佩茱萸，食餌，飲菊花酒。云令人長壽，近代皆宴設於臺榭。[367]

可知這兩首詩被收在「公讌類」，實有其「嘉禮」制度之義，《梁書》卷三五〈蕭子顯傳〉引蕭子顯〈自序〉云：「天監十六年，始預九日朝宴。」[368]而在其所著的《南齊書》中尚記有「九日臺」之會：「(永明五年)九月己丑，詔曰：「九日出商飆館登高宴羣臣。」辛卯，車駕幸商飆館。館，上所立，在孫陵崗，世呼為『九日臺』者也。」[369]足知九日登高已在齊、梁時代被制度化為國家禮典。且如本章前文所載蕭綱尚有〈九日侍皇太子樂遊苑詩〉：「監撫昭明，善物宣布，惠潤崑瓊，澤熙垂露。」[370]亦可證蕭統監撫時期也舉辦過此類禮典活動。故與其鑽研二謝詩之本義，毋寧說蕭統選錄兩詩是因

---

[363] 《宋書》卷 54〈孔季恭傳〉。見《宋書》，頁 1532。

[364] 《文選》卷 20〈詩甲‧公讌〉。見《文選》，頁 956。

[365] 《漢書》卷 21 下〈律曆志下‧歲術〉：「大火，初氐五度，寒露。中房五度，霜降。於夏為九月，商為十月，周為十一月。終於尾九度。」見《漢書》，頁 1006。

[366] 《藝文類聚》卷 4〈歲時部中〉引曹丕〈與鍾繇書〉：「歲往月來，忽復九月九日。九為陽數，而日月並應，俗嘉其名，以為宜於長久，故以享宴高會。」見《藝文類聚》，頁 84。

[367] 〔南朝梁〕宗懍(502-565)撰，王毓榮校注：《荊楚歲時記校注》(臺北：文津出版社，1992 年 6 月)，頁 212。

[368] 《梁書》，頁 512。

[369] 《南齊書》卷 3〈武帝紀〉。見《南齊書》，頁 54。

[370] 《梁簡文帝集(一)》，頁 189。

在「監撫」職能下,記錄與建構國家禮典中文學活動之範本。

足見在《文選》的選文體系中,實寓有兩大典範摹習對象:其一是歷代東宮僚屬兼具文學與政事的「國士化文士」;其次則是受其「監撫」職能之投射,而提煉出歷代經典文學作品中的經國治世之意涵。而此一理想典範的主要目的除呈現出蕭統東宮之政治正統性外,亦可視為參與梁武帝建國後,不斷推行的禮樂重建之蕭梁帝國文化正統圖像之建構工程。

是以如潘岳雖未曾任職於東宮,但其〈為賈謐作贈陸機〉一詩被收錄於《文選》卷二四,此詩乃為潘岳代賈謐而作,然賈謐卻恃其母姨賈后而屢屢僭越太子之禮:

> 謐既親貴,數入二宮,共愍懷太子遊處,無屈降心。常與太子弈棊爭道,成都王穎在坐,正色曰:「皇太子,國之儲君,賈謐何得無禮!」[371]

> 元康中,京洛童謠曰:「南風起,吹白沙,遙望魯國何嵯峨,千歲髑髏生齒牙。」又曰:「城東馬子莫嚨啁,比至來年纏女鬟。」南風,賈后字也。白,晉行也。沙門,太子小名也。魯賈謐國也。言賈后將與謐為亂,以危太子。[372]

> 太子性剛,知賈謐恃后之貴,不能假借之。謐至東宮,或捨之而於後庭游戲。詹事裴權諫曰:「賈謐甚有寵於中宮,而有不順之色,若一旦交構,大事去矣。宜深自謙屈,以防其變,廣延賢士,用自輔翼。」太子不能從。[373]

---

[371] 《晉書》卷40〈賈謐傳〉。見《晉書》,頁1174。

[372] 《晉書》卷28〈五行志中〉。見《晉書》,頁844。

[373] 《晉書》卷53〈愍懷太子傳〉。見《晉書》,頁1458-1459。

　　元康初，為給事黃門侍郎。時侍中賈謐以外戚之寵，年少居位，潘岳、杜斌等皆附託焉。[374]

　　由此更能證明蕭統選文並非深求作品本義，而是藉選文行為提煉出符合蕭梁帝國盛世之文學圖像，因此即便「躁競寵榮，熱心鑽營」的潘岳，[375]與僭逆不臣、恃寵而驕的賈謐，其人格上之缺失，並不影響蕭統在此詩中找尋此義：

　　肇自初創，二儀煙熅。粵有生民，伏羲始君。結繩闡化，八象成文。
　　芒芒九有，區域以分。
　　神農更王，軒轅承紀。畫野離疆，爰封眾子。夏殷既襲，宗周繼祀。
　　綿綿瓜瓞，六國互峙。
　　強秦兼并，吞滅四隅。子嬰面櫬，漢祖膺圖。靈獻微弱，在涅則渝。
　　三雄鼎足，孫啟南吳。
　　南吳伊何，僭號稱王。大晉統天，仁風遐揚。偽孫銜璧，奉土歸疆。
　　婉婉長離，凌江而翔。
　　長離云誰？咨爾陸生。鶴鳴九皋，猶載厥聲。況乃海隅，播名上京。
　　爰應旌招，撫翼宰庭。
　　儲皇之選，實簡惟良。英英朱鷺，來自南岡。曜藻崇正，玄冕丹裳。
　　如彼蘭蕙，載採其芳。
　　藩岳作鎮，輔我京室。旋反桑梓，帝弟作弼。或云國官，清塗攸失。
　　吾子洗然，恬淡自逸。
　　廊廟惟清，俊乂是延。擢應嘉舉，自國而遷。齊轡群龍，光讚納言。
　　優遊省闥，珥筆華軒。

[374] 《晉書》卷89〈忠義・嵇紹傳〉。見《晉書》，頁2298。
[375] 陳淑美：《潘岳及其詩文研究》（臺北：文津出版社，1999年8月），頁228-230。

昔余與子，繾綣東朝。雖禮以賓，情同友僚。嬉娛絲竹，撫韓舞韶。
脩日朗月，攜手逍遙。
自我離群，二周于今。雖簡其面，分著情深。子其超矣，實慰我心。
發言為詩，俟望好音。
欲崇其高，必重其層。立德之柄，莫匪安恆。在南稱甘，度北則橙。
崇子鋒穎，不頹不崩。[376]

前四章可謂形塑一統天下的帝國圖像；五至八章則意味著東宮多士，賢能輔弼之義，並描述東宮僚屬絲綸王言、協理朝政的政務能力；最後三章則為東宮僚屬互勉與思遠之情的抒發。而陸機亦有賦詩回贈：「余昔為太子洗馬，賈長淵以散騎常侍東宮積年。余出補吳王郎中令，元康六年入為尚書郎。魯公贈詩一篇，作此詩答之云爾。」[377]全詩亦同樣由一統帝國、儲皇賢德、東宮多士等元素架疊而成：

伊昔有皇，肇濟黎蒸。先天創物，景命是膺。降及群後，选毀选興。
邈矣終古，崇替有徵。
在漢之季，皇綱幅裂。大辰匿耀，金虎習質。雄臣馳騖，義夫赴節。
釋位揮戈，言謀王室。
王室之亂，靡邦不泯。如彼墜景，曾不可振。乃眷三哲，俾乂斯民。
啟土雖難，改物承天。
爰茲有魏，即宮天邑。吳實龍飛，劉亦岳立。干戈載揚，俎豆載戢。
民勞師興，國玩凱入。
天厭霸德，黃祚告釁。獄訟違魏，謳歌適晉。陳留歸蕃，我皇登禪。
庸岷稽顙，三江改獻。

---

[376] 《文選》卷 24〈詩丙・贈答二〉潘岳〈為賈謐作贈陸機〉。見《文選》，頁 1152-1156。

[377] 《文選》卷 24〈詩丙・贈答二〉陸機〈答賈長淵并序〉。見《文選》，頁 1138-1139。

赫矣隆晉，奄宅率土。對揚天人，有秩斯祐。惟公太宰，光翼二祖。
誕育洪胄，纂戎於魯。

東朝既建，淑問峨峨。我求明德，濟同以和。魯公戾止，袞服委蛇。
思媚皇儲，高步承華。

昔我逮茲，時惟下僚。及子棲遲，同林異條。年殊志比，服舛義稠。
遊跨三春，情固二秋。

祇承皇命，出納無違。往踐蕃朝，來步紫微。升降秘閣，我服載暉。
孰雲匪懼？仰肅明威。

分索則易，攜手實難。念昔良遊，茲焉永歎！公之雲感，貽此音翰。
蔚彼高藻，如玉之闌。

惟漢有木，曾不踰境。惟南有金，萬邦作詠。民之胥好，狂狷屬聖。
儀形在昔，予聞子命。[378]

　　前四章相較於潘岳所作迄以西晉王朝征服東吳的例子，作為帝國一統天
下圖像的代指；陸機對西晉統一天下的談法，乃輕描淡寫地認為歷史上諸政
權替嬗興廢乃屬常態，大晉一統天下只是五行輪轉剛好天命所歸的契機，顯
然陸機將其故國之思也包裝進本為三分歸晉帝國一統圖像中。第五至第八章
則敘述賈謐之才、儲君之德、與東宮僚屬濟濟多才之狀。末三章則為對往日
東宮生活之懷念有感而發。贈答詩往往呈露出贈答雙方的人際交流，與作者
在社會網絡之間的自我定位，[379]這組詩的社會網絡，很顯然就是以東宮僚屬
為主體，而陸機與賈謐則在此一東宮主體範疇中呈現各自對於東宮生活的描
述與定義。然而這樣對東宮同中有異的描繪，實際上也正好帶給蕭統擷取多
元性的東宮正統象徵，並得以將東宮正統與帝國正統加以連結。事實上，陸
機有多首作品都具備這樣的功效，如《文選》卷二十〈詩甲·公讌〉的〈皇

---

[378] 《文選》卷24〈詩丙·贈答二〉陸機〈答賈長淵并序〉。見《文選》，頁 1139-1142。

[379] 梅家玲：《漢魏六朝文學新論——擬代與贈答篇》（臺北：里仁書局，1997 年 4 月），頁 235-294。

太子讌玄圃宣猷堂有令賦詩〉：

> 三正迭紹，洪聖啟運。自昔哲王，先天而順。群辟崇替，降及近古。
> 黃暉既渝，素靈承祐。乃眷斯顧，祚之宅土。三後始基，世武丕承。
> 協風傍駭，天晷仰澄。淳曜六合，皇慶攸興。自彼河汾，奄齊七政。
> 時文惟晉，世篤其聖。欽翼昊天，對揚成命。九區克咸，讌歌以詠。
> 皇上纂隆，經教弘道。於化既豐，在工載考。俯釐庶績，仰荒大造。
> 儀刑祖宗，妥綏天保。篤生我後，克明克秀。體輝重光，承規景數。
> 茂德淵沖，天姿玉裕。蕞爾小臣，邈彼荒遐。弛厥負檐，振纓承華。
> 匪願伊始，惟命之嘉。[380]

　　或《文選》卷二四〈詩丙・贈答二〉的〈贈馮文羆遷斥丘令〉：「於皇聖世，時文惟晉。受命自天，奄有黎獻。閶闔既闢，承華再建。明明在上，有集惟彥。」[381]與「疇昔之遊，好合纏綿。借曰未洽，亦既三年。居陪華幄，出從朱輪。方驥齊鑣，比跡同塵。」[382]還有如「羈旅遠遊宦，託身承華側。撫劍遵銅輦，振纓盡祗肅。」[383]「在昔蒙嘉運，矯跡入崇賢。假翼鳴鳳條，濯足升龍淵。玄冕無醜士，冶服使我妍。輕劍拂鞶厲，長纓麗且鮮。誰謂伏事淺，契闊踰三年。薄言肅後命，改服就藩臣。……」[384]等詩。蕭統特意選錄陸機所作與東宮相關之作品，很顯然其意一在於陸機可做為後世東宮僚屬的理想形象之例，二則是陸機將東宮與皇廷屢屢相結合於一詩，或述宦途奔波以懷念東宮生活，則陸機被選入《文選》中的作品，便透露出對東宮強烈的情感效果，兼之令太子之德與東宮正統意識更加強化。

---

[380] 《文選》，頁 947-950。

[381] 《文選》，頁 1136。

[382] 《文選》，頁 1137。

[383] 《文選》卷 26〈詩丁・行旅上〉陸機〈赴洛二首〉之二。見《文選》，頁 1230。

[384] 《文選》卷 26〈詩丁・行旅上〉陸機〈吳王郎中時從梁陳作〉。見《文選》，頁 1232。

第四章　《文選》選文與蕭梁帝國正統論

一、《文選》選文對梁武帝建國正統性之構塑

　　《文選》卷三六「令」體收錄南齊(479-502)〈宣德皇后令〉，內容為勸蕭衍(464-549)接受封爵：

> 　　宣德皇后敬問具位：夫功不在賞，故庸勳之典蓋闕；施侔造物，則謝德之塗已寡也。要不得不彊之為名，使荃宰有寄。公實天生德，齊聖廣淵。不改參辰，而九星仰止；不易日月，而二儀貞觀。在昔晦明，隱麟戢翼。博通群籍，而讓齒乎一卷之師；劍氣凌雲，而屈跡於萬夫之下。辯析天口，而似不能言；文擅雕龍，而成則削薰。爰在弱冠，首應弓旌。客遊梁朝，則聲華籍甚；薦名宰府，則延譽自高。
>
> 　　隆昌季年，勤王始著。建武惟新，締構斯在。功隆賞薄，嘉庸莫疇。一馬之田，介山之志愈屬；六百之秩，大樹之號斯存。及擁旄司部，代馬不敢南牧；推轂樊鄧，胡塵罕嘗夕起。惟彼狡童，窮凶極虐，衣冠泯絕，禮樂崩壞。繼而鞠旅誓眾，言謀王室。白羽一麾，黃鳥底定；甲既麟下，車亦瓦解；致天之屆，拱揖群后。豐功厚利，無得而稱。是以祥光抱至，休氣四塞；五老遊河，飛星入昴。元功茂勳，若斯之盛，而地狹乎四履，勢卑乎九伯，帝有悪焉。輶軒萃止，今遣某

位某甲等，率茲百辟，人致其誠。庶匪席之旨，不遠而復。[1]

　　這裡的「令」體猶如皇帝之詔命，徐師曾(1517-1580)《文體明辨序說》
即稱：「按劉良云：『令，即命也。七國之時並稱曰令；秦法，皇后、太子稱
令。』至漢王有〈赦天下令〉，淮南王〈謝羣公令〉，則諸侯王皆得稱令也。
意其文與制詔無大異，特避天子而別其名耳。然考《文選》有梁任昉〈宣德
皇后令〉一首，而其詞華靡，不可法式。其餘諸集亦不多見。今取載于史者，
采而錄之。」[2]可知「令」體近似於國君所發布之「王命」內涵：「按《周官》
太祝六辭，二曰命，三曰誥。考之於《書》，『命』者，以之命官，若〈畢命〉、
〈冏命〉是也。『誥』則以之播誥四方，若〈大誥〉、〈洛誥〉是也。」[3]戰國
(476B.C.-221B.C.)至西漢(202B.C.-8)初期則為與天子誥命有別，故皇后、太
子、以至諸侯王皆以「令」為發布政令之體，徐師曾所引用之「漢王〈赦天
下令〉」即劉邦(247B.C.-195B.C.)於漢王六年(202B.C.)春正月所頒布：「兵不
得休八年，萬民與苦甚，今天下事畢，其赦天下殊死以下。」[4]所謂「天下事
畢」即前一年(203B.C.)十二月項羽(232B.C.-202B.C.)兵敗垓下，命喪烏江畔，
八年楚漢相爭的戰事告一段落，[5]此時劉邦身分尚為項羽當初所封之「漢王」，

[1] 〔南朝梁〕蕭統(501-531)編，〔唐〕李善(630-689)注：《文選》(李培南等點校本，北京：中華書
　局，2007年10月)，頁167。

[2] 〔明〕徐師曾：《文體明辨序說》，收錄於陳慷玲校對：《文體序說三種》(與《文章辨體序說》、
　《文章緣起注》合訂本，臺北：大安出版社，1998年6月)，頁73-74。

[3] 〔明〕吳訥(1372-1457)：《文章辨體序說》，收錄於陳慷玲校對：《文體序說三種》(與《文體明
　辨序說》、《文章緣起注》合訂本，臺北：大安出版社，1998年6月)，頁45-46。

[4] 《漢書》卷1下〈高帝紀下〉。見〔東漢〕班固(32-92)撰，〔唐〕顏師古注：《漢書》(點校本，
　北京：中華書局，1997年9月)，頁51。

[5] 《史記》卷7〈項羽本紀〉載項羽突「垓下之圍」後所言：「吾起兵至今八歲矣，身七十餘戰，
　所當者破，所擊者服，未嘗敗北，遂霸有天下。然今卒困於此，此天之亡我，非戰之罪也。今日
　固決死，願為諸君快戰，必三勝之，為諸君潰圍，斬將，刈旗，令諸君知天亡我，非戰之罪也。」
　見〔西漢〕司馬遷(145B.C.？-86B.C.)撰，〔南朝宋〕裴駰集解，〔唐〕司馬貞索隱，〔唐〕張守
　節正義：《史記》(點校本，北京：中華書局，1997年9月)，頁334。

直待本年二月才在氾水之陽登基為漢帝：「諸侯王幸以為便於天下之民，則可矣。」[6]由此逆推劉邦以漢王身分所發之政令，足見劉邦在結束楚漢戰爭後亟思與民休息之政策。淮南王劉安(179B.C.-122B.C.)之〈謝羣公令〉已不得見其內容，然由吳訥的說明可知，「令」體也同樣具備與帝誥王命一樣播之四方之用途。但徐師曾卻認為唯一被收在《文選》中的「令」體文——由任昉(460-508)所作〈宣德皇后令〉並不符合文體理想，原因出在於「詞藻華靡」。同樣的意見還可見於明代孫鑛《文選瀹注》：「辭非不工，第太涉纖巧，失詔令之體。」[7]由徐、孫二人的「文體論」立場透露出以下線索，其一：此類國誥政令類之文多為文士代言；其二：文士的文學風格直接影響誥令之價值。

〈宣德皇后令〉的作者被標明為任昉，據文中所言：「鞠旅誓眾，言謀王室。白羽一麾，黃鳥底定；甲既麟下，車亦瓦解。」李善《文選注》對典故之解釋，一方面引《鬻子》曰：「(周)武王率兵車以伐紂，紂虎旅百萬，陣於商郊，起自黃鳥，至於赤斧，三軍之士，靡不失色。武王乃命太公把髦以麾之，紂軍反走。」[8]又藉《尚書大傳》所云：「武王伐紂，戰于牧野，紂之卒輻分，紂之車瓦裂，紂之甲如麟下，賀于武王。」[9]可知任昉運用此典之目的，顯然在以「周武王伐紂」比附「梁王蕭衍征伐東昏侯」之事，並以此形容梁王「鞠旅誓眾，言謀王室」的正當性。然而《李善注》卻引用何之元(？-593)《梁典》所言：「高祖密與呂僧珍謀為內伐。」來解釋「鞠旅誓眾，言謀王室」，如此便不能有效貼合在〈宣德皇后令〉敘述脈絡中的文意，也無法彰顯出蕭

---

[6]　《漢書》卷1下〈高帝紀下〉：「諸侯王皆曰：『大王起於細微，滅亂秦，威動海內。又以辟陋之地，自漢中行威德，誅不義，立有功，平定海內，功臣皆受地食邑，非私之也。大王德施四海，諸侯王不足以道之，居帝位甚實宜，願大王以幸天下。』漢王曰：『諸侯王幸以為便於天下之民，則可矣。』於是諸侯王及太尉長安侯臣綰等三百人，與博士稷嗣君叔孫通謹擇良日二月甲午，上尊號。漢王即皇帝位于氾水之陽。」見《漢書》，頁52。

[7]　〔明〕孫鑛(1543-1613)：《文選瀹注》。見〔清〕于光華(1727-1780？)：《評註昭明文選》(臺北：學海出版社，1981年9月)，頁677。

[8]　《文選》，頁1638。

[9]　《文選》，頁1638。

衍起兵之正當性。《李善注》本來就具有「釋事而忘意」之缺點，[10]在此文中其「所忘之意」除了原文作者藉以凸顯蕭衍建梁之正當性本義外，[11]也忽略蕭統於《文選》中呈現出文士參與建造蕭梁帝國圖像之目的。

　　按「宣德皇后」指的是文惠太子蕭長懋(458-493)之妻王寶明(455-512)，文惠太子卒後由其子鬱林王蕭昭業(473-494)、海陵王蕭昭文(480-494)相繼即位為帝，宣德皇后即自此被尊為皇太后(493-512)，然因朝政遭到時任宣城王的蕭鸞(452-498)把持，故宣德太后成為蕭鸞利用來廢替幼皇、直至篡位自立的重要工具。隆昌元年(494)七月，宣德太后令廢黜鬱林王迎海陵王，改元延興；然延興元年(494)十月又下令海陵王退位，命宣城王蕭鸞入承皇祚，繼位為齊明帝(494-498 在位)。正因為蕭鸞以旁支入祚，得位不正，故一方面對齊高帝(479-482 在位)蕭道成(427-482)與齊武帝(482-493 在位)蕭賾(440-493)的嫡系子孫大開殺戒：「自以得不以正，親子皆幼小，而高、武子孫日漸長大，遂盡滅之無遺種。」[12]但另一方面則需藉由宣德太后之詔令來替自己登基的正當性背書。因此在本文首句「宣德皇后敬問具位」的格式，不僅意謂著此文乃正式之公文書，具有明確的政治正當性之外；也透露宣德太后誥令所發之對象：《李善注》認為專指蕭衍，而《五臣注》卻指是「在位百官」。然綜覽全文中的人稱代辭僅出現「公」，對照全文所述之經國功業，則此公很顯然就是指蕭衍，故應以《李善注》較為合理。首段自「夫功不在賞」至「則延譽自高」所要呈現出蕭衍的人格本質，除文擅雕龍、辨析天口、博通群籍、凌雲劍氣之文武全才外，更重要的是凸顯蕭衍人格的道德崇高性，故稱之「實天生德，齊聖廣淵。」而這個道德人格的強調，目的在於反襯南齊東昏侯

---

[10] 《新唐書》卷 220〈文藝傳中‧李邕〉。見〔北宋〕宋祁(998-1061)、歐陽修(1007-1072)等撰：《新唐書》(點校本，北京：中華書局，1997 年 9 月)，頁 5754。

[11] 陳延嘉曾整理出李善《文選注》徵引龐大文獻之弊端：1.削足適履，曲解徵引之作；2.引文艱澀，橫生枝節，增加閱讀困難；3.迂曲而煩瑣；4.徵引沒有必要；5.理解錯誤而徵引；6.徵引不能代替釋義。見氏著：《文選李善注與五臣注比較研究》(長春：吉林文史出版社，2009 年 7 月)，頁 375-385。

[12] 〔清〕趙翼(1727-1814)《廿二史劄記》卷 12〈宋齊梁陳書并南史‧齊明帝殺高、武子孫〉。見王樹民(1911-2004)校證：《廿二史劄記校證》(訂補本，北京：中華書局，2001 年 11 月)，頁 249。

(498-501 在位)之暴虐，以此建立蕭衍禪代之正統性。[13]事實上此一模式宣德太后已執行過兩次，分別是蕭鸞廢鬱林王以立海陵王，[14]以及蕭鸞廢海陵王自立。[15]而此一藉太后下詔嚴厲指責前君敗德令黜之，以迎新王繼位之政權轉換模式，自曹魏起即屢見不鮮。[16]顯示此一模式已成為南朝政權輪替之必經過程，故其文獻本質也因不斷複製同一模式，而逐漸由「特殊政治事件」轉變為依循傳統的建國禮制典範的「故事」。[17]

因此宣德太后在〈令〉文中即細數蕭衍於南齊末年的政治參與，如「隆昌季年，勤王始著」至「致天之屆，拱揖群后。」乃概述蕭衍參與蕭鸞廢立之計、抵擋北魏乘虛而入之侵犯、駐守司、雍、郢等州，成為防禦北魏之前線。[18]逮東昏侯繼位，倒行逆施，天怒人怨，以「致天之屆」形容蕭衍起義，乃化用《詩經・魯頌・閟宮》：「致天之屆，于牧之野。」[19]鄭玄《箋》云：「文王、武王繼大王之事，至受命，致天所罰，極紂於商郊牧野，其時民皆樂舞

---

[13] 《南齊書》卷7〈東昏侯本紀〉史臣曰：「東昏侯亡德橫流，道歸拯亂，躬當翦戮，實啟太平，推闔豎之名字，亦天意也。」見〔南朝梁〕蕭子顯(489-537)：《南齊書》(點校本，北京：中華書局，1997年9月)，頁108。

[14] 《南齊書》卷4〈鬱林王本紀〉隆昌元年秋七月癸巳載〈宣德皇太后令〉。見《南齊書》，頁72-73。

[15] 《南齊書》卷5〈海陵王本紀〉延興元年冬十月辛亥載〈宣德皇太后令〉。見《南齊書》，頁80。

[16] 《三國志》卷4〈三少帝・齊王曹芳本紀〉嘉平六年秋九月甲戌載明元郭太后〈令〉。見〔西晉〕陳壽(233-297)撰，〔南朝宋〕裴松之(372-451)注：《三國志》(點校本，北京：中華書局，1997年9月)，頁128。《晉書》卷8〈哀帝紀〉升平五年五月載褚太后〈令〉。見〔唐〕房玄齡(578-648)等撰：《晉書》(點校本，北京：中華書局，1997年9月)，頁205。《宋書》卷4〈少帝紀〉載皇太后張氏〈令〉。見〔南朝梁〕沈約(441-513)著：《宋書》(點校本，北京：中華書局，1997年9月)，頁65-66。

[17] 「故事」是中國歷史對於依循慣例的舉措所固定使用之名詞，見邢義田：〈從「如故事」和「便宜行事」看漢代行政中的經常與權變〉，即對於「故事」一詞的內涵做出相當精密之分析，其中即包含有制度性質的前朝典禮儀式的記錄。參氏著：《秦漢史論稿》(臺北：東大圖書股份有限公司，1987年6月)，頁333-409。

[18] 趙以武：《梁武帝及其時代》(南京：鳳凰出版社，2006年4月)，頁25-61。

[19] 〔漢〕鄭玄(127-200)注，〔唐〕陸德明(550？-630)音義，〔唐〕孔穎達(574-648)正義，〔清〕阮元(1764-1849)校勘：《毛詩注疏》(重刊十三經注疏本，臺北：藝文印書館，2001年12月)，頁777。

王之如是。」故「致天之屆」實有天命所歸之義；[20]才有後文的祥光、休氣、五老[21]等祥瑞之兆出現的合理性，也使蕭衍取代南齊的正當性更為顯著。最末段則是加封的內容，從其中「地狹乎四履」、「勢卑乎九伯」可知，此時蕭衍尚未「加九錫」晉爵為「梁公」。據《梁書》卷一〈武帝紀上〉可知，中興二年(502)正月宣德太后連續下達多封詔令拜蕭衍為「大司馬」、「都督中外諸軍事」、「進位相國，總百揆，揚州刺史，封十郡為梁公，備九錫之禮，加璽紱遠遊冠，位在諸王之上，加相國綠綟綬。其驃騎大將軍如故。」[22]以上的流程很顯然都是為蕭衍九錫之禮而設，而「加九錫」正是六朝時期政權禪嬗過程中最重要的儀式象徵。但後世史家對於〈宣德皇后令〉的評價，卻往往立足於對蕭衍篡位的政治道德判斷，連帶抨擊蕭統選錄此文之敗筆。如王鳴盛(1722-1797)即對宣德太后多次被逼下令遂行逆臣篡業之無助，這其中的加害人顯然也包含蕭衍：

> 《南史》〈廢帝東昏侯紀〉：「直後張齊斬其首，送蕭衍。宣德太后令依漢海昏侯故事，追封東昏侯。」宣德太后者，即文安王皇后，齊世祖武帝栀子文惠太子妃也。文惠未立而卒，武帝崩，孫文惠之子鬱林王昭業即位，尊文惠為世宗，非為皇太后，稱宣德宮。蕭鸞廢鬱林王而弒之，假立海陵王昭文，又廢弒之而自立，皆託宣德太后令以行

---

[20] 《毛詩注疏》，頁 777。

[21] 「五老星」是堯禪舜時的祥瑞，《宋書》卷 27〈符瑞志上〉：「歸功於舜，將以天下禪之，乃潔齋修壇場於河、雒，擇良日，率舜等升首山，遵河渚。有五老游焉，蓋五星之精也。相謂曰：『《河圖》將來告帝以期，知我者重瞳黃姚。』五老因飛為流星，上入昴。」見《宋書》，頁 761-762。《藝文類聚》卷 1〈天部上・星〉引《論語讖》記有：「仲尼曰：『吾聞堯率舜等遊首山，觀河渚，有五老飛為流星，上入昴。』」見〔唐〕歐陽詢(557-641)撰，汪紹楹校：《藝文類聚》(上海：上海古籍出版社，2007 年 8 月)，頁 11。

[22] 《梁書》卷 1〈武帝紀上〉：「戊戌，宣德皇后臨朝，入居內殿。拜帝大司馬，解承制，百僚致敬如前。詔進高祖都督 中外諸軍事，劍履上殿，入朝不趨，贊拜不名。加前後部羽葆鼓吹。置左右長史、司馬、從事中郎、掾、屬各四人，並依舊辟士，餘並如故。」見〔隋〕姚察(533-606)，〔唐〕姚思廉(557-637)、魏徵合撰：《梁書》(點校本，北京：中華書局，1997 年 9 月)，頁 15。

篡逆，是為明帝。崩，子東昏立，無道被弒，蕭衍迎后入宮稱制，又假宣德皇后令以行篡事焉。一婦人也，而兩朝篡奪皆託其名以欺人，真如兒戲。《文選》第三十六卷任彥昇〈宣德皇后令〉一篇即是進衍為相國，封十郡為梁公，偽讓不受而假為后令勸令受之也。[23]

　　王鳴盛點破宣德太后在齊末梁初一連串的奪權政變中，既無奈又悲哀之角色外，也視任昉所作〈宣德皇后令〉一文為逆圖篡國的證據。或如方廷珪(乾隆間人)等文學評論者即稱此文：

　　　　東昏雖惡同桀紂，蕭衍未必心如湯武，且當日所云「鱗下」、「氣裂」，何人哉？以此獎衍之功，齊之臣子病狂喪心亦甚矣。[24]

　　顯然也並不認同〈令〉文中比擬蕭衍征伐東昏侯如同武王伐紂之論，而對於造作此文之齊臣除視為喪心病狂外，尚云：

　　　　按讓自美德，至以偽行，可誅孰甚焉。曹子桓篡漢，〈表〉至數十讓，何異掩耳盜鈴，以欺當時？當時不可欺，以欺後世。後世愈不可欺，而黨惡助逆。攘臂稱首，罪莫甚於華歆，後來尤而效之，恬不為怪。沈約、任彥昇，皆以文章著名一代，薰心富貴，至以穢墨惡札，遺臭千秋，嗚呼！君臣之分，五季而絕，約與彥昇，誠蕭氏佐命之功臣也，亦知居奇販賣，萬世之公議為可畏乎！昭明選此篇文，直是揚父之惡，可刪也。[25]

---

[23]　〔清〕王鳴盛《十七史商榷》卷 55〈南史合宋齊梁陳書三‧宣德太后令〉。見氏著：《十七史商榷》(黃曙輝點校本，上海：上海書店出版社，2005 年 12 月)，頁 415-416。

[24]　〔清〕方廷珪：《昭明文選集成》。見《評註昭明文選》，頁 676。

[25]　《評註昭明文選》，頁 677。

　　將沈約(411-513)與任昉併視為利令智昏、利慾薰心的無恥之徒。這兩段評論實際上都是站在否定以梁代齊之正當性而發,除認為此文作者乃南齊叛臣外,還調侃蕭統竟無知到將適可揭露其父之惡的文章錄至《文選》!這一點顯然連何焯(1661-1722)都認同:「此文不當在《選》,欲侈陳乃考功烈耶!」[26]故無論方廷珪的直斥,或何焯的反諷,均凸顯蕭衍篡齊之不法為論基,以抨擊蕭統《文選》選文之失當。不過這樣的評述則有誤解蕭統選文立場的危險。

　　事實上依常理判斷,蕭統根本不可能選錄有害乃父聲望之文章,所以上述諸論者所持蕭衍假禪篡齊之敗德論點,實都立足於《公羊》以降「一統觀」之政治立場,[27]但在處於長期分裂的六朝時代,「禪讓」卻被視為理所當然之天命轉移,[28]故對蕭統而言,選錄〈宣德皇后令〉之目的,反而正是要凸顯其父建立蕭梁王朝之正統性圖像。

　　此乃《文選》形塑蕭梁帝國正統性象徵的方式,即是藉由對《文選》錄文的選擇來表示:

> 其一,是直接就蕭衍建國過程或蕭梁王朝之禮典建構加以記錄;
> 其次,則是藉由對前朝謬政失德之描述來強調蕭衍的天命所歸。

---

[26] 《評註昭明文選》,頁677。

[27] 楊向奎(1910-2000)以朱熹(1130-1200)《資治通鑑綱目》之書法為例:「『統系』實為《綱目》中最主要凡例,而『正統』之標號更為微言大義之所在。……自《公羊》首倡大一統以來,遂使國人無不以『一統』為常,而分裂為變。……在《資治通鑑綱目》處於正統地位者,在宋前有:周、秦、漢、晉、隋、唐;都是大一統的國家,……以此朱子之標『正統』實即『大一統』之別稱。」見氏著:《大一統與儒家思想》(北京:北京出版社,2011年6月),頁193-194。

[28] 可藉《南齊書》卷2〈高帝紀下〉「史臣曰」為證:「孫卿有言:『聖人之有天下,受之也,非取之也。』……太祖基命之初,武功潛用,泰始開運,大拯時艱,龍德在田,見猜雲雨之迹。及蒼梧暴虐,釁結朝野,百姓懍懍,命懸朝夕。權道既行,兼濟天下。元功振主,利器難以假人,羣才勠力,實懷尺寸之望。豈其天厭水行,固已人希木德。歸功與能,事極乎此。雖至公於四海,而運實時來,無心於黃屋,而道隨物變。應而不為,此皇齊所以集大命也。」見《南齊書》,頁39。

然前者尚需再分為兩部份：

(1)對蕭衍建國過程豐功偉業的描述；
(2)梁臣對蕭梁帝國的禮典建構之參與。

二、《文選》選文與禪讓論

(一)《文選》錄「九錫文」之禮典性與正統象徵

而上文所論的〈宣德皇后令〉實正屬於「對蕭衍建國過程豐功偉業的描述」之類，與這一部份相關之選文，還可見《文選》卷四十「牋」體所錄之任昉〈百辟勸進今上牋〉。依《李善注》引劉璠《梁典》曰：「帝詔授公梁公，加公九錫，公辭。於是左長史王瑩等勸進，公猶謙讓未之許，瑩等又牋，並任昉之辭也。」可知此文同樣是蕭衍晉授九錫過程的相關文獻。然與〈宣德皇后令〉之差異在於，〈百辟勸進今上牋〉所代擬之對象為南齊和帝朝之文武百官，而〈宣德皇后令〉則象徵南齊王室對蕭衍天命所歸之認可。據《梁書》可知，蕭衍在授九錫之封的過程中曾辭讓兩次，[29]而《文選》所錄此文正是蕭衍第二次辭封後，任昉代表南齊全體大臣所作之勸進文：

> 近以朝命蘊策，冒奏丹誠，奉被還命，未蒙虛受，搢紳顒顒，深所未達。蓋聞受金於府，通人之弘致；高蹈海隅，匹夫之小節。是以履乘石而周公不以為疑，增玉瑱而太公不以為讓。況世哲繼軌，先德在民；經綸草昧，嘆深微管。加以朱方之役，荊河是依，班師振旅，大造王室。雖累繭救宋，重胝存楚。居今觀古，曾何足云？而惑甚盜

鍾，功疑不賞，皇天后土，不勝其酷。是以玉馬駿奔，表微子之去；
金版出地，告龍逄之怨。明公據鞍輟哭，屬三軍之志；獨居掩涕，激
義士之心。故能使海若登祇，馨圖效祉；山戎孤竹，束馬景從。伐罪
弔民，一匡靖亂，匪叨天功，實勤濡足。且明公本自諸生，取樂名教，
道風素論，坐鎮雅俗，不習孫吳，遘茲神武。驅盡誅之氓，濟必封之
俗，龜玉不毀，誰之功歟？獨為君子，將使伊周何地？某等不達通變，
實有愚誠，不任悾款，悉心重謁。伏願時膺典冊，式副民望。[30]

　　首六句即指蕭衍辭讓九錫的行為，但這也正好說明蕭衍受封過程乃符合
禮典之制。檢視自曹操(155-220)以來的九錫之封，往往都須經歷此再三辭讓
之過程。如漢獻帝(189-220 在位)在建安十八年(213)五月詔加曹操九錫禮，裴
松之(372-451)《三國志注》明載其至少辭讓四次：「《魏書》載公〈令〉曰：『夫
受九錫，廣開土宇，周公其人也。漢之異姓八王者，與高祖俱起布衣，剗定
王業，其功至大，吾　何可比之？』前後三讓。於是中軍師陸樹亭侯荀攸……
等勸進……於是公敕外為章，但受魏郡。攸等復曰……公乃受命。」[31]西晉
(265-316)建國前，司馬懿(179-251)曾於嘉平元年(249)固讓齊王曹芳(239-254
在位)所加之九錫之禮，[32]直待其次子司馬昭(211-265)至魏元帝(260-265 在位)
景元四年(263)冬十月才在辭讓十四次後終於完成九錫之禮；[33]而晉安帝
(397-419 在位)於義熙十二年(417)下詔加劉裕(363-422)九錫，直至義熙十四年
(419)六月才正式完成典禮，劉裕中間亦有固讓進爵之舉；[34]蕭道成(427-482)

---

[30] 《文選》，頁 1840-1845。

[31] 《三國志》卷 1〈武帝紀〉。見《三國志》，頁 40-41。

[32] 《晉書》卷 1〈宣帝紀〉：「(嘉平元年)冬十二月，加九錫之禮，朝會不拜。固讓九錫。」見《晉
　　書》，頁 19。

[33] 《晉書》卷 2〈文帝紀〉：「(景元四年)冬十月，司空鄭沖率羣官勸進……帝乃受命。」見《晉書》，
　　頁 42-43。

[34] 《宋書》卷 2〈武帝紀中〉：「(義熙)十二年十月天子詔曰：『昔周、呂佐叡聖之主，因三分之形，
　　把旄仗鉞，一時指麾，皆大啟疆宇，跨州兼國。其在桓、文，方茲尤儉，然亦顯被寵章，光錫殊

亦三讓後於升明三年(479)接受宋順帝(477-479 在位)的九錫之封；[35]蕭衍則於中興二年二月正式接受齊和帝之九錫冊封。由以上的記錄可知，六朝權臣在加封九錫禮之前的辭讓舉動已經成為一種固定依循之政治慣例，相較於西晉永康元年(300)司馬倫(？-301)欲加九錫之爭議，顯示出當時尚未形成固定禮典模式的狀態：「孫秀等推崇倫功，宜加九錫，百僚莫敢異議。(劉)頌獨曰：『昔漢之錫魏，魏之錫晉，皆一時之用，非可通行。今宗廟乂安，雖嬖后被退，勢臣受誅，周勃誅諸呂而尊孝文，霍光廢昌邑而奉孝宣，並無九錫之命。違舊典而習權變，非先王之制。九錫之議，請無所施。』」[36]但自劉宋(420-479)起，「九錫禮」顯然就是禪代之前奏，也就形成依循「漢魏故事」的禮典意識：

(1)封公爵、受十郡、九錫之賜。
(2)封王、服冕車馬級同天子。
(3)禪讓，舉行郊祭告天。[37]

故任昉在〈百辟勸進今上牋〉中對於蕭統辭讓之舉的描述，不僅具有上述之禮典意識，另更有欲藉蕭統讓封的行為塑造其道德之崇高性。孫鑛曾對此文評曰：「嗣宗勸晉，猶存體面。此全是非上媚篡語，然摛詞自佳。」[38]所謂「嗣宗勸晉」指的是同樣收錄於《文選》卷四十阮籍(210-263)所作：〈為鄭

品。況乃獨絕百代，顧邈前烈者哉！朕每弘鑒古訓，思遵令圖。以公深秉沖挹，用闕大禮，天人引領，于茲歷載。況今禹迹齊軌，九隩同文，司勳抗策，普天增佇。遂公高挹，大愆國章，三靈眷屬，朕實祇懼。便宜顯答羣望，允崇盛典。其進位相國，總百揆，揚州牧，封十郡為宋公，備九錫之禮，加璽綬、遠遊冠，位在諸侯王上，加相國綠綟綬。』……(十四年)六月，受相國宋公九錫之命。」見《宋書》，頁 37-44。

[35] 《南齊書》卷 1〈高帝紀上〉：「(升明三年)三月甲辰，詔進位相國，總百揆，封十郡爲齊公，備九錫之禮，加璽紱遠遊冠，位在諸侯王上，加相國綠綟綬，其驃騎大將軍、揚州牧、南徐州刺史如故。太祖三讓，公卿敦勸固請，乃受。」見《南齊書》，頁 14。

[36] 《晉書》卷 46〈劉頌傳〉。見《晉書》，頁 1308。

[37] 參楊英：〈曹操「魏公」之封與漢魏禪代「故事」——兼論漢魏封爵制度之變〉，《蘇州大學學報(哲學社會科學版)》，2014 年第 5 期，頁 172-183。

[38] 《評註昭明文選》，頁 769。

沖勸晉王牋〉，而「猶存體面」顯然是指文末：「今大魏之德，光于唐虞，明公盛勳，超於桓、文。然後臨滄州而謝支伯，登箕山而揖許由，豈不盛乎！」[39]可知孫鑛所謂「體面」之義乃指阮籍於文中以「舜讓天下於子州支伯」[40]與「堯讓天下於許由」[41]為喻，暗諷司馬昭篡位躁進之心應加以收斂。

　　阮籍或許有在文末埋下微言大義之可能，然而若將〈為鄭沖勸晉王牋〉與任昉〈百辟勸進今上牋〉對讀，即可知兩文無論在描述受爵者之功業、與所舉之獲殊錫聖人之例皆相當近似：

　　　沖等死罪。伏見嘉命顯至，竊聞明公固讓，沖等眷眷，實有愚心，以為聖王作制，百代同風，褒德賞功，有自來矣。昔伊尹，有莘氏之媵臣耳，一佐成湯，遂荷阿衡之號；周公藉已成之勢，據既安之業，光宅曲阜，奄有龜蒙；呂尚磻溪之漁者，一朝指麾，乃封營丘。自是以來，功薄而賞厚者，不可勝數。然賢哲之士，猶以為美談。況自先相國以來，世有明德，翼輔魏室，以綏天下，朝無闕政，民無謗言。前者，明公西征靈州，北臨沙漠，榆中以西，望風震服，羌戎東馳，迴首內向。東誅叛逆，全軍獨克，禽闟閭之將，斬輕銳之卒，以萬萬計，威加南海，名懾三越。宇內康寧，苛慝不作。是以殊俗畏威，東

---

[39] 《文選》，頁 1833。

[40] 《莊子》〈讓王〉：「舜讓天下於子州支伯。子州支伯曰：『予適有幽憂之病，方且治之，未暇治天下也。』故天下大器也，而不以易生，此有道者之所以異乎俗者也。」見〔清〕郭慶藩(1844-1896)輯：《莊子集釋》(臺北：華正書局，1997 年 11 月)，頁 966。

[41] 《史記》卷 61〈伯夷列傳〉張守節《正義》引〔西晉〕皇甫謐(215-282)《高士傳》：「許由字武仲。堯聞致天下而讓焉，乃退而遯於中嶽潁水之陽，箕山之下隱。堯又召為九州長，由不欲聞之，洗耳於潁水濱。時有巢父牽犢欲飲之，見由洗耳，問其故。對曰：『堯欲召我為九州長，惡聞其聲，是故洗耳。』巢父曰：『子若處高岸深谷，人道不通，誰能見子？子故浮游，欲聞求其名譽。污吾犢口。』牽犢上流飲之。許由歿，葬此山，亦名許由山。」見〔西漢〕司馬遷(145B.C.-86B.C.)撰，〔南朝宋〕裴駰集解，〔唐〕司馬貞索隱，〔唐〕張守節正義：《史記》(點校本，北京：中華書局，1997 年)，頁 2121。

夷獻舞。[42]

同樣地，首九句所透露出司馬昭對於九錫禮之辭讓，即彰顯出蕭衍依循魏晉「故事」所行九錫典禮的證據；而阮籍在此舉出伊尹、周公、呂尚之例，與任昉文中所用之例完全一樣：「履乘石而周公不以為疑，增玉瓚而太公不以為讓」、「龜玉不毀，誰之功歟？獨為君子，將使伊、周何地？」再者，阮籍在文中羅列司馬懿至司馬昭兩代三人對於曹魏王朝付出的卓著功勳：輔佐朝政、西征隴右、東征淮南三叛；同樣地，任昉也指出蕭衍家族對於南齊王室之似若管仲的輔霸之功、南平崔慧景之亂、抵擋北魏乘虛南下之侵略。顯示出兩文敘述受錫者殊功模式之雷同。

唯一差別在於，任昉不忘強調蕭衍征討東昏侯的正義之師，一方面描述東昏侯在齊末剛愎自用：「惑甚盜鍾，功疑不賞，皇天后土，不勝其酷。」另一方面則是擅殺忠良之暴虐：「玉馬駿奔，表微子之去；金版出地，告龍逢之怨。」按「盜鍾」指《呂氏春秋》中有關「掩耳盜鈴」的故事：「范氏之亡也，百姓有得鐘者，欲負而走，則鐘大不可負，以椎毀之，鐘況然有音，恐人聞之而奪己也，遽掩其耳。」[43]顯然影射東昏侯的剛愎自用、斷絕言路致使天地不容之暴政；而「微子去國」則出自《史記》〈宋微子世家〉：「王子比干者，亦紂之親戚也。見箕子諫不聽而為奴，則曰：『君有過而不以死爭，則百姓何辜！』乃直言諫紂。紂怒曰：『吾聞聖人之心有七竅，信有諸乎？』乃遂殺王子比干，刳視其心。微子曰：『父子有骨肉，而臣主以義屬。故父有過，子三諫不聽，則隨而號之；人臣三諫不聽，則其義可以去矣。』於是太師、少師乃勸微子去，遂行。」[44]可見為形容東昏侯任用群小致使文武百官歸心於蕭衍之意，張銑即曰：「紂惑妲己，玉馬走宋，宋指微子開於宋也，玉馬喻賢人

---

[42] 《文選》，頁 1831-1833。

[43] 《呂氏春秋》卷 24〈不苟論・三曰自知〉。見〔秦〕呂不韋(290B.C.？-235B.C.)輯，陳奇猷(1917-2006) 校釋：《呂氏春秋新校釋》(上海：上海古籍出版社，2002 年 4 月)，頁 1610。

[44] 《史記》卷 38〈宋微子世家〉。見《史記》，頁 1610。

也。以喻東昏無道,賢人歸於高祖矣。」[45]而李斯(280B.C.-208B.C.)嘗論:「昔
者桀殺關龍逄,紂殺王子比干,吳王夫差殺伍子胥。此三臣者,豈不忠哉,
然而不免於死,身死而所忠者非也。」[46]東方朔曾言:「龍逄為宗正」[47],顏
師古(581-645)《漢書注》云:「關龍逄,桀之臣也,忠諫而死也。以其直,無
所阿私。」[48]則可知忠臣關龍逄之死在此文中實代指蕭衍之兄蕭懿(?-500)
遭東昏侯之誅。魏收(506-572)《魏書》曾載:「(蕭)寶卷酷亂逾甚,其尚書令
蕭懿雖有大勳,忌而殺之,并殺其弟衞尉卿蕭暢。」[49]蕭懿之勳業除北抗北
魏,戢寧邊境外,更內誅亂臣、調鼎朝政,[50]然卻也因此招致東昏侯猜忌,
於永元二年(500)十月誅殺蕭懿與其弟蕭融:「時東昏肆虐,茹法珍、王咺之
等執政,宿臣舊將,並見誅夷。懿既勳高,獨居朝右,深為法珍等所憚,乃
說東昏,將加酷害。……尋見留省賜藥,與弟融俱殞。」[51]是以由〈百辟勸
進今上牋〉可知,任昉所代擬之南齊文武百官,對於東昏侯昏虐之厭惡投射
出視蕭衍起義代齊之道德正當性。

　　相較之下,阮籍所面對的魏末三少帝根本受制於司馬氏之奪權進逼,[52]一

45　〔南朝梁〕蕭統撰,〔唐〕李善、呂延濟、劉良、張銑、李周翰、呂尚註:《增補六臣注文選》(中
　　央研究院史語所藏茶陵本,臺北:華正書局,1980年9月),頁755。

46　《史記》卷87〈李斯列傳〉。見《史記》,頁2560。

47　《漢書》卷65〈東方朔傳〉。見《漢書》,頁2860。

48　《漢書》卷65〈東方朔傳〉。見《漢書》,頁2860。

49　《魏書》卷98〈島夷・蕭寶卷傳〉。見〔北齊〕魏收:《魏書》(點校本,北京:中華書局,1997
　　年9月),頁2171。

50　《南史》卷51〈梁宗室上・長沙宣武王懿傳〉:「永明末,為梁、南秦二州刺史,加督。是歲,
　　魏軍入漢中,遂圍南鄭。懿隨機拒擊,乃解圍遁去。又遣氐帥楊元秀攻取魏歷城等六戍。魏人震
　　懼,邊境遂寧。……平西將軍崔慧景入寇,奉江夏王寶玄圍臺城,齊室大亂,馳信召懿。懿時方
　　食,投箸而起,率銳卒三千人入援。」見〔唐〕李延壽:《南史》(點校本,北京:中華書局,1997
　　年9月),頁1266。

51　《南史》卷51〈梁宗室上・長沙宣武王懿傳〉,見《南史》,頁1266。

52　《三國志》卷4〈三少帝紀〉陳壽「評曰」:「古者以天下為公,唯賢是與。後代世位,立子以適;
　　若適嗣不繼,則宜取旁親明德,若漢之文、宣者,斯不易之常準也。明帝既不能然,情繫私愛,

方面魏帝敗德的理由正當性不足，[53]另一方面曹魏政局中對司馬氏代魏自立
尚有反對聲浪，[54]因此阮籍改採「魏帝循舊禮之典冊封功臣為名」，來潤飾司
馬昭受九錫之正當性：

> 故聖上覽乃昔以來禮典舊章，開國光宅，顯茲太原。明公宜承聖
> 旨，受茲介福，允當天人。元功盛勳，光光如彼；國土嘉祚，巍巍如
> 此。內外協同，靡譽靡違。由斯征伐，則可朝服濟江，掃除吳會；西
> 塞江源，望祀岷山。迴戈弭節，以麾天下，遠無不服，邇無不肅。今
> 大魏之德，光于唐虞；明公盛勳，超於桓文。然後臨滄州而謝支伯，
> 登箕山而揖許由，豈不盛乎！至公至平，誰與為鄰？何必勤勤小讓也
> 哉！沖等不通大體，敢以陳聞。[55]

阮籍文中指出就司馬昭與其家族對於曹魏王朝之功業，不接受九錫之禮
不符舊章典則的，因此司馬昭應該先接受九錫之封，待一統天下之大業完成

撫養嬰孩，傳以大器，託付不專，必參枝族，終于曹爽誅夷，齊王替位。高貴公才慧夙成，好問
尚辭，蓋亦文帝之風流也；然輕躁忿肆，自蹈大禍。陳留王恭己南面，宰輔統政，仰遵前式，揖
讓而禪，遂饗封大國，作賓于晉，比之山陽，班寵有加焉。」見《三國志》，頁154。

[53] 《讀通鑑論》卷10〈三國〉第25條：「夫曹芳以暗弱之沖人孤立於上，叡且有『忍死待君相見無
憾』之語，舉國望風而集者，無敢踰司馬氏之閫閾，救焚拯溺而可從容以待乎？懿之不可託也，
且勿論其中懷之叵測也；握通國之兵，為功於閫外，下新城，平遼東，卻諸葛，撫關中，將吏士
民爭趨以效尺寸，既赫然矣。惡有舉社稷之重，付孺子於大將之手，而能保其終者哉？」見〔清〕
王夫之(1619-1692)：《讀通鑑論》(臺北：漢京文化事業有限公司，1982年8月)，頁329。

[54] 《三國志》卷4〈三少帝‧高貴鄉公本紀注〉引〔東晉〕習鑿齒(?-383)《漢晉春秋》曰：「帝見
威權日去，不勝其忿。乃召侍中王沈、尚書王經、散騎常侍王業，謂曰：『司馬昭之心，路人所
知也。吾不能坐受廢辱，今日當與卿等自出討之。』王經曰：『昔魯昭公不忍季氏，敗走失國，
為天下笑。今權在其門，為日久矣，朝廷四方皆為之致死，不顧逆順之理，非一日也。且宿衛空
闕，兵甲寡弱，陛下何所賚用，而一旦如此，無乃欲除疾而更深之邪！禍殆不測，宜見重詳。』
帝乃出懷中版令投地，曰：『行之決矣。正使死，何所懼？況不必死邪！』於是入白太后，沈、
業奔走告文王，文王為之備。」見《三國志》，頁143。

[55] 《文選》，頁1833。

後，再效法上古聖賢如支伯、許由的逃封辭爵「大讓」之舉，反而更可提高司馬昭之道德聲望。故阮籍藉鄭沖(？-274)等人之口道出「不通大體」之語，實提顯出司馬昭尚未完成九錫之禮的事實，而阮籍顯欲藉由聖人故實來對九錫禮中「揖讓行為」的意義加以新創，使辭封的行為被提升至屬於加封九錫的典禮必備過程。不過「讓爵」的典禮行為意義，實負載著受爵者的道德形象背書，若檢視時代最接近阮籍之文的辭讓典實，即「田疇辭爵」一事，或有助於理解辭封逃爵行為在魏、晉時代的道德意涵。按《三國志》卷十一〈田疇傳〉記載曹操多次欲封賞遼東世族田疇協助征討烏丸之功，但田疇至死固讓不受，[56]此事曹操還召開廷議討論，[57]曹丕即認為：「昔蘧瑗逃祿，傳載其美，所以激濁世，勵貪夫，賢於尸祿素餐之人也。故可得而小，不可得而毀。至于田疇，方斯近矣。免官加刑，於法為重。」[58]可知曹丕反對用法律強逼田疇就範，從荀彧與鍾繇的意見也可知，[59]漢末以來對於辭爵逃封的揖讓之舉，乃視為澄清風氣之重要道德象徵。而「逃爵辭封」與國政的關聯性，則有《論語》的聖人之言為依據：「子曰：能以禮讓為國乎？何有？不能以禮讓為國，如禮何？」[60]朱熹對此《注》云：「言有禮之實以為國，則何難之有？不然，則其禮文雖具，亦且無如之何矣。而況於為國乎？」顯然孔子僅視為國君個人品德的禮讓之德，日後逐漸被提升成治國之方，也使得「讓爵」行

---

[56] 《三國志》卷11〈田疇傳〉。見《三國志》，頁342-344。

[57] 《三國志注》引〔曹魏〕魚豢《魏略》載曹操〈教〉曰：「昔夷、齊棄爵而譏武王，可謂愚闇，孔子猶以為『求仁得仁』。疇之所守，雖不合道，但欲清高耳。使天下悉如疇志，即墨翟兼愛尚同之事，而老耼使民結繩之道也。外議雖善，為復使令司隸以決之。」見《三國志》，頁344。

[58] 《三國志注》引〔西晉〕王沈《魏書》載世子〈議〉曰。見《三國志》，頁344。

[59] 《三國志注》引《魏書》載荀彧(163-212)〈議〉：「以為『君子之道，或出或處，期於為善而已。故匹夫守志，聖人各因而成之』」又載鍾繇(151-230〈議〉曰：「原思辭粟，仲尼不與，子路拒牛，謂之止善，雖可以激清勵濁，猶不足多也。疇雖不合大義，有益推讓之風，宜如世子議。」俱見《三國志》，頁345。

[60] 《論語集注》卷2〈里仁第四〉。見〔南宋〕朱熹：《四書章句集注》(曹美秀校對本，臺北：大安出版社，1997年11月)，頁96。

為產生禮典與國憲之意涵，故日後九錫典禮中矯揉造作之固讓姿態才得以成為必備之過程。是以蕭統選錄阮籍〈為鄭沖勸晉王牋〉與任昉〈百辟勸進今上牋〉，則不僅凸顯出九錫、禪代之典的禮制內涵外，也提煉出受禪者的道德形象中所寓涵天命所歸的政權正當性。

　　而歷來對阮籍〈為鄭沖勸晉王牋〉評價，如張鳳翼(1550-1636)：「嗣宗雖為勸進，牋末乃勖以支伯、許由，誚以小讓，可為頌功而不失其正，與他勸進文不同。」[61]認為阮籍利用嘲諷司馬氏以表達幽微的忠魏之情；或如劉辰翁(1232-1297)嚴厲抨擊阮籍的政治態度：「謂為慚筆固非，謂為神筆亦謬，直不當作爾。」[62]然而蕭統將此文選錄於《文選》中，對於阮籍的政治立場是否有道德價值判斷不得而知，但就南朝禪讓政治的背景文獻脈絡而言，蕭統選錄此文的動機應是出於阮籍此文乃「神筆」之作：

> 魏朝封晉文王為公，備禮九錫，文王固讓不受。公卿將校當詣府敦喻。司空鄭沖沖已見。馳遣信就阮籍求文。籍時在袁孝尼家，宿醉扶起，書札為之，無所點定，乃寫付使。時人以為神筆。[63]

　　可見阮籍此作本就具有很高的文學聲望，從《世說新語》的故事脈絡而言，「神筆」顯然是指阮籍雖在宿醉狀態中仍可揮灑即成，無須校改的急智與文采，但也透露出此文乃出於「九錫備禮」之需要，故蕭統將之選錄於《文選》中。一方面符合其「略其蕪穢，集其清英」的選文標準；另一方面也顯示出此類勸進文所寓之禮制內涵及政治正統象徵。

---

[61]〔明〕張鳳翼：《文選纂注》，《四庫全書存目叢書》(臺南：莊嚴出版社，1997 年 6 月)，冊 285，頁 362。

[62]〔明〕王世貞(1526-1590)刪定、〔明〕王世懋(1536-1588)批釋、〔明〕李卓吾(1527-1602)批點、〔明〕張文柱(萬曆時人)校注：《李卓吾批點世說新語補》，(〔日本〕林九兵衛元祿七年(1694)刊本，臺北：廣文書局有限公司，1980 年 12 月)，卷 5，頁 2。

[63]《世說新語》卷上之下《文學》。見〔南朝宋〕劉義慶(403-444)編撰，〔南朝梁〕劉孝標(462-521)注，余嘉錫(1884-1955)箋疏：《世說新語箋疏》(臺北：華正書局，2003 年 12 月)，頁 245。

　　則由以上九錫故事之政治範例來推斷《文選》所錄任昉〈百辟勸進今上
牋〉之用意，足知蕭衍所受賜的九錫之禮在宣德太后與齊和帝雙重詔命背書
下，更顯其正當性；而任昉為公卿大臣代筆所作之勸進文，則更凸顯蕭衍天
命所歸的正統性。

　　如同本文所言，蕭統編輯《文選》若要凸顯蕭梁帝國正統性，除了批判
南齊謬政之外，還有藉禮典建構的方式對帝國正統性進行強化。無可否認的
是梁武帝的制禮作樂的文化行為，確實對北方胡族政權造成很大的政統壓
力。[64]前一小節已經指出，任昉藉由「漢魏故事」的禮典意識來強化蕭衍受
封九錫的正當性，而此一「禮典意識」的內容除前文所論阮籍〈為鄭沖勸晉
王牋〉中揖讓美德之必備過程外，另尚須符合如漢獻帝在詔冊中所羅列曹操
護衛漢室所塑造之功臣形象。故如何轉化〈九錫文〉篡位奪權之政變內涵為
天命所歸之「功」、「德」圓滿的文類性質，正是用來推敲蕭統選錄潘勗〈冊
魏公九錫文〉以構塑蕭梁正統象徵的關鍵之處。

　　然而今日學者解讀「九錫」，往往將之視為權臣謀篡的逆國前奏，這顯然
是受到趙翼的影響：

　　　　每朝禪代之前，必先有〈九錫文〉，總敘其人之功績，進爵封國，
　　賜以殊禮，亦自曹操始。其後晉、宋、齊、梁、北齊、陳、隋皆用之，
　　其文皆鋪張典麗，為一時大著作。故各朝正史及南北史俱全載之。今
　　作者姓名尚有可考者：操之〈九錫文〉據裴松之《三國志注》，乃後漢
　　尚書左丞潘勗之詞也。曹丕受禪時，以父已受九錫，故不復用，其一
　　切詔誥，皆衛覬作。晉司馬昭〈九錫文〉未知何人所作，其〈讓九錫
　　表〉，則阮籍之詞也。劉裕〈九錫文〉亦不詳何人所作，據〈傅亮傳〉，
　　謂「裕徵廣固以後，至於受命，表策文誥，皆亮所作，則九錫文必是

---

[64]　《北齊書》卷 24〈杜弼傳〉：「（高歡云：）江東復有一吳兒老翁蕭衍者，專事衣冠禮樂，中原士
　　大夫望之以為正朔所在。」見〔唐〕李百藥(565-648)：《北齊書》(點校本，北京：中華書局，1997
　　年 9 月)，頁 347。

亮筆也。蕭道成〈九錫文〉據〈王儉傳〉「齊高為太尉，以至受禪詔冊，皆儉所作」，則〈九錫文〉是儉筆也。蕭衍〈九錫文〉據〈任昉傳〉「梁臺建禪讓，文誥多昉所作。」又〈沈約傳〉「武帝與約謀禪代，命約草其事，約即出懷中詔書，帝初無所改。」又〈丘遲傳〉「梁初勸進及殊禮皆遲文。」則〈九錫文〉總不外此三人也。陳霸先〈九錫文〉據〈徐陵傳〉「陳受禪詔策，皆陵所為，而九錫文尤美。」是陵作〈九錫文〉，更無疑也。高洋〈九錫文〉據〈魏收傳〉，則收所作也。他如司馬倫亦有〈九錫文〉，倫既敗，齊王冏疑出傳祇，將罪之，後檢文草，非祇所為，乃免。又以陸機在中書，疑〈九錫文〉、〈禪位詔〉皆機所作，遂收機，成都王穎救之，得免。而〈鄧湛傳〉謂「趙王倫篡逆，湛子捷與機共作〈禪文〉。」則〈九錫文〉必是機筆也。桓溫病，求〈九錫文〉。朝廷命袁宏為文，以示王彪之，彪之嘆其美而戒勿示人。謝安又屢使改之，遂延引時日，及溫死乃止。桓玄篡位。卞範之及殷仲文預撰詔策，其〈禪位詔〉，範之之詞也，〈九錫文〉則仲文之詞也。此皆見於各史列傳者。至於曹丕授孫權九錫、孫權加公孫淵九錫、劉曜授石勒九錫、石弘授石虎九錫、石世授石遵九錫、符登授乞伏乾歸九錫、姚興授焦縱九錫，其文與作者俱不可考，然亦可見當時篡亂相仍，動用殊禮，僭越冒濫，莫此為甚矣！[65]

　　趙翼對於〈九錫文〉的看法就是視之為粉飾權臣政變的文字，故其內容之鋪張典麗，作者又多為當代文壇領袖，顯然都是出於為專美新朝的攀附心態。事實上更早之前的唐代劉知幾(661-721)在《史通》中就已表示對〈九錫文〉乃虛設之體的看法：「昔大道為公，以能而授，故堯咨爾舜，舜以命禹。自曹、馬已降，其取之也則不然。若乃上出禪書，下陳讓表，其間勸進殷勤，敦諭重沓，迹實同於莽、卓，言乃類於虞、夏。且始自納陛，迄於登壇。彤

---

[65] 《廿二史劄記》卷7〈三國志、晉書・九錫文〉。見《廿二史劄記校證》，頁148-149。

弓盧矢，新君膺九命之錫；白馬侯服，舊主蒙三恪之禮。徒有其文，竟無其事。此所謂虛設也。」[66]意指王莽「禪讓」雖打著堯、舜讓賢為公之名義，卻進行篡逆竊國之實，故抨擊這類被載錄於史冊的文獻與禮制都只為滿足野心而虛應造設。也就在此原則下，解讀趙翼所開出的這份魏晉南北朝之〈九錫文〉王朝與作者清單，便常以叛國、僭越、冒瀆等成見觀之，[67]然而這樣的解讀法實際上卻與六朝背景產生相當大的落差。

《文心雕龍》對於〈九錫文〉的性質始終是站在帝王封爵賞錫之典禮意義的立場，如〈詔策〉篇即云：

> 皇帝御宇，其言也神。淵嘿黼扆，而響盈四表，其唯詔策乎！昔軒轅唐虞，同稱為「命」。命之為義，制性之本也。其在三代，事兼誥誓。誓以訓戎，誥以敷政，命喻自天，故授官錫胤。《易》之《姤》象：「后以施命誥四方。」……建安之末，文理代興，潘勗〈九錫〉，典雅逸群。衛覬〈禪誥〉，符采炳耀，弗可加已。[68]

這段話一方面解釋詔策文類之由來，另一方面也舉出作此類文體之典範，劉勰既將潘勗〈冊魏公九錫文〉置於論文脈絡中，則可知其視此文之態度乃為「響盈四表」之王言訓誥，與「授官錫胤」禮典憲章。因此李安民論劉勰在此選錄之文：「奈多慚筆何？」[69]正好落入自唐以來視六朝時代「九

---

[66] 《史通》卷5〈載文〉。見〔唐〕劉知幾(661-721)著，〔清〕浦起龍(1679-1762)通釋，王煦華整理：《史通通釋》(上海：上海古籍出版社，2009年12月)，頁115。

[67] 如方廷珪便稱此文：「按裒輯《左》、《國》、《尚書》以成文，渾樸質穆，雅近漢初詔誥。所謂飾六藝以文奸言也。朱子謂《戰國策》為亂世之文，予謂此文亦然。但就文論文則善矣。晉陸士衡以趙王倫禪詔被誣，幾乎見殺，才士多以才賈禍，一時屈意，終身含垢。然則代人立言，何可不慎哉！朱子謂《戰國策》為亂世之文，予謂此文亦然。」見《評註昭明文選》，頁675。

[68] 《文心雕龍》〈詔策〉。見〔南朝梁〕劉勰著，詹鍈(1916-1998)義證：《文心雕龍義證》(上海：上海古籍出版社，1999年12月)，頁724-741。

[69] 見〔清〕李安民批點本《文心雕龍》，收錄於黃霖編著：《文心雕龍彙評》(上海：上海古籍出版社，2005年6月)，頁71。

錫」、「禪讓」為權臣僭越逆國之鐵證的後設思維，但這樣的思考對於理解六朝史冊載錄此一文體的本意並無太大幫助。倒是紀昀(1742-1805)所言反而可以提醒後世讀者面對六朝人處理此類文獻之心態：「此書體例主於論文，若兼論所詔之是非，正恐累幅不盡。」[70]紀昀以「討論瑕瑜，別裁真偽」[71]的立場來解讀《文心雕龍》本相當合理，但於此卻似乎僅藉以閃避政治是非問題，仍未對劉勰與其時代對九錫文的看法提出妥善的釋疑。在上段引文中，劉勰不僅解釋了「詔策」文體的用途與寫作要點，更重要的是將潘勖〈九錫文〉提升為「皇王施令」或「王言崇祕」的「正典」地位，因此一方面揭示出在劉勰的時代，〈九錫文〉已被視為政府正式發布之天子誥命，具有正統象徵；另一方面潘勖的作品既被評為「典雅逸群」而列為典範之作，顯然就意味著劉勰時代對於此類文獻並不以政治是非為評，而是就其內容優劣論之，故在《文心雕龍》中對潘勖的評價，常側重其「以經入文」之才：「昔潘勖錫魏，思摹經典，羣才韜筆，乃其骨髓峻也。」[72]或「潘勖憑經以騁才，故絕羣於錫命。」[73]按潘勖目前僅存四文，然除〈冊魏公九錫文〉外，餘皆殘缺不全，而劉勰亦僅就〈九錫文〉論潘勖，則可知南朝時期潘文亦所剩無多。不過顯然〈冊魏公九錫文〉已足夠使潘勖於文學史立足。摯虞《文章志》亦曾提及：「勖字元茂，初名芝，改名勖，後避諱，或曰勗。獻帝時為尚書郎，遷右丞。詔以勖前在二千石曹，才敏兼通，明習舊事，敕并領本職，數加特賜。二十年，遷東海相。未發，留拜尚書左丞。其年病卒，時年五十餘。魏公九錫策命，勖所作也。」[74]可知潘勖〈冊魏公九錫文〉的文學史正典地位，尚非僅是其所處之東漢末至曹魏時期的吹捧而已，也意味著在蕭統編《文選》之前，

---

[70] 見〔清〕紀昀評點本《文心雕龍》。見《文心雕龍彙評》，頁 71。

[71] 《四庫全書總目提要》卷 195《集部 48・詩文評類 1》總論。見紀昀總纂：《四庫全書總目提要》（石家莊：河北人民出版社，2000 年 3 月），頁 5362。

[72] 《文心雕龍》〈風骨〉。見《文心雕龍義證》，頁 1057。

[73] 《文心雕龍》〈才略〉。見《文心雕龍義證》，頁 1794。

[74] 《三國志》卷 21〈王粲傳注〉引摯虞《文章志》。見《三國志》，頁 612。

對於此文之討論早就脫離政治是非之紛擾。

　　如王金凌(1947-2012)的觀察：「潘勗〈冊魏公九錫文〉，今人多謂辭雖典雅，事不足錄，但劉勰處齊梁之際，而六朝禪代，莫不如此。縱然劉勰不以為然，亦口不能言。而稱其骨峻，是因為鎔式經誥之故。」[75]劉勰是否有口難言尚未可知，但王氏對於《文心雕龍》以「骨峻」評潘勗〈九錫文〉之涵意，也揭露了理解六朝時代對於九錫文解讀之線索。「鎔式經誥」之筆法不僅為藻飾王言所必須，也象徵〈九錫文〉所具備之政治正統性：「皇王施令，寅言宗誥。我有絲言，兆民伊好。輝音峻舉，鴻風遠蹈。騰義飛辭，渙其大號。」[76]劉勰便曾言：「夫賞訓錫賚，豈關心解？撫訓執握，何預情理？雅頌未聞，漢魏莫用。懸領似如可辯，課文了不成義，斯實情訛之所變，文澆之致弊。」案：「賞」、「訓」、「錫」、「賚」、「撫」等均是指文章使用的不同時機，[77]但往往文人自鑄偉辭，造成文義不通，或用字不當。如當皇帝下詔封侯賜爵時，不可使用「賞心樂事」等描述內在情緒「心解」等字眼，[78]因其情緒與王言誥令之文體規範不符：「文不厭華，篇宜設色，若乃藻飾王言，渙湯大號，出之著於重申，垂之編於令甲，發言為憲，吐辭成經。」[79]則潘勗的〈冊魏公九錫文〉顯然在符合詔策文體風格的美學規範，而這個規範來自於帝王敕封朝臣之禮典需求，是以劉勰始終站在禮制立場來觀察潘勗〈冊魏公九錫文〉。「鎔式經誥」則意味著〈九錫文〉中依經取義之宗經之道，顯示出將文人議

---

[75] 王金凌：《文心雕龍文論術語析證》。引自《文心雕龍義證》，頁 1058。

[76] 《文心雕龍》〈詔策〉。見《文心雕龍義證》，頁 758。

[77] 范文瀾(1893-1969)《文心雕龍注》：「《說文》：『賞，賜有功也。』《廣雅‧釋詁三》：『撫，持也。』《爾雅‧釋詁》：『錫，賜也。』賚，予也。《說文》亦訓賜。」見《文心雕龍義證》，頁 1542。

[78] 楊明照(1909-2003)《文心雕龍校注拾遺》：「《文選》謝靈運〈遊南亭〉詩『賞心唯良知』，又〈酬中集詩序〉『賞心樂事』，謝朓〈之宣城出新林浦向板橋〉詩『賞心於此遇』，沈約〈遊沈道士館〉詩『寄言賞心客』，任昉〈王文憲集序〉：『綴賞無地』，並用賞字關心解之例。」見《文心雕龍義證》，頁 1542。

[79] 〔清〕孫梅：《四六叢話》(臺北：世界書局，1984 年 9 月)，頁 115。

政由兩漢章句訓詁的經學體式，轉移至自魏晉以來言志緣情之文章體式，而潘勗之〈冊魏公九錫文〉顯然是此一正典挪移之重要典範。[80]

但對於蕭統將此文選入《文選》的用意，有學者指出：

> 《文選》既屬皇家出面編輯的大工程，自不免具有政治方面的基本考量；編撰者蕭統本身固屬文壇健將，正式身份乃日理萬機、動見觀瞻的太子監國，除非假設蕭統人格分裂，於作品去取之際，勢必會受到其政治立場的影響，以其不悖為人臣、子之道。王者，大統；神器，至重，禪代諸製地位之高固然由此可以想見，所涉及者何等敏感，亦不待言。雖然「自古及今，未有不亡之國」，為歷代共識，做皇帝的也非常清楚，但認知並不代表認同；冷酷事實本身不妨礙繼續奢望「萬祀而一君」，以致負責編撰《文選》者一方面不能不選這類範文；另方面則勢必及其謹慎，拿捏分寸。今日若收錄這兩部分的文字，豈非在暗示：蕭梁遲早要被取代，屆時可以按照這本選集中的相關範文，代蕭梁的末代皇帝擬一篇禪讓詔、書？身為儲君的蕭統縱使自己豁達，豈能不顧君、父的忌諱、感受？[81]

如何避免對蕭統選錄九錫、勸進類之作品與其政治立場陷於自相矛盾的困境確是歷來研究者之難題，故朱曉海遂將此批文獻改由「代言」體的角度探究其入《選》之因，[82]其雖已指出蕭統編選《文選》必然受其所處之政治環境影響，但這樣的討論方式卻會導向蕭統選文竟留下蕭梁日後亦有遭到權

---

[80] 周勛初：〈潘勗〈九錫文〉與劉勰崇儒〉，收錄於氏著：《魏晉南北朝文學論叢》(南京：江蘇古籍出版社，1999 年 11 月)，頁 150-163。

[81] 朱曉海：〈《文選》中勸進文、加九錫文研究〉，《清華學報》新 38 卷第 3 期，2008 年 9 月，頁 391。

[82] 朱曉海：〈《文選》中勸進文、加九錫文研究〉，《清華學報》新 38 卷第 3 期，2008 年 9 月，頁 395。李乃龍也是以此角度來研究《文選》所選錄的擬代體勸禪文，見氏著：《文選文研究》(桂林：廣西師範大學出版社，2013 年 2 月)，頁 53-54。

臣謀篡的政治陷阱！故若僅以「代言」體的風格美學做為蕭統選此類作品入《文選》之本意定案，並無法解決上述疑慮。事實上蕭統是否有如朱氏所推敲的內心波折並無直接明證，但對於「王者之大統」與「至重之神器」的態度確必然存於蕭統內心，是以由此推敲蕭統將潘勖之文入《選》是較為合理者。

若參考與蕭統時代重疊的殷芸，在其所著《小說》一書中有以下的記錄：

> 魏國初建，潘勖字元茂，為策命文。自漢武以來未有此制，勖乃依商、周憲章，唐、虞辭義，溫雅與典誥同風，於時朝士皆莫能措一字。勖亡後，王仲宣擅名於當時，時人見此〈策〉美，或疑是仲宣所為，論者紛紛。及晉王為太傅，臘日大會賓客，勖子蒲時亦在焉。宣王謂之曰：「尊君作〈封魏君策〉，高妙信不可及，吾曾聞仲宣亦以為不如。」朝廷之士乃知勖作也。[83]

顯示出蕭梁甚至延溯至整個魏晉六朝時代，除讚賞潘勖〈冊魏公九錫文〉的文辭典雅外，更重要的是將之視為國家重要禮制文獻。因此蕭統將之入《選》，除了潘文早已獲取的文學聲譽外，顯然也欲藉此禮典憲章之義，形構蕭梁帝國及梁武帝功業之正統象徵。也只有確立此事，蕭統身為監撫職責的太子身分才能順理成章地繼為正統。因此收錄這批錫冊文獻之用意，即在為蕭梁立國之正統性背書，而最有說服力的方式即是從歷史典故中找尋案例，作為蕭梁帝國乃延續周、漢傳統禮樂制度文化，並合理地建構其帝國政治正統性。

事實上〈冊魏公九錫文〉的典憲內涵，乃源自於《白虎通義》：

---

83 〔南朝梁〕殷芸：《小說》，收錄於魯迅(1881-1936)校錄：《古小說鈎沉》(濟南：齊魯書社，1997年11月)，頁70。

《禮》說九錫：車馬、衣服、樂、朱戶、納陛、虎賁、鈇鉞、弓矢、秬鬯，皆隨其德可行而賜車馬，能安民者賜衣服，能使民和樂者賜以樂，民眾多者賜以朱戶，能進善者賜以納陛，能退惡者賜虎賁，能誅有罪者賜以鈇鉞，能征不義者賜以弓矢，孝道備者賜以秬鬯，以先後與施行之次，自不相逾，相為本末。然安民然後富貴而後樂，樂而後眾乃多賢，賢乃能進善，進善乃能退惡，退惡乃能斷刑。內能正己，外能正人，內外行備，孝道乃生。[84]

東漢章帝(75-88 在位)建初四年(79)所召開「白虎觀會議」的記錄：《白虎通》，本具備了東漢「國憲」性質，[85]相較於尚停留於諸子經學章句雜說的《禮記·王制》篇所認定之非例特賜，[86]則載錄於《白虎通》中的九錫典儀已含有東漢朝廷考黜官員之法理認證：「諸侯所以玫黜何？王者所以勉賢抑惡，重民之至也。《尚書》曰：『三載考績，三考黜陟。』」[87]因此當陳立於《白虎通疏證》中指出：

《三國志》〈魏公九錫文〉：「以君經緯禮律，為民軌儀，使安職業，無或遷志，是用錫君大輅、戎輅各一，玄牡二駟。君勸分務本，稽人

---

[84] 《白虎通疏證》卷7〈玫黜·九錫〉。見〔清〕陳立(1809-1869)撰，吳則虞(1913-1977)點校：《白虎通疏證》(北京：中華書局，1997年10月)，頁302-303。

[85] 林聰舜：〈帝國意識形態的重建——扮演「國憲」基礎的《白虎通》思想〉，收錄於氏著：《漢代儒學別裁——帝國意識形態的形成與發展》(臺北：國立臺灣大學出版中心，2013年7月)，頁213-262。

[86] 王夢鷗(1907-2002)：〈王制校證〉，參氏著：《禮記校證》(臺北：藝文印書館，1976年12月)，頁59-69。又《禮記集解》卷12〈王制〉：「制：三公一命卷，若有加，則賜也，不過九命。」〔清〕孫希旦(1736-1784)《注》謂：「制，謂命數之制也。卷與袞同。袞冕，九章之服也。三公八命，服鷩冕，加一命則為上公而服袞冕。若有加則賜者，謂袞冕之外，更加餘服，則出於王之特賜，而非常制也。」見氏著：《禮記集解》(沈嘯寰、王星賢點校本，北京：中華書局，1998年12月)，頁323。

[87] 《白虎通疏證》卷7〈玫黜·九錫〉。見《白虎通疏證》，頁302。

昏作，粟帛滯積，大業惟興，是用錫君袞冕之服，赤舄副焉。君敦尚
謙讓，俾民興行，少長有禮，上下咸和，是用錫君軒縣之樂，六佾之
舞。君翼宣風化，爰發四方，遠人革面，華夏充實，是用錫君朱戶以
居。君研其明哲，思帝所難，官才任賢，羣善必舉，是用錫君納陛以
登。君秉國之鈞，正色處中，纖毫之惡，靡不抑退，是用錫君虎賁之
士三百人。君糾虔天刑，章厥有罪，犯關干紀，莫不誅殛，是用錫君
鈇鉞各一。君龍驤虎視，旁眺八維，掩討逆節，折衝四海，是用錫君
彤弓一，彤矢百，玈弓十，玈矢千。君以溫恭為基，孝友為德，明允
篤誠，感于朕思，是用錫君秬鬯一卣，珪瓚副焉。」義與此同。[88]

　　正意味著東漢廷臣潘勗實依照朝廷儀憲而作〈九錫文〉，因此《文選》載
錄之實挪借其《白虎通義》中「九錫儀軌」之國憲內涵，來強化梁武帝建立
蕭梁帝國的正當性。是故無論是蕭梁時代之殷芸，或是現代學者之研究，都
有意無意地揭露出蕭統編輯《文選》時，必然存有對於王道正統、神器天授
之政治正當性的追摹意識，只不過後人視「九錫」、「禪代」與「篡位」為同
義詞，[89]影響對蕭統選錄此類文獻本意之判斷。

　　故若以逆國篡權的視角來解讀《文選》中相關的王朝禪代文獻，將會不
符合蕭統選文標準的原因是，蕭統不可能對蕭梁王朝提出正統性的質疑，連
帶的也不會視自己父親梁武帝的建國功業是一種篡逆。然「九錫」在歷代政
治的競爭中常被視為權臣謀篡之象徵也是事實，如劉孝標《世說新語注》曾載：

---

[88] 《白虎通疏證》卷 7〈玫黜‧九錫〉。見《白虎通疏證》，頁 303。

[89] 如孫鑛稱此文：「全是褒獎篡逆。」見《評注昭明文選》，頁 675。李景星(1876-1934)云：「〈九
錫文〉雖曰奸言，實屬妙作，詳載於篇，以作老瞞事實總冊，異常出色。」見氏著：《四史評議》
(韓兆琦、俞樟華校點本，長沙：岳麓書社，1986 年 11 月)，頁 373。又盧弼(1876-1967)亦謂：「勗
〈策〉魏公九錫之文，口含天憲，假託朝命，終不能逃後世之清議。」見氏著：《三國志集解》(錢
劍夫整理本，上海：上海古籍出版社，2009 年 6 月)，頁 167。

温在姑孰，諷朝廷，求九錫。謝安使吏部郎袁宏具其草，以示僕射王彪之。彪之作色曰：「丈夫豈可以此事語人邪？」安徐問其計。彪之曰：「聞其疾已篤，且可緩其事。」安從之，故不行。[90]

桓溫欲在死前代晉而立，卻因為謝安、王彪之等世族的暗中阻撓而遺恨：「時孝武帝富於春秋，政不自己，溫威振內外，人情噂嗒，互生同異。安與坦之盡忠匡翼，終能輯穆。及溫病篤，諷朝廷加九錫，使袁宏具草。安見，輒改之，由是歷旬不就。會溫薨，錫命遂寢。」[91]故面對〈九錫文〉傳統所存篡國謀權的成見，蕭統竟還將之編入《文選》，甚至在《文選》中尚編列諸多與王朝禪代相關之作品，則其勢必對此類文獻進行意義轉化，以免陷入自我矛盾之困境。是以如本文所言，〈九錫文〉在《文選》中被置於國章禮憲之儀軌脈絡，則巧妙地將權臣竊國的印象導向國之重臣功德圓滿的殊榮，然單單就此一文獻的確無法說服後世研究者的質疑，因此勢必重新檢視《文選》選文之內在脈絡進行探究。

(二)《文選》中的王莽與曹操之辨

事實上從蕭統的選文中，已經透露出將潘勖為曹操所作的〈九錫文〉視為功臣典範的重要線索。傳統上凡提及「加九錫」事件，往往都以王莽為始。而《漢書》中確實也載錄著漢平帝元始五年(5)王莽受封加九錫之文，[92]梁章

---

[90] 《世說新語》卷上之上《言語注》引《晉安帝紀》。見《世說新語箋疏》，頁 151-152。

[91] 《晉書》卷 79〈謝安傳〉。見《晉書》，頁 2074。

[92] 王莽加封九錫之策文見《漢書》卷 99 上〈王莽傳上〉：「惟元始五年五月庚寅，太皇太后臨于前殿，延登，親詔之曰：公進，虛聽朕言。前公宿衛孝成皇帝十有六年，納策盡忠，白誅故定陵侯淳于長，以彌亂發姦，登大司馬，職在內輔。孝哀皇帝即位，驕妾窺欲，姦臣萌亂，公手劾高昌侯董宏，改正故定陶共王母之僭坐。自是之後，朝臣論議，靡不據經。以病辭位，歸于第家，為賊臣所陷。就國之後，孝哀皇帝覺寤，復還公長安，臨病加劇，猶不忘公，復特進位。是夜倉卒，國無儲主，姦臣充朝，危殆甚矣。朕惟定國之計莫宜于公，引納于朝，即日罷退高安侯董賢，轉漏之間，忠策輒建，綱紀咸張。綏和、元壽，再遭大行，萬事畢舉，禍亂不作。輔朕五年，人倫

鉅即稱:「蓋篡臣先以此為竊國之資,自王莽始然。」[93]而《文選》中卻未以其「凡次文之體,各以彙聚。詩賦體既不一,又以類分;類分之中,各以時代相次。」[94]的編選原則選錄冊封王莽的〈九錫文〉,反倒選了諸多有關王莽(45B.C.-23)為漢賊、國盜之文章,如《文選》卷一〈賦甲・京都上〉班固〈東都賦〉即曰:

> 往者王莽作逆,漢祚中缺。天人致誅,六合相滅。于時之亂,生人幾亡,鬼神泯絕。壑無完柩,郭罔遺室。原野厭人之肉,川谷流人之血。秦項之災猶不克半,書契以來未之或紀。故下人號而上訴,上帝懷而降監。乃致命乎聖皇。於是聖皇乃握乾符,闡坤珍。披皇圖,稽帝文。赫然發憤,應若興雲。霆擊昆陽,憑怒雷震。遂超大河,跨北嶽。立號高邑,建都河洛。紹百王之荒屯,因造化之盪滌。體元立制,繼天而作。系唐統,接漢緒。茂育群生,恢復疆宇。勳兼乎在昔,事勤乎三五。豈特方軌並跡,紛綸后辟,治近古之所務,蹈一聖之險易云爾哉?[95]

《文選》卷三〈賦乙・京都中〉張衡(78-139)〈東京賦〉:

之本正,天地之位定。欽承神祇,經緯四時,復千載之廢,矯百世之失,天下和會,大眾方輯。《詩》之靈臺,《書》之作雒,鎬京之制,商邑之度,於今復興。昭章先帝之元功,明著祖宗之令德,推顯嚴父配天之義,修立郊禘宗祀之禮,以光大孝。是以四海雍雍,萬國慕義,蠻夷殊俗,不召自至,漸化端冕,奉珍助祭。尋舊本道,遵術重古,動而有成,事得厥中。至德要道,通於神明,祖考嘉享。光耀顯章,天符仍臻,元氣大同。麟鳳龜龍,眾祥之瑞,七百有餘。遂制禮作樂,有綏靖宗廟社稷之大勳。普天之下,惟公是賴,官在宰衡,位為上公。今加九命之錫,其以助祭,共文武之職,乃遂及厥祖。於戲,豈不休哉!」見《漢書》,頁4073-4074。

[93] 〔清〕梁章鉅(1775-1849)《文選旁證》卷29潘勗〈冊魏公九錫文〉條。見氏著:《文選旁證》(穆克宏點校本,福州:福建人民出版社,2000年1月),頁827。

[94] 《文選》,序頁3。

[95] 《文選》,頁29-30。

巨猾間釁，竊弄神器。歷載三六，偷安天位。于時蒸民，罔敢或
貳。其取威也重矣！我世祖忿之，乃龍飛白水，鳳翔參墟。授鉞四七，
共工是除。欃槍旬始，群凶靡餘。[96]

《文選》卷四〈賦乙・京都中〉張衡〈南都賦〉：

方今天地之睢盧惟剌力達，帝亂其政，豺虎肆虐，真人革命之秋
也。[97]

《文選》卷十四〈賦庚・志上〉班固〈幽通賦〉：

皇十紀而鴻漸兮，有羽儀於上京。巨滔天而泯夏兮，考遘愍以行
謠。終保己而貽則兮，里上仁之所廬。懿前烈之純淑兮，窮與達其必
濟。[98]

《文選》卷四八〈符命〉班固〈典引〉：

是以高、光二聖，宸居其域，時至氣動，乃龍見淵躍。拊翼而未舉，
則威靈紛紜，海內雲蒸，雷動電燡，胡繼莽分，尚不菹其誅。[99]

《文選》卷五十〈史論下〉范曄(398-445)〈後漢書逸民傳論〉：

漢室中微，王莽篡位，士之蘊藉義憤甚矣。是時裂冠毀冕，相攜

---

[96] 《文選》，頁 101-102。
[97] 《文選》，頁 161。
[98] 《文選》，頁 635-636。
[99] 《文選》，頁 2160。

持而去之者，蓋不可勝數。[100]

《文選》卷五十〈史述贊〉范曄〈後漢書光武帝贊〉：

贊曰：炎政中微，大盜移國。[101]

《文選》卷五二〈論二〉班彪(3-54)〈王命論〉：

故雖遭罹厄會，竊其權柄，勇如信布，彊如梁籍，成如王莽，然卒潤鑊伏鑕，烹醢分裂，又況么麼不及數子，而欲闇干天位者也。[102]

《文選》卷五二〈論二〉曹冏(？-226)〈六代論〉：

至乎哀平，異姓秉權，假周公之事，而為田常之亂。高拱而竊天位，一朝而臣四海，漢宗室王侯，解印釋綬，貢奉社稷，猶懼不得為臣妾，或乃為之符命，頌莽恩德，豈不哀哉！[103]

《文選》卷五四〈論四〉陸機(261-303)〈五等論〉：

漢矯秦枉，大啟侯王。……逮至中葉，忌其失節，割削宗子，有名無實，天下曠然，復襲亡秦之軌矣。是以五侯作威，不忌萬邦；新都襲漢，易於拾遺也。……遠惟王莽篡逆之事，近覽董卓擅權之際，

---

[100] 《文選》，頁 2214。

[101] 《文選》，頁 2229。

[102] 《文選》，頁 2265。

[103] 《文選》，頁 2279。

億兆悼心，愚智同痛。[104]

　　以上十例均是被蕭統直接載錄於《文選》中的作品，而王莽在其中皆被描述為「篡位」、「作逆」、「巨猾」、「共工」、「竊弄神器」、「豺虎肆虐」、「滔天泯夏」、「威靈紛紜」、「海內雲蒸」、「大盜移國」等形象，從蕭統選錄東漢諸賦家與班固《漢書》中的部分史論，實也道出其對西漢一代的史觀與班固等東漢文士一致的立場：

　　　　莽既不仁而有佞邪之材，又乘四父歷世之權，遭漢中微，國統三絕，而太后壽考為之宗主，故得肆其姦慝，以成篡盜之禍。……及其竊位南面，處非所據，顛覆之勢險於桀紂，而莽晏然自以黃、虞復出也。乃始恣睢，奮其威詐，滔天虐民，窮凶惡極，毒流諸夏，亂延蠻貉，猶未足逞其欲焉。是以四海之內，囂然喪其樂生之心，中外憤怨，遠近俱發，城池不守，支體分裂，遂令天下城邑為虛，丘壠發掘，害徧生民，辜及朽骨，自書傳所載亂臣賊子無道之人，考其禍敗，未有如莽之甚者也。[105]

　　故蕭統不能選錄其九錫之文，不僅與王莽時代九錫禮文內容未臻完備有關之外，[106]最主要就是因為此種國賊逆臣的形象，就《昭明文選》的內在結構而言，若真收錄王莽時代的九錫禮文，不但會令《文選》產生自我矛盾的政治立場，開啟後人對篡梁的覬覦企圖；而王莽從「受九錫之封」到「代漢立新」，乃以誅殺漢平帝為起點，[107]西漢翟義即以「弒帝兇手」為號召起義伐

---

[104] 《文選》，頁 2337。

[105] 《漢書》卷 99 下〈王莽傳下‧贊曰〉。見《漢書》，頁 4194。

[106] 楊永俊〈禪讓禮儀──禪讓模式的載體〉，見氏著：《禪讓政治研究》(北京：學苑出版社，2005 年 7 月)，頁 223-283。

[107] 《資治通鑑》卷 36〈漢紀 28‧孝平皇帝下〉「元始五年」：「時帝春秋益壯，以衞后故，怨不悅。冬，十二月，莽因臘日上椒酒，置毒酒中；帝有疾。莽作〈策〉，請命於泰畤，願以身代，藏〈策〉

莽，[108]故蕭統絕不可能將王莽加九錫的禮儀記錄選入《文選》中，否則將使其父梁武帝的建國功業也蒙上叛國弒帝之陰影。

由此即可獲悉，蕭統何以將曹操受封九錫之文入《選》，除其符合東漢國憲禮典之意涵外，尚可對應於《文選》中所呈現的魏武形象。如《文選》卷六〈賦丙‧京都下〉左思(250-305)〈魏都賦〉：

> 于時運距陽九，漢網絕維。姦回內贔，兵纏紫微。翼翼京室，眈眈帝宇，巢焚原燎，變為煨燼，故荊棘旅庭也。殷殷寰內，繩繩八區，鋒鏑縱橫，化為戰場，故麋鹿寓城也。伊洛榛曠，崤函荒蕪。臨菑牢落，鄗郢丘墟。……迥時世而淵默，應期運而光赫。暨聖武之龍飛，肇受命而光宅。[109]

《文選》卷十一〈賦己‧宮殿〉何晏(195-249)〈景福殿賦〉：

> 大哉惟魏，世有哲聖。武創元基，文集大命。皆體天作制，順時立政。[110]

《文選》卷二十〈詩甲‧獻詩〉曹植(192-232)〈責躬詩〉：

> 於穆顯考，時惟武皇。受命于天，寧濟四方。朱旗所拂，九土披

金縢，置于前殿，敕諸公勿敢言。命之書，藏之於匱，緘之以金，不欲人開之。丙午，帝崩于未央宮。」見〔北宋〕司馬光(1019-1086)編集，〔元〕胡三省(1230-1302)音註，章鈺(1864-1934)校記：《新校資治通鑑注》(臺北：世界書局，1970 年 12 月)，頁 1155-1156。

[108] 《漢書》卷12〈平帝紀〉：「元始五年，冬十二月丙午，帝崩于未央宮。」顏師古《注》曰：「《漢注》云帝春秋益壯，以母衛大后故怨不悅。莽自知益疏，篡殺之謀由是生，因到臘日上椒酒，置藥酒中。故翟義〈移書〉云『莽鴆弒孝平皇帝』。」見《漢書》，頁 360。

[109] 《文選》，頁 265-268。

[110] 《文選》，頁 523。

攘。玄化滂流，荒服來王。超商越周，與唐比蹤。[111]

《文選》卷二十〈詩甲・公讌〉王粲(177-217)〈公讌詩〉：

> 願我賢主人，與天享巍巍。克符周公業，奕世不可追。[112]

《文選》卷二七〈詩戊・軍戎〉王粲〈從軍詩五首〉之一：

> ……相公征關右，赫怒震天威。一舉滅獯虜，再舉服羌夷。西收邊地賊，忽若俯拾遺。……拓地三千里，往返速若飛。歌舞入鄴城，所願獲無違。盡日處大朝，日暮薄言歸。外參時明政，內不廢家私。……[113]

《文選》卷三四〈七上〉曹植〈七啟八首〉之八：

> 鏡機子曰：「世有聖宰，翼帝霸世。同量乾坤，等曜日月。玄化參神，與靈合契。惠澤播於黎苗，威靈震乎無外。超隆平於殷周，踵羲皇而齊泰。顯朝惟清，王道遐均。民望如草，我澤如春。河濱無洗耳之士，喬岳無巢居之民。是以俊乂來仕，觀國之光。舉不遺才，進各異方。讚典禮於辟雍，講文德於明堂；正流俗之華說，綜孔氏之舊章。散樂移風，國富民康。神應休臻，屢獲嘉祥。故甘靈紛而晨降，景星宵而舒光。觀游龍於神淵，聆鳴鳳於高岡。此霸道之至隆，而雍熙之盛際。然主上猶以沈恩之未廣，懼聲教之未屬，采英奇於仄陋，宣皇明於巖穴。此甯子商歌之秋，而呂望所以投綸而逝也。吾子為太和之民，不欲仕陶唐之世乎？」於是玄微子攘袂而興曰：「韙哉言乎！近者

---

[111] 《文選》，頁929-930。

[112] 《文選》，頁944。

[113] 《文選》，頁1269-1270。

吾子，所述華滋，欲以屬我，祇攪予心。至聞天下穆清，明君蒞國，覽盈虛之正義，知頑素之迷惑。今予廓爾，身輕若飛。願反初服，從子而歸。」[114]

《文選》卷四一〈書上〉孔融(153-208)〈論盛孝章書〉：

惟公匡復漢室，宗社將絕，又能正之。[115]

《文選》卷四四〈檄〉陳琳(？-217)〈檄吳將校部曲文〉：

聖朝寬仁覆載，允信允文，大啟爵命，以示四方。……丞相銜奉國威，為民除害，元惡大憝，必當梟夷。[116]

《文選》卷五六〈誄上〉曹植〈王仲宣誄并序〉：

我公奮鉞，耀威南楚。荊人或違，陳戎講武。君乃義發，筭我師旅。高尚霸功，投身帝宇。斯言既發，謀夫是與。……我公實嘉，表揚京國。金龜紫綬，以彰勳則。……我王建國，百司俊乂。………嗟彼東夷，憑江阻湖。騷擾邊境，勞我師徒。光光戎路，霆駭風徂。君侍華轂，輝輝王塗。思榮懷附，望彼來威。[117]

《文選》卷六十〈弔文〉陸機(261-303)〈弔魏武帝文〉：

---

[114] 《文選》，頁 1587-1589。
[115] 《文選》，頁 1874-1875。
[116] 《文選》，頁 1980-1982。
[117] 《文選》，頁 2435-2436。

接皇漢之末緒，值王途之多違。佇重淵以育鱗，撫慶雲而遐飛。運神道以載德，乘靈風而扇威。摧群雄而電擊，舉勍敵其如遺。指八極以遠略，必翦焉而後綏。薦三才之闕典，啟天地之禁閫。舉脩網之絕紀，紐大音之解徽。掃雲物以貞觀，要萬途而來歸。丕大德以宏覆，援日月而齊暉。濟元功於九有，固舉世之所推。[118]

以上十則同為載錄於《文選》中之作品，與王莽相比，曹操不僅被完全解消篡漢之企圖，其形象也均可對應於蕭統所選錄之潘勖〈冊魏公九錫文〉之內容。如「翼漢」：

制詔：使持節丞相領冀州牧武平侯。朕以不德，少遭閔凶，越在西土，遷于唐衛。當此之時，若綴旒然，宗廟乏祀，社稷無位，群凶覬覦，分裂諸夏，一人尺土，朕無獲焉。即我高祖之命，將墜於地，朕用夙興假寐，震悼于厥心。曰：惟祖惟父，股肱先正，其孰恤朕躬。乃誘天衷，誕育丞相。保乂我皇家，弘濟于艱難，朕實賴之。……朕聞先王並建明德，胙之以土，分之以民，崇其寵章，備其禮物，所以蕃衛王室，左右厥世也。[119]

「寧濟四方」：

昔者，董卓初興國難，群后失位，以謀王室。君則攝進，首啟戎行，此君之忠於本朝也。後及黃巾，反易天常，侵我三州，延于平民。君又討之，剪除其跡，以寧東夏，此又君之功也。韓暹楊奉，專用威命，又賴君勳，克黜其難。遂建許都，造我京畿，設官兆祀，不失舊

---

[118] 《文選》，頁 2597-2598。

[119] 《文選》，頁 1623-1628。

物，天地鬼神，於是獲乂，此又君之功也。袁術僭逆，肆于淮南，慴憚君靈，用丕顯謀，蘄陽之役，橋蕤授首，稜威南屬，術以殞潰，此又君之功也。迴戈東指，呂布就戮，乘軒將反，張揚沮斃，眭固伏罪，張繡稽服，此又君之功也。袁紹逆常，謀危社稷，憑恃其眾，稱兵內侮。當此之時，王師寡弱，天下寒心，莫有固志。君執大節，精貫白日，奮其武怒，運諸神策，致屆官渡，大殲醜類，俾我國家，拯於危墜，此又君之功也。濟師洪河，拓定四州，袁譚高幹，咸梟其首。海盜奔迸，黑山順軌，此又君之功也。[120]

「收邊地之賊」：

　　烏丸三種，崇亂二世，袁尚因之，逼據塞北，束馬懸車，一征而滅，此又君之功也。……馬超、成宜，同惡相濟，濱據河潼，求逞所欲，殄之渭南，獻馘萬計，遂定邊城，撫和戎狄，此又君之功也。鮮卑、丁令，重譯而至，單于白屋，請吏帥職，此又君之功也。[121]

「耀威南楚」：

　　劉表背誕，不供貢職，王師首路，威風先逝，百城八郡，交臂屈膝，此又君之功也。[122]

「顯朝惟清，王道遐均」：

　　君有定天下之功，重以明德，班敘海內，宣美風俗，旁施勤教，恤慎

---

[120] 《文選》，頁 1624-1626。
[121] 《文選》，頁 1626-1627。
[122] 《文選》，頁 1626。

刑獄。吏無苛政，民不回慝，敦崇帝族，援繼絕世，舊德前功，罔不咸秩。雖伊尹格于皇天，周公光于四海，方之蔑如也。[123]

「克服周公業」：

其在周成，管蔡不靖，懲難念功，乃使邵康公錫齊太公履，東至于海，西至於河，南至于穆陵，北至于無棣，五侯九伯，實得征之。世胙太師，以表東海。爰及襄王，亦有楚人，不供王職。又命晉文，登為侯伯，錫以二輅，虎賁鈇鉞，秬鬯弓矢，大啟南陽，世作盟主。故周室之不壞，繫二國是賴。今君稱丕顯德，明保朕躬，奉答天命，導揚弘烈，綏爰九域，罔不率俾，功高乎伊周，而賞卑乎齊晉，朕甚恧焉。朕以眇身，託于兆民之上，永思厥艱，若涉淵水，非君攸濟，朕無任焉。[124]

因此潘勗在文中所載錄的九錫典物，除立基於前述曹操為漢廷立下之重功，又將之比為周公、召公、齊桓公、晉文公，則顯然有兼顧仁義與實力的王霸之道，[125]因此在這樣的架構下，曹操受封九錫即呈現一種「功」、「德」兼美的圓滿局面：

今以冀州之河東河內魏郡趙國中山鉅鹿常山安平甘陵平原凡十郡，封君為魏公，使使持節御史大夫慮，授君印綬冊書，金虎符第一

---

[123] 《文選》，頁1627。

[124] 《文選》，頁1628-1629。

[125] 黃俊傑指出真正嚴明「王霸」之辨的應該始自孟子：「孔子將『王』、『霸』當作政治演進過程中的不同階段，荀子則將『王』、『霸』視為不同等級之德行，只有孟子高舉『王道』政治之大旗，明白指出『王』者以德服人，『霸』者以力服人，兩者不可同日而語。」參氏著：〈宋儒對孟子政治思想的爭辯及其蘊涵的問題〉。見氏著：《孟子思想史論卷二》(臺北：中央研究院中國文哲研究所，2006年12月)，頁147。

至第五，竹使符第一至第十，錫君玄土，苴以白茅，爰契爾龜，用建
冢社。昔在周室，畢公毛公，入為卿佐，周邵師保，出為二伯，外內
之任，君實宜之。其以丞相領冀州牧如故。今更下傳璽，肅將朕命，
以允華夏，其上故傳武平侯印綬。今又加君九錫，其敬聽後命。以君
經緯禮律，為民軌儀。使安職業，無或遷志，是用錫君大輅戎輅各一，
玄牡二駟。君勸分務本，嗇民昏作，粟帛滯積，大業惟興，是用錫君
袞冕之服，赤舄副焉。君敦尚謙讓，俾民興行，少長有禮，上下咸和，
是用錫君軒懸之樂，六佾之舞。君翼宣風化，爰發四方，遠人回面，
華夏充實，是用錫君朱戶以居。君研其明哲，思帝所難，官才任賢，
群善必舉，是用錫君納陛以登。君秉國之均，正色處中，纖毫之惡，
靡不抑退，是用錫君虎賁之士三百人。君糾虔天刑，章厥有罪，犯關
干紀，莫不誅殛，是用錫君鈇鉞各一。君龍驤虎視，旁眺八維，捴討
逆節，折衝四海，是用錫君彤弓一，彤矢百，旅弓十，旅矢千。君以
溫恭為基，孝友為德，明允篤誠，感乎朕思，是用錫君秬鬯一卣，珪
瓚副焉。魏國置丞相以下群卿百僚，皆如漢初諸王之制。君往欽哉！
敬服朕命。簡恤爾?，時亮庶功，用終爾顯德，對揚我高祖之休命。[126]

這也可追溯自《白虎通》中所載禮儀內容所寓含之「功」、「德」合一論：

　　能安民，故賜車馬，以著其功德，安其身。能使人富足衣食，倉
廩實，故賜衣服，以彰其體。能使民和樂，故賜之樂則，以事其先也。
《禮》曰：「夫賜樂者，不得以時王之樂，事其宗廟也。」朱，盛色；
戶，所以紀民數也，故民眾多賜朱戶也。……進賢賜之納陛，以優之
也。既能進善，當能戒惡，故賜虎賁，虎賁者所以戒不虞而距惡。距
惡當斷刑，故賜之鈇鉞，所以斷大刑。刑罰既中，則能征不義，故賜

弓矢，所以征不義、伐無道也。圭瓚秬鬯，宗廟之盛禮，故孝道備而賜之秬鬯，所以極著孝道。孝道純備，故內和外榮，玉以象德，金以配情，芬香條鬯以通神靈。玉飾其本君子之性，金飾其中君子之道。君子有黃中通理之道美素德。金者，精和之至也；玉者，德美之至也；鬯者，芬香之至也。君子有玉瓚、秬鬯乎，車者以配道德也，其至矣，合天下之極美以通其志也，其唯玉瓚、秬鬯乎。[127]

而「求忠出孝，義兼臣子」的人臣典範，[128]不正好提供蕭統利用傳統國典禮制化解了蕭衍禪齊立梁迭遭敵國以「竊號一隅」[129]、「衍尋僭立，自稱曰梁，號年天監。」[130]的醜詬之柄。[131]

潘勖尚在〈九錫文〉中留下漢獻帝曰：

今將授君典禮，其敬聽朕命。[132]

在在揭示出曹操所受封之九錫禮，不僅符合東漢禮典國憲《白虎通》之

---

[127] 《白虎通疏證》卷7〈攷黜〉。見《白虎通疏證》，頁305-306。

[128] 蕭繹(508-555)：〈上忠臣傳表〉：「資父事君，寔曰嚴敬。求忠出孝，義兼臣子。」見《藝文類聚》，頁367。

[129] 《魏書》卷41〈源子恭傳〉。見《魏書》，頁933。

[130] 《魏書》卷98〈島夷‧蕭衍傳〉。見《魏書》，頁2173。

[131] 《魏書》卷8〈世宗紀〉：「(景明三年夏四月) 是月，蕭衍又廢其主寶融而僭立，自稱曰梁。」見《魏書》，頁194。《魏書》卷61〈田益宗傳〉：「竊惟蕭衍亂常，君臣交爭，江外州鎮，中分為兩，東西抗峙，已淹歲時。民庶窮於轉輸，甲兵疲於戰鬪，事救於目前，力盡於麾下。無暇外維州鎮，綱紀庶方，藩城慕立，孤存而已。」見《魏書》，頁1371。《魏書》卷41〈源懷傳〉：「南賊遊魂江揚，職為亂逆，肆厥淫昏，月滋日甚，貴臣重將，靡有孑遺，崇信姦回，昵比閹豎，內外離心，骨肉猜叛。蕭寶融僭號於荊郢，其雍州刺史蕭衍勒兵而東襲，上流之眾已逼其郊。廣陵、京口各持兵而懷兩望，鍾離、淮陰並鼎峙而觀得失。秣陵孤危，制不出門。君子小人，並罹災禍，延首北望，朝不及夕。」見《魏書》，頁924。

[132] 《文選》，頁1624。

原則，更有受漢獻帝親詔之正當性，故並未僭越臣屬分際。只不過後世往往將曹操在漢末挾天子以令諸侯之政治是非因素放大，如顧炎武(1613-1682)所言：「有王莽之篡弒，則必有揚雄之美新；有曹操之禪代，則必有潘勖之九錫。(《世說》言潘元茂作魏公冊命，人謂與訓誥同風。)是故亂之所繇生也。犯上者為之魁，巧言者為之輔。故大禹謂之巧言令色。孔王而與驩兜、有苗同為一類，甚哉其可畏也！」[133]反而忽略了曹操所加的九錫之禮，實仍限於漢帝之法理權束。因依《白虎通》所言，君王不僅能賞賜權臣九錫之禮，但同時也具有取消或黜免九錫禮之權。這也就是《白虎通》將「九錫」置於〈攷黜〉章之義：

> 諸侯有九賜習其賜者何？子之能否未可知也。或曰得之，但未得行其習以專也，三年有功則皆得用之矣。二考無功則削其地，而賜自並知，明本非其身所得也。身得之者，得以賜，當稍黜之，爵所以封賢也。[134]

　　陳立雖認為此段語義不明，但無論其內容是否針對子嗣繼承權之考核，都無法否認漢帝本有對權臣的賞賜行使考核與取消之權。只是曹操是東漢首次獲得九錫之禮的重臣，而漢獻帝所處政治背景也無法對曹操進行評鑑考核，但《白虎通》的記載卻正好透露曹操的九錫大封，完全符合漢廷禮制之政治典範。因此《文選》錄潘勖〈冊魏公九錫文〉，便揭示出六朝時代將「九錫」視為典儀軌制之義，更透露出藉此文傳達其父梁武帝所受南齊王朝的九錫殊榮，同樣具備政治「正當性」與合「禮」性。

　　然尚有質疑之處在於，要如何解釋蕭統選入歌頌新莽之揚雄(53B.C.-18B.C.)〈劇秦美新〉？難道不會與《文選》內在結構中王莽之「國賊」形象相

---

[133]　《日知錄》卷21〈巧言〉。見〔清〕顧炎武撰，章炳麟(1869-1936)校閱，黃侃、張繼(1882-1947)校勘，徐文珊(1900-1998)點校：《原抄本日知錄》(臺北：明倫出版社，1970年10月)，頁553。

[134]　《白虎通疏證》卷7〈攷黜〉。見《白虎通疏證》，頁312。

牴觸？不過此文被收錄在《文選》卷四八〈符命〉類中，蕭統尚選錄司馬相如(179B.C.-117 B.C.)〈封禪文〉與班固〈典引〉。所謂的「符命」，往往指的是王朝受命於天的祥瑞之兆。沈約於《宋書》中有三卷〈符瑞志〉，便稱其義為：「夫龍飛九五，配天光宅，有受命之符，天人之應。《易》曰：『河出《圖》，洛出《書》，而聖人則之。』符瑞之義大矣。」[135]而往往當符應並至時，帝王亦會舉行「封禪」之禮：「自古受命帝王，曷嘗不封禪？蓋有無其應而用事者矣，未有睹符瑞見而不臻乎泰山者也。」[136]可知符應往往是天命正統之象徵，符瑞迭現意味著君王有德有道，故天人感應祥瑞神通，而舉行封禪大典以著教化與王權。[137]而《文選》卷五二〈論二〉收錄班固之〈王命論〉亦稱：

> 　　昔在帝堯之禪曰：「咨爾舜，天之歷數在爾躬。」舜亦以命禹。暨于稷契，咸佐唐虞，光濟四海，奕世載德。至于湯武，而有天下。雖其遭遇異時，禪代不同，至于應天順人，其揆一焉。是故劉氏承堯之祚，氏族之世，著于春秋。唐據火德，而漢紹之。始起沛澤，則神母夜號，以彰赤帝之符。由是言之，帝王之祚，必有明聖顯懿之德，豐功厚利積累之業，然後精誠通于神明，流澤加於生民。故能為鬼神所福饗，天下所歸往。[138]

　　李善《注》云：「王命，帝王受命也。」[139]則可知班固此文所要論述之觀點即上秉天命下有功德者乃政統之所歸，也顯示出《文選》中具有「侯服于

---

[135]　《宋書》卷 27〈符瑞上・序〉。見《宋書》，頁 759。

[136]　《史記》卷 28〈封禪書〉。見《史記》，頁 1355。

[137]　陳槃(1905-1999)：〈秦漢之間所謂「符應」論略〉，收錄於氏著：《古讖緯研討及其書錄解題》(臺北：國立編譯館，1991 年 2 月)，頁 1-98。

[138]　《文選》，頁 2263-2264。

[139]　《文選》，頁 2263。

周，天命靡常。」[140]之政統觀念：「孔子言『三分有二以事殷』，後人因聖言，率以受命稱王為不然，又或以『受命』為受紂命。不知詩人明言受天命，未嘗言受紂命。商之末造，紂惡日甚，民心歸周，其勢已成，雖文王聖德謙沖，無所於讓。」[141]

因此《文選》所錄「符命卷」的意涵，也正應由帝王受命於天而改制或建國之禮典過程記錄來觀察，[142]如劉勰在《文心雕龍》中所言：「茲文為用，蓋一代之典章也。」[143]而「封禪」之義乃在：「王者易姓而起，必升封泰山何？教告之義也。始受命之時，改制應天，天下太平，功成封禪，以告太平也。禪梁父之趾，廣厚也。刻石紀號，著己之功績。天以高為尊，地以厚為德，故增泰山之高以報天，禪梁父之趾以報地。封者，附廣之；禪者，將以功相傳授之。」[144]可知「封禪」之典主要即在祭祀天地，而此舉意味著王朝向天地宣告擁有四方天下之正統地位，[145]即司馬相如於〈封禪文〉中所說的「王道」之儀：

於是大司馬進曰：陛下仁育群生，義征不譓諸夏樂貢，百蠻執贄，

---

[140] 《毛詩注疏》卷 16〈大雅・文王〉。見〔東漢〕毛亨傳，〔東漢〕鄭玄箋，〔唐〕孔穎達注疏：《毛詩正義》(李學勤等人整理本，臺北：台灣古籍出版有限公司，2001 年 10 月)，頁 1127。

[141] 〔清〕王先謙(1842-1917)：《詩三家義集疏》(吳格點校本，臺北：明文書局，1988 年 10 月)，頁 823。

[142] 顧頡剛(1893-1980)〈五德終始說下的政治和歷史〉：「『五德說』既演『五德轉移，天命無常』的道理，『三統說』是模仿五德說而作的，這中心思想自然一樣。『封禪說』雖簡單些，但它說泰山是新受命的帝王封禪告天的地方，自古以來已有七十二代的帝王到過泰山封禪，則應也是一種革命、受命的學說。這幾種學說天天鼓吹，使得一般人深信受了天命的天子是常會被革職的，只要皇帝做得不好，失了上天的撫育黎元的用意，就應當有新的皇帝起來嬗代。那時人看皇帝是上帝的官吏，符應是上帝給予他的除書，封禪是他上任時發的奏書，五德和三統的改制是上任後的一套排場。」收錄於氏編著：《古史辨》(臺北：藍燈文化事業股份有限公司，1993 年 8 月)，第五冊，頁 466。

[143] 《文心雕龍》〈封禪〉。見《文心雕龍義證》，頁 816。

[144] 《白虎通疏證》卷 6〈封禪〉。見《白虎通疏證》，頁 278。

[145] 何平立：《巡狩與封禪──封建政治的文化軌跡》(濟南：齊魯書社，2003 年 1 月)，頁 163-184。

德侔往初，功無與二，休烈浹洽，符瑞衆變，期應紹至，不特創見。意泰山梁甫設壇場望幸，蓋號以況榮，陛下謙讓而弗發。挈三神之歡，缺王道之儀，群臣恧焉。或曰且天為質闇，示珍符固不可辭；若然辭之，是泰山靡記而梁甫罔幾也。亦各並時而榮，咸濟厥世而屈，說者尚何稱於後，而云七十二君哉？夫修德以錫符，奉命以行事，不為進越也。故聖王不替，而修禮地祇，謁款天神，勒功中嶽，以章至尊，舒盛德，發號榮，受厚福，以浸黎元。皇皇哉此天下之壯觀，王者之卒業，不可貶也。願陛下全之。而後因雜搢紳先生之略術，使獲燿日月之末光絕炎，以展采錯事。猶兼正列其義，祓飾厥文，作春秋一藝。將襲舊六為七，攄之亡窮，俾萬世得激清流，揚微波，蜚英聲，騰茂實。前聖所以永保鴻名而常為稱首者用此。宜命掌故悉奏其儀而覽焉。[146]

　　事實上在南齊時代也曾有記載北魏使者宋弁曾云：「昔觀相如〈封禪〉，以知漢武之德；今覽王生〈詩序〉，用見齊王之盛。」[147]所謂王生〈詩序〉，是指王融的〈三月三日曲水詩序〉。此處無疑透露出南北朝時代閱讀〈封禪文〉的流行趨勢，正是以王道盛世的圖像視角觀之，足見南朝時代對於〈封禪文〉之討論均是由儀軌禮則出發。[148]

　　而此儀式之政治象徵即為凸顯王朝或受天命之正統性，因為司馬遷曾指出帝王能夠舉行封禪之典的條件是：

---

[146] 《文選》，頁 2142-2143。

[147] 《南齊書》卷 47〈王融傳〉。見《南齊書》，頁 821-822。

[148] 張雲璈(1747-1829)曾質疑司馬相如是否真有參與制定封禪禮儀，見氏著：《選學膠言》(臺北，廣文書局，1966 年 3 月)，卷 19，頁 13-14。但《史記》、《漢書》均載漢武帝派所忠前往司馬相如處取其著作：「其遺札書言封禪事，奏所忠。忠奏其書，天子異之。」可知，〈封禪文〉確實是一份討論封禪典儀之作。見《史記》，頁 3063。《漢書》，頁 2600。

　　自古受命帝王，曷嘗不封禪？蓋有無其應而用事者矣，未有睹符
瑞見而不臻乎泰山者也。雖受命而功不至，至梁父矣而德不洽，洽矣
而日有不暇給，是以即事用希。[149]

　　也就是要具備受天命、現符瑞、立功勳、懷德義等四個條件。故若以此
原則檢視〈劇秦美新〉中揚雄所提出帝王足以封禪之條件：

　　是以發祕府，覽書林，遙集乎文雅之囿，翱翔乎禮樂之場，胤殷
周之失業，紹唐虞之絕風，懿律嘉量，金科玉條，神卦靈兆，古文畢
發，煥炳照曜，靡不宣臻。式軨軒旂旗以示之，揚和鑾肆夏以節之，
施黼黻袞冕以昭之，正嫁娶送終以尊之，親九族淑賢以穆之。夫改定
神祇，上儀也。欽修百祀，咸秩也。明堂雍臺，壯觀也。九廟長壽，
極孝也。制成六經，洪業也。北懷單于，廣德也。若復五爵，度三壤，
經井田，免人役，方甫刑，匡馬法，恢崇祇庸爍德懿和之風，廣彼搢
紳講習言諫箴誦之塗，振鷺之聲充庭，鴻鸞之黨漸階。俾前聖之緒，
布濩流衍而不韞韢，郁郁乎煥哉！天人之事盛矣，鬼神之望允塞。群
公先正，罔不夷儀；姦宄寇賊，罔不振威。紹少典之苗，著黃虞之裔。
帝典闕者已補，王綱弛者已張，炳炳麟麟，豈不懿哉！厥被風濡化者，
京師沈潛，甸內匝洽，侯衛屬揭，要荒濯沐，而術前典，巡四民，迄
四嶽，增封泰山，禪梁父，斯受命者之典業也。[150]

　　除呈現整場封禪大典之儀式過程外，其亦同樣強調上述四大要素。而在
班固〈典引〉中則已提升至皇家禮典制度之完備，顯然寓有令典禮敘述更加
圓滿的著作企圖：

---

[149]　《史記》卷28〈封禪書〉。見《史記》，頁1355。

[150]　《文選》，頁2163-2164。

　　　　盛哉！皇家帝世，德臣列辟，功君百王，榮鏡宇宙，尊亡與亢。
乃始虔鞏勞謙，兢兢業業，貶成抑定，不敢論制作。至令邅正黜色賓
監之事，渙揚寓內，而禮官儒林屯用篤誨之士，不傳祖宗之髣彿，雖
云優慎，無乃蒽與！於是三事嶽牧之寮，僉爾而進曰：陛下仰監唐典，
中述祖則，俯蹈宗軌。躬奉天經，惇睦辨章之化洽。巡靖黎蒸，懷保
鰥寡之惠浹。燔瘞縣沈，肅祗群神之禮備。[151]

　　《文選》中蕭統編輯上述三文的排列方式，不正足以說明蕭統選錄此類
文獻之意圖，正在於呈現由文士描摹封禪大典的整個過程。

　　方廷珪統整《文選》卷四八〈符命〉三文稱：「以上三篇，皆侈談功德符
瑞，大旨皆同。」[152]但方氏實並未釐清漢魏六朝對於「符命」的義理脈絡，
以及《文選》選錄符命類文獻之用意。前者應參酌《白虎通》所論：「天下太
平符瑞所以來至者，以為王者承統理，調和陰陽，陰陽和，萬物序，休氣充
塞，故符瑞並臻，皆應德而至。」[153]故東晉袁宏(328-376)之言，正可謂六朝
時代對於符命之文視為禮儀軌則之證：

　　　　夫揖讓受終，必有至德於天下；征伐革命，則有大功於萬物。是
故王者初基則有封禪之事，蓋以其成功告於神明者也。……然則封禪
者，王者開務之大禮也。德不周洽，不得輒議斯事；功不弘濟，不得
彷彿斯禮。曠代一有，其道至高。故自黃帝、堯、僥、舜至於三代，
各一封禪，未有中修其禮者也。[154]

　　在在揭示出漢魏六朝以來，對於「封禪」、「符瑞」等政典之認知，完全

---

[151]　《文選》，頁 2163-2164。

[152]　《評注昭明文選》，頁 939。

[153]　《白虎通疏證》卷 6〈封禪〉。見《白虎通疏證》，頁 283。

[154]　《後漢紀》卷 8〈光武皇帝紀〉。見《後漢紀》，頁 153-154。

與後世由政治是非的角度的觀察天差地別。

事實上若回到蕭梁時代，梁武帝確實存在是否舉辦封禪典禮之困惑，《梁書》卷四十〈許懋傳〉載：「時有請封會稽禪國山者，高祖雅好禮，因集儒學之士，草封禪儀，將欲行焉。」[155] 藉《隋書》的記載得知此時乃為天監七年：

> 舍人周捨以為：「禮『玉輅以祀，金輅以賓』，則祭日應乘玉輅。」詔下其議。左丞孔休源議：玉輅既有明文，而儀注金輅，當由宋、齊乖謬，宜依捨議。」帝從之。又禮官司馬筠議：「自今大事，遍告七廟，小事止告一室。」於是議以封禪，南、北郊，祀明堂，巡省四方，御臨戎出征，皇太子加元服，寇賊平蕩，築宮立闕，纂戎戒嚴、解嚴，合十一條，則遍告七廟。[156]

《隋書》透露的是梁武帝建國後即對五禮制度進行統整與修訂，而屬於「吉禮」類的「封禪儀」，[157] 也就理所當然成為討論項目。然據《梁書》記載可知儒生許懋認為「夫封禪者，不出正經」[158]，而梁武帝召集諸儒草定其儀軌顯然也毫無成果，就如同徐勉(466-535)指出自東漢末以降的國家禮典：「兵革相尋，異端互起，章句既淪，俎豆斯輟。方領矩步之容，事滅於旌鼓；蘭臺石室之文，用盡於帷蓋。至乎晉初，爰定新禮，荀顗制之於前，摯虞刪之於末。既而中原喪亂，罕有所遺；江左草創，因循而已。釐革之風，是則未暇。」[159] 顯然不僅僅是禮典喪佚，更揭露出儒學崩毀的現實。雖然梁武帝恢

---

[155] 《梁書》卷 40〈許懋傳〉。見《梁書》，頁 575。

[156] 《隋書》卷 7〈禮儀志二・七廟〉。見〔唐〕魏徵等撰：《隋書》(點校本：北京：中華書局，1997年 9 月)，頁 133。

[157] 梁滿倉：《魏晉南北朝五禮制度考論》(北京：社會科學文獻出版社，2009 年 5 月)，頁 205-218。

[158] 《梁書》卷 40〈許懋傳〉。見《梁書》，頁 577。

[159] 《梁書》卷 25〈徐勉傳〉。見《梁書》，頁 380。

復儒學之功有目共睹，[160]然儒經的門派林立與時代久遠與蕭梁當代的政治現實間的落差在所難免。[161]但〈許懋傳〉透露出更重要的訊息是，蕭梁的儒生顯然也不知如何制定封禪儀軌，然而儒生對於封禪禮儀的爭執卻早在漢武帝就曾發生：

> 自得寶鼎，上與公卿諸生議封禪。封禪用希曠絕，莫知其儀禮，而羣儒采封禪《尚書》、《周官》、《王制》之望祀射牛事。齊人丁公年九十餘，曰：「封者，合不死之名也。秦皇帝不得上封。陛下必欲上，稍上即無風雨，遂上封矣。」上於是乃令諸儒習射牛，草封禪儀。數年，至且行。天子既聞公孫卿及方士之言，黃帝以上封禪，皆致怪物與神通，欲放黃帝以嘗接 神僊人蓬萊士，高世比惪於九皇，而頗采儒術以文之。羣儒既以不能辯明封禪事，又牽拘於《詩》、《書》、《古文》而不敢騁。上為封祠器示羣儒，羣儒或曰「不與古同」，徐偃又曰「太常諸生行禮不如魯善」，周霸屬圖封事，於是上絀偃、霸，盡罷諸儒弗用。……乙卯，令侍中、儒者、皮弁薦紳，射牛行事。封泰山下東方，如郊祠泰一之禮。封廣丈二尺，高九尺，其下則有玉牒書，書祕。禮畢，天子獨與侍中奉車子侯上泰山，亦有封。其事皆禁。[162]

上述事件是發生於漢武帝元封元年(110B.C.)的封禪大典的整個過程，從司馬遷所記載漢武帝廷議過程中對封禪儀式之眾說紛紜，足見封禪禮典於西漢時代便出現「方士」與「儒生」兩大集團重大分歧的現象。但《史記》卻記載：「相如既病免，家居茂陵。天子曰：『司馬相如病甚，可往從悉取其書；若不然，後失之矣。』使所忠往，而相如已死，家無書。問其妻，對曰：『長

---

[160] 王夫之：「武帝之始，崇學校，定雅樂，斥封禪，修五禮，六經之教，蔚然興焉，雖疵而未醇，華而未實，固東漢以下未有之盛也。」見《讀通鑑論》，頁 567-568。

[161] 焦桂美：《南北朝經學史》(上海：上海古籍出版社，2009 年 7 月)，頁 212-222。

[162] 《史記》卷 12〈孝武本紀〉。見《史記》，頁 473-475。

卿固未嘗有書也。時時著書，人又取去，即空居。長卿未死時，為一卷書，
曰有使者來求書，奏之。無他書。』其遺札書　言封禪事，奏所忠。忠奏其書，
天子異之。」[163]可知漢武帝接觸司馬相如所留之絕筆〈封禪文〉，是在司馬相
如死後至行封禪禮之前的元狩六年(117B.C.)至元封元年共七年間，從太史公
以「異之」來形容漢武帝的反應，可知漢武帝對此份文件留下相當深刻之印
象。但與此同時，若從《漢書・藝文志》的記錄可知，漢武帝時期的封禪儀
文著作，尚有儒生派的：

> 《古封禪羣祀》二十二篇。
> 《封禪議對》十九篇。武帝時也。
> 《漢封禪羣祀》三十六篇。[164]

以及方士派的：

> 《封禪方說》十八篇。武帝時。[165]

　　但太史公卻獨留漢武帝對文學侍從之臣的司馬相如之〈封禪文〉感到震
撼，也暗中揭露了元封元年的封禪大典很可能是以司馬相如所留下的〈封禪
文〉為儀軌基礎。[166]因此，若將《昭明文選》所錄的司馬相如〈封禪文〉與
這類「符命類」文獻，僅視為「諛佞」之作，如張溥(1602-1641)所言：「〈劇
秦美新〉，諛文也。後世勸進、九錫，皆權輿也。」[167]則完全悖離漢晉六朝以
來的時代脈絡。故同樣的立場用來印證揚雄〈劇秦美新〉所稱：

---

[163] 《史記》卷117〈司馬相如列傳〉。見《史記》，頁3063。

[164] 《漢書》卷30〈藝文志・六藝略・禮〉。見《漢書》，頁1709。

[165] 《漢書》卷30〈藝文志・諸子略・小說〉。見《漢書》，頁1744。

[166] 錢穆(1895-1990)對於漢賦家的制禮作樂之工作內涵曾言：「漢武一朝之所謂改制，有儒生之言禮
樂，而不免於拘。有方士之推陰陽，求神仙，而不免於誣。有辭賦文學之士頌功德，而不免於誇。」
見氏著：《秦漢史》(臺北：東大圖書股份有限公司，2006年7月)，頁120。

[167] 〔明〕張溥著，殷孟倫(1908-1988)注：《漢魏六朝百三家集題辭注》(北京：中華書局，2007年5
月)，頁30。

蓋受命日不暇給，或不受命，然猶有事矣。況堂堂有新，正丁厥時，崇嶽濤海通瀆之神，咸設壇場，望受命之臻焉。海外遐方，信延頸企踵；回面內嚮，喁喁如也。帝者雖勤，惡可以已乎？宜命賢哲作帝典一篇，舊三為一襲，以示來人，摛之罔極。令萬世常戴巍巍，履栗栗，臭馨香，令甘實，鏡純粹之至精，聆清和之正聲，則百工伊凝，庶績咸喜。荷天衢，提地鐺，斯天下之上則已，庶可試哉！[168]

以及班固〈典引序〉中與漢明帝(57-75 在位)之問對：

永平十七年，臣與賈逵傅毅杜矩展隆郗萌等，召詣雲龍門，小黃門趙宣持秦始皇帝本紀問臣等曰：「太史遷下贊語中，寧有非耶？」臣對：「此贊賈誼過秦篇云，向使子嬰有庸主之才，僅得中佐，秦之社稷未宜絕也。此言非是。」即召臣入，問：「本聞此論非耶？將見問意開寤耶？」臣具對素聞知狀。詔因曰：「司馬遷著書成一家之言，揚名後世，至以身陷刑之故，反微文刺譏，貶損當世，非誼士也。司馬相如洿行無節，但有浮華之辭，不周於用，至於疾病而遺忠，主上求取其書，竟得頌述功德，言封禪事，忠臣效也。至是賢遷遠矣。」[169]

也顯示出在《文選》中，「封禪」禮典脫離軍功武禮之侷限，[170]而涵化了王道天命的正統象徵；且也呈現出對於此類國憲禮典之儀軌造作者，已由周

---

[168] 《文選》，頁 2163-2164。

[169] 《文選》，頁 2158。

[170] 將「封禪禮」視為「軍禮」是章太炎(1869-1936)的看法：「吾嘗以為古之中夏，贏於西極，而縮於東南。東南以岱為竟。徐揚淮海，禹跡之所蹈，同於羈縻，有道則後服，無道則先強，故《春秋》夷吳、越。成周之盛，淮夷、徐戎，其種族猶吾人，而以其椎髻之俗，憬然犯南甸。若然，自岱西南，王教之所不及。帝王治神州，設險固守。其封大山者，於《周禮》則溝封之典也。因大麓之阻，累土為高，以限戎馬，其制比於蒙古之鄂博。是故封禪為武事，非為文事。」見氏著：《訄書》(臺北：廣文書局，1978 年 7 月)，頁 24。

秦之方士，[171]經由兩漢之儒士，[172]至魏晉六朝時代，則以文士為主流的趨勢，畢竟蕭梁時代的許懋仍舊認為封禪乃「此緯書之曲說，非正經之通義也。」則對於缺乏封禪儀式卻亟需舉行封禪大典的蕭梁王朝，《文選》將此三文選錄其中，反而呈現文士參與國憲儀典制禮作樂的重要證據，這除意味《文選》提煉出文學侍從的經國大業之內涵，也呈現出《文選》對於蕭梁建國功臣論有趨向文士化的跡象。

三、 《文選》選文與蕭梁帝國正統譜系中的永明圖像

(一) 蕭統藉《文選》選文呈顯其對功臣的文士化傾向

　　蕭統要藉編輯《文選》凸顯蕭梁帝國政統本質，最直接的方式即是選錄頌揚蕭衍功業之作。如《文選》卷二三〈詩‧哀傷〉任昉〈出郡傳舍哭范僕射〉，此詩作於天監二年(503)，「出郡」指的是任昉於本年出任義興太守，[173]「傳舍」一方面指客棧，[174]另一方面又為政令訊息傳送之處，[175]「范僕射」指的是范雲(451-503)：

---

[171] 顧頡剛：《秦漢的方士與儒生》(臺北：里仁出版社，1995 年 2 月)，頁 6-9。

[172] 葛兆光：〈國家意識形態的確立——從《春秋繁露》到《白虎通》〉，收錄於氏著：《中國思想史——第一卷：七世紀前中國的知識、思想與信仰世界》(上海：復旦大學出版社，2003 年 6 月)，頁 255-276。

[173] 《梁書》卷 14〈任昉傳〉：「天監二年，出為義興太守。在任清潔，兒妾食麥而已。」見《梁書》，頁 254。

[174] 《史記》卷 75〈孟嘗君列傳〉司馬貞《索隱》：「傳舍、幸舍及代舍，並當上、中、下三等之客所舍之名耳。」見《史記》，頁 2359。

[175] 《史記》卷 49〈外戚世家‧竇太后〉司馬貞《索隱》：「傳舍，謂郵亭傳置之舍。」見《史記》，頁 1973。

平生禮數絕，式瞻在國楨。一朝萬化盡，猶我故人情。

待時屬興運，王佐俟民英。結懽三十載，生死一交情。

攜手遁衰孽，接景事休明。運阻衡言革，時泰玉階平。

濬沖得茂彥，夫子值狂生。伊人有涇渭，非余揚濁清。

將乖不忍別，欲以遣離情。不忍一辰意，千齡萬恨生。

已矣平生事，詠歌盈篋笥。兼復相嘲謔，常與虛舟值。

何時見范侯，還敍平生意；與子別幾辰，經塗不盈旬。

弗睹朱顏改，徒想平生人。寧知安歌日，非君撤瑟晨。

已矣余何歎，輟春哀國均。[176]

　　此詩傳統均側重於由任昉與范雲之間的「友情」來解讀，[177]如《李善注》即云：「言昔日將乖，不忍一辰之意，況今千齡永隔，萬恨俱生者乎！」[178]呂向亦曰：「一朝死矣，萬事人道化盡，然我故人之情何時忘也。」[179]孫鑛云：「悲思淋漓，是情至之語。」[180]吳淇(1615-1675)則獨標任昉詩中所摹之情乃側寫對范雲生前之懷念，[181]相較之下陳祚明(1623-1674)：「哀情並到，朋友之

---

[176] 《文選》，頁 1100-1102。

[177] 曹道衡：〈論任昉在文學史上的地位〉，收錄於氏著：《中古文學史論文集續編》(臺北：文津出版社，1994 年 7 月)，頁 257-258。鄭雅如：〈齊梁士人的交遊：以任昉的社交網絡為中心的考察〉，《臺大歷史學報》第 44 期，2009 年 12 月，頁 77。楊賽：《任昉與南朝詩風》(上海：上海古籍出版社，2011 年 12 月)，頁 345-346。李兆祿：《任昉研究》(北京：中國社會科學出版社，2014 年 6 月)，頁 141-143。

[178] 《文選》，頁 1101。

[179] 《增補六臣註文選》，頁 432。

[180] 《評注昭明文選》，頁 442。

[181] 〔清〕吳淇：「蓋范侯既死，萬化與之俱盡，獨范侯知情不與俱盡，今日猶在也。范侯之情不予萬化俱盡者，蓋『生死一交情』也！若世人酒肉相爭逐云云，生則交好，死則已耳。至於范侯，嘗與之共患難矣，又嘗與之共安樂矣，同事銓曹之日又與之同好惡矣。此情何情，豈能忘得！忘之不得，即期情猶在耳。」見氏著：《六朝選詩定論》(汪俊、黃俊德點校本，揚州：廣陵書社，2009 年 8 月)，頁 441-442。

痛，無所可加。」[182]反而較關注任昉的傷慟之情。但此詩除了表達出任昉弔念范雲之情外，實際上在詩中卻透露出兩人於蕭衍建國歷程中的角色：「國楨」與「王佐」。

據《梁書》卷十三〈范雲傳〉：

東昏既誅，侍中張稷使雲銜命出城，高祖因留之，便參帷幄，仍拜黃門侍郎，與沈約同心翊贊。俄遷大司馬諮議參軍、領錄事。梁臺建，遷侍中。……天監元年，高祖受禪，柴燎於南郊，雲以侍中參乘。……是日，遷散騎常侍、吏部尚書；以佐命功封霄城縣侯，邑千戶。雲以舊恩見拔，超居佐命，盡誠翊亮，知無不為。高祖亦推心任之，所奏多允。……其年，東宮建，雲以本官領太子中庶子，尋遷尚書右僕射，猶領吏部。[183]

范雲在蕭衍建國過程中不僅是核心幕僚「諮議參軍」，[184]且為蕭衍以大將軍攝政之南齊朝廷「掌奏文案，贊相威儀」[185]之黃門侍郎。直至蕭梁建國後，更迭任「喻旨公卿，問對帷扆，陪六尺之身，通四方之意」[186]之侍中、「從容侍從，承答顧問」、「掌贊詔命，平處文籍」[187]之散騎常侍、「掌敘人倫，治化

---

[182] 〔清〕陳祚明評選：《采菽堂古詩選》(李金松點校本，上海：上海古籍出版社，2008年12月)，頁790。

[183] 《梁書》，頁231-232。

[184] 嚴耕望(1916-1996)的研究指出：「諮議參軍，位亞於上佐，而不常置，……《宋書·宗越傳》云：『為隋王誕雍州後軍府參軍督護。誕戲之曰：汝何人？遂得我府四字？越答曰：佛狸未死，不憂不得諮議參軍。』按長史、司馬皆兩字，州佐中四字銜者，蓋惟諮議參軍為最尊。……大抵諮議參軍無一定職掌，而位甚尊，故常兼領錄事之任。」見氏著：《中國地方行政制度史——魏晉南北朝地方行政制度》(臺北：中央研究院歷史語言研究所，1997年6月)，頁192。

[185] 《藝文類聚》卷48〈職官部四·黃門侍郎〉引《齊職儀》。見《藝文類聚》，頁869。

[186] 《藝文類聚》卷48〈職官部四·侍中〉引〔南朝梁〕王筠(481-549)：〈為從兄讓侍中表〉。見《藝文類聚》，頁868。

[187] 《藝文類聚》卷48〈職官部四·散騎常侍〉引《華嶠集》。見《藝文類聚》，頁870。

之本」[188]之吏部尚書、與「官之師長」[189]的尚書僕射，可見任昉稱其「國楨」之義。而就上引〈范雲傳〉中所載梁武帝對之超恩拔擢之際遇，更可證其為蕭衍「王佐」的核心地位。然若將此背景置於〈出郡傳舍哭范僕射〉詩內，其中尚揭示出一種描述蕭梁帝國「正統」意象的論述模式，而這也應該就是蕭統將之選入《文選》的主要用意，即：「攜手遁衰孽，接景事休明。運阻衡言革，時泰玉階平。」任昉提到當東昏侯執政時，他與范雲都已離開朝廷，當時任昉尚有守母喪之藉口，而范雲則是經歷牢獄之災後選擇不如歸去。但任昉於詩中顯然把兩人遠離朝廷的原因都歸咎於東昏侯的暴政，其暴政之主要缺失即具現於「運阻衡言革」一句。《李善注》所引《曾子》言：「天下有道，則君子訢然以交同；天下無道，則衡言不革。」[190]乃出自《大戴禮記》卷五〈曾子制言〉下篇，清人王聘珍《大戴禮記解詁》曰：

> 訢，樂也。交同，謂上下交而其志同也。《盧注》(案：指北周盧辯舊注《大戴禮》)云：「衡，平也。」聘珍謂：「平言，言遜也。革，變也。《中庸》曰：『國無道，至死無變』。」[191]

故可知「衡言不革」乃形容缺乏革新，也意味著國政無法進行改革，或是諫言無法上達天聽，可見任昉所謂「運阻衡言革」正如《中庸》所言「國無道，至死無變」的情況。對照東昏侯時期之政局，如遊樂無度：

> 性重澀少言，不與朝士接，唯親信閹人及左右御刀應敕等，自江

---

[188] 《全晉文》卷 6〈晉武帝・以魏舒為左僕射領選曹詔〉。見〔清〕嚴可均(1762-1843)輯：《全晉文》(何宛屏等審訂本，北京：商務印書館，2006 年 2 月)，頁 47。

[189] 《通典》卷 22〈職官四・僕射〉。見〔唐〕杜佑(735-812)：《通典》(王文錦等點校本，2003 年 5 月)，頁 598。

[190] 《文選》，頁 1100-1101。

[191] 黃懷信主撰，孔德立、周海生參撰：《大戴禮記彙校集注》(西安：三秦出版社，2004 年 8 月)，頁 590。

祐、始安王遙光誅後,漸便騎馬。日夜於後堂戲馬,與親近閹人倡伎鼓叫。常以五更就臥,至晡乃起。王侯節朔朝見,晡後方前,或際闇遣出。臺閣案奏,月數十日乃報,或不知所在。[192]

或濫殺國之重臣:

東昏侯誅戮羣公,委任廝小,崔、陳敗後,方鎮各懷異計。[193]

時東昏肆虐,茹法珍、王咺之等執政,宿臣舊將,並見誅夷。懿既勳高,獨居朝右,深為法珍等所憚,乃說東昏,將加酷害。[194]

或專寵佞倖以亂政:

茹法珍,會稽人,梅蟲兒,吳興人,齊東昏時並為制局監,俱見愛幸。自江祐、始安王遙光等誅後,及左右應敕捉刀之徒並專國命,人間謂之刀敕,權奪人主。時又有新蔡人徐世檦,尤見寵信,自殿內主帥為直閤驍騎將軍。凡諸殺戮,皆世檦所勸。……自是法珍、蟲兒並為外監,口稱詔敕,中書舍人王咺之與相脣齒,專掌文翰。其餘二十餘人,皆有勢力。崔慧景平後,法珍封餘干縣男,蟲兒封竟陵縣男。[195]

以上所勾勒的東昏侯執政狀況,就如同洪邁(1123-1202)所言:「若齊高帝、周武帝、陳高祖、隋文帝,皆有儉德,而東昏、天元、叔寶、煬帝之淫

---

192 《南齊書》卷7〈東昏侯紀〉。見《南齊書》,頁103。
193 《南齊書》卷38〈蕭赤斧傳〉。見《南齊書》,頁666。
194 《南史》卷51〈梁宗室上‧長沙宣武王懿傳〉。見《南史》,頁1266。
195 《南史》卷77〈恩倖傳〉。見《南史》,頁1933-1934。

侈，浮於桀、紂，又不可以語此云。」[196]雖僅論其淫侈失德，但喻之更勝桀、紂，則可見東昏侯暴虐無道之舉罄竹難書。其一方面就像船山所論忠義之士盡去：「夫齊之得國也，不義之尤者，東昏之淫虐亦殊絕，而非他亡國之主所齒，齊亦何能得此於天下士哉？」[197]另一方面又如甌北所稱報應不爽：「其無道最甚者，受禍亦最烈。若僅荒於酒色，不卹政事，則雖亡國而身尚得全。又可見劫運煩促中，仍有報施不爽者，可以觀天咫矣。」[198]

因此任昉用「時泰玉階平」來形容蕭衍起義革命代齊而興所造就之盛世遠景，「玉階」本指皇宮之精雕玉鏤之階梯：「陛高二丈，皆文石作壇。激沼水於殿下。畫屋朱梁，玉階金柱，刻鏤作宮掖之好，廁以青翡翠，一柱三帶，韜以赤緹。天子正旦節，會朝百僚於此。」[199]後也有被喻為太平盛世之例，如西晉夏侯湛(243-291)〈抵疑〉所謂：「今天子以茂德臨天下，以八方六合為四境，海內無虞，萬國玄靜，九夷之從王化，猶洪聲之收清響；黎苗之樂函夏，若遊形之招惠景。鄉曲之徒，一介之士，曾諷急就、習甲子者，皆奮筆揚文，議制論道，出草苗，起林藪，御青瑣，入金墉者，無日不有。充三臺之寺，盈中書之閣。有司不能竟其文，當年不能編其籍，此執政之所厭聞也。若乃羣公百辟，卿士常伯，被朱佩紫，耀金帶白，坐而論道者，又充路盈寢，黃幄玉階之內，飽其尺牘矣。」[200]即用來形容晉武帝的泰始盛世。由此可知，任昉在〈出郡傳舍哭范僕射〉一詩中除了抒發其對好友范雲過世的傷弔之念外，也透露出兩人身處齊、梁之際政局變動中的角色線索，而此一論南齊當亡、蕭梁當立之「正統論」模式，在《文選》中亦時有所見，也成為蕭統藉由《文選》來塑造乃父功業之正統性象徵之重要編輯目的。

---

[196] 《容齋續筆》卷 14〈帝王訓儉〉。見〔南宋〕洪邁：《容齋隨筆》(點校本，上海：上海古籍出版社，1998 年 3 月)，頁 381。

[197] 《讀通鑑論》卷 17〈梁武帝〉。見《讀通鑑論》，頁 552。

[198] 《廿二史劄記》卷 11〈宋齊多荒主〉。見《廿二史劄記校證》，頁 230-238。

[199] 《續漢書志》卷 5〈禮儀中·朝會〉劉昭《注》引〔東漢〕蔡質《漢儀》。見〔南朝宋〕范曄(398-445)：《後漢書》(點校本，北京：中華書局，1997 年 9 月)，頁 3130。

[200] 《晉書》卷 55〈夏侯湛傳〉。見《晉書》，頁 1493。

故《文選》於卷三八〈表‧下〉尚收錄任昉為范雲代筆之〈為范尚書讓吏部封侯第一表〉，對范雲在蕭衍建國過程中的角色提出更直接的佐證：

> 臣雲言：被尚書召，以臣為散騎常侍、吏部尚書，封霄城縣開國侯，食邑千戶。奉命震驚，心顏無措。臣雲頓首頓首，死罪死罪。臣素門凡流，輪翮無取；進謝中庸，退慚狂狷。固嘗鑽屬求學，而一經不治；篆刻為文，而三冬靡就。負書燕魏，空殫菽粟；躡屬齊楚，徒失貧賤。繼而分虎出守，以囊被見嗤；持斧作牧，以薏苡興謗。赭衣為虜，見獄吏之尊；除名為民，知井臼之逸。百年上壽，既曰徒然，如其誠說，亦以過半。亂離斯瘼，欲以安歸。閉門荒郊，再離寒暑。兼以東皋數畝，控帶朝夕。關外一區，悵望鍾阜。雖室無趙女，而門多好事。祿微賜金，而歡同娛老。折芰爛枯，此焉自足。[201]

首先可知范雲早年貧苦與勤學的生活，其次則是敘述於南齊任官之波折，藉以顯出南齊晚期朝政敗壞與蕭梁代齊之正當。依《南史》可知，齊初范雲為竟陵王蕭子良之記室參軍，並於永明末期出任零陵內史，[202]《文選》卷二十〈詩‧祖餞〉類便錄有謝朓〈新亭渚別范零陵詩〉，即為送范雲上任而作：

> 洞庭張樂地，瀟湘帝子游。雲去蒼梧野，水還江漢流。停驂我悵望，輟棹子夷猶。廣平聽方籍，茂陵將見求。心事俱已矣，江上徒離憂。[203]

案：「零陵」，南齊時屬湘州(今湖南零陵縣)，而位於丹陽郡(今江蘇鎮江)

---

[201] 《文選》，頁 1733-1735。

[202] 《南史》卷 57〈范雲傳〉：「永明十年使魏，……使還，再遷零陵內史。初，零陵舊政，公田奉米之外，別雜調四千石。及雲至郡，止其半，百姓悅之。深為齊明帝所知，還除正員郎。」見《南史》，頁 1417。

[203] 《文選》，頁 981-983。

之「新亭」則為古送客之所。「祖餞」者，依《李善注》引東漢崔寔(103-170)〈四民月令〉曰：「祖，道神也。黃帝之子，好遠遊，死道路，故祀以為道神，以求道路之福。」[204]可知此一本屬民間喪禮送葬的儀式行為，至東漢已逐漸轉化為遠行士人的祈福活動。[205]是以依此脈絡讀之，謝朓於詩中以「黃帝之樂」與「舜帝二妃」之典故來形容范雲履新之所，又以鄭袤(189-273)為百姓所愛勉勵范雲，[206]與司馬相如獲得漢武帝賞識來砥礪自己，[207]則此詩與其說是謝朓與好友「別緒黯然」之抒懷，[208]毋寧視為謝朓祈禱范雲與自己未來仕途順利的祝辭。

　　相較於〈新亭渚別范零陵詩〉對於仕途的期待之情，任昉在〈為范尚書讓吏部封侯第一表〉中代范雲所言的南齊永明以後的宦旅歷程，卻顯得危機四伏。如「分虎出守，以囊被見嗤」意指范雲：「初，雲為郡號廉潔，及貴重，頗通饋遺；然家無蓄積，隨散之親友。」[209]此「囊被」典出西漢王吉、王駿與王崇一家三代：「自吉至崇，世名清廉，然材器名稱稍不能及父，而祿位彌隆。……及遷徙去處，所載不過囊衣，不畜積餘財。去位家居，亦布衣疏食。」

---

[204] 《文選》，頁 974。

[205] 鄧濬智：〈秦漢以前行道信仰及其相關儀俗試探〉，國立臺灣科技大學《人文社會學報》第四卷，2008 年 3 月，頁 179-197。

[206] 《晉書》卷 44〈鄭袤傳〉：「鄭袤字林叔，滎陽開封人也。高祖眾，漢大司農。父泰，揚州刺史，有高名。袤少孤，早有識鑒。荀攸見之曰：『鄭公業為不亡矣。』……，宣帝謂袤曰：『賢叔大匠垂稱於陽平、魏郡，百姓蒙惠化。且盧子家、王子雍繼踵此郡，使世不乏賢，故復相屈。』袤在廣平，以德化為先，善作條教，郡中愛之。徵拜侍中，百姓戀慕，涕泣路隅。」見《晉書》，頁 1249-1250。

[207] 《漢書》卷 57〈司馬相如傳〉：「蜀人楊得意為狗監，侍上。上讀〈子虛賦〉而善之，曰：『朕獨不得與此人同時哉！』得意曰：『臣邑人司馬相如自言為此賦。』上驚，乃召問相如。……相如既病免，家居茂陵。」見《漢書》，頁 2533-2600。

[208] 「別緒黯然」是于光華於《評注昭明文選》卷 5〈祖餞〉謝玄暉〈新亭渚別范零陵詩〉所集錄〔清〕邵長蘅(1673-1704)之評語。而王國瓔在〈《昭明文選》祖餞詩中的離情〉一文中即以此角度解釋此詩。見《漢學研究》第 7 卷第 1 期，1989 年 6 月，頁 353-367。

[209] 《南史》卷 57〈范雲傳〉。見《南史》，頁 1420。

[210]但任昉之義顯然是替范雲清廉致貧之家風卻受時人所譏而不平;「持斧作牧,以薏苡興謗」則為范雲任廣州刺史事:「初,雲與尚書僕射江祏善,祏姨弟徐藝為曲江令,深以託雲。有譚儼者,縣之豪族,藝鞭之,儼以為恥,詣京訴雲,雲坐徵還下獄,會赦免。」[211]江祏乃齊明帝之心腹,後更為託孤重臣,[212]但梁武帝早已斷言此舉對南齊政局的混亂影響:「政出多門,亂其階矣。《詩》云:『一國三公,吾誰適從?』況今有六,而可得乎!嫌隙若成,方相屠滅。」[213]故藉由以上線索對讀〈為范尚書讓吏部封侯第一表〉,不僅描述出范雲曾於南齊晚期得罪當道,甚至透露出齊明帝、東昏侯兩代政局紛亂之實情。因此任昉文中所言范雲「亂離斯瘼,欲以安歸」,即頗有世道紛亂,不如歸去之感。

是以《文選》卷二六〈詩・贈答四〉錄有一首范雲〈贈張徐州稷〉便應由此背景解之:

> 田家樵採去,薄暮方來歸。還聞稚子說,有客款柴扉。儐從皆珠玳,裘馬悉輕肥。軒蓋照墟落,傳瑞生光輝。疑是徐方牧,既是復疑非。思舊昔有嚴,此道今已微。物情棄疵賤,何獨顧衡闈?恨不具雞黍,得與故人揮。懷情徒草草,淚下空霏霏。寄書雲間雁,為我西北飛。[214]

若依《文選》卷二十〈詩甲・公讌〉所錄丘遲〈侍讌樂游苑送張徐州應詔詩〉李善《注》引劉璠《梁典》曰:「張謖,字公喬。」[215]然無論《梁書》、

---

[210] 《漢書》卷72〈王吉傳〉。見《漢書》,頁3068。

[211] 《梁書》卷7〈范雲傳〉。見《梁書》,頁230。

[212] 《南齊書》卷42〈江祏傳〉:「高宗輔政,委以心腹。……祏以外戚親要,勢冠當時,……高宗雖顧命羣公,而意寄多在祏兄弟。……祏兄弟與暄及始安王遙光、尚書令徐孝嗣、領軍蕭坦之六人,更日帖敕,時乎為六貴。」見《南齊書》,頁750-751。

[213] 《梁書》卷1〈武帝紀〉。見《梁書》,頁3。

[214] 《文選》,頁1217-1218。

[215] 《文選》,頁970。

《南史》俱作「張稷，字公喬」，《南齊書》與《魏書》亦只見「張稷」，未有「張謖」，疑為字形相近訛誤。[216]本文以下仍採傳統史籍所作之「張稷」。而傳統對此詩的看法往往聚焦於范雲所描述的鄉耕生活與歸隱心態，[217]卻極少論及此詩與所贈者「張稷」的關係。然而蕭統《文選》中並無「田園詩」、「隱逸詩」或「農事詩」等類，此詩實被歸於「贈答類」，已有研究指出面對「贈答詩」無法迴避的是作者於其中所寓載自我與社會間的互動意涵，[218]故此詩能受蕭統青睞，且又被分類為「贈答類」，則明顯透露出蕭統重視之處應非范雲對田園生活之描述，而應是范雲與張稷之間所牽連的社會背景較為密切。現所流傳范雲的詩作共三十九首，其中屬贈答類的計有七首：

〈古意贈王中書〉

〈贈張徐州稷〉

〈答句曲陶先生〉

〈貽何秀才詩〉

〈答何秀才詩〉

〈贈俊公道人詩〉

〈贈沈左衛詩〉[219]

　　然《文選》卻僅錄〈古意贈王中書〉與〈贈張徐州稷〉二詩。前者的「王

---

[216] 曹道衡(1928-2005)、沈玉成(1932-1995)：《中古文學史料叢考》(北京：中華書局，2003 年 7 月)，頁 480-481。

[217] 何焯(1661-1722)曰：「流風迴雪，記室圖最得其似。」或方廷珪稱：「洗盡鉛華，從性真中一滾流出，驚喜直到二十分。」俱見《評註昭明文選》，頁 491。

[218] 梅家玲的研究指出「贈答詩」有「儀式性」與「美學性」的雙重性格：「原來看似單純的贈答活動，實則在『儀式行為』、『精英團體』等社會學意義之外，另有『召喚在場』、『應對想像』、『交換原則』等美學特質，每一首贈答詩，其實都是各種不同社會/文學要求的輻輳點；因而，與不同對象進行目的、質性互異的贈答往返，乃是『自我』於多重關係網絡間依違游移的辯證歷程，不同時代的贈答作品，自然也就形繪了『社會』時風的不同面向。」見《漢魏六朝文學新論——擬代與贈答篇》(臺北：里仁出版社，1997 年 4 月)，頁 8。

[219] 以上統計見《全梁詩》卷 2〈范雲〉。見逯欽立(1910-1973)輯校：《先秦漢魏晉南北朝詩》(北京：中華書局，1998 年 5 月)，頁 1543-1553。

中書」指的是王融，與范雲同為竟陵八子，故彼此尚有同為竟陵王幕賓之共同點；[220]而後者的「張稷」，除就詩中內容可知與范雲應本是好友外，若從蕭統將之選錄於《文選》而言，則尚著眼於兩人同是協助其父建立蕭梁帝國之重要王佐：「時東昏侯淫虐，義師圍城已久，城內思亡而莫有先發。北徐州刺史王珍國就稷謀之，乃使直閣張齊害東昏于含德殿。」[221]范雲贈詩的對象張稷，其擔任徐州牧雖早在齊明帝時期，然對蕭衍而言，張稷乃是手刃東昏侯的建國元勳，故范雲在詩中所謂「物情棄疵賤，何獨顧衡閨」，正透露出張稷處於南齊晚年的混亂政局中，其偏向蕭衍之政治立場與范雲屬同一陣線，也凸顯南齊東昏侯政局敗壞之象，以襯托出蕭梁立國之正。歷史事實是當東昏遭弒後，張稷隨即派出范雲為使，向蕭衍報告臺城消息，[222]因此兩人也都被蕭衍視為建國要勳，所以范雲在〈贈張徐州稷〉詩中，除將兩人多年情誼的情感表露無遺外，似也在字裡行間流露出范雲與張稷「不受物情所喜」的政治遭遇，然此一不符時宜之共相處卻正是蕭統藉以宣揚乃父代齊而立之正當性關鍵。

此一強調南齊暴政以凸顯蕭梁代立之正當性論述，除了出現任昉〈出郡傳舍哭范僕射〉外，尚在任昉〈為范尚書讓吏部封侯第一表〉中出現：

> 陛下應期萬世，接統千祀，三千景附，八百不謀。臣鑿等離心，功憝同德，泥首在顏，興棺未毀。締構草昧，敢叨天功，獄訟謳歌，示民同志。而隆器大名，一朝揔集，顧己反躬，何以臻此？正當以接閈白水，列宅舊豐，忘捨講之尤，存諸公之費，俯拾青紫，豈待明經。……齊季陵遲，官方肴亂，鴻都不綱，西園成市，金章有盈笥之談，華貂深不足之歎。草創為始，義存改作，恭己南面，責成斯在。豈宜妄加

---

[220] 柏俊才：《竟陵八友考辨》(北京：中國社會科學出版社，2011年2月)，頁319-330。

[221] 《梁書》卷16〈張稷傳〉。見《梁書》，頁271。

[222] 《梁書》卷16〈張稷傳〉：「遣國子博士范雲、舍人裴長穆等使石頭城詣高祖。」見《梁書》，頁271。

寵私，以乏王事，附蟬之飾，空成寵章。求之公私，授受交失。[223]

　　范雲此時任職蕭梁王朝的吏部尚書，而所要辭讓者乃是梁武帝加封之霄城縣侯，故在此封〈辭讓表〉中的論述模式，便以自己任職吏部還未能為國舉賢，卻又乍獲厚爵之賞，故於心有愧。首先即很明確地提及吏部尚書之職責所在：「夫銓衡之重，關諸隆替，遠惟則哲，在帝猶難。漢魏已降，達識繼軌，雅俗所歸，惟稱許郭。拔十得五，尚曰比肩。其餘得失未聞，偶察童幼，天機暫發，顧無足算。在魏則毛玠公方，居晉則山濤識量，以臣況之，一何遼落！」[224]許、郭分別指東漢的許劭(150-195)與郭泰(128-169)，前者主持有名之「月旦評」，連曹操都欲求之片語以定身價；[225]後者則以識人名實相符為著：「故深厚之性，詭於情貌；『則哲』之鑒，惟帝所難。而林宗雅俗無所失，將其明性特有主乎？」[226]「則哲之鑒」出自〈皋陶謨〉：「禹曰：『吁！咸若時，惟帝其難之。知人則哲，能官人安民則惠。黎民懷之，能哲而惠，何憂乎驩兜？何遷乎有苗？何畏乎巧言令色孔壬？』」[227]此段即點出君王以知人而治官，選明官以治政之義，[228]任昉摹擬范雲口吻，自謙替梁武帝舉拔人才實未達如郭泰、許劭「拔十得五」之舉舉大觀，卻竟能與毛玠(？-216)、山濤(205-283)等識鑒精密之典範名臣同樣位居吏部尚書之職，故有愧於心。案：毛玠藉嚴以律己來影響漢末魏出的官場風氣：「與崔琰並典選舉。其所舉用，皆清正之士，雖於時有盛名而行不由本者，終莫得進。務以儉率人，由是天下之士莫

---

[223] 《文選》，頁 1735-1737。

[224] 《文選》，頁 1736。

[225] 《後漢書》卷 68〈許劭傳〉：「曹操微時，常卑辭厚禮，求為己目。劭鄙其人而不肯對，操乃伺隙脅劭，劭不得已，曰：『君清平之姦賊，亂世之英雄。』操大悅而去。……初，劭與靖俱有高名，好共覈論鄉黨人物，每月輒更其品題，故汝南俗有『月旦評』焉。」見《後漢書》，頁 2234-2235。

[226] 《後漢書》卷 68〈郭泰傳〉。見《後漢書》，頁 2226。

[227] 《尚書》卷 4〈皋陶謨〉。見〔西漢〕孔安國傳，〔東漢〕鄭玄(127-200)箋注，〔唐〕孔穎達(574-648)疏：《尚書正義》(李學勤等人整理本，臺北：台灣古籍出版社，2001 年 9 月)，頁 123-124。

[228] 屈萬里(1907-1979)：《尚書集釋》(臺北：聯經出版事業公司，2001 年 3 月)，頁 33。

不以廉潔自勵，雖貴寵之臣，輿服不敢過度。太祖嘆曰：『用人如此，使天下人自治，吾復何為哉！』」[229]而山濤則為西晉舉才無失：「山司徒前後選，殆周遍百官，舉無失才。凡所題目，皆如其言。唯用陸亮，是詔所用，與公意異，爭之不從。亮亦尋為賄敗。」[230]故可知范雲的自謙實包含為國舉賢之功與自身品德修養皆無法與毛、山二人相擬，因此謙讓辭謝梁武帝之厚賞。然需注意的是，此段文字任昉本置於「齊季凌遲」之前，足見其意有所指南齊晚期舉材失當、人才流失，正是造成齊季荒謬政局終至亡國的論點。故此封〈讓表〉被收錄於《文選》，除整理出吏部尚書一職的歷史脈絡，與其職責所在之內容外，更重要的意涵在於對比齊、梁兩代對於治國人才的選拔，呈顯出乃父立梁功業即是建立於齊季亂局之基礎上。而人才流失正是造成齊末亡國原因之一，相較於《文選》的選文脈絡中，卻正好揭示出蕭統所勾勒出蕭梁帝國決決多士之帝國圖像結構，也流露出蕭統於《文選》中所呈現之王佐功臣人才觀，已不再局限於軍事戰功的標準。

故在〈為范尚書讓吏部封侯第一表〉的最後部份：

> 近世侯者，功緒參差：或足食關中，或成軍河內，或制勝帷幄，或門人加親，或與時抑揚，或隱若敵國，或策定禁中，或功成野戰，或盛德如卓茂，或師道如桓榮，或四姓侍祀，已無足紀，五侯外戚，且非舊章。而臣之所附，惟在恩澤。既義異疇庸，實榮乖儒者。雖小人貪幸，豈獨無心？臣本自諸生，家承素業，門無富貴，易農而仕。乃祖玄平，道風秀世，爰在中興，儀刑多士，位裁元凱，任止牧伯。高祖少連，夙秉高尚，所富者義，所乏者時，薄宦東朝，謝病下邑。先志不忘，愚臣是庶。且去歲冬初，國學之老博士耳，今茲首夏，將亞冢司，雖千秋之一日九遷，荀爽之十旬遠至，方之微臣，未為速達。

---

[229] 《三國志》卷12〈毛玠傳〉。見《三國志》，頁375。

[230] 《世說新語》卷上之下〈政事三〉。見《世說新語箋疏》，頁170。

臣雖無識，惟利是視，至於虧名損實，為國為身，知其不可，不敢妄
冒。陛下不棄菅蒯，愛同絲麻。儻平生之言，猶在聽覽，宿心素志，
無復貳辭，矜臣所乞，特迴寵命，則彝章載穆，微物知免。臣今在假，
不容詣省，不任荷懼之至，謹奉表以聞。臣雲誠惶以下。[231]

　　表面上是范雲對於蕭衍建國過程毫無貢獻的謙辭，然從上文所舉功臣之
例如蕭何(257B.C.-193B.C.)「足食關中」指其轉漕給軍之功；[232]寇恂(？-36)
乃固守光武帝(25-57 在位)之大本營河內「堅守轉運，給足軍糧。」[233]張良(？
-185B.C.)則「運籌策帷幄中，決勝千里外」[234]；鄧禹(2-58)隨從光武帝南征北
討；[235]叔孫通順時而變，制禮造儀；[236]吳漢(？-44)穩若磐石，國之棟樑；[237]鄧

[231] 《文選》，頁 1737-1739。

[232] 《漢書》卷 39〈蕭何傳〉：「漢二年，漢王與諸侯擊楚，何守關中，侍太子，治櫟陽。為令約束，
立宗廟、社稷、宮室、縣邑，輒奏，上可許以從事；即不及奏，輒以便宜施行，上來以聞。計戶
轉漕給軍，漢王數失軍遁去，何常興關中卒，輒補缺。上以此剸屬任何關中事。」見《漢書》，
頁 2007。

[233] 《後漢書》卷 16〈寇恂傳〉：「光武南定河內，而更始大司馬朱鮪等盛兵據洛陽，及并州未定，
光武難其守，問於鄧禹曰：『諸將誰可使守河內者？』禹曰：『昔高祖任蕭何於關中，無復四顧
之憂，所以得專精山東，終成大業。今河內帶河為固，戶口殷實，北通上黨，南迫洛陽。寇恂文
武備足，有牧人禦眾之才，非此子莫可使也。』乃拜恂河內太守，行大將軍事。光武謂恂曰：『河
內完富，吾將因是而起。昔高祖留蕭何鎮關中，吾今委公以河內，堅守轉運，給足軍糧，率屬士
馬，防遏它兵，勿令北度而已。』」見《後漢書》，頁 621。

[234] 《漢書》卷 40〈張良傳〉：「漢六年，封功臣。良未嘗有戰鬥功，高帝曰：『運籌策帷幄中，決
勝千里外，子房功也。自擇齊三萬戶。』良曰：『始臣起下邳，與上會留，此天以臣授陛下。陛
下用臣計，幸而時中，臣願封留足矣，不敢當三萬戶。』乃封良為留侯，與蕭何等俱封。」見《漢
書》，頁 2031。

[235] 《後漢書》卷 16〈鄧禹傳〉：「及聞光武安集河北，即杖策北渡，追及於鄴。……建武元年正月……
光武即位於鄗，使使者持節拜禹為大司徒。策曰：『制詔前將軍禹：深執忠孝，與朕謀謨帷幄，
決勝千里。孔子曰：『自吾有回，門人日親。』斬將破軍，平定山西，功効尤著。百姓不親，五
品不訓，汝作司徒，敬敷五教，五教在寬。今遣奉車都尉授印綬，封為酇侯，食邑萬戶。敬之哉！』」
見《後漢書》，頁 599-602。

[236] 《史記》卷 99〈劉敬叔孫通列傳〉太史公曰：「叔孫通希世度務，制禮進退，與時變化，卒為漢
家儒宗。『大直若詘，道固委蛇』，蓋謂是乎？」見《史記》，頁 2726。

騭(？-121)定策以立漢安帝(106-125 在位);[238]曹參(？-190B.C.)有野略之功;[239]卓茂(？-27/28)以德名封侯;[240]桓榮則治經賜爵;[241]「四姓」乃指漢明帝(57-75 在位)時之樊、郭、陰、馬四姓外戚;[242]「五侯」則是漢成帝(51B.C.-7B.C.在位)時封舅族王氏五人為侯。[243]可知其中有軍功、有參謀、有外戚、有世族,而范雲自己則謙稱寒門諸生,毫無功業之助卻僅依恩澤受賞,才有愧於心。然《梁書》云:

> 時高祖勳業既就,天人允屬,約嘗扣其端,高祖默而不應。佗日又進曰:「今與古異,不可以淳風期萬物。士大夫攀龍附鳳者,皆望有尺寸之功,以保其福祿。今童兒牧豎,悉知齊祚已終,莫不云明公其人也。天文人事,表革運之徵,永元以來,尤為彰著。讖云『行中水,作天子』,此又歷然在記。天心不可違,人情不可失,苟是曆數所至,

---

[237] 《後漢書》卷 18〈吳漢傳〉:「漢性彊力,每從征伐,帝未安,恆側足而立。諸將見戰陳不利,或多惶懼,失其常度。漢意氣自若,方整厲器械,激揚士吏。帝時遣人觀大司馬何為,還言方修戰攻之具,乃歡曰:『吳公差彊人意,隱若一敵國矣!』」見《後漢書》,頁 683。

[238] 《後漢書》卷 16〈鄧騭傳〉:「殤帝崩,(和熹鄧)太后與騭等定策立安帝,……自和帝崩後,騭兄弟常居禁中。騭謙遜不欲久在內,連求還第,歲餘,太后乃許之。」見《後漢書》,頁 613。

[239] 《漢書》卷 39〈曹參傳〉:「參功:凡下二國,縣百二十二;得王二人,相三人,將軍六人,大莫囂、郡守、司馬、侯、御史各一人。」見《漢書》,頁 2017-2018。

[240] 《後漢書》卷 25〈卓茂傳〉錄建武元年(25)光武帝〈詔〉:「前密令卓茂,束身自修,執節淳固,誠能為人所不能為。夫名冠天下,當受天下重賞,故武王誅紂,封比干之墓,表商容之閭。今以茂為太傅,封褒德侯,食邑二千戶,賜几杖車馬,衣一襲,絮五百斤。」見《後漢書》,頁 871。

[241] 《後漢書》卷 37〈桓榮傳〉:「建武十九年,年六十餘,始辟大司徒府。時顯宗始立為皇太子,選求明經,乃擢榮弟子豫章何湯為虎賁中郎將,以《尚書》授太子。世祖從容問湯本師為誰,湯對曰:『事沛國桓榮。』帝即召榮,令說《尚書》,甚善之。拜為議郎,賜錢十萬,入使授太子。每朝會,輒令榮於公卿前敷奏經書。帝稱善,曰:『得生幾晚!』」見《後漢書》,頁 1249-1250。

[242] 《後漢書》卷 2〈明帝紀〉:「(永平九年) 為四姓小侯開立學校,置五經師。」李賢《後漢書注》引袁宏《後漢紀》曰:「永平中崇尚儒學,自皇太子、諸王侯及功臣子弟,莫不受經。又為外戚樊氏、郭氏、陰氏、馬氏諸子立學,號四姓小侯,置五經師。以非列侯,故曰小侯。」見《後漢書》,頁 113。

[243] 《漢書》卷 98〈元后傳〉:「河平二年,上(漢成帝)悉封舅譚為平阿侯,商成都侯,立紅陽侯,根曲陽侯,逢時高平侯。五人同日封,故世謂之『五侯』。」見《漢書》,頁 4018。

雖欲謙光，亦不可得已。」高祖曰：「吾方思之。」對曰：「公初杖兵
樊、沔，此時應思，今王業已就，何所復思。昔武王伐紂，始入，民
便曰吾君，武王不違民意，亦無所思。公自至京邑，已移氣序，比於
周武，遲速不同。若不早定大業，稽天人之望，脫有一人立異，便損
威德。且人非金石，時事難保。豈可以建安之封，遺之子孫？若天子
還都，公卿在位，則君臣分定，無復異心。君明於上，臣忠於下，豈
復有人方更同公作賊。」高祖然之。約出，高祖召范雲告之，雲對略
同約旨。高祖曰：「智者乃爾暗同，卿明早將休文更來。」雲出語約，
約曰：「卿必待我。」雲許諾，而約先期入，高祖命草其事。約乃出懷
中詔書並諸選置，高祖初無所改。俄而雲自外來，至殿門不得入，徘
徊壽光閣外，但云「咄咄」。約出，問曰：「何以見處？」約舉手向左，
雲笑曰：「不乖所望。」有頃，高祖召范雲謂曰：「生平與沈休文羣居，
不覺有異人處；今日才智縱橫，可謂明識。」雲曰：「公今知約，不異
約今知公。」高祖曰：「我起兵於今三年矣，功臣諸將，實有其勞；然
成帝業者，乃卿二人也。」[244]

　　可見當蕭衍建國大業逐漸塵埃落定後，其所著眼的政治舉措也由軍事征
伐逐漸轉向為潤色鴻業。因此沈約、范雲的勸進之論，可謂替蕭衍找到建國
稱帝正當性之學理論述。而沈約懷中早就準備好的即位詔書與官僚舉薦名
單，也意味著開啟梁武帝構禮制樂的治國工程。故可知，在蕭梁立國之後，
治國人才觀的內涵已由革命初期的軍事將領擴大至文武百僚。[245]是以在此〈讓

---

[244] 《梁書》卷13〈沈約傳〉。見《梁》，頁242。

[245] 梁武帝亦在〈詔〉一透露出此一人才多元化之原則：「觀風省俗，哲后弘規；狩岳巡方，明王盛
軌。所以重華在上，五品聿修；文命肇基，四載斯履。故能物色幽微，耳目屢釣，致王業於緝熙，
被淳風於遐邇。朕以寡薄，昧于治方，藉代終之運，當符命之重，取監前古，懍若馭朽。思所以
振民育德，去殺勝殘，解網更張，置之仁壽；而明慚照遠，智不周物，兼以歲之不易，未遑卜征，
興言夕惕，無忘鑒寐。可分遣內侍，周省四方，觀政聽謠，訪賢舉滯。其有田野不辟，獄訟無章，

表〉中，一方面透露出建立帝王之業需藉人才濟濟之助，象徵著梁武帝王業所成之由，正在於集天下英雄之助，但另一方面不也揭示出，南齊敗亡之因正出於失天下英才之心！故任昉在〈讓表〉末所擬范雲自言：「去歲冬初，國學之老博士耳」，指的正是永元二年，東昏侯竟又命范雲為國子博士，[246]對於一位已歷任獻替納言之核心廷臣、地方牧守與中正之職的范雲來說情何以堪？但也呈顯出南齊糟蹋人才之實況；而「陛下應期萬世，接統千祀，三千景附，八百不謀。」不就是描述出梁武帝得天下人之心之擁戴，則蕭梁帝國的代齊而立也就理所當然。

值此，就《文選》所錄上述范雲、任昉的文章本義而言，確實存在著藉南齊末年亂政之局與蕭梁立國功業加以對比之意，也側重於強化蕭衍代齊而立之正統性；然而就《文選》的編選意圖推敲之，上述諸文實都具備以下之共同點，即：

(1)俱呈現蕭梁帝國正統象徵之論述模式。

(2)作者俱為協助蕭衍建國之元勳王佐。

(3)作者俱為當代著名文士。

(二) 齊季凌遲對蕭梁正統合法性的呈現

是以，蕭統在《文選》中，有意釐清南齊的永明盛世與齊明帝以降的衰世之別，因為這牽涉到蕭梁立國的正統移鼎合法性之所在。《文選》卷二十〈詩甲・公讌〉即錄有齊、梁時代著名詩人丘遲之作〈侍讌樂遊苑送張徐州應詔詩〉：

> 詰旦閶闔開，馳道聞鳳吹。輕荑承玉輦，細草藉龍騎。風遲山尚響，雨息雲猶積。巢空初鳥飛，荇亂新魚戲。寔惟北門重，匪親孰為寄？

忘公殉私，侵漁是務者，悉隨事以聞。若懷寶迷邦，蘊奇待價，蓄響藏真，不求聞達，並依名騰奏，罔或遺隱。使輶軒所屆，如朕親覽焉。」見《梁書》，頁36。

[246] 《梁書》卷13〈范雲傳〉。見《梁書》，頁230。

參差別念舉，肅穆恩波被。小臣信多幸，投生豈酬義。[247]

　　首四句透露出「應詔」之背景，故有「玉輦」、「龍騎」之云，次四句乃描述樂遊苑之景色，依《文選》卷二十〈詩甲・公讌〉所收范曄(398-445)〈樂遊應詔詩〉李善《注》引《丹陽郡圖經》曰：「樂游苑，宮城北三里，晉時藥園。」[248]然同卷所收顏延之(384-456)〈應詔讌曲水作詩〉李善《注》所引裴子野(469-530)《宋略》云：「文帝元嘉十一年三月丙申，禊飲于樂遊苑，且祖道江夏王義恭、衡陽王義季，有詔，會者賦詩。」[249]可見「樂遊苑」位於建康宮城北區，也是南朝帝王舉辦宴會之主要場所。據《南齊書》記載：

　　　　(永元二年)六月庚寅，車駕於樂游苑內會，如三元，都下放女人觀。戊戌，以新除冠軍將軍張沖為郢州刺史，守五兵尚書陸慧曉為南兗州刺史。秋七月甲辰，以驃騎司馬張稷為北徐州刺史。[250]

　　則可知《文選》所錄丘遲之詩即是應詔此次東昏侯之會，所謂的「如三元」，指的是此次樂遊苑之讌舉辦得有如正月初一的正旦大會，宗懍在《荊楚歲時記》中就說：「正月一日，是三元之日也，謂之端月。」[251]齊武帝(482-493在位)也曾在歲末下詔於緣淮戍士：「緣淮戍將，久處邊勞，三元行始，宜沾恩慶。可遣中書舍人宣旨臨會。後每歲皆如之。」[252]而其慶典往往包括萬國朝會、金石盈廷的內容，如《宋書》中便曾記載張華(232-300)的〈食舉東西箱樂詩十一章〉第一章即曰：「三正元辰，朝慶麟萃。華夏奉職貢，八荒觀殊

---

[247]　《文選》，頁 970-971。

[248]　《文選》，頁 958。

[249]　《文選》，頁 962。

[250]　《南史》卷 5〈齊本紀・廢帝東昏侯寶卷〉。見《南史》，頁 149。

[251]　〔南朝梁〕宗懍(502-565)撰，王毓榮校注：《荊楚歲時記校注》(臺北：文津出版社，1992 年 6 月)，頁 15。

[252]　《南齊書》卷 3〈武帝紀〉錄建元四年十二月己丑〈詔〉。見《南齊書》，頁 46。

類。黻冕充廣庭，鳴玉盈朝位。」[253]可知三元日除告始開年之外，尚有宣揚國威與正統的政治意涵。[254]但蕭子顯記錄東昏侯將此次於樂遊苑公讌之會舉辦成如三元日之慶典，亦流露出對東昏侯奢虐暴政之微言筆法，故從丘遲詩中的末六句便透露出其即將隨張稷啟程赴任，離開京城的訊息，隱微透露其屬於反對東昏侯之立場。上文已曾引錄范雲所作〈贈張徐州稷〉，可知張稷自齊明帝(494-498 在位)以來即為鎮守南齊王朝北防北魏(386-534)之大將。[255]又檢視史料可知，本詩所指涉的「張徐州」實乃東昏侯所任命：「(永元二年)秋七月甲辰，以驃騎司馬張稷為北徐州刺史。」[256]然若如前文所述，張稷既然與范雲同有「物情棄疵賤，何獨顧衡閨」[257]的淪落之感，而蕭統卻又選錄此詩，不就產生對於東昏侯政權歌功頌揚之矛盾？但根據《梁書》卷十六〈張稷傳〉可知，張稷是在陳顯達(427-500)叛變(500)後才出任北徐州刺史：「及江州刺史陳顯達舉兵反，以本號鎮歷陽、南譙二郡太守，遷鎮南長史、尋陽太守、輔國將軍、行江州事。尋徵還，為持節、輔國將軍、都督北徐州諸軍事、北徐州刺史。出次白下，仍遷都督南兗州諸軍事、南兗州刺史。俄進督北徐、徐、兗、青、冀五州諸軍事，將軍並如故。」[258]因此丘遲此詩最遲應作於永元二年。李善《注》曾引許亨(517-570)《梁史》謂：「丘遲，字希範，吳興人。八歲能屬文，及長，辟徐州從事。」雖將其宦歷過度簡化，卻也透露出丘遲即是張稷宰牧北徐時的文士幕僚，但這段經歷在姚思廉的《梁書》

---

[253] 《宋書》卷 20〈樂志二〉。見《宋書》，頁 588。又據逯欽立(1910-1973)校定改「箱」為「廂」，見《先秦漢魏晉南北朝詩》，頁 830。

[254] 《南齊書》卷 9〈禮志上〉引王儉議諒闇：「三元告始，則朝會萬國。」足知「三元日」內含開國大典之慶典儀式。見《南齊書》，頁 133。

[255] 《梁書》卷 16〈張稷傳〉：「時魏寇壽春，以稷為寧朔將軍、軍主，副尚書僕射沈文季鎮豫州。魏眾稱百萬，圍城累日，時經略處分，文季悉委稷焉。軍退，遷平西司馬、寧朔將軍、南平內史。魏又寇雍州，詔以本號都督荊、雍諸軍事。」見《梁書》，頁 271。

[256] 《南齊書》卷 7〈東昏侯本紀〉。見《南齊書》，頁 100。

[257] 《文選》，頁 1218。

[258] 《梁書》卷 16〈張稷傳〉。見《梁書》，頁 271。

中卻未有隻字，幸得曹道衡與沈玉成的考證得以揭霧：

> 然《梁書》本傳所載遲仕歷頗詳，獨不及「徐州從事」，或有疏漏。
> 揆以情理，其為「徐州從事」時間，尚可考知。據《梁書》本傳，遲
> 於宋孝武帝大明八年(464)生，其釋褐之年，如逾弱冠，則為齊武帝永
> 明二年(484)左右。州辟從事，舉秀才，當歷一、二年。太學置於永明
> 三年，遲為博士當在此年。其為大司馬行參軍，則必在永明五年正月
> 以後。蓋《南齊書‧武帝紀》明言永明五年正月以太尉豫章王嶷為大
> 司馬也。其丁父憂，當在永明八年。……其服闋當為永明十年，至十
> 一年而齊武帝崩，鬱林王、海陵王相繼立。據《南齊書‧文二王傳》，
> 巴陵王昭秀、桂陽王昭粲於隆昌、延興間相繼為西中郎將，同書〈宗
> 室傳〉，蕭遙欣以明帝建武元年為西中郎將。齊世西中郎將者殊少，而
> 隆昌、延興與建武元年實即同一年(494)，距丘遲除喪之年不過年餘，
> 於情理亦合。其為西中郎參軍、殿中郎當亦歷一、二年而丁母憂，服
> 闋復為殿中郎，當在明帝末年(永泰元年，498)。其為車騎錄事參軍，
> 當在東昏侯永元元年，蓋據《南齊書‧江夏王寶玄傳》，寶玄以永元元
> 年為車騎將軍也。然寶玄與崔慧景通謀反東昏，而慧景以永元元年四
> 月敗，下距梁武之入建康(中興元年末，502 年初)，尚有歲餘。疑丘遲
> 之為徐州從事，正是此時。蓋州從事位至卑，未必能預宴樂游苑，當
> 是遲為徐州刺史屬官，故得預宴。[259]

這段考察一方面填補了歷史文獻上對於丘遲在徐州任職失載之空闕，另
一方面卻也留下了丘遲為張稷幕僚的證據。詩中提及「寔惟北門重，匪親孰
為寄？」實透露出張稷所受東昏侯親任之重。故在前文所引范雲〈贈張徐州

---

[259] 《中古文學史料叢考》，頁 482-483。

稷〉中有云：「寄書雲間鴈，為我西北飛。」[260]李善《注》即言：「西北，謂徐州也，在揚州之西北。《輿地志》曰：宋以鍾離置徐州，齊以荊州為北徐州也」[261]然陳景雲(1670-1747)《文選舉正》認為「荊州」二字為衍文，[262]胡克家《文選考異》則校之曰：「(陳)所校是也，謂即鍾離之徐州，而加「北」字耳。各本皆衍。」[263]可知「北門」指的即是北徐州。但依張稷此時之職守，亦可泛指建康以北淮水兩岸的防務。齊武帝永明六年(488)即曾詔曰：「北兗、北徐、豫、司、青、冀八州，邊接疆場，民多懸罄，原永明以前所逋租調。」[264]《南齊書》卷十四〈州郡志上・北徐州〉：「北徐州，鎮鍾離。……宋泰始末年屬南兗。元徽元年置州，割為州治，防鎮緣淮。」[265]可知北徐州實肩負防備淮水沿岸之重責大任。齊明帝便曾任命張岱為北徐州刺史：「明帝初，四方反，帝以岱堪幹舊才，除使持節、督西豫州諸軍事、輔國將軍、西豫州刺史。尋徙為冠軍將軍、北徐州刺史，都督北討諸軍事，並不之官。」[266]可證北徐州刺史往往統籌征北軍務，亦見此職之重要性。連《隋書》也都曾提及北齊(550-577)的鼓吹二十曲中的第十一曲：「漢〈芳樹〉改名〈克淮南〉。言文襄遣清河王岳，南翦梁國，獲其司徒陸法和，克壽春、合肥、鍾離、淮陰，盡取江北之地也。」[267]足見若鍾離失守即意味淮南盡失，建康頓失北屏之障，正揭露此地乃要衝之扼。由以上分析可知，張稷在東昏侯執政期間傾向於邊防的國務角色，然解職歸園的范雲在〈贈張徐州稷〉詩中，竟流露出與方面大將張稷同為天涯淪落之感，暗示出張稷可能也存有對東昏侯政權的不滿心態。是以蕭統將之選錄於《文選》中，便都具有凸顯出東昏侯暴政失德的效果。

---

[260] 《文選》，頁 1218。

[261] 《文選》，頁 1218。

[262] 《文選》，頁 1219。

[263] 《文選》，頁 1219。

[264] 《南齊書》卷3〈武帝本紀〉載永明六年閏十月乙卯〈詔〉。見《南齊書》，頁 55。

[265] 《南齊書》，頁 258。

[266] 《南齊書》卷32〈張岱傳〉。見《南齊書》，頁 581。

[267] 《隋書》卷14〈音樂志中・齊〉。見《隋書》，頁 330。

　　同樣的選文原則也適用於丘遲〈侍讌樂遊苑送張徐州應詔詩〉上，既為「應詔」，東昏侯勢必得見。張稷自己本身應具基本的文學能力：「性疏率，朗悟有才略，與族兄充、融、卷等俱知名，時稱之曰：『充、融、卷、稷，是為四張。』起家著作佐郎，不拜。」[268]故不至於需要丘遲代作，此詩可視為丘遲自己應命所作。不過丘遲雖對遠離京城表示依依不捨，字裡行間又透露為國赴義之忠心耿耿，然皆可視為應詔詩之格式套語；欲推測其真實心境還可參照沈約(441-513)所留〈侍宴樂遊苑餞徐州刺史應詔〉殘篇：「沃若動龍驂，參差凝鳳管。金堂草未合，玉池泉將滿。」[269]此詩很顯然是與丘遲同題共作，今僅能見其描述樂遊苑公讌中酒酣笙揚之狀。但此時的沈約雖然欲以母老表求解職，但卻仍被東昏侯迭命為冠軍將軍、司徒左長史，征虜將軍、南清河太守；[270]然在前一年即東昏侯永元元年時，沈約就已在〈與徐勉書〉中透露：「及昏猜之始，王政多門，因此謀退。」[271]因此從沈約的心境更可確證，在永元二年侍宴樂遊苑的文士中，確實存在東昏侯的反對勢力。然詩作畢竟為應詔之作，故仍需顧及帝王喜好與自我安危，因此仍舊出現傳統應詔詩歌舞昇平或歡樂達旦之格式用語。但依《梁書》丘遲本傳：

　　　　高祖平京邑，霸府開，引為驃騎主簿，甚被禮遇。時勸進梁王及殊禮，皆遲文也。高祖踐阼，拜散騎侍郎，俄遷中書侍郎，領吳興邑中正，待詔文德殿。[272]

---

[268]　《梁書》卷16〈張稷傳〉。見《梁書》，頁270。

[269]　〔南朝梁〕沈約著，陳慶元校箋：《沈約集校箋》(杭州：浙江古籍出版社，1995年12月)，頁437。

[270]　《梁書》卷13〈沈約傳〉：「明帝崩，政歸冢宰，尚書令徐孝嗣使約撰定遺詔。遷左衛將軍，尋加通直散騎常侍。永元二年，以母老表求解職，改授冠軍將軍、司徒左長史，征虜將軍、南清河太守。」見《梁書》，頁233。

[271]　《沈約集校箋》，頁140。

[272]　《梁書》卷43〈文學上・丘遲〉。見《梁書》，頁687。

在〈沈約傳〉中也提及：

> 高祖在西邸，與約遊舊，建康城平，引為驃騎司馬，將軍如故。⋯⋯
> 梁臺建，為散騎常侍、吏部尚書，兼右僕射。高祖受禪，為尚書僕射，
> 封建昌縣侯，邑千戶，常侍如故。又拜約母謝為建昌國太夫人。奉策
> 之日，右僕射范雲等二十餘人咸來致拜，朝野以為榮。俄遷尚書左僕
> 射，常侍如故。尋兼領軍，加侍中。[273]

如果再加上前文所提及的范雲、張稷，就可以發現這些人均有相同的共
同點：即均為梁武帝之建國功臣，且都處於反對東昏侯政權的立場。

此外，張稷尚有另一種帝國象徵意義，即其固守北疆的職能直到梁武帝
期間依舊沒有改變。雖然張稷在入梁後出任邊州刺史含有貶謫之義，如《梁
書》記載：

> 初，高祖有憾於張稷，及稷卒，因與約言之。約曰：「尚書左僕射
> 出作邊州刺史，已往之事，何足復論。」帝以為婚家相為，大怒曰：「卿
> 言如此，是忠臣邪！」乃輦歸內殿。[274]

蕭衍與張稷之間的「憾事」，據《南史》所言像是兩人酒後爭吵的失序醜
態：

> 武帝嘗於樂壽殿內宴，稷醉後言多怨辭形於色。帝時亦酣，謂曰：
> 「卿兄殺郡守，弟殺其君，袖提帝首，衣染天血，如卿兄弟，有何名
> 稱。」稷曰：「臣乃無名稱，至於陛下不得言無勳。東昏暴虐，義師亦

---

[273] 《梁書》卷13〈沈約傳〉。見《梁書》，頁 233-234。

[274] 《梁書》卷13〈沈約傳〉。見《梁書》，頁 242-243。

來伐之，豈在臣而已。」帝埒其鬚曰：「張公可畏人。」中丞陸杲彈稷云：「領軍張稷，門無忠貞，官必險達，殺君害主，業以為常。」武帝留中竟不問。

但這段記載卻透露出幾項訊息：其一，張稷與沈約既為梁武帝集團成員，則其幕僚或交遊文士必然也屬同一集團，而這批文士均與蕭衍建國關係密切；其二，張稷與沈約不僅是政治盟友，亦是潘、楊之睦。但無可否認的是張稷始終參與蕭梁邊防重任的職務，而《文選》中對於蕭梁當代的邊鎮大將所選取的，另還有因戰事失利而遭彈劾的曹景宗、與曾叛逃北魏後又歸正之陳伯之，但張稷是唯一的正面案例，其形象幾乎可說落實於邊防大將之外，尚有協助蕭衍建國的重要僚佐，再加上張稷本身與同為建國臣僚的文士交友的情形，故考察這些的相關人事，便可理解何以蕭統要在《文選》中選錄上述之相關作品，而丘遲的〈侍讌樂遊苑送張徐州應詔詩〉便應置於此一理解脈絡下，以掘發其他意涵。

據《梁書》記載張稷載入梁後的仕歷：「出為使持節、散騎常侍、都督青、冀二州諸軍事、安北將軍、青、冀二州刺史。會魏寇朐山，詔稷權頓六里，都督眾軍。還，進號鎮北將軍。」[275]所謂的「寇朐山」指的是天監十年發生青州民變一事，[276]克復青州是天監四年蕭衍第一次大舉北伐之重大戰果，[277]意味著蕭梁的領土深入淮北地區，[278]而張稷顯然就是蕭統派任統籌這一片國之北門軍務之心腹，是以丘遲〈侍讌樂遊苑送張徐州應詔詩〉中的「寔惟北門重，匪親孰為寄？」完全可以挪作入梁後張稷的國務角色。尤其朐山之戰：

---

[275] 《梁書》卷 16〈張稷傳〉。見《梁書》，頁 272。

[276] 《梁書》卷 17〈馬仙琕傳〉：「(天監)十年，朐山民殺琅邪太守劉晰，以城降魏，詔假仙琕節，討之。」見《梁書》，頁 280。

[277] 《梁書》卷 2〈武帝紀中〉：「(天監五年)六月庚子，青、冀二州刺史桓和前軍克朐山城。」見《梁書》，頁 44。

[278] 張金龍：《北魏政治史》(蘭州：甘肅教育出版社，2008 年 9 月)，冊八，頁 291-292。

(北魏宣武帝永平四年)夏四月，琅邪民王萬壽斬蕭衍輔國將軍、琅邪東莞二郡太守劉晰首，以朐山來降。徐州刺史盧昶遣琅邪戍主傅文驥率眾據之。甲戌，薛和大破山胡。蕭衍遣其鎮北將軍張稷及馬仙琕寇朐山。詔盧昶率眾赴之。……十有一月甲午，宕昌國遣使朝獻。己亥，詔李崇、奚康生等治兵壽春，以分朐山之寇。戊申，難地、伏羅國並遣使朝獻。朐城陷，盧昶大敗而還。[279]

《魏書》卷九八〈島夷蕭衍傳〉也記載：

(永平)四年春三月，衍琅邪郡民王萬壽等斬衍輔國將軍、琅邪、東莞二郡太守、帶朐山戍主劉晰并將士四十餘人，以城內屬。徐州刺史盧昶遣兼郯城戍副張天惠率眾赴之，而衍鬱洲已遣二軍以拒天惠，天惠與萬壽等內外齊擊，俘斬數百。昶仍遣琅邪戍主傅文驥入城據守，衍又遣將張稷、馬仙琕等攻圍文驥。詔昶率眾赴之，而文驥以糧盡降衍，昶遂失利而還。[280]

《魏書》顯然有意掩飾統帥盧昶遷延不進、貽誤軍機之失：「永平四年，盧昶克蕭衍朐山戍，以琅邪戍主傅文驥守之。衍遣師攻文驥，盧昶督眾軍救之，……於後，盧昶軍敗，唯寶寅全師而歸。」[281]然張稷與馬仙琕以寡擊眾令北魏喪師十餘萬的戰果卻是毫無質疑的事實。[282]

蕭統編輯《文選》為歷代文學作品總集，但身為太子又肩負執行監國撫

---

[279] 《魏書》卷 8〈世宗紀〉。見《魏書》，頁 210-211。

[280] 《魏書》，頁 2175。

[281] 《魏書》卷 59〈蕭寶寅傳〉。見《魏書》，頁 1315。

[282] 《梁書》卷 17〈馬仙琕傳〉：「(天監)十年，朐山民殺琅邪太守劉晰，以城降魏，詔假仙琕節，討之。魏徐州刺史盧昶以眾十餘萬赴焉。仙琕與戰，累破之，昶遁走。仙琕縱兵乘之，魏眾免者十一二，收其兵糧牛馬器械，不可勝數。」見《梁書》，頁 280。

軍大政之責的職能下，《文選》實具備了參與建構蕭梁帝國圖像的意識，因此要如何藉「事出於沉思，義歸乎翰藻」的文字媒介，產生宣榮輝煌的戰功國史功效？蕭統顯然將敘述焦點轉移至創作這些「經國之大業，不朽之盛事」的作者身上，將其身分自純粹的言語侍從之臣，藉由作品的選錄，深化其參與建國立業、開疆闢土、制禮造樂的國士內涵。

故若將曹、沈二氏對資料嚴重匱乏的丘遲研究所提供的珍貴補白置於此一脈絡中考量，則可發現丘遲其實是蕭統有意藉之形塑文士功臣之重要範例之一。事實上在《文選》卷四七〈頌〉類收有陸機(261-303)的〈漢高祖功臣頌〉，其中便不乏論兵獻策的文士之輩，如蕭何(257B.C.-193B.C.)：

> 堂堂蕭公，王跡是因。綢繆叡后，無競維人。外濟六師，內撫三秦。
> 拔奇夷難，邁德振民。體國垂制，上穆下親。名蓋群后，是謂宗臣。[283]

如張良(？-187B.C.)：

> 文成作師，通幽洞冥。永言配命，因心則靈。窮神觀化，望影揣情。
> 鬼無隱謀，物無遯形。武關是闢，鴻門是寧。隨難榮陽，即謀下邑。
> 銷印恭廢，推齊勸立。運籌固陵，定策東襲。三王從風，五侯允集。
> 霸楚寔喪，皇漢凱入。怡顏高覽，彌翼鳳戢。託跡黃老，辭世卻粒。[284]

或是「奇謀六奮，嘉慮四迴」[285]的陳平(？-178B.C.)，以及「進謁佳謀，退守名都」[286]的酈食其(268B.C.-204B.C.)。而同卷〈贊〉類中所收的袁宏(328-376)〈三國名臣序贊〉更是將文臣視為開創三國霸業的主要角色，如曹

---

[283] 《文選》，頁 2102。
[284] 《文選》，頁 2102-2103。
[285] 《文選》，頁 2104。
[286] 《文選》，頁 2109。

魏方面有「應變知微，探賾賞要」[287]的荀彧(163-212)；「愔愔幕裡，籌無不經」[288]的荀攸(157-214)。蜀漢方面則如諸葛亮(181-234)：「標榜風流，遠明管、樂」[289]；或龐統(179-214)「三略既陳，霸業已基」[290]。孫吳方面除有魯肅(172-217)「荷擔吐奇，乃構雲臺」[291]外，還有「遂獻宏謨，匡此霸道」[292]的張昭(156-236)。可見選錄這些作品於《文選》的蕭統，早在其中透露出對於文士的身分內涵，已經不再侷限於僅以著作為判斷個人價值內涵：「著述雖繁，適可以騁辭耀藻，無補救於得失，未若德行不言之訓。」[293]而是強調文士對國政之涉入：「繁華暐曄，則竝七耀以高麗；沉微淪妙，則儕玄淵之無測。人事靡細而不浹，王道無微而不儩，故能身賤而言貴，千載彌彰焉。」[294]藉由「國士化」強化了文士身分的政事參與，進而提升其政治地位，使得《文選》中的作家價值得以跳脫傳統被視為浮華之士、倡優之流的困境，剝顯出這群作家與其作品在經緯軍國與潤色鴻業上的特殊價值。

　　因此，就像丘遲在〈侍讌樂遊苑送張徐州應詔詩〉中所說：「小臣信多幸，投生豈酬義。」便透露出蕭統編輯《文選》即欲打破傳統對文士既定之「多陷輕薄」[295]或「務華棄實」[296]的成見，彰顯文士仍可藉入幕參謀擘劃戰略之能力建立犁庭掃穴、風馳電掣之功。事實上目前丘遲留有詩作共十一首：

---

[287] 《文選》，頁 2127-2128。

[288] 《文選》，頁 2128。

[289] 《文選》，頁 2131-2132。

[290] 《文選》，頁 2132。

[291] 《文選》，頁 2134。

[292] 《文選》，頁 2133-2134。

[293] 《抱朴子》外篇〈尚博〉。見〔東晉〕葛洪(284-363)著，楊明照(1909-2003)校箋：《抱朴子外篇校箋》(北京：中華書局，1997 年 10 月)，冊下，頁 106-107。

[294] 《抱朴子》外篇〈辭義〉。見《抱朴子外篇校箋》，冊下，頁 399。

[295] 《顏氏家訓》卷 4〈文章〉。見〔北齊〕顏之推(531-591)撰，王利器(1912-1998)集解：《顏氏家訓集解》(臺北：明文書局，1999 年 3 月)，頁 221。

[296] 《文心雕龍》〈程器〉。見〔南朝梁〕劉勰(465-522)著，詹鍈(1916-1998)義證：《文心雕龍義證》(上海：上海古籍出版社，1999 年 12 月)，頁 1869。

〈九日侍宴樂遊苑詩〉

〈侍宴樂遊苑送徐州應詔詩〉

〈旦發漁浦潭詩〉

〈夜發密巖口詩〉

〈敬酬柳僕射征怨詩〉

〈答徐侍中為人贈婦詩〉

〈贈何郎詩〉

〈題琴材奉柳吳興詩〉

〈芳樹詩〉

〈望雪詩〉

〈玉堦春草詩〉[297]

　　其中《文選》僅錄〈侍宴樂遊苑送徐州應詔詩〉與〈旦發漁浦潭詩〉，前一首已見上文分析，而〈旦發漁浦潭詩〉被收錄於《文選》卷二七〈詩戊・行旅下〉，[298]應作於天監三年(504)丘遲前往永嘉途中，[299]因在《文選》同卷所錄謝靈運(385-433)之〈富春渚〉詩中即出現「宵濟漁浦潭，旦及富春郭。定山緬雲霧，赤亭無淹薄。」[300]顧紹柏考證謝靈運此詩乃作於永初三年(422)秋赴永嘉途中，[301]是以丘遲詩中所見之景亦應作於赴任永嘉郡守之途。事實上丘遲在齊、梁時代的普遍文學評價為「辭采麗逸」，鍾嶸(468-518)在《詩品》中將其置於「中品」，並論其詩為：「丘詩點綴映媚，似落花依草。故當淺於江淹，而秀於任昉。」[302]何焯謂：「丘遲〈旦發漁浦潭〉，步趨康樂，而未屈

---

[297] 《先秦漢魏晉南北朝詩》，頁 1062-1065。

[298] 《文選》，頁 1266。

[299] 《梁書》卷 43〈文學上・丘遲〉：「天監三年，出為永嘉太守，在郡不稱職，為有司所糾，高祖愛其才，寢其奏。」見《梁書》，頁 687。

[300] 《文選》，頁 1239-1240。

[301] 顧紹柏校注：《謝靈運集校注》(臺北：里仁書局，2004 年 4 月)，頁 68-72。

[302] 王叔岷(1914-2008)：《鍾嶸詩品箋證稿》(臺北：中央研究院中國文哲研究所，1992 年 3 月)，頁 303-305。

精華，所工特模範間矣。」[303]顯僅視為模仿謝靈運風格之作；許文雨(卒於文革期間)則引《竹林詩評》云：「丘遲之作，如琪樹玲瓏，金芝布濩，九宵春露，三島秋雲。」[304]亦僅側重丘遲描寫風景之才；而王叔岷認為從鍾嶸所評來賞味丘遲之作彷若麗草春圖。[305]可見，鍾嶸的立場成為文學史上對丘遲的定評，故如王夫之(1619-1692)在解讀〈侍宴樂遊苑送徐州應詔詩〉也指出：「麗甚，然終不為宮體任首亂之誅。麗如希範，固有則也。養句全不唐突，亦不披猖。簡文以降，正坐不能此耳。明明兩屋，不施紐合，尚自去古未遠。」[306]就王氏「情境融合」的比興論詩立場觀之或許別具詩眼，[307]因此像于光華論〈侍宴樂遊苑送徐州應詔詩〉所云：「秀色可人，已是唐人佳句。」[308]即與王氏互為呼應，也呈現出歷代所論丘遲之作皆側重其描景技巧，顯示出文學史對丘遲作品「媚趣」的傳統定見。[309]但若將其置於《文選》選文的脈絡中，卻無法凸顯出蕭統選擇這些篇章用於「光國潤色」之目的。丘遲尚有一封書信受到蕭統青睞，即錄於《文選》卷四三〈書‧下〉的〈與陳伯之書〉。李善《注》引何之元(？-593)《梁典》云：「天監五年，前平南將軍陳伯之以其眾自壽陽歸降。」[310]這場戰役源自於前一年(505)梁武帝大舉北伐：「(天監四年)冬十月丙午北伐，以中軍將軍、揚州刺史臨川王宏都督北討諸軍事，尚書右僕射柳惔為副。」[311]丘遲則擔任臨川王蕭宏(473-526)的諮議參軍，領記室，

---

303 《義門讀書記》卷 47〈文選‧詩〉。見〔清〕何焯：《義門讀書記》(崔高維點校本，北京：中華書局，2006 年 6 月)，頁 918-919。

304 許文雨：《文論講疏》(臺北：正中書局，1985 年 8 月)，頁 256。

305 《鍾嶸詩品箋證稿》，頁 304。

306 〔清〕王夫之：《古詩評選》(張國星校點本，北京：文化藝術出版社，1997 年 3 月)，頁 263。

307 蔡英俊：〈王夫之詩學體系析論〉，收錄於氏著：《比興、物色與情境交融》(臺北：大安出版社，1995 年 3 月)，頁 239-320。

308 《評注昭明文選》，頁 393。

309 曹旭：「『丘詩』二句，謂丘遲詩點綴辭采，相映生其媚趣，如落花之依傍於碧草也。」見氏著：《詩品集注》(增訂本，上海：上海古籍出版社，2011 年 10 月)，頁 415。

310 《文選》，頁 1943。

311 《梁書》卷 2〈武帝紀‧中〉。見《梁書》，頁 42。

即全權處理前線的軍事文書。[312]相對地，在京城建康則由時任左衛將軍、散騎常侍的呂僧珍(454-511)「天監四年冬，大舉北伐，自是軍機多事，僧珍晝直中書省，夜還祕書。五年夏，又命僧珍率羽林勁勇出梁城。」[313]輔佐梁武帝在京城掌握前線戰情的主要文書業務，甚至日後還令呂僧珍率禁衛軍馳援前線。因此在《文選》中，蕭統還選錄了沈約的〈應詔樂游苑餞呂僧珍詩〉即是為此而作：

> 丹浦非樂戰，負重切君臨。我皇秉至德，忘己用堯心。愍茲區宇內，魚鳥失飛沈。推轂二崤岨，揚斾九河陰。超乘盡三屬，選士皆百金。戎車出細柳，餞席樽上林。命師誅後服，授律緩前禽。函輅方解帶，嶢武稍披襟。伐罪芒山曲，弔民伊水潯。將陪告成禮，待此未抽簪。[314]

　　前八句描繪梁武帝出兵北伐以拯中原黎民之意，次八句形容呂僧珍所率之禁衛軍軍容壯盛，末四句則祈祝呂僧珍此次北伐大功告成，凱旋歸國。前人多從此詩開五言排律近體之先而論，[315]卻未留意蕭統同時選錄此詩與丘遲的〈與陳伯之書〉係乃同一場戰役。此次北伐最終雖以蕭宏於洛口棄軍逃戰作結，但稍早梁軍已攻下淮南形勢之扼的梁城與合肥，也就意味著梁軍已擊退北魏部隊至淮水以北。[316]但從《魏書》的記載可知，梁軍能有此功很可能就是與陳伯之倒戈有關。據〈世宗紀〉云：「(正始三年)二月乙丑，平南將軍陳伯之破蕭衍徐州刺史昌義之於梁城。……三月庚寅，平南將軍曲江縣開國公陳伯之自梁城南奔。……五月乙亥，衍將蕭宏陷梁城。」[317]可知陳伯之的

---

[312] 《梁書》卷49〈文學傳上・丘遲〉：「四年，中軍將軍臨川王宏北伐，遲為諮議參軍，領記室。時陳伯之在北，與魏軍來距，遲以書喻之，伯之送降。」見《梁書》，頁687。

[313] 《梁書》卷11〈呂僧珍傳〉。見《梁書》，頁213。

[314] 《文選》，頁972-973。

[315] 方廷珪云：「此詩一路整對，已開五言排律近體先。」見《評註昭明文選》，頁394。

[316] 張金龍：《北魏政治史》，冊8，頁281。

[317] 《魏書》卷8〈世宗紀〉，頁201-202。

投降，直接造成北魏重大的軍事傷害，而促成陳伯之投降的關鍵即是丘遲的
勸降信，也就象徵丘遲憑一筆之力即能有千軍萬馬之效，幫助蕭梁取得重大
戰果，即使蕭宏在前線棄師而逃造成梁軍戰果幾乎全毀：「軍次洛口，前軍剋
梁城。宏部分乖方，多違朝制，諸將欲乘勝深入，宏聞魏援近，畏懦不敢進，
召諸將欲議旋師。」[318]但丘遲此文卻更加凸顯陳伯之倒戈投降的珍貴價值：

> 遲頓首。陳將軍足下：無恙，幸甚幸甚！將軍勇冠三軍，才為世
> 出，棄燕雀之小志，慕鴻鵠以高翔。昔因機變化，遭遇明主，立功立
> 事，開國稱孤朱輪華轂，擁旄萬里，何其壯也！如何一旦為奔亡之虜，
> 聞鳴鏑而股戰，對穹廬以屈膝，又何劣邪！尋君去就之際，非有他故，
> 直以不能內審諸己，外受流言，沈迷猖獗，以至於此。聖朝赦罪責功，
> 棄瑕錄用，推赤心於天下，安反側於萬物，將軍之所知，不假僕一二
> 談也。朱鮪涉血於友于，張繡剚刃於愛子，漢主不以為疑，魏君待之
> 若舊。況將軍無昔人之罪，而勳重於當世。夫迷塗知反，往哲是與；
> 不遠而復，先典攸高。主上屈法申恩，吞舟是漏；將軍松柏不翦，親
> 戚安居，高臺未傾，愛妾尚在悠悠爾心，亦何可言！[319]

此段動之以情，丘遲提及齊、梁之際陳伯之棄暗投明，為蕭衍建國助一
臂之力，卻受流言讒毒，失去判斷而誤降北魏，但梁武帝非但不責怪其叛逃
一事，甚至對其留在建康的家人、愛妾、與故居皆盡心保全完好，期能勾動
陳伯之的故鄉之思。接下來丘遲即說之以胡漢對峙、誓不兩立之理：

> 今功臣名將，鴈行有序，佩紫懷黃，讚帷幄之謀，乘軺建節，奉
> 疆場之任，並刑馬作誓，傳之子孫。將軍獨靦顏借命，驅馳氈裘之長，

---

[318] 《南史》卷 51〈梁宗室上‧臨川王蕭宏傳〉，頁 1275。

[319] 《文選》，頁 1943-1945。

寧不哀哉！夫以慕容超之強，身送東市；姚泓之盛，面縛西都。故知霜露所均，不育異類；姬漢舊邦，無取雜種。北虜僭盜中原，多歷年所，惡積禍盈，理至燋爛。況偽孽昏狡，自相夷戮；部落攜離，酋豪猜貳。方當繫頸蠻邸，懸首藁街。而將軍魚游於沸鼎之中，燕巢於飛幕之上，不亦惑乎！[320]

當年協助立梁代齊的功臣均已封爵得賞，證明南齊國祚該絕，梁武帝也不會對南齊重臣行趕盡殺絕之事，顯然欲令陳伯之對自己身仕兩朝的尷尬身份放心，並勸其認清敵我，北虜竊占中原、塗炭生靈，依附其下苟活有如沸鼎游魚、傾木之巢般危若累卵。最後則以暮春三月的故國景色，再動之以思歸之情：

暮春三月，江南草長，雜花生樹，群鶯亂飛。見故國之旗鼓，感平生於疇日，撫絃登陴，豈不愴恨！所以廉公之思趙將，吳子之泣西河，人之情也。將軍獨無情哉？想早勵良規，自求多福。當今皇帝盛明，天下安樂。白環西獻，楛矢東來；夜郎滇池，解辮請職；朝鮮昌海，蹶角受化。唯北狄野心，掘強沙塞之間，欲延歲月之命耳。中軍臨川殿下，明德茂親，總茲戎重，弔民洛汭，伐罪秦中。若遂不改，方思僕言。聊布往懷，君其詳之。丘遲頓首。[321]

一方面丘遲文中明白提出梁武帝的正統地位，因此蕭統選錄此文也有助其塑造蕭梁帝國圖像的編輯用意；但更重要的是，文中明確記載臨川王蕭宏此次率兵北伐的事實，也意味著蕭統有意掩飾蕭宏懼戰退兵一事：其一，保

[320] 《文選》，頁 1945-1947。
[321] 《文選》，頁 1947-1948。

持對此一戰事的歷史解釋權；其次，尚可維持蕭梁皇室之威望。[322]是以呂僧珍所率的禁衛援軍便產生王師正統的象徵，並巧妙地將戰功的焦點轉移至文士身上，呂僧珍馳援有功之外，丘遲更以一封文情並茂之書信扭轉戰局，也把梁軍在統帥無能、將士無首致倉皇敗退的損失化於無形。

　　故要確實掌握蕭統選文的用意，也就需考量蕭梁文士在梁武帝北伐時期的角色。如上述的丘遲、呂僧珍都是曾親至前線者，此外尚有徐勉(466-535)：「時王師北伐，候驛填委。勉參掌軍書，劬勞夙夜，動經數旬，乃一還宅。」[323]則可知蕭梁文士參與軍國政務的例子所在多有。故在這種情況下所寫的作品，實不應僅以「敘山川之妙麗，則刻畫兼圖繪之長；溯歡讌之流連，則管、穎挾歌吟之致；述絕域之悲，颯然如風沙之滿目，談行旅之困，淒兮嘆霜雪之交侵。」[324]之感物抒情為限。況何焯所言：「暮春數語，令人移情，正與高臺未傾，光景相照。」[325]與錢鍾書(1910-1998)論丘遲此文情境可入江淹〈恨賦〉，作書適值暮春節令，故其氛圍可堪比詞牌〈望江南〉或晚唐錢翊〈春恨〉，[326]皆完全無視蕭統將沈約與丘遲對此戰事相關作品選錄進《文選》之本意。故與其說蕭統肯定丘遲文中的情景描摹之功，毋寧更可凸顯出文學之士運籌帷幄、以文勝武的國士化才能。

　　假如蕭統編選《文選》僅為提供文學寫作的範例，便應該選擇較符合蕭梁當代美學標準的作品，如以丘遲與范雲為例，在《詩品》中兩人僅並列「中品」，鍾嶸稱范雲「清便婉轉，如流風迴雪」，[327]但歷來解釋這兩句之評價往

---

[322] 《梁書》卷22〈太祖五王傳‧臨川王宏〉：「四年，高祖詔北伐，以宏為都督南北克北徐青冀豫司霍八州北討諸軍事。宏以帝之介弟，所領皆器械精新，軍容甚盛，北人以為百數十年所未之有。軍次洛口，宏前軍剋梁城，斬魏將靁清。會征役久，有詔班師。」見《梁書》，頁340。

[323] 《梁書》卷25〈徐勉傳〉。見《梁書》，頁377。

[324] 《四六叢話》卷17〈書〉。見《四六叢話》，頁305。

[325] 《評註昭明文選》，頁822。

[326] 錢鍾書：《管錐編》(北京：中華書局，1986年6月)，頁1452-1453。

[327] 《鍾嶸詩品箋證稿》，頁303-305。

往側重其永明聲情之論，[328]且選擇的作品也並非《文選》所錄，如楊祖聿即云：「彥龍諸作本諸古樂府，然宛轉麗質，滋味別於古漢，如『孤煙起新豐，候雁出雲中。草低金城霧，木下玉門風。』『洛陽城東西，長作經時別。昔去雪如花，今來花似雪。』皆『飄飄兮若流風之迴雪』，聲情秀麗矣。」[329]其中所引的詩句乃出自蕭統未收的兩首〈別詩〉，反而《文選》中所錄的范雲詩作如〈贈張徐州稷〉、〈古意贈王中書〉、〈效古詩〉卻都未能找到當時相關評論。而後世如邵長蘅(1637-1704)論〈贈張徐州稷〉曰：「字字流傳，質而不野，自成一格。」[330]或何焯：「流風迴雪，記室最得其似。」[331]還是孫鑛(1543-1613)所云：「磊落恣肆，如半空擲下，此等風調，須待一時意興湊合，非可強作寫態狀，絕妙。」[332]其實均是按鍾嶸立場一脈而下。不過如此的評述模式，就范雲作品本身尚可成立，但若考量蕭統將之選入《文選》之理由，則甚有扞格。因為從《文選》所錄的范雲作品如〈古意贈王中書〉：

> 攝官青瑣闥，遙望鳳皇池。誰云相去遠？脈脈阻光儀。岱山饒靈異，沂水富英奇。逸翮凌北海，搏飛出南皮。遭逢聖明后，來棲桐樹枝。竹花何莫莫，桐葉何離離！可棲復可食，此外亦何為？豈如鷦鷯者，一粒有餘貲。[333]

全詩根本毫無寫景之語，所謂的「岱山」、「沂水」俱為虛寫，意指王融(467-493)祖籍徐州琅琊郡；「北海」、「南皮」除正好象徵自己所任通直散騎常

---

[328] 如許文雨就稱：「此評范詩之聲調也。」見氏著：《文論講疏》，頁256。王鍾陵也指出：「『流風迴雪』即是狀其文辭之流轉。」見氏著：《中國中古詩歌史》(北京：人民出版社，2005年8月)，頁449。

[329] 見曹旭《詩品集注》引楊祖聿：《詩品校注》，頁415。

[330] 《評注昭明文選》，頁491。

[331] 《義門讀書記》，頁914。

[332] 《評注昭明文選》，頁491。

[333] 《文選》，頁1219-1220。

侍與任中書郎的王融之辦公職所南北對望之喻。另據李善所言,則尚有自喻為徐幹(170-218)、吳質(177-230)同受魏文帝(220-226 在位)青睞之寄寓。而「桐樹」、「竹花」可參李周翰之串講:「桐樹可棲,竹實可食。喻中書省官祿可居食也。」[334]可見范雲此詩根本無法呈現出所謂「清便婉轉,如流風迴雪」之情景相融之特色。然方廷珪竟稱其:「有秀逸之氣。」[335]陳祚明(1623-1674)又說:「此等皆源出漢、魏,而中多弱響。」[336]顯然仍循《詩品》之脈來掌握范雲此詩之意象結構。事實上王融對此亦有回贈之作:

> 和璧荊山下,隋珠漢水濱。無雙自昔代,有美今為鄰。三楚多秀士,江上復才人。緯絎非善賈,聖德可名臣。追飛且學步,共子奉清塵。紫庭風日好,青槐枝葉新。徘徊吹樓側,欲見心所親。絕君蘭蕙草,何用以書紳。[337]

與范雲之作相比,其中「紫庭風日好,青槐枝葉新。」正是直寫景色之句,故其「詞美英淨」[338]足堪比范雲「清便婉轉,如流風迴雪」,但偏偏蕭統並未將之選錄於《文選》中。由此可知,寫景或用字的文學技巧顯然並非蕭統對這群齊、梁時代文學先輩的評價重心。明代許學夷(1563-1633)的看法,所透露出就是後世文論家受到傳統成見貶斥齊、梁文學的立場,反而輕忽蕭統編書本旨之現象:「王元長五言,較玄暉、休文聲韻益卑,太半入梁、陳矣,故昭明無取焉。」[339]是以如《文選》卷三一〈詩庚·雜擬下〉所錄范雲〈效古〉詩:

---

[334] 《增補六臣註文選》,頁 486。

[335] 《評注昭明文選》,頁 491。

[336] 《采菽堂古詩選》卷之 24〈梁三·王融〉。見《采菽堂古詩選》,頁 775。

[337] 〔南朝齊〕王融:〈雜體報范通直詩〉。見《先秦漢魏晉南北朝詩》,頁 1396。

[338] 《鍾嶸詩品箋證稿》,頁 393。

[339] 《詩源辯體》卷 8〈齊〉。見〔明〕許學夷:《詩源辯體》(杜維沫校點本,北京:人民文學出版社,1998 年 2 月),頁 123。

寒沙四面平，飛雪千里驚。風斷陰山樹，霧失交河城。朝馳左賢陣，夜薄休屠營。昔事前軍幕，今逐嫖姚兵。失道刑既重，遲留法未輕。所賴今天子，漢道日休明。[340]

　　這首詩本身充滿漢代圖騰與邊塞氛圍，呈顯出流行於盛唐時代的邊塞詩範式乃發軔於南朝時代的證據。[341]但弔詭的是，歷來研討《文選》中與邊塞相關的作品，卻都對蕭統選錄的動機與目的視而不見，[342]反多如吳淇側重於對字句本義之解讀：「首四句總寫塞外之苦。『寒沙』二句地苦。『風斷』二句時苦。『朝驅』二句，逐日有血戰之苦。『昔事』二句，終身在人帳下，竟無自己出頭日子。『失道』二句，以刑之重形賞之薄。『所幸』二句，不知是美？是刺？是感？是怨？詩雖效古，開唐人鍊字法門。」[343]不過當蕭統編輯《文選》之時，應並未預見如孫鑛所稱：「純是唐律文字。」[344]但開唐詩風氣的結果！且此詩風格更與蕭梁時代對范雲詩風評價意見差異甚劇，造成《文選》所錄並非當代視為精華範文的落差現象，但這種矛盾反而透露出蕭統選文的目的絕非僅止於文學範本而已。

　　然要確認范雲此詩的著作時間幾不可能，若細按其仕宦履歷則可知，范雲真正能有與北魏交鋒之機會，僅出現在永明九年至永明十年(491-492)間。

---

[340] 《文選》，頁 1451-1452。

[341] 參王文進：《南朝邊塞詩新論》(臺北：里仁書局，2000 年 2 月)。自王文進先生建構其「邊塞詩形成於南朝論」的理論體系後，無論是大陸地區的閻采屏、任文京、馬燕、閻福玲、于海峰，或臺灣地區的劉漢初、蘇珊玉、楊士瑩、王美秀，還是美國學者田曉菲等人，均從各種不同的角度對此理論進行補充與驗證。相關研究成果整理，可參祁立峰：〈經驗匱乏者的遊戲：再探南朝邊塞詩的成因〉，《漢學研究》第 29 卷第 1 期，2011 年 3 月，頁 281-312。

[342] 王莉：〈論《文選》中的邊塞詩〉，《西藏大學學報》第 19 卷第 1 期，2004 年 3 月，頁 61-66。蘇瑞隆：〈雕藻淫艷，傾炫心魂──鮑照之樂府詩〉，參氏著：《鮑照詩文研究》(北京：中華書局，2006 年 1 月)，頁 125-177。

[343] 《六朝選詩定論》卷之 16，頁 444。

[344] 《評註昭明文選》，頁 597。

一方面范雲出使北魏，《魏書》卷九八〈島夷‧蕭道成傳〉：

> 太和十五年九月，又遣司徒參軍蕭琛、范雲朝貢。[345]

《南史》卷五七〈范雲傳〉：

> 永明十年使魏，魏使李彪宣命，至雲所，甚見稱美。彪為設甘蔗、
> 黃甘、粽，隨盡復益。彪笑謂曰：「范散騎小復儉之，一盡不可復得。」
> 使還，再遷零陵內史。[346]

另一方面齊武帝多次舉行講武閱兵大典，[347]其北伐意圖相當明顯；而永明末年北魏孝文帝(471-499)也正式開啟南征戰事：

> (永明)十一年，(北魏孝文帝拓跋宏)遣露布并上書，稱當南寇。世
> 祖發揚、徐州民丁，廣設召募。北地人支酉，聚數千人，於長安城北
> 西山起義。遣使告梁州刺史陰智伯。秦州人王度人起義應酉，攻獲偽
> 刺史劉藻，秦、雍間七州民皆響震，眾至十萬，各自保壁，望朝廷救
> 其兵。[348]

由此可知，范雲的〈效古〉詩即使並非親臨戰場有感而發，但在齊武帝(483-493 在位)整軍經武的北伐政策下，實也具有適切的創作背景。而將時代限縮於永明時期，乃因范雲進入齊高帝蕭鸞執政以後，迭任零陵內史、散騎

---

[345] 《魏書》，頁 2164。

[346] 《南史》，頁 1416。

[347] 從《南齊書會要》〈軍禮‧講武〉的整理可知，南齊的講武演習大典均發生於齊武帝永明年間。見〔清〕朱銘盤(1852-1893)：《南朝齊會要》(上海：上海古籍出版社，2006 年 12 月)，頁 99-100。

[348] 《南齊書》卷 57〈魏虜傳〉。見《南齊書》，頁 992。

侍郎、始興內史、廣州刺史，已遠離北方邊防事務，是故此詩最有可能乃作
於齊武帝永明年間。而詩中也提及「所賴今天子，漢道日休明。」若再對照
《南齊書》卷四七〈王融傳〉所載：

> 會虜動，竟陵王子良於東府募人，板融寧朔將軍、軍主。融文辭
> 辯捷，尤善倉卒屬綴，有所造作，援筆可待。子良特相友好，情分殊
> 常。晚節大習騎馬。才地既華，兼藉子良之勢，傾意賓客，勞問周款，
> 文武翕習輻湊之。[349]

其中主動出擊的「今天子」形象只能是指「齊武帝」，因齊明帝時代對於
北魏已轉為防禦多於進攻，且永明時期文士參與北伐或抗虜政務更為常態。
如王融平日即注意「大習騎馬」以鍛鍊武術，甚至藉毛惠秀的〈漢武北伐圖〉
上〈疏〉齊武帝北伐之策：

> 蠢爾獫狄，敢鬮大邦，假息關河，竊命函谷，淪故京之爽塏，變
> 舊邑而荒涼，息反坫之儒衣，久伊川之被髮。北地殘氓，東都遺老，
> 莫不茹泣吞悲，傾耳戴目，翹心仁政，延首王風。若試馳咫尺之書，
> 具甄戎旅之卒，徇其墮城，納其降虜，可弗勞弦鏃，無待干戈。真皇
> 王之兵，征而不戰者也。臣乞以執殳先邁，式道中原，澄瀚渚之恆流，
> 掃狼山之積霧，係單于之頸，屈左賢之膝，習呼韓之舊儀，拜鑾輿之
> 巡幸。然後天移雲動，勒封岱宗，咸五登三，追蹤七十，百神肅警，
> 萬國具僚，璿弁星離，玉帛雲聚，集三燭於蘭席，聆萬歲之禎聲，豈
> 不盛哉！豈不韙哉！[350]

由此可知，范雲與王融雖同樣都有作品被蕭統選錄進《文選》，但顯然皆

---

[349] 《南齊書》，頁823。

[350] 《南齊書》卷47〈王融傳〉。見《南齊書》，頁820-821。

與當世流行的趨勢或評價頗有落差。沈約嘗論王融:「元長稟奇調,弱冠慕前宗」,[351]顯示其年少即文才高超。但鍾嶸卻認為王融詩風拘忌傷真:「王元長創其首,謝朓、(沈約)揚其波,三賢或貴公子孫,幼有文辯。於是士流景慕,務為精密。襞績細微,專相陵駕。故使文多拘忌,傷其真美。」[352]可見,蕭統選錄王融或范雲之作,不僅與蕭梁當代被視為流行趨勢之永明聲律文風有不同的考量,也與鍾嶸貶斥當代文學價值的態度有別。只不過後世對《文選》多抱持「義歸乎翰藻」的美文成見,故往往如張溥(1602-1641)之論王融:「齊世祖襖飲芳林,使王元長為〈曲水詩序〉,有名當世,北使欽矚,擬於相如〈封禪〉。梁昭明登之《文選》,玄黃金石,斐然盈篇,即詞涉比偶,而壯氣不沒,其焜耀一時,亦有繇也。」[353]僅就文麗詞妍視為其受《蕭選》之由,意圖將蕭統選文原則與蕭梁當代文學流行趨勢完全疊合,但卻又無可否認與《文選》中諸文的實際情況不符。可知,被後世視為「後進英髦,咸資準的」的美文立場,應該僅只是蕭統選文的要素之一,反倒是從其所錄與當世美文評價有異的作品,透露出蕭統編輯《文選》別有用心地進行著塑造文士國士化與蕭梁帝國圖像工程。

(三) 永明盛世所投射的蕭梁正統性

　　但《文選》中除了藉由齊季凌遲之敗政來形塑蕭梁之正統性之外,尚還選錄描繪永明盛世之作品,作為蕭梁帝國正統象徵的疊影與投射。不過在傳統的「《文選》學」研究中,對於「永明時代」如何呈現於《文選》中的樣貌及意義並沒有解釋得很清楚。最著名的論點應屬清水凱夫的研究,其利用《文選》卷五十所收錄的〈宋書‧謝靈運傳論〉來連結《文選》與永明時代的關係,並在其所堅持《文選》為劉孝綽(481-539)所編的立場上,而得出《文選》的選文標準實際上透顯著聲韻流麗的「永明體」意識:

---

[351] 沈約:〈懷舊詩〉九首之〈傷王融〉。見《沈約集校箋》,頁820-821。

[352] 《鍾嶸詩品箋證稿》,頁111。

[353] 《漢魏六朝百三家集題詞注》,頁248。

　　這種主張聲律諧和的「永明體」是經過集聚在齊竟陵王西邸的士人們熱烈討論和實際創作出來的文體。劉孝綽之父劉繪是西邸的「後進領袖」，當然也是「永明體」的信奉者。……因此劉孝綽才把唯一是泛論「永明體」派主張的〈宋書・謝靈運傳論〉收錄《文選》中，以此表明當時文學規範的原理，同時暗示是以此為標準選錄《文選》的。[354]

　　清水氏指出《文選》與「永明」的聯繫點即在於〈宋書・謝靈運傳論〉中所建構的「永明體」文學觀念，其立論的基礎在於：清水凱夫一方面認為編輯《文選》的人是信奉永明體文學觀念的劉孝綽，二方面則是《文選》所錄諸作時有不合於蕭統寫於〈答湘東王求《文集》及《詩苑英華》書〉中的「夫文典則累野，麗亦傷浮，能麗而不浮，典而不野，文質彬彬，有君子之致。」[355]的文學立場，故清水氏主張〈宋書・謝靈運傳論〉才是真正代表蕭統東宮集團的文學與參與編輯《文選》集團的文學立場：「又王筠以及有可能參與《文選》編輯的昭明太子的親信文人，既然皆為沈約、任昉、范雲等所推薦承認，屬於『永明體』派的人居多，則收錄『永明體』派的主張的〈宋書・謝靈運傳論〉並以此作為選錄文的標準原理，是沒有人提出過異議的。」[356]但是眾所皆知，沈約在〈宋書・謝靈運傳論〉所倡導的「聲律說」主要是針對韻文體的音樂效果而發，試圖提出一種寫作時如何顧及聲律效果的通則，[357]並沒有以此對任何文學作品做出優劣的評價：「沈約的『聲律說』其原

---

[354]　〔日本〕清水凱夫(しみず よしお)：〈《文選》編輯的目的和撰(選)錄標準〉，收錄於韓國基譯：《六朝文學論文集》(重慶：重慶出版社，1989 年 10 月)，頁 78-79。

[355]　〔南朝梁〕蕭統撰，俞紹初校注：《昭明太子集校注》(鄭州：中州古籍出版社，2001 年 7 月)，頁 155。

[356]　清水凱夫：〈《文選》編輯的目的和撰(選)錄標準〉，《六朝文學論文集》，頁 79。

[357]　蔡瑜認為「永明體」的影響不只是詩體的改革，也涉及到對「文」的形音義、詞組、句構、語序、用典等方面的革新動能。參氏著：〈永明詩學的另一面向──「文」的形構〉，《漢學研究》第 33 卷第 2 期，2015 年 6 月，頁 227-260。

始用意，並不在創制一種具有特殊固定形式的詩體，而是在為詩賦創作建立
諧和音韻聲調的原則，此一原則不但適用於詩，也適用於其他有韻的美文。」
[358]但在《文選》中不但不只收錄有韻之詩賦體，就算針對永明體文學觀念最
盛行的齊、梁時代所錄之作品，也尚有許多是屬於無韻之筆體的應用文書。
如此的選錄結果，不僅與清水凱夫的研究論點產生矛盾，也意味著在蕭統所
編輯的《文選》一書中，對於「永明」一詞的概念，絕不只侷限於〈宋書・
謝靈運傳論〉中所描述的「永明體」文學現象，而是將整個「永明時代」視
作蕭梁帝國政治正統性之天命源起，成為帝國圖像建構文化正統性的重要環
節，因此蕭統在《文選》中所錄諸篇與永明時代相關之作品，實都蘊含著形
塑蕭梁帝國正統論的意圖。

　　如在《文選》卷三六〈策文〉收錄王融〈永明九年策秀才文五首〉、〈永
明十一年策秀才文五首〉、與任昉〈天監三年策秀才文三首〉，這一批選文在
歷代「《文選》學」中並未有太多的討論，[359]但近期有學者從永明末政爭的角
度來解析王融策秀才文內所蘊藏擁護竟陵王蕭子良(460-494)的心迹，[360]卻對
於蕭統的選錄用意仍置若罔聞。這總計十三首策秀才文，所提出的問題可說
已包羅國政的各個面向，如問求賢：

　　　　問秀才高第明經：朕聞神靈文思之君，聰明聖德之后，體道而不

[358] 顏崑陽：〈論沈約的文學觀念——以〈宋書・謝靈運傳論〉為主據〉，收錄於氏著：《六朝文學
觀念叢論》(臺北：正中書局，1993 年 2 月)，頁 270。

[359] 相關的研究並不多見，且往往流於泛論，並未見專對此文的析論，多僅將之視為研究南朝察舉制
度中的一份史料文獻而已。可參考林曉光在〈永明政治中的王融文學——兩屆〈策秀才文〉中的
時政書寫〉的前人研究整理，見氏著：《王融與永明時代——南朝貴族及貴族文學的個案研究》
(上海：上海古籍出版社，2014 年 8 月)，頁 296。倒是民初錢基博(1887-1957)曾專論其的文體特
色：「〈策秀才〉前後十首，則通體排偶，然寓意微婉，實有散語所不能盡者，不僅以隸事見
巧，縟句為工也。」見氏著：《中國文學史》(北京：中華書局，1993 年 6 月)，頁 190。

[360] 林曉光：〈永明政治中的王融文學——兩屆〈策秀才文〉中的時政書寫〉，《王融與永明時代——
南朝貴族及貴族文學的個案研究》，頁 296-311。

居，見善如不及。是以崆峒有順風之請，華封致乘雲之拜；或揚旌求
士，或設簴待賢，用能敷化一時，餘烈千古。朕膺奉天命，恭惟永圖，
審聽高居，載懷祗懼。雖言事必史，而象闕未箴，寤寐嘉猷，延佇忠
實。子大夫選名昇學，利用賓王，懋陳三道之要，以光四科之首，鹽
梅之和，屬有望焉。[361]

問田制：

又問：昔周宣惰千畝之禮，虢公納諫；漢文缺三推之義，賈生置
言。良以食為民天，農為政本。金湯非粟而不守，水旱有待而無遷。
朕式照前經，寶茲稼穡。祥正而青旗肅事，土膏而朱紘戒典。將使杏
花菖葉，耕穫不愆；清删泠風，述遵無廢。而釋耒佩牛，相沿莫反。
兼貧擅富，浸以為俗。若爰井開制，懼驚擾愚民，烏鹵可腴，恐時無
史白。興廢之術，矢陳厥謀。[362]

論慎刑緩獄：

又問：議獄緩死，大《易》深規。敬法卹刑，《虞書》茂典。自萌
俗澆弛，法令滋彰，肺石少不冤之人，棘林多夜哭之鬼。朕所以明發
動容，旰食興慮。傷秋荼之密網，惻夏日之嚴威。永念畫冠，緬追刑
厝。徒以百鍰輕科，反行季葉；四支重罰，爰創前古。訪游禽於絕澗，
作霸秦基；歌〈雞鳴〉於闕下，稱仁漢牘。二途如爽，即用兼通，昌
言所安，朕將親覽。[363]

---

[361] 《文選》卷 36〈策秀才文〉王融〈永明九年策秀才文五首〉之一。見《文選》，頁 1644-1645。

[362] 《文選》卷 36〈策秀才文〉王融〈永明九年策秀才文五首〉之二。見《文選》，頁 1646-1647。

[363] 《文選》卷 36〈策秀才文〉王融〈永明九年策秀才文五首〉之三。見《文選》，頁 1647-1648。

議幣制：

> 又問：聚人曰財，次政曰貨，泉流表其不匱，貿遷通其有亡。既
> 龜貝積寢，緡繦專用，世代滋多，銷漏參倍。下貧無兼辰之業，中產
> 闕涉歲之賚。惟瘼卹隱，無捨矜嘆。上帝溥臨，賜朕休寶，命邛斜之
> 谷，開而出銅。且有後命，事茲鎔範，充都內之金，紹圜府之職。但
> 赤側深巧學之患，榆莢難輕重之權。開塞所宜，悉心以對。[364]

又問天象治運之關係：

> 又問：治歷明時，紹遷革之運；改憲敕法，審刑德之原。分命顯
> 於唐官，文條炳於鄒說。及嵎夷廢職，昧谷虧方，漢秉素祇之徵，魏
> 稱黃星之驗。紛爭空軫，疑論無歸。朕獲纂洪基，思弘至道。庶令日
> 月休徵，風雨玉燭，克明之旨弗遠，欽若之義復還。於子大夫何如哉？
> 其驪翰改色，寅丑殊建，別白書之。[365]

或詢施政之誤：

> 問秀才：朕秉籙御天，握樞臨極。五辰空撫，九序未歌。至於思
> 政明臺，訪道宣室，若墜之惻每勤，如傷之念恒軫。故卹貧緩賦，省
> 繇慎獄。幸四境無虞，三秋式稔。而多黍多稌，不興兩穗之謠；無褐
> 無衣，必盈〈七月〉之歎。豈布政未優，將罷民難業？登爾於朝，是
> 屬宏議。罔弗同心，以匡厥辟。[366]

---

[364] 《文選》卷36〈策秀才文〉王融〈永明九年策秀才文五首〉之四。見《文選》，頁1648-1650。

[365] 《文選》卷36〈策秀才文〉王融〈永明九年策秀才文五首〉之五。見《文選》，頁1650-1651。

[366] 《文選》卷36〈策秀才文〉王融〈永明十一年策秀才文五首〉之一。見《文選》，頁1652-1653。

求汰換冗官之策：

又問：惟王建國，惟典命官。上協星象，下符川嶽。必待天爵具脩，人紀咸事，然後沿才受職，揆務分司。是以五正置於朱宣，下民不忒；九工開於黃序，庶績其凝。周官三百，漢位兼倍，歷茲以降，游惰寔繁。若閑冗畢棄，則橫議無已；冕笏不澄，則坐談彌積。何則可脩？善詳其對。[367]

選擇良吏之道：

又問：昔者賢牧分陝，良守共治，下邑必樹其風，一鄉可以為績。至有旦撫鳴琴，日置醇酒，文而無害，嚴而不殘。故能出人於阽危之域，躋俗於仁壽之地。是以賈誼有言：天下之有惡，吏之罪也。頃深汰珪符，妙簡銅墨；而春雉未馴，秋螟不散。入在朕前，湊其智略；出連城守，闕爾無聞。豈薪檟之道未弘？為網羅之目尚簡？悉意正辭，無侵執事。[368]

論四民歸本以風教化之適切：

又問：朕聞上智利民，不述於禮；大賢彊國，罔圖惟舊。豈非療飢不期於鼎食，拯溺無待於規行。是以三王異道而共昌，五霸殊風而並列。今農戰不脩，文儒是競，棄本殉末，厥弊茲多。昔宋臣以禮樂為殘賊，漢主比文章於鄭衛，豈欲非聖無法，將以既道而權？今欲專士女於耕桑，習鄉閭以弓騎；五都復而事庠序，四民富而歸文學。其

---

[367] 《文選》卷36〈策秀才文〉王融〈永明十一年策秀才文五首〉之二。見《文選》，頁1653-1654。
[368] 《文選》卷36〈策秀才文〉王融〈永明十一年策秀才文五首〉之三。見《文選》，頁1654-1656。

道奚若？爾無面從。[369]

以及與北魏談判之法：

　　又問：自晉氏不綱，關河蕩析，宋人失馭，淮汴崩離。朕思念舊
民，永言攸濟。故選將開邊，勞來安集；加以納款通知，布德脩禮，
歌皇華而遣使，賦膏雨而懷賓。所以關洛動南望之懷，獯夷邊北歸之
念。夫危葉畏風，驚禽易落，無待干戈，聊用辭辯，片言而求三輔，
一說而定五州。斯路何階？人誰或可？進謀誦志，以沃朕心。[370]

　　上述諸文其實都是國家考試的試題，只是因為被收錄於《文選》之中，
故在傳統「《文選》學」皆逕以「事出於沉思，義歸乎翰藻」詮釋全書選文標
準的原則，對這批試題竟也可以不顧文體之實際性質而做此解讀。如孫鑛就
稱：「並以佳事為骨，縟句為軀。然構思玄妙，寓意微婉，實有散語所不盡者，
真是排體妙境。唐碑、序，宋表、啟，皆由此出。」[371]而僅勾勒出《文選》
對於六朝駢體文風的如實呈現。[372]但無可否定的是，上述兩組作品，其原初
目的都是為選材取士而用。如《通典》卷十四〈選舉二‧歷代制中‧宋〉便
記曰：「凡州秀才、郡孝廉，至皆策試，天子或親臨之。及公卿所舉，皆屬于
吏部，敘才銓用。」[373]又記南齊時對秀才成績考核之法：「齊尚書都令史駱宰
議策秀才格，五問並得為上，四、三為中，二為下，一不合與第。」[374]但有
趣的是《南齊書》卻將駱宰之事繫於宋明帝泰始三年(467)，足見《通典》誤

---

[369] 《文選》卷 36〈策秀才文〉王融〈永明十一年策秀才文五首〉之四。見《文選》，頁 1656-1657。

[370] 《文選》卷 36〈策秀才文〉王融〈永明十一年策秀才文五首〉之五。見《文選》，頁 1657-1658。

[371] 《評註昭明文選》，頁 681。

[372] 鍾濤：《六朝駢文形式及其文化意蘊》(北京：東方出版社，1997 年 6 月)，頁 181-189。李乃龍：
　　《文選文研究》(桂林：廣西師範大學出版社，2013 年 2 月)，頁 1-5。

[373] 《通典》，頁 333。

[374] 《通典》，頁 334。

駱氏為齊尚書都令史。且駱氏的評分標準曾遭到尚書殿中郎謝超宗的反對：「片辭折獄，寸言挫眾，魯史褒貶，孔論興替，皆無俟繁而後秉裁。夫表事之淵，析理之會，豈必委牘方切治道。非患對不盡問，患以恒文弗奇。必使一通峻正，寧劣五通而常；與其俱奇，必使一亦宜採。」[375]因為按駱氏之法計分，則文采高超者必然較佔優勢，如此考生均鑽研於雕辭緝句之臼，而模糊了原本因國政所需才出題取士之初衷。不過宋明帝仍以駱宰之格為是，這便透露出劉勰「自明帝以下，文理替矣。爾其縉紳之林，霞蔚而飆起；王、袁聯宗以龍章，顏、謝重葉以鳳采，何、范、張、沈之徒，亦不可勝也。」的觀察符合實況[376]，也呈現出南朝確實視策秀才文的取士效用高於文采優劣。而《南齊書》卷三〈武帝紀〉：「四年春正月……辛卯，車駕幸中堂策秀才。」[377]與《南齊書》卷二一〈文惠太子傳〉：「五年冬，太子臨國學，親臨策試諸生。」[378]及《南齊書》卷三九〈王摛傳〉：「竟陵王子良校試諸學士，唯摛問無不對。」[379]可知南齊永明時期屢屢舉辦策試，除了齊武帝外，顯然東宮的文惠太子與藩王蕭子良也都參與過這樣的取士策試活動。是以王融的策秀才文本身確實文采燦然，但在齊、梁的時代意識下，對於這種文獻的認知都是出於取士之用的。尤其利用永明的盛世影像，投射出蕭梁帝國的正統性，時時出現在《文選》的選文脈絡中。如《文選》卷六十〈行狀〉任昉〈齊竟陵文宣王行狀〉即藉蕭子良的施政經歷襯托出齊武帝永明盛世之狀：

> 玉關靖柝，北門寢扃。朝旨以董司岳牧，敷興邦教，方任雖重，比此為輕。……上穆三能，下敷五典。闡玄闈以闡化，寢鳴鍾以體國。〈翼亮孝治，緝熙中教。奪金恥訟，蹊田自嘿。不雕其朴，用晦其明。

---

[375] 《南齊書》卷 36〈謝超宗傳〉。見《南齊書》，頁 635。

[376] 《文心雕龍》〈時序〉。見《文心雕龍義證》，頁 1715-1716。

[377] 《南齊書》，頁 51。

[378] 《南齊書》，頁 399。

[379] 《南齊書》，頁 689。

聲化之有倫，緊公是賴。庠序肇興，儀形國胄；師氏之選，允師人範。……
夫國家之道，互為公私；君親之義，遞為隱犯。公二極一致，愛敬同
歸，亮誠盡規，謀猷弘遠矣。[380]

此一永明盛世投射蕭梁帝國正統圖像之提煉法，尚可見於任昉〈為范始
興作求立太宰碑表〉：

故太宰竟陵文宣王臣某，與存與亡，則義刑社稷；嚴天配帝，則
周公其人。體國端朝，出藩入守，進思必告之道，退無苟利之專，五
教以倫，百揆時序。若夫一言一行，盛德之風；琴書藝業，述作之茂，
道非兼濟，事止樂善，亦無得而稱焉。[381]

或沈約之〈齊故安陸昭王碑文〉：

永明八載，疆場大駭。天子乃心北眷，聽朝不怡。揚旆漢南，非
公莫可。於是驅馬原隰，卷甲遄征。威令首塗，仁風載路。軌躅清晏，
車徒不擾。牛酒日至，壺漿塞陌。失義犬羊，其來久矣，徵賦嚴切，
唯利是求；首鼠疆界，災蠹彌廣。公扇以廉風，孚以誠德，盡任棠置
水之情，弘郭伋待期之信。金如粟而弗睹，馬如羊而靡入。雛雉必懷，
豚魚不爽。由是傾巢舉落，望德如歸；椎髻鬟首，日拜門闕；卉服滿
塗，夷歌成韻。禮義既敷，威刑具舉，強民獷俗，反志遷情。風塵不
起，囹圄寂寞。富商野次，宿秉停菑。蝝蝗弗起，豺虎遠迹。北狄懼
威，關塞謐靜。偵諜不敢東窺，駝馬不敢南牧。[382]

---

[380] 《文選》，頁 2576-2577。

[381] 《文選》卷 38〈表下〉任昉〈為范始興作求立太宰碑表〉。見《文選》，頁 1749-1750。

[382] 《文選》卷 59〈碑下〉沈約〈齊故安陸昭王碑文〉。見《文選》，頁 2555-2557。

與〈頭陀寺碑文〉：

> 惟齊繼五帝洪名，紐三王絕業。祖武宗文之德，昭升嚴配；格天光表之功，弘啟興服。是以惟新舊物，康濟多難；步中雅頌，驟合韶護；炎區九譯，沙場一候。[383]

　　從以上諸例所顯示，蕭統的選文不吝於輯錄與南齊永明盛世相關之作品，實有意藉之為梁武帝禪齊立梁的正當性找到憑證。故收錄同為由齊入梁且與梁武帝竟陵八友之一的陸倕〈石闕銘序〉，文中對南齊末主的荒誕敗政導致天命轉移至梁的合理性：「在齊之季，昏虐君臨，威侮五行，怠棄三正，刑酷然炭，暴踰膏柱，民怨神怒，眾叛親離，蹐地無歸，瞻烏靡託。於是我皇帝拯之，乃操斗極，把鉤陳，翼百神，禔萬福。龍飛黑水，虎步西河，電動風驅，天行地止。命旅致屯雲之應，登壇有降火之祥，龜筮協從，人祇響附。穿胸露頂之豪，箕坐椎髻之長，莫不援旗請奮，執銳爭先。夏首憑固，庸岷負阻，協彼離心，抗茲同德。帝赫斯怒，秣馬訓兵，嚴鼓未通，兇渠泥首。弘舸連軸，巨檻接艫，鐵馬千群，朱旗萬里。折簡而禽廬九，傳檄以下湘羅。兵不血刃，士無遺鏃，而樊鄧威懷，巴黔底定。於是流湯之黨，握炭之徒，守似藩籬，戰同枯朽。革車近次，師營商牧。華夷士女，冠蓋相望，扶老攜幼，一旦雲集，壺漿塞野，簞食盈塗。似夏民之附成湯，殷士之窺周武。安老懷少，伐罪弔民，農不遷業，市無易賈。八方入計，四隩奉圖，羽檄交馳，軍書狎至。一日二日，非止萬機。而尊嚴之度，不譽於師旅；淵默之容，無改於行陣。計如投水，思若轉規；策定帷幄，謀成几案；曾未浹辰，獨夫授首。乃焚其綺席，棄彼寶衣，歸琁臺之珠，反諸侯之玉。指麾而四海隆平，下車而天下大定。拯茲塗炭，救此橫流，功均天地，明並日月。」[384]即有意

---

[383] 《文選》卷 59〈碑下〉〔南朝齊〕王巾：〈頭陀寺碑文〉。見《文選》，頁 2536-2537。

[384] 《文選》卷 56〈銘〉〔南朝梁〕陸倕：〈石闕銘并序〉。見《文選》，頁 2413-2417。

樹立齊、梁正統性之譜系。而蕭統與蕭梁帝國之正統性，實就承繼自這條始
於齊高帝、齊武帝、文惠太子、竟陵王蕭子良、與任錄尚書事、驃騎大將軍
時期的蕭鸞[385]等脈絡中。王融在〈三月三日曲水詩序〉中即很清楚地將南齊
正統譜系勾勒出來：

> 我大齊之握機創歷，誕命建家，接禮貳宮，考庸太室。幽明獻期，
> 雷風通饗，昭華之珍既徙，延喜之玉攸歸。革宋受天，保生萬國，度
> 邑靜鹿丘之歎，遷鼎息大坰之慚。紹清和於帝猷，聯顯懿於王表。駿
> 發開其遠祥，定爾固其洪業。皇帝體膺上聖，運鍾下武，冠五行之秀
> 氣，邁三代之英風。昭章雲漢，暉麗日月，牢籠天地，彈壓山川。設
> 神理以景俗，敷文化以柔遠。澤普汜而無私，法含弘而不殺。猶且具
> 明廢寢，昃晷忘餐。念負重於春冰，懷御奔於秋駕。可謂巍巍弗與，
> 蕩蕩誰名，秉靈圖而非泰，涉孟門其何嶮。儲后睿哲在躬，妙善居質，
> 內積和順，外發英華，芊藻至德，琢磨令範，言炳丹青，道潤金璧。
> 出龍樓而問豎，入虎闈而齒胄。愛敬盡於一人，光耀究於四海。若夫
> 族茂麟趾，宗固盤石，跨掩昌姬，韜軼炎漢。元宰比肩於尚父，中鉉
> 繼踵乎周南，分陝流勿翦之懽，來仕允克施之譽，莫不如珪如璋，令
> 聞令望，朱芾斯皇，室家君王者也。本枝之盛如此，稽古之政如彼，
> 用能免群生於湯火，納百姓於休和，草萊樂業，守屏稱事。[386]

　　蕭統選錄此文，除了此文早已名震遐邇、威攝夷狄之外，[387]文中所鋪陳

---

[385]　蕭鸞此時尚未篡位，而是輔佐文惠太子之子嗣鬱林王蕭昭業與海陵王蕭昭文，故仍應視為永明政
　　治之延續期。

[386]　《文選》卷46〈序下〉〔南朝齊〕王融：〈三月三日曲水詩序〉。見《文選》，頁2057-2060。

[387]　《南齊書》卷47〈王融傳〉：「(永明)十一年，使兼主客，接虜使房景高、宋弁。弁見融年少，
　　問主客年幾？融曰：『五十之年，久踰其半。』因問：『在朝聞主客作〈曲水詩序〉。』景高又
　　云：『在北聞主客此製，勝於顏延年，實願一見。』融乃示之。後日，宋弁於瑤池堂謂融曰：『昔

的南齊永明正統譜系，在《昭明文選》作為參與梁武帝禮樂文化正統性建構
工程中，是一舉兩得之重要文本。其一是王融之作本就為了呈現出「皇家盛
明」之盛世圖景，蕭統正好可以提煉之作為蕭梁帝國盛世圖像之代言；其次
則是王融所描繪的南齊王朝的正統譜系，正好為蕭衍撥亂反正，即取代旁出
齊統之齊明帝與東昏侯之脈，藉立梁以延續永明盛世之正統性得到背書。

　　而梁代同樣也多有策試取士之記載，如天監九年「冬十二月癸未，輿駕
幸國子學，策試冑子，賜訓授之司各有差。」[388]與「天監十七年，詔諸生答
策，宗室則否。帝知暎聰解，特令問策，又口對，並見奇。謂祭酒袁昂曰：『吾
家千里駒也。』」[389]此外如王訓：「補國子生，射策高第，除祕書郎，遷太子
舍人、祕書丞。轉宣城王文學、友、太子中庶子，掌管記。」[390]王僉：「策高
第，除長兼秘書郎中，歷尚書殿中郎，太子中舍人，與吳郡陸襄對掌東宮管
記。」[391]張綰：「綰字孝卿，纘第四弟也。初為國子生，射策高第。起家長兼
祕書郎，遷太子舍人，洗馬，中舍人，並當管記。」[392]劉之遴：「十五舉茂才
對策，沈約、任昉見而異之。」[393]王承：「年十五，射策高第，除祕書郎。歷
太子舍人，南康王文學，邵陵王友，太子中舍人，以父(王暕)憂去職。」[394]褚
翔：「翔初為國子生，舉高第。丁父憂，服闋，除祕書郎，累遷太子舍人，宣
城王主簿。」[395]上述諸例的共同之處即在於，凡策試高第後，都會進入東宮
任職。顯然梁武帝有意將國家年輕秀才送往東宮，一方面利用東宮幕僚體制

　　觀相如〈封禪〉，以知漢武之德；今覽王生〈詩序〉，用見齊王之盛。」融曰：『皇家盛明，豈
　　直比蹤漢武；更慙鄙製， 無以遠匹相如。』」見《南齊書》，頁 821-822。

[388] 《梁書》卷 2〈武帝紀〉。見《梁書》，頁 50。

[389] 《南史》卷 52〈梁宗室・蕭暎傳〉。見《南史》，頁 1302。

[390] 《梁書》卷 21〈王訓傳〉。見《梁書》，頁 323。

[391] 《梁書》卷 21〈王僉傳〉。見《梁書》，頁 327。

[392] 《梁書》卷 34〈張綰傳〉。見《梁書》，頁 503。

[393] 《梁書》卷 40〈劉之遴傳〉。見《梁書》，頁 573。

[394] 《梁書》卷 41〈王承傳〉。見《梁書》，頁 585。

[395] 《梁書》卷 41〈褚翔傳〉。見《梁書》，頁 586。

培訓年輕官員，另一方面則可培養日後蕭統登基後重要的國政大臣班底。是以蕭統將任昉的〈天監三年策秀才文三首〉也編輯入《文選》內，不僅呈現出在「太子監撫」的狀態下，其有省覽國政之職能責任，也象徵著蕭統是延續其父梁武帝的取士政策，故其首問恢復之舉何者為先：

> 問秀才：朕長驅樊鄧，直指商郊，因藉時來，乘此歷運，當宸永念，猶懷慚德。何者？百王之弊，齊季斯甚，衣冠禮樂，掃地無餘。鏟雕刊方，經綸草昧。採三王之禮，冠履粗分；因六代之樂，宮判始辨。而百度草創，倉廩未實。若終畝不稅，則國用靡資；百姓不足，則惻隱深慮。每時入芻薪，歲課田租，愀然疚懷，如憐赤子。今欲使朕無滿堂之念，民有家給之饒，登九年之畜，稍去關市之賦。子大夫當此三道，利用賓王，斯理何從？佇聞良說。[396]

再問立學之方：

> 問：朕本自諸生，弱齡有志，閉戶自精，開卷獨得。九流七略，頗常觀覽；六藝百家，庶非牆面。雖一日萬機，早朝晏罷，聽覽之暇，三餘靡失。上之化下，草偃風從，惟此虛寡，弗能動俗。昔紫衣賤服，猶化齊風；長纓鄙好，且變鄒俗。雖德慚往賢，業優前事。且夫搢紳道行，祿利然也。朕傾心駿骨，非懼真龍，輜軿青紫，如拾地芥。而惰游廢業，十室而九，鳴鳥蔽聞，子衿不作。弘獎之路，斯既然矣，猶其寂寞，應有良規。[397]

最後則疑惑納諫進忠之道之蹇塞：

---

[396] 《文選》卷 36〈策秀才文〉任昉：〈天監三年策秀才文三首〉之一。見《文選》，頁 1660-1661。
[397] 《文選》卷 36〈策秀才文〉任昉：〈天監三年策秀才文三首〉之二。見《文選》，頁 1661-1663。

問：朕立諫鼓，設謗木，於茲三年矣。比雖輻湊闕下，多非政要；日伏青蒲，罕能切直。將齊季多諱，風流遂往。將謂朕空然慕古，虛受弗弘。然自君臨萬寓，介在民上，何嘗以一言失旨，轉徙朔方，睚眥有違，論輸左校，而使直臣杜口，忠讜路絕。將恐弘長之道，別有未周。悉意以陳，極言無隱。[398]

連同王融總計十三道策題，根本都未有論文析辭之意識在內，徹頭徹尾皆是出於選士之所需，透露出齊、梁兩代對取士態度必須具備經國治世之能。而「儷采百字之偶，爭價一句之奇」則本就是南朝流行文風，是以《文選》特立「策秀才文」之類，正揭示出蕭統對於「作者之致」的「文士國士化」之需求。不僅需要如同顧協文筆神采之能：「舉秀才，尚書令沈約覽其〈策〉而歎曰：『江左以來，未有此作。』」[399]更要從中找出如孔休源般「王佐之才」：「州舉秀才，太尉徐孝嗣省其策，深善之，謂同坐曰：『董仲舒、華令思何以尚此，可謂後生之准也。觀其此對，足稱王佐之才。』」[400]而蕭統將任昉之策秀才文，緊接於王融兩組永明時期之試題後，也有意凸顯梁武帝「惟才是務」的國政人才政策實沿自永明，[401]則蕭梁帝國的正統圖像乃建立自永明政統之延續，也就令蕭衍建國實具有撥東昏侯之亂，返齊高帝、齊武帝至文惠太子、竟陵王蕭子良等法統之正，則蕭統的東宮正統性也就在此一歷史統緒的範疇下，正當性更加明顯。

---

[398] 《文選》卷36〈策秀才文〉任昉：〈天監三年策秀才文三首〉之三。見《文選》，頁1663-1664。

[399] 《梁書》卷30〈顧協傳〉。見《梁書》，頁445。

[400] 《梁書》卷36〈孔休源傳〉。見《梁書》，頁519。

[401] 《梁書》卷1〈武帝紀上〉中興二年上表：「且聞中間立格，甲族以二十登仕，後門以過立試吏，求之愚懷，抑有未達。何者？設官分職，惟才是務。若八元立年，居皁隸而抑；四凶弱冠，處鼎族而宜甄。是則世祿之家，無意為善；布衣之士，肆心為惡。豈所以弘獎風流，希向後進？此實巨蠹，尤宜刊革。不然，將使周人有路傍之泣，晉臣興漁獵之歎。且俗長浮競，人寡退情，若限歲登朝，必增年就官，故貌實昏童，籍已踰立，滓穢名教，於斯為甚。」見《梁書》，頁23。

第五章　《文選》選文與「文士國士化」人才論

一、《文選》「文士論」對「國士」的塑造

　　蕭統(501-531)曾提及其編輯《文選》的動機之一是因為：

> 詞人才子，名溢於縹囊；飛文染翰，則卷盈乎緗帙。自非略其蕪
> 穢，集其清英，蓋欲兼工，太半難矣。[1]

　　後世往往也就僅視《文選》為文章詞藻的範本，但卻疏忽蕭統此一「兼工」之語乃建立在〈文選序〉中所羅列的 36 種文體的前提上，即意味著蕭統在《文選》中所標舉的典型文士形象不僅需有高妙文彩，更應如同《文心雕龍》所言達於政事之才：

> 蓋士之登庸，以成務為用。魯之敬姜，婦人之聰明耳；然推其機
> 綜，以方治國。安有丈夫學文，而不達於政事哉！比揚、馬之徒，有

---

[1] 〔南朝梁〕蕭統編，〔唐〕李善(630-689)注：《文選》(李培南等點校本，北京：中華書局，2007
年 10 月)，序頁 2。

文無質，所以終乎下位也。昔庾元規才華清英，勳庸有聲，故文藝不稱；若非台岳，則正以文才也。文五之術，左右惟宜。郤縠敦《書》，故舉為元帥，豈以好文而不練武哉！孫武《兵經》，辭如珠玉，豈以習武而不曉文也。是以君子藏器，待時而動，發揮事業；故宜績素以弸中，散采以彪外，楩柟其質，豫章其幹。攡文必在緯軍國，負重必在任棟樑；窮則獨善以垂文，達則奉時以騁績。若此文人，應梓材之士也。[2]

　　劉勰所謂的「應梓材之士」出自《尚書》〈梓材〉：「惟曰，若稽田，既勤敷菑，惟其陳修，為厥疆畎。若作室家，既勤垣墉，惟其塗塈茨。若作梓材，既勤樸斲，惟其塗丹雘。」[3]屈萬里(1907-1979)已指出〈梓材〉應作於周公攝政時，告誡康叔為政之道需培養人才的文獻，[4]馬融(79-166)解「梓」為「治木器」，[5]故可知〈梓材〉篇本就有以治器來形容培養國棟之材，因此〈梓材〉中便以耕田與建屋為喻，在基底初具後尚需文飾與規劃，才能獲取最大之效益，如同人才性質與功用的趨勢從建國到治國的變化過程。故孔穎達即解釋此段文義云：

　　既言王者所以效實國君為政之事，故此言國君為政之喻惟為監之事，曰：「若農人之考田也，已勞力徧布菑而耕發其田，又需為其陳列修治，惟疆畔畎壟，以致收穫然後功成。又若人為室家，已勤力立其垣墉，又當惟其塗而塈飾茨蓋之，功乃成也。又若梓人治材為器，已

---

[2] 《文心雕龍》〈程器〉。見〔南朝梁〕劉勰著，詹鍈(1916-1998)義證：《文心雕龍義證》(上海：上海古籍出版社，1999年12月)，頁1888-1896。

[3] 《尚書》卷14〈周書・梓材〉。見〔西漢〕孔安國傳，〔東漢〕鄭玄箋，〔唐〕孔穎達注疏：《尚書正義》(李學勤等人整理本，臺北：台灣古籍出版有限公司，2001年10月)，頁456。

[4] 屈萬里：《尚書集釋》(臺北：聯經出版事業股份公司，2001年3月)，頁167。

[5] 《尚書正義》，頁452。

　　勞力樸治斲削其材，為其當塗而丹漆以朱膠乃後成。以喻人君為政之
　　道，亦勞心施政，除民之疾，又當惟其飾以禮義，使之行善然後治。」[6]

　　可見「梓材」之義乃指為政之道所亟需的是禮義教化之人材，顯示出此
階段已非建國初期的武功為主的軍事征伐，而進入更化崇禮、制禮造樂的文
治階段。故可視為劉勰在〈程器〉篇中提出文士參政的理論依據。但與蕭統
有別之處在於，劉勰僅呈現出「文士」與「國士」之間關聯性的理論藍圖，
而蕭統則是藉由選文來證明文士確有聯繫國士特質之身分內涵。

　　如《文選》卷十九〈詩‧甲〉所錄西晉(265-316)張華(232-300)〈勵志詩〉，
即可視為《文選》對理想文士應具有政事能力的宣言：

　　　大儀斡運，天迴地游。四氣鱗次，寒暑環周。星火既夕，忽焉素秋。
　　　涼風振落，熠燿宵流。
　　　吉士思秋，寔感物化。日與月與，荏苒代謝。逝者如斯，曾無日夜。
　　　嗟爾庶士，胡寧自舍？
　　　道不遠，德輶如羽。求焉斯至，眾鮮克舉。大猷玄漠，將抽厥緒。先
　　　民有作，貽我高矩。
　　　雖有淑姿，放心縱逸。田般于游，居多暇日。如彼梓材，弗勤丹漆。
　　　雖勞樸斲，終負素質。
　　　養由矯矢，獸號于林。蒲盧縈繳，神感飛禽。末伎之妙，動物應心。
　　　研精躭道，安有幽深？
　　　安心恬蕩，棲志浮雲。體之以質，彪之以文。如彼南畝，力未既勤。
　　　蕉蕘至功，必有豐殷。
　　　水積成淵，載瀾載清。土積成山，歊蒸鬱冥。山不讓塵，川不辭盈。
　　　勉爾含弘，以隆德聲。

---

[6] 《尚書正義》，頁 456。

高以下基，洪由纖起。川廣自源，成人在始。累微以著，乃物之理。
縕牽之長，實累千里。

復禮終朝，天下歸仁。若金受礪，若泥在鈞。進德脩業，暉光日新。
隰朋仰慕，予亦何人？[7]

　　李善《注》僅言「此詩茂先自勵勸學」，[8]推敲語意應當作於張華未出仕
之時，故廖蔚卿將之繫於曹魏嘉平三年(251)。[9]張華在未出仕前期許自己的修
德進業方式，除了勤能補拙、積少成多的學養之外，很顯然就是以《尚書‧
梓材》的政事象徵為喻，其以「體之以質，彪之以文」為進學方法，以「復
禮終朝，天下歸仁」為修業目標，因此乃藉「隰朋」為喻，意味著自我學養
的修為乃朝著參與國政、協理王道的方向邁進。故《文選》卷四七〈贊〉類
所錄袁宏(328-376)〈三國名臣序贊〉即曰：

　　　　夫百姓不能自治，故立君以治之；明君不能獨治，則為臣以佐之。
　　然則三五迭隆，歷世承基，揖讓之與干戈，文德之與武功，莫不宗匠
　　陶鈞而羣才緝熙，元首經略而股肱肆力。……故二八生而唐朝盛，伊
　　呂用而湯武寧，三賢進而小白興，五臣顯而重耳霸。[10]

　　其中「三賢」正是指齊桓公（？-643B.C.）建霸三功臣：管仲
(725B.C.-645B.C.)、鮑叔牙（？-644B.C.）、隰朋。[11]由此內證可知，蕭統將張

---

[7]　《文選》，頁 921-926。

[8]　《文選》，頁 921。

[9]　廖蔚卿：〈張華年譜〉，收錄於氏著：《中古詩人研究》(臺北：里仁書局，2005 年 3 月)，頁 198。

[10]　《文選》，頁 2121-2122。

[11]　《史記》卷 32〈齊太公世家〉：「桓公既得管仲，與鮑叔、隰朋、高傒修齊國政，連五家之兵，
　　設輕重魚鹽之利，以贍貧窮，祿賢能，齊人皆說。」見〔西漢〕司馬遷(145B.C.？-86B.C.)撰，〔南
　　朝宋〕裴駰集解，〔唐〕司馬貞索隱，〔唐〕張守節正義：《史記》(點校本，北京：中華書局，
　　1997 年 9 月)，頁 1487。

華〈勵志詩〉錄於《文選》中，正透露出其對文士身分的認知，絕非僅限於言語侍從的倡優之流，反更加重視文士輔君協治的政事才能。也因此，《文心雕龍》所提出文士為文應有「緯軍國」、「任棟樑」的終極目標，除了是傳統以道德風教層面對文學「文質」的藝術觀點之外，[12]〈程器〉篇另有一值得關注之焦點：即在於篇中所論之歷代文士多屬「職卑多誚」的身分所造成的學用落差的現象，也凸顯出秦漢以來對於文士流品低下之偏見印象，連帶壓縮其在建功立業上發揮的空間。因此劉勰在〈程器〉篇中認為以道德做為文士文學價值的評價乃有失客觀，故除意圖翻轉文士被視為倡優之流、滑稽之徒的成見外，也透露對於文士始終「英俊沉下僚」導致建功立業無門的悲哀。

如「相如竊妻而受金」，為司馬相如(179B.C.-117B.C.)流傳甚廣的故事：

> 卓王孫有女文君，新寡，好音，故相如……以琴心挑之。相如之臨邛，從車騎，雍容閒雅甚都；及飲卓氏，弄琴，文君竊從戶窺之，心悅而好之，恐不得當也。既罷，相如乃使人重賜文君侍者通殷勤。文君夜亡奔相如，相如乃與馳歸成都。……相如與俱之臨邛，盡賣其車騎，買一酒舍酤酒，而令文君當鑪。相如身自著犢鼻褌，與保庸雜作，滌器於市中。……其後人有上書言相如使時受金，失官。居歲餘，復召為郎。[13]

司馬相如「竊妻」與「受金」本是兩件獨立事件，前者為男女私相授受之戀愛糾紛，後者則是司馬相如受漢武帝(141B.C.-87B.C.在位)之命出使西南夷(約元光五年，130B.C.)，二事公私有別，但後世對於司馬相如的評價往往喜議謗其誘拐卓文君，卻對其政事才華視而不見；而收受賄賂一事顯然遭人陷害，因為事後漢武帝又召回司馬相如擔任近侍郎官。故劉勰認為，自來對

---

[12] 羅宗強：〈劉勰的文學思想(中)〉。參氏著：《魏晉南北朝文學思想史》(北京：中華書局，2002年10月)，頁267-308。

[13] 《史記》卷117〈司馬相如列傳〉。見《史記》，頁3000-3053。

司馬相如的文學評價遭到過多「非文學」因素的騷擾，導致對其作品的真正價值無法有效揭示。

　　同樣的例子尚見於揚雄(53B.C.-18)：「嗜酒而少算」，「嗜酒」見《漢書》卷八七下〈揚雄傳〉：「家素貧，耆酒，人希至其門。時有好事者載酒肴從游學。」[14]而「少算」則可參考《文選》卷四八所錄揚雄〈劇秦美新〉李善《注》所引東晉(317-420)李充《翰林論》之言：「楊子論秦之劇，稱新之美，此乃計其勝負，比其優劣之義。」[15]而李善則評為：「王莽潛移龜鼎，子雲進不能辟戟丹墀，亢辭鯁議；退不能草玄虛室，頤性全真；而反露才以耽寵，詭情以懷祿，素餐所刺，何以加焉！抱朴方之仲尼，斯為過矣。」[16]足證即使到了盛唐時代，對於揚雄依違兩朝的仕宦經歷仍被視為人生汙點。班固所記王莽為符命事件欲殺人滅口，而揚雄竟情急墜樓的自殘形象，顯然深刻地影響後世對其文學評價的走向。[17]顏之推也在《顏氏家訓》中提及：「司馬長卿竊貲無操」、「揚雄德敗〈美新〉」，[18]足見歷來均放大司馬相如與揚雄的道德瑕疵

---

[14] 《漢書》卷 87 下〈揚雄傳〉。見〔東漢〕班固(32-92)撰，〔唐〕顏師古注：《漢書》(點校本，北京：中華書局，1997 年 9 月)，頁 3585。

[15] 《文選》，頁 2148。

[16] 《文選》，頁 2148。

[17] 《漢書》卷 87 下〈揚雄傳〉：「王莽時，劉歆、甄豐皆為上公，莽既以符命自立，即位之後欲絕其原以神前事，而豐子尋、歆子棻復獻之。莽誅豐父子，投棻四裔，辭所連及，便收不請。時雄校書天祿閣上，治獄使者來，欲收雄，雄恐不能自免，乃從閣上自投下，幾死。」見《漢書》，頁 3585。然據《資治通鑑》卷 37〈漢紀二九・王莽・中〉「始建國二年(10)」條所載可知，此事應為甄豐等人欲藉符命重演王莽篡漢大戲失敗而遭誅，揚雄實受其牽連：「豐素剛強，莽覺其不說，故託符命文，徙豐為更始將軍，與賣餅兒王盛同列；豐父子默默。時子尋為侍中、京兆大尹、茂德侯，即作符命：新室當分陝，立二伯，以豐為右伯，太傅平晏為左伯，如周、召故事。即從之，拜豐為右伯。當述職西出，未行，尋復作符命，言故漢氏平帝后黃皇室主為尋之妻。莽以詐立，心疑大臣怨謗，欲震威以懼下，因是發怒曰：『黃皇室主天下母，此何謂也！』收捕尋。尋亡，豐自殺。」見〔北宋〕司馬光(1019-1086)編集，〔元〕胡三省(1230-1302)音註，章鈺(1864-1934)校記：《新校資治通鑑注》(臺北：世界書局，1970 年 12 月)，頁 1189-1190。

[18] 《顏氏家訓》卷 4〈文章〉。見王利器(1912-1998)撰：《顏氏家訓集解》(北京：中華書局，2007 年 10 月)，頁 237。

影響其文學價值的適切性。

劉勰所謂「彼揚、馬之徒，有文無質，所以終乎下位」往往被解釋成司馬相如、揚雄就是因為徒有文采卻缺少道德之修養，才導致終生淪落下僚。然而〈程器〉篇此處所對之句明明為「昔庾元規材華清英，勳庸有聲，故文藝不稱；若非台岳，則正以文才也。」[19]指的是庾亮(289-340)的文才被其政治功業之光芒掩蓋，反而透露出劉勰的「有文無質」所指涉的應不只是人格道德涵義，其實尚還包含文士的政治地位！畢竟在〈程器〉篇中劉勰也抨擊多位歷史名臣將相之道德「疵咎實多」：

> 文既有之，武亦宜然。古之將相，疵咎實多：至如管仲之盜竊，吳起之貪淫，陳平之污點，絳灌之讒嫉，沿茲以下，不可勝數。孔光負衡據鼎，而尺媚董賢，況班、馬之賤職，潘岳之下位哉！王戎開國上秩，而鬻官囂俗，況馬、杜之磬懸，丁、路之貧薄哉！然子夏無虧於名儒，濬沖不塵乎竹林者，名崇而譏減也。[20]

故就以道德面苛責文士「英俊沉下僚」似乎並未切中要害，與其說劉勰在此影射揚、馬之徒的人格缺陷，不如說劉勰是痛惜歷代文士人微言輕，導致後世對其作品的真實價值未能確實掌握。

是以若將《文心雕龍》〈程器〉篇看作是「文士國士化」的理論架構，則蕭統《文選》便是一本讓「文士國士化」理論得以實踐的文學選本。如前所述被譏諷「有文無質」的揚、馬二人，在《文選》中卻有多篇作品入選：

1 《文選》卷七〈賦丁・畋獵上〉司馬相如〈子虛賦〉
2 《文選》卷八〈賦丁・畋獵中〉司馬相如〈上林賦〉
3 《文選》卷十六〈賦辛・哀傷〉司馬相如〈長門賦并序〉

---

[19] 《文心雕龍義證》，頁 1890。
[20] 《文心雕龍義證》，頁 1880-1884。

4《文選》卷三九〈上書〉司馬相如〈上書諫獵〉

5《文選》卷四四〈檄〉司馬相如〈喻巴蜀檄〉

6《文選》卷四四〈檄〉司馬相如〈難蜀父老〉

7《文選》卷四八〈符命〉司馬相如〈封禪文〉

1《文選》卷七〈賦丁‧郊祀〉揚雄〈甘泉賦并序〉

2《文選》卷八〈賦丁‧畋獵中〉揚雄〈羽獵賦并序〉

3《文選》卷九〈賦戊‧畋獵下〉揚雄〈長楊賦并序〉

4《文選》卷四五〈對問〉揚雄〈解嘲并序〉

5《文選》卷四七〈頌〉揚雄〈趙充國頌〉

6《文選》卷四八〈符命〉揚雄〈劇秦美新〉

假若兩人的作品如劉知幾所言：「若馬卿之〈子虛〉、〈上林〉，揚雄之〈甘泉〉、〈羽獵〉，班固〈兩都〉，馬融〈廣成〉，喻過其體，詞沒其義，繁華而失實，流宕而忘返，無裨勸獎，有長奸詐，而前後《史》、《漢》皆書諸列傳，不其謬乎！」[21]因人格猥瑣而風格卑賤，則同樣以集歷代文苑清英，又要兼顧化成天下的「文之時義」的《文選》，於唐代又被視為天下英髦科舉作文範本的崇高典範，實應該汰除揚、馬之作才對。但就其所錄之〈長門賦序〉：

　　　孝武皇帝陳皇后時得幸，頗妒。別在長門宮，愁悶悲思。聞蜀郡成都司馬相如天下工為文，奉黃金百斤為相如文君取酒，因于解悲愁之辭。而相如為文以悟主上，陳皇后復得親幸。[22]

21 《史通》卷5〈載文〉。見〔唐〕劉知幾(661-721)著，〔清〕浦起龍(1679-1762)通釋，王煦華整理：《史通通釋》(上海：上海古籍出版社，2009年12月)，頁115。

22 《文選》，頁712。

即使後世考證此序偽造史實，[23]然蕭統仍錄取之，意味其就是視此賦為近侍文臣司馬相如諷刺以悟主的勸諫之作，[24]而非今日多數所稱後人擬造之言。[25]又如揚雄〈甘泉賦序〉：

> 孝成帝時，客有薦雄文似相如者，上方郊祀甘泉泰畤、汾陰后土，以求繼嗣，召雄待詔承明之庭。正月，從上甘泉還，奏〈甘泉賦〉以風。[26]

〈羽獵賦序〉：

> 孝成帝時羽獵，雄從。以為昔在二帝三王，宮館臺榭，沼池苑囿，林麓藪澤，財足以奉郊廟，御賓客，充庖廚而已，不奪百姓膏腴穀土桑柘之地。女有餘布，男有餘粟，國家殷富，上下交足。故甘露零其庭，醴泉流其唐，鳳凰巢其樹，黃龍游其沼，麒麟臻其囿，神爵棲其

---

[23] 《選學膠言》卷8〈陳皇后復幸〉：「史傳無陳皇后復幸之事。《日知錄》云：『陳皇后復幸之說，皆假設之詞。正如〈長笛賦〉所云：「屈平適樂國，介推還受祿也。」《藝文類聚》引《漢書》，陳皇后為妒，別在長門。司馬相如為賦，皇帝頗親幸。黃滔因賦〈陳皇后復寵賦〉。蓋唐人以為實有其事。』雲璈按：明張伯起《談輅》云：『以武帝之明察，能讀〈子虛〉而稱美，則非不知文者。倘讀〈長門〉讀不能辨其非后筆耶？究所從來死有餘罪，相如何利百金取酒而冒為之哉？當是相知后失寵，擬作此賦，一時好事增為此說耳。』此論甚是。」見〔清〕張雲璈(1747-1829)：《選學膠言》(臺北，廣文書局，1966年3月)，卷8，頁21。

[24] 〔清〕洪若皋《昭明文選越裁》卷3曰：「自負其直，愈增其怒；自訴其苦，愈快其忿。妙在數前日之怨尤，寫今日之悔報，毫無怨恨之聲。蓋陳后色有餘而德不足，帝此時愛未弛，所獲罪者，為妒耳。一經悔過，則舊憾頓消，而新愛驟增矣。故得立時見召，此長卿善於揣摩也。」收錄於《四庫全書存目叢書》(濟南：齊魯書社，1997年1月)，冊287，頁775。

[25] 黃侃(1886-1935)《文選平點》卷16即稱：「此文假托，非長卿也。《南齊書‧陸厥傳》：『〈長門〉、〈上林〉，殆非一家之賦。』蓋自來疑矣。」見氏著：《文選平點》(北京：中華書局，2006年5月)，頁149。但由此也更加凸顯出《蕭選》立場是以司馬相如做為諫臣的角度來解讀的。

[26] 《文選》，頁321。

林。昔者禹任益虞而上下和，草木茂，成湯好田而天下用足；文王囿
百里，民以為尚小；齊宣王囿四十里，民以為大：裕民之與奪民也。
武帝廣開上林，東南至宜春鼎湖御宿昆吾，旁南山西，至長楊五柞，
北繞黃山，濱渭而東，周袤數百里。穿昆明池，象滇河，營建章鳳闕
神明馺娑，漸臺泰液，象海水周流方丈瀛洲蓬萊。游觀侈靡，窮妙極
麗。雖頗割其三垂以瞻齊民，然至羽獵甲車戎馬器械儲偫禁禦所營，
尚泰奢麗誇詡，非堯舜成湯文王三驅之意也。又恐後世復脩前好，不
折中以泉臺，故聊因校獵賦以風之。[27]

〈長楊賦序〉：

　　明年，上將大誇胡人以多禽獸。秋，命右扶風發民入南山，西自
褒斜，東至弘農，南毆漢中，張羅罔罝罘，捕熊羆豪豬虎豹狖玃狐兔
麋鹿，載以檻車，輸長楊射熊館。以網為周陛，縱禽獸其中，令胡人
手搏之，自取其獲，上親臨觀焉。是時，農民不得收斂。雄從至射熊
館，還，上〈長楊賦〉，聊因筆墨之成文章，故藉翰林以為主人，子墨
為客卿以風。[28]

　　三篇〈序〉文均是蕭統截割自《漢書》卷八七〈揚雄傳〉之文，也就意
味著蕭統對於揚雄的文學形象之理解源自班固《漢書》系統。班固在〈揚雄
傳贊〉云：

　　初，雄年四十餘，自蜀來至游京師，大司馬車騎將軍王音奇其文
雅，召以為門下史，薦雄待詔，歲餘，奏〈羽獵賦〉，除為郎，給事黃

---

27 《文選》，頁 387-389。
28 《文選》，頁 403-404。

門，與王莽、劉歆並。哀帝之初，又與董賢同官。當成、哀、平間，莽、賢皆為三公，權傾人主，所薦莫不拔擢，而雄三世不徙官。及莽篡位，談說之士用符命稱功德獲封爵者甚衆，雄復不侯，以耆老久次轉為大夫，恬於勢利乃如是。[29]

可知揚雄始終擔任的都是祿秩卑微之郎官，[30]在《文選》卷四五所收的〈解嘲〉中，揚雄亦自稱：

客嘲楊子曰：「吾聞上世之士，人綱人紀，不生則已，生必上尊人君，下榮父母，析人之珪，儋人之爵，懷人之符，分人之祿，紆青拖紫，朱丹其轂。今吾子幸得遭明盛之世，處不諱之朝，與群賢同行，歷金門，上玉堂有日矣，曾不能畫一奇，出一策，上說人主，下談公卿。目如耀星，舌如電光，一從一橫，論者莫當，顧默而作太玄五千文，枝葉扶疏，獨說數十餘萬言，深者入黃泉，高者出蒼天，大者含元氣，細者入無間。然而位不過侍郎，擢纔給事黃門。意者玄得無尚白乎？何為官之拓落也？」[31]

給事黃門亦不過六百石，[32]則可知李善《注》「拓落」為「遼落不諧偶」之義。

---

[29] 《漢書》，頁 3583。

[30] 《漢書》〈百官公卿表〉：「郎掌守門戶，出充車騎，有議郎、中郎、侍郎、郎中，皆無員，多至千人。議郎、中郎秩比六百石，侍郎比四百石，郎中比三百石。」見《漢書》，頁 727。

[31] 《文選》，頁 2006。

[32] 〔東漢〕應劭(140-206)《漢官儀》卷上：「給事黃門侍郎，六百石，無員。掌侍從左右，給事中使，關通中外。」見〔清〕孫星衍(1753-1818)校集：《漢官儀》，收錄於孫星衍等輯：《漢官六種》(周天游點校本，北京：中華書局，2008 年 5 月)，頁 138。又依《通典》記載可知：「初，秦漢別有給事黃門之職，揚雄為給事黃門。後漢併為一官，故有給事黃門侍郎，掌侍從左右，給事中使，關通中外。及諸王朝見於殿上，引王就座。無員，屬少府。」見《通典》卷 21〈職官三·門下省·門下侍郎〉。參〔唐〕杜佑(735-812)：《通典》(王文錦等點校本，2003 年 5 月)，頁 549。

揚雄所擬之客，嘲諷揚雄的失志際遇，正好就是劉勰在〈程器〉篇中所揭示揚、馬等輩文士「有文無質」的寫照。但〈解嘲〉一文除了是揚雄感抒西漢晚期政治環境人謀不臧之外，更重要的是其藉提出文人尚可以著述而得歷史不朽之地位的觀念來自我取慰。因此，蕭統將之選錄於《文選》中，不僅可再次強化自己選文秉持「文章，經國之大業，不朽之盛事」之原則外，也提升文士可藉由著作以建功立業的意義，實等同於武將在沙場上犁庭掃穴、攻城掠地之價值。如此也無形中深化了文士身分中的「國士」內涵，藉以提高文士的政治地位。

故由上列篇目可知，蕭統大量選錄揚、馬等人的作品，且明顯刻意側重其中所具備「體國經野」、「潤色鴻業」之要旨。

二、《文心雕龍》與《文選》「國士化」理論的疊合

如祝堯所言：

> 此等鋪敘之賦(案：指〈上林〉、〈子虛〉)，固將進士大夫於臺閣，發其蘊而驗其用，非徒使之賦詠景物而已。[33]

或全祖望(1705-1755)所云：

> 況甘泉待詔以還，朝廷有事，子雲輒預扈從，諸如〈羽獵〉、〈長楊〉、〈河東〉諸作，皇皇大文，皆有歲月可稽。且子雲雖滯下僚，然

---

[33] 〔元〕祝堯：《古賦辨體》卷 3〈兩漢體上・子虛賦・解題〉。(景印文淵格四庫全書本，臺北：臺灣商務印書館，1986 年 10 月)，冊 1366，頁 749-750。

於國事頗得與聞，累朝奏對，歷歷具在。[34]

更重要的是蕭統呼應了劉勰在〈程器〉篇中對於文士「摛文必在緯軍國，負重必在任棟樑；窮則獨善以垂文，達則奉時以騁績」的國士理論內涵，藉由選文來證明歷代對這群被視為倡優之流、言語遊戲之臣的誤解，重新強調其作品中所蘊藏之國士形象，實際上也意味著梁武帝藉國士化文士勾畫出重建禮樂制度的文化正統帝國圖像。

因此，《文心雕龍》〈程器〉篇中這份被視為具有雕器光國之才卻沉淪下僚的的文士名單，正好可與蕭統在《文選》中所選錄的作者相呼應，如下表：

《文心雕龍‧程器》	《文選》篇目
班固諂竇以作威[35]	1《文選》卷一〈賦甲‧京都上〉班固〈兩都賦〉二首
	3《文選》卷十四〈賦庚‧志上〉班固〈幽通賦〉
	4《文選》卷四五〈設論〉班固〈答賓戲并序〉
	5《文選》卷四八〈符命〉班固〈典引〉
	6《文選》卷四九〈史論上〉班固〈公孫弘傳贊〉
	7《文選》卷五十〈史述贊〉班固〈述高紀第一〉
	8《文選》卷五十〈史述贊〉班固〈述成紀第十〉

---

[34] 〔清〕全祖望《鮚埼亭集‧外編》卷40〈揚子雲生卒考〉。見詹海雲校注：《全祖望《鮚埼亭集》校注》（臺北：國立編譯館，2003年12月），頁943。

[35] 斯波六郎(1894-1959)稱劉勰所稱班固作威之事不知何指，見《文心雕龍義證》，頁1873。但其諂竇則應指班固作為竇憲(？-92)參軍的幕僚身分：「大將軍竇憲出征匈奴，以固為中護軍，與參議。……及憲敗，固先坐免官。」見〔南朝宋〕范曄(398-445)：《後漢書》（點校本，北京：中華書局，1997年9月），頁1385-1386。

《文心雕龍‧程器》	《文選》篇目
	9《文選》卷五十〈史述贊〉班固〈述韓英彭盧吳傳第四〉
	10《文選》卷五六〈銘〉班固〈封燕然山名并序〉
馬融黨梁而黷貨[36]	1《文選》卷十八〈賦壬‧音樂下〉馬融〈長笛賦并序〉
文舉傲誕以速誅[37]	1《文選》卷三七〈表上〉孔融〈薦禰衡表〉
	2《文選》卷四一〈書上〉孔融〈論盛孝章書〉
正平狂憨以致戮[38]	1《文選》卷十三〈賦庚‧鳥獸上〉禰衡〈鸚鵡賦并序〉
仲宣輕脆以躁競[39]	1《文選》卷十一〈賦己‧遊覽〉王粲〈登樓賦〉
	2《文選》卷二十〈詩甲‧公讌〉王粲〈公讌詩〉

---

36 《後漢書》卷 60〈馬融傳〉：「先是融有事忤大將軍梁冀旨，冀諷有司奏融在郡貪濁，……初，融懲於鄧氏，不敢復違忤執家，遂為梁冀草奏李固，又作〈大將軍西第頌〉，以此頗為正直所羞。」見《後漢書》，頁 1972。

37 《三國志》卷 12〈魏書‧崔琰傳〉：「初，太祖性忌，有所不堪者，魯國孔融、南陽許攸、婁圭，皆以恃舊不虔見誅。」見〔西晉〕陳壽(233-297)撰，〔南朝宋〕裴松之(372-451)注：《三國志》(點校本，北京：中華書局，1997 年 9 月)，頁 370-373。

38 《後漢書》卷 80〈文苑傳‧禰衡〉：「融復見操，說衡狂疾，今求得自謝。操喜，勑門者有客便通，待之極晏。衡乃著布單衣、疎巾，手持三尺 梲杖，坐大營門，以杖捶地大罵。吏白：外有狂生，坐於營門，言語悖逆，請收案罪。操怒，謂融曰：『禰衡豎子，孤殺之猶雀鼠耳。顧此人素有虛名，遠近將謂孤不能容之，今送與劉表，視當何如。』於是遣人騎送之。……後復侮慢於表，表恥不能容，以江夏太守黃祖性急，故送衡與之，……後黃祖在蒙衝船上，大會賓客，而衡言不遜順，祖慙，乃訶之，……遂令殺之。」見《後漢書》，頁 2656-2658。

39 《三國志》卷 23〈魏書‧杜襲傳〉：「魏國既建，為侍中，(杜襲)與王粲、和洽並用。粲彊識博聞，故太祖游觀出入，多得驂乘，至其見敬不及洽、襲。襲嘗獨見，至于夜半。粲性躁競，起坐曰：『不知公對杜襲道何等也？』洽笑答曰：『天下事豈有盡邪？卿晝侍可矣，悒悒於此，欲兼之乎！』」見《三國志》，頁 666。

《文心雕龍・程器》	《文選》篇目
	3《文選》卷二一〈詩乙・詠史〉王粲〈詠史詩〉
	4《文選》卷二三〈詩丙・哀傷〉王粲〈七哀詩〉二首
	6《文選》卷二三〈詩丙・贈答一〉王粲〈贈蔡子篤〉
	7《文選》卷二三〈詩丙・贈答一〉王粲〈贈士孫文始〉
	8《文選》卷二三〈詩丙・贈答一〉王粲〈贈文叔良〉
	9《文選》卷二七〈詩戊・軍戎〉王粲〈從軍詩〉五首
	14《文選》卷二九〈詩己・雜詩上〉王粲〈雜詩〉
孔璋傯恫以麤疏[40]	1《文選》卷四十〈牋〉陳琳〈答東阿王牋〉
	2《文選》卷四一〈書上〉陳琳〈為曹洪與魏文帝書〉
	3《文選》卷四四〈檄〉陳琳〈為袁紹檄豫州〉
	4《文選》卷四四〈檄〉陳琳〈檄吳將校步曲文〉
潘岳詭禱於愍懷[41]	1《文選》卷七〈賦丁・耕籍〉潘岳〈籍田賦〉

---

[40] 《三國志》卷 21〈魏書・王粲傳注〉引魚豢曰：「尋省往者，魯連、鄒陽之徒，援譬引類，以解締結，誠彼時文辯之儁也。今覽王(粲)、繁(欽)、阮(瑀)、陳(琳)、路(粹)諸人前後文旨，亦何昔不若哉？其所以不論者，時世異耳。余又竊怪其不甚見用，以問大鴻臚卿韋仲將。仲將云：『仲宣傷於肥戇，休伯都無格檢，元瑜病於體弱，孔璋實自麤疏，文尉性頗忩驁，如是彼為，非徒以脂燭自煎靡也，其不高蹈，蓋有由矣。然君子不責備于一人，譬之朱漆，雖無楨幹，其為光澤亦壯觀也。』」見《三國志》，頁 602。

[41] 《晉書》卷 53〈愍懷太子遹傳〉：「(元康九年)十二月，賈后將廢太子，詐稱上不和，呼太子入朝。既至，后不見，置于別室，遣婢陳舞賜以酒棗，逼飲醉之。使黃門侍郎潘岳作書草，若禱神之文，有如太子素意，因醉而書之，令小婢承福以紙筆及書草使太子書之。文曰：『陛下宜自了；

《文心雕龍‧程器》	《文選》篇目
	2《文選》卷九〈賦戊‧畋獵下〉潘岳〈射雉賦〉
	3《文選》卷十〈賦戊‧紀行下〉潘岳〈西征賦〉
	4《文選》卷十三〈賦庚‧物色〉潘岳〈秋興賦并序〉
	5《文選》卷十六〈賦辛‧志下〉潘岳〈閑居賦并序〉
	6《文選》卷十六〈賦辛‧志下〉潘岳〈懷舊賦并序〉
	7《文選》卷十六〈賦辛‧志下〉潘岳〈寡婦賦并序〉
	8《文選》卷十八〈賦壬‧音樂下〉潘岳〈笙賦〉
	9《文選》卷二十〈詩甲‧應詔詩〉潘岳〈關中詩〉
	10《文選》卷二十〈詩甲‧祖餞〉潘岳〈金谷集作詩〉
	11《文選》卷二三〈詩丙‧哀傷〉潘岳〈悼亡詩〉三首
	14《文選》卷二四〈詩丙‧贈答二〉潘岳〈為賈謐作贈陸機〉
	15《文選》卷二六〈詩丁‧行旅上〉潘岳〈河陽縣作〉二首
	17《文選》卷二六〈詩丁‧行旅上〉潘岳〈在

不自了，吾當入了之。中宮又宜速自了；不了，吾當手了之。并謝妃共要剋期而兩發，勿疑猶豫，致後患。茹毛飲血於三辰之下，皇天許當掃除患害，立道文為王，蔣為內主。願成，當三牲祠北君，大赦天下。要疏如律令。』太子醉迷不覺，遂依而寫之，其字半不成。既而補成之，后以呈帝。帝幸式乾殿，召公卿入，使黃門令董猛以太子書及青紙詔曰：『通書如此，今賜死。』」見〔唐〕房玄齡(578-648)等撰：《晉書》(點校本，北京：中華書局，1997年9月)，頁1459-1460。

《文心雕龍・程器》	《文選》篇目
	懷縣作〉二首
	19《文選》卷五六〈誄上〉潘岳〈楊荊州誄并序〉
	20《文選》卷五六〈誄上〉潘岳〈楊仲武誄并序〉
	21《文選》卷五七〈誄下〉潘岳〈夏侯常侍誄并序〉
	22《文選》卷五七〈誄下〉潘岳〈馬汧督誄并序〉
	23《文選》卷五七〈哀上〉潘岳〈哀永逝文〉
陸機傾仄於賈、郭[42](按：「〈演連珠〉五十首」算一首，總計 61 首。)	1《文選》卷十六〈賦辛・哀傷〉陸機〈歎逝賦并序〉
	2《文選》卷十七〈賦壬・論文〉陸機〈文賦并序〉
	3《文選》卷二十〈詩甲・公讌〉陸機〈皇太子讌玄圃宣猷堂有令賦詩〉
	4《文選》卷二二〈詩乙・招隱〉陸機〈招隱詩〉
	5《文選》卷二四〈詩丙・贈答二〉陸機〈贈馮文羆遷斥丘令〉
	6《文選》卷二四〈詩丙・贈答二〉陸機〈答賈長淵并序〉
	7《文選》卷二四〈詩丙・贈答二〉陸機〈於承明作與士龍〉
	8《文選》卷二四〈詩丙・贈答二〉陸機〈贈尚書郎顧彥先〉二首

---

[42] 《晉書》卷 54〈陸機傳〉：「然好游權門，與賈謐親善，以進趣獲譏。」見《晉書》，頁 1481。「郭」指郭彰，《晉書》卷 40〈郭彰傳〉：「郭彰字叔武，太原人，賈后從舅也。與賈充素相親遇，充妻待彰若同生。歷散騎常侍、尚書、衛將軍，封冠軍縣侯。及賈后專朝，彰豫參權勢，物情歸附，賓客盈門。世人稱為『賈郭』，謂謐及彰也。」見《晉書》，頁 1176。

《文心雕龍・程器》	《文選》篇目
	10《文選》卷二四〈詩丙・贈答二〉陸機〈贈顧交阯公真〉
	11《文選》卷二四〈詩丙・贈答二〉陸機〈贈從兄車騎〉
	12《文選》卷二四〈詩丙・贈答二〉陸機〈答張士然〉
	13《文選》卷二四〈詩丙・贈答二〉陸機〈為顧彥先贈婦〉二首
	15《文選》卷二四〈詩丙・贈答二〉陸機〈贈馮文羆〉
	16《文選》卷二四〈詩丙・贈答二〉陸機〈贈弟士龍〉
	17《文選》卷二六〈詩丁・行旅上〉陸機〈赴洛〉二首
	19《文選》卷二六〈詩丁・行旅上〉陸機〈赴洛道中作〉二首
	21《文選》卷二六〈詩丁・行旅上〉陸機〈吳王郎中時從梁陳作〉
	22《文選》卷二八〈詩戊・樂府下〉陸機〈樂府〉十七首
	39《文選》卷二九〈詩己・雜詩上〉陸機〈園葵詩〉
	40《文選》卷三十〈詩己・雜擬上〉陸機〈擬古詩〉十二首
	52《文選》卷三七〈表上〉陸機〈謝平原內史表〉
	53《文選》卷四六〈序下〉陸機〈豪士賦序〉
	54《文選》卷五三〈論三〉陸機〈辨亡論〉上下
	56《文選》卷五四〈論四〉陸機〈五等論〉
	57《文選》卷五五〈連珠〉陸機〈演連珠〉
	58《文選》卷六十〈弔文〉陸機〈弔魏武帝

《文心雕龍·程器》	《文選》篇目
	文并序〉
	59《文選》卷二八〈詩戊·挽歌〉陸機〈挽歌詩〉三首
傅玄剛隘而詈臺[43]	1《文選》卷二九〈雜詩上〉傅玄〈雜詩〉
孫楚狠愎而訟府[44]	1《文選》卷二十〈詩甲·祖餞〉孫楚〈征西官屬送於陟陽侯作詩〉
	2《文選》卷四三〈書下〉孫楚〈為石仲容與孫晧書〉

　　上表連同前文所列司馬相如與揚雄，總計 12 位作家，被選錄於《文選》中的作品共有 132 首，已接近整部《文選》共 700 篇作品中的五分之一(19%)，假如再把〈程器〉篇中所提及的其他職卑多誚、下位無質的文士與《文選》選文對照而觀，如「而近代詞人，務華棄實，故魏文以為『古今文人，類不護細行』。」[45]此乃見於曹丕〈與吳質書〉，收錄於《文選》卷四二〈書·中〉：

　　　　觀古今文人，類不護細行，鮮能以名節自立。而偉長獨懷文抱質，恬惔寡欲，有箕山之志，可謂彬彬君子者矣。著《中論》二十餘篇，成一家之言，辭義典雅，足傳于後，此子為不朽矣。其才學足以著書，

---

[43] 《晉書》卷 47〈傅玄傳〉：「獻皇后崩於弘訓宮，設喪位。舊制，司隸於端門外坐，在諸卿上，絕席。其入殿，按本品秩在諸卿下，以次坐，不絕席。而謁者以弘訓宮為殿內，制玄位在卿下。玄恚怒，属聲色而責謁者。謁者妄稱尚書所處，玄對百僚而罵尚書以下。御史中丞庾純奏玄不敬，玄又自表不以實，坐免官。然玄天性峻急，不能有所容；每有奏劾，或值日暮，捧白簡，整簪帶，竦踊不寐，坐而待旦。於是貴游懾伏，臺閣生風。」見《晉書》，頁 1322-1323。

[44] 《晉書》卷 56〈孫楚傳〉：「參石苞驃騎軍事。楚既負其材氣，頗侮易於苞，初至，長揖曰：『天子命我參卿軍事。』因此而嫌隙遂構。苞奏楚與吳人孫世山共訕毀時政，楚亦抗表自理，紛紜經年，事未判，又與鄉人郭奕忿爭。武帝雖不顯明其罪，然以少賤受責，遂湮廢積年。初，參軍不敬府主，楚既輕苞，遂制施敬，自楚始也。」見《晉書》，頁 1542。

[45] 《文心雕龍義證》，頁 1869。

美志不遂，良可痛惜。間者歷覽諸子之文，對之技淚，既痛逝者，行自念也。孔璋章表殊健，微為繁富。公幹有逸氣，但未遒耳；其五言詩之善者，妙絕時人。元瑜書記翩翩，致足樂也。仲宣續自善於辭賦，惜其體弱，不足起其文，至於所善，古人無以遠過。[46]

上文提及的五人中，除徐幹未選，陳琳、王粲已見上表，尚有阮瑀及劉楨：

1《文選》卷四二〈書‧中〉阮瑀〈為曹公作書與孫權〉

1《文選》卷二十〈詩甲‧公讌〉劉楨〈公讌詩〉
2《文選》卷二三〈詩丙‧贈答一〉劉楨〈贈五官中郎將〉四首
6《文選》卷二三〈詩丙‧贈答一〉劉楨〈贈從弟〉三首
9《文選》卷二三〈詩丙‧贈答一〉劉楨〈贈徐幹〉
10《文選》卷二九〈詩己‧雜詩上〉劉楨〈雜詩〉

〈程器〉篇又云：「韋誕所評，又歷詆羣才。」[47]韋誕所詆誚的作家見於《三國志注》引魚豢所記：

仲將云：「仲宣傷於肥戇，休伯都無格檢，元瑜病於體弱，孔璋實自麤疏，文蔚性頗忿鷙。」[48]

其中尚有《文選》所錄繁欽〈與魏文帝牋〉一首。此外若再加上：

若夫屈、賈之忠貞，鄒、枚之機覺，黃香之淳孝，徐幹之沉默，

---

[46]　《文選》，頁 1897。

[47]　《文心雕龍義證》，頁 1869。

[48]　《三國志》卷 21〈魏書‧王粲傳注〉引魚豢曰。見《三國志》，頁 602。

豈曰文士，必其玷歟？[49]

屈原	1《文選》卷三二〈騷・上〉屈原〈離騷經〉
	2《文選》卷三二〈騷・上〉屈原〈九歌〉四首
	6《文選》卷三三〈騷・下〉屈原〈九歌〉二首
	8《文選》卷三三〈騷・下〉屈原〈九章〉
	9《文選》卷三三〈騷・下〉屈原〈卜居〉
	10《文選》卷三三〈騷・下〉屈原〈漁父〉
賈誼	1《文選》卷十三〈賦庚・鳥獸上〉賈誼〈鵩鳥賦并序〉
	2《文選》卷五一〈論一〉賈誼〈過秦論〉
	3《文選》卷六十〈弔文〉賈誼〈弔屈原文并序〉
鄒陽	1《文選》卷三九〈上書〉鄒陽〈上書吳王〉
	2《文選》卷三九〈上書〉鄒陽〈獄中上書自明〉
枚乘	1《文選》卷三四〈七・上〉枚乘〈七發〉八首
	2《文選》卷三九〈上書〉枚乘〈上書諫吳王〉
	3《文選》卷三九〈上書〉枚乘〈上書重諫吳王〉

　　則在〈程器〉篇中所提及「豈無華身，亦有光國」的職卑位淪之文士，被收錄於《文選》中的作品已達 160 首，已達全書 23%的篇幅了。可證兩書

---

[49] 《文心雕龍義證》，頁 1884。

在對文士的價值與功用上，立場是趨近的。

　　黃叔琳(1672-1756)論〈程器〉篇乃「於文外補修行立功，製作之體乃更完密。」[50]實可視為蕭統於〈文選序〉中所謂「作者之致，蓋云備矣」之旁註。蕭統的理想作者除具有「踵其事而增其華，變其本而加其厲」的修辭能力外，還須具備「朝廷憲章，軍旅誓誥，敷顯仁義，發明功德，牧民建國，施用多塗。」[51]的政事之才，則藉由比對《文選》所錄〈程器〉篇作者之文，即可意會劉勰在文中所謂的「文質」觀念，已不僅是文學道德美學的討論，更包含文士「德性」與「器用」的致世之道。[52]

　　正如同毛漢光的研究所指出，六朝的賢能觀念中已經隱然形成一股對於析辭煉藻之文學才華的重視趨向：

> 　　自東晉末期，垂南北朝時期，士族成為「德」的代表，有所謂「門地二品」，即承認士族子弟天生「德行」可列為中正評品之第二品(第一品留給皇室子弟)。……東晉南朝文學上有高度發展，且大部份皆為士族子弟的作品，常有累世文才，……經學之中的禮，與維繫門第內在精神有關，亦受士族子弟重視，但以整個作品而言，僅以文章派中之「集」的數量，已經追及六經作品。六朝重視文章，在選舉時的實質意義不大，因為九品官人法士族化以後，並不以文才選官，而由族望高下決定之，文才只可作為維持族望的間接因素之一，但是以文章為賢能的觀念正在強烈地醞釀成熟。[53]

---

[50]　《文心雕龍義證》，頁 1896。

[51]　《顏氏家訓》卷 4〈文章〉。見《顏氏家訓集解》，頁 221。

[52]　王元化(1920-2008)：〈劉勰身世與士庶區別問題〉，收錄於氏著：《文心雕龍講疏》(臺北：書林出版社，1993 年 11 月)，頁 1-26。

[53]　毛漢光：〈中國中古賢能觀念之研究——任官標準之觀察〉，《中央研究院歷史語言研究所集刊》第 48 本第 3 分，1977 年 9 月，頁 356-357。

　　不過毛氏對於文學才能在六朝選官的影響尚持較為保守的評估，然事實上早在曹魏(220-265)明帝(226-239 在位)時代，劉劭所作之《人物志》中即已出現「文章」為臣佐人材之一：

　　　　蓋人流之業，十有二焉：有清節家，有法家，有術家，有國體，有器能，有臧否，有伎倆，有智意，有文章，有儒學，有口辨，有雄傑。[54]

　　這「十二流業」其實就是劉劭所提出的十二種官僚人才類型，目的是為依材授官：「既由九徵、八觀之術，可以正確得知各類人才之專長，進一步則須因材施職、量能授官，以成庶績而興政教，這才是觀人的最終目的。」[55]其中「文章」指的是具有「屬辭比事」[56]之能者，雖然劉劭僅以「司馬遷」與「班固」等史家為例，但其中對於所謂「文章者」乃具有「能屬文著述」能力的意涵已不言而喻，[57]可知，自三國時期起，「文學」能力確實已成為評鑑賢能人才的考量之一。當然在《人物志》的系統中，只具文章之能者僅屬於「偏材」，而「偏材」並不算是最完美的王官典型：「夫國體之人，兼有三材，故談不三日，不足以盡之：一以論道德，二以論法制，三以論策術，然後乃能竭其所長，而舉之不疑。」[58]顯然《人物志》的系統中所著意強調的人才典範須具備「通才」的特質，而此一「博通眾能」之才目的是為了要塑造「國士之器」的範型：

---

[54] 〔曹魏〕劉劭撰，〔北魏〕劉昞注，李崇智校箋：《人物志校箋》(成都：巴蜀書社，2001 年 11 月)，頁 63。

[55] 林麗真：〈讀《人物志》〉，《書目季刊》第 9 卷第 2 期，1975 年 9 月，頁 27。

[56] 《人物志・流業第三》劉昞《注》，見《人物志校箋》，頁 63。

[57] 《人物志・流業第三》：「能屬文著述，是謂文章，司馬遷、班固是也。」見《人物志校箋》，頁 65。

[58] 《人物志・接識第七》，見《人物志校箋》，頁 138。

夫才有專門之精，有兼該之博；偏材荷一至之名，各守一行，猶如器也，器之為用，各有不同，……且同一器也，其量之大小懸殊，則任之輕重自異。……至於通材，博古通今，洞明機先；天人萬物之理，社會國家之事，雖至洪至纖，無不曉喻胸中；無沾滯固執之態，能屈能伸，知廢知興；足以統籌全局，經事理物，此為人中之英，材中之傑。即《人物志·流業篇》所指：「兼有三材，三材皆備，其德足以屬風俗，其法足以正天下，其術足以謀廟勝，是謂國體」者。通材之人，乃可與論經世而理物者。其識略冠時，才堪濟變，乃三公冢宰之任也。通才與專才相輔相成，以專才任實際事務，以通才規模大局；……故通才為領導，專才為幹任，如大腦之指揮四肢百骸，構成健全之組織。[59]

可知理想的國體之材必須是通才，而實際上在《人物志》的體系內，「兼材之德」本是僅次於聖王「中和之德」的人才典範，故若以「中和之德」比為「君道」，則能言能行的兼材之士：「或能言而不能行，或能行而不能言；至於國體之人，能言能行，故為眾材之雋也。」[60]即為國臣之典範，則屬於十二流業中的「能屬文著述，是謂文章」者，不也正被包含在國體之雋的材德範疇之內！

故可知「文學之才」自三國以來即已成為賢能之士的重要標記，《人物志》的兼材之德也揭示出六朝以來重視「博物多識」之才的社會趨勢，[61]而蕭統編輯《文選》則是將文學之才與國體之雋做出最完美結合的成果。因此無論是蕭統在〈文選序〉中強調「作者之致」所需「兼備眾體」的條件，或劉勰

---

[59] 江建俊：〈劉邵之人事行政理論〉。見氏著：《漢末人倫鑒識之總理則——劉邵《人物志》研究》（臺北：文史哲出版社，1983 年 3 月），頁 88-89。

[60] 《人物志·材能第五》，見《人物志校箋》，頁 120。

[61] 許聖和：《「博物思維」與六朝文學》（花蓮：國立東華大學中國語文學系研究所碩士論文，王文進教授指導，2006 年 7 月）。

於〈程器〉篇中強調的「德性」與「器用」兼顧，實都延續《人物志》此一文質兼備、能言能行的理想王官意識，而蕭統藉由編輯文學作品集的《文選》，與其說更偏重強化文學之士在王官意識中的地位，毋寧說是藉以塑造「國士化文士」在蕭梁政權塑造文化正統的帝國圖像中所具有的特殊價值，故仍舊合乎六朝以來所重視「兼材之德」的國體人才觀。

三、文士國士化對《文選》帝國圖像之營造

（一）潤色鴻業之才

　　由以上對比可知，蕭統於《文選》中確實存在對文士政事功能的強調趨勢，是以在具有形塑「帝國圖像」的專屬文體「頌」：「美盛德之形容，……頌，詩之美者也。古者聖帝明王，功成治定，而頌聲興。於是史錄其篇，工歌其章，以奏於宗廟，告於鬼神。故頌之所美者，聖王之德也。」[62]類中，蕭統所錄王褒〈聖主得賢臣頌〉，即很明顯地勾勒出一幅文臣興治所致帝國盛世的藍圖：

> 　　夫賢者，國家之器用也。所任賢，則趨舍省而功施普；器用利，則用力少而就效衆。故工人之用鈍器也，勞筋苦骨，終日矻矻。及至巧冶鑄干將之璞，清水淬其鋒，越砥斂其鍔，水斷蛟龍，陸剸犀革，忽若篲氾畫塗。如此則使離婁督繩，公輸削墨，雖崇臺五層，延袤百丈而不渝者，工用相得也。庸人之御駑馬，亦傷吻弊笨而不進於行，胸喘膚汗，人極馬倦。及至駕齧膝，驂乘旦，王良執靶，韓哀附輿，

62　〔西晉〕摯虞：〈文章流別論〉，收錄於許文雨：《文論講疏》（臺北：正中書局，1985 年 8 月），頁 67。

縱騁馳騖，忽如影靡，過都越國，蹶如歷塊；追奔電，逐遺風，周流八極，萬里一息。何其遼哉！人馬相得也。故服絺綌之涼者，不苦盛暑之鬱燠；襲狐貉之煖者，不憂至寒之淒愴。何則？有其具者易其備。賢人君子，亦聖王之所以易海內也。是以嘔喻受之，開寬裕之路，以延天下之英俊也。夫竭智附賢者，必建仁策；索人求士者，必樹伯跡。昔周公躬吐握之勞，故有圄空之隆；齊桓設庭燎之禮，故有匡合之功。由此觀之，君人者勤於求賢而逸於得人。[63]

　　此段先由「聖主」，也就是「君王」之立場發論，指出若能招攬賢才協助治國，則事半功倍。自「夫賢者，國家之器用」至「工用相得也」，即化自《尚書》〈梓材〉篇：「若稽田，既勤敷菑，惟其陳修，為掘疆畎；若作室家，既勤垣墉，惟其塗墍茨；若作梓材，既勤樸斲，惟其塗丹雘。」之義，故可知從《尚書》〈梓材〉篇、《文心雕龍》〈程器〉篇、至《文選》所選〈聖主得賢臣頌〉，已隱然形成一條帝國多士的盛世圖像軌跡。接著王襃便由人臣的角度宣誓，若遇明主賞識重用，必然鞠躬盡瘁、誓死效忠：

　　　　人臣亦然。昔賢者之未遭遇也，圖事揆策，則君不用其謀；陳見悃誠，則上不然其信。進仕不得施效，斥逐又非其愆。是故伊尹勤於鼎俎，太公困於鼓刀，百里自鬻，寧戚飯牛，離此患也。及其遇明君、遭聖主也，運籌合上意，諫諍則見聽，進退得關其忠，任職得行其術，去卑辱奧渫而升本朝，離蔬釋蹻而享膏粱，剖符錫壤，而光祖考，傳之子孫，以資說士。故世必有聖智之君，而後有賢明之臣。虎嘯而谷風冽，龍興而致雲氣，蟋蟀俟秋吟，蜉蝣出以陰。《易》曰：「飛龍在天，利見大人。」《詩》曰：「思皇多士，生此王國。」故世平主聖，俊乂將自至，若堯舜禹湯文武之君，獲稷契皋陶伊尹呂望之臣，明明

63　《文選》卷 47〈頌〉〔西漢〕王襃：〈聖主得賢臣頌〉。見《文選》，頁 2090-2091。

在朝，穆穆列布，聚精會神，相得益章。雖伯牙操遰鐘，蓬門子彎烏
號，猶未足以喻其意也。[64]

　　此段王褒列舉伊尹與商湯、呂望與周文王、百里奚與秦穆公、甯戚與齊
桓公等君臣之例，說明賢才或許居於社會下流，但若君主有鑑識之眼光能拔
擢於市井之間，則猶如《易》之〈乾〉九五所喻：「若臣等占得，則陛下是『飛
龍在天』，臣等『利見大人』，是利見陛下也。」[65]；或如周文王受命立周而
眾士所歸：「文王禮下賢者，日中不暇食以待士，士以此多歸之。」[66]顯然王
褒正是藉由古代君臣遇合之例來形塑自己所處之西漢武(141B.C.-87B.C.)、宣
(74B.C.-48B.C.)盛世之帝國圖像。故〈聖主得賢臣頌〉末段所言：

　　　　故聖主必待賢臣而弘功業，俊士亦俟明主以顯其德。上下俱欲，
　　懽然交欣，千載一會，論說無疑。翼乎如鴻毛遇順風，沛乎若巨魚縱
　　大壑。其得意如此，則胡禁不止，曷令不行？化溢四表，橫被無窮，
　　遐夷貢獻，萬祥必臻。是以聖主不遍窺望而視已明，不彈傾耳而聽已
　　聰。恩從祥風翱，德與和氣游，太平之責塞，優游之望得。遵游自然
　　之勢，恬淡無為之場。休徵自至，壽考無疆，雍容垂拱，永永萬年。
　　何必偃仰詘信若彭祖，呴噓呼吸如喬松，眇然絕俗離世哉！《詩》曰：
　　「濟濟多士，文王以寧。」蓋信乎其以寧也！[67]

　　傳統常將王褒此段視為：「正言聖主得賢臣之故，所以為頌也，一結寓諷。」

---

[64] 《文選》卷 47〈頌〉〔西漢〕王褒：〈聖主得賢臣頌〉。見《文選》，頁 2091-2092。

[65] 《朱子語類》卷 68〈易四·乾上〉。見〔南宋〕黎靖德編：《朱子語類》(王星賢點校本，北京：
　　中華書局，1999 年 6 月)，頁 1693。

[66] 《史記》卷 4〈周本紀〉。見《史記》，頁 116。

[67] 《文選》卷 47〈頌〉〔西漢〕王褒：〈聖主得賢臣頌〉。見《文選》，頁 2093。

[68]但卻忽略此文之本質是「頌」體,《文心雕龍》〈頌讚〉篇對於「頌」體的解釋中,並沒有提及「頌」寄寓諷喻之意:「原夫頌惟典懿,辭必清鑠,敷寫似賦,而不入華侈之區;敬慎如銘,而異乎規戒之域;揄揚以發藻,汪洋以樹義,雖纖曲之巧致,與情而變,其大體所底,如斯而已。」[69]即使陸機〈文賦〉也稱:「頌優游以彬蔚」[70],李善《注》云:「頌以襃述功德,以辭為主,故優游彬蔚。」[71]可見,漢、晉以來對於「頌」體往往側重其「揚厲休功而述美盛德者也」[72]的文體特質,相對地卻毫無具備「諷諫」之必要。[73]因此何焯的意見可能更有助於掌握王褒〈聖主得賢臣頌〉的原始文義:「文各有體。此固頌也,不得以浮靡薄之。」[74]若依《漢書》卷六四下〈王褒傳〉所載:

> 宣帝時修武帝故事,講論六藝羣書,博盡奇異之好,徵能為楚辭九江被公,召見誦讀,益召高材劉向、張子僑、華龍、柳褒等待詔金馬門。神爵、五鳳之間,天下殷富,數有嘉應。上頗作歌詩,欲興協律之事,丞相魏相奏言知音善鼓雅琴者渤海趙定、梁國龔德,皆召見待詔。於是益州刺史王襄欲宣風化於眾庶,聞王褒有俊材,請與相見,使褒作〈中和〉、〈樂職〉、〈宣布〉詩,選好事者令依〈鹿鳴〉之聲習

---

[68] 《評注昭明文選》引于光華眉批。見《評注昭明文選》,頁 903。

[69] 《文心雕龍義證》,頁 334-335。

[70] 《文選》卷 17〈賦‧壬〉〔西晉〕陸機:〈文賦〉。見《文選》,頁 766。

[71] 《文選》卷 17〈賦‧壬〉〔西晉〕陸機:〈文賦〉李善《注》。見《文選》,頁 766。

[72] 〔南朝梁〕任昉撰,〔明〕陳懋仁注:《文章緣起注》,收錄於陳懋玲編校:《文體序說三種》(與《文體明辨序說》、《文章辨體序說》合刊,臺北:大安出版社,1998 年 6 月),頁 20。

[73] 〔明〕吳訥即稱:「〈詩大序〉曰:『詩有六義,六曰頌。頌者,美盛德之形容,以其成功告於神明者也。』嘗考《莊子》〈天運篇〉稱:『黃帝張〈咸池〉之樂,焱氏為頌。』斯蓋寓言爾。故頌之名,實出於《詩》,若商之〈那〉、周之〈清廟〉諸什,皆已告神為頌體之正。至如《魯頌》之〈駉〉、〈駜〉等篇,則當時用以祝頌僖公,為頌之變。」見氏著:《文章辨體序說》,收錄於陳懋玲編校:《文體序說三種》(與《文體明辨序說》、《文章緣起注》合刊,臺北:大安出版社,1998 年 6 月),頁 59。

[74] 〔清〕何焯:《義門讀書記》(崔高維點校本,北京:中華書局,2006 年 6 月),頁 968。

而歌之。時氾鄉侯何武為僮子，選在歌中。久之，武等學長安，歌太
學下，轉而上聞。宣帝召見武等觀之，皆賜帛，謂曰：「此盛德之事，
吾何足以當之！」[75]

　　值得注意的是，《漢書》這段記載，被蕭統節錄於《文選》卷五一〈論一〉
卷中，成為王褒〈四子講德論〉的〈序〉文。則可見蕭統選錄王褒此二篇作
品，實際上乃視其為同一整體。《漢書》中明載漢宣帝令樂工以「〈鹿鳴〉之
聲」來演奏王褒所作之諸頌詩。所謂的「〈鹿鳴〉之聲」即是燕樂之音：「鹿
鳴，燕羣臣嘉賓也。既飲食之，又實幣帛筐篚，以將其厚意，然後忠臣嘉賓
得盡其心也。」[76]孔穎達曰：「故《鄉飲酒》、《燕禮》注云：『〈鹿鳴〉者，君
與臣下即四方之賓燕，講道脩政之樂歌。』是也。……知〈序〉之嘉賓，不
唯指四方之賓者，以此詩為燕群臣而作，……則〈序〉之嘉賓亦為群臣明矣。」
[77]則可知〈鹿鳴〉適奏於宮廷飲讌之情境，故毋需刻意寄諷諭於其中，反而
更應藉頌君王之美德以光國威之圖像。
　　是以〈四子講德論〉中便藉虛擬的浮遊先生之口形塑出王褒對西漢強盛
的武、宣治世之帝國圖像的內涵：

　　　　今聖主冠道德，履純仁，被六藝，佩禮文，屢下明詔，舉賢良，
　　　求術士，招異倫，拔俊茂。是以海內歡慕，莫不風馳雨集，襲雜並至，
　　　填庭溢闕。含淳詠德之聲盈耳，登降揖讓之禮極目，進者樂其條暢，
　　　怠者欲罷不能。偃息匍匐乎詩書之門，遊觀乎道德之域，咸絜身修思，
　　　吐情素而披心腹，各悉精銳以貢忠誠，允願推主上，弘風俗而騁太平，

[75] 《漢書》卷64下〈王褒傳〉。見《漢書》，頁2821。
[76] 《毛詩注疏》卷9〈小雅・鹿鳴之什・鹿鳴・毛序〉。見〔西漢〕毛亨傳，〔東漢〕鄭玄箋，〔唐〕
　　孔穎達正義：《毛詩正義》(李學勤等整校本，臺北：台灣古籍出版有限公司，2001年4月)，頁
　　648。
[77] 《毛詩正義》，頁648。

濟濟乎多士，文王所以寧也。若乃美政所施，洪恩所潤，不可究陳。舉孝以篤行，崇能以招賢，去煩蠲苛以綏百姓，祿勤增奉以屬貞廉。減膳食，卑宮觀，省田官，損諸苑，疏繇役，振乏困，恤民災害，不遑遊宴。閔耆老之逢辜，憐縗絰之服事，惻隱身死之腐人，悽愴子弟之縲匿。恩及飛鳥，惠加走獸，胎卵得以成育，草木遂其零茂。愷悌君子，民之父母，豈不然哉？[78]

　　上文均可在《漢書》中找到相對應之史實。如自「今聖主冠道德」至「濟濟乎多士，文王所以寧也」一段，所說的就是宣帝循「武帝故事」廣招天下賢士之政策。

　　除了前引〈王褒傳〉所記之外，尚可見於〈劉向傳〉：

　　　　是時，宣帝循武帝故事，招選名儒俊材置左右。更生以通達能屬文辭，與王褒、張子僑等並進對，獻賦頌凡數十篇。[79]

與〈何武傳〉：

　　　　宣帝時，天下和平，四夷賓服，神爵、五鳳之間屢蒙瑞應。而益州刺史王襄使辯士王褒頌漢德，作〈中和〉、〈樂職〉、〈宣布〉詩三篇。武年十四五，與成都楊覆眾等共習歌之。是時，宣帝循武帝故事，求通達茂異士，召見武等於宣室。上曰：「此盛德之事，吾何足以當之哉！」以褒為待詔，武等賜帛罷。[80]

　　可知王褒自己其實正是藉由此文才得以晉身朝廷，故文中所論之德，實

---

[78]　《文選》卷 51〈論‧一〉〔西漢〕王褒：〈四子講德論并序〉。見《文選》，頁 2254-2255。
[79]　《漢書》卷 36〈劉向傳〉。見《漢書》，頁 1928。
[80]　《漢書》卷 86〈何武傳〉。見《漢書》，頁 3481。

際上正是漢武帝求賢不拘一格之政策，漢宣帝顯然藉此使「多士成大業，群賢濟弘績」[81]，以續漢武帝國盛況圖像。

除此之外，文中尚列有漢宣帝其他德政，如「蠲苛增祿」：

> 律令有可蠲除以安百姓，條奏。[82]

> 秋八月，詔曰：「吏不廉平則治道衰。今小吏皆勤事，而奉祿薄，欲其毋侵漁百姓，難矣。其益吏百石以下奉十五。」[83]

「省饍減樂」：

> (本始)四年春正月，詔曰：「蓋聞農者興德之本也，今歲不登，已遣使者振貸困乏。其令太官損膳省宰，樂府減樂人，使歸就農業。丞相以下至都官令丞上書入穀，輸長安倉，助貸貧民。民以車船載穀入關者，得毋用傳。」[84]

「卑宮觀，省田官，損諸苑，疏繇役，振乏困，恤民災害，不遑遊宴」：

> (地節三年)詔曰：「池籞未御幸者，假與貧民。郡國宮館，勿復修治。流民還歸者，假公田，貸種、食，且勿算事。」[85]

「閔老憐嫠」：

---

[81] 《文選》卷 25〈詩丁・贈答三〉〔東晉〕盧諶：〈答魏子悌詩〉。見《文選》，頁 1188。

[82] 《漢書》卷 8〈宣帝紀〉「本始四年夏四月」。見《漢書》，頁 245。

[83] 《漢書》卷 8〈宣帝紀〉「神爵三年」。見《漢書》，頁 263。

[84] 《漢書》卷 8〈宣帝紀〉。見《漢書》，頁 245。

[85] 《漢書》卷 8〈宣帝紀〉。見《漢書》，頁 249。

(元康)四年春正月，詔曰：「朕惟耆老之人，髮齒墮落，血氣衰微，亦亡暴虐之心，今或罹文法，拘執囹圄，不終天命，朕甚憐之。自今以來，諸年八十以上，非誣告殺傷人，佗皆勿坐。」遣大中大夫彊等十二人循行天下，存問鰥寡，覽觀風俗，察吏治得失，舉茂材異倫之士。[86]

(地節四年)詔曰：「令甲，死者不可生，刑者不可息。此先帝之所重，而吏未稱。今繫者或以掠辜若飢寒瘐死獄中，何用心逆人道也！朕甚痛之。其令郡國歲上繫囚以掠笞若瘐死者所坐名、縣、爵、里，丞相御史課殿最以聞。」[87]

「哀矜緶絰」：

(地節四年)詔曰：「導民以孝，則天下順。今百姓或遭衰絰凶災，而吏繇事，使不得葬，傷孝子之心，朕甚憐之。自今諸有大父母，父母喪者勿繇事，使得收斂送終，盡其子道。」[88]

顯示王褒之文不僅是有所指實之作，且就和宣帝施政內容所觀，亦毫無諷諫勸諭之處，更可證明王褒〈聖主得賢臣頌〉與〈四子講德論〉兩文均為描述武、宣盛世之作。只不過後者雖亦一味頌揚，[89]卻與前者文法稍異，[90]即〈四子講德論〉中所記各項漢宣帝施政舉措，正為得出後文：「今海內樂業，

---

[86] 《漢書》卷8〈宣帝紀〉。見《漢書》，頁258。

[87] 《漢書》卷8〈宣帝紀〉。見《漢書》，頁252-253。

[88] 《漢書》卷8〈宣帝紀〉。見《漢書》，頁250-251。

[89] 《評注昭明文選》引何焯語。見《評注昭明文選》，頁985。

[90] 《評注昭明文選》引孫鑛語。見《評注昭明文選》，頁982。

朝廷淑清。天符既章，人瑞又明。品物咸亨，山川降靈。神光燿暉，洪洞朗天。鳳皇來儀，翼翼邕邕。群鳥並從，舞德垂容。神雀仍集，麒麟自至。甘靈滋液，嘉禾櫛比。大化隆洽，男女條暢。家給年豐，咸則三壤。豈不盛哉！」[91]之帝國圖像之所由，故蕭統將之錄於《文選》卷五一之「論」類，除其文本以「論」題名外，實乃欲藉王褒頌美大漢之口，道出蕭梁帝國盛世之大漢圖騰投影；但更重要的是漢宣帝史有明載其屢屢「循漢武故事」，蕭統亦藉之澆其塊壘，暗示著其將延續其父梁武帝之政策，維持蕭梁帝國盛世之政治立場。

　　因此《文選》中所錄數篇與漢武帝相關之文獻，如〈元封五年詔〉：「蓋有非常之功，必待非常之人，故馬或奔踶而致千里，士或有負俗之累而立功名。夫泛駕之馬，跅弛之士，亦在御之而已。其令州郡察吏民有茂材異等可為將相及使絕國者。」[92]〈元光元年詔〉：「朕聞昔在唐虞，畫象而民不犯，日月所燭，莫不率俾。周之成康，刑錯不用，德及鳥獸，教通四海。海外肅眘，北發渠搜，氐羌徠服。星辰不孛，日月不蝕，山陵不崩，川谷不塞；麟鳳在郊藪，河洛出圖書。嗚虖，何施而臻此與！今朕獲奉宗廟，夙興以求，夜寐以思，若涉淵水，未知所濟。猗與偉與！何行而可以章先帝之洪業休德，上參堯舜，下配三王！朕之不敏，不能遠德，此子大夫之所睹聞也。賢良明於古今王事之體，受策察問，咸以書對，著之於篇，朕親覽焉。」[93]前者可謂「重武」，後者可謂「重文」，而蕭統將之俱錄於《文選》，不正藉以彰顯蕭梁帝國的人才觀，正是文質彬彬、允文允武的國士化文士，故謂之「作者之致」。如同《文選》卷四九〈史論上〉所收班固的〈公孫弘傳贊〉，蕭統乃欲藉以揭示出漢武帝之所以能締造盛世鴻業的原因，就在於漢武帝藉由待詔文士或經生名儒共同建構起西漢文治武功的盛世圖像，而繼位之漢宣帝顯然也延續了這樣的人才觀：

91　《文選》卷 51〈論‧一〉〔西漢〕王褒：〈四子講德論并序〉。見《文選》，頁 2256。

92　《文選》卷 35〈詔〉漢武帝：〈元封五年詔〉。見《文選》，頁 1620-1621。

93　《文選》卷 35〈詔〉漢武帝：〈元光元年詔〉。見《文選》，頁 1621-1622。

公孫弘、卜式、兒寬皆以鴻漸之翼困於燕爵，遠迹羊豕之間，非遇其時，焉能致此位乎？是時，漢興六十餘載，海內艾安，府庫充實，而四夷未賓，制度多闕。上方欲用文武，求之如弗及，始以蒲輪迎枚生，見主父而歎息。羣士慕嚮，異人並出。卜式拔於芻牧，弘羊擢於賈豎，衛青奮於奴僕，日磾出於降虜，斯亦曩時版築飯牛之明已。漢之得人，於茲為盛，儒雅則公孫弘、董仲舒、兒寬，篤行則石建、石慶，質直則汲黯、卜式，推賢則韓安國、鄭當時，定令則趙禹、張湯，文章則司馬遷、相如，滑稽則東方朔、枚皋，應對則嚴助、朱買臣，曆數則唐都、洛下閎，協律則李延年，運籌則桑弘羊，奉使則張騫、蘇武，將率則衛青、霍去病，受遺則霍光、金日磾，其餘不可勝紀。是以興造功業，制度遺文，後世莫及。孝宣承統，纂修洪業，亦講論六藝，招選茂異，而蕭望之、梁丘賀、夏侯勝、韋玄成、嚴彭祖、尹更始以儒術進，劉向、王褒以文章顯，將相則張安世、趙充國、魏相、丙吉、于定國、杜延年，治民則黃霸、王成、龔遂、鄭弘、召信臣、韓延壽、尹翁歸、趙廣漢、嚴延年、張敞之屬，皆有功迹見述於世。參其名臣，亦其次也。[94]

西漢武、宣兩代這樣的政策延續意識，在蕭統的《文選》選文脈絡中，實具有很大的宣示意義。蕭統曾作有「七」體文〈七契〉，乃假借辯博君子之口勸奚斯逸士榆仁義景明之邦應出仕為國效力，而非隱逸巖穴、離群索居：

君子曰：「蓋聞地美養禾，君人愛士。澤被無垠，光照郊鄙。蒲輪必鄒魯之儒宗，紆青必洛陽之才子。大漢愧得人之盛，有周慙以盜之美。萬國若禽從，四海同使指。刑措弗用，圄圉斯虛。既講禮於太學，亦論詩於石渠。戈有載戢，史無絕書。銅律應度，玉燭調和。黃髮擊

---

94 《文選》，頁 2171-2173。

壞，青衿興歌。元帥奇士，庠序鴻生，求禮儀之汲汲，行仁義之明明。隆采椽之義，卻琋瑁之榮。當朝有仁義之睦，邊境無煙塵之驚。信如四氣，明並三光；廚莄挺茂。堦蓂比芳。瑞鹿擒素，祥熊耀黃。靈禽樂囿，儀鳳栖堂。太平之瑞寶鼎，樂協之應玉羊。丹烏表色，玉露呈瀼。野絲垂木，嘉苗貫桑。固以德苞子姒，道邁虞唐。六合窆泰，四宇咸康。不煩一戰，東甌膜拜。詎勞一卒，西域獻琛。鹿蠡稽顙以悛惡，樓蘭面縛而革音。吾皆去鼻飲之穴，棄鳥舉之深，固以澤流無外，恩被遐方。福比嵩岱，道則穹蒼。豈有聞若斯之化，而藏其皮冠哉？」逸士曰：「鄙人寡識，守節山隅，不聞智士之教，將自潛以糜軀。請伏道而從命，願開志以滌慮。」[95]

　　此段可說是昭明太子所留下描述蕭梁帝國圖像之唯一文獻，其論述之方式除了宣揚蕭梁國威、頌揚梁武帝仁義之治化流天下之德外，更重要的是點出建構這樣的太平盛世可依「濟濟多士」之國士化文士來制禮樂以更化，並行禮儀之軌度而展現。顯然其意正在凸顯梁武帝制禮作樂以建構蕭梁帝國圖像之工程之外，也藉以宣示目前太子監撫職責下的蕭統，對梁武帝制禮作樂的政策仍會加以延續，連帶強化自己東宮正統象徵。

(二) 體國經野之能

　　而由前文的考證可知，西漢的王襃本為一介貧士：

　　　上令襃與張子僑等並待詔，數從襃等放獵，所幸宮館，輒為歌頌，第其高下，以差賜帛。議者多以為淫靡不急，上曰：「不有博弈者乎，為之猶賢乎已！辭賦大者與古詩同義，小者辯麗可喜。辟如女工有綺縠，音樂有鄭衞，今世俗猶皆以此虞說耳目，辭賦比之，尚有仁義風

---

[95] 《昭明太子集校注》，頁 83-84。

諭，鳥獸草木多聞之觀，賢於倡優博弈遠矣。」[96]

　　待其文學作品獲漢宣帝賞識，才得以進入西漢的官僚系統。上文中所存在的著名「詩人之賦」與「辭人之賦」之爭，[97]漢宣帝猶有調和之意，卻無法否認其中對辭人之賦的偏袒。[98]然此處除透露出西漢文人文化與宮廷文化的認知落差外，[99]更流露出漢宣帝有意重用文學言語之輩來協理治國，以建設其帝國圖像之藍圖，但背後卻牽涉出內廷近侍與外朝大夫在國政制度角色上的劇變。[100]而蕭統將與此相關的西漢作品選入《文選》，實際上也正有意藉經典作品為自己「文士國士化」的作者之致的理想背書。

　　對於西漢內廷與外廷兩大集團爭權之狀，勞幹(1907-2003)曾指出：

　　　　原來從漢武帝開始創立了「內朝」的制度，把皇帝的「文學傳統之臣」，或者可以說是皇帝的「賓客」，作成了一個議事的團體。其中本來除尚書一直在宮中以外，其侍中、常侍、給事中、諸吏、散騎、左右曹等都是從別的官家上去的，變成了天子的「智囊團」。[101]

　　也就是說所謂的漢武帝所立之「內朝」議事制度，其成員屬性多為文學

---

[96] 《漢書》卷 64 下〈王褒傳〉。見《漢書》，頁 2829。

[97] 最著名者如揚雄，《法言》卷 3〈吾子〉：「或問：『景差、唐勒、宋玉、枚乘之賦也，益乎？』曰：『必也淫。』『淫，則奈何？』曰：『詩人之賦麗以則，辭人之賦麗以淫。如孔氏之門用賦也，則賈誼升堂，相如入室矣。如其不用何？』」。見汪榮寶(？-1933)撰，陳仲夫點校：《法言義疏》(北京：中華書局，1997 年 10 月)，頁 49-50。

[98] 簡宗梧：〈從專業賦家的興衰看漢賦特性與演化〉，收錄於氏著：《漢賦史論》(臺北：東大圖書股份有限公司，1993 年 5 月)，頁 210-213。

[99] 程章燦：《魏晉南北朝賦史》(南京：江蘇古籍出版社，2001 年 6 月)，頁 14。

[100] 許結：〈漢代賦論的文學背景考述〉，收錄於氏著：《賦學：制度與批評》(北京：中華書局，2013 年 9 月)，頁 3-14。

[101] 勞幹：〈霍光當政時的政治問題〉，收錄於氏著：《古代中國的歷史與文化》(臺北：聯經出版事業股份有限公司，2006 年 6 月)，頁 145。

近侍賓客，也就等於是皇帝自己所豢養的食客，故並未具有制度性保障，其往往擔任的都是無員額限制且俸祿微薄之「郎官」：

> 郎中令，秦官，掌宮殿掖門戶，有丞。武帝太初員年更名光祿勳。屬官有大夫、郎、謁者，皆秦官。又期門、羽林皆屬焉。大夫掌論議，有太中大夫、中大夫、諫大夫，皆無員，多至數十人。……郎掌守門戶，出充車騎，有議郎、中郎、侍郎、郎中，皆無員，多至千人。議郎、中郎秩比六百石，侍郎比四百石，郎中比三百石。[102]

既然「內朝」有皇帝私人顧問之屬性，則內朝諸郎的政治身分便需藉由皇帝特命的「加官」方式來賦予其行政權力：

> 侍中、左右曹、諸吏、散騎、中常侍皆加官。所加或列侯、將軍、卿大夫、將、都尉、尚書、太醫、太官令、至郎中。無員，多至數十人。侍中、中常侍得入禁中，諸曹受尚書事，諸吏得舉法，散騎、騎並乘輿車。給事中亦加官，所加或大夫、博士、議郎。掌顧問應對，位次中常侍。中黃門有給事黃門，位從將大夫。皆秦制。[103]

上述自大將軍以下至三百石的郎中，皆可被加官，然這群官員正是西漢政府所謂的「中朝」，即「內朝」體系。《漢書》卷七七〈劉輔傳〉：「於是中朝左將軍辛慶忌、右將軍廉褒、光祿勳師丹、太中大夫谷永。」顏師古《注》引孟康曰：「中朝，內朝也。大司馬左右前後將軍、侍中、常侍、散騎、諸吏為中朝。丞相以下至六百石為外朝。」[104]內朝趨向於皇帝私人顧問的性質，最主要的原因是皇帝可藉以掌控行政權力，若如陳平（？-178B.C.）對漢文帝

---

[102]　《漢書》卷 19 上〈百官公卿表上〉。見《漢書》，頁 727。

[103]　《漢書》卷 19 上〈百官公卿表上〉。見《漢書》，頁 739。

[104]　《漢書》卷 77〈劉輔傳〉。見《漢書》，頁 3252-3253。

(180B.C.-157B.C.在位)所說：「宰相者，上佐天子理陰陽，順四時，下遂萬物之宜，外填撫四夷諸侯，內親附百姓，使卿大夫各得任其職也。」[105]則顯然皇權將被相權瓜分，因此內朝系統的私人顧問正是皇帝可跳過三公九卿等外廷朝官系統，直接下令執行帝王意志的心腹。章太炎便指出「內朝官」在皇權政治中的主要功用即在於反制權臣「人主之狎近幸，而憎尊望者之逼己」：

> 尚書、中書者，漢時贊作詔版之官。尚書猶主書，中書乃以宦者為之。侍中者，漢時所以奉唾壺、執虎子。出則從法駕，入主應對，與中常侍齊體耳。自後漢以降，尚書漸重。魏世中書監令始參大政，迄晉之東，侍中始優矣。下逮宋齊，三者皆為輔臣。……略此數者，皆以走使圍隸之臣、倡優之伍，漸積其資，而為執政大名，通於四海。……亦見人主之狎近幸，而憎尊望者之逼己也。[106]

故可知本節所論之所有內朝官員：首先，其實本無任何正式朝官資格，故需藉由皇帝特命之「加官」方式賦予行政權力；[107]其次，既為特任官，故意義上便直接代表皇帝個人意志，秉承皇帝權威，往往凌駕於一般行政官僚之上，[108]最終也就易於「言事恣意，迷國罔上」。[109]如漢哀帝(6B.C.-1 在位)

---

[105] 《漢書》卷40〈陳平傳〉。見《漢書》，頁2049。

[106] 《檢論》卷7〈官統上〉。見章太炎：《檢論》(臺北：廣文書局，1970年12月)，頁10-11。

[107] 廖伯源：《使者與官制演變——秦漢皇帝使者考論》(臺北：文津出版社，2006年8月)，頁215-233。

[108] 如《史記》卷114〈東越列傳〉載嚴助「(武帝)建元三年，閩越發兵圍東甌。東甌食盡，困，且降，乃使人告急天子。天子問太尉田蚡，蚡對曰：『越人相攻擊，固其常，又數反覆，不足以煩中國往救也。自秦時棄弗屬。』於是中大夫莊助詰蚡曰：『特患力弗能救，德弗能覆；誠能，何故棄之？且秦舉咸陽而棄之，何乃越也！今小國以窮困來告急天子，天子弗振，彼當安所告愬？又何以子萬國乎？』上曰：『太尉未足與計。吾初即位，不欲出虎符發兵郡國。』乃遣莊助以節發兵會稽。會稽太守欲距不為發兵，助乃斬一司馬，諭意指，遂發兵浮海救東甌。未至，閩越引兵而去。」漢武帝一方面對丞相田蚡的避戰意見不以為然，卻又不願在即位之初政權尚未穩固之際勞師動眾征伐東越蠻邦，故乃特任內朝冗職嚴助為使前去交涉弭亂，嚴助甚至可以擅殺軍司馬，足見皇帝賦予內朝特任官的龐大權力。見《史記》，頁2980。

建平四年(3B.C.)光祿大夫、左曹、給事中息夫躬偽造「熒惑守心」[110]的災異之言，建議漢哀帝發兵邊疆欲掀起漢、匈戰事爭端，但當時的外廷大夫之首丞相王嘉即論曰：

> 臣聞動民以行不以言，應天以實不以文。下民微細，猶不可詐，況於上天神明而可欺哉！天之見異，所以敕戒人君，欲令覺悟反正，推誠行善。民心說而天意得矣。辯士見一端，或妄以意傅著星歷，虛造匈奴、烏孫、西羌之難，謀動干戈，設為權變，非應天之道也。守相有罪，車馳詣闕，交臂就死，恐懼如此，而談說者雲，動安之危，辯口快耳，其實未可從。夫議政者，苦其詔諛傾險辯慧深刻也。詔諛則主德毀，傾險則下怨恨，辯慧則破正道，深刻則傷恩惠。昔秦繆公不從百里奚、蹇叔之言，以敗其師，悔過自責，疾詿誤之臣，思黃髮之言，名垂於後世。唯陛下觀覽古戒，反覆參考，無以先人之語為主。[111]

即透露出兩漢以來視此類「近嬖之臣」的觀點為：「詔諛則主德毀，傾險則下怨恨，辯慧則破正道，深刻則傷恩惠」。至東漢班固也在《漢書》中立〈佞幸傳〉稱這批待詔金馬、給事禁苑的貴幸之臣：「進不繇道，位過其任，莫能有終，所謂愛之適足以害之也。」[112]

但同樣地，也有一批受漢帝特命拔擢於市井、待詔於金馬之士，如賈誼、枚乘、鄒陽、司馬遷、楊惲、東方朔、司馬相如、蘇武、李陵、劉歆、孔安

---

[109] 《漢書》卷 72〈龔勝傳〉。見《漢書》，頁 3081。

[110] 若出現「熒惑守心」，往往即意味著皇帝崩逝或重大國難。但黃一農還指出，西漢尚有偽造「熒惑守心」之言論以進行政治鬥爭之實。見氏著：〈中國星占學上最凶的天象：「熒惑守心」〉，收錄於氏著：《社會天文學史十講》(上海：復旦大學，2005 年 12 月)，頁 23-48。

[111] 《漢書》卷 45〈息夫躬傳〉。見《漢書》，頁 2184-2185。

[112] 《漢書》卷 93〈佞幸傳·贊曰〉。見《漢書》，頁 3741。

國、王褒、揚雄等人，班固亦為其立傳於《漢書》之中。如：

賈誼：

> 以能誦詩書屬文稱於郡中。……文帝詔為博士。是時，誼年二十
> 餘，最為少，每詔令議下，諸老先生未能言，誼盡為之對，……文帝
> 說之，超遷，歲中至太中大夫。[113]

鄒陽、枚乘：

> 漢興，諸侯王皆自治民聘賢。吳王濞招致四方游士，陽與吳嚴忌、
> 枚乘等俱仕吳，皆以文辯著名。[114]

司馬遷：

> 遷仕為郎中，奉使西征巴蜀以南，略邛、笮、昆明，還報命。……
> 遷既被刑之後，為中書令，尊寵任職。[115]

與其外孫楊惲：

> 好交英俊諸儒，名顯朝廷，擢為左曹。霍氏謀反，惲先聞知，……
> 遷中郎將。[116]

或李陵：

---

[113] 《漢書》卷 48〈賈誼傳〉。見《漢書》，頁 2221。

[114] 《漢書》卷 51〈鄒陽傳〉。見《漢書》，頁 2338。

[115] 《漢書》卷 62〈司馬遷傳〉。見《漢書》，頁 2715-2725。

[116] 《漢書》卷 66〈楊惲傳〉。見《漢書》，頁 2890。

少為侍中建章監。[117]

蘇武：

> 兄弟並為郎，稍遷至栘中廄監。[118]

劉歆：

> 少以通《詩》《書》能屬文召見成帝，待詔宦者署，為黃門郎。河平中，受詔與父(光祿大夫)向領校秘書，講六藝傳記、諸子、詩賦、數術、方技，無所不究。[119]

孔安國：

> 安國為諫大夫，授都尉朝。[120]

司馬相如：

> (〈子虛〉、〈上林〉)賦奏，天子以為郎。……為郎數歲，乃遣相如責唐蒙等，因諭告巴蜀民。[121]

東方朔：

> 武帝既招英俊，程其器能，用之如不及。時方外事胡越，內興制度，國家多事，自公孫弘以下至司馬遷皆奉使方外，或為郡國守相至

---

[117] 《漢書》卷54〈李陵傳〉。見《漢書》，頁2450。
[118] 《漢書》卷54〈蘇武傳〉。見《漢書》，頁2459。
[119] 《漢書》卷36〈劉歆傳〉。見《漢書》，頁1967。
[120] 《漢書》卷88〈儒林傳‧孔安國〉。見《漢書》，頁3607。
[121] 《漢書》卷57下〈司馬相如傳下〉。見《漢書》，頁2576-2577。

公卿，而朔嘗至太中大夫，後嘗為郎，與枚皋、郭舍人俱在左右，詼啁而已。[122]

又〈嚴助傳〉曰：

郡舉賢良，對策百餘人，武帝善助對，繇是獨擢助為中大夫。後得朱買臣、吾丘壽王、司馬相如、主父偃、徐樂、嚴安、東方朔、枚皋、膠倉、終軍、嚴蔥奇等，並在左右。是時征伐四夷，開置邊郡，軍旅數發，內改制度，朝廷多事，婁舉賢良文學之士。公孫宏起徒步，數年至丞相，開東閣，延賢人與謀議，朝覲奏事，因言國家便宜。上令助等與大臣辯論，中外相應以義理之文，大臣數黜。其尤親幸者，東方朔、枚皋、嚴助、吾丘壽王、司馬相如。相如常稱疾避事。朔、皋不根持論，上頗俳優畜之。為助與壽王見任用，而助最先進。[123]

〈王襃傳〉則載：

宣帝時修武帝故事，講論六藝群書，博盡奇藝之好，徵能為《楚辭》九江被公，召見誦讀，亦召高材劉向、張子喬、華龍、柳襃等待召金馬門。神爵、五鳳之間，天下殷富，數有嘉應。上頗作歌詩，欲興協律之事，丞相魏相奏言知音善鼓雅琴者渤海趙定、梁國龔德、皆召見待詔。於是益州刺史王襄欲宣風化於眾庶，聞王襃有俊材，請與相見，使襃作〈中和〉、〈樂職〉、〈宣布〉詩，選好事者依〈鹿鳴〉之聲習而歌之。……擢襃為諫大夫。[124]

上述諸人均為被蕭統選錄於《文選》中的詞人才子之英，飛文染翰之傑，

---

[122] 《漢書》卷 65〈東方朔傳〉。見《漢書》，頁 2863。

[123] 《漢書》卷 64 上〈嚴朱吾丘主父徐嚴忠王賈傳上〉。見《漢書》，頁 2775。

[124] 《漢書》卷 64 下〈嚴朱吾丘主父徐嚴忠王賈傳下·王襃〉。見《漢書》，頁 2821-2829。

即使其干祿之道以文學雜藝為事、口諧暢辯之論取悅君王，才獲破格封賞的
途徑，無異於「走使圍隸、倡優戲弄」之流者，但從其所留下的作品可知，
此批言語侍從之臣、文學賢良之士實際上是被塑造成光國之士與忠諫之臣，
故班固將之與恃寵亂政之〈佞幸傳〉加以區別，而此一文士國士化與佞幸區
別之觀念，也呈現在《文選》之中。

　　被置於《文選》卷一開卷之作的班固〈兩都賦序〉，除可視為班固用來調
和內朝文學貴幸與外廷公卿大夫的宣言外，對選錄於卷首的蕭統而言，此文
正好可為其「文士國士化」立場背書：

> 或曰：賦者，古詩之流也。昔成康沒而頌聲寢，王澤竭而詩不作。
> 大漢初定，日不暇給。至於武宣之世，乃崇禮官，考文章，內設金馬
> 石渠之署，外興樂府協律之事，以興廢繼絕，潤色鴻業。是以眾庶悅
> 豫，福應尤盛，〈白麟〉、〈赤鴈〉、〈芝房〉、〈寶鼎〉之歌，薦於郊廟。
> 神雀五鳳甘露黃龍之瑞，以為年紀。故言語侍從之臣，若司馬相如、
> 虞丘壽王、東方朔、枚皋、王褒、劉向之屬，朝夕論思，日月獻納；
> 而公卿大臣，御史大夫倪寬、太常孔臧、太中大夫董仲舒、宗正劉德、
> 太子太傅蕭望之等，時時間作。或以抒下情而通諷諭，或以宣上德而
> 盡忠孝，雍容揄揚，著於後嗣，抑亦雅頌之亞也。故孝成之世，論而
> 錄之，蓋奏御者千有餘篇，而後大漢之文章，炳焉與三代同風。[125]

　　上文中班固實透露三大要點：其一，以上諸人代表著西漢王朝「功臣觀」
的轉變軌跡，由楚漢相爭之軍功封侯逐漸演變為潤色鴻業的文治之臣，如同
《漢書》卷十八〈外戚恩澤侯表序〉所言：「高帝撥亂誅暴，庶事草創，日不
暇給，然猶修祀六國，求聘四皓，過魏則寵無忌之墓，適趙則封樂毅之後。
及其行賞而授位也，爵以功為先後，官用能為次序。後嗣共己遵業，舊臣繼

---

[125]　《文選》，頁 1-3。

踵居位。至乎孝武，元功宿將略盡。會上亦興文學，進拔幽隱，公孫弘自海濱而登宰相，於是寵以列侯之爵。又疇咨前代，詢問耆老，初得周後，復加爵邑。自是之後，宰相畢侯矣。元、成之間，晚得殷世，以備賓位。」[126]其二，上述文士之作顯可塑造出西漢帝國與三代同風之帝國圖像，故文士作家已跳脫倡優調笑的貴游賓客之流，轉為帝國潤色鴻業之參與者；其三，試圖藉其作品所呈現「抒下情而通諷諭」、「宣上德而盡忠孝」的內涵，構築出文士國士化之標誌。

(三) 文士國士化與蕭梁政治圖像

本書已多次提及，蕭統對其東宮文士的理想期待，顯然並非僅具有能摛藻鋪采的能力而已。如蕭綱(503-551)便曾在〈玄圃講頌序〉云：

> 儲君德彰妙象，體睿春瓊。視膳閑晨，遊心法捷。搦管摛章，既嫣娟錦縟；清談論辯，亦參差玉照。夏啟愍德，周頌慚風。乃於玄圃園，栖聚息心之英，並命陳、徐之士，極談永日，講道終朝。[127]

顯然對於東宮文士的印象也除「搦管摛章」之外，還涉及「清談論辯」、「極談永日」、「講道終朝」等能力。而同時間蕭子顯也有對此次文會之述：

> 曰天監之十七，屬儲德之方宣。……察情幄帳，讓齒虞庠。性與天道，言為珪璋。詩史遝集，禮易翱翔。義華洛水，文麗清漳。……既而俄軒有睟，肆筵授几。高殿肅而神嚴，微言欣而奏理。煥嘉語於丹青，得親承於音旨。智周物而為心，情研機而盡諦。言超超而出《象》，理亹亹而踰《繫》。類炙兩娛心之談未足云，晉儲真假之理豈能逮。史

---

[126] 《漢書》卷18〈外戚恩澤侯表序〉。見《漢書》，頁677。

[127] 《廣弘明集》，卷20，頁290。

　　臣乃載筆撰功，請事其職。[128]

　　蕭子顯自言以史臣之筆記錄這場東宮玄圃園說法大會的盛況，意味著其
所描述的內容徵實可信。其中提及「詩史遙集」與「禮易翱翔」，實透露了東
宮所薈萃的文士除了不拘雕蟲之士一格之外，尚有史學家、經學家、談玄家，
然既皆參與此次說法談玄之盛宴，也就意味著東宮文士群體實應具有學貫四
部之通才能力，則文學才華僅為其中一項能力標準而已。至於「義華洛水，
文麗清漳」則更凸顯東宮理想文士之典範，前者指的是西晉「洛水之禊」：「諸
名士共至洛水戲。還，樂令問王夷甫曰：『今日戲樂乎？』王曰：『裴僕射善
談名理，混混有雅致；張茂先論《史》、《漢》，靡靡可聽；我與王安豐說延陵、
子房，亦超超玄箸。』」[129]此則故事被引用很顯然與其中諸名士的東宮職仕背
景有所關聯。

　　「樂令」即樂廣(？-304)，曾為西晉愍懷太子(278-300)的太子舍人、太子
中庶子，[130]甚至在愍懷遭賈后(賈南風，257-300)所廢後違禁保護東宮臣僚：「愍
懷太子之廢也，詔故臣不得辭送，眾官不勝憤歎，皆冒禁拜辭。司隸校尉滿
奮敕河南中部收縛拜者送獄，廣即便解遣。眾人代廣危懼。」[131]王夷甫即指
王衍(256-311)，《晉書》指其泰始年間(晉武帝，265-274)曾為太子舍人、太子

---

[128] 蕭子顯：〈玄圃園講賦〉，見《廣弘明集》卷 29 上，頁 472。

[129] 《世說新語》卷上〈言語〉。〔南朝宋〕劉義慶(403-444)著，〔南朝梁〕劉孝標(462-521)注，余
嘉錫箋疏，周祖謨(1914-1995)、余淑宜整理：《世說新語箋疏》(臺北：華正書局，1993 年 10 月)，
頁 85。

[130] 《晉書》卷 43〈樂廣傳〉：「廣孤貧，僑居山陽，寒素為業，人無知者。性沖約，有遠識，寡嗜
欲，與物無競。尤善談論，每以約言析理，以厭人之心，其所不知，默如也。……王戎為荊州刺
史，聞廣為夏侯玄所賞，乃舉為秀才。楷又薦廣於賈充，遂辟太尉掾，轉太子舍人。……出補元
城令，遷中書侍郎，轉太子中庶子，累遷侍中、河南尹。」見〔唐〕房玄齡(578-648)等撰：《晉
書》(點校本，北京：中華書局，1997 年 9 月)，頁 1243-1244。

[131] 《晉書》卷 43〈樂廣傳〉。見《晉書》，頁 1245。

中庶子，[132]可知曾入晉惠帝(259-307 在位)東宮為官。其後又以女嫁愍懷太子：「女為愍懷太子妃，太子為賈后所誣，衍懼禍，自表離婚。」[133]裴僕射指的是被稱為有「足以興隆國嗣」[134]的裴頠(267-300)，其於太康二年(281)曾為太子中庶子，曾於晉惠帝時上表增置東宮軍備，[135]力佐愍懷太子東宮之正：「時以陳准子匡、韓蔚子嵩並侍東宮，頠諫曰：『東宮之建，以儲皇極。其所與遊接，必簡英俊，宜用成德。匡、嵩幼弱，未識人理立身之節。東宮實體夙成之表，而今有童子侍從之聲，未是光闡遐風之弘理也。』」[136]故在賈后奪權之際，其與張華(232-300)乃俱竭力護儲。但最後仍受八王亂政(291-306)牽連而身亡。[137]而與王衍共同評論「延陵有作，僑肸是與」的王使季札，[138]與「蔚為帝師」的張良者，[139]乃是曾任愍懷太子太傅的王戎。而又從昭明太子曾作有〈詠王戎〉詩：「濬仲殊蕭散，薄暮至中台。徵神歸鑒景，晦行屬聚財。嵇生襲玄夜，阮籍變青灰。留連追宴緒，壚下獨徘徊。」[140]可見蕭統對這位曾任太子太傅之西晉名士之認知，應該不僅只有避禍自保的形象。《晉書》中描述王戎尚有對其「戎在職雖無殊能，而庶績修理。」與「戎始為甲午制，凡

---

[132] 《晉書》卷 43〈王衍傳〉：「泰始八年，詔舉奇才可以安邊者，衍初好論從橫之術，故尚書盧欽舉為遼東太守。不就，……後為太子舍人，還尚書郎。出補元城令，終日清談，而縣務亦理。入為中庶子、黃門侍郎。」見《晉書》，頁 1236。

[133] 《晉書》卷 43〈王衍傳〉。見《晉書》，頁 1237。

[134] 《晉書》卷 35〈裴頠傳〉。見《晉書》，頁 1041。

[135] 《晉書》卷 35〈裴頠傳〉：「頠以賈后不悅太子，抗表請增崇太子所生謝淑妃位號，仍啟增置後衛率吏，給三千兵，於是東宮宿衛萬人。」見《晉書》，頁 1042。

[136] 《晉書》卷 35〈裴頠傳〉。見《晉書》，頁 1043。

[137] 《晉書》卷 36〈張華傳〉：「及司馬倫、孫秀將廢賈后，……華知秀等必成篡奪，乃距之。……詐稱詔召華，遂與裴頠俱被收。」《晉書》，頁 1074。

[138] 《文選》卷 23〈詩·贈答〉〔東漢〕王粲〈贈文叔良〉。見《文選》，頁 1108。

[139] 《文選》卷 36〈教〉〔南朝宋〕傅亮(374-426)〈為宋公修張良廟教〉。見《文選》，頁 1640。

[140] 《昭明太子集校注》，頁 50-51。

選舉皆先治百姓，然後授用。」的記載。[141]是以蕭子顯化用此典於〈玄圃園講賦〉中，實呈現出東宮臣僚職能的雙重意涵：

其一，是東宮文士所應具備的文學能力。

其二，是在東宮職事系統下文士所具備的行政能力。

因此蕭子顯採取的史例，無非是要凸顯蕭統東宮文士集團兼備經國治事之能，而非純為陪侍貴游得倡優之流。

蕭子顯於後又化用「文麗清漳」一詞以擬為曹丕南皮之遊，則更加強化上述觀點。《文選》卷四二收錄曹丕(187-226)〈與朝歌令吳質書〉：

> 五月十八日，丕白：季重無恙。塗路雖局，官守有限，願言之懷，良不可任。足下所治僻左，書問致簡，益用增勞。每念昔日南皮之遊，誠不可忘。既妙思六經，逍遙百氏；彈碁閒設，終以六博，高談娛心，哀箏順耳。馳騁北場，旅食南館，浮甘瓜於清泉，沈朱李於寒水。白日既匿，繼以朗月，同乘竝載，以遊後園，輿輪徐動，參從無聲，清風夜起，悲笳微吟，樂往哀來，愴然傷懷。余顧而言，斯樂難常，足下之徒，咸以為然。今果分別，各在一方。元瑜長逝，化為異物，每一念至，何時可言！[142]

此文可知曹丕與眾文士的南皮之遊的內容包含：「妙思六經」、「逍遙百氏」、「彈碁閒設」、「終以六博」、「高談娛心」、「哀箏順耳」、「馳騁北場」、「旅

---

[141] 見《晉書》，頁1233。而這也提供另一條重探蕭統補作〈詠山濤〉、〈詠王戎〉的線索，應與東宮選材舉賢之需求有關。但傳統多將蕭統補作〈詠山濤〉、〈詠王戎〉詩與其所爆發的「蠟鵝事件」連結，導致由保身避禍之道解此詩。可參考江建俊：〈顏延之〈五君詠〉與蕭統〈詠山濤王戎〉作意蠡測〉，收錄於氏著：《于有非有，于無非無──魏晉思想文化綜論》(臺北：新文豐出版公司，2009年8月)，頁463-508。

[142] 《文選》卷42〈書〉〔曹魏〕曹丕：〈與朝歌令吳質書〉。見《文選》，頁1895。

食南館」，故所謂的南皮之遊不僅只為傳統所視之文學聚會，尚還包括論學解經、遊獵畋蒐與棋藝、琴藝等活動，故能夠參與其會的文士顯也必須具備多項才能。而從曹丕〈與吳質書〉中約略可知這群侍輦文士的內容：

> 昔年疾疫，親故多離其災，徐、陳、應、劉，一時俱逝，痛可言邪！昔日遊處，行則連輿，止則接席，何曾須臾相失。每至觴酌流行，絲竹並奏，酒酣耳熱，仰而賦詩，當此之時，忽然不自知樂也。謂百年已分，可長共相保。何圖數年之間，零落略盡，言之傷心！頃撰其遺文，都為一集。觀其姓名，已為鬼錄。追思昔遊，猶在心目，而此諸子，化為糞壤，可復道哉！觀古今文人，類不護細行，鮮能以名節自立。而偉長獨懷文抱質，恬惔寡欲，有箕山之志，可謂彬彬君子者矣。著《中論》二十餘篇，成一家之言，辭義典雅，足傳于後，此子為不朽矣。德璉常斐然有述作之意，其才學足以著書，美志不遂，良可痛惜。間者歷覽諸子之文，對之抆淚，既痛逝者，行自念也。孔璋章表殊健，微為繁富。公幹有逸氣，但未遒耳；其五言詩之善者，妙絕時人。元瑜書記翩翩，致足樂也。仲宣續自善於辭賦，惜其體弱，不足起其文，至於所善，古人無以遠過。昔伯牙絕絃於鍾期，仲尼覆醢於子路，痛知音之難遇，傷門人之莫逮。諸子但為未及古人，自一時之雋也。今之存者，已不逮矣。後生可畏，來者難誣，然恐吾與足下不及見也。[143]

但這段文獻傳統都目為建安七子文學特徵的實錄而已，然曹丕於文中之所以側重評論建安七子的文學風格特色，乃是出於其欲選七子遺文以為一集的動機，既出於編選文集，勢必選取七子各人的代表之作，不過並不意味著七子就僅擅此一體或其存在僅為雕文侍遊之徒。而從《三國志》對七子的記

---

[143] 《文選》卷42〈書〉〔曹魏〕曹丕：〈與吳質書〉。見《文選》，頁1896-1898。

載：

太祖辟(王粲)為丞相掾，……後遷軍謀祭酒。魏國既建，拜侍中。博物多識，問無不對。時舊儀廢弛，興造制度，粲恆典之。……始文帝為五官將，及平原侯植皆好文學。粲與北海徐幹字偉長、廣陵陳琳字孔璋、陳留阮瑀字元瑜、汝南應瑒字德璉、東平劉楨字公幹並見友善。幹為司空軍謀祭酒掾屬，五官將文學。……瑀少受學於蔡邕，建安中都護曹洪欲使掌書記，瑀終不為屈。太祖並以琳、瑀為司空軍謀祭酒，管記室，軍國檄書，多琳、與所作也。琳徙門下督，瑀為倉曹掾屬。瑒、楨各被太祖辟，為丞相掾屬。瑒轉為平原侯庶子，後為五官將文學。楨以不敬被刑，刑竟署吏。咸著文賦數十篇。[144]

整理以上諸人在曹丕禪漢前的職銜：

王粲：丞相掾、軍謀祭酒、侍中。
徐幹：司空軍謀祭酒掾屬、五官將文學。
阮瑀：軍謀祭酒、管記室、倉曹掾屬
陳琳：軍謀祭酒、管記室、門下督
應瑒：丞相掾屬、平原侯庶子、五官將文學
劉楨：司空軍謀祭酒、丞相掾屬、五官將文學。

可知建安七子中除了死於建安十三年的孔融(153-208)外，其餘六人都曾擔任過曹操與曹丕的核心幕僚。所謂「軍謀祭酒」與「司空軍謀祭酒」，前者屬於丞相府幕僚，洪飴孫(1773-1816)在《三國職官表》中的「相國府府屬」下有「軍師祭酒」條：「無員，第五品。建安三年武帝為漢丞相時初置，後因

---

[144] 《三國志》卷21〈王粲傳〉。〔晉〕陳壽(233-297)撰，〔南朝宋〕裴松之(372-451)注：《三國志》（點校本，北京：中華書局，1997年9月），頁598-601。

之。《宋志》云：『避晉諱，但稱軍祭酒』。案：本書又或稱軍謀祭酒。」[145]而後者則見於《三國職官表》「司空府屬」下「軍師祭酒」條：「一人，第五品。建安三年太祖為漢司空時置。」[146]可知五品又單員之「軍謀祭酒」，在幕府僚屬間所處的核心地位。相較於軍謀祭酒近於軍師統籌之性質，丞相之「掾」或「掾屬」則需處理各種軍府庶務，其職階均為七品之吏：

> 西曹屬，一人，二百石，第七品，典選舉。太祖因漢制置掾屬。
>
> 東曹掾，一人，比四百石。屬一人，二百石。第七品，典選舉。
>
> 戶曹掾，一人，比三百石。屬二人，二百石。第七品，主民戶、祠祀、農桑。
>
> 金曹掾，一人，比三百石。屬一人，二百石。第七品，主貨幣、鹽鐵事。
>
> 賊曹掾，一人，比三百石。屬二人，二百石。第七品，主盜賊事。
>
> 兵曹掾，一人，比三百石。屬一人，二百石。第七品，主兵事。
>
> 騎兵掾，二人，比三百石。屬一人，二百石。第七品。（《唐六典》騎曹掌外府兵馬及雜畜。）
>
> 車曹掾，二人，比三百石。屬一人，二百石。第七品。
>
> 鎧曹掾，一人，比三百石。屬一人，二百石。第七品。（《唐六典》鎧曹唐改胄曹，掌戎仗器械。）
>
> 水曹掾，一人，比三百石。屬一人，二百石。第七品。
>
> 集曹掾，一人，比三百石。屬一人，二百石。第七品。
>
> 法曹掾，一人，比三百石。屬一人，二百石。第七品，主郵驛科程事。
>
> 奏曹掾，一人，比三百石。屬一人，二百石。第七品，主奏議事。
>
> 倉曹屬，二人，二百石。第七品，主倉穀事。
>
> 戎曹屬，一人，二百石。第七品。

---

[145] 〔清〕洪飴孫：《三國職官表》，收錄於二十五史刊行委員會編：《二十五史補編》(北京：中華書局，1998 年 2 月)，冊 2，頁 2732。

[146] 見《三國職官表》，《二十五史補編》，冊 2，頁 2743。

> 馬曹屬，一人，二百石。第七品。
> 媒曹屬，一人，二百石。第七品。[147]

故凡是擔任「掾」、「屬」或「掾屬」者，即意味著本身尚負有幕府僚佐的行政職責，這也就證明上述建安諸子本身除了具有雕蟲摛采的文士能力之外，尚須具備處理軍國庶務的行政能力。是以同樣在曹丕所擔任的「五官中郎將」幕下：

> 一人，比二千石，第四品，主五官郎。漢建安十六年文帝為五官中郎將，時副丞相，置官屬，有長史涼茂、邴原、吳質；文學徐幹、應瑒、劉廙、蘇林、夏侯尚；司馬趙戩、門下賊曹盧毓、郭淮；功曹常林。踐祚以後不置。[148]

可知凡為五官將文學者，即屬副丞相府中的掾屬成員。《通典》對「文學」一職僅云：「掌侍奉，分掌四部書，判書功事。」[149]而所謂的「判書功事」若據孫逢吉(1135-1199)《職官分紀》所指其職掌為：「文學掌分知經籍，侍奉文章，總緝經籍，繕寫裝染之功，筆札給用之數皆度之。」[150]顯然亦僅視其為單純的陪御侍從或整理文獻者。

但問題在於《通典》與《職官分紀》是以唐宋治世的背景立論，若與漢末魏晉六朝的戰亂動盪相比，反而嚴耕望(1916-1996)的研究提供一條重新思考魏晉六朝「文學侍從」職能複雜性的線索：

---

[147] 見《三國職官表》，《二十五史補編》，冊 2，頁 2735-2736。

[148] 見《三國職官表》，《二十五史補編》，冊 2，頁 2748。

[149] 見《通典》卷 30〈職官十二・東宮官・文學〉。〔唐〕杜佑(734-812)：《通典》(王文錦等人點校本，北京：中華書局，2003 年 5 月)，冊 1，頁 829。

[150] 〔北宋〕孫逢吉：《職官分紀》卷二八〈文學〉(景印文淵閣四庫全書本，臺北：臺灣商務印書館，1986 年 10 月)，冊 923，頁 566。

(魏晉)軍府漸奪州郡行政屬吏之權，至南北朝時，地方行政全歸
軍府，而自漢以來相承不替之地方行政屬吏轉處閒散，為地方人士祿
養仕進之梯階。蓋州郡屬吏雖由長官自辟，然籍限本域，長官人地生
疏，兼以地方豪族競相薦舉，故名雖自辟，情實疏間；軍府之職雖由
中央簡派，但頗由長官推薦，挾中央除授之勢，恃長官親倖之權，以
凌疏間之吏，行政實權之轉移乃意中事。況戰爭頻繁，軍事第一，地
方屬吏欲不退處閒散，豈可得乎？[151]

　　州府雙軌制下，中央授任之府官逐漸凌駕於州縣自薦之僚佐，也必然造
成州郡的「文學」一職已淪落為屬地方學官的閒散性質，[152]但在軍府、霸府，
或經由中央授任之公府中的文學掾屬，實多職掌軍國布露或國政文書之責。
就像陳琳曾管記室，即意味著掌管丞相府的軍國文書，但其後又遭貶為「門
下督」，此職實為驃騎已下及諸大將軍開府之僚屬：「置長史、司馬各一人，
秩千石；主簿，功曹史，門下督，錄事，兵鎧士賊曹，營軍、刺姦、帳下都
督，功曹書佐門吏，門下書吏各一人。」[153]同樣證明陳琳本身不僅具備掌軍
國檄書的文學之才，更具備有「諸郡各有門下督，主兵衞」[154]之率兵警備，
與「門下督，督將之居門下者」[155]之隨扈護駕之能力。因此若將上述建安諸
子置於曹丕「副丞相」、「五官中郎將」、與「魏國太子」的三重職能投射下，
曹丕絕非僅將之視為陪侍貴遊、吟詠風月之娛興之徒。

---

[151] 見嚴耕望發表於 1953 年 7 月 5 日的〈中國地方行政制度史〉一文，收錄於氏著：《嚴耕望史學論
文集》(上海：上海古籍出版社，2009 年 10 月)，冊下，頁 866。

[152] 「州府雙軌制」的政治制度研究可參考嚴耕望：《中國地方行政制度史──魏晉南北朝地方行政
制度》(臺北：中央研究院歷史語言研究所，1997 年 6 月)。此制度對於南朝文學發展的影響，可
參王文進：《荊雍地帶與南朝詩歌關係之研究》(臺北：國立臺灣大學中國文學研究所博士論文，
林文月教授指導，1987 年 12 月)。

[153] 《晉書》卷 14〈職官志〉。《晉書》，頁 728。

[154] 《資治通鑑》卷 40〈漢紀 32‧世祖光武皇帝上‧建武元年注〉。《資治通鑑》，頁 1282。

[155] 《資治通鑑》卷 66〈漢紀 58‧孝獻皇帝‧建安十六年注〉。《資治通鑑》，頁 2106。

　　故蕭子顯引用此典於〈玄圃園講賦〉中，除了描述蕭統東宮當日聚會之盛況可擬曹丕：「知諸君子復有漳渠之會。夫漳渠西有伯陽之館，北有曠野之望，高樹翳朝雲，文禽蔽綠水，沙場夷敞，清風肅穆，是京臺之樂也，得無流而不反乎？」[156]之外，更重要的是揭露出蕭統東宮文士集團的重要性質：即文士之外還需兼具處理軍國行政之能，而對文士角色有此認知，實出於蕭統本身所身負之三重職能角色：太子、王臣、與文士。而編輯《文選》正是蕭統形塑此理想文士典型——「文士國士化」——的實踐方式。

　　而為要讓此一標誌的意義更加明顯的方式，要不藉由反襯以突出國士化文士之特質，要不便從國士化文士本身的言論為證。前者在《文選》中可藉三篇文獻為參考，首先是《文選》卷五十〈史論下〉所收沈約〈宋書‧恩倖傳論〉：

> 夫君子小人，類物之通稱。蹈道則為君子，違之則為小人。屠釣，卑事也；板築，賤役也。太公起為周師，傅說去為殷相。非論公侯之世，鼎食之資，明敭幽仄，唯才是與。逮于二漢，茲道未革，胡廣累世農夫，伯始致位公相；黃憲牛醫之子，叔度名動京師。且士子居朝，咸有職業，雖七葉珥貂，見崇西漢，而侍中身奉奏事，又分掌御服，東方朔為黃門侍郎，執戟殿下。郡縣掾史，並出豪家，負戈宿衛，皆由勢族，非若晚代分為二塗者也。[157]

　　此段以殷、周、兩漢史事為例，強調不次拔擢人才成就許多名留青史的國之棟樑，如姜太公、傅說、東方朔、胡廣、黃憲，其共同的特色均是起於市井之間，皆受君王唯才是舉而得以出仕。相較於沈約所處之南朝時代以門資取士，李善《注》云：「約言當時遇幸會者，即得好官。又以晉、宋之間，

---

[156] 《文選》卷42〈書卷中〉〔曹魏〕應璩(190-252)：〈與滿公琰書〉。見《文選》，頁1914。
[157] 《文選》，頁2222-2223。

皆取門戶，不任才能，故作此論。」[158]則可見沈約實藉此〈論〉以寄寓寒素士子不遇之憾。故所謂「皆取門戶」即謂恩澤封侯者：

> 漢末喪亂，魏武始基。軍中倉卒，權立九品，蓋以論人才優劣，非謂世族高卑。因此相沿，遂為成法。自魏至晉，莫之能改，州都郡正，以才品人，而舉世人才，升降蓋寡。徒以憑籍世資，用相陵駕，都正俗士，斟酌時宜，品目少多，隨事俯仰，劉毅所云下品無高門，上品無賤族者也。歲月遷訛，斯風漸篤，凡厥衣冠，莫非二品，自此以還，遂成卑庶。周漢之道，以智役愚，臺隸參差，用成等級。魏晉以來，以貴役賤，士庶之科，較然有辨。[159]

除曹操曾於漢末兵荒馬亂之際不記門戶背景唯才是舉之外，整個魏晉南北朝的人才舉薦管道可說都被「九品中正制」掌握，[160]導致「今臺閣選舉，塗塞耳目，九品訪人，唯問中正。故據上品者，非公侯之子孫，則當塗之昆弟也。二者苟然，則篳門蓬戶之俊，安得不有陸沈者哉！」[161]另一種則是柔曼傾意的便嬖之臣：

> 夫人君南面，九重奧絕，陪奉朝夕，義隔卿士，堦闥之任，宜有司存。既而恩以狎生，信由恩固，無可憚之姿，有易親之色。孝建泰

---

[158] 《文選》，頁 2222。

[159] 《文選》，頁 2223-2224。

[160] 〔日本〕宮崎市定(みやざき　いちさだ，1901-1995)雖指出「九品」與「中正」兩者應該分別論之，前者有所謂「鄉品九品」與「官品九品」之分，後者則專指具有評定人才的權力的中正官。不過宮崎氏仍沒有否認傳統習於「九品中正制」的說法，只是提醒如此一來此一制度的討論恐將偏向「中正官」，而未能全面檢視九品制度在中國官制史上的特殊意義。此外制隋朝一統天下後，限縮了地方中正官的舉才權力，將人事評議權歸束於中央政府與皇帝手上，九品中正制才正式式微。見氏著，韓昇譯：《九品官人法研究：科舉前史》(北京：中華書局，2008 年 3 月)。

[161] 《晉書》卷 48〈段灼傳〉。見《晉書》，頁 1347。

始，主威獨運，空置百司，權不外假，而刑政糾雜，理難遍通，耳目所寄，事歸近習。賞罰之要，是謂國權，出納王命，由其掌握，於是方塗結軌，輻湊同奔。人主謂其身卑位薄，以為權不得重。曾不知鼠憑社貴，狐藉虎威，外無逼主之嫌，內有專用之功，勢傾天下，未之或悟，挾朋樹黨，政以賄成，鈇鉞瘡痏，搆於床笫之曲，服冕乘軒，出於言笑之下，南金北毳，來悉方艚，素縑丹魄，至皆兼兩，西京許、史，蓋不足云，晉朝王、石，未或能比。及太宗晚運，慮經盛衰，權倖之徒，慴憚宗戚，欲使幼主孤立，永竊國權。搆造同異，興樹禍隙，帝弟宗王，相繼屠勦。民忘宋德，雖非一塗，寶祚夙傾，實由於此。[162]

沈約所論雖僅是劉宋政局之象，但其實寒人掌機要是南朝普遍之局，[163]然如上文記載被稱拔於市井流俗之文士，其入仕方式與此處之倖臣相當，均是以文采得寵。[164]如鮑照(414-466)也被視為獲得特殊封賞的恩倖者：「中書之職，舊掌機務。漢元以令僕用事，魏明以監令專權，及在中朝，猶為重寄。陳准歸任上司，宋文世，秋當、周糾竝出寒門。孝武以來，士庶雜選，如東海鮑照，以才學知名。又用魯郡巢尚之，江夏王義恭以為非選。帝遣尚書二十餘牒，宣敕論辯，義恭乃歎曰：『人主誠知人。』及明帝世，胡母顥、阮佃

162　《文選》，頁 2224-2225。

163　《廿二史劄記》：「宋、齊、梁、陳諸君，則無論賢否，皆威服自己，不肯假權於大臣。而其時高門大族門戶已成，令、僕、三司，可平流安進。不屑竭智盡心，以邀恩寵；且風流相尚，罕以物務關懷，人主遂不能藉以集事，於是不得不用寒人。人寒則希榮切而宣力勤，便於驅策，不覺倚之唯心膂。《南史》謂宋孝武不任大臣，而腹心耳目不能無所寄，於是戴法興、巢尚之等皆委任隆密。齊武帝亦曰：『學士輩但讀書耳，不堪經國，經國一劉係宗足矣。』此當時朝局相沿，位尊望重者齊任轉輕，而機要多任用此輩也。然地當清切，手持天憲，口銜詔命，則人雖寒而權自重，權重則勢力盡歸矣。」〔清〕趙翼(1727-1814)撰，王樹民(1911-2004)校證：《廿二史劄記校證》(訂補本，北京：中華書局，2001 年 11 月)，頁 173。

164　蕭聿孜：《南朝寒士仕隱心境及其詩文研究》(花蓮：國立東華大學中國語文學系研究所碩士論文，王文進教授指導，2012 年 6 月)。

夫之徒，專為佞倖矣。」[165]可知這群破格任用的文士往往擔任於中書要職以掌機密，故若君主所用非人，往往形成恃寵而驕而專權逼主，甚至結黨營私貪賄成風的狀況。顯然所謂的佞倖在沈約《宋書》的脈絡中，主要描述的是「從用人流弊，說到恩倖。蓋廊廟失職，則恩倖易於竊柄」[166]的政局亂象。但對身為太子的蕭統而言，封賞親幸與拔擢人才都是治國所需，因此如果將〈宋書・恩倖傳論〉收錄於《文選》之中是出於抨擊國家取士趨向便嬖之人，則有陷於揭其父過之危境。

　　在蕭統過逝約十年後的大同八年(542)，散騎常侍同時也是禮學大師的賀琛曾上書批評時政，其中有針對梁武帝寵信佞臣而發：

　　　　其三事曰：聖躬荷負蒼生以為任，弘濟四海以為心，不憚胼胝之勞，不辭癯瘦之苦，豈止日昃忘飢，夜分廢寢。至於百司，莫不奏事，上息責下之嫌，下無逼上之咎，斯實道邁百王，事超千載。但斗筲之人，藻梲之子，既得伏奏帷扆，便欲詭競求進，不說國之大體。不知當一官，處一職，貴使理其紊亂，匡其不及，心在明恕，事乃平章。但務吹毛求疵，擘肌分理，運揲䪲之智，徵分外之求，以深刻為能，以繩逐為務，迹雖似於奉公，事更成其威福。犯罪者多，巧避滋甚，曠官廢職，長弊增姦，實由於此。　今誠願責其公平之效，黜其讒愚之心，則下安上謐，無徵倖之患矣。[167]

　　即使此〈疏〉已離蕭統逝世甚遠，但其中所說的內容絕對是蕭梁立國以來的長久積弊，因為賀琛上書論政實出於梁武帝的詔求言路的背景：

---

[165]　《南齊書》卷 56〈倖臣傳・序〉。見〔南朝梁〕蕭子顯(489-537)：《南齊書》(點校本，北京：中華書局，1997 年 9 月)，頁 971-972。

[166]　《評注昭明文選》引〔明〕孫執升評曰，頁 967。

[167]　《梁書》卷 38〈賀琛傳〉。見《梁書》，頁 545。

　　大同七年(541)十二月壬寅詔曰:「古人云,一物失所,如納諸隍,未是切言也。朕寒心消志,為日久矣,每當食投箸,方眠徹枕,獨坐懷憂,憤慨申旦,非為一人,萬姓故耳。州牧多非良才,守宰虎而傅翼,楊阜是故憂憤,賈誼所以流涕。至於民間誅求萬端,或供廚帳,或供廄庫,或遣使命,或待賓客,皆無自費,取給於民。又復多遣遊軍,稱為遏防,姦盜不止,暴掠繁多,或求供設,或責腳步。又行劫縱,更相枉逼,良人命盡,富室財殫。此為怨酷,非止一事。亦頻禁斷,猶自未已。外司明加聽採,隨事舉奏。」[168]

　　顯然連梁武帝都感受到國政出現問題,希冀群臣建言以圖商對策,賀琛即是在此一背景下上書。其中有部份正是針對梁武帝受佞臣誤國而發,當中所稱有悖國體「伏奏帷扆」、「詭競求進」的「斗筲之人,藻梲之子」,指的就是朱异(483-549)。朱异是蕭梁帝國繼周捨、徐勉後,梁武帝最器重之中樞機密侍臣工,《梁書》卷三八〈朱异傳〉曰:

　　　(朱异)遍治五經,尤明禮、易,涉獵文史,兼通雜藝,博奕書算,皆其所長。……時適异二十一,特敕擢為揚州議曹從事史。……其年,高祖自講《孝經》,使异執讀。簽尚書儀曹郎,入兼中書通事舍人,累遷鴻臚卿,太子右衛率,尋加員外常侍。……中大通元年,還散騎常侍。自周捨卒後,异代掌機謀,方鎮改換,朝儀國典,詔誥敕書,並兼掌之。每四方表疏,當局簿領,諮詢詳斷,填委於前,异數辭落紙,覽事下議,從橫敏贍,不暫停筆,頃刻之間,諸事便了。[169]

　　可見朱异是受到梁武帝不次拔擢於市井,並藉著本身博通經史、文采燦

---

[168] 《梁書》卷3〈武帝紀下〉。見《梁書》,頁86。
[169] 《梁書》卷38〈朱异傳〉。見《梁書》,頁537-538。

然，再加上天監名臣高族周捨：

> 周捨字昇逸，汝南安城人，晉左光祿大夫顗八世孫也。父顒，齊
> 中書侍郎，有名於時。……時天下草創，禮儀損益，多自捨出。……
> 入為中書通事舍人，累遷太子洗馬，散騎常侍，中書侍郎，鴻臚卿。……
> 遷尚書吏部郎，太子右衛率，右衛將軍，雖居職屢徙，而常留省內，
> 罕得休下，國史詔誥，儀體法律，軍旅謀謨，皆兼掌之。日夜侍上，
> 預機密，二十餘年未嘗離左右。[170]

又於普通五年(524)逝世，[171]朱异順理自然地成為梁武帝治國最重要的心
腹之臣。但其以一介平民暴得大位，顯然令蕭梁時代的諸多高門大族心生不
滿。如《梁書》卷四一〈王承傳〉便記載：

> 時右衛朱异當朝用事，每休下，車馬常填門。時有魏郡申英好危
> 言高論，以忤權右，常指异門曰：「此中輻輳，皆以利往。能不至者，
> 惟有大小王東陽。」小東陽，即承弟稚也。當時惟承兄弟及褚翔不至
> 异門，時以此稱之。[172]

王承兄弟乃王儉之孫，其父王暕天監時期為尚書右僕射、侍中，更居選
曹，蕭統甚至在《文選》中收錄由任昉代蕭遙光(468-499)所作之〈薦士表〉
中提到王暕：

---

[170] 《梁書》卷 19〈周捨傳〉。見《梁書》，頁 375-376。

[171] 《梁書》卷 19〈周捨傳〉：「普通五年，南津獲武陵太守白渦書，許遺捨面錢百萬，津司以聞。
雖書自外入，猶為有司所奏，捨坐免。遷右驍騎將軍，知太子詹事。以其年卒，時年五十六。」
見《梁書》，頁 376。

[172] 《梁書》卷 41〈王承傳〉。見《梁書》，頁 585。

　　七葉重光，海內冠冕，神清氣茂，允迪中和。叔寶理遺之談，彥
甫名教之樂，故以暉映先達，領袖後進。居無塵雜，家有賜書，辭賦
清新，屬言玄遠，室邇人曠，物疎道親。[173]

　　而褚翔之祖則是佐齊功臣褚淵，《文選》卷五八收錄南齊王儉所作〈褚淵
碑文〉即曰：

　　公諱淵，字彥回，河南陽翟人也。微子以至仁開基，宋段以功高
命氏。爰逮兩漢，儒雅繼及；魏晉以降，奕世重暉。乃祖太傅元穆公，
德合當時，行比州壤。深識臧否，不以毀譽形言；亮采王室，每懷沖
虛之道。可謂婉而成章，志而晦者矣。自茲厥後，無替前規，建官惟
賢，軒冕相襲。公稟川嶽之靈暉，含珪璋而挺曜，和順內凝。英華外
發。神茂初學，業隆弱冠。是以仁經義緯，敦穆於閨庭；金聲玉振，
寥亮於區寓。孝敬淳深，率由斯至；盡歡朝夕，人無間言。逍遙乎文
雅之圍，翱翔乎禮樂之場。風儀與秋月齊明，音徽與春雲等潤。韻宇
弘深，喜愠莫見其際；心明通亮，用人言必由於己。汪汪焉，洋洋焉，
可謂澄之不清，撓之不濁。[174]

　　而王承與褚翔在蕭梁時期不僅俱以才學或梁武帝賞識，[175]兩人也都曾擔
任過蕭統太子時期的東宮僚屬，王承：「七歲通《周易》，選補國子生。年十

---

[173] 《文選》卷 36〈表下〉任昉：〈為蕭揚州薦士表〉。見《文選》，頁 1743。

[174] 《文選》，頁 2509-2510。

[175] 《梁書》卷 41〈王承傳〉：「時膏腴貴遊，咸以文學相尚，罕以經術為業，惟承獨好之，發言吐
論，造次儒者。在學訓諸生，述《禮》、《易》義。中大通五年，遷長兼侍中，俄轉國子祭酒。
承祖儉及父暕嘗為此職，三世為國師，前代未之有也，當世以為榮。」見《梁書》，頁 585。《梁
書》卷 41〈褚翔傳〉：「中大通五年，高祖宴群臣樂游苑，別詔翔與王訓為二十韻詩，限三刻成。
翔于坐立奏，高祖異焉，即日轉宣城王文學，俄遷為友。時宣城友、文學加它王二等，故以翔超
為之，時論美焉。」見《梁書》，頁 586。

五,射策高第,除秘書郎。歷太子舍人、南康王文學、邵陵王友、太子中舍人。以父憂去職。服闋,復爲中舍人,累遷中書黃門侍郎,兼國子博士。」[176]
褚翔:「起家秘書郎,遷太子舍人、尚書殿中郎。出爲安成內史。還除太子洗馬、中舍人,累遷太尉從事中郎、黃門侍郎、鎮右豫章王長史。頃之,入爲長兼侍中。……丁父憂。服闋,除秘書郎,累遷太子舍人、宣城王主簿。」[177]
由此可知,王承兄弟與褚翔不願與朱异往來,很可能就是流品有別與門戶差異之因素,而這種「士庶天隔」的意識仍存在於齊、梁時代。是以蕭統於《文選》中嘗錄一封沈約所作〈奏彈王源〉,王源遭沈約彈劾是因為「胄實參華」的身分,卻要與偽造門資之富商滿璋結姻,此舉被視為「託姻結好,唯利是求。玷辱流輩,莫斯為甚」之寔駭物聽之舉,[178]不過與其說是蕭統對社會「不辨士庶」之門第歧視觀念的反感,毋寧說是對世族貪圖財富權位而失德悖禮的譴責。因此對於掌握國家機要之寒人朱异,蕭統並未禁止與其往來,如《梁書》卷八〈昭明太子傳〉:

> (普通)三年十一月,始興王憺薨。舊事,以東宮禮絕傍親,書翰並依常儀。太子意以為疑,命僕劉孝綽議其事。……僕射徐勉、左率周捨、家令陸襄……司農卿明山賓、步兵校尉朱异議,……於是令付典書遵用,以為永準。[179]

是昭明太子也有親自與朱异交往之記錄,此外,其他東宮文士亦存在與朱异相遊之事實:

> (到溉)性又不好交游,惟與朱异、劉之遴、張緬同志友密。及臥

[176] 《梁書》卷41〈王承傳〉。見《梁書》,頁585。
[177] 《梁書》卷41〈褚翔傳〉。見《梁書》,頁586。
[178] 《文選》卷40〈彈事〉沈約:〈奏彈王源〉。見《文選》,頁1812-1817。
[179] 《梁書》卷8〈昭明太子傳〉。見《梁書》,頁166-167。

疾家園，門可羅雀，三君每歲時常鳴騶枉道，以相存問，置酒敘生平，
極歡而去。[180]

　　且當時的蕭梁政壇，朱异的意見時常為梁武帝施政所憑！如對禮制之徵
詢：

　　　　普通元年正月，(左軍將軍馮道根)卒，……是日輿駕春祠二廟，
　　既出宮，有司以聞。高祖問中書舍人朱异曰：「吉凶同日，今行乎？」
　　异對曰：「昔柳莊寢疾，衛獻公當祭，請於尸曰：『有臣柳莊，非寡人
　　之臣，是社稷之臣也，聞其死，請往。』不釋祭服而往，遂以襚之。
　　道根雖未為社稷之臣，亦有勞王室，臨之禮也。」高祖即幸其宅，哭
　　之甚慟。[181]

或敕使納降招叛：

　　　　普通五年，魏室大亂，法僧遂據鎮稱帝，誅鋤異己，立諸子為王，
　　部署將帥，欲議匡復。既而魏亂稍定，將討法僧，法僧懼，乃遣使歸
　　款，請為附庸，高祖許焉，授侍中、司空，封始安郡公，邑五千戶。
　　及魏軍既逼，法僧請還朝，高祖遣中書舍人朱异迎之。[182]

或御前議論檄文：

　　　　普通七年，王師北伐，敕子野為喻魏文，受詔立成，高祖以其事
　　體大，召尚書僕射徐勉、太子詹事周捨、鴻臚卿劉之遴、中書侍郎朱

---

[180] 《梁書》卷40〈到溉傳〉。見《梁書》，頁569。
[181] 《梁書》卷18〈馮道根傳〉。見《梁書》，頁289。
[182] 《梁書》卷39〈元法僧傳〉。見《梁書》，頁553。

异，集壽光殿以觀之，時並歎服。[183]

　　顯然，朱异這樣的角色對蕭梁王室而言，是重要的協理國政之臣。且在齊、梁士族尚未完全改變「望白空署」之風、[184]「不親細務」之習，[185]梁武帝勢必重用朱异等寒素之輩以助治國。

　　但寒素之士掌權容易落人國政遭佞倖把持的口實，其衍伸往往意味著梁武帝將受小人蒙蔽，故梁武帝才對此義正嚴辭地反擊賀琛之論：

　　　　卿又云「百司莫不奏事，詭競求進」。此又是誰？何者復是詭事？今不使外人呈事，於義可否？無人廢職，職可廢乎？職廢則人亂，人亂則國安乎？以咽廢飱，此之謂也。若斷呈事，誰尸其任？專委之人，云何可得？是故古人云：「專聽生姦，獨任成亂。」猶二世之委趙高，元後之付王莽。呼鹿爲馬，卒有閻樂望夷之禍，王莽亦終移漢鼎。卿云「吹毛求疵」，復是何人所吹之疵？「擘肌分理」，復是何人乎？事及「深刻」「繩逐」，並復是誰？又云「治、署、邸、肆」，何者宜除？何者宜省？「國容戎備」，何者宜省？何者未須？「四方屯傳」，何者無益？何者妨民？何處興造而是役民？何處費財而是非急？若爲「討召」？若爲「征賦」？朝廷從來無有此事，靜息之方復何者？宜各出其事，具以奏聞。[186]

[183]　《梁書》卷30〈裴子野傳〉。見《梁書》，頁443。

[184]　《梁書》卷37〈謝舉何敬容傳・陳吏部尚書姚察曰〉：「魏正始及晉之中朝，時俗尚於玄虛，貴爲放誕，尚書丞郎以上，簿領文案，不復經懷，皆成于令史。逮乎江左，此道彌扇，……望白署空，是稱清貴；恪勤匪懈，終滯鄙俗。」見《梁書》，頁534。

[185]　呂思勉(1884-1957)：「案江左士大夫，大抵優哉游哉，不親細務，欲求政事之脩舉，誠不能不任寒人；而此曹綜覈之才，亦容有過人者。」見氏著：《兩晉南北朝史》(上海：上海古籍出版社，2005年11月)，頁428。

[186]　《梁書》卷38〈賀琛傳〉。見《梁書》，頁549-550。

　　從梁武帝異常憤怒的反駁，其實已透露出蕭梁王室的立場，即對於任用近侍親貴協理治國是必須且合情合理的。問題癥結點在於任用的是哪一種人？故選擇人才的眼光才是關鍵之處。

　　而《文選》所錄的沈約〈宋書‧恩倖傳論〉，即指出宋孝武帝(454-464)、宋明帝(465-472)均事歸「鼠憑社貴，狐藉虎威，外無逼主之嫌，內有專用之功」的近寵，而這批恩倖之臣又「挾朋樹黨，政以賄成。」甚至到劉宋末年還企圖「欲使幼主孤立，永竊國權」，並「搆造同異，興樹禍隙」以迫害朝廷忠良。沈約本意明顯乃針對劉宋王朝的昏君識人不明而發。但若將此文置於身為太子的蕭統所編輯之《文選》脈絡內，要說是藉前車之鑑自我警省，倒不如說是昭告天下蕭梁王朝對於姦佞國賊的定義，故反而有警示群臣之用意，也透露出蕭梁並不反對任用親幸貴游之文士，但這批被委以國政重任之文士，必然是文德兼備的國士之材。

　　王夫之嘗論：「蕭、曹、房、杜之治也；劉向、朱雲、李固、杜喬、張九齡、陸贄之貞也；孔融、王經、段秀實之烈也；反此而為權姦、為宦寺、為外戚、為佞倖、為掊克之惡以敗亡人國家也。」[187]將外戚與宦官亦視為佞倖之類，而蕭統在選文上似也有意將佞倖之臣擴大至外戚與宦者身上，故在《文選》卷四九〈史論上〉收錄范曄〈後漢書皇后紀論〉：

　　　　東京皇統屢絕，權歸女主，外立者四帝，臨朝者六后，莫不定策帷帟，委事父兄，貪孩童以久其政，抑明賢以專其威，任重道悠，利深禍速，身犯霧露於雲臺之上，家纓縲紲於圄狴之下。湮滅連踵，傾輈繼路。而赴蹈不息，燋爛為期，終於陵夷大運，淪亡神寶。詩書所歎，略同一揆。[188]

---

[187] 《讀通鑑論》卷末〈敍論二〉。見《讀通鑑論》，頁1107。
[188] 《文選》，頁2197-2198。

與卷五十所錄〈後漢書宦者傳論〉：

　　若夫高冠長劍，紆朱懷金者，布滿宮闈；茝茅分虎，南面臣民者，
蓋以十數。府署第館，基列於都鄙；子弟支附，過半於州國。南金、
和寶、冰紈、霧縠之積，盈牣珍藏；嬪媛、侍兒、歌童、舞女之玩，
充備綺室。狗馬飾彫文，土木被緹繡。皆剝割萌黎，競恣奢欲。搆害
明賢，專樹黨類。其有更相援引，希附權彊者，皆腐身薰子，以自衒
達。同弊相濟，故其徒有繁，敗國蠹政之事，不可彈書。所以海內嗟
毒，志士窮棲，寇劇緣間，搖亂區夏。雖忠良懷憤，時或奮發，而言
出禍從，旋見孥戮。因復大考鉤黨，轉相誣染。凡稱善士。莫不罹被
災毒。[189]

　　收錄這兩篇史論除了符合蕭統所謂「事出於沉思，義歸乎翰藻」的美學
標準外，尚須考量蕭統此時監撫國政的身分。范曄所論東漢時期的外戚與宦
官的專政現象當然不願發生在蕭梁王朝裡，反而應該是廣攬英才以使天下歸
心，則這兩篇史論中的佞倖角色便成為最明顯的負面教材，再連同沈約〈宋
書‧恩倖傳〉中的例子，可知蕭統實已明確地劃分出國士與奸臣的界線。《文
選》卷三八〈表〉類文收有庾亮〈讓中書令表〉，[190]「中書令」乃身居禁密中
樞以「絲綸王言，出內帝命」為職，[191]但庾亮卻在文中剖析外戚干政之史鑑
以勸晉成帝能收回對己之成命，雖然事實是庾亮藉「讓」之名對抗東晉其他
世族的政治壓力，[192]然而蕭統將之錄於《文選》之中，與其說是欣賞庾亮文

---

[189] 《文選》，頁 2208-2209。

[190] 《文選》卷 38〈表下〉〔東晉〕庾亮〈讓中書令表〉。見《文選》，頁 1716-1719。

[191] 《藝文類聚》卷 48〈職官部四‧中書侍郎〉。見〔唐〕歐陽詢(557-641)撰，汪紹楹校：《藝文類
　　　聚》(上海：上海古籍出版社，2007 年 8 月)，頁 874。

[192] 田餘慶(1924-2014)：〈庾氏之興和庾、王江州之爭〉。見氏著：《東晉門閥政治》(北京：北京大
　　　學出版社，2005 年 6 月)，頁 86-112。

筆，毋寧是為凸顯庾亮文德兼備的外戚典範。是以另一外戚重臣之羊祜的謙
讓宰輔與舉薦賢士於〈讓開府表〉：

> 今臣身託外戚，事遭運會，誠在寵過，不患見遺，而猥超然降發
> 中之詔，加非次之榮，臣有何功可以堪之？何心可以安之？以身誤陛
> 下，辱高位，傾覆亦尋而至。願復守先人弊廬，豈可得哉！違命誠忤
> 天威，曲從即復若此。蓋聞古人申於見知，大臣之節，不可則止。臣
> 雖小人，敢緣所蒙，念存斯義。今天下自服化已來，方漸八年，雖側
> 席求賢，不遺幽賤。然臣等不能推有德，進有功，使聖聽知勝臣者多，
> 而未達者不少。假令有遺德於板築之下，有隱才於屠釣之間，而令朝
> 議用臣不以為非，臣處之不以為愧，所失豈不大哉！且臣忝竊雖久，
> 未若今日兼文武之極寵，等宰輔之高位也。臣所見雖狹，據今光祿大
> 夫李憙，秉節高亮，正身在朝。光祿大夫魯芝，絜身寡欲，和而不同。
> 光祿大夫李胤，蒞政弘簡，在公正色。皆服事華髮，以禮終始。雖歷
> 內外之寵，不異寒賤之家，而猶未蒙此選，臣更越之，何以塞天下之
> 望，少益日月。是以誓心守節，無苟進之志。[193]

羊祜是晉景帝司馬師之妻弟，因此羊祜才自稱外戚，此文應作在泰始八
年(272)步闡降晉前，此時羊祜本僅為管理軍事之荊州都督，但晉武帝欲賦其
開府之權以統制荊州之軍政，[194]甚至晉爵至與三公同秩。[195]然而方廷珪評點
此文指出了「讓」的行為在古代官場的意義，其中所謂「故聖人為國，必本

---

[193] 《文選》卷37〈表上〉〔西晉〕羊祜：〈讓開府表〉。見《文選》，頁1691-1692。

[194] 嚴耕望指出：「令都督兼領治所之州刺史，既免爭衡不睦，又收事權統一之效，……自此之後，都督例兼領治所之州刺史，本州之內，軍民刑政，由一人全權處理。」見氏著：《中國地方行政制度史──魏晉南北朝地方行政制度》，頁106。

[195] 《續漢書志》卷24〈百官一・將軍〉：「將軍，不常置。本《注》曰：掌征伐背叛。比公者四：第一大將軍，次驃騎將軍，次車騎將軍，次衛將軍。又有前、後、左、右將軍。」見《後漢書》，頁3563。

之禮讓，蓋『讓』道行，可長恬退之風，可息奔競之習，且使身居下僚，才德不至壅於上聞，若使讓非其人，則罪及所讓之人，似此則平日必留心察訪人才。亦誰肯讓及輕狂險躁之人，致身家名節因之以敗也。」[196]顯示出此文得以獲蕭統青睞之因，即在於羊祜無私地舉薦賢才於朝廷，有別於〈後漢書皇后紀論〉中「抑明賢以專其威」的姦佞外戚，顯示出羊祜在《文選》中被視為文德兼備、立言建功的國士典範。

　　而《文選》卷四一〈書〉類上卷所錄司馬遷〈報任少卿書〉，司馬遷一方面透露對身遭宮刑而成宦豎之痛苦：

> 故禍莫憯於欲利，悲莫痛於傷心，行莫醜於辱先，詬莫大於宮刑。……且負下未易居，下流多謗議，僕以口語遇此禍，重為鄉黨所笑，以汙辱先人，亦何面目復上父母丘墓乎？雖累百世，垢彌甚耳！是以腸一日而九迴，居則忽忽若有所亡，出則不知其所往。每念斯恥，汗未嘗不發背沾衣也。身直為閨閤之臣，寧得自引於深藏岩穴邪？故且從俗浮沈，與時俯仰，以通其狂惑。今少卿乃教以推賢進士，無乃與僕私心剌謬乎！[197]

　　顯然司馬遷認為宦者根本不該有參與國政之舉，因為從其所羅列的如「衛靈公之雍渠」、「秦孝公之景監」、「漢文帝之趙談」等例觀之，司馬遷對於宦者抱持的觀點仍是趨近於亂權違紀的佞倖之輩，自己本因受刑無可奈何下才變成宦者之流，卻因此遭到質疑苟且偷生以取媚漢武帝，司馬遷才不得不做此書以辯解。其次是當時擔任「執國法及國令之貳，以考政事。蓋古今中書之任。」[198]的司馬遷，[199]在信中看似謙詞認罪之言：

---

[196] 《評注昭明文選》，頁 699。

[197] 《文選》，頁 1856-1866。

[198] 《通典》卷 21〈職官三・中書令〉。見《通典》，頁 560。

[199] 《漢書》卷 62〈司馬遷傳〉：「遷既被刑後，為中書令，尊寵任職。」。見《漢書》，頁 2725。

得待罪輦轂下，二十餘年矣。所以自惟，上之不能納忠效信，有
奇策才力之譽，自結明主；次之又不能拾遺補闕，招賢進能，顯巖穴
之士；外之又不能備行伍，攻城野戰，有斬將搴旗之功；下之不能積
日累勞，取尊官厚祿，以為宗族交遊光寵。四者無一遂，苟合取容，
無所短長之效，可見如此矣。[200]

　　實際上這段正是其所認為的賢臣之義，而這應該才是蕭統將之選錄《文
選》的要旨。任安本是質疑司馬遷刑餘之後苟且偷生有辱士流，但司馬遷卻
在信中流露出對被逼為宦者之罪的不滿：「太上不辱先，其次不辱身，其次不
辱理色，其次不辱辭令，其次詘體受辱，其次易服受辱，其次關木索被箠楚
受辱，其次剔毛髮嬰金鐵受辱，其次毀肌膚斷肢體受辱，最下腐刑，極矣。《傳》
曰：『刑不上大夫。』此言士節不可不勉勵也。」[201]則藉由其口道出對宮刑之
控訴，實際上也意味著公卿大夫之輩視宦者為刑餘殘穢之人的共同立場，故
司馬遷所列舉的「周文王」、「孔子」、「屈原」、「左丘明」、「孫臏」、「呂不韋」、
「韓非」等「倜儻非常之人」，皆「聖賢發憤之所為作也。此人皆意有所鬱結，
不得通其道，故述往事，思來者。乃如左丘無目，孫子斷足，終不可用，退
而論書策，以舒其憤，思垂空文以自見。」顯然司馬遷極力將自己與一般的
宦者區隔開來，其乃受刑所致，並非自甘墮落，故這份名單便可視為是司馬
遷的自清之辭，[202]藉此文義而觀察蕭統將之置於《文選》的脈絡中，在宮職
無法斷絕宦者的現實情況下，正如方廷珪論述〈後書宦者傳論〉時所言：

　　入手據《周官》，明宦寺之職不過司禁門內外出入。由春秋而戰國，
所用之人，亦各有賢否。西漢呂后專制，漸干事權，至元帝始盛。東

---

[200] 《文選》，頁 1856-1857。

[201] 《文選》，頁 1860。

[202] 何焯：「言己非隨俗流轉，不自樹立，故自有足以垂榮萬世者。欲少卿知其心之所存，勿責望以
　　　不師用其言也。」見《評注昭明文選》，頁 779。

　　漢之初，員數品秩各有限制，和帝以後，鄭眾誅憲有功，自是權去外戚，勢歸宦官。太阿在手，朝廷刑賞，皆由掌握，害及氓庶，禍延縉紳；遂至兵入紫闥，血流掖庭，曹操因趁機遷移漢祚，害斯酷矣。但宦官所以不敢擅權與政，亦須一段處置本領，此只見其流，未窮其源，則於本領鬆矣。[203]

　　所謂「處置本領」，即是指君王如何管理宦寺，以及如何從中選取忠義正直之士協理處置機密，故在此一原則下，反而透露出蕭統在《文選》中選錄司馬遷之〈報任少卿書〉的用意，乃巧妙地連接起中書宦者與賢臣之義的典範形象。

　　是以這樣的選文模式，尚可見於楊惲的〈抱孫會宗書〉，楊惲為司馬遷外孫，也以才能見稱而被漢宣帝拔擢為郎官，然卻因「伐其行治，又性刻害，好發人陰伏，同位有忤己者，必遇害之，以其能高人。由是多怨於朝廷。」[204]然而楊惲遭到彈劾下獄甚至解職，實乃出於對西漢郎官制度的改革，有損既得利益者，所遭到的報復：

　　　　郎官故事：令、郎出錢市財用，給文書，乃得出，名曰「山郎」。移病盡一日，輒償一沐，或至歲餘不得沐。其豪富郎，日出游戲，或行錢得善部。貨賄流行，傳相放效。惲為中郎將，罷山郎，移長度大司農，以給財用。其疾病休謁洗沐，皆以法令從事。郎、謁者有罪過，輒奏免，薦舉其高弟有行能者，至郡守九卿。郎官化之，莫不自屬，絕請謁貨賄之端，令行禁止，宮殿之內翕然同聲。由是擢為諸吏光祿勳，親近用事。[205]

---

[203]　《評注昭明文選》，頁 960。

[204]　《漢書》卷 66〈楊惲傳〉。見《漢書》，頁 2890-2891。

[205]　《漢書》卷 66〈楊惲傳〉。見《漢書》，頁 2890。

王應麟(1223-1296)曾指西漢的「郎選」其塗非一：有以父兄任子弟為郎者、有以富訾為郎者、有以獻書上策為郎者、有以孝著為郎者、有以舉孝廉為郎者、有以射策甲科為郎者、有以六郡梁家子為郎者。[206]而王鳴盛(1722-1797)更指出：「(《漢書》)〈食貨志〉云：『入財者得補郎，郎選衰矣。』『郎選』二字與此同，但入財補郎，此乃武帝晚年事。」[207]則足知武帝後期起，郎官素質雜沓低落，而楊惲大力改革其弊，則可知其為郎官清流之代表。故蕭統特意選錄其〈報孫會宗書〉，除是楊惲僅存之作外，特意挑選其文也與其不畏讒小，堅持清流的忠怨文士的形象有關，[208]故其文曰：

> 臣之得罪，已三年矣。田家作苦，歲時伏臘，烹羊炮羔，斗酒自勞。家本秦也，能為秦聲。婦趙女也，雅善鼓琴，奴婢歌者數人，酒後耳熱，仰天撫缶而呼嗚嗚。其詩曰：「田彼南山，蕪穢不治；種一頃豆，落而為萁」。人生行樂耳，須富貴何時？是日也，拂衣而喜，奮袖低昂，頓足起舞，誠淫荒無度，不知其不可也。惲幸有餘祿，方糴賤販貴，逐什一之利。此賈豎之事，汙辱之處，惲親行之。下流之人，眾毀所歸，不寒而慄。雖雅知惲者，猶隨風而靡，尚何稱譽之有？董生不云乎：「明明求仁義，常恐不能化民者，卿大夫之意也；明明求財利，常恐困乏者，庶人之事也。」故道不同不相為謀。今子尚安得以卿大夫之制而責僕哉？[209]

東漢末張晏注《漢書》曾於此云：「山高在陽，人君之象也。蕪穢不治，

---

[206] 〔南宋〕王應麟：《玉海》(景印文淵閣四庫全書本，臺北：臺灣商務印書館，1986 年 10 月)，冊 252，頁 78-102。

[207] 〔清〕王鳴盛《十七史商榷》卷 25〈漢書十九‧選郎〉。見氏著：《十七史商榷》(黃曙輝點校本，上海：上海書店出版社，2005 年 12 月)，頁 178-179。

[208] 呂延濟曰：「惲見廢，內懷不服。其後有日蝕之變，人告惲驕奢不悔過，日食之咎，此人所致。下廷尉，按驗又得〈與會宗書〉，宣帝惡之，遂腰斬之。」見《增補六臣註文選》，頁 770。

[209] 《文選》卷 41〈書上〉〔西漢〕楊惲：〈報孫會宗書〉。見《文選》，頁 1870-1871。

朝廷荒亂也。一頃百畝，以喻百官也。言豆者，貞直之物，零落在野，喻己見放棄也。其曲而不直，言朝臣皆諂諛也。」[210]此一反諷群小亂政、讒擊忠良的意象延續至西晉。《漢書‧臣瓚注》：「田彼南山，蕪穢不治，言於王朝而遇民亂也。種一頃豆，落而為萁，雖盡忠效節，徒勞而無獲也。」[211]既然朝綱不振，奸臣充斥，楊惲改以耕讀賈豎之事為生，不正意味其不與之同流合汙之志，故蕭統特意選錄僅存一文的楊惲之作，除了其文「志氣盤桓，各含殊采；並杼軸乎尺素，抑揚乎寸心」[212]的美學價值外，另外尚應考慮對貴倖文侍之流，實仍存有忠君正直的國士之例。故楊惲在《文選》中的價值，就不僅僅是怨生憤辭的諍諫烈士，而是不流於狎暱讒慝之佞臣，反為國士郎官之典範。

　　故從上述所討論的《文選》選文篇目，實透露出蕭統隱寓於全書中——「國士化文士」——之人才觀，其核心價值也可說是蕭統編輯《文選》的主要動機需求：其一，強調文士的價值，故欲塑造國士化文士典範；其二，區隔佞倖與文學侍從的界線；其三，藉由編選《文選》強化文士與蕭梁帝國圖像之關聯。而此一動機所導向的是，文士參與國政的合理性與積極性，形塑出「國士化」文士的典範性，也意味著構塑蕭梁帝國正統圖像之文化論述的理想文士類型，已跳脫出傳統粉飾太平的貴遊文人或佞倖小人，掌握文辭華彩之能者在蕭統的理念中，尚須具備經國治事的政治實務能力與文質彬彬之文德合一的人格，如此的文士理想典範藉由編輯《文選》呈現出來，實際上也可藉以形塑蕭統自己東宮集團的人才庫，除了穩定蕭梁政治繼承布局之外，也可更為強化自己東宮繼體的正統象徵。

---

[210] 《文選》，頁 1871。

[211] 《文選》，頁 1871。

[212] 《文心雕龍》〈書記〉。見《文心雕龍義證》，頁 924。

第六章 結論

　　本研究最主要的目的，在於重新探究蕭統編輯《文選》的本意，以有別於傳統「《文選》學」研究中過度強調「事出於沉思，義歸乎翰藻」[1]為《文選》的選文標準，僅視《文選》為一具有「純文學」價值之選集而已。然中國文學史中並未有純然的「藝術性純文學」的概念，則歷代《文選》學的研究歷程，顯然有意切割蕭統編輯《文選》與社會實用功能性之間的關聯性。[2]故本研究擬由蕭統的特殊身分——「太子監撫」的職能角度來觀察，試圖補充以往於「《文選》學」研究中長久遭到忽視的蕭統在《文選》中所賦予之政治傾向之目的。

　　事實上，此二語在蕭統〈文選序〉的文脈中，其實只是針對「史讚」、「史論」、「史序」、「史述」等文類而發，並不足以概括蕭統編輯整本《文選》的收錄尺度，因此本研究認為應該重新找尋線索，思考蕭統編輯《文選》的本然意圖。其一，便是〈文選序〉中蕭統自言其編輯《文選》時所處的身分視野，對其編輯《文選》的影響：

---

[1] 〔南朝梁〕蕭統編，〔唐〕李善(630-689)注：《文選》(李培南等人點校本，上海：上海古籍出版社，2007 年 10 月)，序頁 3。

[2] 顏崑陽於〈論文類體裁的「藝術性向」與「社會性向」及其「雙向成體」的關係〉中便指出將以「藝術」與「實用」二分法中國文學作品的思維謬誤：「現代學者所完成的『中國文體學』，顯然已相沿成統地構造了一種固定的知識型態。這一知識型態，很清楚地是以「藝術性」(或文學性、美術性)與『實用性』(或應用性、科學性)二分，或『純文學』、『雜文學』二分的論述框架撐立起來。並且想當然地與六朝時代所形成的『文筆區分』套合，似乎二者是同一種文體分類的模式。」見《清華學報》第 35 卷第 2 期， 2005 年 12 月，頁 295-330。

　　　　余監撫餘閒，居多暇日，歷觀文圃，泛覽辭林，未嘗不心遊目想，
　　移晷忘倦。自姬漢以來，眇焉悠邈，時更七代，數逾千祀。詞人才子，
　　則名溢於縹囊，飛文染翰，則卷盈乎緗帙。自非略其蕪穢，集其清英，
　　蓋欲兼功太半，難矣！[3]

　　「監撫」的意義不僅象徵蕭統身為皇太子的特殊政治地位，也透露蕭統
的東宮集團已開始參與蕭梁國政之事實。依「《文選》學」研究的傳統往往
將蕭統編輯《文選》的時間定於普通三年(522)至中大通三年(531)之間，[4]但
這段時間中未有梁武帝離開京城的記錄，可見蕭統「監撫」時期顯然都是在
梁武帝身邊所進行的皇儲訓練。而在本文的考察下發現蕭統監撫國政的內
容，計有：(1)司法獄政、(2)社會福利、(3)祭祀大典、(4)貿易關稅等事項，
則可見蕭統身為「太子」身分所執行的「監撫」職能，不但是梁武帝用來培
養其政治能力的機會，也透露其對東宮僚屬須具備的經國治事之才的需求。
是以在總計《文選》所收的 700 篇作品中，才會廣泛收錄有關「政事之務」
的各種書記雜文之體。
　　其次，則是這些往往被視為「藝文之末品，而政事之先務」[5]，與「有司
之實務，而浮藻之所忽」[6]的文體，自第三十四卷起共計有 294 篇，占《文選》
全書 42%的比重。假如蕭統真的單純把《文選》視為「餘閒樂事」之書，又
何必選錄數量如此龐大的「練達事體，明解朝章」[7]之文呢？倒是根據蕭統在
〈文選序〉中自言：

---

[3] 《文選》，序頁 2。

[4] 傅剛：《《昭明文選》研究》(北京：中國社會科學出版社，2000 年 1 月)，頁 163-164。

[5] 《文心雕龍》〈書記〉。見〔南朝梁〕劉勰(465-522)著，詹鍈(1916-1998)義證：《文心雕龍義證》
　　(上海：上海古籍出版社，1999 年 12 月)，頁 942。

[6] 《文心雕龍》〈書記〉。見《文心雕龍義證》，頁 969。

[7] 《後漢書》卷 44〈胡廣傳〉。見〔南朝宋〕范曄(398-445)：《後漢書》(點校本，北京：中華書局，
　　1997 年 9 月)，頁 1510。

　　眾制鋒起，源流間出。譬陶、匏異器，並為入耳之娛；黼黻不同，俱為悅目之玩。作者之致，蓋云備矣！[8]

　　在〈序〉文中總計羅列了 36 種文體，即透露出蕭統一方面以兼備眾體視為理想的作者典範，另一方面又視這眾多與總領黎庶、申憲述兵、朝市徵信、百官詢事、萬民達志有關的筆劄書記等作品，在「耳目悅豫之玩」之效外，更具有王官敷布政教之重要方式。故也就意味著蕭統的「文之時義」，實包含著將文學修辭的技能視為經國治事不可或缺的元素。相對的，「文士」的本質也就從以往僅被視為「貴遊陪讌」、或「倡優之流」的娛樂性質，重新被蕭統賦予了「國士化」的特質。而這樣的「作者觀」實際上正源自《人物志》以來將「文章」之才視為國政王佐十二流業之一的概念，無論是蕭統在〈文選序〉中強調「作者之致」需「兼備眾體」的條件，或劉勰於〈程器〉篇中強調的「德性」與「器用」兼顧，實都延續《人物志》此一以兼材為上的理想王官人才典範。只不過相對於劉劭與劉勰僅完成對「文士」具備「王官」特質的理論建設，蕭統則藉由編輯《文選》完成「文士國士化」的實踐範本，也有意地提升「文學之能」在「王官意識」中的地位。而這樣的需求來源，除了梁武帝建國後始終不輟的禮樂正統文化建設藍圖的政策外，蕭統也藉以塑造理想中文質彬彬的政治人才典型。則「國士化」的文士所具有的特殊價值，除了反映出六朝重視「博物多識」之賢才觀念外，也成為蕭梁帝國「濟濟多士」的盛世象徵。

　　是以蕭統藉編輯《文選》，不僅呈現出傳統選本批評方式上的美學鑑賞而已，[9]但從本研究另闢蹊徑改由蕭統「太子監撫」的身分職能視角而發，可知

---

[8]　〈文選序〉。見《文選》，序頁 2。

[9]　傳統對選本批評的認知僅多停留於美學鑑賞的層次，如方志紅：〈選本批評：中國文學理論批評方法之一〉，《綿陽師範學院學報》第 27 卷第 12 期，2008 年 12 月，頁 31-41。景獻力：〈吳淇《六朝選詩定論》對《選》詩的重新闡釋〉，《福州大學學報(哲學社會科學版)》2009 年第 1 期，頁

整本《文選》尚寓含著蕭統理想的作者觀；以及藉由收錄秦、漢以來著名文士之作，建構出其對蕭梁帝國強盛圖像的心理投影；也意味蕭統藉由編輯《文選》，來凸顯出蕭梁帝國乃沿承秦漢帝國以來禮樂文化一脈相承的正統意識。故本文可說替選本批評的論述補充了由選者的身分職能角度，來探討其選文目的與文學立場之新方法。[10]

　　故藉由釐清蕭統「太子監撫」此一重要的特殊身分的意義後，才足以證明《文選》一書寓涵皇家之言的本質：一方面蕭統藉由《文選》收錄的作品隱喻著其對東宮僚屬文質兼備的國士化期待；其次則為參與著梁武帝於南北政治對立下，為爭奪文化正統解釋權所進行的蕭梁帝國圖像工程之建構。梁武帝建國後所作的整理文化事業，並非僅是單純的著錄目錄。除了設立教育機制外，在文獻整理的工作上顯然有「放流聲」、「屏艷質」的去取準則，以達「化昇平」、「六夷膜拜」、「八蠻同軌」的天下一統之理想。故蕭統所編輯之《文選》，也必然受此政策方向所制約，其選文原則也必須對此蕭梁帝國的政治理想提出適切之反映。

　　則經由本文的新視角之闡發，則《文選》的意義便不僅止於如傳統「《文選》學」所認定僅為公務之餘，出於賞讀典範詩文趣味而編。若僅停留在此一「個人文學賞玩」的認知，則無異於將蕭統視為一般藩王即可，反而對於蕭統「太子監撫」的特殊政治身分的影響視若無睹：「自晉過江，禮儀疏舛，

70-74。彭安湘：〈《古文苑》辭賦觀及其選本批評形態意義〉，《中南大學學報(社會科學版)》第 18 卷第 6 期，2012 年 12 月，頁 153-159。

[10] 從編選者的社會身分與職能背景的視角來探討選本的研究並不多見，常見者如為桐城派宗師的姚鼐編《古文辭類纂》，或明代塾師茅坤編《唐宋八大家文鈔》，可能是比較接近的，但議題多限於對科舉教育之歷史現象的探究，卻較無理論之建構。前者可參慈波：〈《古文辭類纂》系列選本及其文學史意義〉，《涪陵師範學院學報》第 22 卷第 5 期，2006 年 9 月，頁 91-94。後者可參考付瓊：〈唐宋八大家選本與明清文學教育的適配〉，《天府新論》2008 年第 5 期，頁 139-143。另外鄧建與王兆鵬則轉由讀者接受與市場閱讀喜好趨勢的角度來探討選本於文學社會學中的現象。見兩人合著：〈中國歷代選本的格局分布及其文化意蘊〉，《江漢論壇》2007 年第 11 期，頁 112-115。

王公以下，車服卑雜，惟有東宮禮秩崇異，上次辰極，下納侯王。」[11]此一特殊身分的尊崇禮制，除意味著「東宮」在東晉以降所具有的特殊政治象徵，以皇太子為中心的諸項政治舉措，在政權嬗替頻仍的南朝，實有抬高皇儲地位以杜絕覬覦者之不軌之企圖，更具有藉培養未來皇權接班團隊以穩定政權正統性的重要意義。但也意味著太子身分所形成的經國治事、敷教王化的文學視野的重大意涵，必然也會影響蕭統編輯《文選》的選文態度與編輯意圖。畢竟一國的「太子」，其職能內涵不僅是政權的繼承人而已，尚有參政佐國的王臣身分、與守護皇業的維城之嫡，因此蕭統因肩負「太子監撫」一職，其文學視野就不可能僅侷限於傳統文學史所謂「貴遊集團」一義矣！

因此，本文認為要挖掘出蕭統編選《文選》的本旨，除了考量其當時所處環境的文學思潮之外，蕭統身為太子的身分與其所統領的東宮職官制度，是傳統「《文選》學」研究史中完全遭忽略之處！但在〈文選序〉中，蕭統卻自言其編輯《文選》正處在「監撫」時期，則此一職能身分必與其編輯動機有所聯繫，甚至影響其「選文」標準——更需涵括蕭梁政權的正統性宣示，與宣揚其父梁武帝所建立的帝國圖像。絕非止於後世學者所預設的，僅對文學美學觀念之鑽研。

因此本文認為，蕭統正是藉由編輯《文選》的方式，來參與蕭梁帝國圖像之建構：一方面藉由選錄歷代頌揚「天命」所賦予政權正統性之文，作為蕭梁政統來源的比賦與象徵，尤其選錄多篇與齊、梁禪代之際相關的作品，更見其利用編輯《文選》的方式來塑造其父梁武帝的政治正統性。除直接就蕭衍建國過程或蕭梁王朝之禮典建構加以記錄，更藉由對前朝謬政失德之描述來強調蕭衍天命之所歸，連帶地也就保證了自己皇儲繼體地位的正統性，更可維持未來蕭梁帝國的政治穩定性。另外，則藉由選錄諸多與東宮有所關聯，無論是曾任東宮僚屬、或是作品出現與太子身分相關性等作品，隱寓著

---

[11] 《晉書》卷 25〈興服志〉。見〔唐〕房玄齡(578-648)等撰：《晉書》(點校本，北京：中華書局，1997 年 9 月)，頁 765。

蕭統對東宮僚屬之理想期待，不僅止於文采辭義的競藝，尚須具備協政佐王的國士能力，而這也兼具烘托出蕭梁政權國士濟濟、人文化成的帝國圖像。

尤其，藉由初唐史家刻意忽略蕭統編輯《文選》的普通至中大通時代的任何文學資訊，更凸顯出蕭統選文行為所象徵的文化正統話語權，對北方胡族政權所產生的壓力。因為初唐史官所代表的北方政權正統論，必須堅持蕭綱、蕭繹「文章且須放蕩」的宮體文風即亡國喪曲，並在掌握修史權後，樹立了此一南方文風淫逸靡弱的既定成見與學術共識。反倒是曾遭蕭綱譏為「懦鈍」的蕭統東宮「六典三禮」之文風，從唐史官論述梁、陳文學時的刻意忽略過，也意味著蕭統所編纂的《文選》的內容，或許才是最符合一統帝國圖像的文學標準。

從中也可推敲，唐史官刻意略過《昭明文選》在蕭梁文學史中的意圖，不正是欲令南北分裂時的文學正典譜系，無形地轉移至辭意貞剛的河朔文學！但此一論述模式，卻也正好透露出《昭明文選》所收錄的作品與整體風格，反而更具備象徵帝國文化正統與盛世圖像的特質。

因此本文的結論認為，蕭統編輯《文選》，並不僅僅是一本賞心樂事的公務餘閒之書，而是藉由編輯《文選》此一動作，表達出其理想作者的理念，即「文士國士化」，而對此一理想作者的需求，出自於為在南北梁、魏對峙的政局下，建構蕭梁帝國文化正統之圖像外，也替處在「太子監撫」職能的政治現實需求壓力下，替東宮文士集團建立典範模習的對象，以利未來蕭梁政權的穩定性與強化自己東宮繼體之正統性。可見，《文選》的「文學典律性」已不再僅是侷限於「文學作品」而已，尚包含著理想的作者形象與帝國的盛世圖景等範例，則《昭明文選》可說是蕭統為建立蕭梁文化正統典律的重要證據，正如同侯雅文所論：「從歷代的閱讀經驗來看，有若干作品，正因為能被『同一』與『不同』時期秉持相近或不同的意識形態的閱讀群體所共同認可，這才累積出持久的權威性，而成為後人閱讀及創作上不斷的推許或遵循的『典律』。……這種『典律』的觀點，一方面參酌本國文學作品『典律化』的歷史經驗而來，……另一方面則受詮釋學中，有觀『傳統』與『權威』之

建立的論述，所給予的啟發。」[12]是以，《文選》的確可視為蕭梁帝國的文學典律之作，其所選錄自周、秦以降綿延千年的文學作品已形成對帝國盛世圖景的共識。故在本文以「太子監撫」的身分職能研究脈絡下，《文選》所呈現的已並非只是一本單純的文學總集，尚須考量編者蕭統所具有特殊權威的「太子監撫」職能身分，投射於其編輯《文選》所蘊藏的特殊政治典律之意圖，藉此烘襯出蕭梁車如斗量的文士國士化人才盛況，與媲美漢武盛世的文化正統帝國圖像的用意。

---

[12] 侯雅文：〈宋代「詞選本」在「詞典律史」建構上的意義──對「詞史」的研究與書寫提出「方法學」的省思〉，《淡江中文學報》第 18 期，2008 年 6 月，頁 115-158。

參考文獻

一、 古籍(依時代先後)

〔周〕左丘明傳，〔西晉〕杜預注，〔唐〕孔穎達正義：《春秋左傳正義》(浦衞忠等人校理本：臺北：台灣古籍出版有限公司，2001 年 10 月)

〔秦〕呂不韋輯，陳奇猷校釋：《呂氏春秋新校釋》(上海：上海古籍出版社，2002 年 4 月)

〔西漢〕賈誼撰，閻振益、鍾夏校注：《新書校注》(北京：中華書局，2000 年 7 月)

〔西漢〕司馬遷撰，〔南朝宋〕裴駰集解，〔唐〕司馬貞索隱，〔唐〕張守節正義：《史記》(點校本，北京：中華書局，1997 年 9 月)

〔西漢〕劉向撰，向宗魯校證：《說苑校證》(北京：中華書局，2000 年 3 月)

〔西漢〕揚雄撰，汪榮寶義疏，陳仲夫點校：《法言義疏》(北京：中華書局，1997 年 10 月)

〔西漢〕孔安國傳，〔東漢〕鄭玄箋注，〔唐〕孔穎達疏：《尚書正義》(李學勤等人整理本，臺北：台灣古籍出版社，2001 年 9 月)

〔西漢〕毛亨傳，〔東漢〕鄭玄箋，〔唐〕孔穎達正義：《毛詩正義》(李學勤等整理本，臺北：台灣古籍出版社，2001 年 10 月)

〔東漢〕班固撰，〔唐〕顏師古注：《漢書》(點校本，北京：中華書局，1997 年 9 月)

〔東漢〕鄭玄注，〔唐〕陸德明音義，〔唐〕孔穎達正義，〔清〕阮元校勘：《毛詩注疏》(重刊十三經注疏本，臺北：藝文印書館，2001 年 12 月)

〔東漢〕鄭玄撰，馮浩菲校考：《鄭氏詩譜訂考》(上海：上海古籍出版社，2008 年 12 月)

〔東漢〕鄭玄注，〔唐〕孔穎達正義：《禮記正義》(龔抗雲整理本，臺北：台灣古籍
　　出版社，2001 年 10 月)

〔東漢〕鄭玄注，〔唐〕賈公彥疏：《周禮注疏》(彭林整理本，上海：上海古籍出版
　　社，2010 年 10 月)

〔三國魏〕王弼注，〔唐〕孔穎達正義：《周易正義》(李學勤等人整理本，臺北：台
　　灣古籍出版社，2001 年 9 月)

〔三國魏〕劉邵撰，〔北魏〕劉昞注，李崇智校箋：《人物志校箋》(成都：巴蜀書社，
　　2001 年 11 月)

〔三國魏〕曹植撰，趙幼文校注：《曹植集校注》(臺北：明文書局，1985 年 4 月)

〔三國吳〕韋昭注，徐元誥集解，王樹民、沈長雲點校：《國語集解》(修訂本，北京：
　　中華書局，2006 年 4 月)

〔西晉〕陳壽撰，〔南朝宋〕裴松之注：《三國志》(點校本，北京：中華書局，1997
　　年 9 月)

〔西晉〕陸機撰，劉運好校注：《陸士衡文集校注》(上海：鳳凰出版社，2007 年 12 月)

〔東晉〕葛洪撰，楊明照校箋：《抱朴子外篇校箋》(北京：中華書局，2004 年 5 月)

〔東晉〕常璩著，任乃強校注：《華陽國志校補圖注》(上海：上海古籍出版社，2007
　　年 4 月)

〔東晉〕袁宏：《後漢紀》(張烈點校本，北京：中華書局，2005 年 3 月)

〔南朝宋〕范曄：《後漢書》(點校本，北京：中華書局，1997 年 9 月)

〔南朝宋〕謝靈運撰，顧紹柏校注：《謝靈運集校注》(臺北：里仁書局，2004 年 4 月)

〔南朝宋〕劉義慶著，〔南朝梁〕劉孝標注，余嘉錫箋疏，周祖謨、余淑宜整理：《世
　　說新語箋疏》(臺北：華正書局，1991 年 10 月)

〔南朝齊〕謝朓撰，曹融南校注集說：《謝宣城集校注》(上海：上海古籍出版社，2001
　　年 4 月)

〔南朝梁〕沈約：《宋書》(點校本，北京：中華書局，1997 年 9 月)

〔南朝梁〕沈約撰，陳慶元校箋：《沈約集校箋》(杭州：浙江古籍出版社，2005 年
　　12 月)

〔南朝梁〕任昉撰，〔明〕陳懋仁注：《文章緣起注》，收錄於陳慷玲編校：《文體序

說三種》(與《文體明辨序說》、《文章辨體序說》合刊，臺北：大安出版社，1998
　　年 6 月)

〔南朝梁〕蕭統編，〔唐〕李善注：《文選》(李培南等人點校本，上海：上海古籍出
　　版社，2007 年 10 月)

〔南朝梁〕蕭統撰，〔唐〕李善、呂延濟、劉良、張銑、李周翰、呂尚註：《增補六
　　臣注文選》(中央研究院史語所藏茶陵本，臺北：華正書局，1980 年 9 月)

〔南朝梁〕蕭統撰，俞紹初校注：《昭明太子集校注》(鄭州：中州古籍出版社，2001
　　年 7 月)

〔南朝梁〕蕭子顯：《南齊書》(點校本，北京：中華書局，1997 年 9 月)

〔南朝梁〕阮孝緒撰，任莉莉箋注：《《七錄》輯證》(上海：上海古籍出版社，2011
　　年 12 月)

〔南朝梁〕劉勰著，詹鍈義證：《文心雕龍義證》(上海：上海古籍出版社，1999 年
　　12 月)

〔南朝梁〕劉勰撰，范文瀾：《文心雕龍註》(香港：商務印書館，1995 年 3 月)

〔南朝梁〕鍾嶸撰，王叔岷：《鍾嶸詩品箋證稿》(臺北：中央研究院中國文哲研究所，
　　1992 年 3 月)

〔南朝梁〕鍾嶸撰，曹旭集注：《詩品集注》(增訂本，上海：上海古籍出版社，2011
　　年 10 月)

〔南朝梁〕王筠撰，黃大宏校注：《王筠集校注》(北京：中華書局，2013 年 9 月)

〔南朝梁〕宗懍撰，王毓榮校注：《荊楚歲時記校注》(臺北：文津出版社，1992 年 6 月)

〔南朝梁〕蕭綱撰，蕭占鵬、董志廣校注：《梁簡文帝集校注(一)》(天津：南開大學
　　出版社，2012 年 4 月)

〔南朝梁〕蕭繹撰，許逸民校箋：《金樓子校箋》(北京：中華書局，2011 年 1 月)

〔東魏〕楊衒之撰，楊勇校箋：《洛陽伽藍記校箋》(臺北：正文書局，1982 年 9 月)

〔北齊〕魏收：《魏書》(點校本，北京：中華書局，1997 年 9 月)

〔北齊〕顏之推撰，王利器集解：《顏氏家訓集解》(北京：中華書局，2007 年 10 月)

〔北周〕庾信撰，〔清〕倪璠注：《庾子山集注》(許逸民校點本，北京：中華書局，
　　1997 年 5 月)

〔隋〕姚察，〔唐〕姚思廉、魏徵合撰：《梁書》(點校本，北京：中華書局，1997 年
　　9 月)

〔隋〕姚察，〔唐〕姚思廉、魏徵合撰：《陳書》(點校本，北京：中華書局，1997 年
　　9 月)

〔唐〕歐陽詢撰，汪紹楹校：《藝文類聚》(上海：上海古籍出版社，1982 年 1 月)

〔唐〕魏徵等撰：《隋書》(點校本，北京：中華書局，1997 年 9 月)

〔唐〕房玄齡等撰：《晉書》(點校本，北京：中華書局，1997 年 9 月)

〔唐〕李百藥：《北齊書》(點校本，北京：中華書局，1997 年 9 月)

〔唐〕令狐德棻等著：《周書》(點校本，北京：中華書局，1997 年 9 月)

〔唐〕釋道宣輯：《廣弘明集》(臺北：新文豐出版股份有限公司，1986 年 10 月)

〔唐〕釋道宣：《續高僧傳》(臺北：文殊文化有限公司，1988 年 11 月)

〔唐〕張說：《張燕公集》，見清高宗敕輯：《武英殿聚珍版叢書》。收錄於嚴一萍選輯：
　　《百部叢書集成》(臺北：藝文印書館，1954 年)

〔唐〕李延壽：《南史》(點校本，北京：中華書局，1997 年 9 月)

〔唐〕李延壽：《北史》(點校本，北京：中華書局，1997 年 9 月)

〔唐〕劉知幾著，〔清〕浦起龍通釋，王煦華整理：《史通通釋》(上海：上海古籍出
　　版社，2009 年 12 月)

〔唐〕徐堅：《初學記》(司義祖等人點校本，北京：中華書局，2004 年 2 月)

〔唐〕杜甫撰，〔清〕仇兆鰲：《杜詩詳注》(北京：中華書局，2004 年 1 月)

〔唐〕杜佑：《通典》(王文錦等人點校本，北京：中華書局，2003 年 5 月)

〔唐〕許嵩撰，張忱石點校：《建康實錄》(北京：中華書局，2009 年 2 月)

〔後晉〕劉昫等撰：《舊唐書》(點校本，北京：中華書局，1997 年 9 月)

〔北宋〕孫逢吉：《職官分紀》卷二八〈文學〉(景印文淵閣四庫全書本，臺北：臺灣
　　商務印書館，1986 年 10 月)

〔北宋〕王欽若等編纂：《冊府元龜》(周勛初等校定本，南京：鳳凰出版社，2006 年
　　12 月)

〔北宋〕宋祁、歐陽修撰：《新唐書》(點校本，北京：中華書局，1997 年 9 月)

〔北宋〕宋敏求編：《唐大詔令集》(北京：中華書局，2008 年 4 月)

〔北宋〕司馬光編集，〔元〕胡三省音註，章鈺校記：《新校資治通鑑注》(臺北：世界書局，1970 年 12 月)

〔南宋〕胡仔：《苕溪漁隱叢話》，收錄於吳文治主編：《宋詩話全編》(南京：鳳凰出版社，2006 年 10 月)

〔南宋〕趙次公注，林繼中輯校：《杜詩趙次公先後解輯校》(修訂本，上海：上海古籍出版社，2012 年 12 月)

〔南宋〕晁公武著，孫猛校正：《郡齋讀書志校正》(上海：上海古籍出版社，2005 年 10 月)

〔南宋〕朱熹著：《四書章句集注》(曹美秀校對本，臺北：大安出版社，1996 年 11 月)

〔南宋〕洪邁：《容齋隨筆》(點校本，上海：上海古籍出版社，1998 年 3 月)

〔南宋〕王應麟，〔清〕翁元圻輯注：《翁注困學紀聞》(臺北：世界書局，1984 年 4 月)

〔南宋〕王應麟：《玉海》(景印文淵閣四庫全書本，臺北：臺灣商務印書館，1986 年 10 月)，冊 252

〔南宋〕黎靖德編：《朱子語類》(王星賢點校本，北京：中華書局，1999 年 6 月)

〔元〕袁易：《靜春堂詩集》(知不足齋叢書本，合肥：黃山書社，2008 年)

〔元〕祝堯：《古賦辨體》(景印文淵格四庫全書本，臺北：臺灣商務印書館，1986 年 10 月)，冊 1366

〔明〕張鳳翼：《文選纂注》，(四庫全書存目叢書本，臺南：莊嚴出版社，1997 年 6 月)

〔明〕劉節：《廣文選》(四庫全書存目叢書本，臺南：莊嚴出版社，1997 年 1 月)，集部總集類，第 297 冊。

〔明〕胡應麟：《少室山房筆叢》(點校本，上海：上海書店，2001 年 8 月)

〔明〕吳訥：《文章辨體序說》，收錄於陳慷玲校對：《文體序說三種》(與《文體明辨序說》、《文章緣起注》合訂本，臺北：大安出版社，1998 年 6 月)

〔明〕徐師曾：《文體明辨序說》，收錄於陳慷玲校對：《文體序說三種》(與《文章辨體序說》、《文章緣起注》合訂本，臺北：大安出版社，1998 年 6 月)

〔明〕高棅：《唐詩品彙》，收錄於吳文治主編：《明詩話全編》(上海：鳳凰出版社，1997 年 12 月)

〔明〕張溥撰，殷孟倫注：《漢魏六朝百三家集題辭注》(北京：中華書局，2007 年 5 月)

〔明〕劉宗周：《劉蕺山集》(景印文淵閣四庫全書本，臺北：臺灣商務印書館，1986 年 10 月)

〔明〕胡之驥注：《江文通集彙註》(李長路、趙威點校本，北京：中華書局，1999 年 12 月)

〔明〕陳繼儒：《陳眉公四種》(臺北：廣文書局，1968 年)

〔明〕許學夷：《詩源辯體》(杜維沫校點本，北京：人民文學出版社，1998 年 2 月)

〔明〕王世貞刪定、〔明〕王世懋批釋、〔明〕李卓吾批點、〔明〕張文柱(萬曆時人)校注：《李卓吾批點世說新語補》，(〔日本〕林九兵衛元祿七年(1694)刊本，臺北：廣文書局有限公司，1980 年 12 月)

〔清〕顧炎武撰，章炳麟校閱，黃侃、張繼校勘，徐文珊點校：《原抄本日知錄》(臺北：明倫出版社，1970 年 10 月)

〔清〕王夫之：《讀通鑑論》(臺北：漢京文化事業有限公司，1982 年 8 月)

〔清〕王夫之：《古詩評選》(張國星校點本，北京：文化藝術出版社，1997 年 3 月)

〔清〕陳祚明評選：《采菽堂古詩選》(李金松點校本，上海：上海古籍出版社，2008 年 12 月)

〔清〕吳淇：《六朝選詩定論》(汪俊、黃俊德點校本，揚州：廣陵書社，2009 年 8 月)

〔清〕全祖望撰，詹海雲校注：《全祖望《鮚埼亭集》校注》(臺北：國立編譯館，2003 年 12 月)

〔清〕王鳴盛：《十七史商榷》(黃曙輝點校本，上海：上海書店出版社，2005 年 12 月)

〔清〕于光華編：《評註昭明文選》(臺北：學海出版社，1980 年 9 月)

〔清〕孫希旦：《禮記集解》(沈嘯寰、王星賢點校本，北京：中華書局，1998 年 12 月)

〔清〕章學誠撰，葉長青注，葉瑛校注：《文史通義校注》(北京：中華書局，2004 年 9 月)

〔清〕章學誠：《校讎通義》，與《文史通義校注》合刊本(北京：中華書局，2004 年 9 月)

〔清〕章學誠：《章氏遺書》(影印吳興劉承幹嘉業堂刊本，臺北：漢聲出版社，1973 年 1 月)

〔清〕董誥奉敕編修：《全唐文》(孫映逵等人點校本，太原：山西教育出版社，2002年 12 月)

〔清〕紀昀纂：《四庫全書總目提要》(石家莊：河北人民出版社，2000 年 3 月)

〔清〕紀昀著，吳波、尹海江、曾紹皇、張偉麗輯校：《閱微草堂筆記會校會注會評》(南京：鳳凰出版社，2012 年 11 月)

〔清〕汪師韓：《文選理學權輿》，收錄於《選學叢書》(臺北：廣文書局，1966 年 5 月)

〔清〕張雲璈：《選學膠言》，收錄於《選學叢書》(臺北：廣文書局，1966 年 5 月)

〔清〕朱珔：《文選集釋》，收錄於《選學叢書》(臺北：廣文書局，1966 年 5 月)

〔清〕胡克家：《文選考異》，收錄於《文選》(臺北：華正書局，2000 年 10 月)

〔清〕梁章鉅：《文選旁證》 (穆克宏點校本，福州：福建人民出版社，2000 年 1 月)

〔清〕洪若皋《昭明文選越裁》，收錄於《四庫全書存目叢書》(濟南：齊魯書社，1997年 1 月)，冊 287

〔清〕潘德輿：《養一齋詩話》，收錄於郭紹虞編選，富壽蓀校點：《清詩話續編》(上海：上海古籍出版社，1999 年 6 月)

〔清〕何焯：《義門讀書記》(崔高維點校本，北京：中華書局，2006 年 6 月)

〔清〕劉熙載：《藝概》(臺北：華正書局，1988 年 9 月)

〔清〕劉獻廷：《廣陽雜記》(汪北平、夏志和點校本，北京：中華書局，1997 年 1 月)

〔清〕孫梅：《四六叢話》(臺北：世界書局，1984 年 9 月)

〔清〕浦起龍：《讀杜心解》(臺北：古新書局，1976 年 2 月)

〔清〕翁方綱：《復初齋文集》(臺北：文海出版社，1966 年 10 月)

〔清〕嚴可均輯：《全漢文》(任雪芳審訂，北京：商務印書館，2006 年 2 月)

〔清〕嚴可均輯：《全三國文》(馬志偉審定本，北京：商務印書館，2006 年 2 月)

〔清〕嚴可均輯：《全晉文》(何宛屏等審訂本，北京：商務印書館，2006 年 2 月)

〔清〕嚴可均輯：《全梁文》(馮瑞生審定本，北京：商務印書館，2006 年 2 月)

〔清〕孫琜、孫洙評閱：《山曉閣重訂文選》，康熙二十五年(1686)刻本，北京清華大學圖書館藏。

〔清〕趙翼撰，王樹民校證：《廿二史箚記校證》(北京：中華書局，2001 年 11 月)

〔清〕趙翼撰，欒保群、呂宗力點校：《陔餘叢考》(石家莊：河北人民出版社，2003

年 12 月)

〔清〕陳立撰，吳則虞點校：《白虎通疏證》(北京：中華書局，1997 年 10 月)

〔清〕朱銘盤：《南朝齊會要》(上海：上海古籍出版社，2006 年 12 月)

〔清〕洪飴孫：《三國職官表》。收錄於二十五史刊行委員會編：《二十五史補編》(北京：中華書局，1998 年 2 月)

〔清〕孫星衍等輯：《漢官六種》(周天游點校本，北京：中華書局，2008 年 5 月)

〔清〕郭慶藩輯：《莊子集釋》(臺北：華正書局，1997 年 11 月)

〔清〕皮錫瑞：《經學通論》(北京：中華書局，2003 年 11 月)

〔清〕姚振宗撰：《隋書經籍志考證》，收錄於二十五史刊行委員會編：《二十五史補編》(北京：中華書局，1998 年 2 月)

〔清〕姚振宗輯錄：《七略別錄佚文》(鄧駿捷校補本，上海：上海古籍出版社，2008 年 12 月)

〔清〕王先謙：《詩三家義集疏》(吳格點校本，臺北：明文書局，1988 年 10 月)

二、 現代論著(依姓氏筆畫)

(一) 專書與學位論文

丁紅旗：《唐宋《文選》學史論》(上海：上海人民出版社，2015 年 7 月)

力之：《文選論叢》(揚州：廣陵書社，2007 年 9 月)

王國維：《觀堂集林》(彭林整理本，石家莊：河北教育出版社，2002 年 1 月)

王瑤：《中古文學史論》(北京：北京大學出版社，1998 年 1 月)

王夢鷗：《禮記校證》 (臺北：藝文印書館，1976 年 12 月)

王夢鷗：《古典文學論探索》(臺北：正中書局，1984 年 2 月)

王仲犖：《魏晉南北朝史》(臺北：漢京文化事業有限公司，1992 年 9 月)

王元化：《文心雕龍講疏》(臺北：書林出版社，1993 年 11 月)

王運熙、楊明合著：《魏晉南北朝文學批評史》(上海：上海古籍出版社，1989 年 6 月)

王文進：《荊雍地帶與南朝詩歌關係之研究》(臺北：國立臺灣大學中國文學研究所博士論文，林文月教授指導，1987 年 12 月)

王文進：《南朝邊塞詩新論》(臺北：里仁書局，2000 年 2 月)

王文進：《南朝山水與長城想像》(臺北：里仁書局，2008 年 6 月)

王靖獻 (楊牧)：《陸機文賦校釋》(臺北：洪範書店，1985 年 4 月)

王立群：《《文選》成書研究》，(北京：商務印書館，2005 年 2 月)

王立群：《現代《文選》學史》(鄭州：大象出版社，2014 年 8 月)

王永平：《孫吳政治與文化史論》(上海：上海古籍出版社，2005 年 12 月)

王永平：《東晉南朝家族文化史論叢》(揚州：廣陵書社，2010 年 4 月)

方師鐸：《傳統文學與類書之關係》(臺中：私立東海大學出版社，1971 年 8 月)

田餘慶：《東晉門閥政治》(北京：北京大學出版社，2005 年 6 月)

田曉菲：《烽火與流星：蕭梁王朝的文學與文化》(新竹：清大出版社，2009 年 8 月)

甘懷真：《皇權、禮儀與經典詮釋——中國古代政治史研究》(臺北：臺灣大學出版中
　　心，2004 年 6 月)

朱自清：《朱自清古典文學論文集》(臺北：源流出版社，1982 年 5 月)

朱曉海：《習賦椎輪記》(臺北：臺灣學生書局，1999 年 3 月)

朱則杰：《清詩史》(南京：江蘇古籍出版社，2000 年 5 月)

邢義田：《秦漢史論稿》(臺北：東大圖書股份有限公司，1987 年 6 月)

邢義田：《地不愛寶：漢代的簡牘》(北京：中華書局，2011 年 1 月)

江建俊：《漢末人倫鑒識之總理則——劉邵《人物志》研究》(臺北：文史哲出版社，
　　1983 年 3 月)

江建俊：《于有非有，于無非無——魏晉思想文化綜論》(臺北：新文豐出版公司，2009
　　年 8 月)

牟發松：《漢唐歷史變遷中的社會與國家》(上海：上海人民出版社，2011 年 10 月)

呂思勉：《兩晉南北朝史》(上海：上海古籍出版社，2005 年 11 月)

呂光華：《南朝貴遊文學集團研究》(臺北：國立政治大學中國文學研究所博士論文，
　　朱守亮教授、呂凱教授指導，1990 年)

余嘉錫：《余嘉錫古籍論叢》(與《書冊制度補考》合刊本，北京：國家圖書館出版社，
　　2010 年 10 月)

余英時：《歷史與思想》(臺北：聯經出版事業股份有限公司，2003 年 5 月)

余英時：《中國知識階層史論(古代篇)》(臺北：聯經出版事業股份有限公司，2006
　　年 11 月)

何啟民：《中古門第論集》(臺北：臺灣學生書局，1978 年 1 月)

何平立：《巡狩與封禪——封建政治的文化軌跡》(濟南：齊魯書社，2003 年 1 月)

李景星：《四史評議》(韓兆琦、俞樟華校點本，長沙：岳麓書社，1986 年 11 月)

李鋆：《《昭明文選》通假文字考》(臺北：國立臺灣師範大學國文學系碩士論文，李
　　尹教授指導，1962 年)

李秀娟：《《文選》李善注訓詁釋語「通」與「同」辨析》(新北：天主教輔仁大學中
　　國文學研究所碩士論文，李添富教授指導，1998 年)

李凭：《北魏平城時代》(修訂本，上海：上海古籍出版社，2011 年 8 月)

李乃龍：《文選文研究》(桂林：廣西師範大學出版社，2013 年 2 月)

李兆祿：《任昉研究》(北京：中國社會科學出版社，2014 年 6 月)

宋德熹：《陳寅恪中古史學探研——以《隋唐制度淵源略論稿》為例》(臺北：稻香出
　　版社，2004 年 9 月)

吳正嵐：《六朝江東士族的家學門風》(南京：南京大學出版社，2003 年 11 月)

吳光興：《蕭綱蕭繹年譜》(北京：社會科學文獻出版社，2006 年 10 月)

祁立峰：《相似與差異：論南朝文學集團的書寫策略》(臺北：政大出版社，2014 年 4 月)

沈意：《南朝文學集團與南朝文學》(西安：陝西師範大學中國古代文學博士論文，張
　　新科教授指導，2007 年 5 月)

周樹人(魯迅)：《集外集》。收錄於魯迅著，張健、金鴻文校訂：《魯迅全集》(臺北：
　　谷風出版社，1989 年 12 月)

周樹人(魯迅)校錄：《古小說鉤沉》(濟南：齊魯書社，1997 年 11 月)

周勛初：《魏晉南北朝文學論叢》(南京：江蘇古籍出版社，1999 年 11 月)

周一良：《魏晉南北朝史論集》(北京：北京大學出版社，2000 年 10 月)

周謙：《《昭明文選》李善注引《左傳》考》(臺北：中國文化大學中國文學研究所碩
　　士論文，林尹教授指導，1969 年)

屈萬里：《尚書集釋》 (臺北：聯經出版事業股份有限公司，2001 年 3 月)

屈萬里：《詩經詮釋》(臺北：聯經出版事業股份有限公司，2004 年 10 月)

林童照：《六朝人才觀念與文學》(臺北：文津出版社，1995 年 5 月)

林文政：《《文選》六臣注音系研究》(臺北：中國文化大學中國文學研究所碩士論文，柯淑齡教授指導，2000 年)

林大志：《四蕭研究——以文學為中心》(北京：中華書局，2007 年 2 月)

林聰舜：《漢代儒學別裁——帝國意識形態的形成與發展》(臺北：國立臺灣大學出版中心，2013 年 7 月)

林曉光：《王融與永明時代——南朝貴族及貴族文學的個案研究》(上海：上海古籍出版社，2014 年 8 月)

胡適：《章實齋先生年譜》(臺北：遠流出版事業股份有限公司，1986 年 7 月)

胡德懷：《齊梁文壇與四蕭研究》(南京：南京大學出版社，1997 年 7 月)

胡大雷《中古文學集團》(桂林：廣西師範大學出版社，1999 年 5 月)

胡大雷：《《文選》編纂研究》(桂林：廣西師範大學出版社，2009 年 4 月)

洪順隆：《由隱逸到宮體》(臺北：文史哲出版社，1984 年 7 月)

洪順隆：《六朝詩論》(臺北：文津出版社，1985 年 3 月)

洪順隆：《抒情與敘事》(臺北：黎明文化事業股份有限公司，1998 年 12 月)

洪湛侯：《詩經學史》(北京：中華書局，2004 年 9 月)

柏俊才：《竟陵八友考辨》(北京：中國社會科學出版社，2011 年 2 月)

封野：《漢魏晉南北朝佛寺輯考》(南京：鳳凰出版社，2013 年 2 月)

高步瀛：《文選李注義疏》，收錄於《選學叢書》(臺北：廣文書局，1966 年 5 月)

高敏：《南北史掇瑣》(鄭州：中州古籍出版社，2003 年 8 月)

徐世昌：《晚晴簃詩話》(上海：華東師範大學出版社，2009 年 7 月)

徐復觀：《中國文學論集續編》(臺北：臺灣學生書局，1984 年 9 月)

徐復觀：《中國文學論集》(臺北：臺灣學生書局，2001 年 12 月)

孫明君：《兩晉士族文學研究》(北京：中華書局，2010 年 7 月)

孫琳、王會波、陳愛香合著：《《文選》李善注引《說文》考》(成都：四川大學出版社，2014 年 4 月)

陳寅恪：《隋唐制度淵源論稿》(臺北：里仁書局，2000 年 9 月)

陳槃：《古讖緯研討及其書錄解題》(臺北：國立編譯館，1991 年 2 月)

陳引馳編校：《劉師培中古文學論集》(北京：中國社會科學出版社，1997 年 6 月)

陳平原：《中國現代學術之建立》 (臺北：麥田出版社，2000 年 5 月)

陳芳明：《台灣新文學史》(臺北：聯經出版事業股份有限公司，2011 年 12 月)

陳松雄：《齊梁麗辭衡論》(臺北：文史哲出版社，1986 年 1 月)

陳飛：《唐代試策考述》(北京：中華書局，2002 年 4 月)

陳淑美：《潘岳及其詩文研究》(臺北：文津出版社，1999 年 8 月)

陳延嘉：《《文選》李善注與五臣注比較研究》(長春：吉林文史出版社，2009 年 7 月)

郭紹虞等合編：《中國近代文學論著精選》(臺北：華正書局，1982 年 6 月)

郭寶軍：《宋代《文選》學研究》(北京：中國社會科學出版社，2010 年 9 月)

章太炎：《檢論》(臺北：廣文書局，1970 年 12 月)

章太炎：《訄書》(臺北：廣文書局，1978 年 7 月)

許文雨：《文論講疏》(臺北：正中書局，1985 年 8 月)

許結：《賦學：制度與批評》(北京：中華書局，2013 年 9 月)

許聖和：《「博物思維」與六朝文學》(花蓮：國立東華大學中國語文學系研究所碩士
　　論文，王文進教授指導，2006 年 7 月)

梁啟超著，夏曉虹輯：《飲冰室合集集外文》 (北京：北京大學出版社，2005 年 1 月)

梁滿倉：《魏晉南北朝五禮制度考論》(北京：社會科學文獻出版社，2009 年 5 月)

逯欽立輯校：《先秦漢魏晉南北朝詩》(北京：中華書局，1998 年 5 月)

逯耀東：《從平城到洛陽——拓跋文化轉變的歷程》(臺北：東大圖書股份有限公司，
　　2002 年 9 月)

陶賢都：《魏晉南北朝霸府與霸府政治研究》(長沙：湖南人民出版社，2007 年 3 月)

曹道衡：《南北朝文學史》(北京：人民文學出版社，1998 年 6 月)

曹道衡：《中古文學史論文集續編》(臺北：文津出版社，1994 年 7 月)

曹道衡、沈玉成合撰：《中古文學史料叢考》(北京：中華書局，2003 年 7 月)

曹道衡：《中古文史叢稿》(保定：河北大學出版社，2003 年 11 月)

曹道衡、傅剛合著：《蕭統評傳》(南京：南京大學出版社，2001 年 12 月)

張舜徽：《中國文獻學》(許昌：中州書畫社，1982 年 12 月)

張少康編著：《文賦集釋》(北京：人民文學出版社，2002 年 9 月)

張高評：《春秋書法與左傳史筆》(臺北：里仁書局，2011 年 3 月)

張伯偉：《中國古代文學批評方法研究》(北京：中華書局，2002 年 5 月)

張金龍：《北魏政治史》(蘭州：甘肅教育出版社，2008 年 9 月)

張蕾：《《玉臺新詠》論稿》(北京：人民出版社，2007 年 12 月)

張亞軍：《南朝四史與南朝文學研究》(北京：中國社會科學出版社，2007 年 7 月)

梅家玲：《漢魏六朝文學新論──擬代與贈答篇》(臺北：里仁書局，1997 年 4 月)

黃侃：《文選平點》(北京：中華書局，2006 年 5 月)

黃侃著，黃念容整理：《文選黃氏學》(臺北：文史哲出版社，1977 年 1 月)

黃侃：《文心雕龍札記》(新竹：花神出版社，2002 年 8 月)

黃永年：《文史探微》(北京：中華書局，2000 年 10 月)

黃霖編著：《文心雕龍彙評》(上海：上海古籍出版社，2005 年 6 月)

黃懷信、孔德立、周海生合撰：《大戴禮記彙校集注》(西安：三秦出版社，2004 年 8 月)

黃懷信主編，周海生、孔德立參撰：《論語彙校集釋》(上海：上海古籍出版社，2008 年 8 月)

黃一農：《社會天文學史十講》(上海：復旦大學，2005 年 12 月)

黃俊傑：《孟子思想史論卷二》(臺北：中央研究院中國文哲研究所，2006 年 12 月)

黃志祥：《北宋本文選殘卷校證》(國立高雄師範大學中國文學研究所碩士論文，于大成教授指導，1982 年)

勞幹：《古代中國的歷史與文化》(臺北：聯經出版事業股份有限公司，2006 年 6 月)

程章燦：《魏晉南北朝賦史》(南京：江蘇古籍出版社，2001 年 6 月)

游志誠：《《文選》學新探索》(臺北：東吳大學中國文學所博士論文，潘重規教授指導，1988 年 4 月)

游志誠：《昭明文選學術論考》(臺北：臺灣學生書局，1996 年 3 月)

傅傑編校：《章太炎學術史論集》(昆明：雲南人民出版社，2008 年 3 月)

傅剛：《《昭明文選》研究》(北京：中國社會科學出版社，2000 年 1 月)

焦桂美：《南北朝經學史》(上海：上海古籍出版社，2009 年 7 月)

鄒雲湖：《中國選本批評》(上海：上海三聯書店，2002 年 7 月)

童嶺：《南齊時代的文學與思想》(北京：中華書局，2013 年 9 月)

馮淑靜：《《文選》詮釋研究》(北京：中國社會科學出版社，2011 年 8 月)

葉慶炳：《中國文學史》(臺北：臺灣學生書局，1997 年 6 月)

葉維廉：《比較詩學》(臺北：東大圖書股份有限公司，1983 年 2 月)

萬繩楠整理：《陳寅恪魏晉南北朝史演講錄》(臺北：雲龍出版社，1996 年 9 月)

葛曉音：《漢唐文學的嬗變》(北京：北京大學出版社，1990 年 11 月)

葛兆光：《中國思想史——第一卷：七世紀前中國的知識、思想與信仰世界》(上海：
　　復旦大學出版社，2003 年 6 月)

楊明：《漢唐文學辨思錄》(上海：上海古籍出版社，2005 年 4 月)

楊向奎：《大一統與儒家思想》(北京：北京出版社，2011 年 6 月)

楊永俊：《禪讓政治研究》(北京：學苑出版社，2005 年 7 月)

楊恩玉：《治世盛衰——「元嘉之治」與「梁武帝之治」初探》(濟南：齊魯書社，2009
　　年 8 月)

楊恩玉：《蕭梁政治制度考論稿》(北京：中華書局，2014 年 9 月)

楊賽：《任昉與南朝詩風》(上海：上海古籍出版社，2011 年 12 月)

解夢：《《昭明文選》奎章閣本研究——《昭明文選》版本源流與斠讀》(臺北：國立臺
　　灣師範大學國文所博士論文，李鍌教授指導，2000 年)

廖蔚卿：《中古詩人研究》(臺北：里仁書局，2005 年 3 月)

廖伯源：《使者與官制演變——秦漢皇帝使者考論》(臺北：文津出版社，2006 年 8 月)

鄭欽仁等編：《魏晉南北朝史》(增訂本，臺北：里仁書局，2007 年 9 月)

鄭毓瑜：《六朝情境美學》(臺北：臺灣學生書局，1994 年 3 月)

鄭文惠：《文學與圖像的文化美學》(臺北：里仁書局，2005 年 9 月)

趙以武：《梁武帝及其時代》(南京：鳳凰出版社，2006 年 4 月)

鄧國光：《《文心雕龍》文理研究》(上海：上海古籍出版社，2012 年 12 月)

劉咸炘撰，黃曙輝編校：《劉咸炘學術論集‧文學講義編》(桂林：廣西師範大學出版
　　社，2007 年 7 月)

劉漢初：《蕭氏兄弟文學集團研究》(臺北：國立臺灣大學中國文學研究所碩士論文，
　　馮承基教授指導，1976 年)

劉躍進：《古典文學文獻學叢稿》(北京：學苑出版社，1999 年 1 月)

賴亮郡：《六朝隋唐的東宮研究》(臺北：國立臺灣師範大學歷史研究所博士論文，邱
　　添生教授、高明士教授指導，2001 年 5 月)

蔡英俊：《比興、物色與情境交融》(臺北：大安出版社，1995 年 3 月)

錢基博：《中國文學史》(北京：中華書局，1993 年 6 月)

錢穆：《中國近三百年學術史》(北京：商務印書館，1997 年 12 月)

錢穆：《中國學術思想史論叢》(臺北：蘭臺出版社，2000 年 11 月)

錢穆：《秦漢史》(臺北：東大圖書股份有限公司，2006 年 7 月)

錢鍾書：《管錐編》(北京：中華書局，1986 年 6 月)

錢汝平：《蕭衍研究》(北京：中國社會科學出版社，2011 年 2 月)

駱鴻凱：《文選學》(臺北：華正書局有限公司，1989 年 9 月)

穆克宏：《昭明文選研究》(北京：人民出版社，1998 年 12 月)

盧弼集解，錢劍夫整理：《三國志集解》(上海：上海古籍出版社，2009 年 6 月)

盧海鳴：《六朝都城》(南京：南京出版社，2004 年 4 月)

獨孤嬋覺：《蕭統、蕭綱兄弟文學活動差異成因之探討》(上海：華東師範大學中國語
　　言文學系碩士論文，龔斌教授指導，2006 年 4 月)

鍾濤：《六朝駢文形式及其文化意蘊》(北京：東方出版社，1997 年 6 月)

戴伯如：《《昭明文選》雜詩類李善注引經籍考》(臺北：中國文化大學中國文學研究
　　所碩士論文，劉兆祐教授指導，2011 年)

簡宗梧：《漢賦史論》(臺北：東大圖書股份有限公司，1993 年 5 月)

蕭聿孜：《南朝寒士仕隱心境及其詩文研究》(花蓮：國立東華大學中國語文學系研究
　　所碩士論文，王文進教授指導，2012 年 6 月)。

魏耕原：《謝朓詩論》(北京：中國社會科學出版社，2004 年 9 月)

魏素足：《《文選》黃氏學研究》(臺北：國立臺灣師範大學國文所博士論文，李鎏教
　　授指導，2005 年)

顏崑陽：《六朝文學觀念叢論》(臺北：正中書局，1993 年 2 月)

顏尚文：《梁武帝》(臺北：東大圖書事業股份有限公司，1999 年 10 月)

羅宗強：《魏晉南北朝文學思想史》(北京：中華書局，2002 年 10 月)

羅國威：《敦煌本《文選注》箋證》(成都：巴蜀書社，2000 年 5 月)

羅志仲：《《文選》詩收錄尺度探微》(新竹：國立清華大學中國文學研究所博士論文，
　　朱曉海教授指導，2008 年 9 月)

嚴耕望：《中國地方行政制度史——魏晉南北朝地方行政制度》(臺北：中央研究院歷
　　史語言研究所，1997 年 6 月)

嚴耕望：《嚴耕望史學論文集》(上海：上海古籍出版社，2009 年 10 月)

嚴耀中：《兩晉南北朝史》(北京：人民出版社，2009 年 4 月)

蘇瑞隆：《鮑照詩文研究》(北京：中華書局，2006 年 1 月)

顧頡剛編：《古史辨》(臺北：藍燈文化事業股份有限公司，1993 年 8 月)

顧頡剛：《秦漢的方士與儒生》(臺北：里仁出版社，1995 年 2 月)

(二) 期刊或論文集

力之：〈〈選序〉所反映的乃蕭統完成《文選》後之愉悅說〉，收錄於趙昌智、顧農主
　　編：《第八屆文選學國際學術研討會論文集》(揚州：廣陵書社，2010 年 12 月)

力之：〈關於《文選》成書研究的方法問題〉，《中南民族大學學報(人文社會科學版)》
　　第 34 卷第 5 期，2014 年 9 月

于大成、陳新雄合編的《昭明文選論文集》(臺北：木鐸出版社，1976 年 5 月)

中國《文選》學研究會、河南科技學院中文系合編：《第六屆《文選》學國際學術研
　　討會論文集》(北京：學苑出版社，2007 年 9 月)

王國瓔：〈《昭明文選》祖餞詩中的離情〉，《漢學研究》第 7 卷第 1 期，1989 年 6 月

王金凌：〈文學史的歷史基礎〉，輔仁大學中國文學系、中國古典文學研究會合編：《建
　　構與反思——中國文學史的探索學術研討會論文集》(臺北：臺灣學生書局，2002
　　年 7 月)

王文進：〈南朝「山水詩」中「遊覽」與「行旅」的區分——以《文選》為主的觀察〉，
　　《東華人文學報》第 1 期，1999 年 7 月

王文進：〈謝靈運詩中「遊覽」與「行旅」之區分〉，收錄於國立成功大學中文系編：
　　《魏晉南北朝文學與思想學術研討會論文集第二輯》(臺北：文津出版社，1992
　　年 11 月)

王文進：〈論「赤壁意象」的形成與流轉——「國事」、「史事」、「心事」、「故事」的

四重奏〉，《成大中文學報》第 28 期，2010 年 4 月

王文進：〈論《江表傳》中的南方立場與東吳意象〉，《成大中文學報》第 46 期，2014 年 9 月

王立群：〈論 20 世紀的〈文選序〉研究〉，《阜陽師範學院學報(社會科學版)》2000 年第 4 期

王立群：〈魏晉南北朝學士研究的幾個問題〉，《阜陽師範學院學報》2004 年第 2 期

王立群：〈《文選集注》研究──以李善注為中心的一個考察〉，《漢語言文學研究》第 2 卷第 3 期，2011 年 9 月

王立群主編，郭寶軍、張亞軍副主編：《第十屆《文選》學國際學術研討會論文集》(鄭州：河南大學出版社，2014 年 8 月)

王宇：〈標榜風氣、詩歌選本、理學語境與劉克莊詩學觀的重新解讀──以真德秀《文章正宗》為對照〉，《淡江中文學報》第 17 期，2007 年 12 月

王賀：〈唐及唐前哀冊文〉，《安慶師範學院學報(社會科學版)》第 27 卷第 1 期，2008 年 1 月

王莉：〈論《文選》中的邊塞詩〉，《西藏大學學報》第 19 卷第 1 期，2004 年 3 月

方志紅：〈選本批評：中國文學理論批評方法之一〉，《綿陽師範學院學報》第 27 卷第 12 期，2008 年 12 月

石樹芳：〈《文選》研究百年述評〉，《文學評論》2012 年第 2 期

孔令剛：〈《昭明文選》編輯思想探介〉，《河南科技學院學報》第 5 期，2013 年 5 月

毛漢光：〈中國中古賢能觀念之研究──任官標準之觀察〉，《中央研究院歷史語言研究所集刊》第 48 本第 3 分，1977 年 9 月

付瓊：〈唐宋八大家選本與明清文學教育的適配〉，《天府新論》2008 年第 5 期

朱曉海：〈西晉佐命功臣銘饗表微〉，《臺大中文學報》12 期，2000 年 5 月

朱曉海：〈讀兩漢詠物賦雜俎〉，《漢學研究》18 卷 2 期，2000 年 12 月

朱曉海：〈陸機〈演連珠〉臆說〉，《文選與文選學》，(北京：學苑出版社，2003 年 5 月)

朱曉海：〈「貴遊文學」獻疑〉，收錄於國立成功大學中文系編：《第五屆魏晉南北朝文學與思想學術研討會論文集》(臺北：里仁書局，2004 年 3 月)

朱曉海：〈論陸機〈擬古詩〉十二首〉，《臺大中文學報》，2003 年 12 月

朱曉海：〈從蕭統佛教信仰中的二諦觀二諦觀解讀《文選‧遊覽》三賦〉,《清華學報》
　　新 37 卷 2 期,2007 年 12 月

朱曉海：〈讀《文選》的〈與朝歌令吳質書〉等三篇書后〉,《廣西師範大學學報（哲
　　學社會科學版）》40 卷,2004 年 1 月

朱曉海：〈《文選》中勸進文、加九錫文研究〉,《清華學報》,2008 年 9 月

朱曉海：〈讀《文選‧序》〉,收錄於徐中玉、郭豫適主編：《古代文學理論研究第 21
　　輯》(上海：華東師範大學出版社,2003 年 12 月)

朱曉海：〈《文選》所收三篇經學傳注序探微〉,《淡江中文學報》第 22 期,2010 年 6 月

朱曉海：〈《文選》所收樂府辭外圍尺度探微〉,收錄於程章燦、徐興無主編：《《文選》
　　與中國文學傳統：第九屆《文選》學國際學術研討會論文集》(北京：中華書局,
　　2014 年 8 月）

朱鴻：〈君儲聖王‧以道正格——歷代的君主教育〉,收錄於鄭欽仁編：《中國文化新
　　論制度篇——立國的宏規》(臺北：聯經出版事業公司,1982 年 6 月)

呂興昌：〈《昭明文選》的選文標準〉,收錄於柯慶明、林明德編：《中國古典文學研究
　　叢刊——散文與論評之部》(臺北：巨流出版社,1986 年 7 月)

吳達芸〈評《昭明文選》的幾種看法與評價〉,收錄於柯慶明、林明德編：《中國古典
　　文學研究叢刊——散文與論評之部》(臺北：巨流出版社,1986 年 7 月)

吳振岳：〈試析潘諾夫斯基之圖像學研究法及其在藝術鑑賞之功能〉,《大葉學報》第
　　10 卷第 2 期,2001 年 12 月

周慶華：〈環繞〈文選序〉「事出於沉思,義歸乎翰藻」諸問題〉,《問學集》第 1 期,
　　1990 年 11 月

李貴生：〈阮元文論的經學義蘊〉,《漢學研究》第 24 卷第 1 期,2006 年 6 月

李錫鎮：〈江淹的仕宦及其創作觀考辨——「才盡」說探義〉,《文與哲》第 10 期,2007
　　年 6 月

李廣健：〈許善心與南朝目錄學〉,《漢學研究》第 23 卷第 2 期,2005 年 12 月

李廣健：〈梁代《漢書》研究的興起及其背景〉,收錄於黃清連編：《結網三編》(臺北：
　　稻香出版社,2007 年 8 月)

李明陽、喬川合著：〈「臺灣古典詩歌新解論爭」評議——以葉嘉瑩、夏志清、徐復觀、

顏元叔為考察中心〉對此一歷史脈絡有完整之報導，見《漢學研究通訊》第 33卷第 2 期，2014 年 5 月

祁立峰：〈經驗匱乏者的遊戲：再探南朝邊塞詩的成因〉，《漢學研究》第 29 卷第 1 期，2011 年 3 月

何維剛：〈關於《文選》哀策問題及其文體特色〉，《漢學研究》第 32 卷第 3 期，2014年 9 月

林麗真：〈讀《人物志》〉，《書目季刊》第 9 卷第 2 期，1975 年 9 月

林柏謙：〈由〈文選序〉辨析選學若干疑案〉，《東吳中文學報》，第 13 期，2007 年 5 月

林登順：〈《文選》哀祭文類──誄、哀辭探索〉。收錄於《第六屆文選學國際學術研討會論文集》(北京：學苑出版社，2007 年 9 月)

林登順：〈魏晉南北朝哀策文──「誄辭」之發展探索〉，收錄於國立成功大學中文系編：《第五屆魏晉南北朝文學與思想學術研討會論文集》(臺北：里仁書局，2004年 3 月)

林晉士：〈論西魏蘇綽奏行大誥之性質與影響〉，收錄於國立成功大學中文系編：《魏晉南北朝文學與思想學術研討會論文集(第六輯)》(臺北：里仁書局，2010 年 7 月)

屈守元：〈〈文選序〉疑義答問〉，收錄於香港中文大學中國語言文學系主編：《魏晉南北朝文學國際研討會論文集》(臺北：文史哲出版社，1994 年 6 月)

洪順隆：〈六朝雜詩題材類型論〉，《華岡文科學報》第 24 期，2001 年 3 月

洪順隆：〈六朝雜體詩歌文體性質研究〉，《中國文哲研究集刊》第 17 期，2000 年 9 月

洪順隆：〈論六朝祖餞詩群對文類學原理的背離〉，收錄於東海大學中國文學系編：《第三屆魏晉南北朝文學國際學術研討會論文集》(臺北：文史哲出版社，1998 年 8 月)

洪順隆：〈論《文選》〈詩歌‧樂府支類〉的文類性質〉，收錄於國立成功大學中文系編：《魏晉南北朝文學與思想學術研討會論文集第四輯》(臺北：文津出版社，2001年 10 月)

南京大學古典文獻研究所編：《古典文獻研究──《文選》學專題》(南京：鳳凰出版社，2011 年 6 月)

徐國能：〈翁方綱杜詩學探微〉，《臺北大學中文學報》創刊號，2006 年。

徐興無：〈從辭令到文章〉，《第八屆文選學國際學術研討會論文集》(揚州：廣陵書社，

2010 年 12 月)

徐華：〈〈文選序〉與《文選》差異問題的再審視〉，收錄於周少川編：《歷史文獻研
　　究》第 31 輯(武漢：華中師範大學出版社，2012 年 9 月)

侯雅文：〈宋代「詞選本」在「詞典律史」建構上的意義——對「詞史」的研究與書
　　寫提出「方法學」的省思〉，《淡江中文學報》第 18 期，2008 年 6 月

陳鵬翔：〈主題學研究與中國文學〉，收錄於陳鵬翔主編：《主題學研究論文集》(臺北：
　　東大圖書股份有限公司，1983 年 11 月)

陳延嘉：〈太子的意圖與《文選》之根〉，收錄於《第十屆《文選》學國際學術研討會
　　論文集》(鄭州：河南大學出版社，2014 年 8 月)

許逸民：〈新《選》學界說〉，收錄於中國《文選》學研究會、鄭州大學古籍整理研究
　　所合編：《文選學新論》(鄭州：中州古籍出版社，1997 年 10 月)

張麗珠：〈章學誠的史學核心意識——以突出「專門」、「成家」為主軸的論述〉，《臺
　　灣師大歷史學報》第 42 期，2009 年 12 月

曹之：〈魏晉南北朝類書成因初探〉，《古籍整理研究學刊》2001 年第 3 期

程毅中、白化文合著：〈略談李善注《文選》的尤刻本〉，收錄於俞紹初、許逸民主編：
　　《中外學者《文選》學論集》(北京：中華書局，1998 年 8 月)

曾守正：〈唐修正史文學彙傳的文學史圖像與意識〉，《淡江人文社會學刊》第 7 期，
　　2001 年 5 月

曾金承：〈錢鍾書《宋詩選注》的「排除性」選詩原則初探〉，《文學新鑰》第 14 期，
　　2011 年 12 月

景獻力：〈吳淇《六朝選詩定論》對《選》詩的重新闡釋〉，《福州大學學報(哲學社會
　　科學版)》2009 年第 1 期

黃修明：〈中國古代仕宦官員「丁憂」制度考〉，《四川師範大學學報(社會科學版)》
　　第 34 卷第 3 期，2007 年 5 月

彭安湘：〈《古文苑》辭賦觀及其選本批評形態意義〉，《中南大學學報(社會科學版)》
　　第 18 卷第 6 期，2012 年 12 月

游志誠：〈論《文選》的「難」體〉，收錄於國立成功大學中文系編：《魏晉南北朝文
　　學與思想學術研討會論文集第二輯》(臺北：文津出版社，1992 年 11 月)

游志誠：〈《昭明文選》及其評點所見之賦學〉，收錄於：《魏晉南北朝文學與思想學術研討會論文集第三輯》(臺北：文津出版社，1997 年 9 月)

游志誠：〈運用《文心雕龍》理論分析《文選》作品〉，收錄於東海大學中國文學系編：《第三屆魏晉南北朝文學國際學術研討會論文集》(臺北：文史哲出版社，1998 年 8 月)

游志誠：〈論章學誠文選學的一綱三目〉，收錄於王立群主編：《第十屆文選學國際學術研討會論文集》(鄭州：河南大學出版社，2014 年 8 月)

程章燦：〈重建時間標準與歷史秩序──讀〈新刻漏銘〉〉，國立中央大學中文系「世變下的中國知識分子與文化──102 年度國際學術交流座談會」，2013 年 10 月 31 日

程章燦：〈象闕與蕭梁政權史建期的正統焦慮〉，收錄於王次澄、齊茂吉主編：《融通與新變──是變下的中國知識分子與文化》(新北：華藝學術出版社，2013 年 10 月)

慈波：〈《古文辭類纂》系列選本及其文學史意義〉，《涪陵師範學院學報》第 22 卷第 5 期，2006 年 9 月

鄒濬智：〈秦漢以前行道信仰及其相關儀俗試探〉，國立臺灣科技大學《人文社會學報》第四卷，2008 年 3 月

楊承祖：〈〈與嵇茂齊書〉作者辨〉，收錄於東海大學中國文學系編：《第三屆魏晉南北朝文學國際學術研討會論文集》(臺北：文史哲出版社，1998 年 8 月)

楊松年：〈詩選的詩論價值──文學評論研究的另一個方向〉，《中外文學》第 10 卷第 5 期，1981 年 10 月

楊明：〈「事出於沉思，義歸乎翰藻」新解〉，收錄於中國文選學研究會、鄭州大學古籍整理研究所合編：《文選學新論》(鄭州：中州古籍出版社，1997 年 10 月)

楊英：〈曹操「魏公」之封與漢魏禪代「故事」──兼論漢魏封爵制度之變〉，《蘇州大學學報(哲學社會科學版)》，2014 年第 5 期

蔡瑜：〈永明詩學的另一面向──「文」的形構〉，《漢學研究》第 33 卷第 2 期，2015 年 6 月

齊益壽：〈《文心雕龍》與《文選》在選文定篇及評文標準上的比較〉，收錄於中國文

選學研究會、鄭州大學古籍整理研究所合編：《文選學新論》(鄭州：中州古籍出
　　版社，1997 年 10 月)

鄧建、王兆鵬：〈中國歷代選本的格局分布及其文化意蘊〉，《江漢論壇》2007 年第 11 期

廖美玉：〈「歸田」意識的形成與虛擬書寫的至樂取向〉，《成大中文學報》第 11 期，
　　2003 年 11 月

廖美玉：〈詩人「歸田」所開啟的生態視野與多元族群觀──兼論陶淵明作為田園詩
　　人正典的意涵〉，收錄於國立成功大學中文系編：《第五屆魏晉南北朝文學與思想
　　學術研討會論文集》(臺北：里仁書局，2004 年 3 月)

蒙傳銘：〈李善《文選注》引〈毛詩序〉初探〉，《華梵學報》第 2 卷第 1 期，1994 年
　　7 月

趙昌智、顧農主編：《第八屆《文選》學國際學術研討會論文集》(揚州：廣陵書社，
　　2010 年 12 月)

趙敏俐：〈「魏晉文學自覺說」反思〉，收錄於趙敏俐、〔日本〕佐藤利行合編：《中國
　　中古文學研究》(北京：學苑出版社，2005 年 12 月)

趙俊玲：〈今存孫鑛《文選》評本述論〉，《武漢科技大學學報(社會科學版)》第 11 卷
　　第 4 期，2009 年 8 月

趙俊玲：〈清初《文選》評點著作──《山曉閣重訂文選》述論〉，《長江師範學院學報》
　　第 25 卷第 5 期，2009 年 9 月

趙俊玲：〈《文選》評點集大成著作──于光華《文選集評》考論〉，《古籍整理研究學
　　刊》，2014 年第 1 期

鄭雅如：〈齊梁士人的交遊：以任昉的社交網絡為中心的考察〉，《臺大歷史學報》第
　　44 期，2009 年 12 月

鄭柏彰：〈「言志」母題之驛動與流變──以《昭明文選》「志」類賦為範疇展衍〉，《華
　　梵人文學報》第 8 期，2007 年 1 月

劉漢初：〈向秀《思舊賦》曲說〉，收錄於國立成功大學中文系編：《魏晉南北朝文學
　　與思想學術研討會論文集第一輯》(臺北：文史哲出版社，1991 年 8 月)

劉全波：〈魏晉南北朝時期的抄撮、抄撰之風〉，《山西師大學報(社會科學版)》第 38
　　卷第 1 期，2011 年

穆克宏：〈《文選》與文學理論批評〉，收錄於：《魏晉南北朝文學與思想學術研討會論文集第三輯》(臺北：文津出版社，1997 年 9 月)

韓泉欣：〈為杜詩「熟精《文選》理」進一解〉，《浙江大學學報(人文社會科學版)》第 33 卷第 3 期，2003 年 5 月

鍾永興：〈「經之流變，必入於史」──章實齋「史學文」之研究〉，《輔仁國文學報》第 30 期，2010 年 4 月

謝康等編：《昭明太子和他的《文選》》，收錄於《近代文史論文類輯‧乙編》2(臺北：臺灣學生書局，1971 年 10 月)

顏元叔：〈現代主義與歷史主義──箋答葉嘉瑩女士〉，《中外文學》第 2 卷第 7 期，1973 年 12 月

顏崑陽：〈從「言意位差」論先秦至六朝「興」義的演變〉，《清華學報》第 28 卷第 2 期，1998 年 6 月

顏崑陽：〈論「典範模習」在文學史建構上的「漪漣效用」與「鏈接效用」〉，收錄於輔仁大學中文系、中國古典文學研究會合編：《建構與反思──中國文學史的探索學術研討會論文集》(臺北：臺灣學生書局，2002 年 7 月)

顏崑陽：〈論文類體裁的「藝術性向」與「社會性向」及其「雙向成體」的關係〉，《清華學報》新 35 卷第 2 期， 2005 年 12 月

耀曉娟：〈試論〈文選序〉中的文學觀〉，《北方文學》2012 年第 11 期

(三) 外國譯著(依出版年份)

〔美國〕Cleanth Brooks， 〔美國〕William K. Wimsatt 合著，顏元叔譯：《西洋文學批評史》(臺北：志文出版社，1972 年 1 月)

〔美國〕夏志清：〈悼念陳世驤並試論其治學之成就〉，收錄於楊牧(王靖獻)編譯：《陳世驤文存》(臺北：志文出版社，1975 年 5 月)

〔美國〕劉若愚著，杜國清譯：《中國文學理論》(臺北：聯經出版事業公司，1981 年 9 月)

〔韓國〕金學主：〈朝鮮時代所印《文選》本〉，《韓國學報》第 5 期，1985 年。

〔日本〕竹添光鴻：《左傳會箋》(臺北：明達出版社，1986 年 10 月)

〔日本〕清水凱夫著，韓國基譯：《六朝文學論文集》(重慶：重慶出版社，1989 年
　　10 月)

〔日本〕古田敬一、福井佳夫合著：《中國文章論——《六朝麗指》》(東京：汲古書院，
　　1990 年 2 月)

〔日本〕中村裕一：〈關於唐代的制書式——以探討仁井田陞氏的復原制書式為中
　　心〉，收錄於劉俊文主編：《日本中青年學者論中國史——六朝隋唐卷》(上海：
　　上海古籍出版社，1995 年 12 月)

〔美國〕余寶琳：〈詩歌的定位——早期中國文學的選集與經典〉(Pauline Yu：Poems
　　in Their Place: Collections and Canons in Early Chinese Literature，*Harvard Journal
　　of Asiatic Studies* 第 50 卷第 1 期，1990 年)。後收錄於樂黛雲、陳珏編選：《北美
　　中國古典文學研究名家十年文選》(南京：江蘇人民出版社，1996 年 5 月)

〔日本〕斯波六郎：〈《文選》諸本研究〉。收錄於氏編，李慶譯：《《文選》索引》(上
　　海：上海古籍出版社，1997 年 2 月)

〔日本〕清水凱夫：《新《文選》學——《文選》の新研究》(東京：研文出版，1999
　　年 10 月)

〔日本〕宮崎市定著，韓昇譯：《九品官人法研究：科舉前史》(北京：中華書局，2008
　　年 3 月)

〔日本〕岡村繁著，陸曉光譯：《文選之研究》(上海：上海古籍出版社，2009 年 5 月)

〔日本〕尾形勇著，張鶴泉譯：《中國古代的『家』與國家》(北京：中華書局，2010
　　年 1 月)

〔法國〕雅克·勒高夫著，許明龍譯：《聖路易》(北京：商務印書館，2011 年 10 月)

〔日本〕興膳宏撰，蕭燕婉譯注：《中國文學理論》 (臺北：聯經出版事業股份有限
　　公司，2014 年 12 月)

〔英國〕貢布里希著，楊思梁、范景中編譯：《象徵的圖像——貢布里希圖像學文集》
　　(南寧：廣西美術出版社，2015 年 3 月)

附表一　東宮僚屬職表

職稱	《宋書》[1]	《隋書》[2]	《晉書》[3]	《通典》[4]	梁[5]
太子太傅	一人。丞一人。中二千石	一人，位視尚書令。	中二千石	晉泰始三年，武帝始建置東宮，各置一人。尚未置詹事，宮事無大小，皆由二傅。少傅立草，太傅書真，以為儲訓。並有功曹、主簿、五官。秩與後漢同。皇太子先拜，諸傅然後答之，如弟子事師之禮。二傅不得上疏曲敬。武帝後以儲副體尊，遂命諸公居之。以本位重，故或行或領。	梁太傅位視尚書令，少傅視左僕射。十六班丞五班五官公曹主簿三班
太子少傅	一人。丞一人。二千石傅，古官也。文王世子曰：「凡三王教世	一人，位視左僕射。二傅及詹事，各置丞、功曹、主簿。五官、家令、率更令、僕	二千石泰始三年，武帝始建官，其訓導者，太傅在前，少傅在後。皇太子先拜，諸傅	齊王攸領太傅，作太傅箴，獻於太子。傅玄亦有少傅箴。又任愷、山濤、張華並為少傅。又云衞瓘領少傅，加千兵百騎，鼓吹之府。山公啟事曰：「太子保傅，不可不高盡天下之選。羊祜秉德尚義，可	十五班

---

[1] 〔南朝梁〕沈約(441-513)著：《宋書》(點校本，北京：中華書局，1997年9月)。

[2] 〔唐〕魏徵(580-643)等撰：《隋書》(點校本，北京：中華書局，1997年9月)。

[3] 〔唐〕房玄齡(578-648)等撰：《晉書》(點校本，北京：中華書局，1997年9月)。

[4] 〔唐〕杜佑(734-812)：《通典》(王文錦等人點校本，北京：中華書局，2003年5月)，冊1。

[5] 職稱內涵參《通典》卷30〈職官12‧東宮官〉。班秩參考《隋書》。

職稱	《宋書》	《隋書》	《晉書》	《通典》	梁
	子，太傅在前，少傅在後，並以輔導為職。」晉武帝泰始五年，詔太子拜太傅、少傅，如弟子事師之禮；二傅不得上疏曲敬。二傅並有功曹、主簿、五官。	各一人。	然後答之。武帝後以儲副體尊，遂命諸公居之；以本位重，故或行或領。	出入周旋，令太子每覩儀形。方任雖重，比此為輕。又可朝會，與聞國議。」	
東宮常侍		天監初置，皆散騎常侍為之。			
太子詹事	一人。丞一人。職比臺尚書令、領軍將軍。詹，省也。二千石	位視中護軍，任總宮朝。二傅及詹事，各置丞、功曹、主簿。	咸寧元年，以給事黃門侍郎楊珧為詹事，掌宮事，二傅不復領官屬。惠帝元康元年，復置詹事，置丞一人，秩千石；主簿、五官掾、功曹史、主記門下史、錄事、戶曹法曹倉曹賊曹功曹書佐、	魏復置詹事，領東宮眾務。晉不置，至咸寧元年，復置以掌宮事。至晉永康中，詹事特置丞一人，掌文書，關通六傅。過江多用員外郎，遷尚書郎。宋、齊因之。梁、陳制，一梁冠，皂朝服，銅印墨綬。後魏、北齊並有之。主簿：一人。晉始置，自後歷代皆有。	宋與晉同。齊置府，領官屬。齊沈文季為太子詹事。梁、陳任總宮朝。十四班丞四班主簿五班

職稱	《宋書》	《隋書》	《晉書》	《通典》	梁
			門下亭長、門下書佐、省事各一人，給赤耳安車一乘。		
太子家令[6]	一人。丞一人。 千石 主刑獄飲食，職比廷尉、司農、少府。	一人。自宋、齊已來，清流者不為之。天監六年，帝以三卿陵替，乃詔革選。家令視通直常侍。	主刑獄、穀貨、飲食，職比司農、少府。漢東京主食官令，食官令及晉自為官，不復屬家令。	後漢則屬少傅，主倉穀飲食。魏因之。晉又兼主刑獄、穀貨、飲食，職比廷尉、司農、少府。其家令、率更令及僕，為太子三卿。太康八年，進品與中庶子、二率同。自漢至晉，家令在率更下，宋則居上。銅印墨綬，進賢兩梁冠，絳朝服。主內茵褥牀几諸供中之物及官奴婢、月用錢、內庫、鹽米、車牛、刑獄。 後魏亦曰三卿。北齊家令有功曹、主簿，領食官、典倉、司藏等三署及領內坊令、丞。隋掌刑法、食膳、倉庫、奴婢等。	齊因之。自宋齊以來，清流者不為之。沈約為齊文惠太子家令。 至梁天監六年，武帝以三卿陵替，乃詔革選，家令視通直常侍，率更、僕視黃門。陳因之。 十班
太子率更令	一人。主宮殿門戶及賞罰事，職如光祿勳、衞尉。 自漢至晉，家令在率更下；宋	一人。視黃門三等，皆置丞。	主官殿門戶及賞罰事，職如光祿勳、衞尉。	顏師古曰：「掌知漏刻，故曰率更。」 晉主宮殿門戶及賞罰事，職如光祿勳、衞尉，而屬詹事。宋制，銅印墨綬，進賢兩梁冠，絳朝服。 隋掌伎樂漏刻，有令、	梁、陳、後魏並有之。北齊領中盾署，掌周衞禁防漏刻鐘鼓，亦屬詹事。 十班

6　《隋書》卷 26〈百官志・梁〉：「中大通三年，以昭明太子妃居金華宮，又置金華家令。」見《隋書》，頁 726-727

職稱	《宋書》	《隋書》	《晉書》	《通典》	梁
	則居上。 千石			丞、錄事各一人。大唐因之，加掌皇族次序及刑法事。	
太子僕	一人。主車馬、親族，職如太僕、宗正。自家令至僕，為太子三卿。 千石	一人。視黃門三等，皆置丞。	主車馬親族職如太僕、宗正。	晉主輿馬，兼主親族，如太僕、宗正。從駕乘安車，次家令而屬詹事。宋齊並有之。	梁視黃門郎。陳因之。後魏亦有。北齊詹事領僕寺，置令、丞、功曹、主簿，領廄牧署令。 十班
太子門大夫	二人。漢東京置，職如中郎將，分掌遠近表牒。 六百石	一人，視謁者僕射。			
太子中庶子	四人。職如侍中。 六百石	四人，功高者一人為祭酒。行則負璽，前後部護駕。	四人，職如侍中。	後漢員五人，職如侍中，而庶子無員，職如三署中郎。凡庶子主宮中并諸吏之適子及支庶版籍。魏因之。在吳為親近之官。吳張溫言於孫權曰：「中庶子官最親密，切問近對，宜用雋選。」由是以顧譚為之。 晉中庶子、庶子各四員，職比侍中、散騎常侍及中書監令，皆以俊茂者為之，或以郡守參選。《山公啟事》曰：「中庶子缺，宜得俊茂者。以濟陰太守劉儼、城陽太守石崇參	元嘉初，詔二率、中庶子隨太子入直上宮。十四年，又詔還直東宮。 至齊，其庶子用人卑雜。 梁天監七年詔革選。其年，以太子中舍人、司徒從事中郎

職稱	《宋書》	《隋書》	《晉書》	《通典》	梁
				選。」若釋奠,中庶子扶左,庶子扶右。宋與晉同。	為之。凡中庶子四人,以功高者一人為祭酒,行則負璽,前後部護駕,與功高中舍人一人共掌其坊之禁令。庶子四人,掌侍從左右,獻納得失,功高者一人與功高舍人一人共掌其坊之禁令。冠服並同前代。陳因梁制。 十一班
太子中舍人	四人。漢東京太子官屬有中允之職,在中庶子下,洗馬上,疑若今中書舍人矣。中舍人,晉初置,職如黃門侍郎。	四人,功高者一人,與中庶子祭酒共掌其坊之禁令。又有通事守舍人、典事守舍人、典法守舍人員。	四人,咸寧四年置,以舍人才學美者為之,與中庶子共掌文翰,職如黃門侍郎,在中庶子下,洗馬上。	中舍人:晉咸寧初,置中舍人四人,以舍人才學之美者為之,與中庶子共掌文翰,在中庶子下,洗馬上。凡奏事文書皆綜典之,監和嘗藥,月檢奏直臣名,更直五日,典文疏如中書郎。	宋亦四人。齊有一人。梁時功高者一人,與中庶子祭酒共掌其坊之禁令。陳因之。後魏、北齊並有之。 八班
太子食官令	一人。職如太官令。漢東京官也。今屬中		一人,職如太官令。	典膳郎:漢魏以來並有太子食官局。	

職稱	《宋書》	《隋書》	《晉書》	《通典》	梁
	庶子。				
太子庶子	四人，職比散騎常侍、中書監令。晉制也。四百石	四人，掌侍從左右，獻納得失。高功者一人，與高功舍人共掌其坊之禁令。	四人，職比散騎常侍、中書監令。	古者，天子有庶子之官，周官謂之諸子。職諸侯卿大夫之庶子，掌其戒令與其教理，有大事則帥國子而致於太子，唯所用之。秦因之，置中庶子、庶子員。	九班
太子舍人	十六人。職如散騎、中書侍郎。晉制也。	十六人，掌文記。	十六人，職比散騎、中書等侍郎。	秦官也。漢因之，比郎中，選良家子孫。後漢無員，更直宿衞，如三署郎中。凡帝初即位，未有太子，太子官屬皆罷，唯舍人不省，屬少府。魏因之。晉有十六人，職比散騎中書侍郎，從駕則正直從，次直守。妃出則次直從。晉王衍以名門超為太子舍人。又樂廣、潘岳、顧榮、夏侯湛並為之。元帝大興元年，以太子舅虞胤為舍人，太子奏曰：「舅甥宜崇敬，不欲降舅氏之親為侍臣。」詔乃轉胤為常侍。《山公啟事》曰：「太子舍人夏侯湛有盛才而不長理人，有益臺閣。」	宋有四人。齊有一人。梁有十六人，掌文記。梁劉杳字士深，為舍人。及昭明太子薨，新宮建，舊人例無住者，敕特留杳焉。陳因梁制。後魏亦有之。北齊典書坊置二十人。三班
東宮通事舍人				齊中庶子屬官有通事守舍人，庶子下有內典書通事舍人二人，掌宣傳令旨，內外啟奏。大唐復為通事舍人，亦有	梁亦有之。視南臺御史，多以餘官兼職。陳因之。北齊

職稱	《宋書》	《隋書》	《晉書》	《通典》	梁
				八員，掌引導辭見，承令勞問。	門下坊有通事舍人八人。 一班
太子洗馬	八人。職如謁者、祕書郎也。 太子出，則當直者前驅導威儀。 比六百石	八人，位視通直郎。	八人，職如謁者祕書，掌圖籍。釋奠講經則掌其事，出則直者前驅，導威儀。	後漢員十六人，職如謁者，太子出則當直者前驅，導威儀也。 魏因之。晉有八人，職如謁者，准祕書郎。進賢一梁冠，黑介幘，絳朝服。掌圖籍，釋奠講經則掌其事，餘與後漢同。 晉江統為洗馬，太子頗好遊宴，或闕朝侍，統以五事諫之。又陸機、鄧攸、傅咸並為洗馬，又衞玠為洗馬。	宋與晉同。齊置一人。梁有典經局，又置八人，掌文翰，尤為清選，皆取甲族有才名者為之，位視通直郎。梁庾於陵拜洗馬，舍人如故。舊事，東宮官屬，通為清選，洗馬掌文翰，尤其清者。東宮近代用人，皆取甲族有才名者。時於陵、周捨並擢充斯職。武帝曰：「官以人而清，豈限於甲族。」時論美之。陳因之。北齊典經坊洗馬二人。 六班

職稱	《宋書》	《隋書》	《晉書》	《通典》	梁
太子左衛率	七人。秩舊四百石	一人，位視御史中丞。有丞。左率領果毅、統遠、立忠、建寧、陵鋒、夷寇、祚德等七營。置殿中將軍十人，員外將軍十人，正員司馬四人。又有員外司馬督官。	案武帝建東宮，置衛率，初曰中衛率。泰始五年，分為左右，各領一軍。惠帝時，愍懷太子在東宮，又加前後二率。及江左，省前後二率，孝武太元中又置。	衛率府，秦官。漢因之，屬詹事。後漢主門衛徼循衛士，而屬少傅。魏因之。晉武帝建東宮，置衛率，初曰中衛率。泰始五年，分為左右衛率，各領一軍。惠帝時，愍懷太子在東宮，又加前後二衛率。 晉志曰：「凡太子出，前衛率導在前，黃麾，左右二率從，使導輿車。後衛率從，在烏皮外。並帶戟執刀，其服並視左右衛將軍。」 山公啟事曰：「太子左率缺，侍衛威重，宜得其才無疾患者。城陽太守石崇，忠篤有文武，河東太守焦勝，清貞著信義，皆其選也。」 劉卞為愍懷太子左率，知賈后必害太子，乃問張華，華曰：「君欲如何？」卞曰：「東宮雋乂如林，四率精兵萬人。公居阿衡之任，若得公命，皇太子因朝，使錄尚書事，廢賈后於金墉，兩黃門力耳。」華曰：「廢立大事，恆懼禍甚，又非所能。」賈后微聞，遷卞為雍州刺史，卞恐終露，乃服藥卒。	梁二率視御史中丞。銅印墨綬，武冠，絳朝服。左率領七營，右率領四營。陳有二率。後魏曰左右衛率。北齊謂之左右衛率坊。後周東宮有司戎、司武、司衛等員。隋曰左右率，兼有副率二人。 十一班
太子右衛率	二人。秩舊四百石	一人，位視御史中		成都王穎為太弟，又置中衛率，是為五率。及江	梁左右衛率共領十一

職稱	《宋書》	《隋書》	《晉書》	《通典》	梁
	惠帝時，愍懷太子在東宮，加置前後二率。成都王穎為太弟，又置中衞，是為五率。	丞。有丞。領崇榮、永吉、崇和、細射等四營。置殿中將軍十人，員外將軍十人，正員司馬四人。又有員外司馬督官。		左，省前後率。孝武太元中，又置。宋齊止署左右二率。 齊沈約為太子右率。又徐孝嗣自吏部尚書轉領太子右率，臺閣事多以委之。沈文季亦嘗為此官。	營，二率各領殿中將軍十人、員外將軍十人。十一班
太子屯騎校尉 太子步兵校尉 太子翊軍校尉	三校尉各七人，並宋初置。屯騎、步兵，因臺校尉；翊軍，晉武帝太康初置，始為臺校尉，而以唐彬居之，江左省。	各一人，謂之三校。			七班
太子旅賁中郎將	十人。職如虎賁中郎將。宋初置。周官有旅賁氏。漢制，天子有虎賁，王侯有旅賁。旅，眾也。	一人，與太子冗從僕射調之二將。		旅賁中郎將一人，職如武賁中郎將，宋初置。天子有武賁，習武訓也。諸侯有旅賁，禦災害也。大唐諸率府初有中郎、郎將官。永徽元年，以太子名忠，改諸率府中郎將為旅賁郎將，其郎將改為翊軍。後或改或省。	五班
太子冗從僕射	七人。宋初置。	一人。與太子旅賁中			五班

職稱	《宋書》	《隋書》	《晉書》	《通典》	梁
		郎將謂之二將。			
太子左積弩將軍 太子右積弩將軍	十人。				四班
太子殿中將軍	十人。宋初置。				一班
太子殿中員外將軍	二十人。宋初置。				位不登二品類[7] 七班

三品蘊位：東宮外監、東宮典經守舍人、東宮食官丞。
三品勳位：東宮門下通事守舍人、東宮典書守舍人、東宮內監、東宮衞庫丞。

以下僅錄自《通典》					
太子賓客				晉元康元年，愍懷太子始之東宮，惠帝詔曰：「遹幼蒙，今出止東宮，雖賴師傅羣賢之訓，其遊處左右，宜得正人，能相長益者。太保衞瓘息庭，司空隴西王泰息略，太子太傅楊濟息恕，太子少師裴楷息憲，太子少傅華廙息恆，各道義之門，有不肅之訓。其令五人更往來與太子習數，備賓友也。」其時雖非官，而謂之東宮賓客，皆選文義之士，以侍儲皇。	
太子中允				中允：後漢太子官屬有	

---

[7]　梁於天監七年革選，定為十八班，而九品之制不廢。其位不登二品者，則又別為七班。參見《唐六典》卷23，頁594。

職稱	《宋書》	《隋書》	《晉書》	《通典》	梁
				之，職在中庶子下，洗馬上。……宋、齊有中舍人，是其職也。 允掌侍從禮儀，駁正啟奏，并監藥及通判坊局事。若庶子闕，則監封題。職擬黃門侍郎。	
崇文館學士				魏文帝始置崇文觀，以王肅為祭酒。其後無聞。貞觀中，置崇賢館，有學士、直學士員，掌經籍圖書，教授諸生，屬左春坊。龍朔二年，改司經局為桂坊，管崇賢館，而罷隸左春坊，兼置文學四員、司直二員。司直正七品上，職為東宮之憲司。府門北向，以象御史臺也。其後省桂坊。而崇賢又屬左春坊。後沛王賢為皇太子，避其名改為崇文館，其學士例與弘文館同。	
文學				漢時郡及王國並有文學，而東宮無聞。魏武置太子文學，魏武為丞相，以司馬宣王為文學掾，甚為世子所親信。自後並無。至後周建德三年，太子文學十人，後省。龍朔三年，置太子文學四員。屬桂坊。桂坊廢而屬司經。開元中，定制為三員，掌侍奉，分掌四部書，判書功事。	

職稱	《宋書》	《隋書》	《晉書》	《通典》	梁
校書				宋孝建中，洗馬有校書吏四人，自後無聞。北齊有太子校書。隋太子校書有六人。大唐四人，掌讎校經籍。 初弘文、崇文二館置讎校，開元六年省讎校，置校書。弘文四員，崇文二員。	
內直郎				齊有太子內直兵局，內直兵史二人。	梁有齋內、主璽、主衣、扶侍等局，各置有司，以承其事。陳因之。
典設郎				南齊置齋居局齋居庫，丞一人。 北齊門下坊有齋帥局，有太子齋帥、內閣帥各二人。隋如北齊制。大唐典設局有郎四人，掌凡大祭祀湯沐、灑掃、鋪陳之事。	梁齋內局各置有司，以承其事。陳因之。
宮門郎				晉太子門大夫准公車令，掌通牋表及宮門禁防。宋因之。 北齊謂之門大夫坊，并統伶官。 郎掌東宮殿門管鑰及啟閉之事，丞貳之。	梁代視謁者僕射。陳因之。

附表二　蕭統東宮僚屬表

編號	人名	出處	職稱
1	王茂	(天監)六年，遷尚書右僕射，常侍如故。固辭不拜，改授侍中、中衞將軍，領太子詹事。七年，拜車騎將軍，太子詹事如故。(《梁書》卷9〈王茂傳〉，p.176)[1] 歷位侍中，中衞將軍，太子詹事，車騎將軍，開府儀同三司，丹陽尹。(《南史》卷 55〈王茂傳〉，p.1353)[2]	太子詹事
2	柳慶遠	(天監)八年，還京師，遷散騎常侍、太子詹事、雍州大中正。(《梁書》卷9〈柳慶遠傳〉，p.183)	太子詹事
3	柳津 (柳慶遠子)	歷散騎常侍，太子詹事，襲封雲杜侯。(《南史》卷 38〈柳津傳〉，p.992)	太子詹事
4	吉士瞻	天監二年，入為直閤將軍，歷位秦、梁二州刺史，加都督。後為太子右衞率，又出為西陽、武昌二郡太守。(《南史》卷 55〈吉士瞻傳〉，p.1363)	太子右衞率
5	蕭穎達	(上受禪)遷征虜將軍，太子左衞率。(《梁書》卷 10〈蕭穎達傳〉，p.189)	太子左衞率
6	張惠紹	高祖踐阼，封石陽縣侯，邑五百戶。遷驍騎將軍，直閤、細仗主如故。時東昏餘黨數百人，竊入南北掖門，燒神虎門，害衞尉張弘策。惠紹馳率所領赴戰，斬首數十級，賊乃散走。以功增邑二百戶，遷太子右衞率。(《梁書》卷 18〈張惠紹傳〉，p.285)	太子右衞率

---

[1] 〔唐〕姚思廉：《梁書》(點校本，北京：中華書局，1997 年 9 月)。

[2] 〔唐〕李延壽：《南史》(點校本，北京：中華書局，1997 年 9 月)。

編號	人名	出處	職稱
		遷太子右衞率，以軍功累增爵邑。(《南史》卷55〈張惠紹傳〉，p.1371)	
7	張澄	澄初為直閣將軍，丁父憂，起為晉熙太守，隨豫州刺史裴邃北伐，累有戰功，與湛僧智、胡紹世、魚弘並當時之驍將。歷官衞尉卿、太子左衞率。卒官，諡曰愍。(《梁書》卷18〈張澄傳〉，p286) (張惠紹)子澄嗣。累有戰功，與湛僧智、胡紹世、魚弘並為當時驍將。歷官衞尉卿，太子左衞率。卒官，諡曰愍。(《南史》卷55〈張澄傳〉，p.1371)	太子左衞率
8	馮道根	(天監)十一年，徵為太子右衞率。(《梁書》卷18〈馮道根傳〉，p.288)	太子右衞率
9	康絢	(天監)十三年，遷太子右衞率，甲仗百人，與領軍蕭景直殿內。(《梁書》卷18〈康絢傳〉，p.291) 天監元年，封南陽縣男，除竟陵太守。累遷太子左衞率，甲仗百人，與領軍蕭景直殿內。(《南史》卷55〈康絢傳〉，p.1374)	太子右衞率 太子左衞率
10	昌義之	(天監七年)遷太子右衞率，領越騎校尉，假節。(《梁書》卷18〈昌義之傳〉，p.294) (天監)十三年，累遷左衞將軍。是冬，帝遣太子右衞率康絢督眾軍作荊山堰。(《南史》卷55〈昌義之傳〉，p.1376)	太子右衞率
11	呂僧珍	天監四年冬，大舉北伐，自是軍機多事，僧珍晝直中書省，夜還祕書。五年夏，又命僧珍率羽林勁勇出梁城。其年冬旋軍，以本官領太子中庶子。(《梁書》卷11〈呂僧珍傳〉，p.213) 天監四年，大舉北侵，自是僧珍晝直中書省，夜還祕書。五年旋軍，以本官領太子中庶子。(《南史》卷56〈呂僧	太子中庶子

編號	人名	出處	職稱
		珍傳〉，p.1395)	
12	柳惔	高祖踐祚，……仍遷太子詹事，加散騎常侍。(《梁書》卷 12〈柳惔傳〉，p.217) 梁武受命，為太子詹事，加散騎常侍。武帝之鎮襄陽，惔祖道，帝解茅土玉環贈之。(《南史》卷 38〈柳惔傳〉，p.986)	太子詹事
13	柳憕 (柳惔弟)	憕字文深，少有大意，好玄言，通《老》、《易》。梁武帝舉兵至姑孰，憕與兄惲及諸友朋於小郊候接。……歷位給事黃門侍郎。與琅邪王峻齊名，俱為中庶子，時人號為柳、王。(《南史》卷 38〈柳憕傳〉，p.989-990)	太子中庶子 東宮侍講[3]
14	王峻	天監初，還除中書侍郎。高祖甚悅其風采，與陳郡謝覽同見賞擢。俄遷吏部，當官不稱職，轉征虜安成王長史，又為太子中庶子、游擊將軍。(《梁書》卷 21〈王峻傳〉，p.321) (柳憕)與琅邪王峻齊名，俱為中庶子，時人號為柳、王。(《南史》卷 38〈柳憕傳〉，p.990)	太子中庶子
15	韋叡	(天監)東宮建，遷太子右衛率，……九年，徵員外散騎常侍、右衛將軍，累遷左衛將軍、太子詹事，尋加通直散騎常侍。(《梁書》卷 12〈韋叡傳〉，p.221)	太子右衛率 太子詹事
16	韋放 (韋叡長子)	(大通年間)還爲太子右衛率，轉通直散騎常侍。(《梁書》卷 28〈韋放傳〉，p.420) 叡子放字元直，身長七尺七寸，腰帶八圍，容貌甚偉。……大通元年，武帝遣兼領軍曹仲宗等攻渦陽，又以放為明威將軍，總兵會之。魏大將軍費穆帥眾奄至，放軍營未	太子右衛率

---

[3] 《梁書》卷 25〈徐勉傳〉，p.378。

編號	人名	出處	職稱
		立，麾下止有二百餘人。放從弟洵驍果有勇力，單騎擊刺，屢折魏軍，洵馬亦被傷不能進，放胃又三貫矢。眾皆失色，請放突去。放厲聲叱之曰：「今日唯有死爾。」乃免冑下馬，據胡牀處分。士卒皆殊死戰，莫不一當百，逐北至渦陽。魏又遣常山王元昭、大將軍李獎、乞伏寶、費穆等五萬人來援，放大破之。渦陽城主王緯以城降。魏人棄諸營壘，一時奔潰。眾軍乘之，斬獲略盡，禽穆弟超并王緯送建鄴，還為太子右衞率。（《南史》卷 58〈韋放傳〉，p.1431）	
17	韋稜（韋叡三子）	稜字威直，性恬素，以書史為業，博物強記，當世之士，咸就質疑。起家安成王府行參軍，稍遷治書侍御史、太子僕，光祿卿。著《漢書續訓》三卷。（《梁書》卷 12〈韋稜傳〉，p.225-226）	太子僕
18	范雲	其年(天監元年)東宮建，雲以本官(散騎常侍、吏部尚書)領太子中庶子。（《梁書》卷 13〈范雲傳〉，p.231） 其年，雲以本官領太子中庶子。（《南史》卷 57〈范雲傳〉，p.1419）	太子中庶子
19	沈約	天監二年，遭母憂，……服闋，遷侍中、右光祿大夫，領太子詹事，揚州大中正，關尚書八條事，遷尚書令，侍中、詹事、中正如故。累表陳讓，改授尚書左僕射、領中書令、前將軍，置佐史，侍中如故。尋遷尚書令，領太子少傅。九年，轉左光祿大夫，侍中、少傅如故，給鼓吹一部。（《梁書》卷 13〈沈約傳〉，p.235） 天監二年，遭母憂，……服闋，遷侍中、右光祿大夫，領太子詹事，奏尚書八條事。遷尚書令，累表陳讓，改授左僕射，領中書令。尋遷尚書令，領太子少傅。（《南史》卷 57〈沈約傳〉，p.1412）	太子詹事太子少傅
20	沈旋	子旋，及約時已歷中書侍郎，永嘉太守，司徒從事中郎，	太子僕

編號	人名	出處	職稱
	(沈約子)	司徒右長史。免約喪，為太子僕，復以母憂去官，而蔬食辟穀。(《梁書》卷 13〈沈旋傳〉，p.243) 子旋，字士規，襲爵，位司徒右長史，太子僕。以母憂去官。(《南史》卷 57〈沈旋傳〉，p.1414)	
21	沈眾 (沈約孫)	眾字仲師，好學，頗有文詞。仕梁為太子舍人。時(普通二年前)梁武帝制〈千文詩〉，眾為之注解。……累遷太子中舍人。(《南史》卷 57〈沈眾傳〉，p.1414)	太子舍人 太子中舍人
22	謝覽	覽字景滌，(謝)朏弟瀹之子也。天監元年……以母憂去職。服闋，除中庶子，……高祖以覽年少不直，出為中權長史。頃之，敕掌東宮管記，遷明威將軍、新安太守。(《梁書》卷 15〈謝覽傳〉，p.265)	太子中庶子
23	謝舉	起家秘書郎，遷太子舍人，輕車功曹史，祕書丞，司空從事中郎，太子庶子，家令，掌東宮管記，深為昭明太子賞接。……嘗侍宴華林園，高祖訪舉於覽，覽對曰：「識藝過臣甚遠，惟飲酒不及於臣。」高祖大悅。轉太子中庶子，猶掌管記。……(普通)五年，起為太子中庶子，領右軍將軍。(《梁書》卷 37〈謝舉傳〉，p.529-530) 為太子家令，掌管記，深為昭明太子賞接。(《南史》卷 20〈謝舉傳〉，p.563)	太子舍人 太子庶子 太子家令 太子中庶子 東宮學士[4]
24	蕭密 (蕭琛孫)	字士幾，幼聰敏，博學有文詞。位黃門郎，太子中庶子，散騎常侍。(《南史》卷 18〈蕭密傳〉，p.507)	太子中庶子
25	謝幾卿	後以在省署，夜著犢鼻褌，與門生登閣道飲酒酣嘯，為有司糾奏，坐免官。尋起為國子博士，俄除河東太守，秩未滿，陳疾解。尋除太子率更令，遷鎮衛南平王長史。(《梁書》卷 50〈文學傳下〉，p.708-709)	太子率更令

---

[4] 《南史》卷 23〈張錫傳〉，p.640-641。

編號	人名	出處	職稱
		後為太子率更令,放達不飾容儀。(《南史》卷 19〈謝幾卿傳〉,p.549)	
26	王規 (王僧孫)	起家祕書郎,累遷太子舍人,安右南康王主簿,太子洗馬。……歷太子中舍人,司徒左西屬,從事中郎。……敕與陳郡殷鈞、琅邪王錫、范陽張緬同侍東宮,俱為昭明太子所禮。(《梁書》卷 41〈王規傳〉,p.581-582) 起家秘書郎,累遷太子洗馬。……敕與陳郡殷芸、瑯琊王錫、范陽張緬同侍東宮,俱為昭明太子所禮。(《南史》卷 22〈王規傳〉,p.597)	太子洗馬 太子中舍人 東宮學士[5]
27	王筠	起家中軍臨川王行參軍,遷太子舍人,除尚書殿中郎。……累遷太子洗馬,中舍人,並掌東宮管記。昭明太子愛文學士,常與筠及劉孝綽、陸倕、到洽、殷芸等遊宴玄圃,太子獨執筠袖撫孝綽肩而言曰:「所謂左把浮丘袖,右拍洪崖肩。」其見重如此。……除太子家令,復掌管記。……(普通)六年,除尚書吏部郎,遷太子中庶子,領羽林監,又改領步兵。中大通二年,遷司徒左長史。三年,昭明太子薨,敕為哀策文,復見嗟賞。(《梁書》卷 33〈王筠傳〉,p.484-486) 累遷太子洗馬,中舍人,並掌東宮管記。昭明太子愛文學士,常與筠及劉孝綽、陸倕、到洽、殷鈞等遊宴玄圃,太子獨執筠袖,撫孝綽肩曰:「所謂左把浮丘袖,右拍洪崖肩。」其見重如此。……後為太子家令,復掌管記。……(中大通)三年,昭明太子薨,敕製哀策文,復見嗟賞。(《南史》卷 22〈王筠傳〉,p.610)	太子洗馬 太子中舍人 太子家令 太子中庶子 東宮學士[6]

---

[5]　《南史》卷 23〈張錫傳〉,p.640-641。

[6]　《南史》卷 23〈張錫傳〉,p.640-641。

編號	人名	出處	職稱
28	張稷	高祖受禪，以功封江安縣侯，邑一千戶。又為侍中、國子祭酒，領驍騎將軍，遷護軍將軍、揚州大中正，以事免。尋為度支尚書、前將軍、太子右衛率，又以公事免。（《梁書》卷16〈張稷傳〉，p.272）	太子右衛率東宮侍講[7]
29	王珍國	會梁州長史夏侯道遷以州降魏，珍國步道出魏興，將襲之，不果，遂留鎮焉。以無功，累表請解，高祖弗許。改封宜陽縣侯，戶邑如前。徵還為員外散騎常侍、太子右衛率，加後軍。（《梁書》卷17〈王珍國傳〉，p.279）	太子右衛率
30	馬仙琕	(天監)十年，朐山民殺琅邪太守劉晰，以城降魏，詔假仙琕節，討之。魏徐州刺史盧昶以眾十餘萬赴焉。仙琕與戰，累破之，昶遁走。仙琕縱兵乘之，魏眾免者十一二，收其兵糧牛馬器械，不可勝數。振旅還京師，遷太子左衛率，進爵為侯，增邑六百戶。（《梁書》卷17〈馬仙琕傳〉，p.280）	太子左衛率
31	殷芸	(天監)十年，除通直散騎侍郎，兼尚書左丞，又兼中書舍人，遷國子博士，昭明太子侍讀，……普通六年，直東宮學士省。（《梁書》卷41〈殷芸傳〉，p.596）	東宮侍讀東宮學士[8]
32	王錫	年十四，舉清茂，除祕書郎，與范陽張伯緒齊名，俱為太子舍人。丁父憂，居喪盡禮。服闋，除太子洗馬。時昭明尚幼，未與臣僚相接。高祖敕：「太子洗馬王錫、秘書郎張纘，親表英華，朝中髦俊，可以師友事之。」（《梁書》卷21〈王錫傳〉，p.326） 太子左率王錫妻范，聰明婦人也，有才學。（《南史》卷29〈蔡興宗傳〉，p.773）	太子舍人太子洗馬太子左(衛)率
33	張緬	起家祕書郎，出為淮南太守，時年十八。……還除太子	太子舍人

---

[7] 《梁書》卷25〈徐勉傳〉，p.378。

[8] 《南史》卷23〈張錫傳〉，p.640-641。

編號	人名	出處	職稱
		舍人、雲麾外兵參軍。……頃之，出為武陵太守，還拜太子洗馬，中舍人。……大通元年，徵為司徒左長史，以疾不拜，改為太子中庶子，領羽林監。（《梁書》卷34〈張緬傳〉，p.491-492） (張)錫字公龈，幼而警悟，與兄弟受業，至應休散，輒獨留不起，精力不倦，致損右目。十二為國子生，十四舉清茂，除祕書郎，再遷太子洗馬。時昭明太子尚幼，武帝敕錫與祕書郎張纘使入宮，不限日數。與太子游狩，情兼師友。又敕陸倕、張率、謝舉、王規、王筠、劉孝綽、到洽、張緬為學士，十人盡一時之選。（《南史》卷23〈張錫傳〉，p.640-641）	太子洗馬 太子中舍人 太子中庶子 東宮學士[9]
34	張率	還除太子僕，累遷招遠將軍、司徒右長史、揚州別駕。率雖歷居職務，未嘗留心簿領，及為別駕奏事，高祖覽牒問之，並無對，但奉答云「事在牒中」。高祖不悅。俄遷太子家令，與中庶子陸倕、僕劉孝綽對掌東宮管記，遷黃門侍郎。……卒，時年五十三。昭明太子遣使贈賻。（《梁書》卷33〈張率傳〉，p.478-479）	太子僕 太子家令 東宮學士[10]
35	劉孝綽	(天監初)遷太子舍人，……出為平南安成王記室，隨府之鎮。尋補太子洗馬，遷尚書金部郎，復為太子洗馬，掌東宮管記。……太子僕，復掌東宮管記。時昭明太子好士愛文，孝綽與陳郡殷芸、吳郡陸倕、琅邪王筠、彭城到洽等，同見賓禮。太子起樂賢堂，乃使畫工先圖孝綽焉。太子文章繁富，羣才咸欲撰錄，太子獨使孝綽集而序之。……後為太子僕，母憂去職。（《梁書》卷33〈劉孝綽傳〉，p.480-483）	太子舍人 太子洗馬 太子僕 東宮學士[11]

---

[9] 《南史》卷23〈張錫傳〉，p.640-641。

[10] 《南史》卷23〈張錫傳〉，p.640-641

[11] 《南史》卷23〈張錫傳〉，p.640-641。

編號	人名	出處	職稱
		後為太子僕，掌東宮管記。時昭明太子好士愛文，孝綽與陳郡殷芸、吳郡陸倕、琅邪王筠、彭城到洽等同見禮。太子起樂賢堂，乃使先圖孝綽。太子文章，羣才咸欲撰錄，太子獨使孝綽集而序之。遷兼廷尉卿。（《南史》卷39〈劉孝綽傳〉，p.1011）	
36	陸倕	高祖雅愛倕才，乃敕撰〈新漏刻銘〉，其文甚美。遷太子中舍人，管東宮書記。又詔為〈石闕銘記〉，奏之。……遷太子庶子、國子博士，母憂去職。服闋，為中書侍郎，給事黃門侍郎，揚州別駕從事史，以疾陳解，遷鴻臚卿，入為吏部郎，參選事。出為雲麾晉安王長史、尋陽太守、行江州府州事。以公事免，左遷中書侍郎，司徒司馬，太子中庶子，廷尉卿。又為中庶子，加給事中，揚州大中正。復除國子博士，中庶子、中正並如故。守太常卿，中正如故。（《梁書》卷27〈陸倕傳〉，p.402-403）	太子中舍人 太子庶子 太子中庶子 東宮學士[12]
37	到洽	(天監)七年，遷太子中舍人，與庶子陸倕對掌東宮管記。……十四年，入為太子家令，遷給事黃門侍郎，兼國子博士。十六年，遷太子中庶子。（《梁書》卷27〈到洽傳〉，p.404） 梁武帝嘗問待詔丘遲曰：「到洽何如沆溉？」遲曰：「正情過於沆，文章不減溉；加以清言，殆將難及。」即召為太子舍人。御幸華光殿，詔洽及沆、蕭琛、任昉侍宴，賦二十韻詩，以洽辭為工，賜絹二十疋。上謂昉曰：「諸到可謂才子。」昉曰：「臣常竊議，宋得其武，梁得其文。」遷司徒主簿，直待詔省，敕使抄甲部書為十二卷。遷尚書殿中郎。後為太子中舍人，與庶子陸倕對掌東宮管記。俄為侍讀，侍讀省仍置學士二人，洽充其選。（《南史》	太子舍人 太子中舍人 太子家令 太子中庶子

---

[12] 《南史》卷23〈張錫傳〉，p.640-641。

編號	人名	出處	職稱
		卷 25〈到洽傳〉，p.681)	
38	殷鈞	天監初，拜駙馬都尉，起家祕書郎，太子舍人，司徒主簿，祕書丞。鈞在職，啟校定祕閣四部書，更為目錄。又受詔料檢西省法書古迹，別為品目。遷驃騎從事中郎，中書郎，太子家令，掌東宮書記。頃之，遷給事黃門侍郎，中庶子，尚書吏部郎，司徒左長史，侍中。東宮置學士，復以鈞為之。公事免。復為中庶子，領國子博士、左驍騎將軍，博士如故。……服闋，遷五兵尚書，猶以頓瘵經時，不堪拜受，乃更授散騎常侍，領步兵校尉，侍東宮。尋改領中庶子。(《梁書》卷 27〈殷均傳〉，p.407-408)	太子舍人 太子家令 太子中庶子 東宮學士[13]
39	徐勉	除散騎常侍，領游擊將軍，未拜，改領太子右衛率。遷左衛將軍，領太子中庶子，侍東宮。昭明太子尚幼，敕知宮事。太子禮之甚重，每事詢謀。嘗於殿內講孝經，臨川靖惠王、尚書令沈約備二傅，勉與國子祭酒張充為執經，王瑩、張稷、柳惲、王暕為侍講。時選極親賢，妙盡時譽，勉陳讓數四。又與沈約書，求換侍講，詔不許，然後就焉。轉太子詹事，領雲騎將軍，尋加散騎常侍，遷尚書右僕射，詹事如故。又改授侍中，頻表解宮職，優詔不許。(《梁書》卷 25〈徐勉傳〉，p.378。)	太子右衛率 太子中庶子 東宮執經
40	王瑩		東宮侍講[14]
41	王暕	天監元年，除太子中庶子，領驍騎將軍，入為侍中。(《梁書》卷 21〈王暕傳〉，p.322)	太子中庶子 東宮侍講[15]
42	王訓 (王暕子)	年十三(普通四年)，暕亡憂毀，家人莫之識。十六，召見文德殿，應對爽徹。上目送久之，顧謂朱异曰：「可謂	太子舍人 太子中庶子

---

[13] 《南史》卷 23〈張錫傳〉，p.640-641。

[14] 《梁書》卷 25〈徐勉傳〉，p.378。

[15] 《梁書》卷 25〈徐勉傳〉，p.378。

編號	人名	出處	職稱
		相門有相矣。」補國子生，射策高第，除祕書郎，遷太子舍人、祕書丞。轉宣城王文學、友、太子中庶子，掌管記。……訓美容儀，善進止，文章之美，為後進領袖。在春宮特被恩禮。(《梁書》卷21〈王訓傳〉，p.323)	
43	王泰	尋為太子庶子、領步兵校尉，復為侍中。(《梁書》卷21〈王泰傳〉，p.324)	太子庶子
44	王份(王肅叔)	遷太常卿、太子右率、散騎常侍，侍東宮，除金紫光祿大夫。(《梁書》卷21〈王份傳〉，p.325)	太子右率
45	王僉	策高第，除長兼秘書郎中，歷尚書殿中郎，太子中舍人，與吳郡陸襄對掌東宮管記。出為建安太守。(《梁書》卷21〈王僉傳〉，p.327)	太子中舍人
46	張充	徵拜散騎常侍、國子祭酒。充長於義理，登堂講說，皇太子以下皆至。時王侯多在學，執經以拜，充朝服而立，不敢當也。(《梁書》卷21〈張充傳〉，p.330)	東宮執經[16]
47	張纘	纘好學，兄緬有書萬餘卷，晝夜披讀，殆不輟手。祕書郎有四員，宋、齊以來，為甲族起家之選，待次入補，其居職，例數十百日便遷任。纘固求不徙，欲遍觀閣內圖籍。嘗執四部書目曰：「若讀此畢，乃可言優仕矣。」如此數載，方遷太子舍人，轉洗馬、中舍人，並掌管記。(《梁書》卷34〈張纘傳〉，p.493)	太子舍人太子洗馬太子中舍人東宮學士[17]
48	王峻	高祖甚悅其風采，與陳郡謝覽同見賞擢。俄遷吏部，當官不稱職，轉征虜安成王長史，又為太子中庶子、游擊將軍。(《梁書》卷21〈王峻傳〉，p.321)	太子中庶子
49	陸襄	昭明太子聞襄業行，啟高祖引與遊處，除太子洗馬，遷中舍人，並掌管記。……累遷國子博士，太子家令，復	太子洗馬太子中舍人

[16] 《梁書》卷25〈徐勉傳〉，p.378。
[17] 《南史》卷23〈張錫傳〉，p.640-641。

編號	人名	出處	職稱
		掌管記，母憂去職。襄年已五十，毀頓過禮，太子憂之，日遣使誠喻。服闋，除太子中庶子，復掌管記。中大通三年，昭明太子薨，官屬罷，妃蔡氏別居金華宮，以襄為中散大夫、領步兵校尉、金華宮家令、知金華宮事。（《梁書》卷 27〈陸襄傳〉，p.409）	太子家令 太子中庶子
50	宗夬	天監二年，徵為太子右衛率。（《梁書》卷 19〈宗夬傳〉，p.300）	太子右衛率
51	蔡撙	梁臺建，為侍中，遷臨海太守，坐公事左遷太子中庶子。（《梁書》卷 21〈蔡撙傳〉，p.333）	太子中庶子
52	江蒨	及建康城平，蒨坐禁錮，俄被原，起為後軍臨川王外兵參軍。累遷臨川王友，中書侍郎，太子家令，黃門侍郎，領南兗州大中正。遷太子中庶子，中正如故。（《梁書》卷 21〈江蒨傳〉，p.334）	太子家令 太子中庶子
53	臨川靖惠王蕭宏	領太子太傅。（《梁書》卷 22〈太祖五王傳·蕭宏〉，p.340） （天監）六年，遷司徒，領太子太傅。（《南史》卷 51〈梁宗室傳上·蕭宏〉，p.1276）	太子太傅
54	蕭正則	正則字公衡，天監初，以王子封樂山侯。累遷太子洗馬、舍人。（《南史》卷 51〈梁宗室傳上·蕭正則〉，p.1283）	太子洗馬 太子舍人
55	蕭勱（吳平侯蕭景之子）	勱字文約，弱不好弄，喜慍不形於色。位太子洗馬，母憂去職，殆不勝喪。……服闋，除太子中舍人。……徙廣州刺史……徵為太子左衛率。（《南史》卷 51〈梁宗室傳上·蕭勱〉，p.1262-1263）	太子洗馬 太子中舍人 太子左衛率
56	蕭孝儼（長沙宣武王蕭懿之孫）	孝儼字希莊，聰慧有文才。射策甲科，除祕書郎、太子舍人。（《梁書》卷 23〈蕭孝儼傳〉，p.361） 孝儼字希莊，射策甲科，除祕書郎、太子舍人。（《南史》卷 51〈梁宗室傳上·蕭孝儼〉，p.1267）	太子舍人
57	蕭藻	（天監）九年，徵為太子中庶子。……徵為太子詹事。……	太子中庶子

編號	人名	出處	職稱
	(長沙宣武王蕭懿三子)	(中大通)三年,為中軍將軍、太子詹事,出為丹陽尹。(《梁書》卷 23〈蕭藻傳〉,p.362) (天監)九年,徵為太子中庶子。……中大通三年,為中軍將軍,太子詹事,出為丹陽尹。(《南史》卷 51〈梁宗室傳上・蕭藻〉,p.1268)	太子詹事
58	蕭朗 (長沙宣武王蕭懿五子)	朗字靖徹,天監五年,例以王子封侯。歷太子洗馬。(《南史》卷 51〈梁宗室傳上・蕭朗〉,p.1271)	太子洗馬
59	蕭暎 (始興忠武王蕭憺子)	暎字文明,年十二,為國子生。天監十七年,詔諸生答策,宗室則否。……除太子洗馬。(《南史》卷 52〈梁宗室傳下・蕭暎〉,p.1302)	太子洗馬
60	蕭機 (安成康王蕭秀子)	機字智通,天監二年,除安成國世子。……普通元年,襲封安成郡王,其年為太子洗馬,遷中書侍郎。(《梁書》卷 22〈太祖五王傳・蕭機〉,p.345)	太子洗馬
61	蕭推 (安成康王蕭秀子)	字智進,機次弟也……普通六年,以王子例封。歷寧遠將軍、淮南太守。遷輕車將軍、晉陵太守,給事中,太子洗馬,祕書丞。(《梁書》卷 22〈太祖五王傳・蕭推〉,p.346)	太子洗馬
62	南平元襄王蕭偉	中大通元年,以本官領太子太傅。(《梁書》卷 22〈太祖五王傳・蕭偉〉,p.347)	太子太傅
63	蕭恭 (南平元襄王蕭偉子)	恭起家給事中,遷太子洗馬。(《梁書》卷 22〈太祖五王傳・蕭恭〉,p.349)	太子洗馬
64	蕭範 (鄱陽忠烈王蕭恢子)	範字世儀,溫和有器識。起家太子洗馬、祕書郎,歷黃門郎,遷衛尉卿。(《梁書》卷 22〈太祖五王傳・蕭範〉,p.352)	太子洗馬
65	衡陽嗣王蕭元簡	(天監)十三年,入為給事黃門侍郎,出為持節、都督廣交越三州諸軍事、平越中郎將、廣州刺史。還為太子中	太子中庶子

編號	人名	出處	職稱
		庶子，遷使持節、都督郢司霍三州諸軍事、信武將軍、郢州刺史。(《梁書》卷23〈蕭元簡傳〉，p.364)	
66	蕭景	天監四年，王師北伐，景帥眾出淮陽，進屠宿預。丁母憂，詔起攝職。五年，班師，除太子右衛率，遷輔國將軍、衛尉卿。(《梁書》卷24〈蕭景傳〉，p.368)	太子右衛率
67	蕭昌 (吳平侯蕭景之弟)	累遷太子中庶子、通直散騎常侍，又兼宗正卿。(《梁書》卷24〈蕭昌傳〉，p.370)	太子中庶子
68	蕭昂 (吳平侯蕭景之弟)	(普通)四年，轉散騎侍郎、中領軍、太子中庶子。(《梁書》卷24〈蕭昂傳〉，p.371)	太子中庶子
69	蕭昱 (吳平侯蕭景之弟)	昱字子真。景第四弟也。天監初，除祕書郎，累遷太子舍人，洗馬，中書舍人，中書侍郎。(《梁書》卷24〈蕭昱傳〉，p.371)	太子舍人 太子洗馬
70	周捨	梁臺建……入為中書通事舍人，累遷太子洗馬，散騎常侍，中書侍郎，鴻臚卿。……遷尚書吏部郎，太子右衛率，右衛將軍，雖居職屢徙，而常留省內，罕得休下，國史詔誥，儀體法律，軍旅謀謨，皆兼掌之。日夜侍上，預機密，二十餘年未嘗離左右。……服闋，除侍中，領步兵校尉，未拜，仍遷員外散騎常侍、太子左衛率。頃之，加散騎常侍、本州大中正，遷太子詹事。普通五年……遷右驍騎將軍，知太子詹事。(《梁書》卷25〈周捨傳〉，p.375-376)	太子洗馬 太子右衛率 太子左衛率 太子詹事
71	徐悱 (徐勉子)	悱字敬業，幼聰敏，能屬文。起家著作佐郎，轉太子舍人，掌書記之任。累遷洗馬、中舍人，猶管書記。(《梁書》卷25〈徐悱傳〉，p.388)	太子舍人 太子洗馬 太子中舍人
72	范岫	天監五年，遷散騎常侍、光祿大夫，侍皇太子，給扶。六年，領太子左衛率。(《梁書》卷26〈范岫傳〉，p.392)	太子左衛率

編號	人名	出處	職稱
73	傅映	太子翊軍校尉。(《梁書》卷 26〈傅映傳〉，p.395)	太子翊軍校尉
74	蕭琛	天監元年，遷庶子、……三年，除太子中庶子、散騎常侍。……普通元年，徵為宗正卿，遷左民尚書，領南徐州大中正，太子右衛率。(《梁書》卷 26〈蕭琛傳〉，p.396-397)	太子中庶子 太子右衛率
75	陸杲	(天監)六年，遷祕書監，頃之為太子中庶子、光祿卿。(《梁書》卷 26〈陸杲傳〉，p.399)	太子中庶子
76	陸煦 (陸杲弟)	天監初，歷中書侍郎，尚書左丞，太子家令，卒。(《梁書》卷 26〈陸煦傳〉，p.399)	太子家令
77	陸罩 (陸杲子)	有文才，仕至太子中庶子、光祿卿。(《梁書》卷 26〈陸罩傳〉，p.399)	太子中庶子
78	明山賓	時初置五經博士，山賓首膺其選。遷北中郎諮議參軍，侍皇太子讀。累遷中書侍郎，國子博士，太子率更令，中庶子，博士如故。……普通二年，徵為太子右衛率，加給事中，遷御史中丞。……東宮新置學士，又以山賓居之，俄以本官兼國子祭酒。(《梁書》卷 27〈明山賓傳〉，p.405-406)	東宮侍讀 太子率更令 太子中庶子 太子右衛率 東宮學士
79	裴之禮	徵太子左衛率，兼衛尉卿，轉少府卿。(《梁書》卷 28〈裴之禮傳〉，p.416)	太子左衛率
80	夏侯亶	(天監)十七年，入為通直散騎常侍、太子右衛率，遷左衛將軍，領前軍將軍。(《梁書》卷 28〈夏侯亶傳〉，p.419)	太子右衛率
81	夏侯夔	天監元年，為太子洗馬，中舍人，中書郎。(《梁書》卷 28〈夏侯夔傳〉，p.420)	太子洗馬 太子中舍人
82	陳慶之	普通七年，安西將軍元樹出征壽春，除慶之假節、總知軍事。魏豫州刺史李憲遣其子長鈞別築兩城相拒。慶之攻之，憲力屈遂降，慶之入據其城。轉東宮直閤，賜爵關中侯。(《梁書》卷 32〈陳慶之傳〉，p.460)	東宮直閤
83	蘭欽	欽幼而果決，簹捷過人。隨父北征，授東宮直閤。(《梁	東宮直閤

編號	人名	出處	職稱
		書》卷 32〈蘭欽傳〉，p.466)	
84	張綰	綰字孝卿，(張)纘第四弟也。初爲國子生，射策高第。起家長兼秘書郎，遷太子舍人，洗馬，中舍人，並掌管記。累遷中書郎，國子博士。(《梁書》卷 34〈張綰傳〉，p.503)	太子舍人 太子洗馬 太子中舍人
85	蕭子恪	(普通)六年，遷太子詹事。(《梁書》卷 35〈蕭子恪傳〉，p.509)	太子詹事
86	蕭子範	天監初，降爵爲子，除後軍記室參軍，復爲太子洗馬，俄遷司徒主簿，丁所生母憂去職。子範有孝性，居喪以毀聞。服闋，又爲司徒主簿，累遷丹陽尹丞，太子中舍人。(《梁書》卷 35〈蕭子範傳〉，p.510)	太子洗馬 太子中舍人
87	蕭子顯	累遷太子中舍人，建康令，邵陵王友，丹陽尹丞，中書郎，守宗正卿。(《梁書》卷 35〈蕭子顯傳〉，p.512)	太子中舍人
88	蕭子雲	子雲性沈靜，不樂仕進。年三十，方起家爲秘書郎。遷太子舍人，撰《東宮新記》，奏之，敕賜束帛。(《梁書》卷 35〈蕭子雲傳〉，p.513)	太子舍人
89	蕭特	高祖嘗謂子雲曰：「子敬之書，不及逸少。近見特跡，遂逼於卿。」歷官著作佐郎，太子舍人，宣惠主簿，中軍記室。出爲海鹽令，坐事免。年二十五，先子雲卒。(《梁書》卷 35〈蕭特傳〉，p.515)	太子舍人
90	孔休源	(普通年間)領太子中庶子。(《梁書》卷 36〈孔休源傳〉，p.521)	太子中庶子
91	何敬容	天監初，爲秘書郎，歷太子舍人，尚書殿中郎，太子洗馬，中書舍人，秘書丞，遷揚州治中。……累遷太子中庶子，散騎常侍，侍中，司徒左長史。……中大通元年，改太子中庶子。(《梁書》卷 37〈何敬容傳〉，p.531)	太子舍人 太子洗馬 太子中庶子
92	朱异	(天監)高祖自講《孝經》，使异執讀。遷尚書儀曹郎，入兼中書通事舍人，累遷鴻臚卿，太子右衛率，尋加員外	太子右衛率

編號	人名	出處	職稱
		常侍。(《梁書》卷 38〈朱异傳〉，p.538)	
93	到溉	溉少孤貧，與弟洽俱聰敏有才學，早爲任昉所知，由是聲名益廣。起家王國左常侍，轉後軍法曹行參軍，歷殿中郎。出爲建安內史，遷中書郎，兼吏部，太子中庶子。(《梁書》卷 40〈到溉傳〉，p.568)	太子中庶子
94	到鏡	安西湘東王法曹行參軍，太子舍人，早卒。(《梁書》卷 40〈到鏡傳〉，p.569)	太子舍人
95	劉之遴	時鄱陽嗣王範得班固所上《漢書》真本，獻之東宮，皇太子令之遴與張纘、到溉、陸襄等參校異同。(《梁書》卷 40〈劉之遴傳〉，p.573)	蕭統特任校書
96	許懋	(天監)十年，轉太子家令。(《梁書》卷 40〈許懋傳〉，p.578) 許亨父懋，梁始平、天門二郡守、太子中庶子、散騎常侍，以學藝聞，撰毛詩風雅比興義類十五卷，述行記四卷。(《陳書》卷 34〈文學傳・許亨〉，p.458)	太子家令 太子中庶子
97	王承 (王暕子)	歷太子舍人、南康王文學、邵陵王友、太子中舍人。以父憂去職。服闋，復爲中舍人，累遷中書黃門侍郎，兼國子博士。(《梁書》卷 41〈王承傳〉，p.585)	太子中舍人
98	褚翔	高祖踐阼，選補國子生。起家秘書郎，遷太子舍人、尚書殿中郎。出爲安成內史。還除太子洗馬、中舍人，累遷太尉從事中郎、黃門侍郎、鎮右豫章王長史。……丁父憂。服闋，除秘書郎，累遷太子舍人、宣城王主簿。(《梁書》卷 41〈褚翔傳〉，p.585-586)	太子舍人 太子洗馬
99	蕭介	天監六年，除太子舍人。(《梁書》卷 41〈蕭介傳〉，p.587)	太子舍人
100	蕭允 (蕭介子)	第三子允，初以兼散騎常侍聘魏，還爲太子中庶子，後至光祿大夫。(《梁書》卷 41〈蕭允傳〉，p.589)	太子中庶子
101	蕭洽	天監初，……遷太子中舍人。(《梁書》卷 41〈蕭洽傳〉，p.589)	太子中舍人

編號	人名	出處	職稱
102	褚球	天監初，遷太子洗馬、散騎侍郎，兼中書通事舍人。(《梁書》卷41〈褚球傳〉，p.590)	太子洗馬
103	劉孺	累遷太子舍人、中軍臨川王主簿、太子洗馬、尚書殿中郎。出爲太末令，在縣有清績。還除晉安王友，轉太子中舍人。……轉中書郎，兼中書通事舍人。頃之遷太子家令，餘如故。出爲宣惠晉安王長史，領丹陽尹丞。遷太子中庶子、尚書吏部郎。(《梁書》卷41〈劉孺傳〉，p.591)	太子舍人 太子洗馬 太子中舍人 太子家令 太子中庶子
104	劉遵	起家著作郎、太子舍人，累遷晉安王宣惠、雲麾二府記室，甚見賓禮，轉南徐州治中。(《梁書》卷41〈劉遵傳〉，p.593)	太子舍人
105	蕭幾	時年十五，沈約見而奇之，……釋褐著作佐郎、廬陵王文學、尚書殿中郎、太子舍人、掌管記，遷庶子、中書侍郎、尚書左丞。(《梁書》卷41〈蕭幾傳〉，p.597)	太子舍人 太子庶子
106	臧盾	天監初，……還爲太子中庶子(《梁書》卷42〈臧盾傳〉，p.599)	太子中庶子
107	庾黔婁	東宮建，以本官侍皇太子讀，甚見知重，詔與太子中庶子殷鈞、中舍人到洽、國子博士明山賓等，遞日爲太子講《五經》義。遷散騎侍郎、荊州大中正。卒，時年四十六。(《梁書》卷47〈孝行傳·庾黔婁〉，p.651)	皇太子侍讀
108	沈崇	擢補太子洗馬。(《梁書》卷47〈孝行傳·沈崇〉，p.649)	太子洗馬
109	到沆	天監初，遷征虜主簿。高祖初臨天下，收拔賢俊，甚愛其才。東宮建，以爲太子洗馬。……俄以洗馬管東宮書記、散騎省優策文。……四年，遷太子中舍人。(《梁書》卷49〈文學傳上·到沆〉，p.686)	太子洗馬
110	劉苞	天監初，……太子太傅丞……久之，爲太子洗馬，掌書記，侍講壽光殿。(《梁書》卷49〈文學傳上·劉苞〉，p.688)	太子太傅丞 太子洗馬

編號	人名	出處	職稱
111	庾於陵	天監初，……領南郡邑中正，拜太子洗馬，舍人如故。舊事，東宮官屬，通爲清選，洗馬掌文翰，尤其清者。近世用人，皆取甲族有才望，時於陵與周捨並擢充職，高祖曰：「官以人而清，豈限以甲族。」時論以爲美。（《梁書》卷 49〈文學傳上·庾於陵〉，p.689）	太子洗馬
112	謝幾卿	除太子率更令。（《梁書》卷 50〈文學傳下·庾於陵〉，p.709）	太子率更令
113	劉勰	天監初，起家奉朝請、中軍臨川王宏引兼記室，遷車騎倉曹參軍。出爲太末令，政有清績。除仁威南康王記室，兼東宮通事舍人。……昭明太子好文學，深愛接之。（《梁書》卷 50〈文學傳下·劉勰〉，p.710）	東宮通事舍人
114	何思澄	天監十五年，敕太子詹事徐勉舉學士入華林撰《遍略》，勉舉思澄等五人以應選。遷治書侍御史。宋、齊以來，此職稍輕，天監初始重其選。車前依尚書二丞給三騶，執盛印青囊，舊事糾彈官印綬在前故也。久之，遷秣陵令，入兼東宮通事舍人。除安西湘東王錄事參軍，兼舍人如故。（《梁書》卷 50〈文學傳下·何思澄〉，p.714）	東宮通事舍人
115	劉杳	服闋，復爲王府記室，兼東宮通事舍人。大通元年，遷步兵校尉，兼舍人如故。昭明太子謂杳曰：「酒非卿所好，而爲酒廚之職，政爲不愧古人耳。」俄有敕，代裴子野知著作郎事。昭明太子薨，新宮建，舊人例無停者，敕特留杳焉。仍注太子《徂歸賦》，稱爲博悉。（《梁書》卷 50〈文學傳下·劉杳〉，p.716-717）	東宮通事舍人
116	庾仲容	仲容幼孤，爲叔父泳所養。既長，杜絕人事，專精篤學，晝夜手不輟卷。初爲安西法曹行參軍。泳時已貴顯，吏部尚書徐勉擬泳子晏嬰爲宮僚，泳垂泣曰：「兄子幼孤，人才粗可，願以晏嬰所忝用之。」勉許焉，因轉仲容爲太子舍人。遷安成王主簿。時平原劉孝標亦爲府佐，並以強學爲王所禮接。遷晉安功曹史。歷爲永康、錢唐、武康令，治縣並無異績，多被劾。（《梁書》卷 50〈文學	太子舍人

編號	人名	出處	職稱
		傳下・庾仲容〉，p.723)	
117	陸才子	雲公從兄才子，亦有才名，歷官中書郎、宣成王友、太子中庶子、廷尉卿，先雲公卒。(《梁書》卷50〈文學傳下・陸才子〉，p.726)	太子中庶子
118	蕭眎素	天監初，爲臨川王友，復爲太子中舍人、丹陽尹丞。(《梁書》卷52〈止足傳・蕭眎素〉，p.762)	太子中舍人
119	顧越	梁太子詹事周捨甚賞之。解褐揚州議曹史，兼太子左率丞。(《陳書》卷33〈儒林傳・顧越〉，p.445)	太子左率丞
120	杜之偉	中大通元年，梁武帝幸同泰寺捨身，敕勉撰定儀註勉以臺閣先無此禮，召之偉草具其儀。乃啟補東宮學士，與學士劉陟等鈔撰群書，各為題目。所撰富教、政道二篇，皆之偉為序。(《陳書》卷34〈文學傳・杜之偉〉，p.445)	東宮學士
121	徐僧權	梁東宮通事舍人，領祕書，以善書知名。(《南史》卷72〈文學傳・徐伯陽〉，p.1790)	東宮通事舍人
122	蕭瑱	武帝時仕為庶子。(《先秦漢魏晉南北朝詩・全梁詩》18，p.1821)	太子庶子

---

18 逯欽立輯校：《先秦漢魏晉南北朝詩》(北京：中華書局，1998年5月)。

國家圖書館出版品預行編目 (CIP) 資料

王官與正統：《昭明文選》與蕭梁帝國圖像 /
　許聖和著. -- 初版. -- 臺北市：元華文創，民
　106.04
　　面；　公分

　ISBN 978-986-393-901-6 (平裝)

　1.昭明文選　2.研究考訂

830.18　　　　　　　　　　　106001254

王官與正統
──《昭明文選》與蕭梁帝國圖像

許聖和　著

發 行 人：陳文鋒
出 版 者：元華文創股份有限公司
聯絡地址：100 臺北市中正區重慶南路二段 51 號 5 樓
電　　話：(02) 2351-1607
傳　　真：(02) 2351-1549
網　　址：www.eculture.com.tw
E-mail：service@eculture.com.tw
出版年月：2017（民 106）年 8 月 初版二刷
定　　價：新臺幣 580 元

I S B N：978-986-393-901-6（平裝）

總 經 銷：易可數位行銷股份有限公司
地　　址：231 新北市新店區寶橋路 235 巷 6 弄 3 號 5 樓
電　　話：(02) 8911-0825　傳　　真：(02) 8911-0801